Nikolai W. Gogol

Phantastische Novellen
Mirgorod

Nikolai W. Gogol

Phantastische Novellen
Mirgorod

KÖNEMANN

Könemann Verlagsgesellschaft mbH
Bonner Straße 126, D-50968 Köln

Herausgegeben von: Bettina Hesse
Gestaltung und Satz: Andreas Pohlmann 714
Herstellung: Nicola Leurs
Umschlaggestaltung: Peter Feierabend, Stephanie Weischer
Druck und Bindung: Reálszisztéma Dabasi Nyomda
Papier: 70 g/m² Permaplan, Arjo Wiggins, Deutschland
Printed in Hungary

ISBN 3-8290-4946-3

10 9 8 7 6 5 4 3 2 1

Inhalt

Abende auf dem Weiler bei Dikanka I

Erzählungen
hg. v. Rotfuchs Panjko, Bienenzüchter

übersetzt von
Ludwig Rubiner und Frida Ichak

Vorrede

Was ist denn das wieder für ein Ding: Abende auf dem Weiler bei Dikanka? Was für »Abende« sind denn das? Und die dazu gar noch ein Bienenzüchter in die Welt gesetzt hat! Gott bewahr uns! Hat man etwa noch zu wenig Gänsefedern gerupft und allzu wenig Lumpen zu Papier verarbeitet! Hat etwa noch zu wenig Pack, haben etwa noch zu wenig Leute von jeglichem Stand ihre Finger mit Tinte bekleckst! Da muß der Teufel nach all dem anderen Volk auch noch einen Bienenzüchter reiten, es den andern nachzumachen! Wahrhaftig! Es gibt doch schon so viel bedrucktes Papier, daß man bald nicht mehr recht weiß, was alles man hineinwickeln soll!

All diese Reden hat meine Prophetie schon gehört, schon vor einem Monat gehört! Ich will nämlich sagen, daß es für unsereins, daß es für uns Vorwerksbesitzer genau dasselbe ist, wenn man – o du grundgütiger Himmel – die Nase aus seinem Loch in die große Welt steckt, als wenn man in die Gemächer eines feinen Herrn tritt: Alle bilden einen Kreis um einen, und der Schabernack geht los; derartiges könnte man sich am Ende noch von besseren Lakaien gefallen lassen, aber nein, irgend so ein zerlumpter Junge, irgendein Lümmel, der sich im Hinterhof herumdrückt, auch so einer traut sich heran. Da stampfen sie mit den Füßen und rufen einem von allen Seiten zu: »Wohin willst du? Zu wem? Pack dich, du Bauernkerl! Scher die zum Teufel!« … Ich kann euch sagen … Aber was sollen alle Worte! Mir fällt's wahrhaftig leichter, zweimal im Jahr nach Mirgorod zu reisen, wo mich schon seit fünf Jahren weder der Schreiber vom Landgericht noch seine Hochwürden zu Gesicht bekommen haben, als zu den großen Leuten zu steigen; tu ich's aber mal, dann weißt's, ob's dir nun paßt oder nicht, Rede und Antwort stehen.

Nichts für ungut, meine lieben Leser (und ihr nehmt's vielleicht übel, daß ein einfacher Bienenzüchter zu euch redet wie zu seinem Gevatter oder Ehestifter), wir Vorwerksleute haben von jeher solche Bräuche: Sowie die Feldarbeiten zu Ende sind, der Bauer überm Winter zur Ruh' hintern Ofen kriecht und unsereins seine Bienen in den dunklen Keller steckt; sowie es keinen Kranich mehr am Himmel und auf dem Baum keine Birne mehr gibt, da kann man, wenn es Abend wird, sicherlich irgendwo am Ende der Dorfstraße ein Licht blinken sehen; von fern hört man lachen und singen; die Balalaika klimpert, oft auch vernimmt man Geigenklänge, lauten Schwatz und Lärmen ... Das sind die *Unterhaltungen* unserer *Abende!* Sie ähneln sozusagen euren Bällen, aber doch nicht ganz. Wenn ihr auf einen Ball fahrt, so geschieht's doch nur, um herumzuspringen und in die hohle Hand zu gähnen. Bei uns dagegen, wenn da in einer Stube ein Haufen Mädchen mit Spinnrocken und Spindelkamm zusammenkommt, so ist das durchaus kein Ball. O nein! – Zuerst sieht's aus, als ob sie ernstlich an die Arbeit gehen wollten. Die Spindeln surren, die Lieder klingen, und keine wagt es, zur Seite zu blicken. Kaum aber kommen die Burschen mit dem Fiedelmann in die Stube, da beginnt ein Toben und Schreien, es wird getanzt, und solche Streiche geschehen da oft, daß man's gar nicht erzählen kann.

Aber am schönsten ist's doch, wenn alle sich zu einem Haufen zusammentun und man beginnt, Rätsel zu raten; oder ganz einfach: – zu schwatzen. O mein Gott! Was wird da nicht alles erzählt! Was wird da nicht für alter Kram ausgegraben! Was für Gruselzeug wird da nicht herangeschleppt! Aber nirgends ward wohl soviel Wunderliches erzählt wie an den Abenden beim Rotfuchs Panjko, dem Bienenzüchter. Warum mich die Leute den *Rotfuchs Panjko* nennen, das vermag ich weiß Gott nicht zu sagen. Auch ist ja mein Haar, sollt' ich wohl glauben, eher grau als rot. Aber das ist bei uns nun eben, mit Verlaub zu sagen, so Sitte: Haben die Leute einem mal 'nen Spitznamen gegeben, so behält er ihn in alle Ewigkeit. Oft kamen am Vorabend hoher Feiertage allerlei brave Leute in die Hütte des Bienenzüchters zu Gaste, und wenn die sich erst an den Tisch gesetzt hatten, da gab's dann was zu hören. Das waren nicht etwa Leute aus den einfachen Ständen, nicht etwa Bauern aus einem Vorwerk; manch einem, der mehr als Bienenzüchter ist, würde ihr Besuch Ehre machen. Kennt ihr zum Beispiel Foma Grigorjewitsch, den Küster an der Kirche zu Dikanka? Das ist ein Kopf, sag' ich euch! Was konnte der nicht für Geschichten erzählen! Zwei davon sollt ihr in diesem Büchlein finden. Nie hat der einen Kittel aus Bast getragen, wie ihr ihn bei so vielen Küstern auf dem Lande findet; ja, kamt ihr selbst an Werkeltagen zu ihm, so empfing er euch immer in einer Joppe aus feinem Ruch von einer Farbe wie die von kaltem Kartoffelbrei, für das er in Potawa fast sechs Rubel die Elle bezahlt hat. Von seinen Stiefeln wird niemand auf dem ganzen Weiler behaupten können, sie hätten nach Teer gerochen; jeder weiß, daß er sie mit dem allerfeinsten Schmalz geschmiert hat, das, glaub' ich, mancher Bauer sich wohl mit Freuden in den Brei getan hätte. Auch wird niemand zu sagen wagen, daß er sich je die Nase mit dem Rockschoß gewischt hat, wie es manche Leute seines Standes zu tun pflegen; nein, er zog ein weißes, säuberlich gefaltetes Tüchlein aus dem Busen, dessen Bänder mit rotem Zwirn bestickt waren, verrichtete sein Bedürfnis, faltete es nach seiner Gewohnheit zwölffach zusammen und barg es wieder im Busen. Und ein anderer Gast … je nun, das war solch ein feines Herrchen, daß man ihn stracks zum Präsidenten oder Exekutor hätte machen können. Er pflanzte seinen Finger vor der Nase auf, und dann blickte er die Spitze an und erzählte so spitzfindig durch die Blume, akkurat, wie es in den gedruckten Büchern steht! Wenn ihn unsereiner manchmal so hörte, da mußte man ja ganz nachdenklich werden. Kein Sterbenswörtchen war zu verstehen. Wo hat der bloß solche Worte hergenommen? Diesbezüglich hat Foma Grigorjewitsch einmal eine treffliche Schnurre erdacht: Er erzählte ihm eine Geschichte von einem Schüler, der einst bei einem Küster zur Schule ging; als der wieder zu seinem Vater kam, da war er ein solcher Lateiner geworden, daß er sogar unsere rechtgläubige Sprache vergessen hatte – alle Worte ließ er auf 'us' enden: Statt Schaufel sagte er *Schaufulus*, statt Weib *Weibus* usw. Einmal ging er mit seinem Vater über Feld. Der Lateiner erblickt eine Harke und fragt: »Wie nennt man das bei euch, Vater?« und dabei sperrte er das Maul weit auf und trat der Harke auf die Zähne. Der Vater hatte kaum antworten können, da flog der Griff der Harke dem Sohne mit einem Schwung gegen die Stirn. »Die verdammte Harke!« schrie der Schuljunge, fuhr sich mit der Hand an den Kopf und sprang eine Elle hoch in die Luft. »Der Satan soll den Mann holen, der das Harkenzeug gemacht hat! Sie tut so weh!« »So, bist du endlich auf den Namen gekommen, mein Täubchen?« – Dieses Märchen wollte dem verblümten Erzähler nicht besonders gefallen. Ohne ein Wort zu sagen, stand er von seinem Platze auf, stellte sich breitbeinig mitten im Zimmer hin, neigte den Kopf etwas vor, schob die Hand in die Seitentasche seines erbsengrauen Rockes, holte seine runde lackierte Tabakdose hervor, schnippte mit dem Finger über das draufgemalte Gesicht eines ausländischen Generals, nahm eine ziemlich große Prise seines mit Asche und Liebstöckelblättern vermischten Tabaks, führte sie weit ausholend an die Nase und sog im Nu das ganz Häufchen ein, ohne auch nur den Daumen zu streifen, und dabei sprach er keine Silbe. Erst als er in die andere Tasche griff und ein blaukariertes Baumwollentuch hervorholte, da murmelte er etwas vor sich hin wie: *»Man darf seine Perlen nicht vor die Säue werden!«* … Da gibt's einen Krach. dachte ich, als ich sah, wie Foma Grigorjewitschs Finger sich zu einer Ohrfeige zusammenballten; zum Glück hatte meine Alte die gute Idee gehabt, gebackenes Weißbrot mit Butter auf den Tisch zu stellen. So machten sich denn alle dran, auch Foma Grigorjewitschs Hand griff, statt dem andern eine Nase zu drehen, danach, und alle begannen, wie üblich, die tüchtige Hausfrau zu loben. Dann gab's bei uns noch einen, der zu erzählen verstand; aber der (nie zur Nacht sei daran gedacht!) erzählte so gruselige Geschichten, daß einem die Haare zu Berge standen. Ich habe sie absichtlich nicht hier hereingebracht: Die guten Leute könnten gar noch solche Angst vor dem Bienenzüchter bekommen, wie – Gott bewahre mich – vor dem Teufel. Lieber will ich, wenn's Gott gefällt, bis Neujahr warten, und gebe dann noch ein Büchlein heraus. Da sollen uns meinetwegen Gestalten aus jener anderen Welt entsetzen, und Mirakel, die sich in alten Zeiten in unserem rechtgläubigen Lande zugetragen haben. Ihr werdet darunter vielleicht auch einige Parabeln vom Bienenzüchter selbst finden, wie er sie seinen Enkeln erzählt hat. Ihr braucht nur die Ohren zu spitzen. Ich hab' nur keine Lust, herumzukramen, sonst könnte ich wohl noch zehn solche Büchlein zusammenbringen.

Doch halt – ich habe ja die Hauptsache vergessen: Wenn Ihr, liebe Herren, zu mir fahrt, dann schlagt die gerade Poststraße nach Dikanka ein. Ich hab' mit Fleiß den Ort an die erste Seite gestellt, damit Ihr den Weiler schneller zu erreichen wißt. – Doch Ihr habt wohl schon zur Genüge von Dikanka gehört. Wahrlich, dort sind die Häuser stattlicher als die Strohbude eines bescheidenen Bienenzüchters. Ganz zu schweigen vom Garten: Dergleichen findet ihr wohl nur noch in eurem Petersburg. Wenn ihr nach Dikanka kommt, so fragt bloß den ersten besten Jungen, der im schmierigen Hemd seine Gänse hütet: »Wo wohnt hier der Bienenzüchter Panjko« – »Da hier«, wird er sagen, und zeigt's euch mit dem Finger, und wenn ihr wollt, so bringt er euch sogar bis vors Haus Doch bitte ich euch, legt nur nicht zu gemächlich die Hände auf den Rücken und springt mit nicht so glatt wie die vor euren feinen Häusern. Als Foma Grigorjewitsch vor zwei Jahren aus Dikanka hinausfuhr, geriet er mit seinem Wägelchen mitsamt dem vorgespannten Braunen in den Graben, obwohl er selbst die Zügel führte und sich zu seinen eigenen Augen noch manchmal gekaufte aufsetzte.

Wenn ihr nun aber doch zu Gaste kommt, so sollt ihr solche

Melonen kriegen wie ihr sie euer Lebtage noch nicht gegessen habt; und besseren Honig, das schwör' ich euch, werdet ihr auf keinem Vorwerk finden: Stellt euch vor, wenn man so eine Wabe hereinbringt, da strömt euch ein Geruch durchs ganze Zimmer – es läßt sich gar nicht ausdenken was für ein Geruch! Klar wie eine Träne oder wie teures Kristall, das man in den Ohrringen trägt! Und was für Pasteten euch meine Alte vorsetzt! Was für Pasteten! Wenn ihr das wüßtet: Zucker, der reine Zucker! Und die Butter läuft einem beim Essen nur so über die Lippen. Es ist nicht zu glauben, was diese Weiber alles können! Habt ihr schon je Birnenmost mit Schlehdornbeeren gekostet, meine Herren? Oder Bier mit Rosinen und Pflaumen? Oder Gekröse in Milch? O Gott, was es alles für Gerichte in der Welt gibt! Man kann kaum genug bekommen. O, es ist ein Genuß: Zum Fingerablecken! Im vergangenen Jahr … Aber was schwatz' ich da zusammen … kommt nur, kommt recht bald; ihr sollt so bewirtet werden, daß ihr's ganz sicher weit und breit erzählen werden.

Rotfuchs Panjko
Bienenzüchter.

Der Jahrmarkt in Sorotschintzy

I.

Trüb wird mir in dieser Hütte,
O so führ mich aus dem Haus!
Führ mich hin zu Lärm und Braus,
Dorthin, wo die Mädel springen
Und die Burschen Gläser schwingen!
Aus einer alten Legende.

Wie köstlich und erquickend ist doch ein Sommertag in Kleinrußland! Wie schmachtend heiß sind jene Stunden, da der Mittag in Stille und Glut erstrahlt, der unermeßliche blaue Ozean wie eine Kuppel der Wollust über der Erde hängt und wie ein Schlafender, ganz versunken in Wonne, seine luftigen Arme um die Schöne schlingt! Keine Wolke steht am Himmel, kein Laut ist im Felde zu hören. Alles liegt da wie tot; nur oben in der Tiefe des Himmels schwirrt eine Lerche, silberne Lieder fliegen die luftigen Stufen herab bis zur verliebten Erde, und ab und zu hallt der Schrei einer Möwe oder der gellende Ruf einer Wachtel durch die Steppe. Träg und allen Denkens bar, wie Lustwandelnde ohne Ziel, stehen bis zu den Wolken ragend die Eichen, und die blendende Glut der Sonnenstrahlen entzündet ganze Haufen von Lauf, die malerisch daliegen, während sie andere in nachtschwarze Schatten hüllt, die nur bei starkem Winde wie Gold aufleuchten. Smaragde, Topase und Saphire ätherischer Insekten regnen auf die bunten Farben der Gärten herab, die von steilen Sonnenblumen geschirmt werden. Graue Heuschober und goldene Garben malen ein Kriegslager auf das Feld und wandern weit hinaus über den unermeßlichen Raum.

breite Zweige, die unter der Schwere der Früchte herabsinken, Kirschbäume, Pflaumen, Äpfel, Birnenbäume; der klare Himmel und sein heller Spiegel, der Fluß in grünem, stolz erhöhtem Rahmen … wie voll Wonne und Lust ist doch der kleinrussische Sommer!

In solcher Pracht erglänzte einer der heißen Augusttage der Jahres achtzehnhundert … achtzehnhundert … es werden wohl etwa dreißig Jahre her sein – da die Straße schon zehn Werst vorm Städtchen Sorotschintzy ganz schwarz von wimmelndem Volk war, das von allen nahen und fernen Vorwerken der Umgebung auf den Jahrmarkt eilte. Seit dem frühen Morgen zog sich eine endlose Reihe Wagen mit Salz und Fisch dahin. Ganz Berge von Töpfen, die in Stroh gewickelt waren, schwankten langsam hin und her und schienen sich höchlich zu langweilen über das Dunkel ihrer Verkerkerung; nur stellenweise guckte eine buntbemalte Schüssel oder ein tönerner Mörser prahlerisch unter dem hoch überm Wagen aufgespannten Schutznetz hervor und lenkte die entzückten Blicke aller Verehrer von Prunk und Luxus auf sich. Viele von den Vorübergehenden blickten neidisch auf den hochgewachsenen Töpfer, den Besitzer dieser Kostbarkeiten, der langsamen Schrittes hinter seiner Ware einherging und seine tönernen Gecken und Koketten sorgfältig in das ihnen so verhaßte Stroh einwickelte.

Ein einsamer Wagen schleppte sich abseits hinter müden Ochsen einher. Er war mit Säcken, Hanf, Flachs und allerhand Häuslichkeit beladen, und hinter ihm trollte sich der Besitzer in reinem Leinwandhemd und schmutzigen Hosen einher. Mit träger Hand wischte er den herabrieselnden Schweiß vom brauen Gesicht und dem langen Schnurrbart, der von jenem unerbittlichen Barbier gepudert war, der ebenso ungerufen zum schönsten Mädchen wie zum Krüppel kommt und seit Tausenden von Jahren das ganze menschliche Geschlecht wider seinen Willen mit Puder bestreut. An der Seite des Wagens trottete eine an den Wagen angebundene Stute, deren demütiges Äußeres ihr hohes Alter bezeugte. Viele

Fußgänger, besonders die jungen Burschen, griffen an ihre Mütze, wenn sie den Bauer einholten. Allein es war weder sein Schnurrbart, noch sein stolzer Gang, was sie zu diesem Gruße veranlaßte; man brauchte nur die Augen etwas zu heben, um den Grund dieser Hochachtung wahrzunehmen: Oben auf dem Wagen saß sein hübsches Töchterlein mit rundem Gesichtchen, schwarzen Augenbrauen, die sich wie steil geschwungene Bögen über den hellgrauen Augen abzeichneten, und sorglos lächelnden rosigen Lippchen; sie hatte den Kopf mit roten und blauen Bändern umwunden, die zusammen mit den langen Zöpfen und einem Strauß aus Feldblumen wie eine prächtige Krone auf ihrem entzückenden Köpfchen ruhten. Alles schien sie zu locken; alles war ihr so seltsam neu … Und die hübschen Äuglein sprangen unablässig von einem Ding zum anderen hinüber. Wie sollten sie auch nicht! War sie doch zum ersten Male auf dem Jahrmarkt! Ein Mädchen von achtzehn Jahren, und das erstemal auf dem Jahrmarkt! … Aber keiner der Vorbeiziehenden und Vorüberwandernden konnte wissen, wieviel Mühe es sie gekostet hatte ihren Vater zu erweichen, der es ja von Herzen gern getan hätte, wäre nicht die böse Stiefmutter dagewesen. Die verstand's nämlich, ihn ebenso geschickt zu lenken wie er seine alte Stute, die er jetzt am Zügel hielt und nach langem Dienste zum Verkauf mit sich führte. Diese ruhelose Ehegattin … Aber wir haben ganz vergessen, daß sie ja auch da oben auf dem Wagen dasaß, in einer schmucken grünen Wolljacke, auf die, wie beim Hermelin, kleine Schwänzchen aufgenäht waren; allerdings waren es nur solche von roter Farbe. Das reiche Tuch sah fast so bunt aus wie ein Schachbrett, und das bunte baumwollene Häubchen verlieh ihrem hübschen runden Gesicht eine ganz besondere Würde. Aber ihre Züge hatten etwas so Unangenehmes und Wüstes an sich, daß jeder sich sofort beeilte, seinen erschreckten Blick dem heiteren Gesichtchen der Tochter zuzuwenden.

Doch jetzt leuchtete vor den Augen unserer Reisenden bereits der Psjoll-Fluß auf; schon wehte aus der Ferne eine frische Kühle herüber, die nach der ermattenden, zehrenden Hitze um so deutlicher spürbar war. Durch das Dunkel und Hellgrün des Laubes schwarzer und schlanker Pappeln und Birken, die hier und da auf der Wiese verstreut waren, leuchteten feurige, in schattige Kühle gehüllte Funken auf, und der Strom entblößte blitzend, wie ein schönes Weib, seine silberne Brust, auf die die dichten grünen Locken der Bäume üppig herabsanken.

In jenen köstlichen Stunden, wo der treue und neidenswerte Spiegel den stolzen und blendenden Glanz von des Flusses Stirn, seine lilienweißen Schultern und seinen Marmorhals, der von einer dunkel vom blonden Haupte fallenden Flut überschattet ist, in sich aufnimmt, wo der Strom verächtlich den einen Schmuck von sich streift, um ihn durch einen anderen zu ersetzen, und seine Launen kein Ende finden wollen, – in diesen Stunden wechselt er mutwillig, wie er ist, fast jedes Jahr seine Umgebung, wählt sich einen neuen Weg und umgibt sich mit neuen, mannigfaltigen Landschaften. Die langen Reihen der Mühlen hoben die breiten Wellen auf ihre schweren Räder und warfen sie mächtig zurück, zerstäubten sie, ließen sie über die ganze Umgebung herabsprühen und erfüllten ringsherum alles mit Lärm. Um diese Zeit fuhr der Wagen mit den uns schon bekannten Passagieren über die Brücke, und nun streckte sich vor ihnen der Strom in seiner ganzen Pracht und Schönheit hin wie eine riesige Fläche von Glas. Der Himmel, die grünen und blauen Wälder, die Menschen, die Wagen mit den Töpfen, die Mühlen – alles schien umgestürzt, zog vorüber und stand auf dem Kopfe, ohne doch in den schönen blauen Abgrund herabzufallen. Das schöne Mädchen wurde bei der Herrlichkeit der Aussicht ganz nachdenklich und vergaß sogar, an ihren Sonnenblumenkernen zu knabbern, was sie während des ganzen Weges getan hatte, als ihr auf einmal die Worte: »Ei, was für ein Mädel!« ans Ohr drangen. Sie schaute sich um und sah auf der Brücke einen Haufen Burschen stehen, deren einer etwas feiner gekleidet war als die anderen; er hatte eine weiße Bluse an und eine graue Lammfellmütze auf dem Kopf, stütze die Hände auf die Hüften und sah sich keck die Vorüberfahrenden an. Die Schöne konnte ihn unmöglich nicht bemerken, ihr Blick streifte sein braungebranntes, doch angenehmes Gesicht und seine feurigen Augen, die sie gleichsam durchbohren wollten, aber sie senkte ihn wieder bei dem Gedanken, das Wort, das sie vernommen hatte, sei von ihm gekommen. »Ein prächtiges Mädel!« fuhr der Bursche in der weißen Bluse fort, ohne seine Augen von ihr abzuwenden. »Ich würde mein ganzes Hab und Gut darum geben, wenn ich sie einmal küssen könnte. Aber da vorne sitzt der Teufel!« Von allen Seiten erhob sich Gelächter, allein der geputzten Gefährtin des langsam voranschreitenden Gemahls war diese Begrüßung doch zu stark: Ihre roten Backen wandelten sich in lauter Feuer, und eine Salve ausgesuchter Flüche regnete auf den Kopf des ausgelassenen Jungen herab:

»Daß du erstickst, nichtsnutziger Kerl! Ein Topf möge deinem Vater den Schädel einschlagen! Er soll sich auf dem Eise die Beine brechen, der verdammte Antichrist! Möge ihm doch der Teufel in jener Welt den Bart verbrennen!«

»Was die schimpfen kann«, sagte der Bursche, die Frau anstarrend und gleichsam verblüfft durch dies Geknatter unerwarteter Begrüßungen: »Daß der hundertjährigen Hexe bei solchen Worten nicht die Zunge wehtut!«

»Hundertjährig! …« fiel die alte Schöne ein. »Du Heidendreck, geh, wasch dich mal zuerst! So ein unnützer Tunichtgut! Ich habe deine Mutter nie gesehen, aber das weiß ich, daß sie nichts taugt! Auch dein Vater ist ein Nichtsnutz, und deine Muhme ist es auch! … Hundertjährig! … Der ist ja noch grün hinter den Ohren …«

Hier begann der Wagen von der Brücke herunterzufahren, und man konnte die letzten Worte nicht mehr hören; aber der Bursche wollte offenbar noch nicht Schluß machen: Ohne sich lange zu besinnen, packte er einen Haufen Schmutz und warf ihn hinter ihr her. Der Wurf war geschickter, als man erwarten konnte: Das ganze neue baumwollene Häubchen wurde mit Dreck bespritzt und so das Gelächter der ausgelassenen Windbeutel nur noch doppelt angefacht. Die wohlbeleibte Kokette entbrannte vor Zorn; aber der Wagen war schon ziemlich weit davongefahren, und ihre Rache sprang auf die unschuldige Stieftochter und den langsamen Ehemann über, der, schon lange an solche Vorkommnisse gewöhnt, hartnäckig Schweigen bewahrte und die tobenden Reden der erzürnten Gemahlin kaltblütig aufnahm. Trotzdem knarrte und zappelte ihre unermüdliche Zunge so lange im Munde herum, bis sie endlich in der Vorstadt bei ihrem alten Bekannten und Gevatter, dem Kosaken Zibulja, dem 'Zwiebelmann', anlangten. Die Begegnung mit den Gevattersleuten, die sie lange nicht mehr gesehen hatten, verscheuchte für eine Zeitlang die Erinnerung an diese unangenehme Begebenheit aus ihrem Kopfe. Sie sprachen erst ein wenig über den Jahrmarkt und ruhten sich dann von der langen Reise aus.

II.

Ach du lieber Herrgott! Was gibt es nicht alles auf diesem Jahrmarkt! Räder, Glas, Teer, Tabak. Riemen, Zwiebel, Was aus aller Welt .... Und wenn man selbst dreißig Rubel in der Tasche hätte, man könnte noch lange nicht den ganzen Jahrmarkt aufkaufen.
Aus einem kleinrussischen Schwank.

Ihr habt wohl schon einmal einen Wasserfall in der Ferne sich herabwälzen hören? Die aufgestörte Gegend ist voll dröhnenden Getöses, und ein Chaos wundersamer und unbestimmter Geräusche braust im Wirbel an euch vorüber. Nicht wahr? Es sind dieselben Empfindungen, die euch plötzlich im Trubel eines ländlichen Jahrmarktes erfassen, wenn das ganze Volk zu einem gewaltigen Ungeheuer zusammenwächst und sich mit seinem riesigen Leibe über den Platz und durch die engen Straßen schiebt, schreit, johlt und tobt. Lärmen, schimpfen, Meckern, Blöken, Brüllen – alles verschmilzt zu einem verwirrenden Mißklang. Stiere, Säcke, Strohbündel, Zigeuner, Geschirr, Weiber, Lebkuchen, Mützen – all dies Grelle, Bunte, Mißklingende wühlt und wimmelt haufenweise herum und schwirrt einem vor den Augen. Vielstimmige Reden verschlingen einander, und in dieser Sintflut läßt sich kein Wort retten und ist kein Ruf mehr deutlich zu vernehmen. Der Handschlag der Händler beim Kaufe ist noch das einzige, was man auf allen Seiten der Jahrmarkts hört. Wagen krachen, Eisenstangen klirren, Bretter fallen lärmend zur Erde nieder, und der schwindelnde Kopf weiß nicht, wohin er sich wenden soll. Unser zugereister Bauer mit dem schwarzbrauigen Töchterchen drückte sich schon lange unter dem Volk herum: Bald trat er an einen Wagen heran, bald befühlte er den anderen und fragte nach den Preisen, unterdessen aber kreisten seine Gedanken unaufhörlich um die zehn Säcke Weizen und die alte Stute, die er zum Verkauf mitgebracht hatte. Aus dem Gesichte seiner Tochter konnte man ersehen, daß es ihr nicht besonders angenehm war, neben dem mit Mehl und Weizen beladenen Wagen herumlungern zu müssen. Sie hätte lieber dahin gewollt, wo unter Leinwandzelten rote Bänder, Ohrringe, Kreuze von Zinn und Messing und Schmuckdukaten kokett aufgehängt waren. Aber auch hier fand sie viel Dinge zu beobachten: Es ergötzte sie höchlich, wie ein Zigeuner und ein Bauer einander den Handschlag gaben und dabei selbst vor Schmerz aufschreien mußten; wie ein betrunkener Jude einem Frauenzimmer von hinten Püffe versetze; wie zankende Händlerinnen einander mit Schlägen und Schimpfworten überschütteten; wie ein Moskowiter sich mit der einen Hand sein Ziegenbärtchen strich und mit der anderen … Aber da fühlte sie, wie sie jemand am gestickten Ärmel zupfte. Sie wandte sich um – und der Bursche im weißen Kittel und mit den hellen Augen stand vor ihr. Sie erbebte, ihr Herz schlug so heftig, wie es noch nie, bei keiner Freude und keinem Schmerz, geschlagen hatte: Wunderlich und lieblich zugleich ward ihr zumute, und sie konnte sich selbst nicht erklären, was mit ihr geschah.

»Fürchte dich nicht, Herzchen, fürcht' dicht nicht!« sprach er halblaut zu ihr und ergriff ihre Hand: »ich will dir nichts Schlimmes sagen!«

»Es mag schon sein, daß du mir nichts Schlimmes sagen willst«, dachte die Schöne bei sich, »aber mir ist so wunderlich zumute ... das ist sicher der Satan! Ich weiß ja selbst, daß sich's nicht schickt ... aber mir fehlt die Kraft, meine Hand fortzuziehen.«

Der Bauer drehte sich um und wollte seiner Tochter etwas sagen, aber da hörte er plötzlich aus nächster Nähe das Wort: »Weizen!« fallen. Dieses magische Wort veranlaßte ihn im Nu, sich an zwei laut miteinander sprechende Handelsmänner zu wenden, und seine Aufmerksamkeit konnte nun durch nichts mehr abgelenkt werden. Die Handelsmänner unterhielten sich über den Weizen und sprachen folgendermaßen.

III.

Schau, was für ein Kerl da steht!
So gibt's wenige auf der Welt.
Schnaps säuft der wie süßen Met!
Kotljarewski, »Äneas«.

»Du glaubst also, daß unser Weizen sich schlecht verkaufen wird, Landsmann«, sagte der eine Mann, nach seinem Äußeren zu urteilen, ein zugereister Kleinbürger, in geteerten, fettigen und fleckigen Hanfleinwandhosen, offenbar der Bewohner irgendeines winzigen Städtchens, zu dem anderen, der einen blauen, stellenweise etwas geflickten Kittel trug, und dessen Stirn eine riesige Beule schmückte.

»Was soll ich da groß von denken: Ich will mir 'ne Schlinge um den Hals legen und an diesem Baum hier hin und her baumeln wie die Wurst vor Weihnachten in der Stube, wenn wir auch nur ein Maß verkaufen!«

»Was schwatzt du da, Landsmann? Wir sind doch hier die einzigen Weizenleute«, erwiderte der Mann mit den Leinwandhosen.

»Ihr könnt reden, was ihr wollt!« dachte der Vater unserer Schönen, der sich kein Wort vom Gespräch der beiden Handelsleute entgehen ließ: »Ich habe meine zehn Säcke im Vorrat!«

»Das stimmt ja, aber wenn der Teufel sich ins Spiel mischt, richtet man gerad so viel aus wie bei einem hungrigen Moskowiter«, sprach der Mann mit der Beule auf der Stirn bedeutungsvoll.

»Was für ein *Teufel?«* fragte der Mann mit den Leinwandhosen.

»Hast du nicht gehört was die Leute da reden?« fuhr der mit der Beule auf der Stirne fort und sah ihn mit seinen mürrischen Augen von der Seite an.

»Nun?«

»Nun? Was 'nun'? Der Präsident – möge er sich doch nach der Rahmspeise die Lippen nicht mehr wischen können! – der Präsident hat einen ganz verdammten Ort für den Jahrmarkt ausgesucht, auf dem wird man kein Körnchen los, und wenn man platzt! Siehst du dort am Berge die verfallene Scheune?« (Hier rückte der neugierige Vater unserer Schönen noch näher und wurde ganz Ohr.) »In dieser Scheune treibt der Teufel sein Spiel, und an diesem Ort verläuft kein Jahrmarkt ohne Unglück. Gestern geht da spät abends der Gemeindeschreiber vorbei, und plötzlich sieht er – aus der Luke ein Schweinemaul herausgucken: Das grunzte so, daß es ihn ganz kalt überlief. Bald wird uns noch der *rote Kittel* heimsuchen!«

»Was für ein *roter Kittel?«*

Hier sträubten sich unserem aufmerksamen Zuhörer die Haare. Voller Angst drehte er sich um und sah, wie sein Töchterchen und der Bursche ruhig dastanden, sich umarmt hielten, ein Liebesliedchen sangen und alle Kittel der Welt vergessen hatten. Das zerstreute seine Angst und gab ihm seine frühere Sorglosigkeit wieder.

»Du bist sicher ein guter Mensch, du kennst mich zwar nicht, aber ich habe dich gleich erkannt!«

»Kann schon sein.«

»Wenn du willst, kann ich dir deinen Vor- und Zunamen nennen und dir auch alles andere sagen: Du heißt Solopi Tscherewik!«

»Stimmt!«

»Sieh mich mal recht an, erkennst du mich nicht wieder?«

»Nein. Nimm's mir nicht übel, ich erkenne dich nicht! Ich habe meine Lebtage so viel Fratzen gesehen, daß nur der Teufel sich auf alle besinnen könnte!«

»Schade, daß du dich nicht mehr auf Golupupenkos Sohn besinnst!«

»So bist du der Sohn des Achrim?«

»Wer denn sonst? Bin ich etwa der kahlköpfige Satan?«

Da faßten beide an die Mütze, und es begann ein gegenseitiges Abschmatzen; Golupupenkos Sohn beschloß sofort, ohne viel Zeit zu verlieren, seinen neuen Bekannten zu überfallen.

»Sieh mal, Solopi, deine Tochter und ich, wir lieben uns und wollen immer beieinander bleiben!«

»Nun, Paraßka«, sagte Tscherewik zu seiner Tochter und lachte, »vielleicht solltet ihr wirklich, wie man so sagt, gemeinsam ... auf einer Weide grasen! Nun, schlag ein! Trinken wir eins darauf, mein Herr nagelneuer Schwiegersohn!«

Und alle drei zogen miteinander zur wohlbekannten Jahrmarktsschenke – in die Bude des Judenweibes –, die mit einer zahlreichen Flottille von Kruken und Flaschen jeder Art und jeden Alters angefüllt war.

»Brav, brav – alle Achtung!« rief Tscherewik lustig, als er sah, wie sein zukünftiger Schwiegersohn sich ein Glas, das ein Viertelmaß faßte, vollschenkte, es, ohne eine Miene zu verziehen, auf einen Zug hinuntergoß und dann das Glas in Stücke schmiß. »Nun, was sagst du, Paraßka? Was ich dir für einen Bräutigam ausgesucht habe! Schau, Schau, der säuft wie ein Held! ... «

Und lachend und sich hin und her wiegend, schwankte er mit ihr bis zu seinem Wagen. Unser Bursche strich die Budenreihen ab, vor denen sogar Kaufleute als Gadjatsch und Mirgorod, jenen beiden so berühmten Städten des Gouvernements Poltawa, standen; er wollte eine Holzpfeife mit Messingbeschlag, ein rotgeblümtes Tuch und eine Mütze kaufen; als Hochzeitsgeschenke für den Schwiegervater und die anderen, wie es sich nun einmal gehörte.

IV.

Hältst dich wohl für einen Mann,
Aber rückt ein Weibsbild an,
Dann setzt's Senge …
Kotljarewski

»He, Frauchen, ich habe einen Bräutigam für unsere Tochter gefunden!«

»'s ist wohl gerad die rechte Zeit, sich einen Bräutigam zu suchen! Du Dummkopf, du mußt wohl dein Leben lang ein Dummkopf bleiben! Wo hast du gesehen oder wo hast du gehört, daß ein anständiger Mensch jetzt hinter einem Bräutigam herläuft? Hättest du doch lieber daran gedacht, den Weizen loszuwerden. Das wird ein schöner Bräutigam sein! Sicher ist's der zerlumpteste aller Habenichtse!«

»Ach was, davon ist keine Rede! Du solltest nur mal sehen, was das für ein Bursche ist! Sein Kittel allein kostet mehr als deine grüne Jacke und die roten Stiefel zusammengenommen. Und wie der großartig Schnaps saufen kann! … Der Teufel hole mich mit dir zusammen, wenn ich je gesehen habe, daß ein Bursche ein halbes Maß hinuntergießt, ohne mit der Wimper zu zucken …«

»Ei freilich, also ein Trunkenbold und ein Landstreicher wie du! Das würde dir so passen! Ich möcht' darauf wetten, daß es derselbe Lümmel ist, der uns auf der Brücke angerempelt hat. Schade, daß ich ihn bis jetzt noch nicht erwischt habe – ich hätte ihm schon was gezeigt!«

»Und wenn's nun wirklich derselbe wäre, Chiwrja? Warum soll er denn ein Lümmel sein?«

»Warum soll er *kein* Lümmel sein? Ach, du hirnloser Schädel! So hör' doch – warum soll er denn kein Lümmel sein? Wo hattest du denn deine kreuzdummen Augen versteckt, als wir an den Mühlen vorbeifuhren? So einem Mann kann man wahrhaftig geradewegs vor seiner mit Tabak beschmutzten Nase die eigene Frau beleidigen, und er kümmert sich nicht drum!«

»Ich kann nichts Schlimmes dabei sehen: Der Junge ist großartig! Höchstens, daß er dir die Fratze mit Mist vollgekleistert hat!«

»Aha! Ich sehe schon, du willst mich nicht mehr zu Worte kommen lasen! Das wär' mir noch was Neues! Du hast wohl einen zuviel getrunken, noch bevor du überhaupt etwas verkauft hast!«

Unser Tscherewik merkte jetzt selbst, daß er in seiner Rede zu weit gegangen war, und bedeckte schnell den Kopf mit den Händen, da er annehmen mußte, daß die erzürnte Gattin es nicht unterlassen würde, ihre ehelichen Tatzen in sein Haar zu krallen.

»Den Teufel auch; da hast du deine Hochzeit!« dachte er bei sich, während er die heftig vordringende Gattin abwehrte. »Ich werde dem lieben Kerl ohne allen Grund eine Absage erteilen müssen. Himmel, Herrgott! Wofür strafst du uns arme Sünder so? Es gibt doch schon so viel Unrat, mußtest du auch noch die Weiber in die Welt setzen.«

V.

Bäumlein, Bäumlein, bück dich nicht,
Weil du noch zu fein bist!
Sei nicht bös, Kosakenbursch,
Weil du noch zu klein bist!
Kleinrussisches Lied.

Zerstreut saß der Bursch im weißen Kittel neben seinem Wagen und blickte auf das rings um ihn dumpf rauschende Volk. Die müde Sonne, die Morgen und Mittag ruhig über den Himmel dahingeglüht hatte, verließ nun die Welt, und der erlöschende Tag bemalte sich in berückender Helligkeit mit rotem Gold. Blendend blitzten die Spitzen der weißen Zelte und Buden, von einem kaum merkbaren, feurig rosigen Glanz überstrahlt; die Scheiben des zu Haufen aufgestapelten Fensterglases glühten; die grünen Flaschen und die Gläser auf den Tischen der Schankweiber verwandelten sich in Feuer; die Berge von Kürbissen und Melonen schienen aus Gold und dunklem Kupfer gegossen zu sein. Die Gespräche wurden merkbar leiser und dumpfer, und die müden Zungen der Händler, Bauern und Zigeuner regten sich träger und langsamer. Irgendwo glomm ein Feuerchen auf, und ein würziger Dampf von gekochten Klößen verbreitete sich in den immer stiller werdenden Gassen.

»Was sinnst du, Grytzko?« rief ein hochgewachsener brauner Zigeuner und schlug unserem Burschen auf die Schulter. »Also gibst du die Bullen für zwanzig her?«

«Du denkst an nichts als an Bullen und wieder Bullen! Ihr Leute wollt nur immer Geschäfte machen und einen ehrlichen Menschen übers Ohr hausen!«

»Pfui Teufel! Im Ernst, bei dir rappelt's wohl! Vielleicht gar aus

Ärger, daß du dir selbst eine Braut zugelegt hast?«

»Nein, so bin ich nicht: Ich halte Wort. Was ich einmal getan habe, das bleibt ewig besteh'n. Aber dieser alte Knaster, der Tscherewik, hat auch nicht für einen halben Heller Gewissen: erst versprochen, dann gebrochen ... Na, ihm kann man keine Schuld geben: Der ist ein Klotz und nichts weiter. Das sind alles die Streiche der alten Hexe, die wir Jungen heut auf der Brücke so recht nach Noten ausgeschimpft haben. Ach, wenn ich ein König oder ein großer Herr wäre, ich wär' der erste, der alle die Dummköpfe an den Galgen brächte, die sich von Weibern in die Kandare nehmen lassen ...«

»Gibst du uns die Bullen für zwanzig, wenn wir Tscherewik zwingen, die Paraßka zu geben?«

Ganz erstaunt blickte ihn Grytzko an. Die braunen Züge des Zigeuners hatten etwas Boshaftes, Grausames, Niedriges und zugleich Hochmütiges an sich: Jeder, der ihn ansah, mußte gestehen, daß in dieser seltsamen Seele große Gefühle brodelten, für die es jedoch nur einen Lohn auf Erden gibt – den Galgen. Den Mund, der zwischen der Nase und dem spitzen Kinn wie eingefallen erschien, umspielte ewig ein giftiges Lächeln, kleine Augen, die lebhaft wie Feuer waren, und ein ewig wechselndes Aufleuchten von Unternehmungen und Plänen im Gesicht, – zu alledem schien nur ein ganz besonderes Kostüm zu passen, und zwar gerad ein so sonderbares, wie er es trug. Dieser dunkelblaue Kaftan, der sich bei der geringsten Berührung sicherlich in Staub verwandelt hätte; das lang in Strähnen über die Schultern fallende Haar, die Schuhe an den nackten braunen Füßen – all das schien mit ihm verwachsen zu sein und seine eigentliche Natur auszumachen.

»Nicht nur für zwanzig, ich geb' sie dir für fünfzehn, wenn du Wort hältst!« antwortete der Bursche, ohne seine prüfenden Augen von ihm abzuwenden.

»Für fünfzehn? – Gut! Paß auf und vergiß nicht: Für fünfzehn! Hier hast du einen Blauen als Handgeld!«

»Und wenn du lügst«
»Wenn ich lüge, ist das Handgeld wieder dein!«
»Gut! Also schlag ein!«
»Nun gut, 's ist recht!«

VI.

Welch' ein Malheur: Da seh ich
Roman kommen, der bringt mir gewiß
Schlimmes, aber auch Sie, Herr Choma,
kriegen was ab!
Aus einem kleinrussischen Schwank.

»Hier, Afannassi Iwanowitsch! Da ist der Zaun etwas niedriger, steigt nur hinüber und habt keine Angst. Mein Tölpel ist mit dem Gevatter zu den Wagen gegangen, um dort zu übernachten, damit die Moskowiter nichts stibitzen!«

So ermutigte Tscherewiks gestrenge Herrin freundlich den Popensohn, der sich ängstlich an den Zaun quetschte. Eilig kletterte er hinauf und hing lange und unschlüssig dort oben wie ein hageres, schreckliches Gespenst, mit den Augen abmessend, wo er wohl am besten abspringen könne; endlich plumpste er mit viel Lärm ins Gras.

»O jemine! Habt Ihr Euch nicht weh getan? Habt Ihr Euch nicht am Ende, was Gott verhüte, noch gar das Genick gebrochen?« jammerte Chiwrja besorgt.

»Pst! Es ist nichts passiert, meine Liebe!« sprach der Popensohn schmerzbewegt im Flüsterton und sprang wieder auf die Füße: »Abgesehen von der Blessur durch die Nesseln, dieses schlangengleiche Kraut, wie unser hochseeliger weiser Protopope zu sagen pflegte.«

»Kommt nur in die Stube, es ist niemand da. Ich habe schon gedacht, was hat bloß mein Afannassi Iwanowitsch? Am Ende hat er gar das Reißen oder das Magendrücken, er kommt und kommt nicht! Wie geht es Euch? Ich habe gehört, Euer Herr Vater hat jetzt mancherlei schöne Dinge bekommen!«

»Ach, 'ne reine Kleinigkeit, Chawronja Nikiforowna: Väterchen hat während der ganzen Fasten nur etwas fünfzehn Sack Korn, vier Sack Hirse und etwas hundert Laib Brot bekommen; was die Hühner betrifft, so waren's alles in allem höchstens fünfzig Stück; und die Eier waren zum größten Teil faul. Wahrhaftig, gute Gaben sind nur von Euch zu erwarten, meine Liebe!« fuhr der Popensohn fort, indem er sie süß ansah und näher rückte.

»Da sind meine Gaben, Afannassi Iwanowitsch!« sprach sie, während sie die Schüsseln auf den Tisch stellte und geziert ihre Jacke zuknöpfte, die wie zufällig aufgegangen war, »da sind Zuckerfrüchte, Weizenklöße, Krapfen und Striezel!«

»Ich wette darauf, daß dies hier die flinksten Hände aus Evas Geschlecht hergerichtet haben!« sprach der Popensohn, indem er sich an die Striezel machte und mit der anderen Hand die Krapfen zu sich heranzog. »Aber mein Herz schmachtet nach einer anderen Speise, die süßer ist als alle Klößchen und Kräpfchen.«

»Ich weiß nicht, was für eine Speise Ihr meint«, antwortete die wohlbeleibte Schöne, die so tat, als ob sie nicht verstünde.

»Natürlich Eure Liebe, meine unvergleichliche Chiwrja!« sagte der Popensohn im Flüsterton, indem er mit der einen Hand einen Krapfen ergriff und die andere um ihre breiten Hüften legte.

»Weiß Gott, was Ihr Euch alles ausdenkt, Afannassi Iwanowitsch«, sagte Chiwrja, schämig die Augen senkend. »Am Ende wollt Ihr mich gar noch küssen!«

»Was das anbetrifft, so will ich Euch sagen«, fuhr der Popensohn fort, »als ich gewissermaßen noch auf dem Seminar war – ich erinnerte mich noch, als wär' es heute, da … «

Hier wurde auf dem Hof ein Bellen laut, und jemand klopfte ans Tor. Chiwrja lief eilig hinaus und kam ganz bleich zurück.

»Wir sind verloren, Afannassi Iwanowitsch: Ein ganzer Haufen

Leute klopft ans Tor, und ich glaube, ich habe die Stimme des Gevatters gehört ...«

Der Krapfen blieb dem Popensohn im Halse stecken ... Seine Augen quollen heraus, als ob eine Erscheinung aus jener Welt ihm soeben ihre Visite abgestattet hätte.

»Kriecht hier herauf!« rief die erschrockene Chiwrja und zeigte auf die Bretter, die dicht unter der Stubendecke über zwei Balken angebracht waren und auf denen allerlei Hausgerümpel herumlag.

Die Gefahr verlieh unserem Helden Mut. Er kam wieder zur Besinnung, sprang auf die Ofenbank und kletterte von dort vorsichtig auf die Bretter; unterdessen lief Chiwrja ganz außer sich ans Tor, denn das Klopfen wiederholte sich mit immer größerer Kraft und Ungeduld.

VII.

Das ist ja ein Wunder, mein Herr!
Aus einem kleinrussischen Schwank.

Auf dem Jahrmarkt hatte sich ein sonderbares Ereignis zugetragen: Alles war von dem Gerüchte erfüllt, daß irgendwo unter den Waren der *rote Kittel* aufgetaucht sei. Die Alte, die Brezeln verkaufte, behauptete, den Satan in Gestalt eines Schweines gesehen zu haben, das unaufhörlich unter den Wagen umherschnüffelte, als ob es da irgend etwas suchte. Das Gerücht verbreitete sich schnell an allen Ecken und Enden des nun schon stillen Lagers, und jeder hätte es für ein Verbrechen gehalten, nicht daran zu glauben, obgleich die Brezelverkäuferin, die ihren Stand neben der Bude des Schankweibes aufgeschlagen hatte, den ganzen lieben Tag ohne jeglichen Grund Verbeugungen machte und mit den Füßen ähnliche Linien beschrieb wie ihre leckere Ware. Dazu kamen noch die übertriebenen Gerüchte von dem Mirakel, das der Gemeindeschreiber angeblich nachts in der verfallenen Scheune gesehen hatte, so daß sich alle, als es Nacht wurde, eng aneinander drängten; die Ruh war gestört, und die Angst ließ keinen ein Auge zutun. Die, die ein Nachtlager in den Häusern haben konnten und nicht sehr wagemutig waren, zogen unter Dach und Fach. Zu diesen letzteren gehörten auch der Gevatter und Tscherewik mit seiner Tochter, die zusammen mit den Gästen ins Haus drängten und so das Gepolter verursacht hatten, das unsere Chiwrja so sehr erschreckte. Der Gevatter hatte schon etwas geladen. Das konnte man daraus ersehen, daß er bereits zweimal mit dem Wagen den Hof abgefahren hatte, bevor er sein Haus fand. Die Gäste waren ebenfalls alle schon sehr heiter und traten ganz ohne Umstände vor dem Wirt ins Haus. Die Frau unseres Tscherewik saß wie auf Nadeln, als sie in allen Ecken der Stube umherzuscharren begannen.

»Nun, Frau Gevatter«, rief der eintretende Hausherr, »wirst du immer noch vom Fieber geschüttelt?«

»Ja, mir ist nicht wohl«, antwortete Chiwrja, unruhig auf die Bretter unter der Decke blickend.

»So, Frau, hole uns doch das Fäßchen dort vom Wagen!« sprach der Gevatter zu seiner Frau, die mit ihm gekommen war, »wir wollen eins mit den guten Leuten trinken, die verfluchten Weiber haben einem solche Angst eingejagt, daß es einfach eine Schande ist! Bei Gott, Brüder, wir sind ganz umsonst hierhergekommen!« fuhr er, aus dem Tonkrug schlürfend, fort. »Ich setz' eine neue Mütze zum Pfand, daß die Weiber uns zum besten gehalten haben. Und wenn es auch Satan wäre, – was ist denn das, der Satan? Spuckt ihm auf den Kopf! Wenn er, beispielsweise jetzt im Augenblick hier vor mir erschiene: Ich will ein Hundesohn sein, wenn ich ihm nicht einen Nasenstüber versetze!«

»Warum bist du denn auf einmal so bleich geworden?« rief einer der Gäste, der alle anderen einen Kopf hoch überragte und sich stets als Held aufspielte.«

»Ich? ... Was fällt dir ein? Du träumst wohl!«

Die Gäste lachten. Ein zufriedenes Lächeln glitt über das Gesicht der prahlmutigen Helden.

»Warum soll denn der bleich werden?« fiel da ein anderer ein. »Seine Backen blühen ja wie Mohn; jetzt sieht Zibulja nicht mehr wie eine Zwiebel aus, sondern wie ein rote Rübe, oder richtiger, wie der *rote Kittel* selbst, der die Leute so erschreckt hat!«

Das Fäßchen wurde auf den Tisch gerollt und machte die Gäste noch lustiger. Unser Tscherewik, der schon lange von dem Gedanken an den *roten Kittel* gequält wurde und dessen neugieriger Geist keinen Augenblick Ruhe fand, machte sich an den Gevatter heran.

»Sag mir doch, Gevatter, sei so gut, ich frage und frage und kann's nicht herausbekommen, was für eine Bewandtnis es mit dem verdammten *Kittel* hat!«.

»He, Gevatter! Das sollte man eigentlich nicht zur Nacht erzählen; aber um dir einen Gefallen zu tun und den guten Leuten da (dabei wandte er sich zu den Gästen), die, wie ich merke, die Geschichte genau so wie du kennen lernen wollen – meinetwegen, also hört!«

Er kratzte sich die Schulter, wischte sich am Rockschoß ab, und legte beide Arme auf den Tisch und begann:

»Einst wurde – ob er nun etwas verschuldet hatte oder nicht, das weiß ich bei Gott nicht – ein Teufel aus der Hölle gejagt ...«

»Wieso denn Gevatter?« unterbrach ihn Tscherewik. »Wie ist das bloß möglich, daß ein Teufel aus der Hölle gejagt wird?«

»Was kann man da machen, Gevatter? Man jagt ihn heraus und fertig! – wie ein Bauer seinen Hund aus der Stube jagt. Vielleicht hatte ihn die Lust überkommen, eine gute Tat zu tun: nun, da hat man ihn eben hinausgeworfen. Da ward dem armen Teufel so bang zumute, und er begann sich so nach der Hölle zu sehnen, daß er sich am liebsten aufgehängt hätte. Was war zu machen? Vor Kummer warf er sich aufs Saufen, er nistete sich in der verfallenen Scheune ein, die du dort am Berge gesehen hast und an der jetzt kein guter Mensch vorübergeht, ohne vorher das Zeichen des heiligen Kreuzes zu machen, und der Teufel wurde zu so einem Säufer, wie man ihn selbst unter den Burschen kaum finden kann: vom frühen Morgen bis zum späten Abend saß er nur immer in der Schenke ...«

Hier unterbrach der gestrenge Tscherewik wieder unseren Erzähler:

»Gott, was du da redst, Gevatter! Wie ist denn das möglich, daß jemand den Teufel in die Schenke hineinläßt? Er hat doch, Gott sei gelobt, Krallen an den Tatzen und Hörner auf dem Kopf.«

»Das ist's ja eben! Er hatte eine Mütze aufgesetzt und Däumlinge angezogen. Wie sollte man ihn da wohl erkennen? Er fing an, ein lustiges Leben zu führen, und endlich kam es so weit, daß er alles versoffen hatte, was er bei sich trug. Der Schankwirt gab ihm längere Zeit Kredit, aber endlich hörte er damit auf. Da war der Teufel gezwungen, seinen roten Kittel fast für ein drittel des Wertes bei dem Juden zu versetzen, der damals auf dem Jahrmarkt zu Sorotschintzy den Schnapsausschank in Besitz hatte. Er versetzte ihn also und sprach 'Gib acht, Jude, genau nach einem Jahre hole ich mir den Kittel wieder, heb ihn wohl auf!' – und weg war er, wie in die Erde gesunken. Der Jude sah sich den Kittel genau an: Solches Tuch war in Mirgorod nicht zu bekommen, und die rote Farbe brannte wie Feuer, daß man sich an ihr gar nicht satt sehen konnte. Nun wurde es dem Juden aber zuviel, den Termin abzuwarten. Er kratzte sich die Schläfenlöckchen und nahm einem zugereisten Pan ganze fünf Dukaten für den Kittel ab! Denn den Termin hatte der Jude schon längst vergessen. einmal, so gegen abend, kam da ein Mensch angerückt: 'Nun, Jude, gib mir meinen Kittel!' Der Jude erkannte ihn zuerst nicht, aber dann tat er so, als ob er ihn nie gesehen hätte: 'Was für einen Kittel? ich weiß von keinem Kittel!' Jener ging seiner Wege, aber gegen Abend, als der Jude, der seine Bude schon geschlossen und das Geld in den Kästen gezählt hatte, ein Bettuch umnahm und nach Judenart zu Gott zu beten anfing, – da hörte er ein Geräusch ... Sieh da – aus allen Fenstern gucken Schweineschnauzen herein ...«

Hier wurde tatsächlich ein undeutlicher Laut hörbar, der dem Grunzen eines Schweines sehr ähnlich war; alle erbleichten ... Der Schweiß trat dem Erzähler auf die Stirn.

»Was gibt's?« fragte Tscherewik ganz erschrocken.

»Es ist nichts!« ... antwortete der Gevatter, der am ganzen Leibe zitterte.

»Ah!« rief einer der Gäste.

»Hast du was gesagt?« ...

»Nein!«

»Wer hat da gegrunzt?«

»Ach Gott, warum sind wir nur so erschrocken? Es war ja nichts!«

Alle begannen sich scheu umzusehen und die Winkel abzusuchen. Chiwrja war mehr tot als lebendig. »Ach, was seid ihr doch für Weiber, was seid ihr doch für Weiber!« rief sie lauf aus: »Ihr wollt Kosaken und Männer sein! Man sollte euch ein Spinnrad in die Hand geben und an den Rocken setzen! Einem von euch ist wohl, mit Verlaub zu sagen, eine Sünde entfahren, oder die Bank hat unter jemandem geknarrt, und ihr springt in die Höhe, als ob ihr halb toll seid!«

Das beschämte unsere Helden und gab ihnen neuen Mut. Der Gevatter schlürfte aus dem Krug und erzählte weiter: »Der Jude war fast tot vor Schreck; aber die Schweine krochen auf ihren Beinen, die so lang wie Stelzen waren, in die Fenster, machten ihn im Nu mit dem dreischwänzigen Kantschu wieder lebendig und ließen ihn höher springen, als dieser Balken da oben ist. Der Jude fiel auf die Knie und gestand alles ein. Aber der Kittel war nicht so schnell wiederzufinden. Der Pan war unterwegs von einem Zigeuner bestohlen worden, der den Kittel an die Händlerin verkauft hatte. Die brachte ihn wieder auf den Jahrmarkt von Sorotschintzy, aber von Stund an wollte niemand etwas bei ihr kaufen. Die

Händlerin wunderte sich lange Zeit, aber endlich kam sie der Sache auf den Grund. Sicher hatte der rote Kittel an allem schuld; daher fühlte sie auch immer, wenn sie ihn anzog, daß sie etwas drückte. Ohne lange zu überlegen, warf sie ihn ins Feuer – aber der Teufelsrock wollte nicht brennen! ... 'Ah so, das ist also ein Teufelsgeschenk!' Die Händlerin war so klug, ihn einem Bauern unter den Wagen zu schieben, der Butter zum Verkauf brachte. Der Dummkopf war hocherfreut, aber niemand fragte mehr nach seiner Butter. 'Oh weh, da haben mir böse Hände den Kittel unter den Wagen gesteckt!' Er ergriff eine Axt und hackte ihn in Stücke; aber sieh da, ein Stück kriecht zum anderen, und wieder ist's ein ganzer Kittel! er bekreuzigte sich, schlug noch mal darauf, streute die Stücke auseinander und machte sich davon. Und seit jener Stunde geht jedes Jahr, pünktlich zur Jahrmarktszeit, der Teufel in Gestalt eines Schweines auf dem Platze um, grunzt und sucht die Stücke seines Kittels zusammen. Jetzt soll ihm nur noch der linke Ärmel fehlen. Die Leute hüten sich seitdem vor jenem Orte, und bald werden es zehn Jahre sein, daß dort kein Jahrmarkt mehr gewesen ist. Da muß nun der Böse den Präsidenten reiten, daß er gerade *hier* den Jahr ...«

Die andere Hälfte des Wortes erstarb dem Erzähler auf den Lippen: Krachend sprang das Fenster auf; klirrend flogen die Scheiben herum, und eine schreckliche Schweinsfratze erschien in der Öffnung, die Augen rollend, als ob sie fragen wollte: »Was treibt ihr hier, ihr lieben Leute?«

VIII.

Dem Hunde gleich, dem man den Schwanz geklemmt,
So steht dies Jammerbild, wie Kain zitternd,
und aus der Nase tropft Tabak aufs Hemd.
Kotljarewski, »Äneas«

Entsetzen packte alle in der Stube. Der Gevatter saß offenen Mundes da und schien zu Stein erstarrt: seine Augen krochen hervor, als ob sie schießen wollten, und die Finger blieben regungslos in der Luft gespreizt. Der lange Kerl, der so mutig getan hatte, sprang in unverkennbarer Angst bis zur Decke und stieß mit dem Kopf gegen den Balken; die Bretter klafften auseinander, und der Popensohn flog Knall und Fall zu Boden.

»Au! au! au!« schrie der eine verzweifelt, fiel entsetzt auf eine Bank und zappelte mit Armen und Beinen.

»Hilfe!« brüllte ein anderer und zog sich schnell seinen Pelz über die Augen.

Der Gevatter, den dieser zweite Schreck aus seiner Erstarrung geweckt hatte, kroch, an allen Gliedern zitternd, seiner Ehefrau unter den Rock. Der lange Maulheld kroch, trotz der kleinen Öffnung, in den Ofen und schlug selbst die Klappe zu. Tscherewik stülpte sich, wie von brühheißem Wasser gegossen, statt der Mütze einen Topf über den Kopf, stürzte zur Tür hinaus und rannte besinnungslos, ohne auf den Weg zu achten, wie ein Wahnsinniger durch die Straßen; erst die Ermüdung zwang ihn, seinen schnellen Lauf zu hemmen. Sein Herz ratterte wie eine Mühlenstampfe, und die Schweißtropfen rollten an ihm herunter wie die Hagelkörner. Ganz erschöpft wäre er fast zu Boden gesunken, als er auf einmal hörte, wie jemand hinter ihm herjagte … Sein Atem stockte …

»Der Teufel! Der Teufel!« schrie er, ganz außer sich, seine Kräfte verdreifachend, und einen Augenblick später stürzte er besinnungslos zu Boden:

»Der Teufel! Der Teufel!« schrie es hinter ihm her: Er hörte nur noch, wie etwas lärmend auf ihn herabstürzte; aber da verließ ihn die Besinnung, und er blieb wie der grausige Bewohner eines engen Sarges stumm und reglos mitten auf dem Wege liegen.

IX.

Vorne geht die Sache noch halbwegs,
Aber hinten ist's der ganze Teufel!
Aus einem Volksmärchen

»Hörst du, Wlas!« sprach einer von den Leuten, die im Freien geschlafen hatten, nachts aus dem Schlafe auffahrend. »Jemand in der Nähe hat hier 'Teufel' geschrien.«

»Was geht mich das an?« brummte der neben ihm liegende Zigeuner, sich räkelnd. »Mag er doch nach der ganzen Sippe schreien.«

»Aber er hat doch so geschrien, als ob man ihn abwürgte!«

»Was schreit ein Mensch nicht alles im Schlaf!«

»Na, wie du meinst. Ich geh' Nachsehen. Mach mal Feuer!«

Der andere Zigeuner stand brummend auf, ließ ein paar Funken wie Blitze vor sich aufstieben, blies den Zunder mit dem Munde an und ging mit seinem Lämpchen in der Hand – einer der üblichen kleinrussischen Lampen, die aus einem zerbrochenen Scherben, der mit Hammelfett gefüllt ist, bestehen – die Straße hinunter.

»Halt, hier liegt jemand! Komm her und leuchte mir!« Noch einige Menschen schlossen sich ihm an.

»Was liegt da, Wlas?«

»Es sieht ganz nach zwei Menschen aus, der eine liegt oben, der andere unten; wer von ihnen der Teufel ist, weiß ich nicht!«

»Wer liegt ober?«

»Ein Frauenzimmer!«

»Dann ist *das* der Teufel!«

Ein allgemeines Gelächter weckte fast die ganze Straße.

»Ein Frauenzimmer ist auf einen Kerl raufgekrochen, na, die versteht das Kutschieren!« sprach einer aus der herumstehenden Menge.

»Seht doch bloß, Brüder!« sprach ein anderer und hob einen Scherben des Topfes auf, von dem nur noch die eine Hälfte auf dem Kopfe Tscherewiks ganz geblieben war. »Was der gute Mann sich für eine Mütze aufgesetzt hat!«

Der Lärm und das Gelächter, die immer mehr anschwollen, riefen unsere beiden Toten wieder ins Leben zurück, Tscherewik und seine Frau, die, voll Entsetzen über den überstandenen Schreck, mit starrem Blick in die braunen Gesichter der Zigeuner schauten. Beim unsicheren Flackern des Lichts erschienen sie wie ein Haufen Gnomen, umhüllt von einem unterirdisch schweren Qualm in der Finsternis einer tiefen Nacht.

X.

Packe dich, Satansbrut!
Aus einem kleinrussischen Schwank.

Die Frische des Morgens wehte über der erwachten Stadt. Aus allen Schloten stiegen Rauchsäulen der Sonne entgegen. Auf dem Jahrmarkt wurde es wieder lebendig. Schafe blökten, Pferde wieherten, das Schnattern der Gänse und der Händlerinnen erfüllte wieder das ganze Lager – und die schrecklichen Gerüchte vom *roten Kittel,* die in der geheimnisvollen Stimmung der Dämmerstunde die Menschen in eine solche Angst versetzt hatten, waren mit dem Heraufkommen des Morgens verschwunden.

Gähnend und sich räkelnd schlummerte Tscherewik in der

strohgedeckten Scheune seines Gevatters unter Ochsen, Mehlsäcken und Weizen weiter und schien gar keine Lust zu haben, sich von seinen Träumen zu trennen, als er auf einmal eine Stimme vernahm, die ihm ebenso vertraut vorkam wie der gesegnete Ofen seiner Stube oder die Kneipe einer entfernten Verwandten, die keine zehn Schritt von der Schwelle seines Hauses entfernt war, diese Zufluchtsstätten seiner großen Faulheit.

»Steh auf! Steh auf!« knurrte die zärtliche Gattin, die ihn aus aller Kraft am Arm zerrte, über seinem Ohre.

Statt jeder Antwort blies Tscherewik die Backen auf und begann mit den Armen zu fuchteln wie ein Trommelschläger.

»Du verrückter Kerl!« schrie sie und prallte vor dem Schwung seiner Hand, die ihr beinahe ins Gesicht gefahren wäre, zurück.

Tscherewik erhob sich, rieb sich die Augen und sah sich um.

»Hol' mich der Henker! Aber deine Fratze kam mir wie eine Trommel vor, auf der ich den Zapfenstreich schlagen mußte, mein Täubchen. Akkurat wie die Moskowiter! Diese Schweinsfratzen, von denen der Gevatter sagt …«

»Laß das Tratschen! Geh, führ die Stute auf den Markt. Es ist einfach zum Lachen. Wir sind auf den Jahrmarkt gekommen, und bisher ist noch keine Handvoll Hanf verkauft …«

»Ja, Frauchen«, sagte Tscherewik, »jetzt wird man schön über uns lachen!«

»Geh, geh. Man lacht ohnehin über dich!«

»Du siehst ja, ich habe mich noch nicht gewaschen!« fuhr Tscherewik gähnend und sich den Rücken kratzend fort, um Zeit für seine Faulheit zu gewinnen.

»Du hast dir ja eine recht passende Zeit für deine Reinlichkeit gewählt! Wann war sowas bei dir Sitte? Da ist ein Handtuch für dich, wisch dir deine Fresse ab.«

Sie ergriff etwas, das zu einem Knäuel geballt dalag, und – schleuderte es entsetzt von sich: es war der Ärmelaufschlag eines *roten Kittels.*

»Geh schon, geh an deine Sachen!« wiederholte sie, bereits wieder ermutigt, als sie sah, daß ihm vor Angst die Beine gelähmt waren und die Zähne klapperten.

»Das wird ja jetzt ein schönes Geschäft werden!« brummte er bei sich, während er die Stute losband und sie auf den Platz führte. »Nicht ohne Grund also lag mir's, als ich zu diesem verfluchten Jahrmarkt fuhr, so schwer auf der Seele, als hätte mir jemand eine krepierte Kuh aufgeladen; und die Ochsen sind ja auch zweimal von selbst mitten auf dem Wege umgekehrt. Und da fällt mir ein, wir sind ja auch am Montag abgereist. Da haben wir die Bescherung! ... Ein schöner Störenfried ist mir dieser verdammte Teufel: Kann er nicht seinen Kittel ohne den einen Ärmel tragen! Aber nein, er gönnt den Leuten ihre liebe Ruhe nicht. Wenn ich beispielsweise, was Gott bewahre, der Teufel wäre, – hätte ich mich da um solch einen verfluchten Fetzen umhergetrollt!«

Hier wurde unser Tscherewik durch eine fette und schrille Stimme in seinem Philosophieren unterbrochen. Vor ihm stand ein großer Zigeuner.

»Was hast du zu verkaufen, guter Mann?«

Der Händler blieb eine Weile stumm, sah ihn vom Kopf bis zu den Füßen an und sagte dann mit ruhiger Miene, ohne stehen zu bleiben oder die Zügel aus der Hand zu lassen: »Du siehst ja selbst, was ich zu verkaufen habe!«

»Riemen?« fragte der Zigeuner und blickte auf die Zügel in Tscherewiks Hand.

»Jawohl, Riemen – wenn eine Stute 'nem Riemen ähnelt!«

»Potztausend, Landsmann! Du hast sie wohl mit Stroh gefüttert!«

»Mit Stroh?«

Tscherewik wollte eben die Zügel anziehen, um seine Stute vorzuführen und den schamlosen Beleidiger Lügen zu strafen: aber seine Hand fuhr ihm mit ungewöhnlicher Leichtigkeit ans Kinn. Was sah er! – Die Zügel waren durchgeschnitten, und daran gebunden sah man – oh Entsetzen! Seine Haare standen ihm zu Berge! – den Ärmelfetzen eines *roten Kittels!* … Ausspuckend, sich bekreuzigend, und mit den Armen fuchtelnd floh er von dannen vor diesem unerwarteten Geschenk und verschwand flinker als irgendein junger Bursch in der Menge.

XI.

Wes das Korn, des die Prügel.
Sprichwort.

»Haltet ihn! Haltet ihn!« so schrien einige Burschen am schmalen Ende der Straße, und Tscherewik fühlte, wie er plötzlich von festen Händen gepackt wurde.

»Bindet den Kerl! 's ist derselbe, der dem guten Mann die Stute gestohlen hat!«

»Gott mit euch, warum wollt ihr mich denn binden?«

»Er fragt noch! Und warum hast du dem fremden Bauern, dem Tscherewik, seine Stute gestohlen?«

»Seid ihr bei Sinnen, Leute? Wo hat man denn je gesehen, daß einer sich selbst etwas stiehlt?«

»Alte Possen, alte Possen! Warum bist du denn so atemlos davongelaufen, als wenn der Satan selbst dir auf den Fersen wäre?«

»Soll man denn nicht laufen, wenn einem der Teufelsrock …«

»He, Bester, das lüg' du anderen vor. Du wirst noch was Schönes vom Präsidenten erleben, weil du die Leute mit Teufelsgeschichten erschreckst!«

»Haltet ihn haltet ihn!« ertönte da ein Ruf am anderen Ende der Straße. »Da ist der Ausreißer!«

Und vor unserem Tscherewik erschien der Gevatter im allerjämmerlichsten Aufzuge, er hielt die Arme auf dem Rücken und wurde von einigen Burschen vorwärts gestoßen.

»Wunder über Wunder«, rief einer von ihnen.

»Ihr solltet nur hören, was dieser Halunke erzählt. Man braucht ihm doch nur ins Gesicht zu schauern, und man sieht ihm den Dieb an! Als man ihn fragte, warum er so wahnsinnig davonrannte, da sagte er: ‘ich steckte die Hand in die Tasche, um eine Prise zu nehmen, aber statt der Tabaksdose zog ich ein Stück von dem teuflischen *Kittel* heraus, und eine rote Flamme sprang auf.’ – Darum sei er davongerannt!«

»He he! Es sind also beides Vögel aus demselben Nest! Bindet sie alle beide!«

XII.

»Was hab' ich nur getan, ihr lieben Leute?
Was glotzt ihr mich so an?« sprach unser Bursche,
»Was spottet ihr und höhnt ihr denn mich Armen?
Warum, warum?« So ruft er aus und flennt,
Daß ihm die Träne auf der Backe brennt.
Artemowski-Gulag: »Der Herr und der Hund«.

»Gevatter, vielleicht hast du in der Tat etwas stibitzt!« fragte Tscherewik, der zusammen mit seinem Gevatter gebunden in einer Strohhütte lag.

»Also auch du, Gevatter! Hände und Füße sollen mir verdorren, wenn ich je etwas gestohlen habe, höchstens Krapfen in Rahm bei meiner Mutter, aber auch das nur, als ich erst zehn Jahre als war.«

»Wofür werden wir denn so gestraft, Gevatter? Bei dir ist's ja noch nicht so schlimm: Du wirst doch wenigstens nur beschuldigt, einen anderen bestohlen zu haben; aber mich Unglücksmenschen verleumdet der Satan: ich soll mir selbst 'ne Stute gestohlen haben. Es ist uns wohl nicht beschieden auch mal ein bißchen Glück zu haben, Gevatter!«

»O weh uns armen Waisen!«

Und die beiden Gevatter fingen heftig an zu schluchzen.

»Was hast du, Tscherewik?« fragte da Grytzko, der in diesem Augenblicke eintrat. »Wer hat dich gebunden?«

»Ach, Golupupenko, Golupupenko!« schrie Tscherewik freudig. »Gevatter, das ist der, von dem ich dir erzählt habe. O, das ist ein tüchtiger Kerl! Gott soll mich hier auf der Stelle töten, wenn er nicht einen Krug ausgelutscht hat, so groß wie dein Kopf; und dabei verzog er eine Miene!«

»Nun, Gevatter, und warum hast du einen solchen Prachtkerl abgewiesen?«

»Sieh«, fuhr Tscherewik, zu Grytzko gewandt, fort: »Gott straft mich wohl, weil ich mich gegen dich versündigt habe. Vergib mir, lieber Junge! Bei Gott, ich hätte ja alles für dich getan ... Aber was soll man da machen! Der Satan sitzt in meiner Alten!«

»Ich trage nie jemandem Böses nach! Wenn du willst, so befreie ich dich!«

Er winkte den Burschen, und dieselben jungen Leute, die Tscherewik bewacht hatten, eilten herbei, ihn zu entfesseln.

»Nun aber wird Hochzeit gemacht, wie's sich gehört. Und wir wollen tanzen, daß uns vom Hopsen die Beine ein ganzes Jahr lang weh tun!«

»Recht so!« rief Tscherewik, in einer stunde komm' ich zu dir, und jetzt geh nach Hause, dort warten Käufer auf dich, die deine Stute und den Weizen haben wollen.«

»Wie? Hat sich die Stute gefunden?«

»Ja, sie hat sich gefunden!«

Tscherewik blickte dem Grytzko starr vor Freude nach.

»Na, Grytzko, haben wir unsere Sache gut gemacht?« fragte der lange Zigeuner den vorübereilenden Burschen. »Jetzt kriege ich doch die Bullen?«

»Ja, ja, du sollst sie haben!«

XIII.

Fürcht dich nicht, lieb Mütterchen,
Zieh die roten Schühchen an.
Tritt mit Füßen
Deine Feinde.
Wenn die Schuh'
Von Eisen klirren,
Werden alle Feinde schweigen.
Hochzeitslied.

Das liebliche Kinn auf die Hand gestützt, saß Paraßka sinnend allein im Zimmer. Mancherlei Träume umschwirrten ihr blondes Köpfchen. Manchmal berührte plötzlich ein leichtes Lächeln ihre rosigen Lippen, und ein freudiges Gefühl ließ sie die dunklen Brauen emporheben, bald aber senkte sich wieder ein Sinnen wie eine Wolke auf ihre grauen klaren Augen.

»Wie wenn es nun doch nicht so käme, wie er gesagt hat!« flüsterte sie mit einem Ausdruck des Zweifels. »Wenn er mich nun aber doch nicht bekommt? Wenn … Nein, nein! Das kann nicht sein! Die Stiefmutter tut alles, was sie will! Kann ich nicht auch tun, was ich will? Mein Trotz ist groß genug! Wie schön ist er doch! Wie wunderbar glühen seine schwarzen Augen! Wie lieb kann er sagen: *'Paraßja, mein Täubchen!'* – Wie gut steht ihm der weiße Kittel! Wenn er noch dazu einen hellen Gürtel … Ja, ich will ihm einen machen, wenn wir zusammen in die neue Wohnung ziehen. O wie ich mich darauf freue!« fuhr sie fort, indem sie ein kleines, mit rotem Papier beklebtes Spiegelchen aus dem Busen zog, das sie auf dem Jahrmarkt gekauft hatte und in das sie mit geheimem Vergnügen hineinschaute. »Wenn ich ihr später begegne, so grüße ich sie nicht, und wenn sie platzt! Nein, Stiefmütterchen, du hast deine Stieftochter genug geprügelt. Eher wächst Sand auf Steinen, und neigt sich die Eiche wie eine Weide zum Wasser herab, als daß ich mich vor dir neige! Aber ich habe ja ganz vergessen … ich will doch das Häubchen umbinden; ob es mir wohl gut steht; wenn's auch der Stiefmutter gehört.«

Sie stand auf, den Spiegel in der Hand und den Kopf über ihn geneigt, und ging behutsam durch die Stube, als fürchtete sie sich hinzufallen; denn statt des Fußbodens sah sie die Decke mit den Brettern, von denen neulich der Popensohn heruntergefallen war, und die Wandborde mit den Töpfen drauf vor sich.

»Ich bin doch wirklich wie ein Kind!« rief sie lachend aus, »ich hab Angst, einen Fuß vor den andern zu setzen!«

Und sie begann laut mit den Füßen aufzustampfen, immer mutiger und mutiger. Endlich sank ihre linke Hand herab und stemmte sich auf die Hüfte, und sie tanzte, mit den Sporen der Stiefelchen klirrend, darauf los, hielt sich den Spiegel vor und sang ihr Lieblingsliedchen:

Grüne Gräser, grüne Auen,
Wachset nicht zu sehr!
Liebster mit den schwarzen Brauen,
Schmieg dich zu mir her!

Grüne Gräser, grüne Auen,
Wachset nimmermehr!
Liebster mit den schwarzen Brauen
Schmieg dich näher her!

In diesem Augenblick blickte Tscherewik durch die Türöffnung, und als er seine Tochter vor dem Spiegel tanzen sah, blieb er stehen. Lange sah er ihr zu, über die seltsame Laune des Mädchens lachend, das, ganz in Gedanken versunken, nichts um sich herum zu bemerken schien; als er aber die bekannten Laute des Liedes hörte, da wurde ihm heiß ums Herz; stolz die Hände auf die Hüften gestemmt, sprang er vor und begann so zu hopsen, daß er all seine andern Geschäfte vergaß. Das laute Lachen des Gevatters ließ beide auffahren.

»Großartig! Vater und Tochter feiern hier selber Hochzeit! Kommt! kommt! Der Bräutigam ist da!«

Bei den letzten Worten glühte Paraßka in einem Rot auf, das tiefer war als das, das das leuchtende Band auf ihrem Kopfe färbte. Dem sorglosen Vater fiel es erst jetzt ein, warum er eigentlich hierher gekommen war.

»Töchterchen, komm schnell! Chiwrja ist vor Freude, daß ich die Stute verkauft habe, fortgefahren, um sich feine Tücher und allerhand Schmucksachen zu kaufen!« sprach er und sah sich dabei ängstlich nach allen Seiten um. »Bis zu ihrer Rückkehr wollen wir alles erledigt haben!«

Kaum hatte Paraßka die Schwelle der Hauses überschritten, da fühlte sie sich schon in den Armen des Burschen im weißen Kittel, der sie inmitten einer Menge von Leuten auf der Straße erwartete.

»Gott segne euch!« sagte Tscherewik, ihre Hände vereinend. »In Glück und Glanz haltet fest wie ein Kranz!«

Da gab's plötzlich einen Lärm.

»Eher will ich zerspringen, als daß ich das zulasse!« schrie Tscherewiks Ehehälfte, die von der lachenden Menge zurückgedrängt wurde.

»Wüte nicht so, wüte doch nicht!« sprach Tscherewik kaltblütig, als er sah, wie ein paar handfeste Zigeuner sich ihrer Arme bemächtigten. »Geschehen ist geschehen! Ich bin nicht für Änderungen!«

»Nein, nein das darf nicht sein!« schrie Chiwrja, aber niemand hörte auf sie; ein paar lustige Leute umringten das junge Paar und bildeten eine undurchdringliche tanzende Mauer um sie.

Ein sonderbares, unsagbares Gefühl mußte einen Zuschauer ergreifen, der mit ansah, wie beim ersten Bogenstrich des Fiedelmanns in dem groben Rock, mit dem langgeschweiften Schnurrbart, alles unwillkürlich ein einiges Ganzes bildete und zu friedlicher Eintracht überging. Leute, deren mürrische Gesichter offenbar ihr Lebtag niemals ein Lächeln erhellt hatte, stampften mit den Füßen und warfen die Schultern empor. Alles wirbelte im Tanze durcheinander. Aber ein noch sonderbareres, noch unsagbareres Gefühl mußte in der Tiefe der Seele beim Anblick jener Greisinnen erwachen, über deren uralten Gesichtern schon die Gleichgültigkeit des Grabes wehte – und die sich unter die neuen Menschen drängten, die dem Leben angehörten und dem Lachen. Die Sorglosen! Selbst sie, die keine kindliche Freude und keinen Funken des Mitgefühls kannten, die erst der Rausch, wie ein Mechaniker seine leblosen Automaten, zu einer menschlichen Äußerung zwingt, – selbst sie nickten leise mit den berauschten Köpfen und hüpften ein wenig hinter der lustigen Menge her, ohne auf das junge Paar zu achten.

Das Lärmen, Lachen, Singen verklang zu einem leisen und immer leiseren Summen. Die Fiedel erstarb, ertönte schwächer und schwächer und ließ nur noch ein paar undeutliche Töne durch die leere Luft zittern. Noch hörte man hie und da ein Stampfen, gleich dem Tosen des fernen Meeres, aber bald lag alles wieder öde und stumm da.

Fliegt uns nicht so auch die Freude davon, die schöne und flatterhafte Freundin? Vergeblich sucht ein einsamer Klang, von Lust und Seligkeit zu singen. Im eignen Echo schon vernimmt er die Laute der Trauer und Einsamkeit, und er lauscht ihnen voller Schrecken. Stieben nicht so auch die ausgelassenen Freunde der freien stürmischen Jugend einer nach dem andern in alle Winde und lassen ihren alten Herzensbruder allein? Bang wird dem Verlassenen! Voller Schwermut und Traurigkeit ist sein Herz, doch für ihn gibt es keine Hilfe!

Die Johannisnacht

Eine Sage
Erzählt vom Küster an der – Kirche zu***

Foma Grigorjewitsch hatte eine merkwürdige Eigentümlichkeit: Er konnte es auf den Tod nicht leiden, ein und dieselbe Geschichte mehrmals erzählen zu müssen. Gab er aber schon einmal den Bitten nach und erzählte etwas zum zweiten Male, dann fügte er entweder hier eine neue Wendung hinzu, oder änderte dort etwas, so daß man die Geschichte kaum wiedererkennen konnte. Einmal hatte einer jener Herren – wir einfachen Leute wissen nicht recht, wie wir sie nennen sollen: Schreiber oder dergleichen, so was Ähnliches wie die Makler auf unseren Jahrmärkten; sie kramen, betteln und stehlen sich allerhand Zeug zusammen und senden dann jeden Monat oder gar jede Woche ein Büchelchen so dick wie eine Fibel in die Welt hinaus, – einmal also hatte einer jener Herren unserem Foma Grigorjewitsch die folgende Geschichte hier abgeluchst, und der hatte das ganz vergessen. Aber eines Tages kommt dasselbe Herrchen im erbsengrauen Kaftan aus Poltawa, von dem ich schon einmal sprach, und von dem ihr wohl die eine Geschichte schon gelesen habt, – er kommt also, bringt ein kleines Büchelchen mit, schlägt's in der Mitte auf und zeigt uns die Sache. Foma Grigorjewitsch war schon im Begriff, seine Nase mit der Brille zu besatteln, aber da fiel ihm ein, daß er vergessen hatte, ein Stück Faden um sie zu wickeln und Wachs darauf zu kleben, und so gab er denn mir das Buch. Ich verstehe mich nun mal leidlich aufs Lesen und brauche keine Brille, und so begann ich denn. Aber ich hatte noch keine zwei Seiten umgewendet, als er mich fest bei der Hand nahm und unterbrach.

»Halt, sagt mit zuerst, was Ihr da lest!«

Ich muß gestehen, diese Frage verblüffte mich ein wenig.

»Wie, Foma Grigorjewitsch? Was ich da lese? Das ist doch Eure Geschichte, es sind Eure eigenen Worte!«

»Wer hat Euch das erzählt, daß das meine Worte sind?«

»Was wollt Ihr denn noch mehr? Da steht's doch gedruckt. Erzählt von dem Küster Soundso.«

»Spuckt dem Jungen auf den Kopf, der das darauf gedruckt hat! Er lügt, der Saukerl! Das soll ich gesagt haben? Das ist ja fast so. als hätte der Satan einen Sparren! Hört zu, die muß ich Euch selbst erzählen!«

Wir rückten am Tische zusammen und er begann:

Mein Großvater (Gott hab' ihn selig! Möge er in jener Welt nur Weizenbrot und Mohnkuchen mit Met zu essen bekommen!) mein Großvater verstand es wunderbar zu erzählen. Wenn der erst einmal damit anfing, so mochte man sich am liebsten den ganzen Tag nicht vom Platze rühren und nur immer zuhören. Und er redete nicht etwas wie einer von den heutigen Faselhänsen; wenn so einer anfängt, sein Garn herunterzuspinnen, und dabei noch mit einem Maul, als hätte er drei Tage lang nichts zu essen gekriegt, dann möchte man am liebsten nach der Mütze greifen und davonlaufen. Ich erinnere mich noch, wie wenn es heute wäre, – meine Mutter selig war noch am Leben, – an die langen Winterabende, wenn draußen heftiges Frostwetter herrschte und das schmale Fensterchen unserer Stube dicht mit Schnee verklebte, wie sie da am Spinnrocken saß, mit der Hand den langen Faden zog, mit dem Fuß die Wiege schaukelte und ein Lied dazu sang, das ich jetzt noch im Ohr habe. Das Lämpchen beleuchtete zitternd und wie im Schreck aufflackernd die Stube. Die Spindel surrte; und wir Kinder hörten alle, zu einem Haufen zusammengedrängt, dem Großvater zu, der vor Alter schon über fünf Jahre nicht mehr hinterm Ofen hervorgekrochen war. Aber keiner der wundersamen Berichte aus den alten Tagen von den Ritten der Saporoger, von den Polen, von den kühnen Taten des Podkowa, des Poltora-Koschucha oder des Sagaidatschny ergriffen uns so stark wie die Berichte über eine alte sonderbare Begebenheit, bei der einem ein Schauer über den Leib lief und das Haar sich sträubte. Manchmal kam eine solche Angst über einen, daß man abends Gott weiß was für Ungeheuer zu sehen meinte. Hattest du mal nachts die Stube verlassen, um etwas zu besorgen, so glaubtest du sicher, es habe sich ein Fremdling aus jener Welt in dein Bett gelegt, um zu schlafen. Ich will auf der Stelle sterben, wenn ich nicht oft meinen eignen Kittel am Kopfende des Bettes für einen zusammengekauerten Teufel hielt. Aber die Hauptsache an den Erzählungen des Großvaters war, daß er sein Lebtag nie gelogen hat, und wie er's sagte, genau so war es auch.

Eine von seinen sonderbaren Geschichten will ich euch jetzt erzählen. Ich weiß wohl, es werden sich schon etliche Klüglinge finden, die Gerichtsschreiber sind oder gar neumodische Schriften lesen, – die zwar keinen Deut verstehen, wenn man ihnen ein Stundenbuch in die Hand drückt, – aber dafür um so besser die Zähne zu fletschen wissen. Was man denen auch erzählen mag, sie lachen ja doch. Was hat sich doch jetzt für ein Unglaube in der Welt verbreitet! Gott und die unbefleckte Jungfrau mögen mir beistehen – ihr werdet's vielleicht nicht glauben: Als ich einmal von Hexen sprach – da fand sich doch wahrhaftig so ein Springinsfeld, der nicht an Hexen glauben wollte! Gott sei Dank, ich lebe schon viele Jahre; ich habe schon Menschen gesehen, die solche Heiden waren, daß es ihnen leichter wurde, in der Beichte zu lügen, als unsereinem, eine Prise zu nehmen; aber auch die schlugen vor einer Hexe das Kreuz. Wenn denen einmal im Traum … na, ich will's gar nicht erst über die Zunge bringen … was soll man über sowas noch Redens machen.

Vor vielen, vielen Jahren, 's werden wohl sicher über hundert sein, – erzählte mein Großvater selig – war unser Dorf noch etwas ganz anderes als jetzt! Da war's noch ein Weiler, der allerärmste

Weiler! Zehn ungetünchte und ungedeckte Hütten lagen mitten im Felde verstreut, und es gab weder einen Zaun, noch einen anständigen Schuppen, in dem man Vieh oder einen Wagen hätte unterstellen können. Und die, die so lebten, das waren noch die Reichen, was aber erst unsereiner von der Brüderschaft der Habenichtse für ein Leben hatte, das läßt sich kaum beschreiben! Ein Loch in der Erde – das war das ganze Haus! nur an dem Rauch konnte man merken, daß da ein Menschenskind unseres lieben Herrgotts hauste. Ihr werdet nun fragen, warum lebten die wohl so? Armut allein war's nicht, denn damals war fast jeder ein freier Kosak und hatte sich in fremden Ländern nicht wenig Reichtümer erbeutet; nein, man sehnte sich gar nicht nach einem richtigen Hause. Was treiben sich damals nicht allerorts für Menschen herum: Leute aus der Krim, Polen, Litauer usw. Oft geschah es auch, daß man von den eigenen Landsleuten geschunden wurde. Ja ja, da kam mancherlei vor.

In diesem Weiler nun tauchte zuweilen ganz plötzlich ein Mensch oder richtiger gesagt, ein Teufel in Menschengestalt auf. Woher er kam und zu welchem Zwecke – das wußte niemand. Er soff, vergnügte sich, – und auf einmal war er verschwunden, wie wenn er in die Erde gesunken wäre. Dann kam er wieder, wie vom Himmel gefallen, trieb sich auf den Straßen des Dorfes umher, von dem jetzt keine Spur mehr übrig ist, und das vielleicht nicht mehr als hundert Schritte von Dikanka entfernt war, sammelte die ersten besten Kosaken um sich, und dann ging ein Lachen und Singen an: Das Geld wurde nur so ausgeschüttet, und der Schnaps rann dahin wie Wasser. Dann ging er zu den Mädchen und schenkte ihnen Bänder, Ohrringe und Perlen – in vollen Haufen! Freilich, so manches Mädel wurde bedenklich bei diesen Geschenken: Weiß Gott, am Ende waren sie in der Tat durch unreine Hände gegangen. Die leibliche Tante meines Großvaters, die damals auf der heutigen Landstraße von Oposchnjani einen Ausschank hatte, in dem Bassawrjuk (so hieß dieser Teufelskerl) oft zechte, pflegte zu sagen, sie würde um keinen Preis in der Welt ein Geschenk von ihm annehmen. Aber wie konnte man wiederum etwas zurückweisen? – Jedem wurde gruselig zumute, wenn *er* seine borstigen Brauen runzelte und einen finstern Blick auf einen warf, daß man am liebsten ausgerissen wäre; nahm man aber das Geschenk an, so konnte man schon in der nächsten Nacht einen Gast aus dem Moor, einen mit Hörnern auf dem Kopfe, erwarten. Und der würgte einen, wenn man Perlen am Halse trug, biß einen in den Finger, wenn sie ein Band darein geflochten hatte. Zehn Schritt vom Leibe mit solchen Geschenken! Eine neue Not aber war es, sie los zu werden: Man wirft sie ins Wasser – aber der teuflische Ring oder die Perlen schwimmen oben auf und springen einem wieder in die Hand zurück.

Im Dorfe stand auch eine Kirche, die, wenn ich mich recht besinne, dem heiligen Pantelej angehörte. Damals nun waltete in ihr ein Priester namens Vater Afanassij seligen Angedenkens. Als er gewahrte, daß Bassawrjuk sogar am Ostersonntag nicht in die Kirche kam, wollte es ihn ausschelten und ihm eine Kirchenbuße auferlegen; aber sieh da, er kam kaum mit heiler Haut davon. »Hör mal, *Herr!*« brüllte ihn jener an, »kümmere dich lieber um deine Geschäfte, anstatt dich in fremde zu mischen, wenn du nicht willst, daß dir dein Ziegenhals mit einem heißen Sterbekuchen verkleistert wird!« Was konnte man mit diesem Gottverdammten anfangen? Vater Afanassij erklärte nun jeden, der mit Bassawrjuk verkehren würde, für einen Römling und für einen Feind der Christenkirche und des ganzen Menschengeschlechts.

In demselben Dorfe hatte auch ein Kosak namens Korsch einen Arbeiter, den die Leute Peter Heimatlos nannten, vielleicht deshalb, weil er weder seinen Vater noch seine Mutter kannte. Der Kirchenvorstand hatte zwar gesagt, die wären schon in seinem zweiten Lebensjahr an der Pest gestorben; aber die Tante meines Großvaters wollte es nicht wahrhaben und war aus aller Kraft bemüht, ihm Eltern aufzudrängen, obgleich der arme Peter sich geradesoviel um diese Frage kümmerte wie wir um den vorigjährigen Schnee. Sie behauptete, sein Vater befinde sich jetzt noch in der Saporoger Gegend, sei in Gefangenschaft bei den Türken gewesen, habe Gott weiß welche Qualen erdulden müssen und habe nur durch ein Wunder, als Eunuch verkleidet, Reißaus nehmen können. Die schwarzbrauigen Mädels und die jungen Weibsleute scherten sich wenig um seine Verwandtschaft. Sie äußerten nur, wenn man ihm einen feinen Rock – etwa einen neuen Schupan – anzöge, einen roten Gürtel umlegte, eine neue Mütze aus schwarzem Lammfell mit einer schmucken blauen Kappe aufsetzte, ihm einen türkischen Säbel an die Seite schnallte und in die eine Hand einen langen Degen und in die andere eine hübsch eingefaßte Pfeife gäbe – dann würde er alle andern Burschen in die Tasche stecken. Aber der arme Petrusj besaß alles in allem nur einen einzigen grauen Kittel, der mehr Löcher hatte als mancher Jude Dukaten in der Tasche. Doch das wäre noch nicht schlimm gewesen, was schlimm war, war vielmehr dies: Der alte Korsch hatte ein Töchterchen, eine Schönheit, wie ihr sie wohl kaum je gesehen habt. Die Tante des seligen Großvaters pflegte zu erzählen, – und ihr wißt ja, ein Weib wird, mit Verlaub zu sagen, eher den Teufel küssen, als eine andere schön nennen, – daß die runden Bäckchen des Kosakenmädchens so frisch und glänzend waren wie die allerzarteste rote Mohnblume, die sich in Gottes Tau gebadet hat und nun aufleuchtet, ihre Blättchen ausbreitet und sich vor der aufgehenden Sonne putzt. Wie schwarze Schnürchen, die die Mädchen heutzutage bei den Hausierern in den Dörfern für ihre Kreuze und Schmuckdukaten kaufen, so zart schwangen sich die Brauen über ihren Augen, als spiegelten sie sich ich ihrem klaren Kristall. Ihr Mündchen, nach dem der ganzen jungen Welt von damals der Mund wässerte, schien wie geschaffen für die Gesänge einer Nachtigall. Ihr Haar, schwarz wie Rabenfittiche und weich wie junger Flachs (denn damals flochten es die jungen Mädchen noch nicht zu kleinen Zöpfchen, durch die sie sich jetzt hübsche bunte Bänderchen ziehen) fiel in vollen Locken auf den goldbestickten Überwurf herab. Ei, da soll mich doch Gott von der Kanzel nie wieder das Hallelujah singen lassen, wenn ich sie nicht auf der Stelle abküssen möchte, und wenn auch der alte Wald auf meinem Schädel schon so ziemlich grau ist, und meine Alte sich mir an die Seite heftet wie ein Star ins Auge. Na, wenn ein Bursch und ein Mädel nah beieinander wohnen ... ja, da wißt ihr schon, was draus wird. Man konnte stets in aller Herrgottsfrühe den Abdruck der Stiefeleisen auf der Stelle sehen, wo Pidorka mit ihrem Petrusj gestanden hat. Korsch hätte immer noch nichts Schlimmes geahnt, aber einst – und das kam durch nichts anderes als durch die List eines Teufels – da fiel es Petrusj ein, ohne sich genauer im Flur umzusehen, sozusagen von ganzer Seele einen Kuß auf die rosigen Lippen des Kosakenmädchens zu pressen. Und dieser selbe Teufel – mag doch der Hundesohn vom heiligen Kreuz träumen! – ritt den alten Knasterbart, daß er gerade zu dieser Zeit die Tür öffnete. Korsch stand da wie ein Holzklotz, sperrte den Mund auf und mußte sich an die Tür lehnen. Der verdammte Kuß schien ihn vollkommen betäubt zu haben. Er kam ihm lauter vor als der Schlag eines Mörserstößels auf ein Brett, mit dem zu unserer Zeit die Bauern in Ermangelung von Pulver und Flinte den Festschmaus zu Ehren Johannes des Täufers begleiten. Als er wieder zu sich gekommen war, nahm er seine Nagaika aus Urväter Zeiten von der Wand und wollte sie schon auf den Rücken des armen Peter niedersausen lassen, da erschien auf einmal Pidorkas sechsjähriges Brüderchen Iwasj, kam erschreckt herbeigelaufen, umschlang seine Beine mit den Händchen und schrie: »Vater, Vater, schlag Petrusj nicht!« Was war da zu machen? Ein Vaterherz ist nicht von Stein: Er hing die Nagaika an die Wand und führte ihn leise aus dem Zimmer hinaus. »Wenn du dich jemals wieder hier im Hause sehen läßt oder auch nur am Fenster, so höre, Petrusj; Bei Gott, dein schwarzer Schnurrbart ist dahin und auch deine Kosakenlocke, die du dir doppelt ums Ohr wickelst, – ich will nicht Terentij Korsch sein, wenn sie nicht von deinem Schädel

Abschied nimmt!« Bei diesen Worten versetzte er ihm einen leichten Stoß in den Nacken, so daß Petrusj Hals über Kopf hinausflog. So weit hatten sie es mit dem Küssen gebracht. Ein schwerer Kummer überfiel unser Täubchen; dazu ging noch im Dorfe das Gerücht um, zu Korsch ins Haus käme ein goldbeladener Pole mit Schnurrbart, Säbel und Sporen, dessen Taschen so klirrten wie der Klingelbeutel, den unser Meßner Taras täglich in der Kirche umgehen läßt. Nun weiß man ja, wozu man einen Vater besucht, der eine schwarzäugige Tochter hat. Einmal schlang Pidorka die Arme um ihren Bruder Iwasj: »Iwasj, mein Liebling, bester Iwasj! Lauf zu Petrusj, mein goldenes Kind, rasch, wie ein Pfeil vom Bogen schnellt, und erzähl' ihm alles: Ich möchte seine grauen Augen liebkosen und sein weißes Antlitz küssen, aber das Schicksal will es nicht. Manches Tuch habe ich mit meinen heißen Tränen benetzt, mir ist so bang und so schwer ums Herz. Mein eigner Vater ist mir feind und zwingt mich, dem ungeliebten Polen in die Ehe zu folgen. Sag' ihm, man bereite schon die Hochzeit vor, doch es soll keine Musik auf unserer Hochzeit geben, und nur die Küster werden plärren, statt daß Zither und Schalmei erklingen. Und nicht werde ich mit meinem Gemahl zum Tanze gehen, sondern hinaustragen wird man mich aus dem Hause. Dunkel und düster wird mein enges Haus sein – aus Ahornbrettern wird es gezimmert sein, und statt eines Schlotes wird ein Kreuz auf dem Dache stehn!«

Wie versteinert und ohne sich von der Stelle rühren zu können, hörte Petrusj das unschuldige Kind Pidorkas Worte nachlallen. »Dacht ich Unglücklicher nicht schon daran, in die Krim oder ins Türkenland zu ziehen, mir Gold zu erbeuten und mit vielen Gütern beladen zu dir zurückzukehren, du meine Schönste? doch es sollte nicht sein. Ein böser Blick hat uns getroffen. Wohl werden wir Hochzeit feiern, mein teures Fischlein du, aber kein Küster wird auf unserer Hochzeit singen – statt eines Popen krächzt mir zu Häupten ein schwarzer Rabe, das weite Feld wird mein Haus und die graue Wolke mein Dach sein; meine grauen Augen hackt der Adler aus; der Regen wird mir die Kosakenknochen bleich waschen, und der Sturmwind wird sie austrocknen. Doch was tu ich? Wem klag' ich was vor? Gott hat's wohl so angeordnet! Verloren ist verloren!« – Und stracks zog er in die Schenke.

Die Tante meines seligen Großvaters war nicht wenig erstaunt, als sie Petrusj in der Schenke sah, und dazu noch zu einer Zeit, wo ein braver Mensch zur Frühmesse geht. Sie glotzte ihn mit ihren Augen an, wie wenn sie noch im Schlafe läge, als er einen Krug – oder richtiger fast einen halben Eimer – voll Branntwein bestellte. Allein vergebens suchte der Ärmste seinen Kummer zu ertränken. Der Schnaps brannte ihm auf der Zunge wie Nesseln und dünkte ihn bitterer als Wermut. Weit von sich warf er den Krug zu Boden. Da dröhnte es im Baß über seinem Kopfe: »Laß doch das Trauern, Kosak!« Er schaute auf: Es war Bassawrjuk! uh, welche Fratze! Der hatte Haare wie ein Borstenvieh und Augen wie ein Bulle! »Ich weiß, was dir fehlt: das da!« rief er und klirrte teuflisch grinsend mit seiner ledernen Geldkatze, die ihm am Gürtel hing. Petrusj erbebte. »Hehe, wie die Glühen!« brüllte er und schüttete sich die Dukaten auf die Hand. »Hehe, die klimpern! Und doch heißt's nur eine einzige Tat vollbringen um einen ganzen Berg solcher Schnipsel!« – »Satan!« schrie da Petrusj. »Her damit! Ich bin zu allem bereit!« Beide gaben sich den Handschlag und waren einig. »Sieh, Petrusj, du kommst gerade zur rechten Zeit: Morgen ist Johannistag. Nur in dieser einen Nacht des Jahres treibt das Farnkraut Blüten. Du darfst es nicht verpassen. Ich erwarte dich um Mitternacht in der Bärenschlucht.«

Ich glaube, die Hühner warten nicht so auf den Augenblick, wo ihnen die Hausfrau Krumen streut, wie Petrusj auf den Abend wartete. Immerwährend blickte es aus, ob die Baumschatten nicht länger würden, ob nicht die tief herabgesunkene Sonne in Purpur erglömme, und je länger er wartete, um so ungeduldiger wurde er. Wie lange dauerte das doch! Gottes Tag konnte wohl kein Ende finden. – Nun ist die Sonne fort. Nur auf einer Seite rötet sich der

Himmel noch. Und schon erlosch er. Es wird kälter im Felde; dunkler und dunkler wird's, und alles liegt in nächtlicher Finsternis da. Endlich! Das Herz wollte ihm schier aus der Brust springen, als er sich auf den Weg machte und mit Vorsicht durch den dichten Wald zu dem tiefen Grunde herabstieg, der Bärenschlucht genannt wurde. Bassawrjuk wartete schon auf ihn. Es war so finster, daß man die Hand vor den Augen nicht sah. Hand in Hand schlichen sie durch die Sümpfe des Moors, verfingen sich im dichten Gestrüpp und strauchelten fast bei jedem Schritte. Endlich fanden sie einen ebenen Platz. Petrusj sah sich um: Er war noch nie hier gewesen. Auch Bassawrjuk blieb stehen.

»Siehst du: da vor dir liegen drei Hügel. Viel mannigfache Blumen wachsen dort; doch alle Mächte der Welt mögen dich bewahren, auch nur eine zu pflücken. Kaum aber erblüht der Farn, so greif nach ihm und blick dich nicht um, was du auch hinter dir dünken magst.«

Petrusj wollte noch etwas fragen ... aber jener war verschwunden. Er ging auf die Hügel zu: Wo waren die Blumen? Es war nichts zu sehen. Schwarz lag das wilde Steppengras da und überwucherte alles mit seinem Gestrüpp. Da blitzte ein Wetterleuchten auf, und vor ihm erschien ein ganzes Beet voll wundersamer und nie gesehener Blumen; darinnen sah er auch die einfachen Blätter des Farnkrautes. Voller Zweifel stemmte Petrusj beide Hände in die Hüften und stellte sich nachdenklich vor sie hin.

»Was ist denn Wunderbares dabei? Zehnmal des Tages sehe ich solches Kraut: Was ist denn das für ein Mirakel? Am Ende macht sich die Teufelsfratze nur über mich lustig!«

Auf einmal aber glüht ein kleines Knöspchen rot auf und rührt sich, wie wenn es lebendig wäre. Seltsam fürwahr! Rührt sich, wird immer größer und größer und glüht heiß wie eine rote Kohle. Da flammte ein Sternchen auf, etwas knisterte leise, und vor seinen Augen entfaltet sich die Blume wie eine Flamme, loht leuchtend auf und überstrahlt alles rings herum.

»Jetzt ist's Zeit«, dachte Petrusj und streckte die Hand aus. Aber siehe, da strecken sich noch hundert andere zottige Hände nach der Blume aus, und hinter ihm läuft raschelnd etwas von Ort zu Ort. Er drückte die Augen auf, riß am Stengel und die Blume blieb in seiner Hand. Alles verstummte. Da tauchte Bassawrjuk, auf einem Baumstumpf sitzend, empor: ganz bläulich wie eine Leiche. Er rührte keinen Finger, seine Augen waren starr auf etwas gerichtet, das nur ihm allein sichtbar war; sein Mund stand halb offen, aber er sprach nichts. Ringsum rührte sich nichts. Wie furchtbar war Petrusj zumute! ... Aber nun vernahm Petrusj ein Pfeifen, daß ihm das Herz im Leibe erstarrte, und es kam ihm so vor, als ob das Gras summe und die Blumen sich mit dünnen Stimmchen unterhielten, die wie silberne Glöcklein klangen. Die Bäume donnerten grollend durcheinander ... Bassawrjuks Antlitz wurde auf einmal lebendig. Seine Augen funkelten. »Endlich ist sie da, die Hexe, « grunzte er durch die Zähne. »Petrusj schau, bald wird dir eine schöne Frau erscheinen: Tu alles, was sie dir befiehlt, sonst bist du auf ewig verloren!« Er zerteilte das Dickicht mit einem Knotenstock, und vor ihnen erschien ein Häuschen, das auf Hühnerfüßchen stand, wie es im Märchen heißt. Bassawrjuk schlug mit der Faust dagegen, und die Wand wankte. Ein großer schwarzer Hund kam winselnd herausgelaufen, verwandelte sich plötzlich in eine Katze und warf sich ihnen entgegen. »Tobe nicht, wüte nicht, alte Teufelin«, rief Bassawrjuk und würzte seine Rede mit so einem Wörtlein, daß sich ein rechtschaffener Mensch dabei die Ohren zugestopft hätte. Da wurde die Katze zu einem alten Weibe mit einem so runzligen Gesicht wie ein gebratener Apfel und krümmte sich wie ein Bogen; Nase und Kinn glichen einem Nußknacker. »Welch herrliche Schönheit!« dachte Petrusj, und es überlief ihn kalt. Die Hexe riß ihm die Blume aus der Hand, beugte sich über sie, flüstere einem langen Spruch vor sich hin und besprengte sie mit einer unbekannten Flüssigkeit. Funken stoben aus ihrem Munde, und Schaum trat ihr auf die Lippen. »Wirf sie hin«, rief sie, indem sie ihm die Blume reichte. Petrusj warf die Blume hin, aber – o Wunder: Die Blume fiel nicht gleich zur Erde, sondern leuchtete lange wie eine Feuerkugel mitten im Dunkel und segelte wie ein Kahn durch die Luft: endlich begann sie sich leise zu senken und fiel so fern von ihnen herab, daß das Sternchen kaum mehr zu sehen war und nicht größer erschien, denn ein Mohnkorn. »Hier!« krächzte die Alte dumpf, und Bassawrjuk reichte ihm einen Spaten hin und reif: »Grabe hier nach, Petrusj! Da wirst du so viel Gold finden, als weder du noch Korsch je geträumt haben!« – Petrusj spie sich in die Hände, ergriff den Spaten, trat mit dem Fuß darauf und wühlte die Erde auf, einmal, noch einmal, ein drittes Mal, noch einmal ... Da stieß er auf etwas Hartes! ... Der Spaten klirrte und wollte nicht tiefer in die Erde hinein. Jetzt begannen seine Augen plötzlich ganz deutlich eine kleine eisenbeschlagene Kiste wahrzunehmen. Schon wollte er sie mit der Hand erfassen, aber die Kiste begann immer tiefer und tiefer in die Erde zu sinken, und hinter sich vernahm er ein Lachen, das dem Zischen von Schlangen glich. »Nie sollst du das Gold erschauen, ehe du nicht Menschenblut herbeischaffst!« rief die Hexe und führte auf einmal ein etwa sechsjähriges Kind vor ihn hin, das mit einem weißen Tuch bedeckt war; sie deutete ihm mit Zeichen an, er müsse dem Kinde den Kopf abhacken. Petrusj erstarrte. Ist's denn eine Kleinigkeit, so mir nichts, dir nichts einem Menschen den Kopf abzuhacken, und dazu noch einem unschuldigen Kinde! Wütend riß er das Tuch vom Kopfe, und was sah er? Vor ihm stand Iwasj! Das arme Kind stand mit gekreuzigten Händchen und gesenktem Köpfchen da ... Wie ein Rasender sprang Petrusj mit dem Messer auf die Hexe los und erhob die Hand ...

»Was versprachst du, für das Mädchen zu tun?« donnerte ihn Bassawrjuk an und versetzte ihm einen Schlag in den Rücken, der ihn traf wie ein Schuß. Die Hexe stampfte mit dem Fuße, und eine blaue Flamme sprang aus dem Boden. Das Innere der Erde strahlte auf und war wie aus Glas, und alles in der Erde wurde so deutlich sichtbar, gleich als läge er auf der flachen Hand! In Kisten und Kesseln waren Dukaten und Edelsteine haufenweise aufgestapelt, genau unter der Stelle, auf der sie standen. Des Petrusj Augen brannten … sein Verstand verfinsterte sich … Wie ein Toller packte er das Messer, und das unschuldige Blut spritzte ihm in die Augen. Ein teuflisches Gelächter toste auf allen Seiten. – Widerwärtige Ungeheuer sprangen scharenweise vor ihm auf und ab. Wie ein Wolf die Hände in den enthaupteten Leichnam gekrallt, sog die Hexe das Blut. In Petrusjs Kopf kreiste alles, und mit dem Aufwand seiner letzten Kräfte begann er zu laufen. Alles vor ihm versank in rotes Licht. Alle Bäume brannten in rotem Blut und stöhnten. In Rotglut getaucht wankte der Himmel hin und her. Feuerflecke zuckten glimmend vor seinen Augen auf. Entkräftet lief er bis in seine Hütte, sank dort zu Boden wie ein Ähre, und ein totenähnlicher Schlaf umfing ihn.

Zwei Tage und zwei Nächte schlief Petrusj, ohne zu erwachen. Als er am dritten Tage wieder zu sich kam, betrachtete er lange alle Ecken und Winkel seiner Stube, doch vergeblich suchte er sich an die Begebenheiten der letzten Zeit zu erinnern: Sein Gedächtnis glich der Tasche eines alten Geizhalses, aus der man keinen Heller herauslocken kann. Nachdem er sich ein wenig gereckt hatte, vernahm er plötzlich zu seinen Füßen ein Klirren. Sieh da: vor ihm lagen zwei Säcke mit Gold. Erst jetzt erinnerte er sich wie in einem Traume, daß er einen Schatz gesucht hatte, und wie es grausig im Walde gewesen war … Aber um welchen Preis er ihn erhalten hatte, darauf könnte er sich durchaus nicht mehr besinnen.

Sowie Korsch die Säcke erblickte, da wurde er seidenweich. »Petrusj, so ein Herzensjung', den sollt' ich nicht lieben? Der war mir doch stets wie mein eigner Sohn!« Und der alte Knurrhahn begann so zu schwefeln, daß dem Petrusj die Tränen in die Augen kamen. Da lief Pidorka bestürzt herbei und begann zu erzählen, Iwasj sei von vorbeiziehenden Zigeunern gestohlen worden. Aber Petrusj konnte sich nicht einmal mehr auf ihn besinnen, so sehr stand er im Banne des verdammten Teufelsspukes! Nun war keine Zeit mehr zu verlieren. Der Pole wurde vor die Tür gesetzt, und man feierte Hochzeit: da wurden Kuchen gebacken, Wäsche genäht, man rollte ein Fäßchen Schnaps herbei, das junge Paar wird an den Tisch gesetzt, das Hochzeitsgebäck aufgeschnitten, da klimperten Harfen und die Saiten des Zymbals, es kreischten die Schalmeien und die Zithern summten – und die Lustbarkeit begann ...

Ein Hochzeitsfest aus alten Tagen ist nicht mit einem in unserer Zeit zu vergleichen. Die Tante meines Großvaters erzählte – hei juchhei! Ei wie da die Mädels im prächtigen Kopftuch mit den gelben, blauen und rosa Bändern und der Goldtresse daran drauf lossprangen. Sie hatten feine Hemden an, deren Nähte mit rosa Seide bestickt waren und die kleine silberne Blümchen zierten, und hohe Saffianstiefelchen, die mit Hufeisen beschlagen waren; stolz wie Pfauen flogen sie gleich einem Wirbelwind rauschend durchs Zimmer. Wie da die jungen Frauen eine nach der anderen hervortraten mit ihrem bootsartigen Kopfputz, dessen Kappe aus Brokat gewirkt war, mit einem Nackenausschnitt, durch den das goldene Häubchen mit den zwei herabbaumelnden Zipfelchen aus feinstem schwarzen Lammfell hervorguckte, in ihren blauen Überwürfen aus herrlichstem Seidenstoff mit roten Aufschlägen – ei, wie sie da gar würdig, die Hände auf die Hüften gestützt, eine nach der anderen hervortraten und im Takt ihren Hopak tanzten. Wie da die Burschen in ihren hohen Kosakenmützen, in feinen Tuchkitteln mit selbergesticktem Gürtel und die Pfeife zwischen den Zähnen, um sie herumscharwenzelten und ihr Licht durchaus nicht unter den Scheffel stellten! Korsch selbst konnte beim Anblick des jungen Volkes nicht mehr an sich halten und legte los wie in alten Tagen. Mit der Harfe in der Hand, aus der Pfeife paffend und ein Lied vor sich hinsingend, so begann der Alte, mit dem Schnapsglas auf dem Kopf, beim lauten Geschrei der lustigen Kumpanei seinen Hopser herunterzustampfen. Was die nicht alles in ihrer Lustigkeit anstifteten! Schon wenn man anfing, Mummenschanz zu treiben,

Gott, was gab's da nicht alles. Das war eine ganz andere Mummerei als auf unseren heutigen Hochzeiten. Was macht man denn heute? Man verkleidet sich als Zigeunerinnen und Moskowiter, das ist alles! Nein, damals verkleidete sich einer als Jude und der andere als Teufel: erst küßte man sich, und dann packte man einander beim Schopf … Ich bitt' euch, das gab ein Lachen, daß man sich den Bauch halten mußte. Oder man legte türkische und tatarische Gewänder an, die da glühten wie das reine Feuer … Und wenn man erst wirklich anfing, Unsinn und Schabernack zu treiben … das war geradezu zum Platzen! Mit der Tante meines verstorbenen Großvaters, die mit auf dieser Hochzeit war, begab sich eine drollige Geschichte. Sie trug damals ein weites tatarisches Kleid und ging mit dem Schnapsglas in der Hand umher, um alle wohl zu versorgen. Da mußte einen der Teufel reiten, daß er sie von hinten mit Branntwein begoß, ein anderer mußte gerade in diesem Augenblick Feuer schlagen, und so setzten sie sie denn lichterloh in Brand. Die Flammen flackerten im Nu hoch auf: die arme Tante begann sich voller Schrecken in aller Gegenwart die Kleider vom Leibe zu reißen … Was sich da für ein Lärm, Gelächter und ein wildes Durcheinander erhob, rein wie auf einem Jahrmarkt! Kurz, die ältesten Leute konnten sich nicht auf eine so lustige Hochzeit besinnen.

Pidorka und Petrusj begannen ein Leben miteinander wie die feinsten Herrschaften. Alles war in Hülle und Fülle vorhanden, alles blinkte und funkelte nur so … Doch die lieben Nachbarn, die ihren Wohlstand mitansahen, schüttelten nur den Kopf. »Vom Teufel kommt nichts Gutes!« sagten sie alle einstimmig. »Woher hat er denn den Reichtum, wenn nicht vom Versucher aller rechtgläubigen Christen? Wo hätte er einen solchen Haufen Goldes wohl hergenommen? Warum ist Bassawrjuk gerade an demselben Tage verschwunden, als Petrusj zu seinem Reichtum kam?« – Und was die Leute noch alles redeten. Und in der Tat; es war noch kein Monat vergangen, da war Petrusj nicht mehr wiederzuerkennen.

Was mit ihm geschehen war, das weiß Gott allein. Sitzt immer auf ein und derselben Stelle fest und redet kein Wort; er grübelt nur immer, als wollte er sich auf etwas besinnen. Wenn es Pidorka gelang, ein Wort aus ihn herauszupressen, so daß er sich vergaß, ins Gespräch kam und sogar ganz heiter wurde, dann brauchte er nur wie zufällig auf die Geldsäcke zu blicken, und sofort schrie er los: »Halt, halt, ich hab's vergessen!« Und wieder verfiel er in Sinnen und quälte sich ab, eine Erinnerung heraufzurufen. Manchmal, wenn er lange Zeit still auf einem Flecke saß, kam es ihm so vor, als ob etwas Längstvergangenes wieder in sein Gedächtnis zurückkehrte ... aber gleich darauf verschwand alles wieder. Es dünkt ihn, er sitzt in der Schenke, man bringt ihm Schnaps, der Schnaps brennt ihm auf der Zunge und widert ihn an; jemand tritt zu ihm – schlägt ihm auf die Schulter, und er ... Aber dann schien alles vor ihm in einen Nebel zu sinken, der Schweiß rann ihm vom Gesicht, und er sank erschöpft wieder auf seinen Platz zurück.

Was auch Pidorka tun mochte: Kluge Frauen befragen, Zinn deuten, Wasser besprechen – nichts wollte helfen. So verging der Sommer. Manch ein Kosak hatte schon sein Korn abgemäht und sein Heu geschnitten; manch kühnerer Kosak war ins Feld gezogen. Schwärme von Enten drängten sich auf unseren Weihern und der Zaunkönig war schon längst verschwunden. Die Steppen färbten sich rot, Getreidehaufen lagen hie und da verstreut wie Kosakenmützen auf dem Felde. Auf den Wegen konnte man schon Wagen begegnen, die mit Reisig und Holz beladen waren. Die Erde wurde hart, und zeitweise gab es schon Frost. Schon rieselte der Schnee vom Himmel herab, und die Zweige der Bäume waren mit Rauhreif verziert wie mit Hasenpelzchen. Schon stolzierte in kalten Wintertagen der rotbrüstige Gimpel wie ein eitler polnischer Schlachtschitz auf den Schneehaufen umher und suchte sich Körner, und die Kinder trieben mit Riesenstäben hölzerne Bälle übers Eis, während ihre Väter ruhig hinter den Öfen lagen und nur ab und zu mit der brennenden Pfeife im Munde vors Haus gingen, um tüchtig auf den russischen Frost zu schimpfen, um sich mal auszulüften, oder weil sie das Korn in den Schobern noch einmal durchdreschen wollten. Endlich begann der Schnee zu schmelzen, und der Hecht schlug mit dem Schwanze das Eis auf; Petrusj aber war derselbe geblieben, und nur um so düsterer geworden, je weiter die Zeit vorrückte. Wie angeschmiedet saß er mitten im Zimmer, die Säcke mit dem Golde zwischen den Beinen. Er verwilderte, war ganz und gar mit Haaren bewachsen, und wurde ein wahres Schreckbild; immer denkt er an ein und dasselbe, will sich etwas ins Gedächtnis zurückrufen, grollt mit sich und wütet, daß es ihm nicht gelingt. Oft springt er wild von seinem Sitze auf, fährt mit den Händen umher und heftet seine Augen auf etwas, als ob er es festhalten wollte; seine Lippen bewegen sich, als wollten sie ein längst vergessenes Wort aussprechen und – erstarren … Tobsucht packt ihn; wie toll nagt und beißt er an seinen Händen, und voll Grimm reißt er sich ganze Büschel von Haaren aus, bis er wieder still wird, bewußtlos hinsinkt, wieder zu sinnen anfängt; und dann wieder dieselbe Wut und dieselbe Qual … Was für eine Strafe Gottes war das! Was Pidorka durchmachen mußte, das war kein Leben mehr! Zuerst graute sie's, allein im Hause zu bleiben, aber dann gewöhnte sich die Ärmste an ihr Unglück. Die Pidorka von einst war nicht mehr wiederzuerkennen. Ihr Gesicht hatte weder Farbe noch ein Lächeln mehr; abgehärmt und abgezehrt war's, ausgeweint waren die klaren Augen. Einst gab ihr jemand aus Erbarmen den Rat, sie solle zu der Zauberin gehen, die in der Bärenschlucht hauste, und von der der Ruf ausging, sie könne alle Gebreste der Welt heilen. Sie beschloß, dieses letzte Mittel zu versuchen. Nach vielem Hin und Her überredete sie endlich die Alte, mit ihr mitzugehen. Es war gegen Abend und gerade vor Johannisnacht. Petrusj lag besinnungslos auf der Bank und nahm den neuen Gast gar nicht wahr. Doch bald begann er sich nach und nach aufzurichten und um sich zu blicken. Plötzlich erbebte er wie auf dem Schafott; sein Haar sträubte sich … und er brach in ein solches

Lachen aus, daß die Angst Pidorka ins Herz schnitt. »Ich hab's, ich hab's!« schrie er in fürchterlicher Lustigkeit, schwang das Beil hoch empor und ließ es aus aller Leibeskraft auf die Alte fallen. Das Beil sauste zwei Zoll tief in die Eichentür hinein. Die Alte war verschwunden, und mitten in der Stube stand ein Kind von sieben Jahren in weißem Hemdchen mit verhülltem Haupte ... Das Tuch flog herunter. »Iwasj!« schrie Pidorka und stürzte auf ihn zu; doch das Gespenst war vom Kopf bis zu den Füßen mit Blut bedeckt und erglühte in rotem Lichte, das die ganze Stube in brennendes Rot tauchte. Voller Angst lief sie auf den Flur; als sie wieder ein wenig zu sich gekommen war, wollte sie ihm helfen; aber vergebens! Die Tür war so fest hinter ihr zugeschlagen, daß man nicht imstande war, sie wieder zu öffnen. Die Leute liefen zusammen, begannen zu klopfen, schlugen die Tür ein: Keine Seele war da! Die ganze Stube war voll Rauch, nur in der Mitte, wo Petrusj gestanden hatte, lag ein Haufen Asche, von dem hie und da ein Qualm aufstieg. Man eilte zu den Säcken, darin lagen statt der Dukaten nur zerbrochene Scherben. Mit glotzenden Augen, aufgesperrten Mäulern und ohne den Mut, sich zu regen, standen die Kosaken wie angewurzelt da. In solche Angst hatte sie dies Wunder versetzt.

Was weiter geschah, das weiß ich nicht. Pidorka legte das Gelübde ab, eine Pilgerfahrt zu machen; sie suchte ihr Hab und Gut zusammen, das ihr vom Vater übriggeblieben war, und war in der Tat einige Tage später aus dem Dorfe verschwunden. Wohin sie sich begeben hatte, das wußte niemand zu sagen. Geschwätzige alte Weiber wollten wissen, sie sei dort, wo auch Petrusj sei; aber ein Kosak, der aus Kiew kam, erzählte, er habe im Kloster eine zum Skelett abgemagerte Nonne gesehen, die immerwährend betete und in der ihre Landsleute allen Anzeichen nach Pidorka wiedererkannt hätten. Bis jetzt, hieß es, habe noch niemand von ihr ein einzig Wörtlein gehört, sie solle allein zu Fuß gekommen sein und habe eine Fassung für das Heiligenbild der Mutter Gottes mitgebracht, eine Fassung, die mit solchen bunten Steinen besetzt gewesen sei, daß allen die Augen flimmerten, wenn sie sie ansähen.

Mit Verlaub, aber damit war noch nicht alles zu Ende. An demselben Tage, als der Böse Petrusj zu sich genommen hatte, tauchte auch Bassawrjuk wieder auf; aber alle mieden ihn von nun ab. Man wußte jetzt, was das für ein Vogel war: niemand anders als der Satan war's, der Menschengestalt angenommen hatte, um Schätze zu heben; und da unreine Hände nicht Schätze heben können, so lockte er brave Burschen an sich. Noch in demselben Jahre ließen alle ihre Lehmhütten stehen und liegen und zogen ins Kirchdorf; aber auch dort hatte man keine Ruhe vor dem verfluchten Bassawrjuk. Die Tante meines verstorbenen Großvaters erzählte, er habe eine besondere Wut auf sie gehabt, weil sie ihre alte Schenke auf der Landstraße nach Oposchnjany aufgegeben hatte, und er habe mit allen Mitteln versucht, seinen Zorn an ihr auszulassen. Einst waren die Dorfältesten in der Schenke beieinander; sie saßen und unterhielten sich, wie man so sagt, nach Amt und Würden am Tisch, auf dessen Mitte ein gewiß nicht allzu kleiner gebratener Hammel stand. Man schwatzte über dies und jenes, auch über mannigfache Wunder und Ungeheuerlichkeiten. Auf einmal schien's, und nicht nur einem, – was ja nichts bedeuten würde, – sondern allen, als ob der Hammel den Kopf erhob, die gebrochenen Augen wie lebendig leuchteten und als ob plötzlich ein borstiger schwarzer Schnurrbart sich auf die Anwesenden zubewegte. Alle erkannten in dem Hammelkopf sofort die Fratze Bassawrjuks, und die Tante meines Großvaters dachte schon, er würde gleich Schnaps bestellen! … Die guten Leutchen griffen nach ihren Mützen und zogen ihres Weges. Ein anderes Mal sah der Kirchenvorstand in eigener Person, der es liebte, ab und zu ein Stündchen bei Großvaters Schnapsglas zu verbringen, noch ehe er zum zweiten Male das Glas geleert hatte, auf einmal, wie das Glas anfing, sich ehrerbietigst vor ihm bis zur Erde zu verneigen. »Hol dich der Teufel!« rief er und begann sich zu bekreuzigen … Aber da widerfuhr seiner Ehehälfte gleichfalls ein Wunder: Sie hatte gerade begonnen, Teig in einem mächtigen Trog zu kneten, da sprang der Trog auf einmal in die Höhe. »Halt! Halt! Wohin willst du?« rief sie. Aber da begann er, die Henkel in die Hüften gestemmt, ehrwürdig in der Stube umherzutänzeln ... Ja, lacht nur! Aber unserem Großvater war's nicht zum Lachen zumute. Vergeblich ging Vater Afanassij im ganzen Dorfe mit Weihwasser umher und suchte den Teufel durch Besprengen aller Straßen zu vertreiben. Es half nicht. Noch lange klagte die Tante meines verstorbenen Großvaters darüber, daß, sobald es Abend wurde, jemand aufs Dach klopfte und an den Wänden kratzte.

Aber das ist noch nicht alles! Jetzt scheint ja auf der Stelle, wo unser Dorf steht, alles ruhig zu sein; aber es ist noch gar nicht so lange her – mein verstorbener Vater und ich haben es noch erlebt – daß kein ehrenwerter Mensch an der verfallenen Schenke, die noch lange Zeit danach immer wieder von den unreinen Geistern ausgebessert wurde, ohne Furcht vorbeigehen konnte. Aus dem rußigen Schlot schlugen Säulen Qualms empor, die so hoch in die Luft stiegen, daß einem beim Hinaufsehen die Mütze herunterfiele, und aus dem Qualm fielen glühende Kohlen über die ganze Steppe. Und der Teufel – gar nicht nennen dürft' man den Hundesohn – schluchzte so jämmerlich in seiner Kammer, daß die Aasgeier erschreckt in ganzen Scharen aus dem nahen Eichenwäldchen emporstießen und mit wildem Geschrei am Himmel umherschossen.

Mainacht oder der Ertrunkene

Der Teufel mag wissen wie's kommt! Machen sich ehrliche getaufte Leute an irgend etwas, so müssen sie sich abrackern wie der Windhund hinterm Hasen, und kriegen's doch nie zu fassen. Kommt aber der Böse und wackelt bloß mit dem Schwänzchen – da geht's auf einmal wie vom Himmel gefallen.

I.

Hanna

Hell wie ein leuchtender Strom ergoß sich ein Lied durch die Straßen des Dorfes ***. Es war die Stunde, da Burschen und Mädchen, matt von des Tages Mühe und Sorge, sich lärmend im Kreise versammeln, um im Glanz des reinen Abends ihre Lust in Klängen hinauszujubeln, in denen stets etwas wie eine geheime Trauer mitschwingt. Ganz in Sinnen versunken umschlang der Abend träumerisch den blauen Himmel und wandelte alles in Ungewißheit und Ferne. Schon begann es zu dämmern, aber die Lieder verstummten dennoch nicht. Mit der Harfe in der Hand zieht Lewko einher. Er hat sich von den Sängern weggeschlichen, der junge Kosak, des Dorfamtmanns Sohn. Mit seiner hohen Kosakenmütz' auf dem Kopfe zieht der Kosak durch die Gasse, zupft mit der Hand die Saiten und tänzelt dazu. Doch nun blieb er vor der Tür eines Häuschens stehen, das niedrige Kirschbäume umstanden. Wes Haus ist dieses? Und wes die Tür? Nach kurzem Verweilen spielte er und sang:

Sonne sinkt, Abend winkt,
Komm zu mir, mein Herzenskind!

»Nein, mein helläugiges Liebchen schläft wohl schon fest«, sprach der Kosak, indem er sein Lied beendete und ans Fenster trat. »Halja, Halja! Schläfst du, oder willst du nicht zu mir kommen? Du fürchtest gewiß, es könnt' uns jemand erblicken, oder will sich am Ende gar dein weißes Gesichtchen nicht in die Kälte hinauswagen? Fürcht' dich nicht, niemand ist in der Nähe; der Abend ist warm. Ja, käm' auch jemand, ich deck' dich mit meinem Kittel zu, ich will dich umwinden, mit meinen Händen bedecken, – und niemand wird uns sehen. Und wehte es selbst eisig kalt, ich drück' dich noch näher an mein Herz, ich wärm' dich mit Küssen und zieh meine Mütze über deine weißen Füßchen. Mein Herz, mein Fischchen, mein Kleinod! Schau nur einen Augenblick heraus. Steck nur dein weißes Händchen durchs Fensterchen ... Nein, du schläfst nicht, stolzes Mädchen!« rief er lauter und in einem Ton, wie ihn wohl jemand findet, der sich über einen Augenblick der Erniedrigung schämt. »Dir gefällt's, mich zu verhöhnen. Leb' wohl!«

Er wandte sich ab, schob die Mütze schief aufs Ohr und zog stolz davon, leis die Saiten der Harfe zupfend. Da drehte sich der Holzgriff der Tür, knarrend öffnete sich die Pforte und ein Mädchen, das etwa siebzehn Lenze zählte, trat, von Dämmerung umwoben, über die Schwelle; scheu sah sie sich um, ohne den hölzernen Griff aus der Hand zu lassen. Ihre hellen Augen leuchteten im ungewissen Dunkel freundlich wie Sternlein; die rote Korallenkette blinkte, und vor den Adleraugen des Burschen blieb nicht einmal die Röte verborgen, die ihr schamhaft über die Wangen flammte.

»Wie ungeduldig du bist!« sprach sie halblaut zu ihm. »Gleich bist du böse! Warum hast du denn gerade diese Zeit gewählt? Eine Unmenge von Leuten lungert auf den Straßen umher ... ich zittere am ganzen Leibe.«

»O zittere nicht, mein Knöspchen! Drück dich recht fest an mich!«sprach der Bursch, umarmte sie, streifte die Harfe ab, die ihm an einem langen Riemen um den Hals hing, und ließ sich neben ihr vor der Tür nieder. »Du weißt: Dich auch nur eine Stunde nicht zu sehen, ist so bitter für mich!«

»Weißt du, was ich glaube?« unterbrach ihn das Mädchen und richtete sinnend die Augen auf ihn. »Mir ist's, als raunte mir jemand ins Ohr, daß wir uns in Zukunft nimmer so oft mehr sehen werden. Die Menschen sind bei euch so schlimm, die Mädchen sehen mich so neidvoll an, und die Burschen ... Fühl ich's doch gar, daß mich die Mutter seit einiger Zeit noch strenger bewacht. Ich will dir's gestehen, fröhlicher war's in der Fremde!«

Bei den letzten Worten huschte ein schmerzlicher Zug über ihr Gesicht.

»Du bist kaum zwei Monate in der Heimat, und schon wird dir's zu lang; bin ich dir vielleicht auch schon zuwider?«

»O nein, du bist mir nicht zuwider!« sagte sie lächelnd, »ich liebe dich doch, du schöner Kosak! Ich liebe dich um deiner klaren Augen willen, und wenn du mit ihnen auf mich blickst, so lächelt alles in meiner Seele, und ihr wird so wohl und so heiter; ich liebe dich, weil du so freundlich mit dem schwarzen Schnurrbart zuckst, weil du auf der Straße singst und spielst, und lieblich ist's, dir zuzuhören.«

»O, meine Halja!« rief der Bursch und drückte sie unter Küssen noch fester an seine Brust.

»Halt ein, Lewko! Sag mir zuerst, hast du mit deinem Vater gesprochen?«

»Was?« rief er, wie aus dem Schlafe auffahrend. »Daß wir uns heiraten wollen? Ich habe mit ihm gesprochen.« Doch das Wort gesprochen klang voller Bitterkeit in seinem Munde.

»Und nun?«

»Was soll man mit ihm machen? Der alte Tropf stellt sich nach seiner Gewohnheit taub, will nicht hören und schilt noch, daß ich mich, weiß Gott wo, umhertreibe und mich mit den Burschen in den Straßen vergnüge. Doch verzage nicht, meine Halja! Da hast du mein Kosakenwort drauf, daß ich ihn doch beuge!«

»Ja, Lewko, du brauchst nur ein Wörtlein zu sagen, und alles geschieht nach deinem Willen. Weiß ich es doch von mir: Ich möchte mich dir so manches Mal widersetzen, doch du sagst nur ein Wort, und wider die eigene Absicht tu ich, was du willst. Sieh nur, sieh –« fuhr sie fort, indem sie den Kopf an seine Schultern lehnte und ihre Augen zur Höhe erhob. Dort blaute der warme unermeßliche Himmel der Ukraine, der unten von den krausen Zweigen der Kirschbäume verhängt war. »Sieh dort, – weit, weit, da blinken Sternchen: eins, zwei, drei, vier, fünf ... Nicht wahr, das sind doch Gottes Engel, die die Fensterchen ihrer hellen Himmelsstübchen aufmachen und uns ansehen? Sie blicken doch auf unsere Erde herab? Oh, wenn die Menschen doch Flügel hätten wie die Vögel, – und so hinauffliegen könnten, hoch, hoch in die Höhe ... Oh, wie schrecklich! Keine Eiche ragt bei uns in den Himmel. Aber es soll irgendwo in einem fernen Lande solch einen Baum geben, dessen Wipfel in den Himmel hineinrauscht, und Gott soll auf ihm in der Osternacht zur Erde herabsteigen.«

»Nein, Halja, Gott hat eine lange Leiter, die vom Himmel bis zur Erde reicht. Am Ostersonntag wird sie von den heiligen Erzengeln aufgerichtet, und sowie Gott auf die erste Stufe tritt, da schwirren alle unreinen Geister empor und stürzen zu Haufen hinab in die Hölle. Und darum ist zum Fest Christi kein böser Geist auf der Erde.«

»Wie sanft wiegt sich das Wasser hin und her, wie ein Kind in der Wiege«, fuhr Hanna, auf den Teich weisend, fort, der mürrisch von dunklem Ahorngehölz umstanden war und von den Weiden beweint wurde, die ihre trauernden Zweige in ihn versenkt hatten. Wie ein kraftloser Greis hielt er den ferndunklen Himmel in seinen kalten Armen, überschüttete mit frostigen Küssen die brennenden Sterne, die trübe mitten im warmen Meer der nächtlichen Luft glimmten, in ängstlicher Vorahnung, daß bald der König der Nacht in blendendem Glanz aufleuchten würde. Auf dem Berge schlummerte neben dem Walde ein altes hölzernes Haus mit geschlossenen Läden; Moos und Unkraut bedeckten sein Dach; krausgelockte Apfelbäume wucherten vor den Fenstern, der Wald umarmte es mit seinen Schatten und warf eine wilde Düsternis darauf, und vor ihm breitete sich ein Nußbaumhain aus und glitt zum Teiche herab.

»Ich erinnere mich wie im Traume«, sagte Hanna, ohne die Augen von ihm abzuwenden. »Vor langer, langer Zeit, als ich noch klein war und bei meiner Mutter lebte, da wurde gar Schreckliches von diesem Hause gesprochen. Lewko, du weißt es sicher, erzähle!«

»Da sei Gott vor, Liebste! Was doch die Weiber und Dummköpfe nicht alles erzählen. Du bringst dich nur um deine Ruhe, du könntest dich ängstigen und nachher nicht gut schlafen!«

»Erzähl', erzähl', liebster, schöner Junge!« rief sie, preßte ihr Gesicht an seine Wange und umschlang ihn fest. »Nein, du liebst mich nicht! Sicher liebst du noch ein anderes Mädchen! Ich ängstige mich doch nicht – ich schlafe die Nacht über ganz ruhig. Aber wenn du mir's nicht erzählst, werde ich nicht einschlafen können. Ich werde mich quälen und werde grübeln ... erzähle, Lewko!«

»Die Leute sprechen wohl die Wahrheit, die da sagen, daß ein Teufel in den Mädchen sitzt und beständig ihre Neugier reizt. So höre denn. Vor langer Zeit, mein Herz, da lebte ein Hauptmann in diesem Hause. Dieser Hauptmann hatte ein Töchterlein, ein hübsches Fräulein, so weiß wie Schnee, ganz so wie dein Gesichtchen. Des Hauptmanns Weib war schon lange tot, und der Hauptmann gedachte nun, sich eine andere Frau zu nehmen. 'Wirst du mich auch liebkosen wie früher, Väterchen, wenn du dir eine andere Frau nimmst?' – Freilich, mein liebes Töchterchen, noch fester als früher werd' ich dich an mein Herze drücken! Glänzendere Ohrringe noch und Perlen werd' ich dir schenken!«

Der Hauptmann brachte das junge Weib in sein Haus. Schön

war das junge Weib, rosig und weiß war das junge Weib, und doch blickte sie so furchtbar auf ihre Stieftochter, daß die aufschrie bei ihrem Anblick, die strenge Stiefmutter aber sprach den ganzen Tag über kein Wort. So kam die Nacht heran. Der Hauptmann begab sich mit seinem jungen Weibe ins Schlafgemach; und auch das schneeweiße Fräulein schloß sich in ihre Kammer ein. Bitter ward ihr zumute, und sie begann zu weinen. Plötzlich sieht sie, wie eine schreckliche Katze auf sie zuschleicht; ihr Fell glüht, und ihre eisernen Krallen schlagen laut auf die Diele. Voll Angst springt sie auf die Bank, – die Katze ihr nach; sie springt auf die Ofenbank, die Katze folgt ihr dort hinauf, und mit einem Male springt sie dem Mädchen an den Hals und beginnt sie zu würgen. Mit einem Schrei riß das Mädchen sie von sich los und schleuderte sie zu Boden. Und wieder schleicht die schreckliche Katze heran. Ein Grausen erfaßt das Mädchen. An der Wand hing ihres Vaters Säbel. Sie packte ihn, und sausend fiel der Hieb nieder, – die Tatze mit den Eisenkrallen flog ab, und die Katze verschwand winselnd in der dunklen Ecke. Den ganzen Tag über verließ die junge Frau ihr Gemach nicht, erst am dritten Tage erschien sie wieder mit einer verbundenen Hand. Da ging dem armen Fräulein eine Ahnung auf, daß ihre Stiefmutter eine Hexe war, und daß sie ihr die Hand abgehauen hatte. Am vierten Tage befahl der Hauptmann seiner Tochter, Wasser herbeizutragen und das Haus zu fegen wie eine gemeine Magd, und verbot ihr, sich in den herrschaftlichen Gemächern zu zeigen. Der Ärmsten ward so schwer ums Herz, doch was konnte sie tun, sie mußte ja den Willen des Vaters erfüllen. Am fünften Tage jagte der Hauptmann seine Tochter barfuß aus dem Hause und gab ihr nicht einmal ein Stückchen Brot mit auf den Weg. Da schlug das Fräulein die Hände vor das Gesicht und begann bitterlich zu schluchzen. ‘O mein Vater, in Verderben gestürzt hast du deine eigene Tochter. Die Hexe hat deine sündige Seele in Verderben gestürzt! Möge Gott dir verzeihen, mir hat Er wohl nicht länger zu leben beschieden …’ – Siehst du da …?« wandte sich Lewko an Hanna und wies mit dem Finger auf das Haus, »schau hin: Dort hinter dem Hause ist das Ufer am steilsten. Von diesem Ufer stürzte sich das Fräulein ins Wasser und ward seit dem Tage nicht mehr gesehen …«

»Und die Hexe?« unterbrach ihn Hanna ängstlich und richtete ihre tränenschweren Augen auf ihn.

»Die Hexe? Alte Weiber haben das Märchen ersonnen, daß seit jener Zeit in mondhellen Nächten alle ertrunkenen Mädchen in den Garten des Hauptmanns kamen, um sich im Mondlicht zu wärmen, und des Hauptmanns Töchterlein war die erste unter ihnen. Eines Nachts erblickte sie ihre Stiefmutter neben dem Teich, fiel über sie her und schleppte sie mit Geschrei ins Wasser. Aber auch diesmal ließ sich die Hexe nicht aus der Fassung bringen, sie verwandelte sich unter dem Wasser in eine von den Ertrunkenen und entkam so der Peitsche aus grünem Schilf, mit der die Ertrunkenen sie schlagen wollten.

Glaub' einer den Weibern! – Man erzählt auch noch, daß das Fräulein seit jener Nacht die Ertrunkenen um sich sammelt, jeder einzelnen ins Gesicht blickt und sich abmüht zu erkennen, welche von ihnen die Hexe sei; aber bis jetzt hat sie es noch nicht erfahren. Und wenn sie einen *Menschen* in die Hände bekommt, so zwingt sie ihn, die Hexe zu suchen, und droht ihm, ihn sonst zu ertränken. So erzählen die alten Leute, liebe Halja! … Unser jetziger Pan aber will an dieser Stelle eine Schnapsbrennerei errichten und hat schon eigens dazu einen Brennmeister hergeschickt … Doch ich höre reden. Die Unsrigen kommen vom Singen zurück. Leb' wohl, Halja! Schlafe ruhig und denkt nicht an diese Weibermärchen.« –

Mit diesen Worten umschlang er sie noch fester, küßte sie und ging.

»Leb' wohl, Lewko!« sprach Hanna und richtete sinnend ihre Augen auf den dunklen Wald.

In diesem Augenblicke begann ein riesenhafter Feuermond majestätisch aus der Erde zu wachsen. Noch lag die eine Hälfte unter der Erde, aber schon erfüllte sich die ganze Welt mit einem feierlichen Lichte. Der Teich sprühte Funken. Der Schatten der Bäume löste sich scharf vom dunklen Grün.

»Leb' wohl, Hanna!« tönt es hinter ihr, und ein Kuß begleitet diese Worte.

»Du bist wieder zurückgekehrt?« sagte sie und schaute sich um. Aber als sie einen unbekannten Burschen sah, wandte sie sich zur Seite.

»Leb' wohl, Hanna!« ertönte er da wieder, und wieder küßte sie jemand auf die Wange.

»Hat der Teufel noch einen hierhergeführt!« rief sie voller Zorn.

»Leb' wohl, liebe Hanna!«

»Ein Dritter!«

»Leb' wohl, leb' wohl, leb' wohl, Hanna!« Und von allen Seiten regneten Küsse auf sie herab.

»Das ist ja eine ganze Horde!« schrie Hanna und mußte sich gewaltsam aus einem großen Haufen von Burschen losreißen, die sie um die Wette umarmten. »Wie ist ihnen nur das ewige Küssen nicht zuwider! Bei Gott, bald darf man sich nicht mehr auf der Straße zeigen!«

Nach diesen Worten schlug die Türe zu, und man hörte nur noch, wie der eiserne Tiegel sich klirrend vorschob.

II.

Der Dorfamtmann

Kennt ihr die Nächte in der Ukraine? Oh, ihr kennt die Nächte der Ukraine nicht. Blickt nur recht tief in sie hinein, versenkt euch tiefer in ihre Wunder. Mitten vom Himmel herab blickt der Mond; noch gewaltiger als sonst ist die unermeßliche Wölbung des Himmels, dehnt sich noch weiter in unermeßlichen Fernen und scheint brennend und lohend zu atmen. Die ganze Erde liegt in silbernem Lichte da, die wundersame Luft ist von einer schwülen Kühle und Wonne erfüllt und strömt einen Ozean von Wohlgerüchen aus. Göttliche Nacht! Berückende Nacht! Regungslos und wie begeistert stehen die Wälder in tiefer Finsternis und werfen ungeheure Schatten. Still liegen die Teiche ruhend da; die Kälte und die Finsternis sind düster verkerkert in die dunkelgrünen Mauern der Gärten. Die jungfräulichen Hecken aus Faulbeer- und Kirschbäumen strecken scheu ihre Wurzeln in die kühle Flut der Quellen, und ihre Blätter lispeln ab und zu, als ob sie zürnten oder sich empörten, wenn der schöne, flatterhafte Nachtwind schnell herangeschlichen kommt und sie küßt. Die ganze Natur schläft. Oben aber lebt und webt alles in herrlicher Feier. Und auch die Seele breitet sich herrlich aus ins Unermeßliche, und Reigen silberner Visionen steigen aus ihrer Tiefe auf. Göttliche Nacht! Berückende Nacht! Mit einemmal aber wird alles lebendig: Wälder, Teiche und Steppen. Majestätisch rollt das Schmettern der ukrainischen Nachtigall dahin, und man meint, selbst der Mond lausche ihr aus der Mitte des Himmels … Wie verzaubert schlummert das Dorf auf der Anhöhe. Noch weißer und prächtiger strahlen die Haufen der Häuschen im Mondlichte, noch blendender heben sich ihre niederen Mauern von der Dunkelheit ab. Die Lieder sind verstummt. Alles ist still. Die frommen Leute schlafen schon. Nur hie und da leuchtet ein schmales Fensterchen auf. Auf den Schwellen einzelner Hütten sitzt noch eine Familie und verzehrt ihr spätes Nachtmahl.

»I wo, ein Hopser wird ganz anders getanzt! Also darum ging's nicht vom Fleck! – Was erzählt der Gevatter da? … Nun also: Hop, trala! – Hop, hop, hop!« So sprach ein angeheiterter Bauer mittleren Alters zu sich selbst und begann mitten auf der Straße zu tanzen. »Bei Gott, so wird kein Hopser getanzt! Was soll ich schwindeln? Bei Gott! so nicht! Nun also: Hop trala! – Hop trala! – Hop, hop, hop!«

»Der Mensch ist ja ganz närrisch. Wenn's noch ein junger Kerl wäre, aber so ein alter Bär ... der tanzt bloß den Kindern zum Spott hier nachts auf der Straße!« rief eine ältere Frau im Vorübergehen, die Stroh in der Hand trug. »Geh nach Haus! Es ist schon längst Schlafenszeit!«

»Ich gehe ja schon«, sagte der Bauer und blieb stehen. »Ich geh' ja schon. Ich pfeife auf den Amtmann. Was denkt er sich denn? Der Teufel soll seinen Vater holen. Wenn er Amtmann ist und die Leute bei stärkstem Frostwetter noch mit kaltem Wasser begießt, hat er darum etwa das Recht, so hochnäsig und wichtig zu tun? Ei, ist das mir ein Amtmann! Ich bin mein eigener Amtmann! Gott soll mich schlagen – ich bin mein eigner Amtmann! Jawohl«, fuhr er fort, »und nicht etwa ...« Er trat ans erste beste Häuschen heran, blieb vor dem Fenster stehen und bemühte sich, mit den Fingern über die Scheibe gleitend, den hölzernen Griff zu finden. »Weib, mach auf! Schnell, Weib, ich sage dir, mach auf! Der Kosak will schlafen!«

»Wo willst du hin, Kalenik? Du bist an ein fremdes Haus geraten! schrien lachend die Mädchen hinter ihm her, die vom fröhlichen Sang heimkehrten. »Sollen wir dir dein Haus zeigen?«

»Zeigt mir's, meine lieben jungen Damen!«

»Damen? Hört ihr's?« rief die eine, »wie artig Kalenik ist! Dafür müssen wir ihm sein Haus zeigen ...! Aber nein, erst tanz uns mal eins vor!«

»Tanzen? ... Ah, ihr schlauen Mädel!« rief Kalenik gedehnt lachend, mit dem Finger drohend und stolpernd, denn er war etwas unsicher auf den Beinen. »Laßt ihr euch auch Küssen? Ich will euch alle küssen – alle ... alle!« Und mit wankenden Schritten jagte er hinter ihnen her. Die Mädchen schrien alle durcheinander; aber bald faßten sie Mut und liefen auf die andere Seite der Straße, als sie merkten, daß Kalenik nicht allzu flink auf den Beinen war.

»Da ist dein Haus!« schrien sie ihm beim Fortgehen zu und zeigten auf ein Haus, das größer war als die übrigen und dem Dorfamtmann gehörte. Kalenik wankte gehorsam auf jene Seite hinüber und begann dann von neuem auf den Amtmann zu schimpfen.

Wer aber ist denn eigentlich dieser Amtmann, der so böses Gerede über sich erregt? Oh, dieser Amtmann ist eine wichtige Person auf dem Lande. Bis Kalenik das Ende seines Weges erreicht hat, werden wir wohl Zeit finden, einiges über ihn zu sagen. Alle im Dorfe greifen bei seinem Anblick an die Mütze, und selbst die allerjüngsten Mädchen sagen ihm Guten Tag. Wer im Dorfe möchte nicht Amtmann sein? Dem Amtmann ist der Weg zu allen Tabaksdosen offen, und der kräftige Bauer steht die ganze Zeit über ehrfurchtsvoll mit der Mütze in der Hand da, solange jener seine dicken und groben Finger in seine Tabatiere von Bast steckt. Im Gemeinderat hat der Amtmann immer die Oberhand, obgleich seine Macht noch durch andere Stimmen beschränkt wird, und er heißt fast ganz nach seiner Willkür jeden, der ihm gerade paßt, den Weg ebnen oder einen Graben anlegen. Der Amtmann ist mürrisch, von plumpem Äußeren und redet nicht gern. Vor langer, langer Zeit, als noch die große Zarin Katharina seligen Angedenkens einmal in die Krim reiste, war er auserwählt worden, an ihrem Gefolge teilzunehmen; er bekleidete dieses Amt ganze zwei Tage und hatte sogar die Ehre, auf dem Bock neben dem Kutscher der Zarin sitzen zu dürfen. Seit dieser Zeit weiß der Amtmann würdevoll und sinnend den Kopf zu senken, seinen langen und an der Spitze etwas krausen Schnurrbart zu glätten und drohende Falkenblicke um sich zu werfen. Seit dieser zeit weiß er auch, worüber man immer mit ihm sprechen mag, stets die Rede darauf zu bringen, daß er die Zarin begleitet und auf dem Kutschbock des kaiserlichen Wagens gesessen habe. Der Amtmann beliebt nur manchmal, sich taub zu stellen, besonders wenn er etwas hören muß, was er nicht gerne hört. Er liebt es nicht, Staat zu machen, trägt stets einen Kittel aus schwarzem Haustuch, umgürtet sich mit einem bunten Wollgürtel und noch *nie* hat ihn jemand in einem anderen Kostüm gesehen, ausgenommen vielleicht in der Zeit, wo die Zarin in die Krim reiste, und wo er einen blauen Kosakenrock, den Schupan, trug. Aber auf diese Zeit kann sich wohl kaum jemand aus dem ganzen Dorfe besinnen; den Schupan aber bewahrt er in einem Kasten unter Schloß und Riegel. Der Amtmann ist Witwer; aber in seinem Hause lebt eine Schwägerin, die ihm Mittag- und Abendbrot kocht, die Bänke scheuert, die Stube weißt, ihm Hemdentuch webt und sein ganzes Hauswesen leitet. Im Dorfe heißt es, sie sei nicht richtig mit ihm verwandt; aber wir haben ja schon gesehen, daß der Amtmann aufs Feld ging, wo die Schnitterinnen an der Arbeit waren, oder zu einem Kosaken, der ein junger Töchterchen hatte. Der Amtmann ist einäugig, dafür aber ist sein einsames Auge ein Schelm und kann schon von fern ein hübsches Bauernmädchen erkennen. Doch bevor er sein Auge auf ein niedliches Gesichtchen richtet, sieht er sich erst sorgfältig um, ob ihm die Schwägerin auch nicht zuschaut.

Nun haben wir schon fast alles Notwendige vom Amtmann erzählt, und der betrunkene Kalenik hat noch nicht die Hälfte des Weges zurückgelegt. Noch lange traktierte er den Amtmann mit den ausgesuchtesten Worten, die ihm auf seine faule und zusammenhangloses Zeug lallende Zunge kamen.

III.

Ein unerwarteter Nebenbuhler
Die Verschwörung

Nein, Burschen, nein! Ich will nicht! Was soll diese Ausgelassenheit? Wie, wird euch das Tollen nicht zuwider? Wir gelten ohnehin schon für Gott weiß was für Raufbolde. Geht lieber schlafen!« So sprach Lewko zu seinen fröhlichen Kumpanen, die ihn zu neuen Streichen überreden wollten. »Lebt wohl, Brüder! Gute Nacht!« Und schnellen Schrittes eilte er davon.

»Schläft meine helläugige Hanna?« dachte er, als er an das uns schon bekannte, von Kirschbäumen umstandene Häuschen trat. Mitten in der Stille vernahm er ein leises Gespräch. Lewko blieb stehen. Durch die Bäume schimmerte ein weißes Frauengewand … »Was soll das?« dachte er, schlich näher heran und versteckte sich hinter einem Baum. Der Mondschein erhellte das Gesicht des vor ihm stehenden Mädchens.

Hanna? Aber wer war der hochgewachsene Mann, der mit dem Rücken zu ihm stand? Vergeblich blickte er nach ihm hin: Der war vom Kopfe bis zu den Füßen in Schatten gehüllt. Nur von vorn fiel etwas Licht auf ihn, aber schon der kleinste und leiseste Schritt setzte Lewko der Unannehmlichkeit aus, entdeckt zu werden. Still an einen Baum gelehnt, blieb er stehen. Das Mädchen hatte ganz deutlich seinen Namen ausgesprochen.

»Lewko? Lewko ist noch ein Milchbart!« rief der große Mann. »Wenn ich ihn bei dir treffe, reiße ich ihm den Schopf aus …«

»Ich möchte wohl wissen, welcher Lump damit prahlt, er werde mir meinen Schopf ausreißen!« sagte sich Lewko still und reckte den Hals empor, um ja kein Wort zu verlieren. Aber der Unbekannte fuhr so leise fort, daß man nichts mehr hören konnte.

»Schämst du dich denn gar nicht?« sprach Hanna, als er zu Ende geredet hatte. »Du lügst, du willst mich betrügen. Du liebst mich nicht, ich werde dir nie glauben, daß du mich liebst!«

»Ich weiß«, erwiderte der große Mann, »Lewko hat dir viel unsinniges Zeug vorgeschwatzt und dir den Kopf verdreht!« (Hier kam es dem Burschen so vor, als sei die Stimme des Unbekannten ihm nicht ganz fremd und als habe er sie schon einmal gehört.) »Aber ich wird' es dem Lewko schon zeigen!« fuhr der Unbekannte fort. »Er glaubt, ich sehe alle seine Streiche nicht, er soll meine Fäuste schon zu kosten bekommen, der Hundesohn!«

Bei diesen Worten konnte Lewko seinen Zorn nicht länger unterdrücken. Er schlich bis auf drei Schritte an ihn heran und holte aus aller Kraft aus, um ihm einen Hieb zu versetzen, dem der Unbekannte trotz seiner offenbaren Stämmigkeit vielleicht nicht standgehalten hätte; aber in diesem Augenblicke fiel das Licht auf des Unbekannten Antlitz, und Lewko erstarrte – er sah seinen eigenen Vater vor sich. Nur ein unwillkürliches Kopfschütteln und ein leises Pfeifen durch die Zähne verrieten seine Verblüffung. Dann vernahm man ein feines Rascheln, Hanna floh eiligst ins Haus und schlug die Tür hinter sich zu.

»Leb' wohl, Hanna!« rief in diesem Augenblick einer der Burschen, der leise herangeschlichen war, und umarmte den Amtmann, aber er prallte zurück, als er den struppigen Schnurrbart berührte.

»Leb' wohl, mein schönes Kind!« rief ein anderer, aber dieser flog Hals über Kopf, von einem schweren Stoß des Amtmanns getroffen, zur Erde.

»Leb' wohl, leb' wohl, Hanna!« riefen einige Burschen und hingen sich ihm an den Hals.

»Fahrt doch zur Hölle, ihr verdammten Lümmel!« schrie der Amtmann, indem er sie von sich abwehrte, und stampfte voller Wut mit den Füßen. »Bin ich etwa Hanna? Schert euch hinter euren Vätern her; an den Galgen mit euch, ihr Teufelsbrut! Kleben die fest an einem, rein wie die Bienen am Honig! Ich will euch schon zeigen, wer Hanna ist ...«

»Der Amtmann, der Amtmann! 's ist der Amtmann!« schrien die Burschen und liefen nach allen Seiten auseinander.

»Ei, ei, Väterchen!« sprach Lewko, als er sich wieder von seinem Staunen erholt hatte, und blickte dem schimpfend davonziehenden Amtmann nach. »Solche Streiche machst du also? Großartig! Und ich habe mich noch gewundert und immer gedacht, was mag das nur deuten, daß er sich immer taub stellt, sobald ich mit ihm von dieser Sache zu sprechen anfange. Halt, alter Graubart, ich will dir schon beibringen, was das heißt, sich vor den Fenstern junger Mädchen herumzudrücken; fremde Bräute abspenstig machen? – Na, ich will dir's schon zeigen! Holla, Jungens, hierher!« schrie er, mit der Hand die Burschen zu sich heranwinkend, die sich wieder versammelt hatten und in einem Haufen zusammenstanden. »Kommt doch her! Ich hab' euch zwar ermahnt, schlafen zu gehen, aber ich hab's mir wieder überlegt und will gern die ganze Nacht mit euch verbummeln.«

»Das laß ich mir gefallen!« rief ein breitschultriger und stattlicher Bursche, der als der erste Herumstreicher und Wildfang im Dorf galt. »Mir ist nicht wohl zumute, wenn ich keine Gelegenheit habe, ein paar Streiche zu machen und mich ordentlich auszutoben. Mir ist, als fehlte mir etwas, es kommt mir dann so vor, als hätte ich die Mütze oder die Pfeife verloren, kurz, ich fühle mich nicht mehr als rechter Kosak!«

»Wollt ihr heute den Amtmann mal tüchtig ärgern?«

»Den Amtmann?«

»Ja, den Amtmann. Wahrhaftig! Was denkt sich denn der? Der kommandiert bei uns herum wie ein Hetman! Nicht genug, daß er uns hin und her hetzt wie seine Knechte, nein, er macht sich auch noch an unsere Mädchen heran! Ich glaube, im ganzen Dorfe gibt's auch nicht *ein* hübsches Mädchen, mit der Amtmann nicht anbändelte.«

»'s ist wahr, 's ist wahr!« riefen die Burschen wie aus einer Kehle.

»Aber, Kinder, was sind wir denn für Kerle? Sind wir nicht Männer von altem Stamm wie er? Wir sind doch gottlob freie Kosaken! Jungens, zeigen wir ihm, daß wir freie Kosaken sind!«

»Ja, ja, wir wollen's ihm zeigen!« riefen die Burschen. »Und kommt erst der Amtmann an die Reihe, so wollen wir auch den Schreiber nicht vergessen!«

»Freilich, wir wollen auch den Schreiber nicht vergessen. Gerade eben ist mir so ein hübsches Liedchen auf den Amtmann eingefallen. Kommt, ich will es euch lehren«, fuhr Lewko fort und schlug mit der Hand die Saiten der Harfe an. »Aber hört: jeder muß sich verkleiden, wie sich's gerad trifft!«

»Los, Kosaken!« rief der wilde, stämmige Mensch, schlug die

Beine zusammen und klatschte in die Hände. »Ist das eine Freude! Das nenn' ich Freiheit! Wenn das Toben beginnt, so möchte' ich fast glauben, die alten Tage erständen aufs neue. So herrlich und frei wird einem ums Herz, und die Seele fühlt sich wie im Paradies. He, Jungens! Auf, drauf los!«…

Und die Menge zog lärmend durch die Straßen. Die frommen alten Frauen, die vom Geschrei geweckt wurden, schoben die Fenster in die Höhe, bekreuzigten sich mit ihren schläfrigen Händen und sprachen: »Ja, ja, jetzt gehen die Burschen bummeln!«

IV.

Die Burschen bummeln

Nur in einem Hause, am Ende der Straße, brannte noch Licht. Das war das Haus des Amtmanns. Der Amtmann hatte schon längst sein Nachtmahl beendet und wäre zweifellos schon lange schlafen gegangen, aber er hatte noch einen Gast, den Branntweinbrenner, der von einem Gutsbesitzer, welcher mitten im Kosakenlande ein kleines Gut besaß, hierhergeschickt worden war, um eine Schnapsbrennerei zu errichten. Obenan auf dem Ehrenplatze unterm Heiligenbilde saß der Gast – ein kurzes, dickes Männchen mit ewig lachenden Äuglein, die das ganze Behagen wiederzuspiegeln schienen, mit dem er seine Pfeife rauchte; er spuckte jeden Augenblick zur Seite und preßte den aus den Pfeife kriechenden Tabak, der sich schon zu Asche verwandelt hatte, mit dem Daumen wieder hinein. Dichte Rauchwolken türmten sich schnell über ihn auf und hüllten ihn in ein Kleid von blauem Nebel. Es schien, als ob der breite Schlot einer Schnapsfabrik herunterspaziert wäre, weil er es überdrüssig geworden war, ewig auf seinem Dache zu hocken, und nun artig in der Stube des Amtmanns bei Tisch säße. Dicht unter seiner

Nase befand sich ein kurzer, dichter Schnurrbart; aber dieser Schurrbart guckte so undeutlich aus der Tabaksluft hervor, als wäre er eine Maus, die der Branntweinbrenner gefangen hätte und nun im Munde hielte; wie wenn jener die Absicht hätte, das Monopol des Katers auf dem Speicher zu untergraben. Der Amtmann saß als Hausherr in bloßem Hemd und in einer Leinwandhose da; sein Adlerauge begann allmählich zu blinzeln und zu erlöschen wie die Abendsonne. Am Ende des Tisches rauchte einer der Dorfbüttel, die das Kommando des Amtmanns bildeten, ein Pfeifchen; er saß aus Respekt vor dem Hausherrn im Kittel da.

»Gedenkt Ihr«, sprach der Amtmann zum Brennmeister gewandt, indem er ein Kreuz über seinen gähnenden Mund machte, »gedenkt Ihr bald zu eröffnen?«

»Mit Gottes Hilfe werden wir vielleicht schon in diesem Herbst zu brennen anfangen. Ich wette, zu Mariä Geburt werden der Herr Amtmann schon auf der Straße mit den Beinen die Linien von deutschen Brezeln beschreiben!«

Bei diesen Worten verschwanden die Augen des Branntweinbrenners, und an ihrer Stelle zogen sich lange Strahlen bis zu den Ohren hin. Der ganze Körper schüttelte sich vor Lachen, und seine lustigen Lippen trennten sich für einen Augenblick von der paffenden Pfeife.

»Das gebe Gott!« sprach der Amtmann und drückte auf seinem Gesicht so etwas wie ein Lächeln aus. »Jetzt gibt's, Gottlob, wenig Schnapsbrennereien. Aber in alten Zeiten, als ich die Zarin auf der Landstraße von Perejaslawl geleitete, und der verstorbene Besborodko …«

»An was für Zeiten du auch denkst, Gevatter! Damals konnte man auf dem ganzen Wege von Krementschug nach Romny noch nicht eine Schnapsbrennerei finden. Jetzt dagegen … Hast du gehört, was sich diese verdammten Deutschen ausgedacht haben? Bald wird man, wie es heißt, den Schnaps nicht mehr mit Holz brennen, wie das alle ehrlichen Christen tun, sondern mit irgendeinem verteufelten Dampfe!« … Bei diesen Worten blickte der

Branntweinbrenner nachdenklich auf seine Ellbogen, die er auf den Tisch stütze. »Wie das mit Dampf gemacht werden soll, das weiß ich bei Gott nicht!«

»Was für Narren doch diese Deutschen sind! Lieber Gott, erbarme dich!« sagte der Amtmann. »Die sollten den Knüppel zu kosten kriegen, diese Hundesöhne! Wo hat man je gehört, daß man mit Dampf kocht? Auf diese Art könnte man ja keine Löffel Borschtschsuppe* in den Mund nehmen, ohne sich die Lippen zu verbrühen, und auch kein junges Ferkel ...«

»Gevatter«, rief da die Schwägerin, die mit übereinandergeschlagenen Beinen auf der Ofenbank saß: »Wirst du denn die ganze Zeit über ohne deine Frau bei und leben?«

»Wozu brauche ich *die?* Wenn's noch was Rechtes wär'!«

»Ist sie nicht nett?« fragte der Amtmann, sein Auge auf ihn richtend.

»Gott bewahre, nett! Die ist so alt wie der Teufel! und hat die Fratze voller Runzeln wie ein leerer Beutel!« Und die gedrungene Gestalt des Branntweinbrenners fing wieder an zu wackeln, so laut lachte er.

In diesem Augenblick scharrte jemand an der Tür; die Tür ging auf – ein Bauer trat über die Schwelle, ohne die Mütze abzunehmen, und pflanzte sich mitten in der Stube auf, wie nachdenklich, mit aufgesperrtem Munde die Decke musternd. Es war der uns schon bekannte Kalenik.

»So, nun bin ich zu Hause!« rief er aus und setzte sich auf eine Bank neben der Tür, ohne im geringsten auf die Anwesenden zu achten. »Wie lang mir der Sohn des Bösen den Weg gemacht hat! Man geht und geht, und es nimmt kein Ende! Die Beine sind einem wie zerschlagen. Weib, gib mir doch den Schafspelz als Unterlage. Weiß Gott, ich kriech' nicht zu dir auf den Ofen, dazu tun mir die Beine zu weh! Gib ihn mir her. Dort liegt er neben dem Heiligenbilde, aber sieh zu, wirf den Topf mit dem geriebenen

* Suppe aus roten Rüben, Anm. d. Hrsg.

Tabak nicht um. Oder nein, laß ihn lieber! Du bist heute vielleicht betrunken ... ich hol' ihn mir schon lieber selbst.«

Kalenik wollte sich aufrichten, aber eine unüberwindliche Macht fesselte ihn an die Bank.

»Das gefällt mir«, sagte der Amtmann, »der kommt in fremde Stuben und benimmt sich ganz wie zu Hause! Schafft ihn nur in Frieden wieder hinaus! ...«

»Laßt ihn ausruhen, Gevatter«, sprach der Branntweinbrenner, den Amtmann an der Hand zurückhaltend. »Das ist ein nützlicher Mensch: Noch mehr solche Leute – und unsere Brennerei geht großartig!«

Es war jedoch nicht Gutmütigkeit, die ihn zu diesen Worten veranlaßte. Der Branntweinbrenner glaubte an allerhand üble Vorzeichen, und einen Menschen, der sich schon gesetzt hatte, davonjagen, das hieß für ihn so viel wie ein Unglück heraufbeschwören.

»Ach ja, das Alter rückt heran ...« brummte Kalenik und streckte sich auf die Bank hin. »Wäre ich noch wenigstens betrunken! Aber bei Gott, nein, ich bin nicht betrunken! Wozu sollte ich denn flunkern? Und das will ich auch dem Amtmann sagen, wenn's sein muß! Was ist mir denn der Amtmann? Mag er verrecken, der Hundesohn. Ich spucke auf ihn. Ein Wagen soll ihn überfahren, den einäugigen Teufel! Was hat er den Leuten Wasser auf den Kopf zu gießen, wenn's friert! ...«

»Oho! Kommt einem so ein Schwein ins Haus gekrochen und legt auch noch die Pfoten auf den Tisch!« sagte der Amtmann und stand zornig von seinem Platze auf; aber in diesem Augenblicke flog ein gewichtiger Stein, der die Fensterscheibe zerschmetterte, ihm vor die Füße. Der Amtmann blieb stehen. »Wenn ich wüßte«, sagte er und hob den Stein auf, »welcher Galgenstrick den Stein da hereingeworfen hat, dem würde ich schon zeigen, was das heißt, Steine werfen! Was für Streiche!« fuhr er fort, indem er den Stein in die Hand nahm und mit brennendem Blicke musterte. »Er soll ersticken an diesem Stein!...«

»Halt, halt! Behüt dich Gott, Gevatter!« fiel der Branntweinbrenner mit bleichem Gesichte ein. »Behüt dich Gott in dieser und jener Welt, jemand mit einem solchen Fluch zu bedenken!«

»Oho, der hat ja einen schönen Beschützer gefunden! Krepieren soll er …«

»Hör auf, Gevatter! Du weißt wohl nicht, was meiner seligen Schwiegermutter widerfahren ist?«

»Deiner Schwiegermutter?«

»Ja, meiner Schwiegermutter! Eines Abends, es war ein bißchen früher als heute, setzten sie sich zum Abendessen hin: meine verstorbenen Schwiegereltern, der Knecht, die Magd und fünf Kinder. Die Schwiegermutter schüttete ein paar Knödel aus dem großen Kessel in die Schüssel, damit sie ein wenig abkühlten, denn nach der Arbeit waren alle hungrig und wollten nicht warten, bis die Knödel kalt waren. Sie steckten ihre langen Holzstäbe hinein und begannen zu essen. Auf einmal taucht da ein Mann auf und bittet, ihn auch mitessen zu lassen; wer das war, mag Gott wissen. Nun, soll man etwa einem hungrigen Menschen nicht zu essen geben? Man reicht ihm also auch ein Stäbchen. Aber der Gast räumt mit den Knödeln auf wie die Kuh mit dem Heu. Bis jene einen Knödel gegessen und den Stab nach einem zweiten ausgestreckt hatten, war der Boden der Schüssel schon so glatt wie die Diele eines Herrenhauses. Die Schwiegermutter tat noch Klöße hinein; denn sie dacht, nun hat der Gast sich satt gegessen und wird nicht mehr so stark zugreifen. Aber ganz im Gegenteil: Er schlang und schlang noch immer gewaltiger und leerte auch die zweite Schüssel. 'Daß du an den Knödeln erstickst!' dachte die hungrige Schwiegermutter; aber da drehte sich jener auf einmal um und sank zu Boden. Man stürzte zu ihm hin – aber sein Geist war schon entflohen. Er war erstickt!«

»Geschah ihm ganz recht, dem verdammten Freßsack!« sagte der Amtmann.

»Schon recht, aber es kam ganz anders: Seit jener Zeit hatte die Schwiegermutter keine Ruhe mehr. Kaum wird's Nacht, sofort kommt der Tote angerückt. Sitzt rücklings auf dem Schornstein, der Verdammte, und hält einen Knödel zwischen den Zähnen. Am Tage ist alles ruhig, er laßt weder etwas von sich sehen noch hören; kaum aber dämmert es, so braucht man nur auf's Dach zu blicken, und schon reitet der Hundesohn da oben auf dem Schornstein!«

»Mit einem Knödel zwischen den Zähnen?«

»Ja, mit einem Knödel zwischen den Zähnen!«

»Wie wunderlich, Gevatter! Ich habe ja auch so was Ähnliches von meiner Seligen gehört ...«

Da aber hielt der Amtmann inne. Vor dem Fenster wurde Geräusch, ein Stampfen und Tanzen, laut vernehmbar. Zuerst hörte man die Harfensaiten leise klimpern, und dann fiel eine Stimme ein. Die Saiten erklangen stärker, mehrere Stimmen fielen ein – und wie ein Wirbel ertönte rauschend das Lied:

Burschen, habt ihr schon vernommen?
Sind wir wirklich solche Narren?
Unser Amtmann hat bekommen
In dem Schädel einen Sparren!
Böttcher, schlag um unsern Amtmann
Deine festen Eisenreifen!
Böttcher, laß um unsern Amtmann
Ruten, Ruten, Ruten pfeifen!

Unserm Amtmann alt und grau,
Fehlt ein Auge in dem Kopf!
Unser Amtmann ist 'ne Sau,
Schleicht zu Mädels, dieser Tropf!
Läufst du zu den jungen Leuten,
Bleib nur lieber fein zu Haus!
Denk' mal: Wenn sie dich verbläuten
Und den Schopf dir rissen aus! ...

»Ein ausgezeichnetes Lied, Gevatter!« sagte der Branntweinbrenner, indem er den Kopf etwas auf die Seite neigte und sich an den Amtmann wandte, der bei dieser Frechheit ganz starr vor staunen geworden war. »Ausgezeichnet! 's ist nur schade, daß man in nicht ganz anständigen Worten vom Amtmann spricht ...«

Und wieder stütze er mit einer süßlichen Rührung in den Augen die Arme auf den Tisch und bereitete sich vor, weiter zuzuhören, denn vor dem Fenster erdröhnte ein Gelächter und man vernahm den Ruf: »Noch einmal, noch einmal!« Ein scharfes Auge hätte jedoch sofort bemerkt, daß nicht das Staunen allein den Amtmann solange auf einem Fleck festhielt. So läßt oft ein alter, erfahrener Kater die junge, unerfahrene kleine Maus rings um seinen Schwanz herumlaufen, während er Pläne schmiedet, wie er ihn am besten den Rückzug in ihr Mauseloch abschneiden kann. Noch war das einsame Auge des Amtmanns auf das Fenster gerichtet, aber schon lag seine Hand, die dem Büttel ein Zeichen gegeben hatte, am Holzgriff der Tür; auf einmal erhob sich auf der Straße ein lautes Geschrei ... Der Branntweinbrenner, zu dessen zahlreichen Vorzügen auch eine gewisse Neugierde gehörte, stopfte rasch den Tabak wieder in seine Pfeife und lief auf die Straße hinaus. Aber die Taugenichtse waren schon auseinandergestoben.

»Nein, du wirst mir nicht entwischen!« schrie der Amtmann und zerrte einen Menschen in einem schwarzen Schafspelz hinter sich her, dessen Fell nach außen gekehrt war. Der Branntweinbrenner benutze die Zeit und eilte herzu, um dem Friedensstörer ins Gesicht zu schauen; aber er wich angstvoll zurück, als er einen langen Bart und eine schreckhaft ausgemalte Fratze erblickte. »Nein, du wirst mir nicht entwischen!« schrie der Amtmann und schleppte seinen Gefangenen in den Flur; ruhig und ohne den geringsten Widerstand zu leisten, folgte ihm der Gefangene, als ob's sein eigenes Haus wäre. »Karpo, mach' die Kammer auf!« rief der Amtmann dem Büttel zu. »Wir sperren ihn in die dunkle Kammer! Dann wecken wir den Schreiber, holen die Büttel herbei, fangen all diese Raufbolde ein und urteilen sie heute noch ab!«

Der Büttel klapperte im Flur am Hängeschloß und öffnete die Kammer. In diesem Augenblick machte sich der Gefangene die Dunkelheit im Flur zunutze und riß sich plötzlich mit ungewöhnlicher Kraft aus den Händen, die ihn hielten, los.

»Wohin?« rief der Amtmann und packte ihn noch fester am Kragen.

»Laß los, ich bin's ja!« hörte man ein dünnes Stimmchen rufen.

»Das nützt dir nichts, das nützt dir gar nichts, Brüderchen! Quiek du nur wie ein Weib oder wie ein Teufel! Mich wirst du nicht übertölpeln!« Und der Amtmann stieß ihn in die dunkle Kammer, so daß der arme Gefangene aufstöhnend zu Boden fiel. Er selbst begab sich in Begleitung des Büttels ins Haus des Schreibers, und hinter ihnen kam der Branntweinbrenner wie ein Dampfschiff dahergeraucht.

Nachdenklich schritten alle drei mit gesenktem Kopfe dahin, doch auf einmal stießen sie beim Einbiegen in ein dunkles Gäßchen einen Schrei aus – jeder hatte einen mächtigen Schlag vor die Stirn bekommen, und eben solch ein Schrei hallte ihnen zur Antwort entgegen. Der Amtmann kniff sein Auge zu und sah erstaunt den Schreiber mit zwei Bütteln vor sich.

»Ich will gerade zu dir, Herr Schreiber!«

»Und ich wollte gerade zu dir, Herr Amtmann!«

»Es geschehen Wunder, Herr Schreiber«

»Ja, es gehen Wunderdinge vor, Herr Amtmann!«

»Was denn«

»Die Burschen toben! In ganzen Scharen treiben sie Unfug auf den Straßen. Sie benennen Euer Gnaden mit solchen Worten … Man schämt sich, eins davon zu nennen; selbst ein betrunkener Moskowiter würde sich hüten, mit seiner unreinen Zunge sowas auszusprechen! (All diese Worte begleitete der dürre Schreiber, der eine Hanfpluderhose und eine hefenfarbene Weste anhatte, mit einem Vorstrecken und schleunigen Zurückziehen des Halses.) Ich wollte gerade einnicken, da schleppten mich die verdammten Lümmel mit ihren unflätigen Liedern und ihrem Gepolter aus dem Bett! Ich wollte ihnen eine ordentliche Lehre geben, aber bis ich die Hose und die Weste angezogen hatte, waren sie wieder nach allen Seiten auseinandergelaufen. Der Rädelsführer ist uns aber nicht entwischt. Jetzt brummt er in der Stube, wo man die Häftlinge festhält. Ich brannte darauf, zu erfahren, was das für ein Vogel sei, aber seine Fratze ist mit Ruß beschmiert, wie bei einem Teufel, der die Nägel für die Sünder schmiedet.«

»Und wie ist er angezogen, Herr Schreiber?«

»Er trägt einen schwarzen, nach außen gekehrten Pelz, der Hundesohn, Herr Amtmann!«

»Lügst du auch nicht, Herr Schreiber? Wie, wenn nun dieser Taugenichts *bei mir* in der Kammer säße?«

»Nein, Herr Amtmann, sei nicht böse, aber da irrst du dich selbst ein wenig.«

»Macht einmal Licht, wir wollen doch nachsehen!«

Man holte Licht herbei, machte die Tür auf – und der Amtmann stieß vor Verwunderung ein lautes »Ah!« aus, als er seine Schwägerin vor sich sah.

»Nun sag mir doch, bitte, bist du denn ganz von Sinnen!« rief sie und ging mit diesen Worten auf ihn zu. »Wäre auch nur ein Quentchen Gehirn in deinem einäugigen Schädel, – hättest du mich wohl dann in die dunkle Kammer hineingepaßt? Noch ein wahres Glück, daß ich mir nicht den Kopf an der eisernen Türangel zerschlagen habe! Hab' ich dir nicht zugerufen, daß ich es bin? – Muß mich dieser verfluchte Bär mit seinen eisernen Tatzen packen und mich herausstoßen. Daß dich in jener Welt der Teufel so stoßen möge! ...«

Die letzten Worte sagte sie schon auf der Gasse, denn sie mußte aus gewissen Gründen hinausgehen.

»Freilich sehe ich, daß du es bist!« sagte der Amtmann, der unterdes wieder zu sich gekommen war.

»Was sagst du dazu, Herr Schreiber? Ist dieser verdammte Windbeutel nicht ein Schelm?«

»Wahrhaftig, ein Schelm; Herr Amtmann!«

»Wäre es nicht Zeit, alle diese Taugenichts einmal tüchtig ins Gebet zu nehmen, damit sie an ihre Arbeit gehen?«

»Es wäre schon Zeit, höchste Zeit, Herr Amtmann!«

»Diese Narren haben ... Was Teufel? Ich glaube, ich höre meine Schwägerin auf der Straße schreien .. diese Narren haben sich in den Kopf gesetzt, ich sei ihresgleichen. Sie glauben offenbar, ich sei nur ein einfacher Kosak!« ... Aus dem nun folgenden Hüsteln und Blitzen des Auges, das er im Kreise umherschweifen ließ, konnte man erraten, daß der Amtmann vorhatte, etwas Wichtiges zu sagen. »Im Jahre Eintausend, ... Gott töte mich, ich kann diese verdammten Jahreszahlen nicht behalten ... Also im Jahre ... erhielt der damalige Kommissär Ledatschi den Befehl, einen Kosaken auszuwählen, der gescheiter sei als die anderen. Oh (der Amtmann sprach dieses »Oh« mit erhobenem Finger), gescheiter als die anderen, um der Zarin das Geleit zu geben. Ich bin damals ...«

»Was ist da viel zu reden? Jeder kennt die Geschichte schon, Herr Amtmann! Alle wissen doch, daß du dir die Gnade der Zarin verdient hast. Gesteh jetzt, hatte ich nicht recht? Hast du dich nicht doch etwas geirrt, als du sagtest, du habest diesen Kerl im Pelz erwischt?«

»Was diesen Teufel im Pelz betrifft, so soll er zur Lehre für die anderen in Ketten geschmiedet und tüchtig abgestraft werden. Sie sollen schon merken, was das heißt, Obrigkeit! Wer hat denn den Amtmann eingesetzt, wenn nicht der Zar? Und dann wollen wir uns um die anderen Lausbuben kümmern. Ich habe noch nicht vergessen, wie diese verfluchten Lümmel eine Schweineherde in meinen Gemüsegarten getrieben haben, die mir den ganzen Kohl und alle Gurken wegfraß. Ich habe auch nicht vergessen, wie diese Teufelskinder sich weigerten, mir mein Korn zu dreschen; o nein, ich hab's nicht vergessen! ... Aber sie sollen verrecken, ich muß auf jeden Fall erfahren, wer der Schelm im Pelz ist!«

»Man merkt's, das ist ein flinker Vogel!« sagte der Branntweinbrenner, der sich während dieses ganzen Gespräches fortwährend die Backen mit Rauch vollpumpte wie ein Belagerungsgeschütz, und dessen Lippen eine ganze Rauchfontäne ausstießen, wenn sie sich von der kurzen Pfeife trennten.

»Es wäre auf jeden Fall nicht übel, diesen Menschen in der Brennerei zu haben, noch besser wär's freilich, ihn an einem Eichenwipfel aufzuhängen wie einen Kirchenkronleuchter.«

Dieser Witz kam dem Branntweinbrenner nicht ganz dumm vor, und er beschloß sofort, ohne erst die Billigung der anderen abzuwarten, sich selbst mit einem heiseren Lachen zu belohnen.

In diesem Augenblick näherten sie sich einer kleinen, halb in die Erde gesunkenen Hütte. Die Neugierde unserer Wanderer hatte sich noch vergrößert; alle drängten sich vor der Türe zusammen. Der Schreiber nahm einen Schlüssel heraus, und das Schloß klirrte; aber dieser Schlüssel gehörte zu seinem Spind. Die Ungeduld stieg. Er begann in der Tasche herumzuwühlen, fand jedoch den Schlüssel nicht.

»Da!« sagte er endlich und holte ihn aus der Tiefe seiner gewaltigen Tasche hervor, die sich in seiner Hanfpluderhose befand.

Bei diesem Lauf schienen die Herzen unserer Helden zu einem einzigen Herzen zu verschmelzen, und dieses Riesenherz schlug so heftig, daß sein unregelmäßiges Hämmern nicht einmal von dem Klirren des Schlosses übertönt wurde. Die Tür ging auf, und ... der Amtmann wurde bleich wie ein Stück Leinwand; den Branntweinbrenner überlief's kalt, und sein Haar wollte gen Himmel fliegen. Entsetzen malte sich auf dem Gesicht des Schreibers; die Büttel wuchsen fest an die Erde und waren nicht einmal imstande, ihre aufgesperrten Mäuler zu schließen: Vor ihnen stand die Schwägerin.

Sie war nicht weniger betroffen als die anderen, aber bald erholte sie sich etwas und wollte gerade auf sie zugehen.

»Halt!« schrie da der Amtmann mit wilder Stimme und schlug die Türe zu. »Leute, das ist der Satan!« rief er dann. »Feuer! schnell Feuer her! es ist nicht schade um das Kronshaus! Steckt es an, damit die Satansknochen nicht länger auf dieser Erde bleiben!«

Die Schwägerin schrie entsetzt auf, als sie hinter der Tür von der fürchterlichen Absicht vernahm.

»Was macht ihr da, Brüder?« rief der Branntweinbrenner. »Euer Haar ist gottlob fast so weiß wie Schnee, trotzdem aber scheint's euch noch am Verstand zu fehlen: Ein einfaches Feuer kann doch der Hexe nichts anhaben! Nur das Feuer aus einer Pfeife kann einen Werwolf in Brand stecken! Halt, ich mach gleich welches an!«

Bei diesen Worten schüttete er die Glut aus der Pfeife auf ein Heubündel und begann zu blasen. Aber die Verzweiflung der armen Schwägerin verlieh ihr einen ungeahnten Mut; sie begann laut um Hilfe zu flehen und die Männer zu beschwichtigen.

»Haltet ein, Brüder! Warum wollt ihr euch grundlos einer Sünde schuldig machen? Vielleicht ist's wirklich nicht der Satan!« rief der Schreiber. »Vielleicht kann das Wesen, das da drinnen in der Stube sitzt, doch das Zeichen des heiligen Kreuzes machen, und das bedeutet dann, daß es nicht der Teufel ist!«

Der Vorschlag wurde angenommen.

»Packe dich, Satanas!« fuhr der Schreiber fort und legte die Lippen an die Türspalte. »Wenn du dich nicht vom Platze rührst, machen wir dir die Tür auf.«

Die Tür wurde aufgemacht.

»Bekreuzige dich!« rief der Amtmann, und sah sich um, wie wenn er für den Fall des Rückzuges einen Zufluchtsort suchte.

Die Schwägerin schlug ein Kreuz.

»Was Teufel! Das ist wirklich die Schwägerin!«

»Welche unsaubere Macht hat dich bloß in diese Kammer gebracht, Gevatterin?«

Die Schwägerin erzählte schluchzend, wie die Burschen auf der Straße sie gepackt und sie trotz ihres Widerstandes durch das breite Fenster in die Hütte hineingeschoben und die Fensterläden geschlossen hatten. Der Schreiber sah sich die Sache an. Die Angeln waren heruntergerissen, und das breite Laden war oben nur mit einem Holzbalken festgerammelt.

»Du bist mir ein feiner Kerl, du einäugiger Satan, du«, schrie sie und ging auf den Amtmann zu, der zurückwich und sie immer noch mit seinem Auge maß. »Ich kenne deine Absichten schon, du hättest mich wohl am liebsten aufgefressen, damit du dann ungestört jeder Schürze nachlaufen kannst, und keiner mehr weiß, wie der Jammergreis sich selbst zum Narren macht. Du meinst, ich weiß nicht, was du heute abend mit Hanna gesprochen hast? Oh, ich weiß alles! Mich kann keiner so leicht betrügen, nicht einmal einer, der weniger blöd ist als du! Ich habe lange Geduld, aber dann: Nimm dich in acht ...!«

Bei diesen Worten ballte sie die Faust, machte sich rasch davon und ließ den Amtmann in völliger Erstarrung zurück.

»Nein, da ist der Satan ernsthaft mit im Spiel!« dachte er, sich den Kopf kratzend.

»Wir haben ihn!« riefen die eintretenden Büttel.

»Wen habt ihr«

»Den Teufel im umgewendeten Pelz!«

»Bringt ihn her!« rief der Amtmann und packte den hereingeführten Gefangenen an der Hand. »Seid ihr verrückt geworden? – Das ist doch der besoffene Kalenik!«

»Pfui Teufel, wir hielten ihn doch schon fest, Herr Amtmann!« antworteten die Büttel. »In dem einen Gäßchen umringten uns die verdammten Kerls, fingen an zu tanzen und uns hin und her zu zerren, steckten die Zunge raus und rissen ihn uns aus den Händen ... Der Henker soll sie holen! ... Aber wie wir statt seiner zu dieser Krähe hier gekommen sind, das mag Gott wissen!«

»Kraft meiner Vollmacht und im Namen der ganzen Gemeinde ergeht die Verfügung, diesen Räuber unverzüglich gefangenzunehmen«, sprach der Amtmann; »desgleichen alle anderen, die ihr auf den Straßen antrefft, und sie mir zur Aburteilung vorzuführen! ...«

»Erbarm dich doch, Herr Amtmann!« riefen da einige Büttel und verneigten sich tief bis zur Erde vor ihm. »Hättest du nur gesehen, was das für Fratzen sind! Gott straf uns, aber seit unserer Geburt und Taufe haben wir keine so abscheulichen Larven gesehen. Wie leicht verfällt man der Sünde, Herr Amtmann! Die können einen rechtschaffenen Menschen so erschrecken, daß einem nachher kein Weib mehr ein Gebreste besprechen kann!«

»Ich will euch schon zeigen, was ein Gebreste ist! Was? Ungehorsam? Ihr zieht wohl mit ihnen am selben Strang, ihr Rebellen! Was soll denn das? ... Ihr werdet sie noch zum Mord anstiften! ... Ihr ... ihr ... Ich werde das dem Kommissär melden! Auf der Stelle, hört ihr, auf der Stelle! Lauft, fliegt schnell wie die Vögel! ich werde euch schon ... Ihr sollt mir ...!«

Alle stoben auseinander.

V.

Die Ertrunkene

Unbekümmert, und ohne auf die abgesandten Verfolger zu achten, näherte sich der Urheber dieses ganzen Wirrwarrs dem alten Hause am Teich. Ich glaube, man braucht wohl nicht weiter hervorzuheben, daß es Lewko war. Sein schwarzer Pelz war aufgeknöpft, er hielt seine Mütze in der Hand, und der Schweiß rann ihm von der Stirn. – Düster und hehr stand der schwarze Ahornhain da, und nur auf der Seite, die dem Monde zugewandt war, lag ein feiner Silberstaub über ihn ausgestreut. Vom regungslosen Teich wehte eine kühlende Frische dem müden Fußgänger entgegen und lud ihn ein, an seinen Ufern auszuruhen. Alles war still; nur im tiefen Dickicht des Waldes hörte man das Schmettern der Nachtigall. Ein unüberwindlicher Schlaf senkte sich rasch auf Lewkos Lider. Die ermatteten Glieder lösten sich und erschlafften; der Kopf suchte eine Stütze … »Nein, auf die Art schlafe ich hier noch ein!« sprach er, stand auf und rieb sich die Augen. Er blickte um sich: Die Nacht lag noch leuchtender vor ihm. Eine seltsam berauschende Helle mischte sich in den Glanz des Mondes. Noch nie hatte er etwas Ähnliches gesehen. Silberne Nebel senkten sich aufs Land. Ein Duft von blühenden Apfelbäumen und Nachtblüten war über die ganze Erde ausgegossen. Mit Verwunderung blickte er in die regungslosen Wasser des Teiches; das alte Herrenhaus spiegelte sich in ihm umgestürzt, klar und in lichter Erhabenheit. Statt der düsteren Fensterläden blinkten einem lustige Glasfenster und Türen entgegen, und das Gold schimmerte durch die klaren Scheiben. Auch schien es ihm, als habe sich ein Fenster geöffnet. Er hielt den Atem an, regte sich nicht und glaubte sich in die Tiefe des Teiches versetzt. Und siehe: Zuerst schob sich ein weißer Ellenbogen aus dem Fenster, dann schaute ein liebliches Köpfen heraus mit glänzenden Augen, die sanft durch dunkelblonde Haarwogen hindurchleuchteten, und stütze sich auf den Ellenbogen. Lewko sah, wie sie leise den Kopf schüttelte, wie sie winkte und lächelte … Sein Herz fing plötzlich an, heftig zu pochen … Das Wasser erzitterte, und das Fenster schloß sich wieder. Leise ging er vom Teiche fort und sah das Haus unverwandt an: Die düsteren Fensterläden standen weit offen, und die Scheiben funkelten im Monde. »Wie wenig darf man doch auf das Gerede der Menschen geben!« dachte er bei sich. »Das Haus ist nagelneu, und die Farben sind frisch, als ob sie erst heute aufgetragen wären. Hier muß doch jemand wohnen!« Und er trat schweigend näher, aber im Hause war alles still. Mächtig und klingend tönten die leuchtenden Lieder der Nachtigall durcheinander, und wenn sie schmachtend wie in Wonne zu ersterben schienen, vernahm man das Rascheln und Zirpen der Heimchen, oder das Schnarren eines Sumpfvogels, der mit seinem glatten Schnabel auf den weiten Wasserspiegel aufschlug. Lewko empfand eine süße Stille in seinem Herzen, es schien sich zu weiten und schlug so leicht und frei. Er stimmte seine Harfe und fing an zu spielen und zu singen:

Du mein helles Licht der Nacht,
Du mein Mond, ach bester Mond!
Leucht mir über Haus und Hof,
Wo mein liebstes Mädchen wohnt!

Ein Fenster tat sich leise auf, und dasselbe Köpfchen, dessen Spiegelbild er im Teiche gesehen hatte, guckte heraus und lauschte aufmerksam dem Sang. Ihre schweren Lider waren halb über die Augen gesenkt. Sie war bleich wie Linnen, bleich wie der Mondenschein, aber wie köstlich und wundersam! Sie lachte ... Lewko schauerte.

»Sing mir ein Lied, junger Kosak!« sprach sie leise, neigte den Kopf etwas zur Seite und senkte die dunklen Lider ganz über die Augen.

»Was für ein Lied soll ich dir singen, du mein strahlendes Fräulein?«

Stille Tränen flossen über ihr bleiches Antlitz. »Jüngling«, sprach sie, und etwas unsäglich Rührendes klang aus ihren Worten, »Jüngling, finde mir meine Stiefmutter! Nichts soll mir zu schön für dich sein. Ich will dich belohnen. Ich will dich reich und herrlich belohnen! Ich habe mit Seide bestickte Gewänder, Korallen und Kleinode, ich will dir einen Gürtel schenken, der mit Perlen besät ist. Ich habe Gold ... Jüngling, finde mir meine Stiefmutter! Sie ist eine furchtbare Hexe: Ich hatte keine Ruh' vor ihr auf Gottes Erde. Sie hat mich gemartert und ließ mich schaffen wie eine niedrige Magd. Blick in mein Angesicht: sie ließ die Röte von meinen Wangen schwinden mit ihrer unreinen Zauberkunst. Blick auf meinen weißen Hals: Kein Wasser wäscht die blauen Flecke fort, keines wird sie je fortwaschen, die von ihren eisernen Krallen stammen! Sieh meine weißen Füße an, weit sind sie gewandert, und nicht nur auf Teppichen, auch über heißen Sand, durch sumpfiges Feld, durch stechende Nesseln sind sie gewandert! Und meine Augen! Blick in meine Augen: sie sehen nichts mehr von Tränen! ... Finde sie mir, Jüngling, find mir die Stiefmutter! ...«

Ihre Stimme, die immer mehr und mehr angeschwollen war, stockte auf einmal. Tränenströme flossen über ihr bleiches Antlitz. Ein drückendes Gefühl des Mitleids und der Trauer schnürte dem Burschen das Herz zusammen.

»Zu allem bin ich für dich bereit, mein herrliches Fräulein«, rief er in tiefster Erregung. »Doch sag' mir nur, wo soll ich sie finden?«

»Sieh, sieh!« rief sie schnell. »Sie ist hier! Sie tanzt am Wasser mit meinen Mädchen den Reigen und wärmt sich im Mondenlichte. Sie ist schlau und voller List: Sie hat die Gestalt einer Ertrunkenen angenommen; aber ich weiß, ich hör' es, sie ist hier! Sie macht, daß mir so drückend schwer, so dumpf zumute wird. Durch sie ward mir's verwehrt, so leicht und frei dahinzuschwimmen wie ein Fisch. Ich sinke, versinke und falle zu Boden wie ein Schlüssel. Find' sie mir, Jüngling!«

Lewko blickte aufs Ufer: Im zarten Silbernebel sah man etwas schimmern. Eine Schar Mädchen tummelte sich, leicht wie ein Schatten, in lichten Gewändern, die so hell waren wie die Maiglöckchen auf der Wiese; goldene Spangen, Perlenketten und Dukaten glänzten an ihren Nacken; allein sie waren bleich: ihr Leib war wie aus durchscheinenden Wolken gewoben und schimmerte durchsichtig im silbernen Mondenlicht. Spielend und tanzend näherte sich der Mädchenreigen, und man hörte schon ihre Stimmen.

»Laßt uns das Rabenspiel spielen, das Rabenspiel«, säuselten alle durcheinander wie das Schilf am Flusse, das der Wind in stiller dämmernder Stunde mit seinen luftigen Lippen berührt.

»Wer soll Rabe sein?«

Das Los ward geworfen – und ein Mädchen trat aus der Menge hervor. Lewko betrachtete sie aufmerksam. Ihr Gesicht und ihr

Kleid war ganz so wie bei allen anderen. Man merkte ihr nur an, daß sie ihre Rolle nicht gern spielte. Die Menge bildete eine lange Reihe und wich behend den Angriffen des räuberischen Feindes aus.

»Nein, ich will nicht Rabe sein!« rief das Mädchen, ganz schlaff vor Müdigkeit. »Es tut mir so leid, der armen Henne die Küken zu rauben.«

»Du bist nicht die Hexe!« dachte Lewko.

»Wer soll Rabe sein?«

Die Mädchen wollten wiederum losen.

»Ich will Rabe sein!« rief da eine aus ihrer Mitte.

Lewko begann ihr Gesicht scharf zu mustern. Schnell und kühn machte sie Jagd auf die Schar und stürzte nach allen Seiten, um ihr Opfer zu fangen. Da sah Lewko, daß ihr Leib nicht so leuchtete, wie der der anderen: Mitten im Innern gewahrte er etwas Dunkles. Plötzlich ertönte ein Schrei: Der Rabe stieß auf ein Mädchen herab, fing es ein, und es deuchte Lewko, als habe sie ihre Krallen gezeigt, und als blitze in ihrem Gesicht eine boshafte Freude auf.

»Hexe!« rief er und zeigte, nach dem Hause gewandt, mit dem Finger auf sie.

Das holde Fräulein lachte auf, und die Mädchen führten die, welche den Raben gespielt hatte, schreiend mit sich fort.

»Womit soll ich's dir lohnen, Jüngling? Ich weiß, du brauchst kein Gold, du liebst Hanna. Doch der gestrenge Vater will dir's nicht erlauben, sie zu heiraten. Nun wird er dich nimmer hindern; nimm dies Briefchen und gib es ihm …«

Sie streckte ihm ihr weißes Händchen hin, ihr Antlitz leuchtete wundersam und erstrahlte … Mit einem nie geahnten Schauer und sehnsüchtigen Pochen des Herzens griff er nach dem Briefchen und … erwachte.

VI.

Erwachen

»Hab ich wirklich geschlafen?« sprach Lewko zu sich selbst, als er sich von der kleinen Böschung erhob. »Alles war doch so lebendig wie in Wirklichkeit« ... »Seltsam, seltsam!« wiederholte er, indem er sich umsah. Der Mond stand gerade über seinem Kopfe und wies auf Mitternacht. Alles war still; vom Teich wehte er kühl her; über ihm stand traurig das verfallene Haus mit den geschossenen Läden; Moos und wildes Steppengras ließen erkennen, daß sich die Menschen schon lange von ihm getrennt hatten. Lewko öffnete seine Hand, die er während des Schlafes krampfhaft geballte hatte, und stieß einen Schrei der Verwunderung aus; er hatte einen Zettel in ihr entdeckt. »Ach, wenn ich doch lesen könnte!« dachte er, indem er ihn vor seinen Augen hin und her wandte. In diesem Augenblick vernahm er hinter sich ein Geräusch.

»Fürchtet nichts! Packt ihn nur! Vor wem habt ihr Angst? Wir sind ja zu zehn! Ich will darauf wetten, das ist ein Mensch und kein Teufel! ...«

Es war der Amtmann, der diese Worte seinen Begleitern zuschrie, und Lewko fühlte sich von mehreren Händen gepackt, von denen einige vor Furcht zitterten. »Nun, Freundchen, wirf mal endlich deine schreckliche Maske ab, du hast die Leute schon genug in die Irre geführt!« rief der Amtmann und packte ihn am Kragen. Aber da glotzte er ihn voller Schreck mit seinem einzigen Auge an: »Lewko, mein Sohn!« schrie er zurückweichend und ließ vor Staunen die Hände herabsinken. »Du bist's? Du Hundesohn! So eine Ausgeburt der Hölle! Ich denke: Was für ein Schelm, was für ein verkleideter Teufel treibt da sein Unwesen? Und nun stellt sich heraus, daß du es bist. Der ungekochte Mehlbrei soll deinem Vater in Halse stecken bleiben! – Du treibst böse Streiche auf den Straßen, du dichtest Lieder ...! Oho, Lewko! Was soll das? Dich juckt wohl der Rücken? Bindet ihn!«

»Halt, Vater! Ich hab' dir einen Zettel zu geben!« sagte da Lewko.

»Jetzt ist keine Zeit für Zettel, mein Täubchen! Bindet ihn!«

»Halt ein, Herr Amtmann!« sagte der Schreiber und entfaltete den Zettel. »Das ist ja die Handschrift des Kommissärs!«

»Des Kommissärs?«

»Des Kommissärs?« wiederholten die Büttel mechanisch.

»Des Kommissärs? Wunderlich! Das ist noch unbegreiflicher!« dachte er bei sich.

»Lies, lies!« sagte der Amtmann, »was schreibt denn der Kommissär da?«

»Hören wir, was der Kommissär schreibt«, sprach der Branntweinbrenner, mit der Pfeife in den Zähnen, und schlug Feuer.

Der Schreiber hüstelte und begann zu lesen:

»Verfügung: An den Amtmann Jewtuch Makohonenko. Wir haben vernommen, daß du alter Tropf statt die alten Steuerschulden einzutreiben und die Ordnung in dem Dorfe aufrechtzuerhalten, närrisch geworden bist und Unzucht treibst ...«

»Bei Gott!« unterbrach der Amtmann die Verlesung. »Ich kann nichts hören!«

Der Schreiber begann von neuem.

»Verfügung: An den Amtmann Jewtuch Makohonenko. Wir vernehmen, daß du alter Tro...«

»Halt, halt, es ist nicht nötig», schrie der Amtmann, »ich habe zwar nichts gehört, aber ich weiß, daß die Hauptsache noch kommt. Lies schnell weiter!«

»Infolgedessen tu ich dir den Befehl kund und zu wissen, deinen Sohn Lewko Makohonenko allsogleich mit der Kosakentochter aus Eurem Dorf, Hanna Petrytschenkowa, zu verehelichen, insgleichen auf der Landstraße die Brücke instandzusetzen und ferner die Gutspferde nicht den Herren vom Gericht zu geben, selbst dann nicht einmal, wenn sie von einer Kronsitzung kommen. So ich bei meiner Ankunft obige Verfügung nicht erfüllt finden sollte, wirst du allein zur Verantwortung gezogen. Kommissär und Leutnant außer Diensten Kosjma Derkatsch-Drischpanowskij.«

»So?« meinte der Amtmann mit offenem Munde. »Hört ihr, hört ihr, für alles macht man den Amtmann verantwortlich. Da heißt's gehorchen, gehorchen ohne Widerrede! Sonst, mit Verlaub zu sagen ... Und du«, fuhr er, zu Lewko gewandt, fort, »sollst auf Befehl des Kommissärs verheiratet werden – wenn's mich auch sonderbar dünkt, wie er das wohl erfahren haben mag! Aber vorher sollst du noch die Nagaika zu kosten bekommen! Kennst du *die* die bei mir neben dem Heiligenbilde an der Wand hängt? Ich werde sie mal morgen frisch in Gang bringen ... Wo hast du diesen Zettel her?«

Trotz seines Staunens über diese unerwartete Wendung der Sache war Lewko so vernünftig gewesen, sich im Kopfe eine Antwort zurechtzulegen und die Wahrheit, wie er zu dem Zettel gekommen war, zu verschweigen.

»Ich war gestern abend noch in der Stadt«, sagte er, »und da begegnete ich dem Kommissär, der gerade aus seinem Wagen stieg. Als er erfuhr, daß ich aus unserem Dorfe stamme, gab er mir diesen Zettel da und hieß mich dir mündlich ausrichten, er würde auf dem Rückwege bei uns zu Mittag essen, Vater.«

»Hat er das gesagt?«

»Ja, das hat er gesagt!«

»Hört ihr's«, sprach der Amtmann, sich mit wichtiger Gebärde an seine an seine Begleiter wendend, »der Kommissär kommt in eigner Person zu unsereinem, das heißt zu mir, zur Tafel. Oh ...« Dabei hob der Amtmann den einen Finger in die Höhe und gab seinem Kopf eine Haltung, als ob er auf etwas lausche. »Der Kommissär, hört ihr's, der *Kommissär* kommt zu mir zu Tisch!

Wie denkst du, Herr Schreiber, und du, Gevatter, ist das etwa eine kleine Ehre, wie?«

»Noch nie hat, so viel ich mich besinne«, fiel hier der Schreiber ein, »je ein Amtmann einem Kommissär mit einer Mahlzeit aufgewartet.«

»Es gibt eben Amtmänner und Amtmänner!« sprach der Amtmann mit selbstzufriedener Miene. Sein Mund verzog sich, und etwas wie ein dumpfes, heiseres Laschen, das mehr dem Grollen eines fernen Donners glich, kam über seine Lippen.

»Wie denkst du, Herr Schreiber? Müßte man nicht eigentlich zu Ehren des hochgestellten Gastes den Befehl erlassen, daß jedes Haus wenigstens ein Hühnchen, ein bißchen Leinwand oder dergleichen spendet ... was? ...«

»Ja, das müßte man eigentlich, das müßte man, Herr Amtmann!«

»Und wann ist die Hochzeit, Vater?« fragte Lewko.

»Die Hochzeit? Ich möchte dir schon eine Hochzeit zeigen! ... Aber, dem hochgestellten Gaste zu Ehren ... Morgen soll euch der Pope trauen. Der Teufel mag euch holen! Der Kommissär soll sehen, was Pünktlichkeit ist! Nun aber, Kinder, geht zu Bett! Geht jetzt heim! ... Der heutige Vorfall hat mich an die Zeit erinnert, wo ich ...!«

Bei diesen Worten blickte der Amtmann nach alter Gewohnheit würdig und bedeutungsvoll drein.

»Jetzt wird der Amtmann zu erzählen anfangen, wie er die Zarin begleitet hat!« sagte Lewko und eilte schnellen Schrittes zu dem wohlbekannten Häuschen, das von niedrigen Kirschbäumen umstanden war. »Gott schenke dir die ewige Seligkeit, schönes gutes Fräuleinchen!« dachte er sich. »Mögen dir in jener Welt alle heiligen Engel zulächeln! Niemand soll je aus meinem Munde von dem Wunder hören, das in dieser Nacht geschah. Nur dir allein, Hanna, will ich's erzählen, du allein wirst mir glauben und wirst mit mir für die Seele der unglücklichen Ertrunkenen beten!«

Und er näherte sich dem Häuschen; das Fenster stand offen, die Mondstrahlen fielen durchs Fenster auf die schlafende Hanna, ihr Kopf lag auf den Arm gestützt, ihre Wangen glühten sanft, und ihre Lippen bewegten sich und sprachen halblaut seinen Namen. »Schlaf, mein schönstes Mädchen! Mögest du träumen von dem Herrlichsten, was es auf der Welt gilbt; doch unser Erwachen soll noch herrlicher sein!«

Er schlug ein Kreuz über sie, schloß das Fenster, entfernte sich leise, und wenige Augenblicke später schlief alles im Dorfe. Der Mond allein segelte voller Glanz und Wunder durch die unermeßlichen Fernen des prunkenden Himmels der Ukraine. In hehrer Feier webten die Höhen dort oben, und die Nacht, die göttliche Nacht, glomm majestätisch ihrem Ende entgegen. Und auch die Erde lag so voll Schönheit da, in ihrem wundervollen Glanz von Silber; aber es war niemand mehr, der es genießen konnte; alles war in Schlaf versunken. Nur ab und zu wurde das Schweigen für einen Augenblick von Hundegebell unterbrochen, und noch lange tappte der betrunkene Kalenik durch die schlafenden Gassen herum und suchte sein Haus.

Der verschwundene Brief

Eine Sage

Erzählt vom Küster der – Kirche zu ***

Ihr möchtet also, daß ich euch noch mehr vom Großvater erzähle? – Meinetwegen. Warum soll ich euch nicht mit einer Schnurre einen Spaß machen? O ihr Tage der Vergangenheit! Welche Freude und Lust überkommt doch das Herz, wenn man vernimmt, was vor langer, langer Zeit einmal in der Welt geschah und niemand weiß mehr Jahr noch Tag. Und wenn erst so ein Alter aus unserer Verwandtschaft mit im Spiel ist, irgendein Großvater oder ein Urgroßvater, – dann ist's ganz um mich geschehen:

Ich will beim Lobsingen auf die heilige Märtyrerin Barbara den Schlucken kriegen, wenn es mir nicht immer so vorkommt, als ob ich das alles selbst durchgemacht hätte: gerad als wenn ich in des Großvaters Seele hineingekrochen wäre, oder als wenn die Seele des Großvaters in mir selbst rumorte … Nein, aber am ärgsten sind die Mädels und die jungen Weiber dahinter her; kaum erblicken sie einen, gleich heißt es: »Foma Grigorjewitsch, Foma Grigorjewitsch! Schnell ein Märchen, recht zum Gruseln, bitte, bitte, ein Märchen zum Gruseln …!« Taratata – Taratata! Und los geht es … Warum sollt man ihnen auch nicht ein Märchen erzählen, aber paßt mal auf, was nachher mit ihnen im Bett geschieht. Ich weiß doch, daß jede unter der Decke zittert, als wenn sie das Fieber hätte und am liebsten den Kopf unter den Pelz stecken möchte. Da braucht nur eine Ratte an einem Topf zu scharren, oder sie gerät selbst mit dem Fuß an den Feuerhaken, Gott bewahre, – gleich fliegt die Seele bis in die Strümpfe. Am anderen Tage aber ist alles vergessen; und sie drängen einen von neuem: Man soll ihnen doch nur ein recht grusliges Märchen erzählen! Was soll ich euch nun erzählen? Es fällt mir gerade nichts ein … Ach ja, ich will euch das erzählen, wie die Hexen mit meinem seligen Großvater Schafskopf gespielt haben. Aber darum muß ich im voraus bitten, meine Herren, bringt mich nicht aus dem Gleis, sonst gibt's so einen Brei, daß man sich schämen muß, ihn ins Maul zu nehmen. Also, mein seliger Großvater war, wie ich euch bemerken muß, durchaus nicht einer von den gewöhnlichen Kosaken. Der verstand's, auf jeden Topf seinen Deckel zu setzen. An Feiertagen konnte er seine Apostel so herunterschnurren, daß sich auch jetzt noch mancher Popensohn vor ihm verstecken könnte. Na, und das wißt ihr ja selbst, wenn man in der damaligen Zeit die Schriftkundigen aus ganz Baturin zusammentrommeln wollte, da brauchte man nicht erst die Mützen bereitzuhalten, – die offene Hand hätte schon vollständig genügt. Was Wunder, daß jeder, der am Großvater vorüberging, sich tief vor ihm verneigte.

Eines Tages fiel es dem hochwohlgeborenen Herrn Hetman ein, aus irgendeinem Grunde ein Schreiben an die Zarin zu senden. Der damalige Regimentsschreiber (daß dich der Geier hole, ich kann mich nicht auf seinen Namen besinnen … hieß er Wiskrjak oder Motusotschka oder Goloputzek … ich weiß nur, daß er einen sehr komischen Namen hatte, der ganz absonderlich anfing), er ließ also den Großvater zu sich kommen und sagte ihm: so und so, der Hetman wolle ihn als Kurier mit einem Briefe zu der Zarin senden. Mein Großvater liebte die langen Vorbereitungen nicht, nähte den Brief in die Mütze ein, führte sein Pferd aus dem Stall, schmatzte seine Frau und seine zwei Ferkelchen (wie er sie selbst nannte) – einer von ihnen war mein leiblicher Vater – ordentlich ab, und hinter ihm erhob sich eine solche Staubwolke, als ob fünfzehn Jungen auf der Straße Schlagball spielten. Am andern Tage hatte der Hahn noch nicht zum vierten Male gekräht, als der Großvater schon in Konotop war. Dort war gerade Jahrmarkt; und es wimmelten soviel Leute auf den Straßen herum, daß es einem vor den Augen flimmerte. Weil es aber noch früh am Morgen war, so schlief alles lang hingestreckt auf der Erde. Neben einer Kuh lag ein versoffener Kerl mit einer roten Nase, der wie ein Gimpel aussah; etwas weiter schnarchte eine Händlerin mit Feuersteinen, Waschblau, Schrot und Brezeln im Sitzen; unter einem Wagen lag ein Zigeuner; auf einem andern Wagen mit Fischen ein Frachtfuhrmann, mitten auf dem Wege lag mit gespreizten Beinen ein bärtiger Moskowiter mit Gürteln und Däumlingen … mit einem Wort: allerhand Pack, wie man's auf den Jahrmärkten trifft. Der Großvater machte halt, um sich's anzusehen. Unterdessen aber wurde es nach und nach in den Buden lebendig: die Judenweiber begannen mit ihren Flaschen zu klappern; der Rauch stieg hie und da in Ringen empor, und ein Duft von heißen Buchteln zog übers ganze Lager. Da fiel es dem Großvater ein, daß er weder Zunder noch Tabak vorrätig hatte, und so fing er denn an, auf dem Jahrmarkt umherzuschleichen. Er hatte noch keine zwanzig Schritt gemacht, da kommt ihm ein Saporoger entgegen. Ein Draufgänger, man sieht's ihm schon am Gesicht an! Glutrote Pluderhosen, ein blauer Schupan, ein grellbunter Gürtel, ein Säbel an der Seite und 'ne Pfeife mit einer Messingkette, die bis zu den Fersen reicht – mit einem Wort, ein Saporoger vom Kopf bis zu den Füßen! Ist das ein Völkchen! Wie der so dasteht, sich reckt, sich den prächtigen Schnurrbart streicht, mit den Hufeisen klirrt – und dann loslegt! Ja, sag' ich euch, wie der loslegt: Die Beine schwirren nur so hin und her wie eine Spindel in Weiberhänden; wie ein Wirbelwind saust seine Hand über alle Saiten der Harfe, er stemmt sie in die Hüften, schnellt in Kniebeugestellung die Beine von sich und stimmt ein jauchzendes Lied an – daß einem die Seele erzittert … Ja, diese Zeiten sind vorbei; jetzt gibt's keine Saporoger mehr! Ja, ja. Sie trafen sich also, machten Bekanntschaft, begannen miteinander zu schwatzen, und der Großvater hatte bald seine Reise vergessen. Es ging ein Saufen an wie auf 'ner Hochzeit vor den großen Fasten. Endlich aber kriegten sie's satt, Töpfe zu zerschmeißen und Geld unters Volk zu werfen, und dann kann man ja auch nicht ewig auf dem Jahrmarkt bleiben! So verabredeten sich denn die neuen Freunde, sie wollten sich nicht mehr trennen und den Weg zusammen zurücklegen. Es war schon gegen Abend, als sie sich aufmachten und ins freie Feld hinausritten, die Sonne war schon zur Ruhe gegangen und nur hie und da flammten dort, wo sie noch vor kurzem gestanden hatte, ein paar rötliche Streifen auf. Bunte Saatwiesen lagen ausgestreut da wie die Sonntagstücher schwarzbrauiger junger Frauen. Unsern Saporogern packte ein schrecklicher Drang zum Schwatzen. Mein Großvater und noch ein anderer Kumpan, der sich zu ihnen gesellt hatte, fragten sich schon, ob er nicht vom Teufel besessen sei: Wo hatte er bloß all das Zeug her, all diese Geschichten und Mären so verwunderlicher Art, daß der Großvater sich die Seiten halten mußte, um nicht vor Lachen zu platzen. In der Steppe aber ward es immer düsterer, je weiter man kam, und die Reden des Braven werden immer unzusammenhängender. Endlich aber verstummte unser Erzähler und fing beim leisesten Geräusch an zu zittern.

»Hoho, Landsmann! Du scheinst mir die Eulen zu zählen! Du möchtest wohl heim, hinter den Ofen?«

»Ich will nichts vor euch verbergen«, sprach er, sich auf einmal umwendend, und seine Augen blickten starr. »Wißt ihr, daß ich meine Seele schon lange an den Bösen verkauft habe?«

»Ei potztausend! Wer hat nicht schon mit dem Bösen zu tun gehabt? In solchen Fällen ist's das beste, man ist lustig und geht lumpen.«

»O je, Jungens, lumpen möchte ich schon gern, aber heut ist mein Termin! O je, Brüder!« sprach er und schüttelte ihnen kräftig die Hände. »O je, gebt mich nicht preis, schlaft nur diese eine Nacht nicht! Mein Lebtag will ich eure Freundschaft nicht vergessen!«

Warum sollte man einem Menschen in so einem Unglück nicht beistehen? Der Großvater erklärte glattweg, er würde sich eher sein Kosakenhaar vom eignen Kopf scheren, als den Teufel mit seiner Hundeschnauze eine christliche Seele beschnüffeln lassen. Unsere Kosaken wären vielleicht noch weiter geritten, wenn nicht die Nacht den ganzen Himmel umwoben hätte wie ein schwarzes dichtes Netz; im Feld was es so dunkel geworden wie unter einem Schafspelz. Nur von ferne blinkte ihnen ein Lichtschein entgegen, und die Pferde, die die nahe Krippe ahnten, sputeten sich und starrten mit gespitzten Ohren in die Finsternis. Der Lichtschein schien ihnen entgegenzueilen, und vor den Kosaken tauchte eine Schenke auf, die ganz morsch und auf die Seite geneigt war wie ein Frauenzimmer, das von einer fröhlichen Taufe heimgeht. Zu jener Zeit war eine Schenke etwas ganz anderes wie heutzutage. Nicht nur, daß man nicht ordentlich losgehen und drinnen kein Tänzchen oder 'nen Hopser machen konnte, es gab nicht einmal Platz genug zum Hinlegen, wenn einen ein Rausch überkommen hatte und die Füße von selbst anfingen, Zeichen in die Luft zu schreiben. Der Hof war mit Frachtfuhren vollgepfropft; in den Scheuern und den Krippen und auf dem Flur lagen Leute: der eine zusammengekrümmt, ein anderer lang ausgestreckt, und schnarchten wie die Kater. Nur der Wirt saß vorm Lämpchen und schnitt Kerben in einen Stock, um sich zu merken, wieviel Viertel und Achtel die Fuhrleute ausgepfiffen hätten. Der Großvater bestellte ein drittel Eimer für drei Mann, ging in die Scheune, und alle drei legten sich nebeneinander nieder. Kaum aber hatte er sich auf die Seite gelegt, als er merkte, daß seine Landsleute schon in einen wahren Totenschlaf versunken waren. Der Großvater weckte den dritten Kosaken, der zu ihnen gestoßen war, und erinnerte ihn an das Versprechen, das sie ihrem Kameraden gegeben hatten. Jener richtete sich ein wenig auf, rieb sich die Augen und schlief wieder ein. Es war nichts zu machen, er mußte also allein Wache halten. Um den Schlaf zu verscheuchen, besah er sich alle Wagen, beguckte die Pferde, steckte sich eine Pfeife an, kam wieder zurück und setzte sich neben die Seinen. Alles war so still, daß man eine Fliege hätte hören können. Auf einmal war es ihm, als wenn ihm ganz in der Nähe, hinter einem Wagen, etwas Graues die Hörner zeigte ... Seine Augen begannen zuzufallen, und er mußte sie jeden Augenblick mit den Fäusten wachreiben und mit dem Rest vom Schnapse waschen. Kaum aber konnten sie wieder scharf blicken, da war alles wieder verschwunden. Nach einer kleinen Weile zeigte sich das Ungetüm von neuem hinterm Wagen ... Der Großvater riß die Augen auf, so weit er konnte; aber die verdammte Schlaftrunkenheit umnebelte alles vor ihm, seine Hände wurden steif, der Kopf sank hintenüber, und ein fester Schlaf übermannte ihn, so daß er hinfiel wie ein Toter. Der Großvater mußte wohl recht lange geschlafen haben, denn erst als die Sonne ihm tüchtig auf den Schädel brannte, sprang er auf die Beine. Er räkelte sich, kratzte sich den Rücken und merkte, daß schon nicht mehr so viele Wagen dastanden wie gestern. Die Fuhrleute waren also bereits vor Tagesanbruch davongefahren. Was jedoch seine Leute anging, so schlief der Kosak noch, der Saporoger aber war weg. Er fragte herum, aber niemand wußte was. Nur sein Kittel lag noch auf demselben Platze. Mein Großvater wurde von Angst ergriffen und fing an zu grübeln. Er sah nach den Pferden – sie waren fort, sowohl seins, wie das des Saporogers! Was hatte das zu bedeuten? Gesetzt, der Gottseibeiuns hatte den Saporoger geholt, wer aber hatte die Pferde mitgenommen?

Nach reiflicher Überlegung kam der Großvater zum Schluß, daß der Teufel sicherlich zu Fuß herbeigelaufen sei; und da es gar weit bis zur Hölle wäre, hatte er das Pferd gestohlen. Es schmerzte ihn sehr, daß er sein Kosakenwort nicht gehalten hatte. »Nun«, dachte er, »da ist nichts zu machen. Ich gehe zu Fuß; am Ende treff' ich unterwegs einen Pferdehändler, der vom Jahrmarkt zurückgekehrt, und dann kaufe ich mir bei dem ein Pferd.« Wie er aber nach der Mütze griff, war auch die Mütze fort. Da schlug mein seliger Großvater die Hände überm Kopf zusammen, denn er erinnerte sich, daß er ja gestern mit dem Saporoger die Mützen getauscht hatte! Wer konnte also wohl sonst der Dieb sein, wenn nicht der Unreine! Na, das war eine schöne Hetmans-Post! Da hatte er den Brief an die Zarin! Und der Großvater begann den Teufel mit solchen Namen zu traktieren, daß es dem in seiner Hölle wohl mehr als einmal in den Ohren klingen mochte. Aber alles Schimpfen hilft wenig, und soviel sich der Großvater auch den Kopf kratzte, es wollte ihm nichts einfallen. Was war da zu tun? Er suchte sich also eilig einen fremden Verstand zu borgen: sammelte all die guten Leute, die in der Schenke waren, die Fuhrleute und die anderen Reisenden, um sich und erzählte ihnen alles: So und so, und dies Malheur sei ihm geschehen. Die Fuhrleute saßen lange, das Kinn auf den Peitschenstiel gestützt, da, sannen nach, schüttelten die Köpfe und meinten, von so einem Wunder hätten sie wahrhaftig ein Gottes getaufter Welt noch nie vernommen, daß ein Hetmans-Brief vom Teufel geholt worden sei. Andere fügten noch hinzu, wenn der Teufel oder ein Moskowiter etwas stibitzten, dann könne man hinterher nur noch drei Kreuze machen. Der Schankwirt allein saß schweigend in seinem Winkel. Der Großvater machte sich an ihn heran. Wenn ein Mensch schweigt, so bedeutet das, er hat's dick hinter den Ohren. Aber der Wirt war sehr wortkarg, und hätte der Großvater nicht fünf Gulden aus der Tasche geholt, so hätte er bis an sein Lebensende vor ihm stehen können.

»Ich will's dir sagen, wie du wieder zu deinem Briefe kommen kannst«, sprach er endlich und führte ihn auf die Seite. Dem Großvater wurde bedeutend leichter ums Herz. »Ich sehe dir's an deinen Augen an, daß du kein Weib bist, Kosak! Gib acht: Unweit von der Schenke führt ein Pfad rechts nach dem Walde. Sobald die Dämmerung sich übers Feld senkt, sei bereit. Im Walde da leben Zigeuner. Die kommen dann in solchen Nächten, wo sich keine Menschenseele zeigt und nur die Hexen auf ihren Ofengabeln reiten, aus ihren Höhlen gekrochen, um Eisen zu schmieden. Was sie aber in Wahrheit treiben und womit sie handeln, das braucht dich nicht zu kümmern. Da wird's im Wald ein gewaltiges Getöse geben. Aber geh du nicht dahin, woher der Lärm kommt; ein enger Pfad wird vor dir liegen, der an einem verkohlten Baumstamm vorbeiführt: Auf diesem Wege geh weiter und immer weiter ... die Dornen werden dich stechen, und dichtes Gestrüpp versperrt dir den Weg, – aber geh du nur immer weiter! Erst wenn du an einen kleinen Bach kommst, dann darfst du Halt machen. Dort wirst du finden, was du brauchst. Doch vergiß ja nicht, deine Taschen damit zu füllen, wofür die Taschen gemacht sind ... Du verstehst mich, diese Ware lieben die Teufel nicht weniger als die Menschen!« Nach diesen Worten zog sich der Wirt in seinen Verschlag zurück und wollte nichts weiter sagen.

Mein Großvater seligen Angedenkens war ein Mann, der sich nicht so leicht ins Bockshorn jagen ließ; wenn er einem Wolf begegnete, so packte er ihn stracks am Schwanze; und machte er mal mit seinen Fäusten einen Gang durch die Kosaken, so sanken sie zu Boden wie Birnen, die man vom Baum schüttelt. Als er aber in der stockfinsteren Nacht in den Wald kam, da überlief's ihn denn doch kalt. Kein Sternchen stand am Himmel, und es herrschte eine düstere Finsternis wie in einem Weinkeller; nur ganz hoch oben über dem Kopfe, da hörte man den kalten Wind durch die Baumwipfel streichen, und die Bäume wackelten sich trunkene Reden zu. Auf einmal wehte eine solche Kälte daher, daß der Großvater an seinen Schafpelz denken mußte; und plötzlich fing's an zu hämmern, wie wenn hundert Hämmer herunterfielen, und es ging so ein Riesenlärm durch den Wald, daß es ihm fürchterlich im Kopfe dröhnte. Der ganze Wald wurde auf einen Augenblick ganz hell wie bei einem Wetterleuchten. Der Großvater erspähte sogleich den Pfad, der zwischen niedrigem Gebüsch dahinführte: Da war auch der verkohlte Baumstamm und das Dornendickicht! Alles genau so, wie's ihm gesagt worden war. Nein, der Schankwirt hatte ihn nicht betrogen. Aber besonders heiter war es doch nicht, sich durch das dastehende Gestrüpp hindurcharbeiten zu müssen. Sein Lebtag hatte er noch nie gespürt, daß die verfluchten

Äste und Dornen so schmerzhaft stechen können: fast bei jedem Schritte wollte er aufschreien.

Nach und nach hatte er sich auf einen freien Platz hinausgewunden. Er gewahrte, daß die Bäume seltener wurden, und als er weiter zusah, da waren sie so dick, wie er's nicht einmal jenseits vom Königreich Polen gesehen hatte. Bald schimmerte auch das Bächlein zwischen den Bäumen auf: schwarz wie eine Damaszener Klinge. Lange stand der Großvater am Ufer und spähte nach allen Seiten aus. Am anderen Ufer brennt ein Feuer. Schon will es erlöschen, da fällt sein Widerschein aufs neue ins Bächlein, das aufzuckt wie ein polnischer Schlachtschitz unter einer groben Kosakenfaust. Da ist auch eine winzige Brücke! »Da drüber kann doch höchstens ein Teufelswägelchen fahren!« dachte der Großvater, aber er betrat sie schnell, und schneller noch, als mancher die Dose aus der Tasche holt, um eine Prise zu nehmen, war er am anderen Ufer. Jetzt erst nahm er wahr, daß Leute am Feuer saßen; aber die hatten solche garstige Fratzen, daß er zu andern Zeiten Gott weiß was drum gegeben hätte, ihrer Bekanntschaft entgehen zu dürfen. Jetzt aber war ihm nicht zu helfen: Er mußte schon mit ihnen anbändeln. Der Großvater verneigte sich tief bis zur Erde vor ihnen. »Grüß Gott, gute Leute!« Aber auch nicht einer nickte mit dem Kopfe: Sie saßen stumm da, schwiegen und streuten etwas ins Feuer. Da der Großvater fand, daß noch ein Platz frei war, so setzte er sich denn ohne weitere Umschweife. Die widerlichen Fratzen sprachen nichts, und auch der Großvater sagte nichts. Lange saßen sie schweigend so da, und der Großvater bekam die Sache schon satt; er griff in die Tasche, zog die Pfeife raus, blickte um sich – aber keiner sah nach ihm hin. »Wollten Euer Gnaden mit Verlaub die hohe Güte haben, sozusagen …« (Mein Großvater war ein vielerfahrener Mann, er verstand es, am rechten Fleck ein höfliches Wörtlein anzubringen; selbst vor dem Zaren hätte er, wenn's darauf ankam, in Ehren bestehen können.) … »sozusagen, um weder von mir, noch von euch zu schweigen: Ein Pfeifchen hab' ich wohl, aber wo soll ich Feuer herkriegen?« Auch auf diese Rede erfolgte keine Antwort. Nur eine von den Mißgestalten ergriff ein brennendes Holzscheit und stieß es dem Großvater geradewegs gegen die Stirn, und wenn er nicht etwas zurückgefahren wäre, hätte er auf ewig von seinem einen Auge Abschied nehmen müssen. Als er endlich sah, daß die Zeit unnütz verrann, beschloß er – ob's die unreine Brut nun anhören wollte oder nicht – ihnen seine Sache zu erzählen. Jene spitzten die Ohren und streckten die Pfoten vor. Der Großvater begriff, was sie wollten; nahm sein ganzes Geld und warf es mitten vor sie hin, wie man Hunden etwas vorwirft. Kaum hatte er das Geld hingeschmissen, da schien alles vor ihn durcheinanderzugehen, der Erde erzitterte, und er geriet – *wie,* das konnte er selbst nicht erzählen – schier in die Hölle. »Mein Gott!« schrie der Großvater auf, als er sich wieder umsah. Was für Ungeheuer! Fratze neben Fratze! Da gab's Hexen in so ungeheurer Menge, wie die Schneeflocken, die zuweilen auf Weihnachten fallen, und alle so aufgeputzt und angemalt wie die Fräulein auf dem Jahrmarkt. Sie alle begannen, soviel ihrer da waren, einen teuflischen Hopser zu tanzen. Der Staub wirbelte in die Höhe, – Gott bewahr, welch ein Staub! Einen ehrlich getauften Menschen hätte ein Zittern erfassen müssen, wenn er gesehen hätte, wie hoch diese Teufelsbrut sprang. Aber den Großvater überkam, trotz seiner Angst, ein Lachen, als er sah, wie die Teufel mit ihren Hundeschnauzen zierliche Schritte machten und mit wedelnden Schweifchen um die Hexen herumscharwenzelten wie junge Burschen um die hübschen Mädchen; und die Musikanten paukten auf ihren eignen Backen herum wie auf Trommeln und pfiffen durch die Nasen wie auf Flöten. Kaum aber hatten sie den Großvater erblickt, da stürzten sie sich wie ein ganzes Heer auf ihn: Schweinemäuler, Hundemäuler, Bocksmäuler, Gänsemäuler, Pferdemäuler – sie alle reckten sich vor und wollten, kam's, wie's kam, von ihm geküßt werden. Der Großvater mußte ausspucken, so ein Ekel überkam ihn! Endlich aber wurde er gepackt und an einen Tisch gesetzt, der vielleicht so lang war wie der Weg von Konotop nach Baturin. »Na, das ist wenigstens nicht übel«, dachte der Großvater, als er Schweinefleisch, Würste, Kohl mit Zwiebeln und noch viele andere Leckerbissen auf dem Tische stehen sah. »Das Satanspack hält wohl die Fasten nicht!« Der Großvater ließ die Gelegenheit, einen guten Happen zu nehmen, nie außer acht. Er hatte stets Appetit, und darum rückte er ohne viel Federlesens die Schüssel mit dem angeschnittenen Speck und einen Schinken zu sich heran, ergriff eine Gabel, die nicht viel kleiner war als die Gabeln, mit denen die Bauern Heu aufladen, spießte ein riesiges Stück Fleisch auf, nahm noch ein mächtiges Stück Brot dazu und schob es geradewegs in – einen fremden Mund, der eben neben seinen Ohren aufgetaucht war, er hörte sogar noch, wie das Maul kaute und über den ganzen Tisch hin mit den Zähnen klapperte. Der Großvater muckste nicht, gabelte ein anderes Stück auf, und schon glaubte er es auf seinen Lippen zu spüren, aber da geriet es wieder in einen fremden Rachen. Er versuchte es ein drittes Mal – und wieder traf er vorbei. Der Großvater raste vor Wut. Er vergaß all seine Angst und in wessen Händen er sich befand, und sprang auf die Hexen los: »Was, ihr Herodesbrut, ihr! Wollt ihr euch vielleicht über mich lustig machen? Wenn ihr mir nicht auf der Stelle meine Kosakenmütze herausgebt, so will ich ein Römling sein, wenn ich euch nicht die Schweineschnauzen auf den Nacken drehe!« Noch hatte er die letzten Worte nicht ausgesprochen, als alle Ungeheuer die Zähne zu fletschen begannen und ein solches Gelächter aufschlugen, daß dem Großvater die Seele zu Eis erstarrte.

»Gut!« winselte eine der Hexen, die der Großvater für das Oberhaupt der anderen hielt, denn ihr Lärvchen war vielleicht noch wundervoller als die Fratzen der anderen. »Die Mütze wollen wir die geben, aber nicht eher, als bis du dreimal mit uns *Schafskopf* gespielt hast.«

Was war da zu machen? Soll etwa ein Kosak mir Weibern zusammensitzen und Schafskopf spielen? Der Großvater weigerte und weigerte sich immer wieder. Endlich aber ließ er sich doch dazu herbei. Man brachte die Karten, und zwar so schmierige wie die, aus denen sich bei uns die Popentöchter wahrsagen, wenn sie wissen wollen, was für Bräutigams sie bekommen.

»Hör'!«, bellte die Hexe wieder los, »wenn du auch nur ein einziges Mal gewinnst, so ist die Mütze dein. Wenn du aber alle dreimal Schafskopf bleibst, so nimm's mir nicht übel, dann wirst du nicht bloß deine Mütze, sondern vielleicht auch die Welt nie mehr wiedersehen!«

»Gib her, alte Vettel! Komme, was kommen mag!«

Die Karten wurden verteilt, und der Großvater nahm die seinen in die Hände. Nicht hinblicken mochte er auf den Schund! Wenn auch bloß zum Scherz nur ein einziger Trumpf darunter gewesen wäre! Bei *einer* Farbe war die *Zehn* schon der höchste Stich, und nicht einmal ein Paar hatte er; die Hexe aber spielte immer Fünfer aus. So blieb er denn Schafskopf!

Kaum war der Großvater Schafskopf geworden, so begannen die Mäuler von allen Seiten zu wiehern, zu bellen und zu grunzen: »Schafskopf, Schafskopf, Schafskopf!«

»Mögt ihr doch platzen, ihr Satansbrut!« schrie der Großvater und stopfte sich mit dem Finger die Ohren zu. »Na«, denkt er, »die Hexe hat wohl falsch gemischt! Jetzt werde *ich* mal mischen!« Er gab also die Karten, sagte Trumpf an und blickte in die Karten: waren das großartige Karten, auch Trümpfe waren dabei! Zuerst ging die Sache, wie's nicht besser gehen konnte; aber die Hexe hatte eine Fünf und alle Könige! Der Großvater jedoch hatte lauter Trümpfe in Händen! Ohne da groß zu überlegen, deckte er, bumms, alle Könige mit Trümpfen!«

»Oho, das ist nicht Kosakenart! Womit deckst du denn da, Nachbar?«

»Was da – womit? Mit Trümpfen natürlich!«

»Das sind vielleicht bei euch Trümpfe, bei uns aber nicht!«

Sieh mal an – es war in der Tat nur eine einfache Farbe. So eine hundsföttische Zauberei! Er mußte zum zweitenmal Schafskopf werden, und das Teufelspack brüllte von neuem: »Schafskopf, Schafskopf!« so daß der Tisch wackelte und die Karten auf dem Tische herumhüpften. Der Großvater geriet in Hitze; er gab zum letzten Male Karten. Wieder ging es schlecht und recht. Die Hexe spielte wieder eine Fünf aus; der Großvater deckte sie und kaufte eine ganze Hand voll Trümpfe.

»Trumpf!« schrie er und schlug mit der Karte so mächtig auf den Tisch, daß sie sich krumm bog. Jene deckte, ohne ein Wort zu sagen, mit einer Acht. »Und womit stichst du, alter Teufel?« Die Hexe hob die Karte auf, unter der eine einfache Sechs lag. »Ach, verdammtes Satansgeflunker!« rief der Großvater und schlug vor Ärger aus aller Leibeskraft mit der Faust auf den Tisch. Ein wahres Glück, daß die Hexe schlechte Karten hatte; der Großvater hatte wie zu Fleiß lauter Paare in seiner Hand. Er begann zu kaufen, aber er war schon mit seiner Kraft zu Ende: Er bekam so schlechte Karten, daß er die Hände sinken ließ. Er gab keine Karten mehr zu kaufen, und nun ging er schon, ohne viel hineinzublicken, mit einer einfachen Sechs los. Die nahm sie auf. »Da hast du die Bescherung! Was sollte das bedeuten? Oho, da stimmt sicher etwas nicht!« Der Großvater nahm also heimlich die Karten unter den Tisch und schlug ein Kreuz über sie; und auf einmal hatte er Trumpf-Aß, Trumpf-König und Trumpf-Bube in Händen, und statt seiner Sechs hatte er Dame gespielt. »Ein schöner Narr bin ich gewesen«, dachte er sich. – »Trumpf-König! Was? Hast du das? Du Katzenbrut! Willst du vielleicht ein Aß? Ein Aß! Einen Buben! …« Ein donnerndes Dröhnen rollte durch die ganze Hölle; die Hexe verfiel in Krämpfe, und auf einmal flog dem Großvater – patsch! – die Mütze ins Gesicht. »Nein, das ist zu wenig!« schrie der Großvater schon viel dreister, als er erst seine Mütze aufgesetzt hatte. »Wenn nicht mein braves Pferd auf der Stelle vor mir erscheint, so soll mich an diesem unreinen Ort gleich der Donner treffen, oder ich schlage wahrhaftig das heilige Kreuz über euch alle!« Und schon erhob er die Hand, als er auf einmal Pferdeknochen vor sich klappern hörte.

»Da hast du dein Pferd!«

Der Ärmste brach bei diesem Anblick in Tränen aus wie ein törichtes Kind. Schade um den alten Freund! »Gebt mir nur irgendein Pferd, damit ich aus eurem Nest herauskomme!« Der Teufel knallte mit seiner Hetzpeitsche, – ein Pferd sauste wie ein Feuer unter dem Großvater herauf, und er flog wie ein Vogel in die Höhe. Aber mitten im wilden Ritt ergriff ihn eine mächtige Angst, als das Pferd, ohne auf seine Rufe oder auf die Zügel zu achten, über Gräben und Sümpfe dahinjagte. An was für Orten war er damals nicht überall gewesen! Schon beim bloßen Erzählen überkam ihn ein Zittern. Er blickte vor sich hinab und erschrak: Vor ihm lag ein Abgrund, eine furchtbare Schlucht! Doch das Satansvieh machte sich nichts daraus und setzte einfach darüber weg! Der Großvater wollte sich festhalten, aber es gelang ihm nicht. Hals über Kopf, durch Gestrüpp und über Felsen flog er hinab in den Schlund und prallte tief unten am Grunde so gewaltig auf, daß ihm der Atem verging. Wenigstens konnte er sich später auf nichts mehr besinnen, was damals mit ihm vorgegangen war; und als er wieder zu sich kam und sich umsah, da war es schon ganz hell geworden. Vor ihm schimmerte eine wohlbekannte Gegend, und er lag auf dem Dache seines eigenen Hauses.

Als der Großvater heruntergeklettert war, schlug er ein Kreuz. »Teufelszeug! Was zum Henker einem Menschen nicht für Wunderdinge widerfahren können!« Er sah seine Hände an. Sie waren voll Blut; er sah in das vor ihm stehende Wasserfaß – auch sein Gesicht war voller Blut. Er Wusch sich gründlich, um die Kinder nicht zu erschrecken, trat leisen Schrittes in die Stube, und was sieht er da? Die Kinder gehen rücklings auf ihn zu, strecken die Finger aus und sagen: »Sieh doch, sieh – die Mutter springt herum wie verrückt!« Und wahrhaftig: Sein Weib sitzt eingeschlafen vorm Spinnrocken, hält die Spindel in der Hand und hüpft im Schlaf auf der Bank hoch und nieder. Der Großvater nahm sie sanft bei der Hand und weckte sie. »Grüß Gott, Frau bist du auch ganz wohl?« Jene starrte ihn lange an. Endlich erkannte sie den Großvater und erzählte, sie habe geträumt, der Ofen sei in der Stube herumgefahren, habe mit der Schaufel alle Töpfe und Schüsseln hinausgejagt ... und der Teufel weiß, was noch alles! »Na ja«, sagte der Großvater, »dein Traum war meine Wirklichkeit, ich sehe schon, man muß unser Haus mit Weihwasser besprengen – aber jetzt darf ich keine Zeit mehr verlieren.« So sprach der Großvater, und als er sich etwas ausgeruht hatte, holte er das Pferd und machte nicht eher Halt, weder bei Tag noch bei Nacht, als bis er sein Ziel erreicht und der Zarin selbst den Brief übergeben hatte. Da bekam der Großvater solche Wunderdinge zu sehen, daß er noch lange nachher davon erzählen konnte: Wie er in ein Schloß geführt wurde, das so hoch war, daß man zehn Häuser hätte übereinander bauen können, und er hätte noch nicht gereicht; wie er in ein Gemach hineinblickte – die Zarin war nicht drin, – dann in ein zweites – auch da war sie nicht, in ein drittes – auch da nicht, – in ein viertes – sie war immer noch nicht da. Erst im fünften Zimmer saß sie selbst, mit einer goldenen Krone auf dem Haupte, in einem grauen funkelnagelneuen Kittel und mit roten Stiefelchen, und aß goldene Knödel. Sie ließ ihm die ganze Mütze mit blauen Scheinen vollstopfen, und ihm ... aber man kann sich doch nicht an alles erinnern! Der Großvater hatte sogar die Plackerei mit den Teufeln ganz vergessen, und wenn es geschah, daß ihn jemand daran erinnerte, so schwieg er, als ginge ihn das nichts an und es kostete gar viele Mühe, ihn so weit zu bringen, daß er's erzählte. Aber wohl zur Strafe dafür, daß er damals das Haus nicht sofort mit Weihwasser besprengt hatte, widerfuhr der Frau jedes Jahr, und zwar immer um dieselbe Zeit, das Wunder, daß sie immerzu tanzen wollte. Was sie auch beginnen mochte, die Beine taten das ihrige und zwangen sie förmlich, ein Tänzchen aufzuführen.

Abende auf dem Weiler bei Dikanka II

Vorrede

Hier habt ihr das zweite Büchlein oder, richtiger gesagt, das letzte. Erst wollt ich's ja nicht, nein, ich wollt es ganz und gar nicht herausgeben. Wahrhaftig, man muß auch mal 'nen Schlußpunkt setzen können. Und ich kann euch nur mitteilen: Auf dem Vorwerk fängt man schon an, über mich zu lachen. »Sieh mal einer an!« sagt man, »der alte Tobak ist ja schon ganz närrisch: der amüsiert sich auf seine alten Tage noch mit Spielereien!« Ja, wirklich, 's wäre doch längst Zeit, zur Ruhe zu gehen. Ihr, lieben Leser, glaubt natürlich, ich tu nur so, als ob ich schon so alt sei. Ach, du lieber Gott, was heißt da Verstellung, wenn einem kein Zahn mehr im Munde sitzt! Was Weiches kann ich ja noch irgendwie kauen, aber Hartes kann ich nun schon gar nicht mehr beißen. Hier habt ihr also noch ein Büchlein! Bloß eins, aber schimpft nicht! 's ist nicht recht, beim Abschied zu schimpfen, besonders auf einen Menschen, den man Gott weiß wann wiedersieht. In diesem Büchlein werdet ihr Erzähler zu hören bekommen, die euch fast alle unbekannt sind, ausgenommen etwa Foma Grigorjewitsch. Was aber jenes erbsengraue Herrchen angeht, das immer so verblümt zu erzählen pflegte, so daß ihn selbst irgend so ein pfiffiger Moskowiter nicht recht verstehen konnte, – der ist schon lange nicht mehr da. Erst hat er sich gründlich mit uns allen verkracht, und dann ließ er sich überhaupt nicht mehr blicken. Ja, hab' ich euch denn diesen Fall nicht erzählt? Hört doch nur, es war wirklich eine höchst possierliche Geschichte. Im vorigen Jahr, es war gegen Anfang des Sommers, – ich glaube beinahe am Namenstage meines Schutzheiligen, – kamen einige Gäste zu mir … (Das muß ich euch sagen, liebe Leser; meine Landsleute – Gott schenke ihnen ein langes Leben und eine gute Gesundheit – haben mich alten Mann nicht vergessen. Es geht schon ins fünfzigste Jahr, daß ich mich auf meinen Namenstag besinne; aber wie alt ich nun genau bin, das kann weder ich euch sagen noch meine Alte. Wahrscheinlich so gegen siebzig. Der Popo von Dikanka, Vater Charlampij, hat's gewußt, wann ich geboren bin; aber leider sind's schon fünfzig Jahr, daß er tot ist.) Also es kamen Gäste zu mir, Sachar Kirilowitsch Tschuchopupenko, Stepan Iwanowitsch Kurotschka, Taras Iwanowitsch Smatschnenjkij, und der Assessor Charlampij, Kirilowitsch Chlosta; dann war noch … sieh mal einer an, da hab' ich doch wahrhaftig seinen Vor- und Zunamen vergessen … Ossip … Ossip … mein Gott, ganz Mirgorod kennt ihn ja! Wenn er redet, schnippt er zuerst mit den Fingern, und dann stemmt er die Hände in die Hüften … Na, Gott helf ihm! ‘s wird mir ein andermal einfallen. Ferner war auch der euch schon gekannte junge Herr aus Poltawa gekommen; Foma Grigorjewitsch rechne ich übrigens nicht mit; der gehört schon zur Familie. Man kam ins Gespräch (ich muß schon wieder was einschalten! Bei uns wird nämlich nie Firlefanz geredet: Ich kann nur höchst anständige Gespräche leiden, damit, wie man so zu sagen pflegt, zugleich dem Vergnügen und der Erbauung Genüge geschieht). – Man kam also ins Gespräch darüber, wie man wohl am besten Äpfel einlegt. Meine Alte sagte, man müsse die Äpfel zuerst gut waschen, dann in Sauerbier einweichen, und dann erst … »Aber kein Gedanke!« fiel das Herrchen aus Poltawa ein, schob die Hand in seinen erbsengrauen Kaftan und stolzierte würdevoll im Zimmer auf und ab. »Aber kein Gedanke! Erst muß man Minze auf sie streuen, und dann erst …« Ich muß *euch* zu Zeugen aufrufen, liebe Leser, sagt mal ganz ehrlich: Habt ihr je gehört, daß man Minze auf die Äpfel streut? Freilich legt man Johannisbeerblätter, Nagelkraut und Kleeblatt hinein, aber daß man Minze einlegte … nein, das habe ich noch nie gehört. Besser als meine Alte weiß wohl niemand Bescheid mit solchen Sachen. Seht, nun sagt ihr's selbst! Ich führte ihn also, als honetten Menschen, ein wenig zur Seite und sagte: »Höre, Makar

Nasarowitsch, treib doch keine Narrenpossen! Du bist doch ein feiner Herr, hast doch, wie du selber sagst, einmal am Gouverneurstische mitgegessen. Wenn du da so etwas sagst, da werden dich ja alle auslachen!« Und was glaubt ihr nun, hat er drauf gesagt? – Nichts! Er hat auf den Boden gespuckt, hat seine Mütze genommen und ist gegangen. Nicht einmal Abschied hat er von irgendeinem genommen, ja, nicht einmal jemand zugenickt; wir hörten bloß, wie sein Wägelchen mit den Schellen am Tore vorfuhr; und schon saß er drin und fuhr davon. Na, um so besser! Solche Gäste können wir nicht brauchen! Ich will euch nur sagen, meine lieben Leser, er gibt gar nichts Schlimmeres auf der Welt als diese Ritter vom hohen Roß. Weil sein Ohm mal Kommissär war, muß er drum die Nase rümpfen? Als ob Kommissär schon so ein Rang wäre, daß es gar nichts Höheres auf der Welt gibt! Gott sei Dank, es gibt noch höhere Tiere als so einen Kommissär. Nein, diese Vornehmtuerei kann ich nicht ausstehen! Nehmt doch zum Beispiel Foma Grigorjewitsch; das ist doch kein feiner Herr, aber seht ihn mal an: In seinem Gesicht glänzt stets eine gewisse Würde; sogar wenn er seinen gewöhnlichen Tabak schnupft, da hat man unwillkürlich Respekt. Und erst in der Kirche; wenn er da oben auf dem Chore steht und singt, – da kommt es ordentlich wie Rührung über einen! Man möchte am liebsten vergehen! … Aber jener … na, Gott mit ihm! Der glaubt ganz gewiß, ohne seine Geschichten könne man gar nicht auskommen. Je nun, auch ohne ihn hat sich ein Büchelchen zusammengefunden.

Ich habe euch, glaub' ich, versprochen, daß in diesem Büchlein auch ein Märchen von mir sein wird. Ich wollt' es auch wirklich so machen, aber da hab' ich gemerkt, daß man für meine Geschichte wenigstens drei solcher Büchelchen brauchte. Ich gedachte zuerst, es besonders drucken zu lassen, aber dann hab' ich mir's überlegt, Ich kenne euch ja: Ihr werdet noch über mich alten Mann lachen. Nein, ich mag's nicht! Gehabt euch wohl! Wir sehen uns lange Zeit nicht wieder, oder vielleicht auch nie. Aber was ist daran gelegen?

Euch kann's ja gleich sein, auch wenn ich gar nicht auf der Welt wäre. Ein Jahr wird dahingehen und noch eins – und ich bin sicher, niemand von euch besinnt sich mehr auf mich oder denkt mit Bedauern an den alten Bienenzüchter.

Rotfuchs Panjko.

Die Weihnacht

Der letzte Tag vor dem Weihnachtsfeste war verstrichen. Klar brach die Winternacht an, die Sterne schauten hervor, der Mond stieg majestätisch am Himmel empor, um allen guten Leuten und der ganzen Welt zu leuchten, damit allen fröhlich ums Herz sei, wenn nach dem Weihnachtsbrauch unter den Fenstern zu Christi Lob und Preis gesungen würde.* Der Frost war noch schneidender als am Morgen; aber dafür war es so still, daß man das Knirschen des Schnees unter den Stiefeln eine halbe Werst weit hören konnte. Noch war unter keinem Fenster eine einzige Schar von Burschen zu sehen; allein der Mond blickte verstohlen durch die Scheiben, als wollte er den sich putzenden Mädchen zuwinken, sie sollten schneller hinauslaufen in den knisternden Schnee. Da wälzten sich dichte Ballen von Qualm aus dem Schornstein einer Hütte und stiegen wie eine Wolke zum Himmel auf, und zugleich mit dem Rauch ritt eine Hexe auf einem Besenstiel in die Höhe.

Wenn in diesem Augenblick der Herr Assessor aus Sorotschintzy in einem mit Gutspferden bespannten Dreispänner vorbeigefahren wäre, die Mütze mit der Hammelfellborde, wie sie die Ula-

* Dieses Singen unter den Fenstern am Weihnachtsabend, nennt man bei uns »Koljadowaj«, und die Lieder heißen »Koljadki«. Dem, der da singt, wirft der Hausherr oder die Hausfrau, oder wer sonst zu Hause bleibt, stets eine Wurst, ein Brot, einen Kupfergroschen oder was er gerade besitzt, in den Sack. Man sagt, es habe einmal einen Narren, namens »Koljada« gegeben, den man für einen Gott gehalten habe, und der Name Koljadki für die Lieder rührte daher. Wer will das wissen. Es ist nicht Sache von uns einfachen Leuten, uns hierüber auszusprechen. Voriges Jahr wollte der Vater Ossip es verbieten, in den einzelnen Weilern die »Koljadki« zu singen, da, wie er behauptete, dies ein Tribut sei, den das Volk dem Satan bringe. Allein, um die Wahrheit zu sagen, in den »Koljadki« findet sich auch nicht ein Wort über den »Koljada«. Man singt oft von der Geburt Christi und wünscht zum Schluß dem Hausherrn, der Hausfrau, den Kindern und dem ganzen Hause eine gute Gesundheit. (Anm. d. Bienenzüchters.)

nen tragen, auf dem Kopf, in seinem blauen, mit schwarzem Lammfell gefütterten Pelz, und mit seinem Teufelsding, der geflochtenen Peitsche, mit der er gewöhnlich seinen Kutscher anfeuerte, so hätte er sie bestimmt gesehen; denn dem Assessor von Sorotschintzy kam keine Hexe entgegen. Er kann sich's nämlich von jedem Frauenzimmer an den Fingern abzählen, wieviel Ferkelchen ihre Sau wirft, wieviel Leinwand in ihrem Kasten liegt, und er weiß aufs Tüpfelchen, was ein wackerer Mann an einem Sonntag in der Schenke an Kleidern und Wirtschaftssachen versetzt. Aber der Assessor von Sorotschintzy kam nicht vorbeigefahren, und dann kümmerte er sich auch nicht um fremde Leute – er hatte ja seinen eigenen Bezirk. Unterdessen aber stieg die Hexe so hoch empor, daß sie da oben nur noch wie ein schwarzes Pünktchen aussah. Aber wo dies Pünktchen sich zeigte, dort verschwand ein Stern nach dem anderen vom Himmel. Bald hatte die Hexe einen ganzen Ärmel voll von ihnen heruntergeholt. Nur noch drei oder vier blinkten so herum. Auf einmal jedoch tauchte an der entgegengesetzten Seite ein anderes Pünktchen auf, wurde immer größer, dehnte sich in die Breite, und bald war es kein Pünktchen mehr. Ein Kurzsichtiger hätte sogar statt einer Brille die Räder vom Wagen des Kommissärs auf die Nase setzen können, aber auch dann hätte er nicht genau erkennen können, was das für ein Ding war. Von vorne sah es sich ganz an wie ein Welscher*. Das spitzige Mäulchen, das sich fortwährend bewegte und alles und alle beschnüffelte, lief in ein rundes Fünfkopekenstück aus wie bei unseren Schweinen; die Beine waren so dünn, daß sie auch dem Jareskower Amtmann, wenn er ebenso schmächtige gehabt hätte, schon beim ersten Sprung im Kosakentanz gebrochen wären. Dafür aber war's von hinten ein waschechter Gouvernementsprokurator in Uniform, denn ihm baumelte ein Schwanz herunter, der so lang war und so

* Einen Welschen nennt man bei uns einen jeden, der aus einem fremden Lande stammt, möge er nun ein Franzose, ein Römer, ein Schwede oder sonstwer sein, er heißt immer – ein Welscher.

spitz zulief wie die Schöße an den neumodischen Uniformen; höchstens aus dem Bocksbart unterm Maul, aus den kleinen Hörnerchen auf dem Kopfe und daraus, daß er nicht viel weißer war als ein Schornsteinfeger, konnte man erraten, daß das weder ein Kerl aus dem Auslande noch ein Gouvernementsprokurator war, sondern ganz einfach der Teufel in eigener Person, für den die letzte Nacht gekommen war, wo er sich in Gottes weiter Welt umhergetrieben und die guten Menschen zu allerlei Sünden verführen durfte. Denn morgen schon sollte er beim ersten Glockenschlage der Frühmesse mit eingezogenem Schwanz zur Hölle fahren.

Indessen aber schlich sich der Teufel leise an den Mond heran und streckte die Hand aus, um nach ihm zu greifen; plötzlich jedoch riß er seine Hand zurück, als wenn er sich verbrannt hätte, sog an den Fingerspitzen, schlenkerte mächtig mit dem einen Bein und schlüpfte dann auf die andere Seite; aber da prallte er wiederum zurück und zog schleunigst die Hand weg. Trotz dieser Mißerfolge ließ jedoch der listige Teufel nicht von seinen bösen Streichen. Mit einem Anlauf rannte er heran und packte den Mond mit beiden Händen; er krümmte sich hin und her, blies aus vollen Backen auf ihn und warf ihn aus einer Hand in die andere wie ein Bauer, der sich mit bloßen Händen Feuer für seine Pfeife holt; endlich steckte er ihn rasch in seine Tasche und sauste weiter, als ob ganz und gar nichts geschehen wäre.

In Dikanka hatte niemand gemerkt, daß der Teufel den Mond gestohlen hatte. Freilich, als der Gemeindeschreiber, übrigens auf allen Vieren, die Schenke verließ, sah er, daß der Mond plötzlich am Himmel umhertanzte, und er beschwor das bei allen Heiligen vor dem ganzen Dorfe; aber die Leute im Dorfe schüttelten nur die Köpfe und lachten ihn einfach aus. Doch was hatte den Teufel eigentlich zu einer so schändlichen Tat veranlaßt? Der Grund war folgender: Er wußte, daß der reiche Kosak Tschub vom Küster zum Weihnachtsschmaus eingeladen war und daß außerdem noch der Amtmann, ein Anverwandter des Vorsängers von der bischöflichen Sängerkapelle, ein Mann im blauen Rock, der die tiefsten Baßtöne mühelos hervorbrachte, ferner der Kosak Swerbygus und noch dieser und jener da sein würden. Da würde es außer dem Weihnachtskuchen noch süßen Branntwein, Safranschnaps und noch allerhand Gutes zum Essen und Trinken geben. Unterdessen würde aber sein Töchterchen, die erste Schöne im ganzen Dorf, allein zu Hause bleiben; und dann würde sicher der Schmied zu dem Mädel kommen, ein handfester, kräftiger Bursch, ein Mordskerl, der dem Teufel noch widerwärtiger war als die Predigten des Vaters Kondrat. In seinen Mußestunden pflegte der Dorfschmied sich nämlich mit der Malerei zu beschäftigen, und er galt als der beste Maler in der ganzen Umgegend. Der Kosakenhauptmann L...ko, der damals noch lebte, hatte ihn sogar eigens dazu nach Poltawa kommen lassen, um den Bretterzaun vor seinem Hause zu tünchen. Alle Schüsseln, aus denen die Kosaken von Dikanka ihren Borschtsch schlürften, waren von ihm bemalt. Der Schmied war ein gottesfürchtiger Mann, malte oft Heiligenbilder, und man kann jetzt noch in der Kirche zu T...... einen Evangelisten Lukas von seiner Hand sehen. Aber der Triumph seiner Kunst war ein Bild, das er an die Wand der rechten Kirchenvorhalle gemalt hatte; da hatte er den heiligen Petrus dargestellt mit Schüsseln in der Hand, wie er am jüngsten Tage den bösen Geist aus der Hölle vertreibt: Der erschrockene Teufel rennt, seinen Untergang vorausahnend, hin und her, und die Sünder, die einst in die Hölle gesperrt waren, prügeln mit Knuten, Holzscheiten und allem, was ihnen unter die Hände kommt, auf ihn los. Zur Zeit, als der Maler an diesem Bilde arbeitete – er malte es auf ein großes Brett – hatte sich der Teufel aus aller Kraft bemüht, ihn dabei zu stören: er puffte ihn unsichtbar am Arm, holte Asche aus der Schmiede-Esse und streute sie auf das Bild; aber trotz alledem wurde das Werk zu Ende geführt, das Brett wurde in die Kirche gebracht, an der Wand der Vorhalle angenagelt, und seitdem hatte der Teufel dem Schmied Rache geschworen.

Nur noch eine Nacht war ihm nun geblieben, durch die Welt zu ziehen; in dieser Nacht aber wollte er seine ganze Wut an dem Schmied auslassen, und darum beschloß er, den Mond zu stehlen; er hatte es sich nämlich folgendermaßen ausgedacht: Der alte Tschub ist träge und schwer auf die Beine zu kriegen, und dann ist es auch von seinem Hause bis zum Küster nicht sehr nahe. Der Weg zu ihm führte hinterm Dorfe an Windmühlen und am Friedhof an einem Abgrund vorüber, und dann konnten bei hellen Mondnächten auch noch der süße Branntwein und der Safranschnaps den Tschub locken; aber bei dieser Finsternis konnte es wohl kaum jemand gelingen, ihn von seinem Plätzchen hinterm Ofen hervor und auf die Straße hinaus zu lotsen. Und da würde der Schmied, der schon lange nicht im besten Einvernehmen mit ihm lebte, es sicher nicht wagen, seine Tochter aufzusuchen, und wenn er auch noch so kräftig war.

Und so kam es, daß der Teufel kaum den Mond in die Tasche gesteckt hatte, als es plötzlich in der ganzen Welt so stockfinster wurde, daß manch einer den Weg ins Wirtshaus nicht gefunden hätte, geschweige denn *den* in des Küsters Haus. Die Hexe fand sich auf einmal im Dunkeln und stieß einen Schrei aus. Da scharwenzelte der Teufel auf sie zu, faßte sie flink unterm Arm und begann ihr allerhand schöne Dinge ins Ohr zu flüstern, wie man sie den Weibern gewöhnlich zuzuraunen pflegt. Es geht doch recht wunderlich zu in unserer Welt! Alles was in ihr leibt und lebt, alles ist bemüht, einander was abzugucken und andere Leute nachzuäffen. Früher gab's einmal eine Zeit, da trugen in ganz Mirgorod nur die Richter und der Bürgermeister im Winter Pelze, die mit Tuch überzogen waren, während die übrigen Unterbeamten gewöhnlich die Pelze mit dem Fell nach außen trugen; jetzt dagegen haben sich der Assessor und Unterrendant neue Pelze aus feinem Lammfell mit Tuchbezügen zugelegt. Vor zwei Jahren kauften der Kanzlist und der Gemeindeschreiber Nanking zu sechzig Kopeken die Elle, und der Kirchendiener hat sich zum Sommer gar eine Pluderhose aus Nanking und sogar eine Weste aus Kammgarn machen lassen. Kurz, alles will zur feinen Welt gehören! Wann werden die Menschen endlich einmal von ihrer Eitelkeit ablassen! Nun könnte man wetten, manchem kommt der Gedanke sonderbar vor, daß der Teufel sich ebenso benimmt. Am ärgerlichsten ist's aber, daß er sich am Ende gar noch auf seine Schönheit was zugute tut, und dabei hat er doch eine Fratze, daß es eine wahre Schande ist. Geradezu eine Fresse, wie Foma Grigorjewitsch zu sagen pflegt, das Garstigste vom Garstigen, und so einer geht auch noch auf Liebschaften aus! Aber am Himmel war es so stockfinster geworden, daß man durchaus nichts mehr von dem sehen konnte, was sich zwischen dem Pärchen weiter abspielte.

* *
*

»Also, Gevatter, du bist noch nicht beim Küster in der neuen Hütte gewesen?« sprach der Kosak Tschub, trat aus der Tür seines Hauses und ging auf einen hageren, baumlangen Bauer in kurzem Schafspelz zu, mit einem dichten Bart, der davon Zeugnis ablegen konnte, daß dies Kinn schon über vierzehn Tage lang nicht mehr von dem Sensenstück berührt worden, mit dem sich die Bauern in Ermangelung eines Rasiermessers ihren Bart schaben. »Dort wird es jetzt ein schönes Gelage geben!« fuhr Tschub, übers ganze Gesicht schmunzelnd, fort. »Daß wir nur nicht zu spät kommen!«

Dabei rückte Tschub seinen Gurt zurecht, der seinen Pelz stets zusammenzog, schob die Mütze tief in die Augen und nahm die Knute – den Schrecken und die Angst aller lästigen Hunde – fester in die Hand. Als er jedoch nach oben blickte, hielt er inne …

»Teufel noch einmal! Schau! Schau nur, Panas! …«

»Was denn?« sprach der Gevatter und hob ebenfalls seinen Kopf.

»Was? Der Mond ist fort!«

»Verflucht! Wahrhaftig, der Mond ist fort!«

»Das ist es ja eben«, rief Tschub, einigermaßen ärgerlich über die unerschütterliche Teilnahmslosigkeit des Gevatters. »Du scherst dich wohl wenig drum!«

»Ja, was soll ich denn dabei machen?«

»Mußte sich da grad so ein Teufel«, fuhr Tschub fort und wischte sich mit dem Ärmel den Schnurrbart, »grad so ein Teufel hineinmischen! So ein Hundsfott! Daß er morgens doch nie wieder sein Glas Schnaps zu trinken kriegte! … Wahrhaftig! Es ist zum Lachen … Als ich in der Stube saß, da sah ich zu meinem Vergnügen zum Fenster hinaus: Die Nacht war ein reines Wunder! Es war ganz hell, der Schnee leuchtete im Mondlichte, und alles war so klar zu sehen wie am lichten Tag; kaum aber trete ich aus der Tür – da herrscht eine Dunkelheit, daß man die Hand vor den Augen nicht sieht! Mag er sich doch alle Zähne an hartem Buchweizenbrot ausbrechen!«

Lange noch brummte und schimpfte Tschub, zugleich aber überlegte er, wozu er sich entschließen solle. Für sein Leben gern hätte er beim Küster über dies und jenes schwatzen mögen; denn sicher saßen dort schon der Amtmann, der zugereiste Baß und der Teersieder Mikita, der alle vierzehn Tage zum Markt nach Poltawa zu fahren pflegte und solche Possen trieb, daß die Leute aus dem Dorf sich den Bauch vor Lachen hielten. Schon sah Tschub in Gedanken den süßen Branntwein auf dem Tisch stehn. Freilich, all das war verlockend, aber die Dunkelheit der Nacht lockte wieder zu jenem Faulenzerleben, das jedem Kosaken so lieb ist. Wie gut wäre es jetzt, mit untergeschlagenen Beinen auf der Ofenbank zu sitzen, seine Pfeife zu rauchen und in süß umnebelndem Schlummer den lustigen Burschen und Mädeln zuzuhören, die in Scharen vor den Fenstern ihre Lieder singen und die Weihnacht preisen! Ohne Zweifel hätte er sich auch für das letztere entschieden, wenn er allein gewesen wäre; aber zu zweit war es nicht mehr so langweilig und so gruselig, mitten durch die Nacht zu gehen, auch wollte er vor dem andern nicht faul und feige erscheinen. Als er mit dem Schimpfen fertig war, wandte er sich an den Gevatter.

»Der Mond ist also weg, Gevatter?«

»Ja, er ist weg!«

»Wirklich sonderbar! Gib mir mal eine Prise! Du hast einen vortrefflichen Tabak, Gevatter! Wo hast du ihn her?«

»Vortrefflich? Ei, da soll mich doch der und jener –« antwortete der Gevatter, indem er seine Dose aus Baumrinde mit den eingeritzten Mustern zuklappte. »Nicht einmal ein altes Huhn würde bei diesem Tabak niesen!«

»Ich erinnere mich«, fuhr Tschub in demselben Tone fort, »der verstorbene Schankwirt Susulja hatte mir einmal etwas Tabak aus Njäschin mitgebracht. O, war das ein Tabak! Also, Gevatter, was machen wir nun? Es ist ja mächtig dunkel.«

»So bleiben wir meinetwegen zu Hause!« rief der Gevatter und griff schon nach der Türklinke.

Hätte der Gevatter das nicht gesagt, so hätte Tschub sich wohl entschlossen, zu Hause zu bleiben; jetzt aber schien ihn geradezu etwas zum Widerspruch zu reizen. »Nein, Gevatter, wir wollen gehen! Unmöglich! Wir müssen gehen!«

Kaum hatte er das gesagt, so ärgerte er sich schon über seine eigenen Worte. Es war ihm höchst unangenehm, sich in solcher Nacht umhertreiben zu müssen, aber der Gedanke tröstete ihn, daß er es selbst so gewollt und daß er wider den Ratschlag eines anderen gehandelt hatte.

Der Gevatter ließ auch nicht die leiseste Regung von Verdrießlichkeit in seinem Gesichte erkennen. Er war ein Mann, dem es durchaus gleich war, ob er zu Hause saß, oder ob er sich draußen umhertrieb. Er sah sich nur noch einmal um, kratzte sich mit dem Stiel der Knute die Achseln – und die beiden Gevattern machten sich auf den Weg.

* * *

Doch sehen wir nun zu, was seine schöne Tochter trieb, die allein zu Hause geblieben war. Oxana war noch nicht ganz siebzehn Jahre alt, als man schon beinah in der ganzen Welt, sowohl diesseits wie jenseits von Dikanka, von nichts anderem sprach als von ihr. Die Burschen erklärten einstimmig, ein herrlicheres Mädchen gäbe es im ganzen Dorfe nicht, habe es noch nie gegeben und werde es auch niemals geben. Oxana hörte und wußte alles, was über sie geredet wurde, und sie war so eingebildet, wie ein schönes Mädchen es eben ist. Hätte sie nicht ein Kopftuch und die Jacke einer Bäuerin getragen, sondern ein Stadtkleid, so hätte sie sicher alle Mädchen in den Schatten gestellt. Die Burschen liefen ihr scharenweise nach; aber sie verloren allmählich die Geduld, verließen nach und nach die eigensinnige Schöne und wendeten sich anderen, weniger verwöhnten Weibern zu. Nur der Schmied blieb hartnäckig und hörte nicht auf, sie zu umwerben, obwohl er keineswegs besser behandelt wurde als die anderen. Sobald nun der Vater fortgegangen war, putzte und schmückte sich Oxana noch lange vor dem kleinen Spiegel im Bleirahmen. Sie konnte sich nicht satt sehen an ihrer Schönheit.

»Was fällt den Leuten nur ein, mich zu rühmen, ich sei schön?« sprach sie mit zerstreuter Miene, nur um einen Vorwand zu haben, mit sich selbst zu plaudern. »Die Leute lügen, ich bin gar nicht schön!«

Aber das frische, lebhafte, kindlich jugendliche Gesicht im Spiegel, mit den strahlenden schwarzen Augen und dem unsagbar anmutigen Lächeln, das die Seele erglühen machte, bewies das Gegenteil.

»Sind denn meine schwarzen Brauen und meine Augen in der Tat so schön?« fuhr sie fort, ohne den Spiegel aus der Hand zu legen, »daß sie nicht ihresgleichen in der Welt haben? Was ist nur Schönes an dieser Stumpfnase? An meinen Wangen? An meinen Lippen? Meine schwarzen Zöpfe sollen schön sein? O jeh, am Abend können sie einem Menschen einen ordentlichen Schreck einjagen: wie lange Schlangen winden und schlingen sie sich um meinen Kopf. Ich sehe jetzt, daß ich gar nicht schön bin!« Und sie rückte den Spiegel etwas von sich fort und rief: »Nein, ich bin doch schön! Ach, wie ich schön bin! Wundervoll! Welch eine Freude werde ich einst dem bereiten, dessen Frau ich werde. Wie wird mein Gemahl entzückt von mir sein! Er wird außer sich sein vor Freude. Er wird mich zu Tode küssen!«

»Wunderbares Mädchen!« flüsterte der Schmied, der leise eingetreten war. »Aber sie ist nicht wenig eitel! Schon eine Stunde lang steht sie da, besieht sich im Spiegel und kann sich nicht satt sehen an sich selbst, und dazu lobt sie sich noch ganz laut!«

»Ja, ihr Burschen, ich bin nicht euresgleichen, seht mich an«, fuhr die reizende Kokette fort. »Wie ist mein Gang so geschmeidig. Mein Hemd ist mit roter Seide genäht. Und was für Bänder ich auf dem Kopf habe! Euer Lebtag werdet ihr nicht mehr solche Goldborden sehen! All das hat mir mein Vater gekauft, damit mich der schönste Bursch der Welt zur Frau nimmt.« Sie lächelte, wandte sich um und erblickte den Schmied …

Sie schrie auf und blieb mit strenger Miene vor ihm stehen.

Der Schmied ließ die Hände herabsinken.

Es wäre schwer zu sagen, was das braune Gesicht des wundervollen Mädchens ausdrückte: Ein strenger Ausdruck spiegelte sich in ihm, und durch die Strenge hindurch blickte ein gewisser Hohn über den verblüfften Schmied und eine kaum merkliche Röte, die ihr der Ärger ins Gesicht getrieben hatte; all das zusammen war so unbeschreiblich schön, daß das Beste, was man hier hätte tun können, dies gewesen wäre: – sie eine Million mal abzuküssen.

»Wie bist du hierhergekommen?« begann Oxana. »Willst du denn, daß ich dich mit der Schippe davonjage? Ihr versteht euch meisterhaft darauf, euch an uns heranzumachen. Im Nu schnüffelt ihr aus, wann die Väter aus dem Hause sind. O, ich kenne euch schon! Nun, ist meine Truhe fertig?«

»Sie ist bald fertig, mein Herzchen; nach den Feiertagen wird sie fertig. Wenn du wüßtest, wieviel Mühe ich mir gegeben habe: zwei Nächte lang habe ich die Schmiede nicht verlassen. Dafür soll aber auch keine Popentochter so eine Truhe haben. Ich habe Eisenbeschläge darauf getan, wie ich sie nicht einmal für den Wagen des Hauptmanns nahm, als ich noch in Poltawa auf Arbeit war, aber wie wird sie erst bemalt sein! Und wenn du die ganze Umgegend mit deinen weißen Füßchen abläufst, du findest solch eine Truhe nicht mehr! Über den ganzen Grund werden rote und blaue Blumen verstreut sein, und es wird so leuchten wie Feuer. Zürne mir nicht! Erlaube mir wenigstens, zu dir zu reden und dich nur anzuschauen!«

»Wer verbietet dir das? Rede und schau!«

Und sie nahm Platz auf der Bank, blickte wieder in den Spiegel und begann ihre Flechten auf dem Kopfe zu ordnen. Sie blickte auf ihren Hals, auf das neue seidenbestickte Hemd, und ein leises Gefühl der Selbstzufriedenheit spiegelte sich auf ihren Lippen und auf ihren frischen Wangen und leuchtete aus ihren Augen.

»Erlaube mir, daß ich neben dir Platz nehme!« sagte der Schmied.

»Setze dich«, sprach Oxana immer noch mit demselben selbstzufriedenen Ausdruck auf den Lippen und in den Augen.

»Wundervolle, herzallerliebste Oxana, erlaube mir nur, daß ich dir einen Kuß gebe!« sagte der Schmied ermutigt und preßte sie an sich, in der Hoffnung, ein Küßchen von ihr zu erwischen. Doch Oxana wandte ihre Wangen ab, die sich schon in erreichbarer Nähe von den Lippen des Schmiedes befanden, und stieß ihn von sich. »Was du nicht alles möchtest! Kaum hat er den Honig, so braucht er gleich auch noch einen Löffel dazu! Geh doch, deine Hände sind noch härter als Eisen. Auch riechst du nach Rauch. Ich glaube gar, du hast mich ganz mit deinem Ruß beschmiert.«

Sie nahm den Spiegel und begann sich von neuem zu putzen.

»Sie liebt mich nicht!« dachte der Schmied bei sich und ließ den Kopf hängen. »Für sie ist alles nur Spielerei; und ich stehe vor ihr da wie ein Narr und kann meine Augen nicht von ihr wenden. Ja, ich möchte immer so vor ihr stehen und meine Augen nicht von ihr wenden. Welch herrliches Mädchen! Was würde ich alles darum geben zu erfahren, was in ihrem Herzen vorgeht und wen sie eigentlich liebt. Aber nein, sie kümmert sich um niemand. Sie freut sich nur ihrer Schönheit, quält mich Armen, und ich bin so traurig, daß mir alles trüb und dunkel erscheint. Und dabei liebe ich sie doch so, wie kein Mensch in der Welt sie je geliebt hat oder lieben wird.«

»Ist es wahr, daß deine Mutter eine Hexe ist?« fragte Oxana und brach in lautes Lachen aus; auch der Schmied fühlte, wie alles in seinem Innern auflachte. Dieses Lachen schien plötzlich in seinem Herzen widerzuhallen und in den leise erschauernden Adern, aber gleich darauf erwachte ein Ärger in seiner Seele, weil er nicht die Macht hatte, dieses so anmutig lachende Antlitz zu küssen.

»Was geht mich meine Mutter an? Du bist mir Mutter und Vater und alles, was es auf der Welt an Teurem für mich gibt! Wenn mich der Zar zu sich rufen ließe und zu mir sagte: »Wakula, du darfst mich um alles bitten, was es Schönes in meinem Reiche gibt, ich will dir alles geben. Ich will dir eine Schmiede aus purem Golde bauen lassen, und du sollst silberne Hämmer zum Schmieden bekommen«, – dann würde ich zu dem Zaren sagen: »Ich will weder kostbare Edelsteine, noch eine goldene Schmiede, noch dein ganzes Reich. Gib mir lieber meine Oxana!«

»Schau, schau, so einer bist du also! Aber mein Vater ist auch nicht auf den Kopf gefallen. Paß auf, er heiratet noch deine Mutter!« sagte sie und lächelte listig. »Aber, wo bleiben nur die Mädchen? ... Was soll das bedeuten? Es ist schon höchste Zeit, daß man vor den Fenstern zu singen beginnt. Ich fange an, mich zu langweilen.«

»Mögen sie nur bleiben, wo sie sind, du meine Holde!«

»Warum nicht gar! Mit den Mädchen werden auch wohl die Burschen mitkommen. Da wird's was geben. Ich stell' mir vor, was für putzige Sachen sie da erzählen werden!«

»Du sehnst dich also wohl nach ihrer Gesellschaft?«

»Sicherlich mehr als nach dir. Ah! Jemand hat geklopft. Das sind wohl die Mädchen und Burschen.«

»Worauf soll ich noch länger warten?« sprach der Schmied zu sich selbst. »Sie macht sich über mich lustig. Ich bin ihr ebensoviel wert wie ein verrostetes Hufeisen. Wenn das aber wirklich so ist, dann soll wenigstens kein anderer über mich lachen. Sobald ich merke, daß ein anderer ihr besser gefällt als ich, dem will ich doch gleich ...«

Hier wurden seine Gedanken durch ein Pochen an die Tür unterbrochen, und eine Stimme, die bei dem kalten Frost ziemlich scharf klang, rief: »Mach' auf!«

»Warte, ich mache schon selbst auf«, sagte der Schmied und trat in den Flur hinaus mit dem Vorsatz, dem ersten, der hereinkäme, aus Ärger die Rippen einzuschlagen.

* * *

Der Frost nahm zu, und oben in der Höhe wurde es so kalt, daß der Teufel von einem Huf auf den anderen hüpfte und sich in die Fäuste blies, um nur einigermaßen seine frierenden Hände zu erwärmen. Es war auch kein Wunder, wenn's einen fror, der sich Tag für Tag in der Hölle herumdrückte. Dort ist's bekanntlich längst nicht so kalt wie bei uns im Winter, er aber steht da unten vor dem Feuer, mit einer Zipfelmütze auf dem Kopf, akkurat wie ein wirklicher Küchenmeister, und brät die Sünder mit solchem Vergnügen, wie wohl die Weiber zu Weihnachten Wurst braten.

Selbst die Hexe litt unter der Kälte, trotzdem sie recht warm angezogen war; daher hob sie die Arme in die Höhe, schob ein Bein vor, gab ihrem Körper die Haltung eines Schlittschuhläufers und sauste, ohne ein Glied zu rühren, durch die Luft, wie wenn's einen steilen Eisberg hinabginge, geradewegs in den Schornstein hinunter.

Der Teufel folgte ihr auf dieselbe Art. Da dieses Vieh aber viel gewandter ist als so mancher Geck in Seidenstrümpfen, so ist's kein Wunder, daß er gerad am Eingang zum Schornstein seiner Geliebten auf den Hals flog, und schnell sahen sich die beiden in dem geräumigen Ofen mitten unter den Töpfen.

Die Besenreiterin schob leise das Ofentürchen auf, um zu sehen, ob ihr Sohn Wakula nicht die Stube voller Gäste geladen hatte; als sie aber sah, daß niemand da war außer etwa ein paar Säcke, die in der Stube umherlagen, so kroch sie aus dem Ofen, warf den warmen Pelz ab, ordnete ihre Kleidung, und niemand hätte ihr mehr ansehen können, daß sie noch vor einer Minute auf einem Besenstiel geritten war.

Die Mutter des Schmiedes Wakula war nicht mehr als vierzig Jahre alt und war weder schön noch häßlich. Es ist ja auch ziemlich schwer, in diesen Jahren schön zu sein. Sie verstand es aber, selbst die gesetztesten und würdigsten Kosaken an sich zu fesseln (denen es, nebenbei bemerkt, auch wenig um die Schönheit zu tun war), so daß sie ebensowohl der Amtmann wie der Küster Ossip Nikiforowitsch (natürlich, wenn die Frau Küsterin nicht zu Hause war), der Kosak Kornij Tschub und der Kosak Kassjan Swerbygus aufzusuchen pflegten. Zu ihrer Ehre muß übrigens gesagt werden, daß sie es vorzüglich verstand, mit ihnen umzugehen: keinem einzigen von ihnen kam es auch nur von ferne in den Sinn, er könne einen Nebenbuhler haben. Ging ein frommer Bauer oder ein »Edelmann«, wie die Kosaken sich selbst zu nennen pflegen, am Sonntag in seinem Mantel mit der Kapuze zur Kirche, oder – wenn das Wetter schlecht war – ins Wirtshaus, so ließ er sich's nicht nehmen, bei der Solocha vorzusprechen, um ein paar fette Käsekrapfen mit Rahm zu essen und ein Weilchen mit der gesprächigen und gefälligen Hausfrau in der warmen Stube zu schwatzen. Der Edelmann machte eigens zu diesem Zweck einen großen Umweg, bevor er im Wirtshaus anlangte – und nannte das »unterwegs mal vorsprechen«. Oder ging die Solocha einmal an einem

Festtag, in ihrem grellen Kopftuch und ihrem Nankingkittel und dem blauen Rock darüber, der hinten mit goldenen Bändern benäht war, zur Kirche, und stellte sie sich gerade neben dem rechten Chor auf, so fing der Küster sicherlich an zu hüsteln und blinzelte unwillkürlich nach jener Seite hinüber; der Amtmann aber strich sich den Schnurrbart, wickelte sich seine Kosakenlocke ums Ohr und sprach zu dem neben ihm stehenden Nachbar: »Ei, ei, das ist mir ein Weibsbild! Ein ganz verteufeltes Weib!« Die Solocha pflegte denn auch jeden Menschen zu grüßen, und jeder glaubte, sie grüße ihn allein.

Aber wer es liebte, sich in fremde Angelegenheiten zu mischen, der konnte sofort merken, daß die Solocha am freundlichsten gegen den Kosaken Tschub war. Tschub war Witwer. Vor seinem Hause standen stets acht Schober Getreide, zwei Paar mächtige Ochsen streckten beständig ihre Köpfe durch das Geflecht des Schuppens auf die Straße hinaus und brüllten jedesmal, wenn sie eine Muhme oder einen Ohm, das heißt eine Kuh oder einen dicken Bullen kommen sahen. Ein bärtiger Bock kletterte hoch auf das Dach hinauf und meckerte mit einer gerad so schrillen Stimme von dort herab wie der Bürgermeister, um die auf dem Hofe umher stolzierenden Truthähne zu reizen, oder er kehrte seinen Hintern hervor, wenn er seine Feinde, die Dorfjungen, erblickte, die sich über seinen Bart lustig zu machen pflegten. In Tschubs Truhen lagen viele Ellen Leinwand, teure Schupans und altertümliche Röcke mit Goldborden: seine verstorbene Frau war nämlich sehr putzsüchtig gewesen. In seinem Gemüsegarten gab es außer Mohn, Kohl und Sonnenblumen auch noch zwei Beete mit Tabak. Von all dem, meinte die Solocha, wäre es ganz nett, wenn es ihrer eigenen Wirtschaft einverleibt würde; sie rechnete schon im voraus damit, welche Ordnung sie einführen wollte, wenn all das in ihre Hände gelangen würde, und daher verdoppelte sie ihr Wohlwollen gegen den alten Tschub. Damit aber ihr Sohn Wakula sich nicht an seine Tochter heranmachte, alles Hab und Gut selbst einheimste und ihr dann am Ende nicht mehr erlaubte, sich in irgend etwas einzumischen, so griff sie nach dem üblichen Mittel aller vierzigjährigen Weiber, das heißt, sie säte möglichst viel Fehde zwischen Tschub und dem Schmied. Vielleicht waren gerade diese Ränke und Listen der Grund davon, daß die alten Weiber, besonders wenn sie in fröhlicher Gesellschaft zusammen saßen und etwas über den Durst getrunken hatten, davon munkelten, die Solocha sei wirklich eine Hexe: der Bursche Kisjakolupenko habe hinten bei ihr einen Schwanz gesehen, der ungefähr so lang gewesen sei wie eine Weiberspindel; am verflossenen Donnerstag erst sei sie in Gestalt einer schwarzen Katze über die Straße gelaufen; auch sei einmal eine Sau zur Popenfrau gerannt gekommen, habe wie ein Hahn gekräht, dann sich die Mütze des Vaters Kondrat aufgesetzt und darauf sich wieder davongemacht ...

Der Zufall wollte es, daß gerade zu der Zeit, als die alten Weiber über diese Dinge redeten, ein gewissen Kuhhirt namens Tymisch Korostjawyj bei ihnen erschienen war. Er versäumte nicht zu erzählen, wie er einmal im Sommer, kurz vor Peter und Paul, gerade als er sich im Stall schlafen gelegt und sich ein Bündel Stroh unter den Kopf gebettet hatte, mit eigenen Augen gesehen habe, wie eine Hexe mit aufgelöstem Haar und in bloßem Hemde angefangen habe, die Kuh zu melken; er habe sich nicht von Fleck rühren können, so behext habe sie ihn, auch habe sie ihm die Lippen mit einem so widerlichen Zeug beschmiert, daß er noch einen ganzen Tag danach immer ausspucken mußte. Doch all das war immerhin zweifelhaft, denn nur der Assessor von Sorotschinzy kann eine Hexe sehen. Und daher wehrten sich alle Kosaken von Ansehen und Würden mit Händen und Füßen dagegen, wenn sie solche Reden mit anhören mußten. »Sie lügen, die hundsföttischen Weiber!« war gewöhnlich ihre Antwort.

Kaum war die Solocha aus dem Ofen gekrochen und hatte sich ihre Kleider wieder ein wenig in Ordnung gebracht, so begann sie sofort als gute Wirtin die Stube aufzuräumen und alles auf seinen

Platz zu stellen. Die Säcke aber rührte sie nicht an. »Die hat Wakula gebracht, mag er sie doch auch selbst wieder hinaustragen!« Der Teufel aber hatte sich, als er in den Schornstein hineinflog, zufällig umgeschaut, und da hatte er ganz nahe am Hause den Tschub Arm in Arm mit seinem Gevatter erblickt. Im Nu flog er wieder aus dem Ofen, rannte ihnen auf ihrem Weg voran und begann von allen Seiten Haufen hartgefrorenen Schnees aufzuwirbeln. Es erhob sich ein richtiges Schneegestöber, in der Luft flimmerte es nur so weiß durcheinander. Der Schnee wogte hin und her wie ein Netz und drohte, den Fußgängern Augen, Mund und Ohren zu verstopfen. Der Teufel aber flog wieder in den Schornstein hinein, fest davon überzeugt, daß Tschub und der Gevatter umkehren würden; dann würde Tschub den Schmied bei sich im Hause treffen und ihn sicherlich so traktieren, daß der auf lange Zeit nicht mehr imstande sein sollte, einen Pinsel in die Hand zu nehmen und Spottbilder zu malen.

* * *

Und in der Tat, kaum hatte sich das Schneegestöber erhoben und kaum fing der Wind an, ihnen gerade ins Gesicht zu fegen, so äußerte Tschub schon Reue. Er schob sich die Mütze tiefer über die Ohren und regalierte alle, sich selbst, den Teufel und den Gevatter mit Schimpfworten. Übrigens war diese Wut nur geheuchelt. Tschub war sehr froh über das Unwetter. Bis zum Hause des Küsters war es ungefähr achtmal so weit wie die Strecke, die sie schon zurückgelegt hatten. Die Wanderer kehrten also um. Der Wind blies ihnen zwar in den Nacken, aber es war gänzlich unmöglich, in diesem Schneegestöber auch nur das geringste zu sehen.

»Halt, Gevatter! Ich glaube, wir gehen falsch«, sagte Tschub nach einer kurzen Weile. »Ich sehe keine einzige Hütte. He, ist das ein Schneegestöber! Bieg doch mal etwas zur Seite, Gevatter, vielleicht findest du da einen Weg, unterdessen will ich hier nach ihm suchen. Mußte uns auch der Gottseibeiuns bei solchem Unwetter aus dem Hause locken! Vergiß nur nicht zu rufen, wenn du den Weg gefunden hast. Herrgott, was für einen Haufen Schnee hat mir der Satan in die Augen gejagt!«

Der Weg war jedoch noch immer nicht zu sehen. Der Gevatter schlug einen Seitenweg ein und irrte in seinen langen Stiefeln hin und her, bis er endlich auf das Wirtshaus stieß. Diese Entdeckung freute ihn dermaßen, daß er alles vergaß, den Schnee von sich abschüttelte und ins Wirtshaus trat, ohne sich im geringsten um seinen Gevatter auf der Straße zu scheren. Unterdessen war es Tschub so vorgekommen, als ob er den richtigen Weg gefunden hätte. Er machte Halt und schrie aus voller Kehle, als er aber sah, daß der Gevatter nicht zum Vorschein kam, beschloß er, den Weg allein fortzusetzen. Etwas weiter erblickte er sein Haus. Vor dem Hause und auf dem Dache lagen ganze Berge von Schnee. Er klatschte in die vor Kälte erstarrten Hände und begann, an die Tür zu klopfen und seiner Tochter gebieterisch zuzurufen, sie solle aufmachen.

Da trat der Schmied aus dem Hause und schrie ihn grob an: »Was willst du?«

Tschub erkannte die Stimme des Schmieds und wich etwas zurück. »Hm, nein, das ist nicht mein Haus«, sagte er sich, »in mein Haus würde sich der Schmied doch nicht hineinwagen, aber wenn ich's mir wiederum genauer ansehe, so ist's auch nicht das Haus des Schmieds. Wessen Haus könnte das bloß sein? Holla! Daß ich's nicht gleich erkannt habe! Das ist ja das Haus des lahmen Lewtschenko, der sich erst vor kurzem eine junge Frau genommen hat. Nur sein Haus sieht dem meinen so ähnlich. Daher kam es mir doch auch gleich etwas sonderbar vor, daß ich schon so schnell zu Hause war! Aber Lewtschenko sitzt jetzt ja beim Küster, das weiß ich genau. Was hat nur der Schmied hier zu suchen? ... Hahaha! Er besucht seine junge Frau. Das ist's also! Schön! ... jetzt verstehe ich alles.«

»Wer bist du und was treibst du dich vor fremden Türen herum?« rief der Schmied noch gröber als früher und rückte näher.

»Nein, ich sag' ihm nicht, wer ich bin«, dachte sich Tschub, »am Ende krieg ich noch Hiebe von ihm, diesem verfluchten Bastard!« Und er antwortete mit verstellter Stimme: »Ich bin doch ein anständiger Mensch! Ich will euch nur ein paar Weihnachtslieder vorsingen, um euch einen kleinen Spaß zu machen!«

»Scher' dich zum Teufel mit deinen Weihnachtsliedern«, schrie Waluka wütend. »Was stehst du noch da? Hörst du! Packe dich auf der Stelle!«

Tschub hatte diesen vernünftigen Vorsatz schon selbst gefaßt; es war ihm nur unangenehm, dem Befehle des Schmieds folgen zu müssen. Es schien ganz so, als ob ihn ein böser Geist vorwärts stieß und ihn zum Widerstand nötigte. »Was schreist du da so?« rief er mit derselben Stimme. »Ich will euch Weihnachtslieder vorsingen und sonst nichts!«

»Aha! Du hast also wohl an Worten noch nicht genug?« rief der Schmied, und Tschub fühlte einen höchst schmerzhaften Schlag auf der Schulter.

»Du bist gleich mit Prügeln bei der Hand, wie ich sehe!« sagte er und wich etwas zurück.

»Pack' dich, marsch!« schrie der Schmied und regalierte ihn mit einem zweiten Schlag.

»So!« rief Tschub mit einer Stimme, in die sich Schmerz, Ärger und Furcht mischten. »Wie ich sehe, machst du keinen Spaß, deine Prügel tun ja ordentlich weh!«

»Marsch, vorwärts!« rief der Schmied und schlug die Türe zu.

»Schau einer an, wie tapfer der tut!« sprach Tschub, als er nun allein auf der Straße stand. »Versuch's nur und komm bloß heran! He, wer bist du denn? Etwa ein großes Tier, was? Du glaubst wohl, ich kann dir nichts anhaben? Nein, mein Täubchen, ich gehe geraden Wegs zum Kommissär, da sollst du was von mir erleben! Ich werde keine Rücksicht darauf nehmen, daß du ein Schmied bist und noch ein Maler dazu. Hm, wenn ich mir meinen Rücken und meine Schultern ansehe, so werde ich wohl sicher blaue Flecken finden. Er hat mir tüchtig zugesetzt, der hundsgemeine Lümmel. Schade nur, daß es so kalt ist, ich möchte nämlich nicht gern den Pelz ausziehen. Warte nur, du Teufelsschmied! Der Satan soll dich und deine Schmiede in Stücke schlagen. Du sollst noch ein Tänzchen bei mir erleben! Verfluchter Halunke! – Also ist er jetzt nicht zu Hause? Solocha ist wohl allein! Hm ... Es ist ja nicht weit. – Ob ich am Ende hingehe! Um diese Zeit wird uns niemand überraschen. Vielleicht hab' ich auch Glück und ... Seine Hiebe tun aber weh ... O, dieser gottsverdammte Schmied!«

Und Tschub kratzte sich den Rücken und schlug die entgegengesetzte Richtung ein. Die Genüsse, die seiner bei der Solocha harrten, verringerten einigermaßen den Schmerz und machten Tschub sogar weniger empfindlich gegen den Frost, der auf den Straßen knirschte und der nicht einmal vom Sausen des Windes übertönt wurde. Eine sauersüße Miene erschien manchmal auf seinem Gesicht, dessen Kinn und Schnurrbart das Unwetter schneller mit Schnee eingeseift hatte als irgendein Barbier, der sein Opfer tyrannisch an der Nase packt. Wäre jedoch der Schnee einem nicht kreuz und quer vor den Augen herumgewirbelt, so hätte man noch lange sehen können, wie Tschub immer wieder stehen blieb, sich den Rücken kratzte, ausrief: »Die Hiebe von diesem verfluchten Schmied tun aber mächtig weh!« und dann weiter zog.

* *
*

Während der flinke Stutzer mit Schwanz und Bocksbart aus dem Schornstein und wieder in den Schornstein zurückflog, blieb ihm zufällig seine Tasche, die ihm an der Seite hing und in die er den gestohlenen Mond hineingesteckt hatte, im Ofen hängen und ging auf. Der Mond benutzte diese Gelegenheit, flog aus dem Schornstein des Hauses der Solocha in die Freiheit hinaus und stieg flugs zum Himmel empor. Alles wurde hell! Das Schneegestöber war wie weggeblasen, der Schnee dehnte sich weit in die Ferne wie ein großes silbernes Gefild, über das kristallene Sterne ausgestreut waren. Selbst der Frost schien etwas nachgelassen zu haben. Burschen und Mädchen kamen in Scharen mit ihren Säcken herbei. Die Lieder schwirrten durcheinander, und beinahe vor keinem Fenster fehlten Sänger, die den heiligen Christ besangen.

Der Mond leuchtet wundersam vom Himmel herab! Es ist schwer zu beschreiben, wie schön es ist, sich in solcher Nacht unter die Scharen laut lachender Mädchen und Burschen zu mischen, die zu allen Späßen und losen Streichen aufgelegt sind, wie sie nur eine lustig verbrachte Nacht eingeben kann. Unter dem dicken Pelze ist's warm; die Backen glühen nur noch lebhafter vor Kälte, und der Teufel scheint einen hinterrücks nur so zu mutwilligen Stückchen zu treiben.

Scharen von Mädchen brachen mit Säcken in Tschubs Haus ein und umringten Oxana. Das Geschrei, das Gelächter und die Erzählungen betäubten den Schmied. Alle beeilten sich, der Schönen etwas Neues zu erzählen, sie luden ihre Säcke aus und prahlten mit dem Kuchen, den vielen Würsten und Krapfen, die ihnen ihr Straßengesang bereits eingebracht hatte. Oxana schien sehr vergnügt und fröhlich zu sein, schwatzte bald mit der einen, bald mit der anderen und lachte ohne Ende.

Der Schmied sah dieses fröhliche Treiben voller Neid und Ärger an und verfluchte diesmal das ganze Christsingen, obwohl er sonst wie besessen darauf war.

»Du, Odarka!« rief die Schöne lustig, zu einem der Mädchen gewandt. »Du hast ja neue Schuhe an. Ach, wie reizend! Mit Goldstickerei! Du hast es gut, Odarka, du hast jemand, der dir alles kauft, mir kauft niemand so entzückende Schuhe.«

»Gräm dich nicht, meine herzallerliebste Oxana!« unterbrach sie der Schmied. »Ich will dir solche Schuhe schenken, wie sie selbst ein Edelfräulein selten trägt!«

»Du?« rief Oxana sofort und blickte ihn stolz an. »Ich möchte doch sehen, wo du solche Schuhe herkriegen willst, die an meine Füße passen. Ja, wenn du mir die Schuhe brächtest, die die Zarin trägt ...!«

»Sieh einer an, was die will!« riefen die Mädchen lachend.

»Ja!« fuhr die Schöne stolz fort. »Seid ihr meine Zeugen: Wenn mir der Schmied Wakula die Schuhe bringt, die die Zarin trägt, so habt ihr mein Wort darauf, daß ich sofort seine Frau werde.«

Die Mädchen führten die launische Schöne mir sich fort.

»Lache nur, lache!« sprach der Schmied, der gleich nach ihnen das Haus verließ. »Ich lache selbst über mich! Ich grüble und grüble und kann's nicht fassen, wo mein Verstand geblieben ist. Sie liebt mich nicht – nun, da ist nichts zu ändern! Als ob's in der Welt nur die eine Oxana gäbe. Gott sei Dank, es gibt auch außer ihr noch viele nette Mädchen im Dorfe. Was soll ich denn überhaupt mit der Oxana? Sie wird ja doch nie eine gute Hausfrau; sie versteht er nur, sich zu putzen. Nein, nun ist's genug! Nun soll die Narretei aufhören!«

Aber gerade zur selben Zeit, als der Schmied diesen Entschluß fassen wollte, führte ihm ein böser Geist Oxanas lachendes Antlitz vor Augen, und das sprach höhnisch: »Schmied, hol mir die Schuhe der Zarin, und ich bin deine Frau!« Und alles in ihm geriet in Wallung, und er dachte nur noch an Oxana.

Scharen von Sängern: Burschen und Mädchen in getrennten Trupps eilten aus einer Straße in die andere. Aber der Schmied schritt dahin, ohne etwas zu sehen, und teilnahmslos gegen die Lustbarkeit, die er einst mehr geliebt hatte als alle andern Burschen.

* * *

Unterdessen wurde der Teufel allen ernstes zärtlich gegen Solocha; er küßte ihr die Hand mit denselben Fratzen, mit denen der Assessor der Popentochter die Hand zu küssen pflegt, legte seine

Hand aufs Herz, stöhnte und erklärte geradeheraus, wenn sie nicht seine Leidenschaften stillen und ihn nach Brauch und Sitte erhören würde, wäre er zu allem fähig: er würde sich ins Wasser stürzen und seine Seele geradewegs in die Hölle schicken. Solocha war nicht so hartherzig; und dann unterhielt der Teufel ja bekanntlich auch mit ihr eine alte Freundschaft. Sie liebte es, sich von Anbetern umringt zu sehen, und selten war sie ohne Gesellschaft. Diesen Abend gedachte sie jedoch, allein zu verbringen, denn alle angesehenen Bewohner des Dorfes waren zum Weihnachtsschmaus beim Küster geladen. Aber es kam alles anders: Kaum hatte der Teufel seine Werbung vorgebracht, da vernahmen sie plötzlich ein Klopfen und die Stimme des beleibten Amtmanns vor der Türe. Solocha lief hin, um ihm aufzumachen, der flinke Teufel aber sprang hurtig in einen der Säcke.

Nachdem der Amtmann den Schnee von sich abgeschüttelt und ein Gläschen Schnaps aus Solochas Hand entgegengenommen und ausgetrunken hatte, erzählte er, er sei nicht zum Küster gegangen, denn es habe sich ein Schneegestöber erhoben; da habe er in ihrer Stube Licht gesehen und sei bei ihr eingekehrt, um den Abend mit ihr zu verbringen.

Kaum aber hatte der Amtmann das gesagt, als an die Türe geklopft wurde und sich die Stimme des Küsters vernehmen ließ. »Versteck' mich irgendwo«, flüsterte der Amtmann, »ich möchte jetzt nicht mit dem Küster zusammentreffen.«

Solocha überlegte lange, wo sie einen so dicken Gast verstecken könnte; endlich wählte sie einen der größten Kohlensäcke, schüttelte die Kohlen in einen Zuber, und der feiste Amtmann kroch mitsamt seinem Schnurrbart, Kopf und Mütze in den Sack.

Der Küster kam ächzend und sich die Hände reibend herein und erzählte, es sei niemand zu ihm zum Essen gekommen, er sei aber herzlich froh über die Gelegenheit, sich mit ihr unterhalten zu können, und habe sich nicht einmal durch das Schneegestöber davon abhalten lassen. Dann trat er näher auf sie zu, räusperte sich, grinste, tippte mit seinen langen Fingern auf ihren nackten vollen Arm und sagte mit einer Miene, in der Schlauheit und Selbstzufriedenheit lagen: »Was habt Ihr denn da, reizende Solocha?« Und indem er das sagte, sprang er etwas zurück.

»Was kann das wohl sein! Ein Arm, Ossip Nikiforowitsch!« antwortete Solocha.

»Hm! Ein Arm! Hähähä!« rief der Küster herzlich zufrieden über diesen Anfang und ging im Zimmer auf und ab.

»Und was habt Ihr hier, teuerste Solocha?« sprach er mit derselben Miene, ging wieder auf sie zu, betappte ihren Hals mit seiner Hand und sprang ganz so wie vorher wieder zurück.

»Als ob Ihr das nicht seht, Ossip Nikiforowitsch«, erwiderte die Solocha, »mein Hals ist es, und dies hier ist ein Halsband!«

»Hm! Ein Hals mit einem Halsband! Hähähä!« Und der Küster ging wieder ein paarmal im Zimmer auf und ab und rieb sich die Hände.

»Und was habt Ihr hier, unvergleichliche Solocha? ...« Es ist nicht ganz sicher, was der Küster jetzt mit seinen langen Fingern berührt hätte, denn auf einmal ertönte ein Klopfen an der Tür, und die Stimme des Kosaken Tschub ließ sich vernehmen.

»Oh Gott, ein Fremder!« rief der Küster erschrocken. »Was soll nur werden, wenn man eine Person meines Standes hier antrifft ... Vater Kondrat wird es noch erfahren!«

Aber die Befürchtungen des Küsters lagen auf anderem Gebiet; am meisten fürchtete er, seine Ehehälfte könnte es erfahren, deren schreckliche Hand ohnehin aus seinem dicken Priesterzopfe ein dünnes Mauseschwänzchen gemacht hatte. »Um Gottes willen, tugendhafte Solocha!« sprach er, am ganzen Leibe zitternd. »Eure Güte, wie es im Evangelium Lucae heißt, Kapitel dreiz ... dreiz ... Man klopft, bei Gott, man klopft! Versteckt mich doch nur irgendwo!«

Solocha schüttete die Kohlen aus noch einem Sack in den Zuber, und der nicht besonders umfangreiche Küster kroch hinein und kauerte sich ganz am Boden des Sacks zusammen, so daß man noch einen halben Sack voll Kohlen über ihn hätte ausschütten können.

»Grüß Gott, Solocha!« sagte Tschub, der jetzt in die Stube trat. »Du hast mich vielleicht nicht erwartet, was? Nicht wahr, du hast mich nicht erwartet? Vielleicht störe ich?« … fuhr Tschub fort und ließ auf seinem Gesichte eine verschmitzte und vielsagende Miene sehen, aus der man von vornherein erkennen konnte, wie sehr sein schwerfälliger Kopf sich abmühte, etwas recht Spitzes und Schelmisches zu sagen. »Vielleicht hast du dir gerade mit jemandem die Zeit vertrieben. Vielleicht hast du doch jemanden versteckt, was?« Und entzückt über diese Bemerkung brach Tschub in ein Gelächter aus, innerlich darüber triumphierend, daß nur er allein Solochas Gunst genieße. »Nun, Solocha, trinken wir jetzt ein Schnäpschen. Ich glaube, mir ist die Kehle ganz eingefroren von der verfluchten Kälte. Mußte uns Gott gerad zu Weihnachten solch eine Nacht schicken! Was das für ein Schneetreiben war! Hörst du, Solocha, was das für ein Schneetreiben war … Mir sind die Hände ganz steif geworden: ich kann nicht einmal den Pelz aufknöpfen! Wie das Schneegestöber losging …«

»Mach auf!« ertönte in diesem Augenblick eine Stimme von der Straße her, die von einem Stoß gegen die Tür begleitet wurde.

»Es klopft jemand«, sagte Tschub und hielt inne.

»Mach auf!« schrie es noch lauter.

»Das ist der Schmied!« rief Tschub und griff rasch nach der Mütze. »Hörst du, Solocha, versteck' mich, wo es auch sei, um keinen Preis der Welt will ich mich hier vor dieser gottverdammten Mißgeburt sehen lassen. Diesem Satanskind sollen doch gleich unter beiden Augen Blasen anlaufen: so groß wie zwei Heuschober!«

Solocha erschrak gleichfalls und rannte umher, als ob sie nicht ganz gescheit wäre. Ohne sich viel zu besinnen, machte sie Tschub ein Zeichen, er solle in denselben Sack hineinkriechen, in dem bereits der Küster steckte. Der arme Küster konnte nicht einmal durch Husten oder Ächzen seinen Schmerz kundgeben, als sich der schwere Mann ihm beinah auf den Kopf setzte und ihm seine hartgefrorenen Stiefel gegen die Schläfen drückte.

Der Schmied trat ein und ließ sich, ohne ein Wort zu reden und ohne die Mütze abzunehmen, auf eine Bank sinken. Er war ersichtlich schlechter Laune.

Zur selben Zeit, als Solocha die Tür hinter ihm zumachte, ertönte ein neues Klopfen. Es war der Kosak Swerbygus. Aber den hätte man schon nicht mehr in einem Sack verstecken können, denn ein solcher Sack war nirgends mehr zu finden. Er war noch beleibter als selbst der Amtmann und höher von Wuchs als Tschubs Gevatter. Daher führte ihn Solocha in den Gemüsegarten, um alles von ihm zu hören, was er ihr zu sagen hatte.

Der Schmied blickte zerstreut in alle Winkel seiner Stube und lauschte ab und zu den weit vom Dorfe herüber hallenden Liedern der Sänger; endlich blieben seine Augen an den Säcken haften. »Wozu liegen diese Säcke hier? Man hätte sie schon längst wegräumen sollen. Die dumme Liebe hat mich ganz wirr gemacht. Morgen ist Feiertag, und in der Stube liegt noch immer aller mögliche Plunder herum. Ich trage sie gleich in die Schmiede!«

Der Schmied kauerte sich neben den riesigen Säcken hin, band sie fest zusammen und machte sich daran, sie auf seine Schultern zu heben. Aber es war ersichtlich, daß seine Gedanken Gott weiß wo herumspazierten; sonst hätte er hören müssen, wie Tschub keuchte, als ihm das Haar auf dem Kopfe vom Strick festgeklemmt wurde, und wie der feiste Amtmann ziemlich deutlich den Schlucken bekam.

»Will mir diese abscheuliche Oxana denn gar nicht aus dem Sinne?« sprach der Schmied. »Ich will nicht an sie denken; und doch kreisen meine Gedanken immerfort und wie zum Fleiß allein um sie. Wie kommt es, daß man wider Willen an etwas denken muß? Verflucht! Die Säcke scheinen ja schwerer geworden zu sein! Sicher hat man zu den Kohlen noch etwas hineingestopft. Ich

Dummkopf. Ich vergesse ja ganz, daß mir jetzt doch alles schwerer erscheint. Früher konnte ich mit einer Hand eine Fünfkopekenmünze und ein Hufeisen zusammen- und wieder auseinanderbiegen, und jetzt kann ich nicht einmal mehr ein paar Kohlensäcke aufheben. Bald wird mich noch ein Windhauch umblasen … Nein!« rief er nach einem kurzen Schweigen und faßte Mut. »Was bin ich doch für ein Frauenzimmer! Ich erlaube niemand, über mich zu lachen! Und wenn es auch zehn solche Säcke wären – ich trag sie alle weg!« Und rüstig warf er sich die Säcke über die Schultern, diese Säcke, die nicht einmal zwei kräftige Männer hätten aufheben können. »Ich nehme auch den da noch mit«, fuhr er fort und hob den kleinen Sack in die Höhe, auf dessen Boden der Teufel zusammengekauert lag. »Da hab' ich meine Werkzeuge hineingetan.« Mit diesen Worten verließ er das Haus, und vor sich her summte er das Liedchen:

»Ach, vom Weibe sollt ich lassen!«

* * *

Immer lauter und lauter erklangen die Lieder und das Gelächter auf den Straßen. Den Scharen der umherziehenden Leute schlossen sich auch noch solche an, die aus den kleineren Nachbardörfern herbeigekommen waren. Die Burschen tobten umher und verübten nach Herzenslust allerhand Streiche. Oft auch klang in die Weihnachtsgesänge ein lustiges Liedchen hinein, das einer der jungen Kosaken eben erst verfaßt hatte. Oder plötzlich sang einer aus der Menge statt eines Weihnachtsliedes ein Silvesterliedchen und brüllte aus vollem Halse:

Silvester, Bester!
Will lecken 'nen Wecken!

Will papfen 'nen Krapfen!
Will Wurst nach'm Durst!

Lautes Lachen belohnte den Spaßvogel. Die kleinen Fenster wurden zurückgeschoben, und die dürren Arme einer alten Frau, die allein mit den würdigen Vätern des Hauses daheimgeblieben war, streckten sich, mit einer Wurst oder einem Stück Kuchen in der Hand, hervor. Die Burschen und Mädchen hielten um die Wette ihre Säcke unter und fingen die Beute auf. An einer anderen Stelle umringte ein Haufen von jungen Burschen mehrere Mädchen. Da gab es Lärm und Geschrei; der eine warf einen Schneeball, und ein anderer raubte einen Sack, der mit allerhand Kram angefüllt war. Wieder an einer anderen Stelle haschten Mädchen nach einem Burschen, sie stellten ihm ein Bein, und er flog mitsamt seinem Packen Hals über Kopf zu Boden. Es schien, als ob sie die ganze Nacht hindurch in toller Lust verbringen wollten. Die Nacht war, wie mit Absicht, so herrlich und milde! Und noch heller und weißer erschien der Mondschein vom Leuchten des Schnees!

Der Schmied machte mit seinen Säcken halt. Er glaubte die Stimme und das feine Lachen Oxanas in der Mädchenschar vernommen zu haben. Er fühlte, wie ihm ein Schauder durch alle Adern rann, warf die Säcke zu Boden, so daß der Küster im Sack aufstöhnte und der Amtmann aus vollem Halse aufschluchzte, und schloß sich mit dem kleinen Sack über der Schulter dem Haufen der Burschen an, die hinter der Schar der Mädchen herzogen, in der er die Stimme Oxanas vernommen zu haben glaubte.

»Sie ist es! Steht da wie eine Zarin, und ihre schwarzen Augen leuchten. Ein stattlicher Bursch erzählt ihr etwas; sicher etwas Ergötzliches, denn sie lacht. Aber sie lacht ja immer.« Und unwillkürlich und ohne zu begreifen, wie es geschah, drängte sich der Schmied durch die Menge hindurch und stellte sich an ihre Seite.

»Ah, Wakula, du bist hier! Grüß Gott!« rief die Schöne mit jenem Lächeln, das Wakula beinah wahnsinnig machte. »Nun, hast du dir viel ersungen? He, was hast du denn da für eine kleinen Sack bei dir? Und die Stiefelchen der Zarin? Hast du mir die schon gekriegt? Schaff mir die Stiefelchen, so heirate ich dich« ... Und lachend lief sie mit einem Trupp Mädchen davon.

Der Schmied stand wie angewurzelt auf einem Fleck. »Nein, ich kann nicht; ich hab' keine Kraft mehr ..« rief er endlich. »Himmel Herrgott, warum ist sie nur so verteufelt schön? Ihr Blick, ihre Rede, alles brennt in mir, glüht und brennt! Nein, ich kann mich nicht mehr überwinden. Es muß ein Ende gemacht werden. So geh denn zugrunde, meine Seele! Ich will mich in einem Eisloch ertränken, dann ist alles aus!«

Er eilte entschiedenen Schritts voraus, holte die Mädchen ein, erreichte Oxana und rief mit fester Stimme: »Leb wohl, Oxana! Suche dir einen Bräutigam, wie du ihn haben magst, halte zum Narren, wen du willst; mich wirst du nie mehr auf der Welt erblicken.«

Die Schöne schien erstaunt und wollte etwas sagen, aber der Schmied wehrte mit der Hand ab und rannte davon.

»Wohin, Wakula?« schrien die Burschen, als sie den Schmied davonlaufen sahen.

»Lebt wohl, Brüder!« rief ihnen der Schmied zu. »Wenn Gott will, sehen wir uns in jener Welt wieder, in dieser werden wir uns nie mehr zusammenfinden. Lebt wohl! Gedenkt meiner nicht in Bösem! Sagt dem Vater Kondrat, er möge eine Totenmesse für meine sündige Seele lesen. Ich weiß es, ich bin schuldig und habe die Kerzen an den Bildern des heiligen Wundertäters und der Mutter Gottes nicht bemalt, ich war zu sehr in irdischen Dingen befangen. Mein ganzes Hab und Gut, alles, was sich in meinem Kasten findet, vermach' ich der Kirche. Lebt wohl!«

Nach diesen Worten lief der Schmied mit dem Sacke auf dem Rücken weiter!

»Er ist von Sinnen!« sprachen die Burschen.

»Eine verlorene Seele!« murmelte fromm eine vorübergehende

Alte. »Ich muß doch gleich herumgehen und allen erzählen, wie sich der Schmied erhängt hat!«

* * *

Unterdessen lief Wakula durch die Straßen; endlich blieb er stehen, um Luft zu schöpfen. »Wohin renne ich eigentlich so?« dachte er. »Als ob wirklich alles verloren wäre. Ich will noch das letzte Mittel versuchen. Ich gehe zum Saporoger, zu Patzjuk Schmerbauch. Der soll doch alle Teufel in der Welt kennen und alles machen können, was er will. Ich gehe zu ihm, meine Seele ist ja ohnehin verloren!«

Der Teufel, der lange regungslos dagelegen war, hüpfte im Sack vor Freude; der Schmied aber glaubte, er selbst hätte den Sack irgendwie mit der Hand berührt und diese Bewegung hervorgerufen, schlug mit seiner mächtigen Faust auf den Sack, rüttelte ihn und begab sich zu Patzjuk Schmerbauch.

Dieser Patzjuk Schmerbauch war in der Tat vormals ein Saporoger Kosak gewesen; aber niemand wußte, ob er aus der Gemeinschaft vertrieben oder von selbst davongelaufen war. Er lebte schon seit langem in Dikanka, vielleicht an die zehn oder gar fünfzehn Jahre. Zuerst führte er den Lebenswandel eines echten Saporogers: arbeitete nicht, schlief dreiviertel des Tages, aß wie sechs Drescher und trank einen ganzen Eimer voll auf einen Zug; übrigens hatte der auch bequem Platz, denn obwohl Patzjuk klein von Statur war, war er doch recht stark in die Breite gegangen. Dazu trug er so weite Pluderhosen, daß seine Beine, so lang er auch ausschreiten mochte, kaum zu sehen waren, und daß es den Eindruck machte, als ob sich eine Branntweinkufe die Straße entlang bewege. Daher mochte wohl auch sein Spitzname Schmerbauch stammen. Noch waren keine vierzehn Tage seit seiner Ankunft im Dorfe verstrichen, da wußte schon jedermann, daß er ein Hexenmeister sei. Hatte jemand irgendeine Krankheit, sogleich wurde Patzjuk gerufen, Patzjuk brauchte nur ein paar Worte zu murmeln, und das Gebrechen war wie mit der Hand weggewischt. Oder geschah es, daß einem unmäßigen Edelmann eine Fischgräte in der Kehle stecken geblieben war, so verstand es Patzjuk, den Rücken des Herrn so geschickt mit der Faust zu beklopfen, daß die Gräte den rechten Weg einschlug, ohne der adligen Kehle auch nur den leisesten Schaden zuzufügen. In der letzten Zeit hatte man ihn wenig gesehen. Der Grund davon lag vielleicht in seiner Faulheit, vielleicht aber auch in dem Umstande, daß es ihm mit jedem Jahre schwerer wurde, durch die Tür zu kommen. Und so mußten denn die Leute zu ihm in sein Haus kommen, wenn sie seiner bedurften.

Nicht ohne Furcht öffnete der Schmied die Tür und erblickte Patzjuk, der wie ein Türke auf dem Boden und vor einem kleinen Fasse saß, auf dem eine Schüssel mit Klößen stand. Diese Schüssel stand wie mit Absicht gerade vor seiner Nase. Ohne auch nur einen Finger zu rühren, neigte er bloß den Kopf leise über die Schüssel und schlürfte die Brühe ein, ab und zu schnappte er auch mit den Zähnen nach einem Kloß.

»Nein«, dachte Wakula bei sich, »der da ist noch fauler als Tschub: Jener ißt doch wenigstens noch mit einem Löffel, dieser aber mag nicht einmal die Hand aufheben!«

Patzjuk war sicherlich mächtig mit seinen Klößen beschäftigt, denn er schien das Kommen des Schmiedes gar nicht bemerkt zu haben; kaum aber war dieser über die Schwelle getreten, so machte er eine tiefe Verbeugung.

»Ich komme zu Euer Gnaden, Patzjuk!« sagte Wakula und verbeugte sich von neuem.

Der dicke Patzjuk erhob den Kopf und begann wieder die Kloßbrühe zu schlürfen.

»Die Leute sagen, – nimm es mir nicht übel ...« sagte der Schmied, indem er sich selbst Mut zusprach, »ich sag's nicht, um dich zu beleidigen – die Leute sagen, du bist mit dem Teufel verschwägert!«

Kaum hatte Wakula diese Worte gesprochen, so erschrak er

schon, denn er dachte, er hätte sich zu eindeutig ausgedrückt und die herben Worte nicht genügend gemildert. Er erwartete, daß Patzjuk das Faß mitsamt der Schüssel packen und ihm an den Kopf werfen würde; darum wich er etwas zur Seite und hielt sich den Arm vor, damit die heiße Kloßbrühe ihm nicht das Gesicht bespritze.

Aber Patzjuk blickte ruhig vor sich hin und aß weiter.

Der Schmied entschloß sich, ermutigt, fortzufahren: »Ich komme zu dir, Patzjuk; Gott schenke dir viel Reichtum, gebe dir alles in Hülle und Fülle, und auch Brot in Proportion!« Der Schmied verstand es sehr wohl, ab und zu ein neumodisches Wörtchen in seine Rede einzuflechten. Das hatte er sich während seines Aufenthalts in Poltawa angewöhnt, als er den Bretterzaun des Hauptmanns tünchte. »Ich armer Sünder muß zugrunde gehen!! Nichts in der Welt kann mir mehr helfen! Komme, was kommen mag. Es bleibt mir nichts mehr übrig, als den Teufel selbst um Beistand zu bitten. Also, Patzjuk«, rief der Schmied, als er bemerkte, daß jener unerschütterlich schwieg, »was soll ich anfangen?«

»Wenn du den Teufel brauchst, so scher dich doch auch zum Teufel!« antwortete Patzjuk, richtete nicht einmal die Augen auf ihn und fuhr fort, seine Klöße zu vertilgen. »Deshalb komme ich ja eben zu dir«, erwiderte der Schmied mit einer Verbeugung, »außer dir, glaube ich, weiß niemand den Weg zu ihm.«

Patzjuk sprach kein Wort – und aß seine Klöße zu Ende. »Erbarm dich, guter Mensch, schlag mir die Bitte nicht ab!« drängte der Schmied. »Ob Schweinefleisch oder Wurst, ob Leinwand oder Hirse, – oder Buchweizenmehl, und alles, was du brauchst … wie es so unter guten Leuten Sitte ist … es soll dir an nichts fehlen. Sage mir doch nur so beispielsweise, welcher Weg zu ihm führt?«

»Der braucht nicht weit zu gehen, der den Teufel auf dem Buckel hat«, sprach Patzjuk gleichgültig, ohne seine Stellung zu verändern.

Wakula starrte ihn an, als stände die Erklärung dieser Worte auf seiner Stirn zu lesen. »Was spricht er?« schien seine Miene stumm zu fragen; und sein halbgeöffneter Mund bereitete sich vor, das erste Wort, das er sagen würde, zu verschlingen wie ein Klößchen. Aber Patzjuk schwieg.

Da merkte Wakula, daß weder Klöße noch ein Faß vor Patzjuk standen; statt dessen aber standen zwei Holzschüsseln auf dem Boden: die eine war mit Krapfen, die andere mit Rahm gefüllt. Seine Gedanken und seine Augen wandten sich unwillkürlich diesen Gerichten zu. »Seh'n wir mal zu, wie Patzjuk die Krapfen essen wird«, sagte er zu sich selbst. »Er wird sich sicher nicht bücken wollen, um sie mit dem Mund einzuschlürfen wie die Klöße; es geht ja auch gar nicht: Man muß den Krapfen ja zuerst in den Rahm tunken!«

Doch kaum hatte er dies gedacht, da sperrte Patzjuk seinen Mund weit auf, blickte auf die Krapfen und riß dann den Mund noch weiter auf. Da planschte ein Krapfen aus der Schüssel, fiel klatschend in den Rahm, drehte sich auf die andere Seite, hüpfte hoch empor und fiel ihm stracks in den Mund. Patzjuk verzehrte den Krapfen, machte den Mund wieder auf, und mit einem anderen Krapfen geschah dasselbe. Er selbst mußte sich nur die Mühe nehmen zu kauen und ihn zu verschlucken.

»Potztausend!« dachte der Schmied und machte vor Verwunderung den Mund weit auf; aber da merkte er, daß auch ihm ein Krapfen in den Mund hineinspazierte, und schon waren seine Lippen mit Rahm beschmiert. Der Schmied stieß den Krapfen verwirrt von sich, wischte sich die Lippen und begann darüber nachzudenken, was für Wunder es doch in der Welt gäbe und bis zu welchen Spitzfindigkeiten des Satans Macht einen Menschen gelangen ließe; und er sagte sich beiläufig, daß nur Patzjuk imstande sei, ihm zu helfen.

»Ich will mich noch einmal verbeugen, vielleicht sagt er's mir … Aber, Teufel! Morgen ist ja Weihnachten, und er ißt Krapfen – das ist doch kein Fastenessen! Was bin ich doch für ein Dummkopf:

Steh da und belade mich mit Sünde! Zurück! ...« Und der gottesfürchtende Schmied stürzte aus dem Hause.

Da aber konnte der Teufel, der im Sack saß und sich schon im voraus gefreut hatte, vor Angst, es könne ihm eine so großartige Beute entgehen, nicht mehr an sich halten. Kaum ließ der Schmied den Sack zu Boden gleiten, so sprang er flugs hinaus und setzte sich rittlings auf seinen Hals.

Den Schmied überlief es kalt; er erschrak, wurde totenbleich und wußte einfach nicht, was er tun sollte; schon wollte er sich bekreuzigen ... Aber der Teufel neigte sein Hundeschnäuzchen an Wakulas rechtes Ohr und sagte: »Ich bin's, dein Freund; ich werde alles für meinen Kameraden und Genossen tun! Ich gebe dir Geld, so viel du willst«, murmelte er ihm ins linke Ohr. »Oxana wird heute noch die Unsere sein«, flüsterte er, sein Maul wieder zum rechten Ohr neigend. Der Schmied stand da und sann. »Schön«, sagte er endlich, »um diesen Preis bin ich bereit, dir anzugehören!«

Der Teufel schlug die Hände zusammen und begann vor Freude auf dem Halse des Schmiedes auf und ab zu hüpfen. »Jetzt habe ich den Schmied!« dachte er bei sich. »Gut, mein Täubchen, du sollst mir alle deine Malereien und Schmierereien, mit denen du den Teufel verspottet hast, bezahlen! Was werden meine Genossen dazu sagen, wenn sie erfahren, daß der frömmste Mann des Dorfes in meinen Händen ist?«

Und der Teufel lachte und stellte sich vor, wie er in der Hölle die geschwänzte Rotte necken werde; und wie der hinkende Teufel, der als Meister aller satanischen Streiche galt, Wut schnauben würde.

»Na, Wakula!« piepste der Teufel, der den Hals des Schmiedes immer noch nicht verlassen hatte, gerade als ob er fürchtete, jener könne ihm entwischen. »Du weißt ja, daß ohne Vertrag nichts unternommen wird.«

»Ich bin bereit!« sagte der Schmied. »Wie ich gehört habe, unterzeichnet man bei euch die Verträge mit Blut; halt, ich hol' mir nur einen Nagel aus der Tasche!«

Dabei griff er mit der Hand nach hinten – und siehe – er hatte den Teufel am Schwanze gepackt.

»Ei, ei, du Schäker!« rief der Teufel lachend, »jetzt aber laß los, genug der Schelmenstreiche!«

»Nein, warte, mein Täubchen!« schrie der Schmied. »Und was sagst du dazu?« Dabei machte er das Zeichen des Kreuzes, und der Teufel wurde lammstill. »Warte mal!« rief er und zerrte ihn am Schwanze zu Boden. »Ich will dich lehren, ehrliche Leute und anständige Christenmenschen in Sünden zu stürzen.«

Und der Schmied sprang rittlings auf ihn und hob die Hand empor, um das Zeichen des Kreuzes zu machen.

»Hab Erbarmen, Wakula!« stöhnte der Teufel kläglich. »Ich tue ja alles, was du willst; nur verschone mich; lege mir nur nicht dies furchtbare Kreuz auf.«

»Jetzt singst du schon ein anderes Lied, du gottverdammter Welschling, du! Nun weiß ich, was ich zu tun habe. Führe mich sofort im Ritt auf und davon. Hörst du? Eile dahin, wie ein Vogel!«

»Wohin?« rief der Teufel traurig.

»Nach Petersburg, geradewegs zu der Zarin!« Aber da erstarrte der Schmied vor Schreck, denn er fühlte, wie er in die Lüfte emporgehoben wurde.

* * *

Noch lange stand Oxana da und dachte an die sonderbaren Reden des Schmieds. Schon regte sich etwas in ihrem Innern und raunte ihr zu, sie habe ihn zu hart behandelt. »Und wenn er sich wirklich etwas Schreckliches antut? Nichts ist unmöglich! Vielleicht verliebt er sich noch am Ende aus Kummer in eine andere und wird sie aus lauter Ärger für die Schönste im Dorfe erklären. Aber nein, er liebt mich. Ich bin ja auch so schön! Er wird mir keine andere vorziehen; er treibt nur Unsinn und tut nur so. Es werden noch keine zehn Minuten verstreichen, und er wird wiederkommen, um mich zu sehen. Ich bin wirklich zu hartherzig. Ich muß mich einmal scheinbar widerwillig von ihm küssen lassen. Das wird eine Freude für ihn sein!« Und die leichtsinnige Schöne fing schon wieder an, mit ihren Freundinnen zu scherzen.

»Halt!« rief die eine von ihnen. »Der Schmied hat seine Säcke vergessen; o schaut nur, was für gräßliche Säcke das sind! Er hat ganz andere Geschenke für seinen Gesang bekommen als wir; ich glaube, man hat ihm ein ganzes Viertel von einem Hammel geschenkt und sicherlich Würste und Brote ohne Zahl. Prächtig! Da kann man die ganzen Feiertage davon essen.«

»Sind das die Säcke des Schmiedes?« rief Oxana. »Schleppen wir sie doch zu mir in die Stube und seh'n wir zu, was er alles drin hat.«

Alle billigten lachend diesen Vorschlag.

»Aber wir können sie nicht in die Höhe heben!« rief auf einmal die ganze Schar, die bemüht war, die Säcke vom Platze zu rücken.

»Halt«, meinte Oxana, »holen wir einen Schlitten und schleppen wir sie auf dem Schlitten zu mir!«

Und die ganze Schar lief fort, um einen Schlitten zu holen.

Den Gefangenen wurde indessen in den Säcken die Zeit gewaltig lang, wenn auch der Küster sich ein tüchtiges Loch in den Sack gebohrt hatte. Wären keine Leute dagewesen, so hätte er vielleicht auch noch ein Mittel gefunden, herauszukriechen; aber in Gegenwart aller aus dem Sack zu kriechen, sich lächerlich zu machen ... dieser Gedanke hielt ihn zurück, und er beschloß daher zu warten; und nur hie und da stöhnte er unter Tschubs unhöflichen Stiefeln schmerzlich auf. Tschub selbst aber sehnte sich nicht minder nach Freiheit, denn er fühlte, daß ein gewisses Etwas unter ihm lag, auf dem ganz grauenhaft unbequem zu sitzen war. Sobald er aber vom Entschluß seiner Tochter vernahm, beruhigte er sich und wollte jetzt schon selbst nicht mehr zum Vorschein kommen, denn er dachte daran, daß es bis zu seinem Hause noch mindestens hundert Schritt oder gar noch mehr waren; hätte er aber hinauskriechen wollen, so hätte er seine Kleidung ordnen, den Pelz zuknöpfen und sich den Gurt umbinden müssen – welche Arbeit! Und dann war auch seine Mütze bei der Solocha geblieben. Da sollten ihn doch lieber die Mädel nach Hause fahren! Es kam jedoch ganz anders, als Tschub erwartet hatte. Während die Mädchen davonliefen, um einen Schlitten zu holen, trat der hagere Gevatter verstört und mißgestimmt aus dem Wirtshaus. Die Schankfrau hatte sich durchaus nicht entschließen können, ihm zu borgen. Er wollte im Wirtshause abwarten, ob nicht irgendein frommer Edelmann kommen und ihm was vorsetzen würde; aber wie zum Trotz waren alle Edelleute zu Hause geblieben und verzehrten als ehrliche Christen ihren Weihnachtskuchen inmitten ihrer Familie. Wie nun der Gevatter so über die allgemeine Sittenverderbnis und das steinerne Herz des Judenweibs, das den Schnaps feilhielt, nachdachte, stieß er plötzlich auf die Säcke und blieb erstaunt stehen. »Schau, schau, hier hat jemand Säcke auf die Straße geworfen!« sagte er und sah sich um. »Wahrscheinlich ist Schweinefleisch drin. Es gehört doch ein großes Glück dazu, sich so viel zu ersingen! Was für riesige Säcke! Angenommen selbst, sie wären nur mit Buchweizenbroten und Brezeln gefüllt, das wär' auch gar nicht übel, aber selbst wenn nur einfaches Brot darin wäre, so ließe ich mir auch das gefallen: die verfluchte Jüdin gibt ein Achtel Schnaps für jeden Laib. Ich will sie rasch fortschleppen, so daß niemand es sieht.«

Da wälzte er sich den einen Sack, gerade den mit Tschub und dem Küster, auf die Schulter, fühlte jedoch, daß er zu schwer sei. »Nein, für mich allein ist der zu schwer«, rief er. »Aber da kommt ja gerad wie gerufen der Weber Schapuwalenko. Grüß Gott, Ostap!«

»Guten Abend!« erwiderte der Weber und blieb stehen.

»Wohin gehst du?«

Ganz ohne Ziel, wohin mich gerad die Füße tragen!«

»Hilf mir doch die Säcke forttragen, lieber Mensch, da hat jemand seine Weihnachtsgeschenke hergeschleppt und sie mitten auf der Straße hingeschmissen. Wir wollen das Gut redlich unter uns teilen.«

»Die Säcke? Und was ist drin? Kuchen oder Brot?«

»Ich glaube, es ist von allem etwas drin.«

Sie rissen schnell eine Latte vom Zaun, legten einen Sack darauf und trugen ihn auf den Schultern fort.

»Wohin wollen wir sie tragen? Ins Wirtshaus?« fragte der Weber unterwegs.

»Ich hab's mir auch gedacht; aber die verdammte Jüdin wird uns am Ende nicht recht trauen, sie wird glauben, wir hätten sie gestohlen, und außerdem *komme* ich gerade aus dem Wirtshaus. Tragen wir den Sack zu mir. Niemand wird uns stören: Meine Frau ist nicht zu Hause.«

»Ist sie auch sicher nicht zu Hause?» fragte der vorsichtige Weber.

»Wir sind ja, Gott sei Dank, noch bei vollem Verstande«, sagte der Gevatter, »nur der Teufel könnte mich dorthin bringen, wo sie jetzt ist. Ich glaube, sie wird sich bis morgen früh mit den Weibern herumtreiben.«

»Wer ist da?« rief die Frau des Gevatters, als sie den Lärm hörte, den die beiden Freunde im Flur mit dem Sack machten, und öffnete die Tür.

Der Gevatter war starr vor Schrecken.

»Na, da haben wir die Bescherung!« rief der Weber und ließ die Arme sinken.

Des Gevatters Frau war so ein Juwel, wie es deren durchaus nicht wenige in der Welt gibt. Genau wie ihr Gemahl saß sie fast niemals zu Hause und schmarotzte fast den ganzen Tag lang bei allerhand Basen und wohlhabenden Muhmen umher, schmeichelte sich bei ihnen ein, aß mit vielem Appetit und prügelte sich nur am Morgen mit ihrem Manne herum, denn bloß um diese Tageszeit pflegte sie ihn zuweilen zu sehen. Ihre Hütte war doppelt so alt wie die Pluderhosen des Gemeindeschreibers. Das Dach hatte an manchen Stellen gar kein Stroh mehr, und vom Zaun waren nur noch ein paar klägliche Überreste übrig, denn kein Mensch pflegte beim Ausgehen noch einen Stock zur Abwehr der Hunde mitzunehmen, weil jeder hoffte, am Gemüsegarten des Gevatters vorüberzugehen und sich da einen Knüppel aus seinem Zaum reißen zu können. Der Ofen wurde oft drei Tage lang nicht geheizt. Alles, was die zärtliche Gattin bei gutherzigen Leuten zu erbetteln pflegte, verbarg sie möglichst vor ihrem Manne, und manchmal nahm sie sogar Sachen als Beute an sich, die ihm gehörten, falls er sie noch nicht in der Schenke versoffen hatte. Der Gevatter wollte ihr trotz seiner ewigen Gleichgültigkeit doch nicht nachgeben, daher verließ er auch das Haus fast immer mit ein paar Beulen unter beiden Augen, und die geschätzte Ehehälfte trollte sich ächzend zu ihren alten Weibern, um ihnen von der Liederlichkeit ihres Mannes und von den Schlägen vorzuklatschen, die sie zu ertragen hatte.

Man kann sich ausmalen, wie verblüfft der Weber und der Gevatter durch ihn unerwartetes Erscheinen waren. Sie ließen den Sack zu Boden sinken, stellten sich vor ihn hin und bedeckten ihn mit ihren Rockschößen; aber schon war es zu spät; des Gevatters Frau hatte den Sack schon erblickt, obwohl ihre alten Augen nur noch schlecht sahen. »Das ist aber fein!« sagte sie mit einer Miene, in der die Freude eines Habichts aufzuckte. »Das ist fein, daß ihr euch so viel zusammengesungen habt! Anständige Leute machen es immer so. Aber nein, ich glaube doch, ihr habt es irgendwo stibitzt. Zeigt mir's sofort, hört ihr, zeigt mir sofort, was ihr in eurem Sacke habt!«

»Vielleicht zeigt dir's ein kahlköpfiger Teufel, aber nicht wir«, sagte der Gevatter und stellte sich in Positur.

»Was geht dich das an?« sagte der Weber, »*wir* haben das für unseren Gesang bekommen und nicht du!«

»Nein, du sollst es mir zeigen, du nichtsnutziger Trunkenbold!« rief die Frau, versetzte dem langaufgeschossenen Gevatter einen Schlag unters Kinn und drängte sich an den Sack heran. Jedoch der

Weber und der Gevatter verteidigten den Sack tapfer und nötigten sie zum Rückzuge.

Kaum aber hatten sie Zeit, sich recht zu besinnen, als die Gattin schon mit einem Feuerhaken in der Hand wieder auf den Flur herausgerannt kam. Sie schlug ihrem Mann flink mit dem Haken auf die Hände und dem Weber über den Rücken, und schon stand sie neben dem Sack.

»Warum haben wir sie herangelassen?« rief der Weber, als er wieder zu sich gekommen war.

»Ja, warum haben wir sie herangelassen! Warum hast du sie herangelassen?« sagte der Gevatter kaltblütig.

»Ihr habt wohl einen eisernen Ofenhaken!« sagte der Weber nach kurzem Schweigen, indem er sich den Rücken kratzte. »Meine Frau hat im vorigen Jahr auf dem Jahrmarkt einen Ofenhaken gekauft und ein halb Schock Eier für ihn gegeben: Der ist besser ... er tut nicht so weh!«

Unterdessen stellte die triumphierende Gattin ihr Kännchen auf den Boden, band den Sack auf und blickte hinein.

Aber ihre alten Augen, die den Sack doch so gut wahrgenommen hatten, täuschten sie wohl diesmal. »He, da liegt ja ein ganzer Eber!« rief sie, vor Freude in die Hände klatschend.

»Ein Eber! Hörst du, ein ganzer Eber!« rief der Weber und puffte den Gevatter in die Seite, »du allein hast an allem schuld!«

»Was ist da zu machen!« rief der Gevatter achselzuckend.

»Was? Warum stehen wir auch so ruhig da? Nehmen wir ihr doch den Sack ab! Pack dich!«

»Vorwärts marsch, du Teufelsweib! Der Eber gehört uns!« rief der Gevatter und rückte vor. Seine Gattin griff wieder zum Ofenhaken, aber in diesem Augenblick kroch Tschub aus dem Sack und stellte sich breitbeinig mitten im Flur hin, indem er sich dehnte und reckte wie ein Mensch, der soeben aus einem langen Schlafe erwacht ist.

Des Gevatters Frau stieß einen Schrei aus, schlug die Hände zusammen, und alle miteinander sperrten unwillkürlich die Mäuler auf.

»Was faselt sie da von einem Eber, diese Närrin! Das ist doch kein Eber«, sagte der Gevatter, die Augen weit aufreißend.

»Sieh einer an, was für einen Kerl sie da in den Sack gesteckt haben!« rief der Weber, vor Schreck zurückweichend. »Sag', was du willst, ich will auf der Stelle platzen, wenn da nicht der Böse seine Hand im Spiel hat. Der da kann doch durch kein Fenster, geschweige denn in einen Sack geraten!«

»Das ist ja Gevatter Tschub!« rief der Gevatter, als er näher zusah.

»Und was dachtest du?« rief Tschub schmunzelnd. »Was? Habe ich euch einen Schabernack gespielt? Ihr wolltet mich wohl schon gar verspeisen wie ein Stück Schweinefleisch? Wartet nur, ich will euch noch eine Freude bereiten: Im Sacke liegt noch etwas, wenn das kein Eber ist, so ist's sicher ein Ferkel oder irgendein anderes Vieh. Es hat fortwährend unter mir gezappelt.«

Der Weber und der Gevatter stürzten sich auf den Sack, die Hausfrau klammerte sich auf der anderen Seite an ihn, und das Gefecht wäre wieder losgegangen, wenn nicht der Küster, der einsah, daß er sich nirgends mehr verbergen konnte, von selbst aus dem Sacke herausgekrochen wäre.

Die Frau des Gevatters wurde starr wie Stein und ließ den Fuß los, an dem sie den Küster bereits aus dem Sacke ziehen wollte.

»Also noch einer!« rief der Weber in heller Angst. »Der Teufel mag wissen, was in der Welt los ist ... Der Kopf dreht sich mir im Kreise herum ... Weder Würste noch Brot, sondern lauter Menschen wirft man jetzt in die Säcke!«

»Das ist der Küster!« rief Tschub, der noch mehr erstaunt war als die anderen. »Da haben wir's! Ei, ei, die Solocha! Die Menschen in einen Sack zu stecken ... Ich dachte mir gleich: warum ist nur die Stube voller Säcke ... Jetzt weiß ich alles: bei ihr saßen zwei Kerle in jedem Sacke. Und ich glaubte, daß sie mir allein ... Ei, ei, diese Solocha!«

Die Mädchen waren einigermaßen erstaunt, als sie den einen Sack nicht mehr fanden.

»Nun, da ist nichts zu machen, wir werden auch an dem anderen genug haben!« meinte Oxana.

Alle ergriffen den Sack und wälzten ihn auf den Schlitten. Der Amtmann beschloß zu schweigen, denn er bedachte die Folgen, wenn er schrie, man solle den Sack aufbinden; die dummen Mädel würden auseinanderlaufen, würden glauben, im Sacke sitze der Teufel, und er müßte dann vielleicht bis morgen auf der Straße bleiben.

Indes flogen die Mädchen, Hand in Hand, wie der Sturmwind mit dem Schlitten über den knisternden Schnee. Einige von ihnen setzten sich mutwillig auf den Schlitten; und manche setzten sich sogar auf den Amtmann selbst. Der Amtmann aber war entschlossen, alles zu ertragen.

Endlich waren sie angekommen, sie rissen die Türen zum Flur und zur Stube weit auf und schleppten den Sack unter lautem Gelächter hinein.

»Sehn wir zu, was drin ist«, riefen alle auf einmal und beeilten sich, ihn aufzubinden.

Da aber wurde der Schlucken, der nicht aufgehört hatte, den Amtmann während der ganzen Zeit seines Aufenthalts im Sack zu quälen, so arg, daß der laut aufzuschluchzen und zu husten begann.

»Ach, da sitzt ja jemand drin!« schrien alle und stürzten erschrocken zur Tür.

»Was Teufel! Wohin rennt ihr denn alle, als ob ihr nicht gescheit seid?« fragte Tschub, der in die Türe trat.

»O, Vater!« rief Oxana, »im Sacke sitzt jemand!«

»Im Sacke? Wo habt ihr diesen Sack her?«

»Der Schmied hat ihn mitten auf die Straße hingeschmissen«, riefen alle zugleich.

»Na also; hab ich's nicht gleich gesagt? ...« dachte Tschub bei sich. »Worüber seid ihr so erschrocken? Wir wollen doch mal nachsehen. Holla, Menschenskind – nimm's mir nicht übel, daß ich dich nicht bei deinem Vor- und Zunamen rufe – kriech mal aus dem Sack heraus!«

Der Amtmann kroch heraus.

»Ah!« riefen die Mädchen.

»Auch der Amtmann war also dabei«, sprach Tschub verblüfft zu sich und maß ihn vom Kopfe bis zu den Füßen. »So so? ... Hehe! ...« Mehr konnte er nicht hervorbringen.

Der Amtmann selbst war nicht minder verlegen und wußte nicht, was er anfangen sollte. »Es ist wohl recht kalt draußen?« fragte er, zu Tschub gewandt.

»Ein mächtiges Frostwetter«, antwortete Tschub. »Darf ich dich fragen: womit schmierst du eigentlich deine Stiefel: mit Schmalz oder mit Teer?« Er hatte natürlich etwas ganz andres sagen und fragen wollen: »Wieso kommst du, der Amtmann, in den Sack?« und er wußte selbst nicht, wie es kam, daß er etwas ganz anderes gesagt hatte.

»Mit Teer ist's besser«, erwiderte der Amtmann. »Leb wohl, Tschub!« Und er drückte die Mütze in die Stirn und verließ die Stube.

»Warum habe ich so dumm gefragt, womit er seine Stiefel schmiert!« rief Tschub, auf die Tür blickend, durch die der Amtmann hinausgegangen war. »Ei, ei, diese Solocha! Solch einen Herrn in den Sack zu stecken! Dieses Teufelsweib! Und ich Dummkopf ... Aber wo ist nur der verfluchte Sack geblieben?«

»Ich habe ihn in die Ecke geschmissen, es ist nichts mehr drin«, sagte Oxana.

»Ich kenne diese Scherze schon. Nichts drin! Gib ihn mal her: dort sitzt doch noch jemand! Schüttelt ihn nur mal ordentlich. Wie? Ist wirklich nichts drin? Ei, so ein verfluchtes Weibsbild! Und dabei ist sie von Aussehen die reinste Heilige, als ob sie noch nie was anderes als Fastenspeisen gekostet hätte ...!«

Aber lassen wir Tschub in aller Gemütlichkeit seinen Ärger verpuffen und kehren wir zu dem Schmied zurück; denn es geht gewiß schon in die neunte Stunde.

* * *

Zuerst war's Wakula sehr unheimlich zumute, besonders als er so hoch oben schwebte, daß er unten auf der Erde nichts mehr unterscheiden konnte, und als er wie eine Fliege hart am Monde vorbeigeflogen kam, so daß er, hätte er sich nicht etwas gebückt, den Mond mit der Mütze gestreift hätte. Bald darauf faßte er jedoch Mut und begann wieder über den Teufel zu scherzen. Es ergötzte ihn außerordentlich, wie der Teufel jedesmal, wenn Wakula sein Kreuz aus Zedernholz vom Halse nahm und es ihm vor die Nase hielt, niesen und prusten mußte. Absichtlich erhob er die Hand, um sich den Kopf zu kratzen, aber der Teufel dachte, er greife nach dem Kreuze und flog noch rascher dahin. Alles in der Höhe leuchtete hell. Die Luft schimmerte durchsichtig in dem sanften silbernen Nebel. Alles war klar zu sehen, und man konnte sogar wahrnehmen, wie ein Zauberer rittlings auf einem Topfe sitzend an ihnen vorüberjagte, wie die Sterne, zu einem Haufen geballt, Blindekuh spielten, wie ein ganzes Rudel Geister sich gleich Wolken dahinwälzte, wie ein im Mondschein tanzender Teufel beim Anblick des daherreitenden Schmiedes die Mütze zog und wie ein Besen, auf dem offensichtlich soeben eine Hexe zu ihrem Ziel geritten war, heimwärts flog …! Und noch vieles andere und mancherlei böses Gesindel trafen sie auf ihrem Wege. Beim Anblick des Schmiedes machten alle halt, um ihn anzusehen, und dann rasten sie zu ihren Verrichtungen weiter; der Schmied flog immer weiter und weiter, und auf einmal leuchtete Petersburg ganz in Feuer gehüllt vor ihm auf. (Damals fand dort aus irgendeinem Anlaß gerade eine Illumination statt.) Der Teufel flog über den Schlagbaum hinweg, verwandelte sich in ein Roß, und der Schmied fand sich plötzlich mitten auf der Straße auf einem hitzigen Renner wieder.

Himmel Herrgott! War das ein Lärmen, Rasseln und Funkeln; auf beiden Seiten ragten vier Stockwerk hohe Mauern in die Höhe; das Stampfen der Pferdehufe und das Rollen der Wagenräder hallte donnernd aus allen vier Himmelsrichtungen wider; da schossen Häuser empor und schienen auf Schritt und Tritt der Erde zu entsteigen; Brücken bebten; Equipagen flogen dahin, Kutscher und Vorreiter brüllten; der Schnee pfiff unter den tausenden, von allen Seiten vorbeifliegenden Schlitten; die Fußgänger drückten sich ängstlich an die Häuser, die mit Lämpchen übersät waren; und ihre riesigen Schatten huschten über die Wände und reichten mit den Köpfen bis an die Dächer und Schornsteine.

Voller Staunen sah sich der Schmied nach allen Seiten um. Es schien ihm, als ob alle diese Häuser ihre zahllosen Feueraugen auf ihn richteten und ihn anschauten. Soviel feine Herren in ihren mit Tuch überzogenen Pelzen erblickte er, daß er nicht wußte, vor wem er zuerst die Mütze ziehen sollte. »O Gott, wieviel Herrschaften es hier gibt!« dachte der Schmied. »Ich glaube, hier ist jeder, der einem auf der Straße in einem Pelz begegnet, Assessor und wieder Assessor! Und die, die in diesem wunderbaren Wagen mit Glasscheiben dahinfahren, sind, wenn nicht Bürgermeister, so doch sicherlich Kommissäre oder vielleicht sogar noch mehr.« Hier wurden seine Betrachtungen durch eine Frage des Teufels unterbrochen: »Soll ich geradewegs zur Zarin?« – »Nein, ich habe Angst!« dachte der Schmied. »Ich weiß nicht, hier sind doch irgendwo die Saporoger Kosaken abgestiegen, die im Herbst durch Dikanka gekommen sind. Sie fuhren mit einem Schreiben zur Zarin; nicht über wäre es, sie um Rat zu fragen. He, Satan! kriech mir in die Tasche und führe mich zu den Saporogern!«

Im Nu magerte der Teufel ab und wurde so klein, daß er ohne Müh zu ihm in die Tasche hineinhüpfen konnte. Noch bevor Wakula sich umzusehen vermochte, stand er schon vor einem riesigen

Hause, und ohne selbst zu wissen wie, stieg er die Treppe empor, machte die Türe auf und prallte ein wenig zurück vor dem blendenden Glanze, als er das geschmückte Gemach erblickte; doch er faßte wieder etwas Mut als er die Saporoger erkannte, die durch Dikanka gekommen waren, und die nun auf seidenen Sofas saßen: mit geteerten Stiefeln an den übereinandergeschlagenen Beinen, und den allerstärksten Tabak rauchten, jenen Tabak, den man gewöhnlich Wurzeltabak nennt.

»Grüß Gott, Herrschaften! Helf euch Gott! Wo wir uns wiedersehn!« sprach der Schmied, trat näher und verbeugte sich tief bis zur Erde.

»Was ist das für ein Mensch?« fragte der dem Schmied zunächst Sitzende einen andern, der etwas abseits saß.

»Habt ihr mich nicht wiedererkannt?« rief der Schmied. »Ich bins ja, der Schmied Wakula! Als ihr im Herbst durch Dikanka kamt, da wart ihr ja zwei Tage lang bei mir zu Gaste, Gott schenke euch Gesundheit und langes Leben. Ich hab' euch doch noch damals einen neuen Reifen ans Vorderrad eures Wagens geschlagen!«

»Ah!« rief da der Saporoger. »Das ist ja derselbe Schmied, der so großartig malt. Gott zum Gruß, Landsmann! Was führt dich hierher?«

»Ich wollte mich nur ein wenig umsehen ... Man sagt ja ...«

»Nun, Landsmann«, rief der Saporoger wichtig, und da er zeigen wollte, daß er nicht bloß seine Kosaken-Mundart, sondern auch reinstes Russisch sprechen konnte, sagte er: »Eine gewaltige Stadt, wie?«

Der Schmied wollte sich auch nicht bloßstellen und als Neuling zeigen, außerdem verstand er sich auch selbst auf die Schriftsprache, wie wir bereits oben zu bemerken Gelegenheit hatten, und so antwortete er ruhig: »Eine mächtige Goubernie! Hier gibt's unstreitig große Häuser, und meisterhafte Bilder hängen darin. Gar viele Häuser sind mit köstlichen Lettern aus Blattgold bemalt. Man muß zugeben, eine herrliche Proportion!«

Als die Saporoger den Schmied so frei sich ausdrücken hörten, bekamen sie die günstigste Meinung von ihm.

»Wir wollen uns später weiter unterhalten, Landsmann: Jetzt müssen wir gleich zur Zarin fahren.«

»Zur Zarin? O, seid so lieb, meine Herren, nehmt mich auch mit!«

»Dich?« rief der Saporoger in einem Ton, wie etwa ein Kinderwärter zu seinem vierjährigen Zögling redet, der bittet, ihn auf ein großes Pferd zu setzen. »Was willst du denn dort? Nein, das geht nicht.« Dabei nahm sein Gesicht eine wichtige Miene an. »Wir müssen mit der Zarin über unsere eigenen Angelegenheiten reden, Bruder!«

»Nehmt mich doch mit!« drängte der Schmied. »Bitte du sie!« flüsterte er dem Teufel leise zu, indem er mit der Faust auf seine Tasche schlug.

Kaum aber hatte er das gesagt, als ein anderer Saporoger ausrief: »Nehmen wir ihn doch wirklich mit, Brüder!«

»Uns ist's recht, nehmen wir ihn mit!« sprachen die anderen.

»So leg ein Kleid an, wie wir es tragen.«

Der Schmied beeilte sich, einen grünen Schupan anzuziehen, als auf einmal die Tür aufging und ein Mann mit Tressen am Rock eintrat und sagte, es sei die höchste Zeit, abzufahren.

Dem Schmied war es wieder wunderlich zumute, als er in der riesigen Kalesche dahinfuhr, die auf Sprungfedern hin und her schaukelte; und als die vierstöckigen Häuser auf beiden Seiten an ihm vorbeirannten und das Pflaster mit Gepolter wie von selbst unter den Füßen der Pferde dahinzurollen schien.

»O Gott, wie hell es ist!« dachte der Schmied bei sich. »Bei uns ist es nicht einmal am Tage so hell!«

Die Wagen hielten vor einem Palaste. Die Saporoger stiegen aus, traten auf den prächtigen Vorplatz und begannen die blendend beleuchtete Treppe hinaufzusteigen.

»Was für eine Treppe!« flüsterte der Schmied vor sich hin. »Es wäre doch schade, mit den Füßen drauf zu treten. Welch' ein

Schmuck! Und da sage noch einer: die Märchen lügen! Wahrlich, die lügen nicht! O Gott, mein Gott, was für ein Geländer! Was für eine Arbeit! Da hat man allein fürs Eisen mindestens fünfzig Rubel ausgegeben!«

Oben angelangt, durchschritten die Saporoger den ersten Saal. Scheu folgte ihnen der Schmied, voller Angst, er könnte bei jedem Schritt auf dem Parkett ausgleiten. Drei Säle durchschritten sie und der Schmied war noch immer nicht aus seiner Verwunderung herausgekommen. Wie sie in den vierten Saal traten, gang er unwillkürlich an ein Gemälde heran, das an der Wand hing. Es war ein Bild der heiligen Jungfrau mit dem Sohne auf dem Arm.

»Was für ein Bild! Was für eine wunderbare Malerei!« dachte er und stellte seine Betrachtungen an. »Es sieht aus, als wollte es reden! Wie lebendig es ist! Und das Christkind! Wie es die Händchen faltet und lächelt, das Ärmste! Und diese Farben! O Gott! Welche Farben! Da hat man wohl auch nicht für eine Kopeke Ocker gebraucht, glaub' ich, sondern nichts als Karmin und Grünspan. Und wie das Blau leuchtet! Eine meisterhafte Arbeit. Der Grund ist wahrscheinlich mit dem kostbarsten Bleiweiß angelegt. Aber wenn diese Malerei wunderbar ist, so ist doch dieser Messinggriff noch mehr der Bewunderung würdig«, fuhr er fort, indem er an die Tür trat und das Schloß betastete. »Was für eine saubere Arbeit! Ich bin sicher, das alles ist von ausländischen Schmieden gemacht, und die haben sich sicherlich die höchsten Preise dafür zahlen lassen.«

Der Schmied wäre vielleicht noch lange in seinen Betrachtungen fortgefahren, wenn ihn nicht ein betreßter Lakai am Arm gepufft und ermahnt hätte, nicht hinter den anderen zurückzubleiben. Die Saporoger durchschritten noch zwei Säle und machten dann halt. Da hieß man sie warten. Im Saale standen einige Generale in goldbestickten Uniformen. Die Saporoger verbeugten sich nach allen Seiten und traten zu einer Gruppe zusammen.

Einen Augenblick später kam, begleitet von einem ganzen Gefolge, ein korpulenter Mann von majestätischer Statur in Hetmansuniform und mit feinen gelben Stiefeln herein. Sein Haar war wirr, das eine Auge schielte etwas, das Gesicht drückte Stolz und Erhabenheit aus, allen seinen Bewegungen merkte man die Gewohnheit, zu befehlen, an. Alle Generale, die in ihren goldenen Uniformen umherstolzierten, gerieten in Bewegung und schienen jedes seiner Worte, ja die leiseste Bewegung von ihm unter tiefen Verbeugungen auffangen zu wollen, um alles schleunigst auszuführen. Aber der Hetman achtete nicht einmal darauf, nickte kaum mit dem Kopfe und ging auf die Saporoger zu.

Sämtliche Saporoger verbeugten sich tief.

»Seid ihr alle hier?« fragte er gedehnt und mit etwas näselnder Stimme.

»Alle, alle miteinander, Väterchen!« antworteten die Saporoger und verbeugten sich von neuem.

»Vergeßt nicht, zu reden, wie ich's euch gelehrt habe!«

»Nein, Väterchen, wir werden's nicht vergessen!«

»Ist das der Zar?« fragte der Schmied den einen Saporoger.

»Der Zar? Warum nicht gar! Das ist doch Potjomkin in eigener Person!« antwortete jener.

Im Nebenzimmer wurden Stimmen laut, und der Schmied wußte nicht, wo er seine Augen lassen sollte, soviel Damen in Atlaskleidern mit langen Schleppen und Höflinge in goldgewirkten Kaftans und mit steifen Zöpfchen traten jetzt herein. Er sah nur ein Aufleuchten – sonst nichts.

Auf einmal fielen alle Saporoger zu Boden und schrien wie ein Mann: »Gnade, Mütterchen! Erbarmen!«

Der Schmied, der schon gar keine Ahnung mehr hatte, was da eigentlich vorging, streckte sich in seinem Eifer auch lang auf den Boden hin.

»Steht auf!« erklang über ihnen eine gebieterische, aber zugleich angenehme Stimme. Einige Höflinge gaben den Saporogern geschäftig ein paar Rippenstöße.

»Wir stehen nicht auf, Mütterchen! Wir wollen nicht aufstehen! Wir sterben lieber, als daß wir aufstehen!« schrien die Saporoger.

Potjomkin biß sich auf die Lippen; endlich trat er selbst zu ihnen und flüsterte dem einen Saporoger gebieterisch etwas zu. Die Saporoger erhoben sich sofort.

Da wagte es auch der Schmied, den Kopf zu erheben und erblickte eine – etwas beleibte – Frau von mittlerer Größe vor sich; sie war gepudert, hatte blaue Augen und jene erhaben lächelnde Miene, die es so gut verstand, sich alles untertan zu machen, und die nur einem königlichen Weibe angehören konnte.

»Durchlaucht haben mir versprochen, mich heute mit meinem Volke bekanntzumachen, das ich bisher noch nicht gesehen habe«, sprach die Dame mit den blauen Augen, während sie die Saporoger neugierig musterte. »Seid ihr hier gut aufgehoben?« fuhr sie fort und trat näher.

»Danke, Mütterchen! Die Kost ist gut, obwohl die Hammel hier lange nicht so gut sind – wie bei uns daheim – aber es läßt sich leben! ...«

Potjomkin runzelte die Stirn, als er sah, daß die Saporoger keineswegs sagten, was er sie gelehrt hatte ...

Ein Saporoger gab sich nun ein Ansehen und trat vor: »Erbarmen, Mütterchen! Womit hat dein treues Volk dich erzürnt? Haben wir etwa dem heidnischen Tatarenvolke beigestanden, haben wir gemeinsame Sache mit den Türken gemacht, haben wir dir in Wort oder Tat die Treue gebrochen? Womit haben wir deine Ungnade verdient? Erst hörten wir, du ließest überall Festungen gegen uns bauen; nachher vernahmen wir, du wollest Scharfschützen aus uns machen; jetzt hören wir von neuem Unheil. Welche Schuld trifft das Heer der Saporoger? Ist's etwa die, daß sie deine Armee über den Perekop geführt und deinen Generalen geholfen haben, die Männer der Krim niederzuwerfen? ...«

Potjomkin schwieg und putzte mit einem kleinen Bürstchen lässig die Brillanten, mit denen seine Hände besät waren.

»Was wünscht ihr also?« fragte Katharina freundlich.

Die Saporoger sahen einander vielsagend an.

»Jetzt ist's Zeit! Die Zarin fragt, was wir wünschen«, sagte der Schmied zu sich selbst, und auf einmal stürzte er zu ihren Füßen nieder.

»Eure kaiserliche Hoheit, straft mich nicht, sondern schenkt mir Eure Gnade! Mögen meine Worte Eure kaiserliche Hoheit nicht erzürnen: woraus sind die Schuhe gemacht, in denen Eure Füßchen stecken? Ich glaube, kein Schuster in der Welt vermag je wieder solche Schuhe zu machen. O Gott! Wenn mein Frauchen nur solche tragen könnte!«

Die Kaiserin brach in Lachen aus. Die Höflinge lachten ebenfalls. Potjomkin ärgerte sich, aber er lächelte gleichfalls. Die Saporoger glaubten, der Schmied sei verrückt geworden und begannen ihm Rippenstöße zu geben.

»Steh auf!« sagte die Kaiserin freundlich. »Du willst durchaus solche Schuhe haben? Nun wohl, das hat keine Schwierigkeiten. Bringt ihm sofort die kostbarsten, mit Gold bestickten Schuhe. Wahrlich, diese Einfalt gefällt mir sehr! Da habt Ihr«, fuhr die Kaiserin fort, indem sie ihre Augen auf einen abseits stehenden Herrn mit einem vollen, aber ein wenig bleichen Gesicht richtete, dessen bescheidener Kaftan mit den großen Perlmutterknöpfen erkennen ließ, daß er nicht zu den Höflingen gehörte, »da habt Ihr ein Sujet, das Eurer geistvollen Feder würdig ist!«

»Majestät sind allzu gnädig. Dazu bedürfte es mindestens eines Lafontaine!« erwiderte der Mann mit den Perlmutterknöpfen, der Dichter von Wisin, indem er sich verneigte.

»Auf Ehre und Gewissen: ich muß sagen: ich bin jetzt noch von Eurem 'Brigadier' in hellem Entzücken. Ihr lest aber auch ganz wunderbar vor.« Dann wandte sich die Kaiserin wieder dem Saporoger zu. »Ich habe übrigens gehört, bei Euch in der Ssjetsch soll kein Kosak heiraten dürfen!«

»Was sagst du, Mütterchen! Du weißt doch selbst: kein Mensch kann ohne ein Frauchen leben«, antwortete der Saporoger, mit dem der Schmied gesprochen hatte, und der Schmied mußte staunen, als er hörte, daß dieser Saporoger, der die Schriftsprache so gut beherrschte, gerade, wie absichtlich, mit der Zarin in der gröbsten Mundart redete, jener Mundart, die man gewöhnlich die Bauernsprache nennt. »Schlaue Leutchen!« dachte er bei sich, »sicher tat er es nicht ohne Absicht.«

»Wir sind keine Mönche«, fuhr der Saporoger fort, »wir sind ja nur sündige Menschen. Wir sind, wie die ganze ehrliche Christenheit, der Fleischeslust verfallen. Es gibt nicht wenige unter uns, die Frauen haben, nur wohnen die Frauen nicht in der Ssjetsch. Es gibt auch solche, die ihre Frauen im Polenlande und in der Ukraine haben; es gibt aber auch solchem, deren Frauen in der Türkei leben.«

Unterdessen hatte man dem Schmied die Schuhe gebracht.

»O Gott, was für eine Zier!« rief er freudig und ergriff die Schuhe. »Kaiserliche Hoheit! Wenn Ihr solche Schühchen anhabt und darin einhergeht, Euer Gnaden, oder gar noch übers Eis mit ihnen gleiten konntet – wie müssen da die Füßchen selbst sein? Ich glaub', wahr und wahrhaftig, sie sind von reinstem Zucker.«

Die Kaiserin, die in der Tat die zierlichsten und reizendsten Füßchen besaß, mußte lächeln, als sie ein solches Kompliment aus dem Munde eines einfältigen Schmiedes vernahm, der trotz seines braunen Gesichtes in seinem Saporogergewand für einen wirklich schönen Mann gelten konnte.

Hocherfreut über diese wohlwollende Aufmerksamkeit wollte der Schmied die Zarin schon über alles ordentlich ausfragen: ob's wahr sei, daß die Zaren nichts wie Honig und Speck äßen und ähnliches mehr. Da aber fühlte er, wie die Saporoger ihn in die Rippen pufften, und er beschloß zu verstummen. Und als die Zarin sich den alten Leuten zuwandte und sie über ihr Leben und Treiben in der Ssjetsch auszufragen begann, trat er zur Seite, neigte sich zu seiner Tasche hinab und sagte leise: »Bring mich schnell von hier weg!« Und auf einmal befand er sich wieder hinter dem Schlagbaum.

* *
*

»Ertrunken! Bei Gott, er ist ertrunken! Ich will mich nicht mehr vom Fleck rühren, wenn er nicht ertrunken ist!« murmelte die dicke Webersfrau, die mitten auf der Straße in einem Haufen von Weibern stand.

»Was, ich bin also eine Lügnerin? Hab' ich etwa jemandem eine Kuh gestohlen? Oder hab' ich jemand böse angesehen, daß ihr mir nicht trauen wollt?« schrie eine Frau mit violetter Nase und in einem Kosakenkittel, indem sie mit ihren Armen hin und her fuchtelte. »Ich will nie wieder Wasser trinken, wenn die alte Perepertschicha nicht mit eigenen Augen gesehen hat, wie der Schmied sich erhängt hat!«

»Der Schmied hat sich erhängt? Eine schöne Bescherung!« rief der Amtmann, der eben aus dem Hause Tschubs kam; er blieb stehen und drängte sich unter die Keifenden.

»Sage lieber, du willst keinen Schnaps mehr trinken, du alte Sauftrine, du!« antwortete die Webersfrau. »Da müßte man ja gerad' so blöde sein wie du, um sich aufzuhängen! Er ist ertrunken, er ist im Eisloch ertrunken! Das weiß ich so gewiß, wie daß du soeben im Wirtshaus gewesen bist.«

»Was, du freches Frauenzimmer? Sieh mal einer an, was die mir vorwirft!« entgegnete wütend die Frau mit der violetten Nase. »Du hättest doch lieber das Maul halten sollen, du Weibsstück, du! Als ob ich nicht wüßte, daß jeden Abend der Küster zu dir kommt!«

Die Webersfrau geriet außer sich.

»Was tut der Küster? Zu wem kommt er? Was faselst du da?«

»Der Küster?« krähte die Frau des Küsters, sich in ihrem Hasenpelz, der mit blauem Nanking bezogen war, an die Streitenden herandrängend. »Ich will dir schon zeigen, was es heißt, so vom Küster zu reden! Wer sagt da was vom Küster?«

»Man weiß ja doch, wen der Küster besucht!« schrie die Frau mit der violetten Nase und zeigte auf die Weberin.

»Du also bist's, du Hündin«, rief die Frau des Küsters und ging auf die Webersfrau los, »du bist's, du Hexe, die ihn umnebelt und ihn mit Satanskräutern behext, daß er zu dir kommt?«

»Pack dich fort, du Satan!« sprach die Webersfrau zurückweichend.

»Sieh mal einer die verdammte Hexe an, du sollst's nicht mehr erleben, daß du deine Kinder jemals wiedersiehst! Du niederträchtiges Weib! Pfui!« Und dabei spuckte die Küsterin der Webersfrau gerade in die Augen.

Die Webersfrau wollte dasselbe tun, aber statt dessen spuckte sie dem Amtmann, der näher an die Streitenden herangekommen war, um alles besser zu hören, in seinen unrasierten Bart.

»Ah, du garstiges Weibsbild, du!« rief der Amtmann, wischte sich mit dem Rockschoß das Gesicht ab, und schwenkte seine Knute.

Diese Bewegung veranlaßte alle, schimpfend nach allen Seiten auseinanderzustieben. »So was Ekelhaftes!« wiederholte der Amtmann und wischte sich wieder ab., »Der Schmied ist also ertrunken! O du meine Güte! Was war das für ein großartiger Maler! Was für starke Messer, Sensen und Pflüge konnte der schmieden! Und wie kräftig der war! Ja, ja«, fuhr er nachdenklich fort, »bei uns im Dorfe haben wir wenig solche Leute. Ich hab's ja gleich gemerkt, als ich noch in diesem verfluchten Sacke saß, daß der Ärmste ganz bedrückt und traurig war. Ja, da haben wir nun den Schmied! Einst war er, und nun ist er nicht mehr! Ich wollte doch gerade noch meine scheckige Stute beschlagen lassen! ...« Und solcher christlicher Gedanken voll, trottete der Amtmann langsam seinem Hause zu.

Oxana war ganz bestürzt, als diese Gerüchte zu ihr drangen. Sie traute zwar den Augen der Perepertschicha und dem Weibergetratsch nur wenig, denn sie wußte, daß der Schmied fromm genug war, seine Seele nicht ins Verderben zu stürzen. Wie aber, wenn er in der Tat mit der Absicht davongelaufen war, nie wieder ins Dorf zurückzukehren? Schwerlich konnte man wo anders einen so schmucken Burschen finden, wie der Schmied einer war. Und dann liebte er sie doch so sehr! Er ertrug auch ihre Launen länger als alle anderen … Die Schöne drehte sich die ganze Nacht hindurch unter ihrer Decke von der rechten Seite auf die linke, und von der linken auf die rechte, und konnte doch nicht einschlafen. Bald warf sie sich in ihrer berückenden Nacktheit, die das nächtliche Dunkel sogar vor ihr selbst verbarg, hin und her, und schalt laut auf sich, bald verstummte sie, faßte den Entschluß, an nichts mehr zu denken – und grübelte doch weiter und weiter. Sie lag da wie in lohendem Feuer, und gegen Morgen war sie bis über die Ohren in den Schmied verliebt.

Als Tschub den Tod Wakulas vernahm, ließ er weder Freude noch Trauer erkennen. Seine Gedanken waren nur mit einer Sache beschäftigt: er konnte Solochas Treubruch nicht vergessen und ließ sogar im Schlafe nicht davon ab, auf sie zu schimpfen.

Der Tag brach an. Die Kirche war schon vor Morgengrauen voll von Menschen. Die alten Frauen in ihren weißen Kopftüchern und Tuchkitteln standen ganz nahe am Eingang und bekreuzigten sich fromm. Vor ihnen standen die adligen Damen in grünen und gelben Jacken, ja manche sogar in blauen Überwürfen, die hinten mit Brokatschleifen versehen waren. Die Mädchen, die einen ganzen Laden von aufgewickelten Bändern auf dem Kopfe und ebensoviel Perlenbänder, Kreuze und Dukaten um den Hals trugen, suchten so nahe als möglich an den Altar heranzukommen. Ganz vorne aber standen die Edelleute und die einfachen Bauern mit Schnurrbärten, Haarschöpfen, mit dickem Hals und frisch rasiertem Kinn, die meisten in Mänteln, unter denen ein weißer, oder bei manchen auch ein blauer Kittel hervorguckte. Wohin man auch blicken mochte, auf allen Gesichtern spiegelte sich die Feiertagsstimmung wieder. Der Amtmann leckte sich schon die Lippen, wenn er an die Wurst dachte, mit der er die Festtage beschließen würde; die Mädel dachten daran, wie sie mit den Burschen auf dem Eise schlittern würden, und die alten Frauen murmelten eifriger denn je ihre Gebete. Durch die ganze Kirche konnte man hören, wie der Kosak Swerbygus niederkniete. Nur Oxana stand wie abwesend da: sie betete und betete doch auch nicht. Ihr Herz bestürmten so viele und mannigfaltige Empfindungen, von denen eine immer peinlicher war als die andere, daß ihr Gesicht nichts wie eine starke Verwirrung ausdrückte, und in ihren Augen zitterten Tränen. Die Mädchen konnten natürlich den Grund davon nicht erkennen und ahnten nicht, daß der Schmied daran schuld war. Jedoch der Schmied beschäftigte nicht nur Oxana allein. Alle Bewohner des Dorfes fühlten, daß der Feiertag kein rechter Feiertag war und daß gewissermaßen etwas fehlte. Unglücklicherweise war auch der Küster nach seiner Reise im Sack vom Abend vorher noch heiser geworden und sang seine Lieder mit kaum hörbarer krächzender Stimme; wohl brachte der zugereiste Sänger ein paar prächtige Baßtöne hervor, aber wieviel besser wäre es gewesen, wenn man auch noch den Schmied dagehabt hätte, der jedesmal, wenn man das »Vaterunser« oder die »Himmlischen Heerscharen« sang, auf den Chor stieg und so schön sang, wie man es sonst nur in Poltawa hören konnte. Dazu kam noch, daß er ganz allein sich um das Amt des Kirchenvorstandes kümmerte. Schon war die Frühmesse zu Ende, und nach der Frühmesse war bald auch das Hochamt vorbei … In der Tat, wo war nun der Schmied geblieben?

* * *

Noch rascher fast flog der Teufel in den letzten Stunden der Nacht mit dem Schmied auf dem Rücken heimwärts, und im Nu befand sich Wakula vor seiner Hütte. In diesem Augenblick krähte der Hahn.

»Wohin?« rief der Schmied und ergriff den Teufel, der ausreißen wollte, am Schwanz. «Halt, Freundchen, das ist noch nicht alles: Ich hab' mich noch nicht bei dir bedankt.«

Und er ergriff eine Gerte und versetzte ihm drei mächtige Hiebe, daß der arme Teufel davonrannte wie ein Bauer, dem der Assessor eben tüchtig eingeheizt hat. Und so geschah's, daß der Erzfeind des Menschengeschlechts, statt andere Leute zu foppen, zu versuchen und zu narren, selbst genarrt wurde.

Hierauf trat Wakula in den Flur seines Hauses, warf sich auf ein Heubündel und schlief bis spät in den Mittag hinein. Als er erwachte, erschrak er heftig, denn er sah, daß die Sonne schon hoch am Himmel stand. »Ei, Herrjeh, ich habe ja die Frühmesse und das Hochamt verschlafen!« rief er aus.

Und der gottesfürchtige Schmied verfiel in eine tiefe Zerknirschung, denn er vermeinte, Gott habe zur Strafe für sein schlimmes Vorhaben und um seine Seele zu verderben, einen Schlaf auf ihn herabgeschickt, der ihn verhindert habe, an einem so großen Feiertag die Kirche zu besuchen. Er beruhigte sich jedoch bald, nachdem er den Beschluß gefaßt hatte, in der künftigen Woche alles dem Popen zu beichten und von da ab ein ganzes Jahr lang täglich fünfzig Kniefälle zu machen. Er blickte in die Stube hinein: es war niemand da. Die Solocha war offenbar noch nicht zurückgekehrt.

Behutsam zog er die Schuhe aus dem Busen, staunte von neuem die kostbare Arbeit an und wunderte sich über die sonderbaren Ereignisse der vergangenen Nacht; er wusch sich, kleidete sich an, so gut er nur konnte, zog das Gewand an, das er von den Saporogern bekommen hatte, holte seine neue Lammfellmütze mit dem blauen Dach, die er, seit er sie seinerzeit in Poltawa gekauft, noch niemals aufgesetzt hatte, aus der Truhe; holte auch einen neuen vielfarbigen Gurt hervor, packte alles, zusammen mit einer Nagaika, in ein Tüchlein ein und begab sich geradewegs zu Tschub.

Tschub machte große Augen, als der Schmied eintrat, und wußte nicht, worüber er mehr staunen sollte: darüber, daß der Schmied von den Toten auferstanden war, daß er es wagte, zu ihm zu kommen, oder darüber, daß er so stutzerhaft herausgeputzt und wie ein echter und rechter Saporoger angezogen war. Noch mehr aber staunte er, als Wakula das Tuch aufband, die funkelnagelneue Mütze nebst einem Gurt, wie man ihn noch niemals im Dorfe gesehen hatte, vor ihm auf den Tisch legte, ihm zu Füßen fiel und flehentlich ausrief: »Hab' Erbarmen, Väterchen! Zürne mir nicht! Da hast du eine Peitsche: schlag zu, soviel deine Seele verlangt. Ich gebe mich selbst in deine Hand, ich bereue ja alles; schlage mich, aber zürne mir nicht. Du warst ja vormals meinem seligen Vater wie ein Bruder, ihr habt doch zusammen gegessen und getrunken!«

Nicht ohne heimliche Freude sah Tschub, wie der Schmied, der sich den Teufel um jemand im Dorfe scherte und der Fünfkopekenstücke und Hufeisen mit der Hand zusammendrückte wie Buchweizenflinsen, wie dieser selbe Schmied jetzt zu seinen Füßen lag. Um sich nichts zu vergeben, ergriff Tschub die Peitsche und schlug ihn dreimal auf den Rücken. »Nun ist's aber genug, steh' auf! Hör' stets auf die Alten! Wir sollen alles vergessen, was zwischen uns vorgefallen ist. Und nun sag', was du möchtest!«

»Väterchen, gib mit Oxana zur Frau!«

Tschub überlegte einen Augenblick und sah sich die Mütze und den Gurt an: die Mütze war wunderbar und der Gurt nicht minder; dabei fiel ihm auch noch die treulose Solocha ein, und er rief entschlossen: »'s ist recht! Schicke deine Brautwerber her!«

»Ah!« schrie Oxana auf, die über die Schwelle getreten war und den Schmied erblickt hatte, und sie richtete freudig und ganz erstaunt ihre Blicke auf ihn.

»Schau mal, was ich dir für kleine Schuhe mitgebracht habe!« sagte Wakula. »Dieselben sind's, die die Zarin trägt.«

»Nein, nein! Ich brauche keine Schuhe!« rief sie, ihn mit den Händen abwehrend und ohne ihre Augen von ihm abzuwenden. »Ich bin auch ohne Schuhe …« Und sie sagte nichts weiter, sondern errötete nur.

Der Schmied kam näher heran, ergriff sie bei der Hand, und die Schöne schlug die Augen nieder. Noch nie hatte sie so wunderbar schön ausgesehen. Der Schmied küßte sie voller Entzücken auf die Lippen, ihr Antlitz verfärbte sich noch tiefer, und sie wurde nur noch schöner.

* * *

Der Bischof seligen Angedenkens kam einmal durch Dikanka, lobte die schöne Lage des Dorfes und hielt, als er die Straße herunterfuhr, vor einer der Hütten an.

»Wem gehört diese schön bemalte Hütte?« fragten Seine Hochwürden die hübsche Frau, die mit einem Kinde auf dem Arm vor der Türe stand.

»Dem Schmied Wakula!« antwortete ihm mit einer Verbeugung Oxana, denn sie war es.

»Großartig! Eine wundervolle Arbeit!« sprachen Seine Hochwürden, als sie sich Türen und Fenster ansahen. Die Fenster waren ringsherum mit roter Farbe bestrichen und auf den Türen waren überall Bildnisse von reitenden Kosaken mit Pfeifen in den Zähnen aufgemalt.

Noch mehr aber lobten Seine Hochwürden den Schmied Wakula, als sie erfuhren, daß er eine Kirchenbuße eingehalten, die er sich selbst auferlegt, und in der Kirche den ganzen linken Chor mit grüner Farbe gestrichen und mit roten Blumen bemalt habe.

Das ist jedoch noch nicht alles. An die Wand, die, wenn man die Kirche betritt, sich gleich zur linken befindet, hatte Wakula einen in der Hölle sitzenden Teufel gemalt, und zwar einen so abscheulichen Teufel, daß jedermann, der vorbeiging, ausspeien mußte, und wenn einer Frau das Kind auf dem Arme zu weinen anfing, so trug sie es ans Bild und sprach: «Schau, schau, hu, hu, was da hingemalt ist!« Und das Kind verschluckte seine Tränen, schielte scheu nach dem Bilde und schmiegte sich enger an die Brust der Mutter.

Schreckliche Rache

I.

Dröhnend braust's dahin durch Kijews Vorstadt: Da feiert Gorobetz, der Kosakenhauptmann, den sie Jessaul nennen, die Hochzeit seines Sohnes. Viel Leute sind beim Jessaul zu Gast. In alten Zeiten liebte man's wohl, gut zu essen, gut zu trinken und noch lieber mocht' man lustig sein. Auf braunem Roß kam Mikitka, der Saporoger Kosak, stracks vom gewaltigen Zechgelage auf dem Pereschljaj-Gefilde, allwo er sieben Nächte und sieben Tage des Königs Schlachta mit rotem Weine bewirtet hatte. Auch der Kriegskamerad des Jessaul, Danilo Buruljbasch, kam angefahren vom anderen Ufer des Dnjepr, wo zwischen zwei Bergen sein Landgut lag; er kam mit seinem jungen Weibe Katerina und seinem einjährigen Sohne. Die Gäste staunten über das weiße Gesicht der Pani Katerina, über die Brauen, die schwarz wie deutscher Samt waren, über den prächtigen Rock und die Jacke aus altertümlich blauer Seide und über die Stiefel mit den silbernen Hufen; aber mehr noch nahm sie's wunder, daß der alte Vater nicht mit ihnen zusammen gekommen war. Der lebte seit einem Jahr in dem Landstrich hintem Dnjepr, einundzwanzig Jahre war er verschollen gewesen und erst zu seinem Töchterchen zurückgekehrt, als es vermählt war und einen Sohn geboren hatte. Gewiß hätt' er viel Wunderliches erzählen können. Ja, wie hätte er auch nicht erzählen können, da er doch so lange im fremden Lande geweilt! Dort ist doch alles so anders wie hier: die Menschen sind anders, und dort gibt's auch keine christlichen Kirchen … Allein er war nicht gekommen.

Den Gästen ward Schnaps mit Rosinen und Pflaumen und auf

einer großen Schüssel Hochzeitsbrot gereicht. Die Musikanten griffen tief in den Brotlaib hinein, wo Geld eingebacken war; verstummten eine kurze Zeitlang und legten die Zymbeln, Geigen und Pauken beiseite. Indes wischten sich die jungen Frauen und die Mädchen mit gestickten Tüchern den Mund und traten wieder aus ihren Reihen hervor, während die Burschen, die Hände in die Hüften gestützt, stolz zur Seite blickend, gerad ihnen entgegen wollten, als der alte Jessaul zwei Heiligenbilder herbeitrug, um das junge Paar zu segnen. Er hatte diese Bilder von einem würdigen Eremiten, dem greisen Bartholomäus, erhalten. Ihr Zierat war nicht reich, weder Silber noch Gold funkelte auf ihnen, und doch hätte keine unreine Macht es gewagt, den zu berühren, in dessen Haus sie sich befanden. Der Jessaul hob die Bilder in die Höhe und schickte sich an, ein kurzes Gebet zu sprechen ... da schrien die Kinder, die am Boden spielten, auf einmal in hellem Schreck auf, das Volk wich zurück hinter ihnen, und alle wiesen voll Angst auf einen Kosaken, der in ihrer Mitte stand. Wer er war, das wußte niemand zu sagen, aber schon fing er wacker an, seinen Kosakentanz zu tanzen und ergötzte die Menge, die ihn umringte, und brachte sie zum Lachen. Als jedoch der Jessaul die Heiligenbilder emporhob, da verwandelte sich auf einmal das Antlitz des Kosaken: die Nase fing an zu wachsen, wurde größer und größer und krümmte sich zur Seite; grüne Äuglein blitzten anstelle der grauen hervor, die Lippen wurden blau, das Kinn fing an zu zittern und wurde spitz wie ein Speer, aus dem Mund entsprangen zwei Hauer, hinter dem Kopfe wölbte sich ein Buckel empor und der Kosak wurde zum Greis.

»Das ist *er!* Das ist *er!*« schrien die Mütter und faßten ihre Kinder schnell bei der Hand.

Würdig und stolz trat der Jessaul vor, und während er die Heiligenbilder vor sich hinhielt, sprach er mit lauter Stimme:

»Verschwinde, Satansbild! Für dich ist kein Platz hier!«

Und siehe da, der seltsame Greis knirschte zischend mit den Zähnen wie ein Wolf und verschwand.

Da erhob sich ein Raunen und Reden unter dem Volke, schwoll immer mehr an und rollte dahin wie das Brausen des Meeres im Ungewitter.

»Was ist das für ein Hexenmeister?« fragten die Jungen und Unerfahrenen.

»Ein Unheil zieht herauf!« sprachen die Alten kopfschüttelnd, und überall im weiten Gehöfte des Jessaul lauschten die Haufen des Volkes den Geschichten von dem unheimlichen Zauberer. Doch beinahe alle wußten Verschiedenes zu erzählen, und niemand konnte etwas Sicheres von ihm berichten.

Ein Faß Met ward auf den Hof gerollt, und nicht allzu wenige Eimer voll griechischen Weines stellte man hin. Und wiederum tobte es lustig weiter. Die Musikanten spielten drauf los – und die Mädchen, die jungen Frauen und die noblen Kosaken in blanken Schupans wirbelten wild durcheinander. Das Greisenvolk der Neunzig- und Hundertjährigen wagte, auch schon bezecht, ein Tänzchen und gedachte so mancher Jahre, die nicht ganz tatenlos verflossen waren. Bis zur späten Nacht wurde gezecht, und so wurde gezecht, wie man's jetzt nimmermehr tut. Dann strömten die Gäste auseinander, aber nur wenige gingen ihres Weges: viele blieben in dem weiten Hofraume des Jessaul über Nacht, und noch viel mehr Kosaken schliefen von selbst ein, ungebeten, unter den Bänken, auf dem Fußboden, neben den Rossen oder vor den Ställen: und wo ein rechter Kosak im Rausche hintaumelte, da lag er auch schon und schnarchte laut über ganz Kijew.

II.

Still leuchtete es über dem Weltall auf: der Mond schien hinterm Berg empor. Mit einem kostbaren Schleier aus schneeweißem Damast verhüllte er des Dnjepr gebirgiges Ufer, und sein Schatten schlich weit zurück bis ins Dickicht der Fichten.

Inmitten des Dnjepr schwimmt ein eicherner Kahn, vorn sitzen zwei Burschen, die schwarzen Kosakenmützen schief in die Stirn gedrückt, und von ihren Rudern sprühen Wasserstrahlen nach allen Seiten auf, wie aus dem Feuerstein Funken.

Warum singen die Kosaken nicht? Warum sprechen sie nicht davon, daß die römischen Pfaffen die Ukraine durchwandern, die Kosaken umzutaufen und zu Katholiken zu machen, und auch nicht davon, wie ihre Horde zwei ganze Tage lang am Salzsee gekämpft? – Wie sollten sie auch singen und sagen von kühnen Taten? Pan Danilo, ihr Herr, war in Gedanken versunken, ein Ärmel seines rostroten Schupans glitt aus dem Boot und sank ins Wasser, aber ihre Herrin, Pani Katerina, wiegte leise das Kind und wendete kein Auge von dem Manne, und auf ihrem festlichen Rock, der nicht von schützender Leinwand bedeckt war, sprühte das Wasser herab wie grauer Staub.

Köstlich ist von der Mitte des Dnjepr die Schau auf die hohen Berge, die weiten Wiesen und die Wälder im Grün! Das sind nicht Berge wie andere auch: ihr Fuß ist nicht zu sehen, nach oben wie nach unten ragen die spitzen Gipfel empor, sich im Wasser spiegelnd, und über und unter ihnen dehnt sich hoch und weit der Himmel. Auch auf den Hügeln die Wälder sind keine Wälder: das sind Haare auf des Waldgreises zottigem Haupte. Unten umspülte ihm das Wasser den Bart, und ganz hoch über dem Barte und über den Haaren erhebt sich der hohe Himmel. Auch die Wiesen sind keine Wiesen: ein grüner Gürtel ist's, der den runden Himmel in der Mitte umgürtet, und auf seiner oberen wie auf der unteren Hälfte lustwandelt der Mond.

Pan Danilo blickt nicht zur Seite, er blickt auf sein junges Weib. »Warum versankst du in Gram, mein junges Weib, meine goldene Katerina?«

»Nicht bin ich in Gram versunken, mein Herr Danilo! Mich erschreckten nur die seltsamen Sagen vom zaubernden Mann. Man sagt doch, gar furchtbar an Gestalt sei er zur Welt gekommen … und von klein auf wollte kein Kind mit ihm spielen. Hör', Pan Danilo, wie schrecklich das ist, was man erzählt: man sagt, es dünkte ihn stets, daß ihn alle verhöhnten. Geschieht's, daß abends, wenn's dunkelt, ein Mensch ihm begegnet, so meint der gleich zu sehen, wie jener den Mund auftut und die Zähne fletscht. Und dann ist der Mensch am folgenden Tage tot. Es ward mir so sonderbar, so grauenvoll ward mir zumute, als ich die Mären vernahm«, sprach Katerina, und sie nahm ein Tuch und wischte damit ihrem Kinde, das ihr in den Armen schlief, das Gesicht. Dies Tuch war mit Blättern und Beeren geziert, die mit roter Seide darauf gestickt waren.

Pan Danilo sprach kein Wort. Er blickte ins Dunkel der Schatten hinüber, wo in der Ferne sich hinter dem Wald ein Erdwall gleich einem schwarzen Streifen dahinzog und wo hinter dem Walle ein altes Schloß in die Höhe starrte. Da zeichneten sich in Danilos Antlitz drei Falten über den Brauen ab, und die linke Hand spielte mit dem kecken Schnurrbart. »Nicht das ist schrecklich, daß er ein Zauberer ist«, sprach er, »schrecklich ist's, daß er ein schlimmer Gast ist. Was fiel ihm ein, hierherzukommen? Ich hörte, die Polen wollen eine Festung bauen, um uns den Weg zu den Saporogern abzuschneiden. Mag's wahr sein … Dies Teufelsnest will ich vernichten, sobald nur das Gerücht umzugehen beginnt, daß das ein Schlupfwinkel sei! Ich will den alten Zauberer verbrennen, daß selbst den Raben nichts zu picken mehr bleibt. Doch ich denke mir, er besitzt wohl nicht wenig Gold und allerhand Gut. Hier ist's, wo dieser Satan wohnt! Wär' Gold bei ihm zu finden, so … Wir rudern sogleich bei den Kreuzen vorbei – da ist der Friedhof, wo das unreine Gebein seiner Ahnen modert. Sie alle, sagt man, waren bereit, sich für einen Groschen dem Satan zu verkaufen, mitsamt ihrer Seele und ihrem zerlumpten Schupan. Doch besitzt er in Wahrheit soviel Gold, dürfte man jetzt nicht lange mehr zögern, nicht immer kann man's im Kriege da erbeuten.«

»Ich kenne dein Vorhaben wohl: nicht Gutes verkündet mir die Begegnung mit ihm. Du atmest so schwer, du blickst so rauh, deine Brauen sind so finster über den Augen geballt! …«

»Schweig, Weib!« rief Danilo wütend, »wer sich mit euch verbindet, wird selbst zum Weibe. Gib mir Feuer für meine Pfeife, Junge!«

Er wandte sich an einen der Ruderer, der klopfte glühende Asche aus seiner Pfeife und tat sie in die Pfeife des Herrn.

»Sie schreckt mich mit dem Zauberer!« fuhr Pan Danilo fort. »Der Kosak fürchtet, Gott Lob und Dank, weder Teufel noch römische Priester. Das wär' was Rechtes, wenn wir auf die Weiber zu hören anfingen. Nicht wahr, Burschen? Unsere Frau ist die Pfeife und die Schärfe des Schwerts!«

Katerina verstummte und ließ die Augen über das träge Wasser gleiten; der Wind kräuselte die stille Flut, und der ganze Dnjepr schimmerte silbern wie ein Wolfsfell zur Nacht.

Der Kahn machte eine Wendung und glitt am waldigen Ufer entlang. Jetzt wurde der Friedhof am Ufer sichtbar. Haufen morscher Kreuze drängten sich da aneinander. Da blühte kein Wacholder zwischen ihnen, da grünte kein Moos, und nur der Mond schien von seiner himmlischen Höhe wärmend auf sie herab.

»Hört ihr das Schreien, ihr Burschen? Jemand ruft uns zu Hilfe!« sprach da Pan Danilo, indem er sich an seine Ruderer wandte.

»Ja, wir hören jemand rufen, und dort von jener Seite her,

scheint's!« riefen alle Burschen zugleich und wiesen nach dem Friedhof. Doch es war schon wieder alles still. Der Kahn wendete nun und fuhr um eine Landzunge herum. Plötzlich ließen die Leute ihre Ruder sinken und blickten starr zum Ufer hinüber. Auch Pan Danilo hielt inne: Angst und kaltes Grauen rannen durch der Kosaken Adern.

Das Kreuz auf einem der Gräber wankte, und plötzlich erhob sich daraus ganz leise ein vertrockneter Leichnam. Er hatte einen Bart, der bis auf den Gürtel reichte, und lange Krallen an den Fingern, die noch länger waren als die Finger. Leis erhob er die Arme, sein Gesicht erschauerte und verzerrte sich. Man sah ihm an, daß er entsetzliche Qualen litt.

»Mir ist so schwül, so schwül!« stöhnte er mit wilder, unmenschlicher Stimme. Seine Stimme bohrte sich einem ins Herz wie ein Messer. Aber plötzlich war der Leichnam wieder in der Erde verschwunden. Dann wankte ein anderes Kreuz, und wiederum entstieg ein Leichnam dem Grabe, noch schrecklicher und noch größer als jener; er war ganz von Haar überwachsen, sein Bart ging bis an die Knie und die Krallen an den Knochen waren noch länger. Er rief noch wilder: »Mir ist so schwül!« und sank in die Erde zurück. Jetzt wankte ein drittes Kreuz, und ein dritter Leichnam stand auf. Da schien's, als wenn ein riesenhaftes Knochengerüst sich hoch über die Erde erhob. Der Bart floß bis zu den Fersen herab, die Finger mit den riesigen Krallen gruben sich tief in die Erde, furchtbar warf er die Arme empor, als ob er bis an den Mond langen wollte, und er begann zu schreien, wie wenn ihm einer seine gelben Knochen zersägte …

Das schlafende Kind, das in Katerinas Armen lag, stieß einen Schrei aus und erwachte; die Pani selbst schrie auf, die Ruderer ließen die Mützen in den Dnjepr fallen, und auch der Pan erschauerte.

Auf einmal aber war alles verschwunden, als wär' es überhaupt nie gewesen, doch die Burschen griffen noch lange nicht zu den

Rudern. Besorgt blickte Buruljbasch auf seine junge Frau, die das schreiende Kind voller Schrecken in ihren Armen in Schlaf wiegte; er drückte sie an sein Herz und küßte sie auf die Stirn. »Fürchte dich nicht, Katerina! Schau, es ist ja nichts!« sprach er und wies nach allen Seiten. »Der Zauberer will den Menschen nur Schrecken einjagen, damit ihm niemand bis an sein unsauberes Nest gelange. Nur Weiber kann er damit schrecken! Gib mir den Sohn doch herüber!«

Bei diesen Worten hob Pan Danilo seinen Sohn in die Höhe und drückte ihn an seine Lippen. »Nun, mein Iwan, fürchtest du dich vor Zauberern? – sag: 'nein, Vater, ich bin ein Kosak!' Doch genug, hör' auf zu weinen! Wir fahren nach Hause! Gleich sind wir wieder zu Haus, dann kocht Mutter dir Brei, legt den Iwan in die Wiege und singt ihm das Lied:

Lulli, lulli, lulli, lulli!
Schlaf, mein Söhnchen, schlafe ein!
Bleib' gesund und wachs mir fein!
Bring' Kosaken Ruhm und Freud',
Und den Feinden Schmerz und Leid!

»Hör', Katerina, ich glaube, dein Vater will nicht in Frieden mit uns leben. So mürrisch kam er hier an und so verdrießlich, als zürnte er uns ... Wenn er nicht zufrieden ist – wozu kam er denn her? Er wollte nicht mit uns trinken auf die Kosakenfreiheit und hat nicht einmal das Kind in den Armen gewiegt! Zuerst wollte ich ihm alles anvertrauen, was mir das Herze beschwert, doch etwas hielt mich zurück, und meine Rede stockte. Nein, er hat kein Kosakenherz! Ein Kosakenherz fängt gleich laut in der Brust an zu schlagen, wenn's einem andern begegnet! Nun, liebe Burschen, ist das Ufer schon nah? Ihr sollt auch neue Mützen bekommen. Du, Stetzjko, kriegst eine, die mit Samt und Gold verziert ist. Ich hab' sie dereinst einem Tataren mitsamt seinem Kopfe genommen; auch sein ganzes Rüstzeug fiel mir damals zu, nur seine Seele allein ließ ich frei. Legt an! Siehst du, Iwan, da sind wir schon, und du weinst noch immer! Nimm ihn, Katerina!«

Alle gingen ans Land. Hinter dem Berge stieg ein Strohdach auf, das war Pan Danilos Erbsitz. Dahinter lag noch ein anderer Berg, dann kam gleich freies Feld, und hundert Werst weit konnte man laufen, ohne auf eine Kosakenseele zu stoßen.

III.

Das Landgut Pan Danilos liegt zwischen zwei Bergen in einem engen Tal, das auf den Dnjepr hinausgeht. Das Haus ist nicht hoch, gleicht von außen der Hütte eines einfachen Kosaken, und bloß eine Stube ist drin; doch ist Raum darinnen genug für ihn, wie für sein Weib und für die alte Magd und zehn auserlesene Burschen. An den Wänden entlang laufen oben eichene Bohlen. Dort stehen zahlreiche Schüsseln und Töpfe für die Mahlzeiten, darunter auch Pokale von Silber, in Gold gefaßte Becher, die der Pan zum Geschenke erhielt oder im Kriege erbeutete. Kostbare Musketen hängen von den Wänden herab, Säbel, Feuergewehr und Lanzen; freiwillig oder mit Gewalt nahm man sie aus Tatarenhänden oder von Türken und Polen, und darum haben sie auch so viele Scharten. Ihr Anblick gemahnte Pan Danilo gar oft wie Merkzeichen an seine vielen Gefechte. An den Wänden ziehen sich glatte gehobelte Eichenbänke hin und daneben, vor der Ofenbank, hängt die Wiege an ein paar Stricken, die man durch einen Ring an der Zimmerdecke oben gezogen hat. In der ganzen Stube ist der Fußboden glatt gestampft und mit Lehm überstrichen. Auf den Bänken schläft Pan Danilo mit seiner Frau, auf der Ofenbank die alte Dienerin; in der Wiege spielt und schaukelt das kleine Kind, und auf dem Fußboden schlafen die Burschen. Doch ist's dem Kosaken lieber, auf nackter Erde unter dem freien Himmel zu schlafen, da braucht er weder Kissen noch Federbett: er bettet sich frisches Heu unter den Kopf und streckt sich wohlig hin aufs Gras. Dann freut's ihn wohl, wenn er mitten in der Nacht erwacht, nach dem hohen, von Sternen besäten Himmel zu sehen und in der nächtlichen Kälte, die doch den Kosakenknochen soviel Frische verleiht, zu erschauern; er dehnt sich, murmelt schlaftrunken etwas, steckt seine Pfeife an und hüllt sich fester in seinen warmen Pelz.

Es war nicht mehr ganz früh, als Buruljbasch nach dem gestrigen Fest erwachte; er setzte sich auf eine Bank in der Ecke und begann seinen neu eingetauschten türkischen Säbel zu schleifen, Pani Katerina aber machte sich dran, ein seidenes Tuch mit Gold zu besticken.

Auf einmal trat Katerinas Vater ein, griesgrämig und mürrisch, mit einer fremdländischen Pfeife zwischen den Zähnen. Er ging auf seine Tochter zu und begann sie streng auszuforschen, was wohl der Grund sei, daß die so spät nach Hause gekommen.

»Nach solcherlei Dingen hast du, Schwäher, nicht sie zu befragen, sondern mich! Nicht der Frau steht die Antwort zu, sondern dem Manne. So ist es nun einmal Sitte bei uns, nehmt es nicht übel!« sprach Danilo, ohne von seiner Arbeit zu lassen. »Vielleicht ist es in manchen Ländern, wo Ungläubige wohnen, anders – das freilich weiß ich nicht!«

Das rauhe Gesicht des Schwiegervaters verfärbte sich, und seine Augen blitzten wild auf. »Wer hat denn sonst nach seiner Tochter zu sehen, wenn nicht der Vater?» murmelte er vor sich hin. »Nun denn, so frage ich dich: Wo bist du herumgestrichen bis spät in die Nacht?«

»Das hört sich schon anders an, lieber Schwäher. Darauf will ich dir antworten, daß ich schon lange nicht mehr zu denen gehöre, die von einem Weib in Windeln gewickelt werden. Ich weiß wohl hoch zu Pferde zu sitzen und in der Hand den scharfen Säbel zu schwingen; auch manches andere noch versteh' ich ... Ich versteh' es auch, niemandem Rechenschaft zu geben über das, was ich treibe!«

»Ich seh' es, Danilo, ich weiß, du suchst Hader! Wer Heimliches tut, der führt sicher nichts Gutes im Schilde.«

»Denk doch, was dir beliebt«, sagte Danilo, »auch ich denke das Meine. Noch war ich nie in einen schändlichen Handel verwickelt, stets stand ich für rechten Glauben und das Vaterland ein, nicht so wie mancher Landstreicher, der sich, Gott weiß wo, umhertreibt, wenn rechtgläubige Leute sich bis aufs Blut schlagen müssen; der will dann das Korn ernten, das nicht er gesät. Die gleichen nicht einmal den Unierten: Nicht einmal in Gottes Kirchen schauen sie hinein. Diese Leute sollte man befragen, wo sie sich umhertreiben!«

»Holla, weißt du wohl, Kosak!« rief jener ... »Ich schieße ja nicht gut, höchstens bis auf hundert Klafter trifft meine Kugel ins Herz, auch bin ich kein allzustarker Fechter: die Stücke, in die ich die Menschen schlage, sind kleiner als die Körner, draus man Brei kocht!«

»Ich bin bereit«, rief Pan Danilo und schlug flink mit dem Schwert ein Kreuz in die Luft, als hätt' er gewußt, wozu er's geschliffen.

»Danilo!« schrie Katerina lauf, ergriff ihn beim Arm und hing sich an ihn, »du Wahnwitziger, bedenke doch, gegen wen du den Arm erhebst! Vater, dein Haar ist so weiß wie Schnee, und doch erhitztest du dich wie ein törichter Knabe!«

»Weib!« rief Danilo streng. »Du weißt, das leide ich nicht, bleibe bei deinen Weibergeschäften!«

Furchtbar erklirrten die Säbel; Eisen schlug Eisen, und die Kosaken wurden von Funken besprüht wie von Staub. Weinend lief Katerina in eine gesonderte Kammer, warf sich aufs Bett und hielt sich die Ohren zu, um nichts von den Säbelhieben zu hören.

Doch so schlecht kämpften die Kosaken nicht, daß man ihren Hieb überhören konnte. Das Herz wollte ihr springen, sie hört' es in ihrem ganzen Leibe erzittern bei den klirrenden Lauten: Klick – klack!

»Nein, ich halt es nicht aus, ich halt's nicht aus … vielleicht sprudelt schon purpurnes Blut aus dem weißen Leibe, vielleicht hat meinen Liebsten schon seine Kraft verlassen, und ich liege noch hier!« Und bleich, und kaum atmend, schlich sie in die Stube.

Gleichmäßig und furchtbar schlugen sich die Kosaken, nicht der noch jener hatte einen Vorteil errungen. Bald drang Katerinas Vater vor und Pan Danilo wich zurück oder Pan Danilo griff an und der Vater wehrte sich finster, und dann standen beide wieder gleich. Die Wut kocht in ihnen. Sie holten aus … hui! wie die Säbel schmettern … und tosend fliegen die Klingen zur Seite.

»Ich danke dir, Gott!« rief Katharina, doch tat sie gleich einen neuen Schrei, als sie sah, wie die Kosaken nach den Musketen griffen; sie richteten die Feuersteine und spannten die Hähne.

Pan Danilo feuerte ab und traf nicht. Jetzt zielte der Vater. Er war alt, er sah nicht so scharf wie ein Junger und doch zittert ihm die Hand nicht. Da krachte der Schuß … Pan Danilo wankte, und rot lief sein helles Blut in den linken Ärmel des Kosakenschupans.

»Nein!« rief er, »so billig verkauf ich mich nicht! Nicht der linke Arm ist der Herr, 's ist der rechte! Bei mir an der Wand hängt eine türkische Pistole: noch nie in meinem Leben ist sie mir untreu geworden. Komm von der Wand herab, alter Genosse! Erweis dem Freund deinen Dienst!« Und Danilo streckte die Hand aus.

»Danilo!« schrie Katerina verzweifelt, packte ihn am Arm und warf sich vor ihm auf die Knie. »Nicht meinetwegen fleh' ich dich an. Dein Ende ist auch das meine: unwürdig ist die Frau, die ihren Mann überlebt; der Dnjepr, der kalte Dnjepr wird mein Grab sein … Aber sieh deinen Sohn an, Danilo, sieh deinen Sohn! Wer wird das arme Kind beschirmen? Wer wird es hätscheln? Wer wird es lehren, auf rabenschwarzem Rosse dahinzufliegen, für Freiheit und Glauben zu kämpfen, nach Kosakenart zu trinken und zu zechen? Mein Sohn, geh dahin und verdirb! Dein eigener Vater will dich nicht mehr kennen! Schau, wie er sein Gesicht von dir abwendet. Oh, jetzt kenn ich dich erst! Du bist ein Tier und kein Mensch! Du hast das Herz eines Wolfs und den Sinn einer listigen Schlange! Glaubt' ich denn nicht, du hegst ein Tröpflein Erbarmen in deinem Herzen und in deinem steinernen Leibe brenne ein menschlich Gefühl? Wie töricht täuschte ich mich. Ja, das bereitet dir Freude. Deine Knochen werden im Grabe vor Freude springen, wenn sie vernehmen, wie diese ungläubigen Tiere, die Polen, deinen Sohn in die Flamme werfen, wenn dein Sohn dann unter dem Messer und im seidenen Wasser liegt und schreit! Oh, ich kenne dich! Froh wärest du wahrlich, aufzustehen aus dem Grabe und das Feuer mit der Mütze zu schüren, das unter ihm lodert!«

»Halt, Katerina! Komm her zu mir, lieber Iwan, ich will dich küssen! Nein, mein Kind, niemand soll dir ein Härchen krümmen. Du wirst aufwachsen zum Ruhm deines Vaterlandes, wie im Sturm rastest du dereinst vor den Kosaken dahin, mit einer Samtmütze auf dem Kopfe und mit dem scharfen Schwert in der Hand! Vater, reich mir die Hand! Wir wollen vergessen, was zwischen uns vorfiel. Hab' ich dir Unrecht getan, nun, so gesteh' ich meine Schuld ein. Warum gibst du mir nicht deine Hand?« sprach Danilo zu Katerinas Vater, der immer noch auf seinem alten Platze dastand und dessen Gesicht weder von Zorn noch von Versöhnung sprach.

»Vater!« rief Katerina, umarmte und küßte ihn. »Laß dich erbitten. Vergib Danilo, er wird dich nimmermehr kränken!«

»Nur deinetwegen vergebe ich ihm, meine Tochter«, erwiderte jener, küßte sie, und seine Augen glänzten absonderlich auf.

Katerina schrak leise zusammen: so seltsam erschien ihr der Kuß, so seltsam der Glanz seiner Augen. Sie stützte sich mit der Hand auf den Tisch, auf dem Pan Danilo seinen verwundeten Arm verband. Indessen sann Danilo darüber nach, daß er falsch gehandelt und nicht nach rechter Kosakenart, als er um Vergebung gebeten, obwohl er sich keiner Schuld bewußt war.

IV.

Ein Tag kam herauf, doch ein Tag ohne Sonne: der Himmel war finster, und ein feiner Regen rieselte über die Felder und Wälder und über den breiten Dnjepr hernieder. Pani Katerina war aufgewacht, aber ihr war nicht recht froh zumute: Ihre Augen waren verweint, und sie war wirr und ruhelos. »Geliebter Mann, teurer Mann«, sprach sie, »ich hab' einen wunderlichen Traum geträumt!«

»Was für einen Traum, meine liebe Pani Katerina?«

»Mit träumte etwas so Wunderliches, und wahrlich so lebensvoll, als ob ich wachte, mir träumte, mein eigner Vater sei jenes selbe Ungeheuer, das wir beim Jessaul geschaut. Doch ich bitt' dich, trau' dem Traume nicht: Was träumt man nicht alles für Torheit! Mir war's, als stände ich vor ihm und zitterte, und bei jedem Wort von ihm stöhnte es auf in meinen Adern. O hättest du gehört, was er gesprochen …«

»Was sprach er denn, meine goldene Katerina?«

»Er sprach: 'Schau mich an, Katerina, ich bin schön! Zu Unrecht sagen die Leute, daß ich häßlich sei. Doch werde ich dir ein trefflicher Mann sein. Sieh, wie mein Auge glüht! – Da warf er einen flammenden Blick auf mich, und ich schrie auf und erwachte!«

»Ja, vieles Wahre sagen die Träume. Ist es dir auch bekannt, daß hinter den Bergen nicht alles mehr ruhig ist? Die Polen sollen sich wieder gezeigt haben. Gorobetz ließ mir verkünden, ich solle nicht schlafen; doch seine Sorge ist grundlos: auch ohne dies bin ich kein Schläfer. Meine Burschen schlugen heut nacht zwölf Schanzen auf. Wir wollen den Herren vom Polenreich mit Bleipflaumen aufwarten, und die Schlachtschitzen sollen unter der Zuchtrute tanzen lernen!«

»Und weiß mein Vater das?«

»Dein Vater sitzt mir auf dem Halse! Er blieb mir ein Rätsel bis zur Stunde. Er hat wohl viel gesündigt im fremden Lande. Wahrlich, was mag das für einen Sinn haben – schon einen Monat fast lebt er hier, und noch nie war er lustig und froh wie ein rechter Kosak! Er weigert sich, Met zu trinken! Hörst, Katerina, weigert sich, Met zu trinken, den ich herausgesackt habe von den Brester Juden! Heda, Bursche!« rief Pan Danilo, »lauf schnell in den Keller, Junge, und hol mir Judenmet! Auch trinkt er keinen Schnaps! Hölle und Teufel! Mir scheint fast, Pani Katerina, er glaubt wohl auch nicht an Christus, unseren Herrgott! Was dünkt dir?«

»Weiß Gott, was alles du sprichst, Pan Danilo!«

»'s ist wunderlich, Pani«, fuhr Danilo fort und nahm den Tonkrug aus der Hand des Kosaken entgegen. »Selbst die Katholiken im heidnischen Rom sind Freunde des Schnapses. Nur die Türken trinken ihn nicht. Nun, Stetzjko, hast du im Keller tüchtig vom Met geschluckt?«

»Ich habe nur gekostet, Pan«

»Du lügst, Hundesohn! Sieh nur, wie sich die Fliegen auf deinen Schnurrbart stürzen! Ich seh's an deinen Augen, daß du einen halben Kübel ausgesoffen hast. Hei, ihr Kosaken! Was für ein tolles Volk seid ihr doch! Ihr seid bereit, alles dem Freunde hinzugeben, doch wenn's gilt zu saufen, dann schluckt ihr's selbst herunter. Ich war schon lange nicht mehr betrunken, wie, Katerina?«

»Ei, warum lange! Erst am letzten ...«

»Fürchte dich nicht, fürchte dich nicht! Ich trink nicht mehr als einen Krug! Da kommt der türkische Abt durch die Tür geschlichen!« murmelte er durch die Zähne, als er den Schwiegervater erblickte, der sich bückte, um durch die Tür zu kommen.

»Nun, meine Tochter«, sagte der Vater, nahm die Mütze vom Kopf und ordnete seinen Gürtel, an dem ein Säbel mit wundersamem Gestein hing, »die Sonne steht schon hoch, und noch ist das Mittagsmahl nicht bereitet.«

»Das Mahl ist bereit, Herr Vater, bald wird es gerichtet sein!

Nimm den Topf mit den Klößen vom Feuer!« fuhr Pani Katerina zu der alten Dienerin gewandt fort, die das Holzgerät abwischte. »Nein, warte, ich tu' es lieber selbst, ruf mir die Burschen!«

Alle ließen sich im Kreis auf die Erde nieder, der Vater gegenüber dem Heiligenbild, ihm zur Linken Pan Danilo, ihm zur Rechten Pani Katerina und zehn der allertreuesten Burschen in blauen und gelben Schupans.

»Ich mag diese Klöße nicht!« sprach der Herr Vater; er aß nur wenig und legte den Löffel hin. »Sie schmecken nach nichts!«

»Ich weiß, besser schmecken die Judennudeln!« dachte Danilo bei sich. »Warum, meinst du, die Klöße schmeckten nach nichts, Herr Schwäher?« fuhr er laut fort. »Oder sind sie vielleicht schlecht bereitet? Meine Katerina macht so gute Klöße, wie sie selbst der Hetman selten zu essen bekommt. So was verschmäht man nicht: 's ist ein christlich Gericht! Alle heiligen und gottesfürchtigen Männer haben stets Klöße gegessen!«

Der Vater sagte kein Wort, und auch Pan Danilo verstummte. Hierauf wurde ein gebratener Eber mit Kohl und Pflaumen gebracht. »Ich mag das Schweinefleisch nicht!« sprach Katerinas Vater und steckte den Löffel in den Kohl.

»Wie kann man Schweinefleisch verschmähen?« sagte Danilo. »Nur Türken und Juden essen kein Schweinefleisch.«

Des Vaters Stimmung wurde noch finsterer und düsterer; nichts als Mehlbrei mit Milch aß der Alte, und statt des Schnapses trank er nur dann und wann eine dunkle Flüssigkeit aus einer Flasche, die er im Busen verwahrt hielt.

Nach dem Mahl legte sich Danilo zu einem kräftigen Schläfchen nieder und wachte erst gegen Abend auf. Er setzte sich hin, Sendbriefe zu schreiben an das Heer der Kosaken. Pani Katerina aber saß währenddessen auf der Ofenbank und schaukelte die Wiege mit ihrem Fuße. Pan Danilo sitzt da, blickt mit dem linken Aug' auf die Schrift und mit dem rechten nach dem Fenster. Und ins Fenster leuchten die Berge und glänzt der Dnjepr von ferne herein;

hinter dem Dnjepr blauen die Wälder, und von oben glimmt der geklärte Himmel der Nacht. Doch nicht auf dem fernen Himmel, noch auf dem blauen Walde ruht Danilos Blick; er schaut nach der vorspringenden Landzunge. Schwarz erhebt sich darauf das alte Schloß. Ihn deuchte, es blitzte im Schlosse ein schmales Fensterchen auf. Doch alles blieb still; gewiß hatte es ihm nur so geschienen. Unten hörte man nur den Dnjepr dumpf rauschen und von drei Seiten das Tosen der jäh erwachten Wogen herüberhallen. Nicht Aufruhr war's oder Empörung: der Dnjepr murrte und grollte wie ein Greis; nichts wollte ihm gefallen, denn alles um ihn herum war verändert; er führte einen heimlichen Krieg mit den Bergen, den Wäldern und den Wiesen am Ufer, und Klage trägt er ob ihrer zum Schwarzen Meere hin.

Da erschien plötzlich ein Kahn wie ein schwarzer Fleck auf dem breiten Spiegel des Dnjepr, und im Schlosse flammte es von neuem auf. Leise pfiff Danilo, und auf den Pfiff lief der treue Bursche herzu: »Nimm schnell den scharfen Säbel und das Gewehr, Stetzjko, und folge mir!«

»Du gehst?« fragte Pani Katerina.

»Ja, Frau, ich gehe. Ich muß überall hingehen, zu sehen, ob alles in Ordnung ist.«

»Ich fürchte mich so, allein zu bleiben. Der Schlaf kommt über mich. Wie, wenn ich heute wieder dasselbe träumte? Ich bin nicht gewiß, ob es auch wirklich nur ein Traum war, – so lebendig stand alles vor mir!«

»Die Alte bleibt bei dir, und auf der Diele und im Hof schlafen die Kosaken!«

»Die Alte schläft auch schon, und auf die Kosaken vertrau' ich nicht sehr. Hör', Pan Danilo: Schließ mich im Zimmer ein und nimm den Schlüssel mit dir. Dann ist mir nicht so schrecklich zumute, und die Kosaken laß vor der Tür schlafen.«

»Sei's denn so«, sagte Danilo, wischte den Staub von der Flinte und schüttete Pulver auf.

Der treue Stetzjko stand schon angekleidet da in seiner ganzen Kosakenausrüstung. Danilo setzte die Lammfellmütze auf, machte das Fenster zu, schob den Riegel vor die Tür, schloß sie ab und ging zwischen den schlafenden Kosaken hindurch auf den Hof und in die Berge hinaus.

Der Himmel war jetzt schon fast völlig klar. Ein frischer Wind wehte leise vom Dnjepr herüber. Und hätte man nicht von ferne den Schrei einer Möwe gehört, so wäre alles tot und starr erschienen. Doch jetzt vernahm man ein Rascheln ... Buruljbasch versteckte sich leise mit seinem treuen Diener hinter dem Gestrüpp, das einen Verhau verdeckte. Vom Berge kam jemand herabgeschritten, mit zwei Pistolen im roten Schupan, und an der Seite den Säbel. – »Das ist der Schwäher!« sagte Pan Danilo, während er ihn hinterm Busch beschaute. »Wohin nur geht er zu dieser Stunde und wozu? – Gähne nicht, Stetzjko, und gib acht, welchen Weg der Herr Vater einschlägt!« Der Mann im roten Schupan schritt zum Ufer hinab, machte eine Wendung und ging auf die Landzunge zu: »Ah, dahin geht's also!« sprach Pan Danilo. »Wie, Stetzjko, ist er nicht geradewegs in die Höhle des Zauberers geschlichen?«

»Ja, sicher an keinen anderen Ort, Pan Danilo, sonst würden wir ihn auf jener Seite sehen, aber er ist vor dem Schlosse verschwunden.«

»Halt, kriechen wir aus dem Verhau und gehen wir seinen Spuren nach. Dahinter steckt etwas. Nein, Katerina, hab's dir wohl gleich gesagt, daß dein Vater kein guter Mensch sei; sein Tun ist nicht das eines Rechtgläubigen!«

Schon standen Pan Danilo und sein getreuer Bursch auf der Landzunge. Schon waren sie nicht mehr zu sehen, denn der dichte Wald, der das Schloß rings umgab, ließ nichts von ihnen gewahr werden. In der Höhe leuchtete schwach ein Fensterchen auf. Unten standen die Kosaken und trachteten hineinzukommen: doch waren weder Tor noch Tür zu sehen; vom Hof aus gab's sicher einen Zugang, aber wie sollte man dort hingelangen? Von ferne hörte man Ketten rasseln und Hunde herumlaufen.

»Was grüble ich noch lange!« sprach Pan Danilo, als er eine hohe Eiche vor dem Fenster erblickte. »Bleib hier, mein Junge! Ich steig' auf die Eiche: Von hier aus kann ich gerad ins Fenster schauen.«

Da nahm er seinen Gürtel ab, legte den Säbel nieder, damit er nicht klirrte, griff in die Zweige und schwang sich hinauf. Das Fenster war immer noch hell. Dicht davor klammerte er sich mit einer Hand, auf einem Aste zusammengekauert, am Baum fest, und was sah er? Im Zimmer brannte kein Licht, doch es leuchtete ganz. Die Wände waren mit wunderlichen Zeichen bedeckt und mit Waffen behängt; doch war es höchst seltsames Gewaffen: Solches tragen weder die Türken, noch die Bewohner der Krim, weder Polen, noch Christen, noch das wackere Schwedenvolk. Unter der Decke flogen Fledermäuse hin und her, und ihr Schatten huschte über die Wände, die Türen und die Diele. Doch da öffnete sich ganz leise und ohne zu knarren die Tür. Ein Mann im roten Schupan trat herein und ging geradewegs auf den Tisch zu, der mit einem weißen Tuch bedeckt war. »Er ist's! Es ist der Schwiegervater!« Pan Danilo kauerte sich noch mehr zusammen und drückte sich noch fester an den Baumstamm.

Doch der Schwiegervater hatte nicht Zeit, danach zu sehen, ob ihm jemand ins Fenster guckte oder nicht. Finster trat er herein und zornig riß er die Decke von Tisch herab – und plötzlich ergoß sich fast unmerklich ein blaues durchsichtiges Licht übers Zimmer, und nur die Wellen des alten bleichgoldigen Lichtes, die sich noch nicht mit dem neuen vermischt hatten, fluteten auf und ab wie ein azurenes Meer und zogen sich, wie ein buntscheinendes Aderngeflecht im Marmor, durch die Luft. Da stellte er einen Topf auf den Tisch und begann Kräuter hineinzuwerfen.

Pan Danilo sah genauer hin, doch jetzt gewahrte er schon den roten Schupan nicht mehr; stattdessen hatte jener weite Pluderhosen an, wie sie die Türken tragen, in seinem Gürtel steckten Pistolen, und auf dem Kopfe hatte er eine wunderliche Mütze, ganz mit Zeichen bemalt, die aber weder dem russischen, noch dem polnischen Alphabet angehörten. Er sah ihm ihn Antlitz – und auch das Gesicht begann sich zu verwandeln: Die Nase fing an sich zu dehnen und hing ihm bald über die Lippe herüber; der Mund breitete sich bis an die Ohren, ein Hauer kroch aus ihm hervor und bog sich zur Seite – vor ihm stand derselbe Zauberer, der einst beim Jessaul auf der Hochzeit erschienen war. »Dein Traum ist wahr, Katerina!« dachte Buruljbasch.

Der Zauberer fing an, den Tisch schneller zu umkreisen, die Zeichen an der Wand begannen sich rascher zu ändern und die Fledermäuse flatterten wilder herauf und herab, hin und her. Das blaue Licht ward milder und milder und schien ganz zu verlöschen. Und schon hellte die Kammer sich auf von sanft rosigem Licht. Wie ein zarter Klang, so floß das wundersame Licht in alle Winkel, doch plötzlich schwand es dahin, und es wurde ganz dunkel. Nur ein Geräusch war noch zu hören, wie wenn zur stillen Abendstunde der Wind kreisend auf dem Wasserspiegel spielt und die Silberweiden noch tiefer zum Wasser biegt. Und Pan Danilo ist's, als ob im Gemach ein Mond aufglänzte, Sterne auf und ab wandelten und ein dunkelblauer Himmel darüber aufleuchtete, ja, sogar die Kühle der Nachtluft hauchte ihm ins Gesicht. Dann aber ist's Pan Danilo plötzlich so (er zupfte sich gar am Schnurrbart, ob er nicht schliefe), als breite sich im Gemach schon kein Himmel mehr aus, sondern als sei dies seine eigene Schlafkammer; An den Wänden hängen seine Säbel von Tataren und Türken; längs der Wände Bretter mit allerhand Geschirr und Hausgeräten; auf dem Tische Brot und Salz, und dort hängt die Wiege. Doch statt der Heiligen blickten schreckliche Larven aus den Bilderrahmen hervor, und auf der Ofenbank … aber nun sank ein Nebel hernieder und legte sich auf alles, und es wurde wieder dunkel. Und wieder erfüllt sich der Raum in wunderbarem Klingen mit rosigem Licht und wieder steht der Zauberer regungslos da in seinem sonderbaren Turban. Die Klänge werden immer stärker und tiefer, das sanfte Rosenlicht wird immer heller, und etwas wie eine weiße Wolke strich durch das Zimmer. Und es kam Pan Danilo so vor, als sei die Wolke keine Wolke, sondern eine Frau; doch was war das, war sie gar aus Luft gewebt? Wie stand sie denn da, ohne die Erde zu berühren? Sie stützte sich auf nichts, und das rosige Licht und die Zeichen an der Wand schimmerten durch sie hindurch. Doch jetzt bewegte sie den durchsichtigen Kopf: die blaßblauen Augen leuchteten still auf, das Haar fiel ihr kraus wie ein fahlgrauer Nebel über die Schultern, ein blasses Rot färbte ihre Lippen, wie wenn in der Frühe das junge Morgenrot kümmerlich durch den bleichen durchsichtigen Himmel hindurchschimmert, ganz wie ein schwacher Schatten leuchteten ihre Brauen. »Ah! Es ist Katerina!« Und Danilo fühlte, wie ihm die Glieder erstarrten; er wollte sprechen, doch seine Lippen bewegten sich lautlos.

Der Zauberer stand regungslos auf seinem Platze. »Wo bist du gewesen?« fragte er, und sie, die vor ihm stand, erschauerte.

»Oh, warum hast du mich gerufen?« stöhnte sie leise. »Ich war so froh. Ich befand mich an jenem Ort, wo ich geboren ward, und ich lebte fünfzehn Jahre lang dort. Oh, wie herrlich ist's da! Wie grün und duftig ist diese Wiese, auf der ich in meiner Kindheit spielte! Auch die Feldblümelein sind noch dieselben, und das Haus und der Garten auch! Wie zärtlich umarmte mich die gute Mutter! Wieviel Liebe ist in ihren Augen! Sie hat mich geherzt und auf Wange und Mund geküßt und meine blonden Flechten mit dem dichten Kamme gekämmt. Vater!« Sie heftete ihre bleichen Augen auf den Zauberer. »Warum hast du meine Mutter ermordet?«

Der Zauberer drohte zornig mit dem Finger. »Hab' ich verlangt, du sollest davon sprechen?« Und die aus der Luft gewobene Schöne erbebte.

»Wo ist deine Herrin jetzt?«

»Meine Herrin, Pani Katerina, ist jetzt eingeschlafen. Ich freute mich des, flatterte empor und flog von hinnen. Ich wollte meine Mutter schon lang wiedersehen. Auf einmal war ich wieder fünfzehn Jahre alt und so leicht wie ein Vogel. Warum hast du mich gerufen?«

»Denkst du noch an all das, was ich dir gestern gesagt?« fragte der Zauberer so leise, daß man's kaum hören konnte.

»Gewiß denk' ich daran, gewiß. Aber was würd' ich darum geben, es zu vergessen. Arme Katerina! Sie weiß gar manches von dem nicht, was ihre Seele weiß.«

»Das ist die Seele Katerinas!« dachte Pan Danilo, aber er wagte es noch immer nicht, sich zu bewegen.

»Tu Buße, Vater! Ist's dir denn nicht fürchterlich, wenn nach jedem deiner Morde die Toten aus den Gräbern steigen?«

»Schon wieder die alten Reden!« unterbrach sie der Zauberer streng. »Ich setz' meinen Willen durch, ich werde dich zwingen, mir zu gehorchen. Katerina wird mich lieben lernen!«

»Oh, ein Ungeheuer bist du, du bist nicht mein Vater!« stöhnte sie auf. »Nein, nicht sei es so, wie du willst! Hast dir freilich mit unreinen Zauberkünsten die Macht erworben, meine Seele heraufzubeschwören und sie zu martern. Doch Gott allein kann sie zwingen, ihm den Willen zu tun. Nein, nie wird Katerina, solange ich in ihr lebe, die gottverfluchte Tat vollbringen. O Vater! Das jüngste Gericht ist nahe! Und wärst du auch nicht mein Vater, nie würdest du mich zwingen können, meinen treuen, geliebten Gatten zu betrügen. Ja, wär' mir mein Gemahl auch nicht so lieb und so treu, ich würd' ihn dennoch nie betrügen; denn Gott liebt die meineidigen und treulosen Seelen nicht!«

Da heftete sie ihre bleichen Augen auf das Fenster, vor dem Pan Danilo saß, und hielt starr inne …

»Wohin blickst du? Was siehst du dort?« schrie der Zauberer auf.

Die luftgewobene Katerina erzitterte. Aber Pan Danilo war schon längst wieder unten auf der Erde und zog mit seinem getreuen Stetzjko in die Berge.

»Furchtbar, furchtbar!« sprach er bei sich selber, und Angst umfing sein Kosakenherz.

Bald war er wieder auf seinem Hofe, wo die Kosaken noch immer fest schliefen; nur der eine saß da, hielt Wache und rauchte sein Pfeifchen.

Der Himmel war ganz mit Sternen besät.

V.

Wie gut tatest du, daß du mich wecktest!« sprach Katerina, und während sie sich mit dem gestickten Ärmel ihres Hemdes die Augen rieb, betrachtete sie ihren Mann, der vor ihr stand, vom Kopf bis zu den Füßen. Welch schrecklichen Traum habe ich gehabt! Wie schwer atmete meine Brust! Oh! … mir war's, als stürbe ich …«

»Was war das für ein Traum? Vielleicht dieser?« Und Buruljbasch erzählte seinem Weibe alles, was er geschaut.

»Wie konntest du das nur erfahren, mein Gemahl?« fragte Katerina erstaunt. «Doch, nein. Gar vieles, was du erzählt hast, ward mir nicht bekannt. Nein, mir hat nicht geträumt, der Vater habe meine Mutter getötet; auch hab' ich keine Toten gesehen, ich habe nichts gesehen. Nein, Danilo, es war ganz anders, wie du's erzählst. Oh, wie furchtbar ist doch mein Vater!«

»Das ist fürwahr auch kein Wunder, daß du gar vieles davon nicht sahest! Du weißt doch nicht den zehnten Teil von dem, was deine Seele weiß. Weißt du – dein Vater– das ist der Antichrist! Erst im vorigen Jahr, als ich mich mit den Polen zum Feldzug in die Krim aufmachte (damals hielt ich's noch mit diesem Heidenvolk), da hat der Abt des Bruderklosters zu mir gesagt, (und das ist ein heiliger Mann, Weib!), der Antichrist habe die Macht, jedes Menschen Seele zu beschwören; die lustwandle dann nach eigenem Willen, wenn er einschläft, und fliege zusammen mit den Erzengeln um Gottes Gemach herum. Schon auf den ersten Blick wollt' mir deines Vaters Gesicht nicht recht gefallen. Hätt' ich geahnt, daß du solch einen Vater hast, nie hätt' ich mich mit dir vermählt; ich hätt' dich verlassen und der Seele nimmer die Sünde aufgebürdet, mich der Sippe des Antichrist zu verschwägern.«

»Danilo!« rief Katerina, verbarg ihr Gesicht in den Händen und schluchzte auf. »Hab' ich je eine Schuld gegen dich auf mich geladen? Ward ich dir je untreu, geliebter Gemahl? Womit hab' ich deinen Zorn auf mich gelenkt? Hab' ich dir nicht treu gedient? Hab' ich denn je ein widriges Wort gesprochen, wenn du angezischt vom lustigen Schmaus heimkamst? Gebar ich dir nicht einen schwarzbrauigen Sohn! ...«

»Weine nicht, Katerina, jetzt kenne ich dich, und ich werde dich nie verlassen. Alle Sünden liegen bei deinem Vater!«

»Nein, nenne ihn nicht meinen Vater! Er ist nicht mein Vater! Gott ist mein Zeuge, ich sage mich von ihm los! Er ist der Antichrist und ein Gottesverächter! Mag er verderben, mag er ersaufen, nie biet' ich die Hand ihm zur Rettung. Und wenn er dahinsiecht an einem todbringenden Kraut, so will ich ihm kein Wasser zum Trinken reichen. *Du* bist mir mein Vater!«

VI.

In Pan Danilos tiefem Verließe sitzt der Zauberer in eiserne Ketten geschmiedet; fern über dem Dnjepr brennt sein satanisches Schloß, und blutrote Wellen gurgeln und lecken an den uralten Mauern empor. Nicht wegen Hexerei, noch um gottwidrige Taten sitzt der Zauberer im tiefen Verließ: die richtet nur Gott; um eines geheimen Verrates willen sitzt er dort, und wegen seines Bundes mit den Feinden des rechtgläubigen Russenlandes – den er mit den Römlingen eingegangen, um ihnen das ukrainische Volk zu verschachern und die christlichen Kirchen niederzubrennen. Gar finster und grimmig ist der Zauberer; nachtschwarzes Sinnen zieht durch seinen Kopf; nur ein Tag noch bleibt ihm zu leben, und morgen gilt's, Abschied zu nehmen von der Welt: Morgen erwartet ihn der Tod. Kein leichter Tod wartet auf ihn: Es ginge noch gnädig ab, wenn er lebendig im Kessel gekocht oder wenn ihm die sündhafte Haut abgezogen würde. Düster und grimmig ist der Zauberer, und er läßt den Kopf hängen. Vielleicht geht er vor seiner Sterbestunde noch in sich; doch sind seine Sünden nicht so, daß Gott ihm verzeihen könnte. Hoch oben vor ihm ist ein schmales Fenster, das Eisenstäbe vergittern. Mit seinen klirrenden Ketten hat er sich bis zum Fenster emporgehoben, um zu schauen, ob seine Tochter nicht vorbeiginge. Sie ist mild wie ein Täubchen und nicht rachsüchtig. Würde sie sich nicht des Vaters erbarmen? ... Aber es war niemand da. Tief unten zieht der Weg sich hin, aber niemand wandert auf ihm. Und tiefer noch zieht der Dnjepr vorbei; aber der achtet auf niemand: Er tost dahin, und schmerzlich ist's dem Gefesselten, seinem dumpfen Rauschen zu lauschen.

Da erschien jemand auf dem Wege – es war ein Kosak! Schwer seufzte der Gefangene auf, und wieder war alles tot und leer. Doch dort in der Ferne kam jemand herab ... Ein grüner Überwurf flatterte empor, ein goldener Kopfschmuck glänzte auf dem Haupte. Das war *sie!* Noch enger preßte er sich ans Fenster. Sie kam näher und immer näher ...

»Katerina! Meine Tochter, erbarme dich! Hab' Mitleid mit mir! ...«

Aber sie blieb stumm, sie wollte ihn nicht hören. Sie wendete nicht einmal die Augen nach dem Gefängnis, und schon war sie vorbei und wieder verschwunden. Leer wird die Welt; wehmütig rauscht der Dnjepr; hoffnungslose Trauer und Wehmut umfängt das Herz; aber wußte wohl der Zauberer, was Wehmut ist?

Der Tag ging zur Neige. Schon sank die Sonne hinab, schon ist sie nicht mehr. Schon war es Abend. Kühl ward es, irgendwo brüllte ein Stier, von irgendwo tönten verwehte Klänge herüber; sicherlich kamen jetzt die Menschen von ihrer Arbeit, um auszuruhen und fröhlich zu sein: Über den Dnjepr glitt ein Kahn … aber wer kümmerte sich um den Gefangenen? Die silberne Sichel leuchtet am Himmel auf; da schreitet jemand von der anderen Seite den Weg empor; schwer war's, im Dunkeln zu erkennen, wer das war: Es war Katerina, die jetzt zurückkehrte.

»In Christi Namen, Tochter! Selbst das grausame Junge des Wolfes zerfleischt seine Mutter nicht! Tochter, so wirf doch nur einen Blick auf deinen sündigen Vater«

Aber sie hörte ihn nicht und ging weiter.

»Tochter, im Namen deiner unglücklichen Mutter…« Sie blieb stehen.

»Komm und vernimm mein letztes Wort!«

»Wozu rufst du mich, Gottesverächter? Nenn' mich nicht Tochter! Zwischen uns ist keine Verwandtschaft! Was willst du von mir im Namen meiner unglücklichen Mutter?«

«Katerina, mein Ende ist nahe! Ich weiß, dein Mann gedenkt, mich an den Schweif eines Rosses zu binden und übers Feld zu schleifen, oder vielleicht erfindet er einen noch grauenvolleren Tod für mich …«

»Gibt es denn auf der Welt einen Tod, der deinen Sünden gleichkommt? Mach dich darauf gefaßt, für dich wird niemand bitten!«

»Katerina, mich schreckt nicht der Tod, mich schrecken die Qualen in *jener* Welt! … Du bist frei von Schuld, Katerina: Deine Seele wird im Paradies in Gottes Nähe weilen, aber die Seele deines gottlosen Vaters wird im ewigen Feuer brennen, und nimmer wird dieses Feuer erlöschen, nur noch höher und höher wird es emporlodern. Kein Tautropfen wird auf ihn herabfallen, und kein Wind wird ins Feuer hauchen.«

»Ich habe nicht die Macht, deine Strafe durch Gebet zu mindern!« sprach Katerina und wandte sich ab.

»Katerina, warte, noch ein Wort: Du kannst meine Seele erretten. Du weißt noch nicht, wie gut und gnädig Gott ist. Hast du je vom Apostel Paulus gehört, der voller Sünden war und dann in sich ging – und ein Heiliger wurde?«

»Was kann ich tun, deine Seele zu retten?« sprach Katerina.» Sollte ich, ein schwaches Weib, daran denken können?«

»Wenn es mir gelänge, von hier zu entfliehen, so würde ich mein ganzes altes Leben aufgeben! Ich würde Buße tun, in die Wüste gehen, ein härenes Hemd anlegen und Tag und Nacht beten! Ja, nicht einmal Fastenkost und keinen Fisch soll mein Mund mehr berühren! Kein Gewand breit' ich mir hin, wenn ich mich zum Schlaf niederlege! Und immer nur werde ich beten und beten! Und wenn Gottes Gnade auch nicht den hundertsten Teil meiner Sünden von mir nimmt, dann will ich mich bis an den Hals in die Erde vergraben oder eine Wand von Stein um mich aufmauern, nicht Speise noch Trank will ich mehr zu mir nehmen und sterben und all mein Hab und Gut will ich den Mönchen vermachen, auf daß sie vierzig Tage und vierzig Nächte lang Seelenmessen für mich lesen!«

Katerina sann nach. »Selbst wenn ich dir das Tor aufschlösse, ich kann dir doch die Ketten nicht aufschmieden!«

»Die Ketten fürchte ich nicht. Du meinst wohl, sie hätten mir Hände und Füße zusammengeschmiedet? O nein, ich senkte Nebel auf die Augen der Menschen und hielt ihnen statt der Hände ein trockenes Holz hin. Schau, hier bin ich: Jetzt trag' ich keine Kette mehr!« sagte er und trat frei in die Mitte des Raumes. »Ich hätte ja auch die Wände nimmer gefürchtet und wäre hindurchgeschritten; aber dein Mann weiß nicht, was das hier für Mauern sind: Ein heiliger Anachoret hat sie einst errichtet, und keine unreine Macht ist imstande, den Gefangenen zu befreien, ohne die Zelle mit jenem Schlüssel aufzuschließen, mit dem der Heilige sie verschloß. Solch eine Zelle will ich, schrecklichster aller Sünder, auch mir erbauen, wenn ich nur frei bin!«

»Nun wohl, so höre: Ich lass' dich hinaus, doch, wie wenn du mich trügst?« sprach Katerina und blieb vor der Tür starr stehen.

»Wenn du, statt in dich zu gehen, wieder des Teufels Bruder wirst?«

»Nein, Katerina, ich hab' nicht mehr lange zu leben; auch ohne diese Marter ist mein Ende nahe. Glaubst du denn, daß ich mich selbst zu ewigen Qualen verurteilen will?«

Die Schlösser klirrten. »Leb' wohl, der barmherzige Gott behüte dich, mein Kind!« sprach der Zauberer und küßte sie.

»Rühr mich nicht an, schrecklichster aller Sünder! Geh schnell von hinnen!« rief Katerina.

Doch er war schon verschwunden.

»Ich hab' ihn befreit!« flüsterte sie und blickte voller Schrecken wie irr auf die Mauern. »Was soll ich jetzt meinem Manne sagen? Ich bin verloren! Ich kann mich nur noch lebendig ins Grab legen.« Und sie sank schluchzend auf den Klotz, auf dem der Gefangene gesessen hatte. »Aber ich habe eine Seele gerettet!« sagte sie leise. »Ich tat ein Gott wohlgefälliges Werk. Jedoch mein Mann ... Ich hab' ihn zum ersten Male betrogen. O, wie furchtbar, wie schwer wird mir's werden, ihm die Unwahrheit zu sagen! Da kommt jemand! O, er ist es! Es ist mein Mann!« rief sie verzweifelt, und besinnungslos fiel sie zu Boden.

VII.

Ich bin's meine liebe Tochter, ich bin's, mein Herzchen!« hörte Katerina jemand sagen, als sie wieder zu sich kam; sie sah ihre alte Dienerin vor sich. Die Alte beugte sich über sie, schien ihr etwas zuzuflüstern, und ihre vertrocknete Hand bespritzte sie mit kaltem Wasser.

»Wo bin ich?« sagte Katerina, indem sie aufstand und um sich blickte. »Vor mir rauscht der Dnjepr und hinter mir liegen die Berge ... Wohin hast du mich geführt, Weib?«

»Ich hab' dich nicht weggeführt, sondern hinausgetragen; auf meinen Armen trug ich dich aus dem dumpfen Gewölbe. Ich habe die Tür mit dem Schlüsselchen zugeschlossen, damit dich Pan Danilo nicht findet und bestraft!«

»Wo ist der Schlüssel?« sprach Katerina und blickte auf ihren Gürtel. »Ich seh' ihn nicht!«

»Dein Mann hat ihn abgebunden, um nach dem Zauberer zu sehen, mein Kind!«

»Um nach ihm zu sehen? … Weib, ich bin verloren!« rief Katerina.

»Davor mag Gott uns bewahren, mein Kind! Schweig du nur, liebe Herrin. Niemand wird etwas erfahren!«

»Er ist entflohen, der verfluchte Antichrist! Hast du gehört, Katerina? Er ist entflohen!« rief Pan Danilo, der auf seine Frau zutrat. Seine Augen sprühten Feuer, und sein Säbel schüttelte sich klirrend an seiner Seite. Sein Weib erstarrte.

»Es hat ihn wohl jemand befreit, lieber Mann?« sprach sie zitternd.

»Befreit! Du hast recht. Aber der Teufel hat ihn befreit. Schau hin! Statt seiner liegt ein in Eisen geschmiedeter Klotz da. Gott hat's nun einmal so eingerichtet, daß der Teufel sich nicht vor Kosakenfäusten fürchtet! Wenn einer von meinen Kosaken auch nur von fern daran gedacht haben sollte, und ich erfahre es … O, ich würde keine Strafe ausdenken können, die schwer genug für ihn wäre!«

»Und wenn ich es wäre?« sprach Katerina unwillkürlich und hielt erschrocken inne.

»Wenn du's getan hättest, so wärest du mein Weib nicht mehr! Ich würde dich in einen Sack einnähen lassen und mitten im Dnjepr ertränken! …«

Katerina stockte der Atem, und ihr war, als lösten sich ihr die Haare vom Haupte.

VIII.

In einer Schenke am Grenzwege sind die Polen versammelt und zechen schon zwei Tage lang. Nicht wenig Gesindel sitzt da beisammen. Sie sind wohl zusammengekommen, um einen Überfall auszuhecken! Manche von ihnen haben Musketen, die Sporen klirren und die Säbel rasseln. Die polnischen Herren sind lustig, schneiden auf und reden prahlerisch von unerhörten Taten, sie spotten über den rechten Glauben, nennen das Volk der Ukraine ihre »Knechte«, zwirbeln stolz den Schnurrbart in die Höhe, und mit hochmütig zurückgeworfenen Köpfen recken sie sich auf den Bänken. Auch ihr Priester ist bei ihnen; doch auch der ist vom selben Schlage wie sie. Er gleicht nicht einmal dem Äußern nach einem christlichen Priester, denn er schmaust und zecht mit ihnen, und seine unreine Zunge führt unzüchtige Reden. Auch das Gesinde steht ihnen in nichts nach: Sie haben die Ärmel der schäbigen Schupans aufgestreift und stolzieren so aufrecht einher, als wären sie was Rechtes! Sie spielen und hauen einander mit den Karten auf die Nasen. Dann haben sie fremde Weiber bei sich, und das gibt ein Geschrei und ein Raufen! … Die polnischen Herren toben nur so und treiben Schabernack mit den Leuten; sie packen einen Juden am Bart, malen ihm ein Kreuz auf seine gottlose Stirn, schießen mit blind geladenen Pistolen nach dem Weibsvolk und tanzen einen Krakowiak mit ihrem schändlichen Priester. Gab's doch nicht einmal von den Tataren solch Ärgernis im russischen Lande: Gott hat es ihm wohl beschieden, solche Schmach für seine Sünden zu erdulden. Und mitten in diesem Sodom hört man sie vom Gutshof des Pan Danilo am Dnjepr und von seinem schönen Weibe sprechen … Wahrlich, nichts Gutes sinnt die Rotte, die hier versammelt ist!

IX.

Pan Danilo sitzt in seiner Stube am Tisch, das Haupt auf den Ellenbogen gestützt, und sinnt nach. Auf der Ofenbank aber sitzt Pani Katerina und singt ein Lied.

»Mir ist so traurig zumute, Weib!« spricht Pan Danilo. »Der Kopf tut mir weh und das Herze auch. Es lastet etwas auf mir! Mein Tod ist wohl nicht mehr fern.«

»O, mein herzliebster Gemahl, neig deinen Kopf zu mir her! Warum hegst du so schwarze Gedanken in deiner Brust?« dachte Katerina, wagte es aber nicht auszusprechen. Ihr, der Schuldbewußten, wurde es schwer, des Mannes Liebkosungen entgegenzunehmen.

»Hör, liebes Weib!« sagte Danilo. »Verlaß meinen Sohn nicht, wenn ich einst tot bin! Gott wird kein Glück auf dich herabsenden, weder in dieser, noch in jener Welt, wenn du ihn von dir stößt. Schwer würde es meinen Knochen werden, in der feuchten Erde zu verfaulen, und noch trauriger wär' meine Seele!«

»Was sprichst du, mein Gemahl? Warst du es nicht, der uns schwache Frauen einst auslachte? Und jetzt redest du selbst wie ein schwaches Weib. Du wirst noch lange leben!«

»Nein, Katerina, meine Seele ahnt schon den nahen Tod. Es wird so traurig in der Welt, und schlimme Zeiten brechen an. O! Ich besinne mich wohl auf die vergangenen Jahre; die kehren wohl nimmer wieder! Damals war noch der alte Konaschewitsch am Leben, der Ruhm und die Ehr' unseres Heeres! Und all die Kosakenregimenter ziehen wieder an meinen Augen vorüber. Ja, es war eine goldene Zeit, Katerina! Der alte Hetman saß auf seinem Rappen, und in seiner Hand glänzte der Hetmansstab; rings um ihn standen die Führer, und auf den Seiten wogte das rote Meer der

Saporoger. Und wenn der Hetman zu sprechen begann, dann stand alles da wie erstarrt. Der Alte weinte, als er der früheren Taten und Gefechte gedachte. Ach, wenn du wüßtest, Katerina, wie wir damals uns mit den Türken schlugen: Noch heute sieht man die Narbe auf meinem Haupte. Vier Kugeln durchbohrten mich an vier Stellen, und keine der Wunden ist je vollständig geheilt. O, wieviel Gold wir damals erbeuteten, und die Edelsteine schöpften die Kosaken wie Wasser mit ihren Mützen. Und was für Pferde, wenn du wüßtest, was für Pferde wir damals raubten, Katerina! Nein, solche Kriege erleb' ich nie wieder! Noch bin ich ja nicht alt, ich bin noch rüstig, doch das Kosakenschwert entsinkt meiner Hand, ich lebe tatenlos dahin und weiß selbst nicht, wozu ich lebe. In der Ukraine herrscht keine Ordnung mehr: Die Feldherren und Jessauls beißen sich herum wie die Hunde; 's ist keiner da, dem alle gehorchten und der ihr Haupt wäre. Unsere Schlachtschitzen haben alles geändert und polnische Sitten eingeführt, sie sind so schlau und so tückisch geworden und haben ihre Seelen verkauft, indem sie die Union annahmen und einen Bund mit dem Papst schlossen. Die Juden knechten das arme Volk. O Zeiten, Zeiten, vergangene Zeiten! Wo seid ihr geblieben, ihr, meine vergangenen Jahre? Geh' ins Gewölbe hinab, Bursch, und hol mir einen Krug mit Met! Ich will trinken auf unser altes Leben und die vergangenen Zeiten!«

»Womit sollen wir die Gäste empfangen, Pan? Die Polen kommen von der Wiese her!« rief Stetzjko, der in diesem Augenblick ins Zimmer hereinstürzte.

»Ich weiß wohl, wozu sie kommen!« sprach Danilo, sich von seinem Platze erhebend. »Sattelt die Pferde, meine treuen Knechte! Schirrt sie rasch an, und heraus mit den Säbeln! Vergeßt auch die blauen Bohnen nicht! Die Gäste sollen mit Ehren empfangen werden!«

Kaum hatten die Kosaken ihre Pferde bestiegen und die Musketen geladen, da überschwemmten die Polen schon den Berg wie Laub, das im Herbst von den Bäumen fällt.

»Hehe, da gibt's eine feine Gesellschaft!« rief Danilo und blickte auf die dicken Pans, die sich würdevoll auf ihren goldgeschirrten Rossen schaukelten. »Wohl denn, so werden wir uns einmal noch herrlich tummeln! Freu dich zum letzten Male, Kosakenseele. Wohlauf, ihr Burschen, das Fest hat begonnen!«

Und auf den Bergen ward es fröhlich, und das Fest hub an: Da schwirren die Säbel, da fliegen die Kugeln, da wiehern und trampeln die Pferde. Die Schädel dröhnen vom Rufen und Schreien, und der Rauch blendet die Augen. Alles geht wild durcheinander, aber der Kosak ahnt wohl, wo Freund und Feind ist. Eine Kugel kommt gepfiffen, und ein tapferer Reitersmann stürzt vom Roß; ein Säbel klirrt – und ein Kopf wälzt sich, zusammenhanglose Reden lallend, am Boden.

Aber mitten im Haufen, da sieht man die rote Kosakenmütze des Pan Danilo, und wie ein Blitz trifft das Auge das Gefunkel des goldenen Gürtels auf dem blanken Schupan; wie ein Wirbelwind flattert die Mähne des Rapphengstes daher; gleich einem Vogel eilt er bald hierhin, bald dorthin, schreit laut auf, schwenkt den Damaszenersäbel und schlägt rechts und links um sich. Hau zu, Kosak! Frisch drauf und los, Kosak! Erfreu dein mutiges Herz, aber verguck dich nicht in das Gold der Gespanne und Schupans; tritt Gold und Edelsteine mit den Füßen! Stich zu, Kosak! Frisch drauf los, Kosak! Aber sieh dich nicht um: Schon stecken die frevelnden Polen die Hütten in Brand und treiben das ängstliche Vieh fort. Wie ein Sturm wirbelt Pan Danilo zurück, die Mütze mit dem roten Dach blitzt schon dicht neben den Häusern auf, und rings um ihn wird der Haufen geringer.

Nicht nur eine Stunde oder zwei kämpften die Kosaken und Polen. Immer weniger wurden ihrer auf beiden Seiten; doch Pan Danilo ermattete nicht: Mit seiner langen Lanze hob er die Feinde aus dem Sattel und trat mit seinem tapferen Roß das Fußvolk nieder. Schon leert sich der Hof, schon fliehen die Polen, schon reißen die Kosaken die goldenen Schupans und die reiche Rüstung von den Gefallenen herab. Schon will Pan Danilo zur Verfolgung aufbrechen, schon blickt er sich um, die Seinen zu sammeln ... doch da kocht in ihm die Wut, vor ihm taucht Katerinas Vater auf. Nun steht er auf dem Berge und zielt mit seiner Muskete nach ihm. Danilo treibt sein Pferd grad auf ihn los ... Kosak, du eilst ins Verderben! Da kracht die Muskete, und der Zauberer ist hinter dem Berge verschwunden. Nur der getreue Stetzjko hat noch gesehen, wie das rote Gewand und die seltsame Mütze im Husch vorbeiflogen. Danilo schwankt und stürzt zu Boden. Der treue Stetzjko eilte zu seinem Pan: Sein Herr liegt ausgestreckt auf der Erde und hat die hellen Augen geschlossen, und das hellrote Blut quillt aus seiner Brust. Aber er erkannte den treuen Diener noch, leise hob er die Lider und blitzte ihn mit den Augen an: »Leb wohl, mein Stetzjko! Sag Katerina, sie soll meinen Sohn nicht verlassen! Verlaßt auch ihr ihn nicht, ihr meine treuen Diener!« und er verstummte. Die tapfere Kosakenseele war aus dem adligen Leibe entflohen; blau sind seine Lippen, der Kosak schläft einen Schlaf, aus dem es kein Erwachen gibt.

Da schluchzte der getreue Diener auf und winkte Katerina mit der Hand: »Komm, komm schnell herbei, Pani! Dein Pan hat ausgetobt; sieh, da liegt er, trunken auf feuchtem Erdreich; nimmer wird der aus seinem Rausche erwachen!«

Da schlug Katerina die Hände zusammen und sank über den Leichnam hin wie eine Garbe. »O mein Gemahl, du mein Gemahl! Bist du's, der geschlossenen Auges daliegt? Steh auf, mein herzallerliebster Falke, rühr deine süße Hand! Erhebe dich doch! O, schau sie nur einmal noch an, deine Katerina, reg' deine Lippen und sprich nur ein einziges Wörtlein! ... Doch ach, du schweigst, du schweigst, mein lieber herrlicher Pan! Bläulich wardst du wie das Schwarze Meer, und dein Herz schlägt nicht! Warum bist du so kalt, mein Pan? O, ich seh's, meine Tränen sind nicht heiß genug, sie können dich nicht erwärmen! Ich seh's, nicht laut genug ist meine Klage, denn sie kann dich nicht erwecken! Wer wird jetzt deine Heere anführen? Wer wird nun auf deinem Rappen dahinjagen und laut jauchzend vor den Kosaken den Säbel schwingen? Kosaken, Kosaken! Wo ist eure Ehre und euer Ruhm? Da liegt eure Ehre und euer Ruhm geschlossenen Augs auf der feuchten Erde. O, begrabt nun auch mich, begrabt mich zusammen mit ihm! Streut mir Erde auf die Augen, preßt die Bretter von Ahorn mir auf die weißen Brüste! Ich brauche meine Schönheit nicht mehr!«

Und Katerina weinte und klagte bitterlich, da aber steigt eine Staubwolke in der Ferne auf: Gorobetz, der alte Jessaul, sprengt zu Hilfe heran.

X.

Voller Wunder ist der Dnjepr bei heiterem Wetter, wenn er frei und ungehemmt durch Gebirg und Wälder seine reichen Wasser trägt. Da ertönt kein leises Rauschen und kein mächtiger Donnerlaut. Du blickst hin und weißt es kaum, ob sich sein hehrer, breiter Rücken regt, ob nicht; ganz aus Glas gegossen scheint die Flut, und sein blauer Spiegelweg windet sich breit ohne Maßen, lang ohn' Ende, in verschlungenen Bahnen durch die grüne Welt. Dann blickt auch die heiße Sonne selig von der Höhe herab und taucht ihre Strahlen in die kühlen gläsernen Wässer, und selig spiegeln sich die Wälder am Ufer in den klaren Fluten. O ihr Grüngelockten! Ihr drängt euch mit den Feldblumen zum Wasser hin, beugt euch hinab, schaut hinein und könnt euch nicht satt sehen an eurem klaren Angesicht, und ihr lächelt ihm zu und grüßt es, indem ihr die Zweige schüttelt. Aber in die Mitte des Dnjepr wagt ihr doch nicht zu blicken: In sie hinein blickt nur die Sonne und der blaue Himmel, und selten nur kommt ein Vogel bis mitten über den Dnjepr geflogen. O du herrlicher Fluß! Kein Strom in der Welt kommt dir gleich. Voller Wunder ist auch der Dnjepr in einer stillen Sommernacht, wenn alles in Schlummer sinkt: Mensch und Tier und Vogel. Nur Gott allein blickt majestätisch auf Himmel und Erde und schüttelt gewaltig sein wunderbares Ornat. Und von dem Kleide regnen Sterne herab; die Sterne aber glühen und leuchten über die Welt und spiegeln sich alle im Dnjepr wieder. Der Dnjepr birgt sie alle in seinem dunklen Schoße, und kein einziger kann ihm entrinnen – es sei denn, daß er am Himmel erlischt. Der schwarze Wald mit seinen Reih an Reih schlafenden Raben und die in grauer Urzeit geborstenen Berge beugen sich vor und suchen ihn wenigstens mit ihren langen Schatten zu bedecken – vergebens! Es gibt nichts auf der Welt, das den Dnjepr überdecken könnte. Azurblau fließt er gemessen dahin, und bei Nacht wie bei Tage sieht man ihn so, wie nur ein Menschenauge sehen kann. Wenn er sich wiegt und wie ein verzärteltes Kind bei der nächtlichen Kühle ans Ufer schmiegt, dann wird er zur silbernen Flut, und die flammt auf wie die stählerne Schneide einer Damaszenerklinge, und dann liegt er wieder tiefblau da und schlummert. Und auch dann ist der Dnjepr voller Wunder, und kein Fluß in der Welt kommt ihm gleich! Doch wenn sich am Himmel die blauen Wolken zu Bergen ballen, der schwarze Wald bis auf die Wurzeln bebt, die Eichen krachen und der Blitz, aus den Wolken splitternd, plötzlich die ganze Welt erhellt – o, dann ist der Dnjepr schrecklich! Die Wasserhügel tosen, wenn sie gegen die steinigen Felsen anprallen, sinken blitzend und stöhnend zurück und ächzen und heulen in der Ferne. So jammert wohl die alte Kosakenmutter, wenn sie ihren Sohn ins Kriegslager geleitet: Frei und kühn reitet er auf seinem rabenschwarzen Roß dahin, die Hand in die Hüfte gestemmt und die Mütze keck aufs Ohr geschoben, sie aber läuft schluchzend hinter ihm her, hängt sich an den Steigbügel, greift ihm in die Zügel, ringt die Hände, und zerfließt in heißen Tränen.

Wild und schwarz ragen zwischen den kämpfenden Wellen auf der Landzunge verkohlte Baumstümpfe und Steine in die Luft. Ein

Boot, das landen will, wird ans Ufer geworfen, schießt hoch empor und sinkt dann wieder tief abwärts. Wer ist der Kosak, der sich in den Kahn gewagt, zu einer Zeit, da der alte Dnjepr grollt? Der weiß nicht, daß der Dnjepr die Menschen hinabschlingt wie Fliegen!

Doch nun landete das Boot, und der Zauberer entstieg ihm. Ihm ist nicht heiter zumute. Er grollt über den Totenschmaus, den die Kosaken ihrem erschlagenen Herrn zu Ehren abhielten. Die Polen mußten ihn teuer bezahlen, vierundvierzig vornehme Herren in schönen Schupans, ihr ganzes Pferdegeschirr und dreiunddreißig Knechte dazu wurden in Stücke gehauen, und die übrigen saßen mit ihren Rossen gefangen und sollten an die Tataren verkauft werden.

Er stieg die steinernen Stufen zwischen den verkohlten Baumstümpfen hinab, wo sich tief unten im Erdreich seine Hütte befand. Leise und ohne mit der Tür zu knarren, trat er ein, stellte einen Topf auf den gedeckten Tisch und begann mit seinen langen Armen unbekannte Kräuter in ihn hineinzuwerfen, dann holte er einen Krug herbei, der aus einem merkwürdigen Holz geschnitzt war, schöpfte Wasser und begann es wieder auszugießen, während seine Lippen Beschwörungen murmelten.

Rosiges Licht erhellte die Kammer, und schrecklich war es, sein Gesicht zu schauen: Es sah ganz blutig aus, tiefe schwarze Furchen gruben sich drein, und die Augen glühten wie Feuer. Schrecklicher Sünder! Der Bart war ihm längst ergraut und das Gesicht von Runzeln durchfurcht, schon ist er fast gänzlich verdorrt und noch immer trachtet er nach gotteslästerlichen Taten. Inmitten des Raumes erhob sich jetzt eine weiße wehende Wolke, und etwas wie Freude huschte über des Zauberers Gesicht. Doch warum stand er plötzlich regungslos mit weitgeöffnetem Munde da, warum wagte er es nicht, sich zu bewegen? Und warum sträubten sich die Haare wie Borsten auf dem Haupte? In der Wolke erschien ihm ein sonderbares Gesicht. Ungebeten und ungerufen kam es zu Gaste;

immer deutlicher trat es hervor und bohrte die starren Augen in ihn hinein. Die Züge, die Brauen, die Augen, die Lippen – alles war ihm unbekannt, und noch nie in seinem Leben hatte er es gesehen. Auch war nichts eigentlich Grauenhaftes an ihm, und doch packte ihn ein unüberwindliches Entsetzen. Das seltsame unbekannte Haupt blickte ihn noch immer starr durch die Wolke an. Doch nun war die Wolke verschwunden, aber das unbekannte Gesicht hing noch klarer vor ihm, und die scharfen, schneidenden Blicke wollten sich nicht von ihm wenden. Der Zauberer wurde so weiß wie Leinen; mit einer furchtbaren Stimme, die ihn selber fremd dünkte, schrie er auf und warf den Topf um. Alles war verschwunden.

XI.

Sei ruhig, liebe Schwester!« sprach der alte Jessaul Gorobetz. »Träume reden selten die Wahrheit.«

»Leg dich doch hin, Schwesterchen!« sagte seine junge Schwiegertochter. »Ich werde die alte Wahrsagerin rufen: Ihr kann keine Machte der Welt widerstehen, sie wird deine Unruhe bannen.«

»Fürchte nichts!« rief der Sohn und griff nach dem Säbel. »Niemand soll dir etwas zuleide tun.«

Mit trüben und düsteren Augen blickte Katerina sie alle an und fand kein Wort zur Antwort. »Ich habe mir selbst mein Verderben bereitet: Ich hab ihn befreit!« Endlich aber sprach sie: »Ich habe keine Ruhe vor ihm. Schon sind's zehn Tage, daß ich bei euch in Kijew bin, und mein Schmerz ist um keinen Tropfen geringer. Ich hab mir gedacht, ich will nun in aller Stille mein Söhnchen als Rächer aufziehen … O, furchtbar, furchtbar war er, wie er mir im Traume erschien. Behüt euch Gott davor, ihn je zu erblicken! Mein Herz pocht noch immer! – 'Ich hack dir dein Kind in Stücke, Katerina!' schrie er, 'wenn du nicht mein Weib sein willst!' …«

Schluchzend stürzte sie sich auf die Wiege, daß das erschrockene Kindlein die Hände ausstreckte und zu schreien begann.

Des Jessauls Sohn brauste zornig auf, als er diese Rede hörte.

Auch Gorobetz, der Jessaul, raste vor Wut: »Mag er's nur wagen, hierher zu kommen, der gottlose Antichrist – er soll die Kraft meiner alten Kosakenarme kosten. Gott ist mein Zeuge!« rief er und hob die scharf blickenden Augen gen Himmel empor. »Bin ich denn Bruder Danilo nicht zu Hilfe geeilt? Doch es war Gottes heiliger Wille! Ich traf ihn schon auf dem kalten Lager, darauf schon so viel Kosakenvolk sich gebettet. Hat man ihm zu Ehren nicht dafür einen prächtigen Leichenschmaus gefeiert? Ist etwa auch nur ein Pole lebend entkommen? Sei ruhig, mein Kind! Niemand wird es wagen, dich zu berühren, solange wir leben, ich und mein Sohn!«

Mit diesen Worten trat der alte Jessaul an die Wiege. Das Kindchen erblickte die rote Pfeife mit der silbernen Fassung am Riemen und den Beutel mit dem glänzenden Feuerstein, streckte die Händchen zu ihm hin und lachte. »Der wird ganz wie der Vater!« sprach der alte Jessaul, nahm die Pfeife aus dem Munde und reichte sie dem Kinde hin. »Noch hat er die Wiege nicht verlassen und schon will er ein Pfeifchen rauchen!«

Katerina seufzte leise auf und begann die Wiege zu schaukeln. Man verabredete sich, die Nacht gemeinsam zu verbringen; nach einer kurzen Weile schliefen alle, und auch Katerina schlummerte bald ein.

Im Hofe und in der Stube war alles still, nur die Kosaken, die Wache hielten, schlummerten nicht. Plötzlich wachte Katerina mit einem Schrei auf, und mit ihr erwachten alle aus ihrem Schlummer. »Er ist tot, man hat ihn ermordet!« schrie sie und stürzte zur Wiege hin … Alle umringten die Wiege und waren starr vor Entsetzen, als sie das leblose Kind daliegen sahen. Keiner sprach ein Wort, und niemand wußte, was er von dem unerhörten Frevel denken sollte.

XII.

Fern vom Lande der Ukraine, wenn man das Polenreich durchreist und schon die volkreiche Stadt Lemberg hinter sich hat, stößt man auf eine Gebirgskette mit hohen Gipfeln. Berg an Berg umklammern hier von rechts und links wie mit steinernen Ketten die Erde und schmieden sie in einen Felsenring, damit das brausende, tosende Meer nicht hereinbreche. Die Felsenketten ziehen sich bis in die Walachei und das Siebengebirge hinein und regen wie ein gigantisches Hufeisen zwischen Galiziens und Ungarns Völkern empor. Solche Berge gibt's in unserer Gegend nicht, und das Auge wagt es nicht, sie zu umspannen. Einige von diesen Gipfeln hat noch kein menschlicher Fuß betreten. Wie ein Mirakel sind sie zu schauen: gleich als wäre ein trotziges Meer während eines Sturmes seinen weiten Ufern entflohen und als hätte es mißgestaltete Wogen aufgetürmt, die dann, zu Stein geworden, steil in der Luft emporstarrten. Oder sind es schwarze Wolken, die vom Himmel herabgestürzt sind und den Weg zur Erde versperrt haben? Denn ihre Farbe ist ebenso grau wie die der Wolken, und der weiße Gipfel blitzt und funkelt in der Sonne. Bis zu den Karpathen hin hört man die russische Zunge, und auch hinter den Bergen hallt's hie und da wider wie ein Klang aus der Heimat; doch dann kommen Menschen mit einem andern Glauben und einer fremden Sprache. Hier lebt das zahlreiche Volk der Ungarn; die reiten, fechten und trinken nicht schlechter als die Kosaken und kargen nicht, wenn's gilt, goldene Dukaten für Pferdegeschirr und kostbare Kaftans aus dem Beutel zu holen. Groß und frei liegen ihre Seen zwischen den Bergen. Unbeweglich wie Glas sind sie, und wie ein Spiegel werfen sie die nackten Gipfel der Berge und die grünende Sohle zurück.

Doch wer kommt dort inmitten der Nacht – bei Finsternis oder

Sternenglanz – auf dem riesigen Rappen dahergeritten? Welch ein Recke von übermenschlichen Körpermaß fegt das Gebirge entlang und über die Seen dahin und spiegelt sich samt seinem Riesenroß in den leblosen Gewässern, daß sein unermeßlicher Schatten furchtbar über die Berge hinhuscht? Es glänzt der Harnisch von herrlichem Schmiedeeisen; er trägt eine Pike auf der Schulter, am Sattel rasselt der Säbel, das Visier ist niedergelassen, schwarz hängt ihm der Schnurrbart herab, die Augen sind geschlossen und die Lieder gesenkt. – Er schläft und hält im Schlaf die Zügel fest, hinter ihm auf demselben Roß sitzt ein junger Page, und auch er schläft und klammert sich schlafend an den Ritter. Wer ist er, wo reitet er hin und zu welchem Ziele? Wer weiß etwas von ihm? Nicht einen Tag nur oder zwei reitet er schon über die Berge dahin. Der Tag bricht an, die Sonne geht auf, aber er ist nicht zu erblicken. Nur selten sehen die Bergbewohner einen langen Schatten durch die Berge huschen – und doch ist der Himmel ganz klar, und keine Wolke zieht über ihn hin. Aber kaum bricht die Nacht an und mit ihr die Finsternis, so läßt er sich wieder sehen; dann spiegelt er sich in den Seen, und hinter ihm kommt zitternd sein Schatten einhergesprungen. Schon ist er an vielen Bergen vorbeigekommen und selbst auf den Kriwan ist er hinaufgeritten. Und doch ist in den Karpathen kein Berg höher als dieser, denn einem Könige gleich erhebt er sich über die andern. Da machte Roß und Reiter halt; tiefer noch fiel er in Schlaf, und herabsinkende Wolken bedeckten ihn.

XIII.

Pst ... still doch, Weib! Lärme nicht so! Mein Kind ist eingeschlafen. Lang hat mein Kindchen geschrien, jetzt aber schläft es. Ich geh' in den Wald, Weib! Was siehst du mich denn so an? Du bist fürchterlich: Eiserne Zangen strecken sich aus deinen Augen hervor – – o, und wie lang sie sind und brennen wie Feuer! Du bist gewiß eine Hexe! Hör, wenn du eine Hexe bist, so verschwinde! Du willst mir meinen Sohn stehlen! Wie töricht ist doch dieser Jessaul: er glaubt, es mache mir Vergnügen, in Kijew zu leben; doch nein, mein Mann und mein Sohn sind hier, wer soll denn das Haus überwachen? Ich bin so leise davongeschlichen, daß weder Katze noch Hund es hören konnten. Weib, du willst wieder jung werden? O, das ist gar nicht so schwer: Man muß nur recht viel tanzen. Schau, wie ich tanze ...« Und nachdem sie diese zusammenhanglosen Worte gesprochen hatte, fing Katerina an zu tanzen, sie drehte sich wie ein Wirbel herum – blickte stier nach allen Seiten, stemmte die Arme in die Hüften, und ihre silbernen Hufeisen klirrten regellos und ohne Takt. Ihre schwarzen aufgelösten Flechten hingen ihr über den weißen Hals hinüber, sie schwirrte wie ein Vogel dahin, weiter und immer weiter ohne Halt, schwang die Arme im Kreise, schüttelte den Kopf, und es schien so, als müßte sie gleich matt zu Boden sinken oder weit hinausfliegen aus dieser Welt.

Traurig stand die alte Amme vor ihr, und die Tränen strömten ihr über die tiefen Runzeln hinab, schwer wie ein Stein lastete es auf dem Herzen der treuen Burschen, die zusehen mußten, wie ihre Herrin tanzte. Doch schon fing sie an, müde zu werden, träg stampfte sie mit den Beinen auf ein und derselben Stelle herum und glaubte doch, sie tanze den Lachtaubentanz. »Ah, ich hab' auch ein Perlenhalsband, ihr Burschen!« rief sie endlich aus und hielt inne. »Ihr aber habt keins! ... Wo ist mein Mann?« schrie sie plötzlich auf und zog rasch einen Türkendolch aus dem Gürtel. »O, das ist kein Messer, wie ich es brauche!« und dabei flossen ihr die Tränen über ihr schmerzbewegtes Gesicht. »Das Herz meines Vaters ist weit, weit von hier, und dieses Messer wird's nicht erreichen. Sein Herz ist von Eisen, eine Hexe hat es ihm auf dem höllischen Feuer geschmiedet. Warum erscheint mein Vater nur nicht? Weiß er denn nicht, daß die Zeit gekommen ist, wo ich ihn töten muß? Er will wohl gar, daß ich selbst zu ihm komme …« Und ohne ihre Rede vollendet zu haben, lachte sie seltsam auf. »Eine komische Mär kam mir in den Sinn: Ich erinnerte mich, wie sie mir den Gemahl begruben. Sie haben ihn lebendig begraben … O, wie mußte ich lachen! … Hört, hört!« Und statt weiterzureden, begann sie ein Lied zu singen:

Da fährt 'ne Karre im Blut …
'S liegt ein Kosak im Wagen
Zerschossen und zerschlagen,
Hält in der Rechten einen Spieß,
Und von dem Spieß läuft soviel Blut
Soviel Blut,
Daß es 'nen Blutstrom wies.

Überm Dach da steht ein Ahornschragen
Und ein Rabe krächzt darüber her.
Vom Kosaken will die Mutter klagen,
Wein nicht, Mutter, gräm dich nicht zu sehr!

Dein Sohn hat wohl genommen
Ein Fräuleinchen gar fein.
Drum soll er auch bekommen
Ein Stübchen eng und klein,
Ohne Fenster, ohne Tür,
So geht's immer für und für.

Ging ein Fisch mit 'nem Krebs zu Tanz …
Wer mich nicht leiden mag, den soll der Kuckuck …

So wirrten sich bei ihr alle Lieder durcheinander. Schon einen oder zwei Tage lang lebte sie in ihrem Hause und wollte nichts von

Kijew hören; sie betete nicht, sie floh vor den Menschen, und vom frühen Morgen bis in die späte Nacht hinein streifte sie im dunklen Eichwald umher. Spitzige Äste ritzten ihr weißes Gesicht und ihre Schultern, der Wind zerzauste ihr die aufgelösten Flechten, das Herbstlaub raschelte unter ihren Füßen – sie aber achtete es nicht. Zu der Stunde, da das Abendrot erlischt, die Sterne noch nicht vom Himmel herab blinken und der Mond noch nicht leuchtet, ist es voll Grauen, durch den Wald zu wandern. Die ungetauften Kinder kratzen an den Baumstämmen, hängen an den Zweigen, heulen, lachen gellend auf und wälzen sich wie ein Knäuel über die Wege und durch das dichte Dornengestrüpp; den Gluten des Dnjepr entsteigt ein Reigen von Jungfrauen, die selbst ihre Seele verderbten, die Haare rieseln ihnen vom grünlichen Haupte auf die Schultern herab; das Wasser rinnt laut gucksend vom langen Haare hinunter, und der Leib der Jungfrau schimmert durchs Wasser hindurch wie durch ein gläsernes Hemd, seltsam lächeln die Lippen, die Wangen glühen, die Blicke locken einem die Seele aus dem Leibe … sie möchte in Liebe entbrennen, sie sehnt sich nach heißen Küssen … Fliehe, der du ein Mensch bist und ein Christ, ihre Lippen sind Eis, ihr Bett ist das kühle Wasser, sie wird dich zu Tode kitzeln und dich mit in den Fluß schleifen. Katerina aber blickt niemand an. Sie, die Wahnsinnige, fürchtet die Waldgeister und Wasserjungfrauen nicht; zu später Stunde läuft sie umher mit dem Dolche im Busen und sucht nach dem Vater.

Ganz früh am Morgen kam ein stattlicher Gast in rotem Schupan angeritten und fragte nach Pan Danilo; als er die traurige Kunde vernahm, wischte er sich die weinenden Augen mit dem Ärmel und zuckte die Achseln. Er habe manch einen Feldzug mit dem verstorbenen Burulbasch gemacht, und sie hätten gemeinsam gegen die Krimer Tataren und Türken gefochten; wie hätt' er erwarten können, daß Pan Danilo so enden würde! Und noch von manchem anderen wußte der Gast zu berichten, und dann wünschte er Pani Katerina zu sehen.

Katerina achtete zuerst nicht darauf, was der Gast erzählte; schließlich aber begann sie dennoch, seinen Reden zu lauschen, ganz als ob sie bei Vernunft wäre. Er sprach davon, daß er und Danilo wie Brüder gelebt, wie sie sich einst hinter einem Damm vor den Krimer Tataren versteckt hielten und mehr dergleichen ... Katerina hörte dies alles und wandte keinen Blick von ihm ab. »Sie kommt wieder zu sich«, dachten die Burschen, die sie aufmerksam beobachteten. »Der Gast wird sie heilen! Schon hört sie ihm zu wie ein vernünftiges Wesen!«

Unterdessen aber begann der Gast zu berichten, wie Pan Danilo ihm in vertraulicher Stunde gesagt hatte: »Sieh, Bruder Koprjan: Ist es einmal Gottes Wille, und ich bin nicht mehr unter den Lebenden, dann nimm mein Weib zu dir, und sie soll deine Gattin sein ...«

Da heftete Katerina die Augen mit einem fürchterlichen Ausdruck auf ihn »Ah!« rief sie. »Er ist es, er ist es. Es ist mein Vater!« und sie stürzte sich mit einem Messer auf ihn.

Lange rang jener mit ihr und wollte ihr das Messer entwinden; endlich riß er ihr's aus den Händen, holte aus – und die schaurige Tat geschah: Der Vater erstach seine wahnsinnige Tochter.

Entsetzt stürzten sich die Kosaken auf ihn, aber der Zauberer schwang sich aufs Pferd und war aller Blicken entschwunden.

XIV.

Vor Kijew begab sich ein unerhörtes Wunder. Alle hohen Herren und Hetmans kamen zusammen, dies Wunder anzustaunen, und plötzlich war es weithin zu sehen bis an alle Enden der Welt. Weit in der Ferne blaute die breite Mündung des Stroms, und hinter ihr rollte das Schwarze Meer. Weltkundige Leute wollten auch die Krim erkennen, die wie ein Berg aus dem Meere emporstieg, und auch den sumpfigen Siwasch erkannten sie. Zur Linken aber sah man das galizische Land.

»Und was ist *das?«* fragte das versammelte Volk die großen Männer, und alle wiesen auf die fern am Himmel leuchtenden mächtigen weißen Spitzen, die grauen Wolken glichen.

»Das sind die Karpathen!« sprachen die alten Männer. »Da gibt's auch solche darunter, von denen der Schnee nie verschwindet; dort landen und übernachten die Wolken.«

Und nun geschah ein neues Wunder: die Wolken senkten sich vom höchsten Berggipfel herab, und auf seiner Spitze erschien ein Recke zu Roß und in voller Ritterrüstung; seine Augen waren geschlossen, und er war zu schauen, als ob er ganz in der Nähe vor allen dastände.

Da sprang einer von der schreckvoll staunenden Menge aufs Pferd und jagte eilig, und so schnell er konnte, fort.

Er blickte wild um sich, als wollte er mit seinen Augen prüfen, ob nicht jemand ihm nachsetzt. Es war der Zauberer! Doch was hatte ihn so in Schrecken gesetzt? Als er den wunderbaren Ritter betrachtete, hatte er plötzlich dasselbe Gesicht erkannt, daß ihm damals bei seinen schwarzen Künsten so ungerufen erschienen war. Er konnte es selbst nicht begreifen, warum bei diesem Anblick alles in ihm zusammenschrak, und er raste, scheu um sich blickend, auf seinem Rosse dahin, bis ihn der Abend überraschte und die Sterne am Himmel erschienen. Da erst machte er kehrt und floh heimwärts, vielleicht um die unreinen Mächte zu befragen, was dies Wunder wohl zu bedeuten hatte. Schon wollte er mit dem Roß über den schmalen Bach setzen, der wie ein Ärmel sich mitten über den Weg dahinzog, als sein Roß mit einem Male gerad vor dem Sprunge anhielt, das Maul zu ihm wandte, und – o Wunder! – zu lachen begann. Zwei Reihen weißer Zähne grinsten ihm aus der Dunkelheit entgegen. Das Haar sträubte sich auf dem Haupte des Zauberers, er schrie wild auf, kreischte laut wie ein Besessener und spornte sein Pferd stracks auf Kijew zu. Es war ihm, als ob jemand von überall her nach ihm haschte: Die Bäume schienen zu einem dichten Wald zusammenzulaufen und ihn einzuschließen, sie schüttelten ihre schwarzen Bärte und streckten ihre langen Zweige aus, als ob sie lebendig wären und ihn erdrosseln wollten. Die Sterne schienen ihm vorauszueilen und vor der ganzen Welt auf den Sünder zu weisen; selbst die Landstraße, schien ihm, jagte auf seinen Spuren hinter ihm her.

Und der Zauberer floh voller Verzweiflung nach den heiligen Wallfahrtsorten der Stadt Kijew.

XV.

Ein Anachoret saß einsam in seiner Höhle vor einer Leuchte und wandte seine Blicke nicht von dem heiligen Buche ab, das vor ihm lag. Seit vielen Jahren schon hatte er sich in der Höhle eingeschlossen und schon hatte er sich den hölzernen Sarg gezimmert, in dem er zu ruhen pflegte wie in einem Bett. Der heilige Greis schloß eben das Buch und begann zu beten … Da stürzte plötzlich ein Mann von seltsamem und schrecklichem Äußeren herein. Zum ersten Male erstaunte der heilige Einsiedler und trat einen Schritt zurück vor diesem Menschen. Der aber bebte am ganzen Leibe wie Espenlaub, seine Augen irrten wild umher; ein schreckliches Feuer glomm furchtsam in ihnen, und sein verzerrtes Gesicht machte die Seele erschauern.

»Bete, Vater! So bete doch!« schrie er verzweifelt. »Bete für eine verlorene Seele!« Und er stürzte zu Boden.

Der heilige Anachoret machte das Zeichen des Kreuzes, holte das Buch hervor, schlug es auf, aber er wich entsetzt zurück und ließ das Buch wieder herabsinken. »Nein, du unerhörter Sünder! Es gibt keine Gnade für dich! Flieh von hinnen! Nie vermag ich für dich zu beten!«

»Nie!« schrie der Sünder wie toll.

»Blick hin: Die heiligen Lettern dieses Buches sind blutüberströmt … noch niemals hat die Welt einen solchen Sünder gesehen.«

»Nein, nein! Du spottest über mich!«

»Geh, du gottverdammter Sünder! Ich spotte nicht. Angst ergreift mich. Nichts Gutes bedeutet es für einen Menschen, in deiner Nähe zu weilen.«

»Nein, nein! Du spottest, rede nicht … Ich sehe, wie dein Mund sich öffnet und mich die weißen Reihen deiner alten Zähne spöttisch anblicken!«

Und er sprang rasend vor – und erschlug den heiligen Einsiedler.

Da stöhnte etwas schwer auf, und das Stöhnen hallte durch Feld und Wald weiter. Hinter dem Walde streckten sich ein Paar dürre, hagere Hände mit langen Krallen hervor, fingen an zu beben und verschwanden wieder.

Und schon war keine Angst mehr da, und er fühlte nichts mehr. Alles erschien ihm verschwommen: In seinen Ohren sauste es, es rauschte ihm im Kopfe, wie wenn er trunken wäre. Er sprang aufs Roß und ritt gen Kanew, von dort gedachte er seinen Weg über Tscherkany geradeaus zu den Tataren und nach der Krim zu lenken, doch wußte er selbst nicht, zu welchem Zweck er es tat. Er ritt einen Tag lang und ritt einen zweiten, aber Kanew wollte sich immer noch nicht sehen lassen. Es war der richtige Weg, und er hätte schon längst in Kanew sein müssen, aber die Stadt wurde und wurde nicht sichtbar. Da leuchteten plötzlich in der Ferne die Kuppeln von Kirchen auf, aber es war nicht Kanew, sondern Schumsk. Der Zauberer war aufs höchste betroffen, als er sah, daß er eine falsche Richtung eingeschlagen hatte; er jagte sein Roß zurück auf Kijew zu, und einen Tag später tauchte eine Stadt vor ihm auf, aber es war wieder nicht Kijew, sondern Halitsch, eine Stadt, die noch weiter von Kijew entfernt ist als selbst Schumsk und schon nahe bei Ungarn liegt. Ohne zu wissen, was er tun sollte, riß er sein Pferd wieder herum. Aber wiederum fühlte er, daß er in der entgegengesetzten Richtung dahinritt, und immer weiter und weiter. Kein Mensch in der Welt hätte sagen können, was in der Seele der Zauberers vorging; und hätte jemand hineingeblickt und gesehn, was dort geschah, so hätte er keine Nacht mehr ruhig geschlafen, und nie hätt' er mehr gelacht. Das war nicht Wut, nicht Furcht, noch wilder Groll. Es gibt kein Wort dafür in der Welt. Es glühte und siedete in ihm, die ganze Welt hätte er mit seinem Rosse zerstampfen, die ganze Erde von Kijew bis Halitsch mitsamt all den Menschen und allem, was drauf lebte, packen und sie im Schwarzen Meere ertränken mögen. Doch war es nicht Grimm, warum er dies tun wollte, er wußte selbst nicht warum. Und er erbebte, als ganz nahe vor ihm die Karpathen und der hohe Kriwan erschienen, der sich eine schwarze Wolke wie eine Mütze auf seinen Schädel gestülpt hatte; aber das Roß jagte immer weiter dahin und trabte schließlich bis ins Gebirge. Plötzlich verschwanden die Wolken, und vor ihm erschien in furchtbarer Erhabenheit der Reiter … Der Zauberer mühte sich, halt zu machen, und zog die Zügel straff, aber das Roß wieherte wild, warf den Kopf empor und raste dem Ritter entgegen. Da ward dem Zauberer zumute, als ob alles in ihm erstarrte, und ihm schien, der regungslose Ritter rührte sich vom Fleck; er machte auf einmal die Augen weit auf, sah den ihm entgegeneilenden Zauberer an und lachte laut auf. Wie ein Donner rollte das wilde Gelächter durchs Gebirge, hallte dröhnend im Herzen des Zauberers wider und erschütterte sein ganzes Inneres. Es schien ihm, als ob ein furchtbares, gewaltiges Wesen in ihn hineingekrochen wäre und in seinem Inneren umherwanderte und auf sein Herz und alle seine Sehnen loshämmerte, so gewaltig hallte das Gelächter in ihm wider!

Der Reiter packte den Zauberer mit seiner schrecklichen Hand und hob ihn hoch in die Lüfte, und im Nu war der Zauberer tot, doch er öffnete nach dem Tode noch die Augen; aber schon war er ein Leichnam und sah wie ein Toter vor sich hin. So fürchterlich blickt kein Lebender und auch kein Auferstandener. Er rollte die blinden Augen nach allen Seiten, und er sah, wie sich die Toten in Kijew, Galizien und in den Karpathen erhoben, und sie alle glichen ihm von Angesicht, wie zwei Tropfen Wasser einander gleichen.

Bleich, totenbleich, der eine den anderen an Größe überragend, und der eine knochiger als der andere, so drängten sie sich um den Ritter, der seine furchtbare Beute in der Hand hielt. Noch einmal lachte der Ritter auf, und dann schleuderte er sie in den Abgrund. Und alle Toten sprangen in den Abgrund hinab, fingen den toten Zauberer auf und bohrten ihre Zähne in ihn hinein. Aber da war noch einer, der größer und furchtbarer war als alle; der wollte sich auch aus der Erde erheben, doch er vermochte es nicht, er hatte nicht mehr die Kraft, es zu tun. – So riesengroß war er geworden in seiner Erdengrube; hätte er sich erhoben, so hätte er die Karpathen umgestürzt und das Siebengebirge und das Türkenreich dazu. Ein wenig nur rührte er sich im Grabe – und es ging ein Beben über die ganze Erde, viele Häuser wurden allerorten umgeworfen, und viele Menschen erstickten.

Oft hört man in den Karpathen ein Schnauben, wie wenn das Wasser über tausend Mühlräder dahinrauscht: Das sind die Toten, die in einem Abgrund, dem man nicht entrinnen kann und den noch nie ein Mensch gesehen hat, an einem Leichnam nagen, und jeden graut es, vorbeizugehen. Gar oft geschieht es, daß die Erde von einem Ende bis zum andern erbebt: Das kommt, wie die Schriftgelehrten sagen, daher, daß irgendwo, in der Nähe des Meeres, ein Berg steht; aus dem schlagen Flammen und fließen brennende Ströme hervor. Aber die greisen Männer im Ungarlande und auch in Galizien wissen es besser und erzählen von dem ungeheueren Toten, der in die Erde hineinwuchs, sich erheben will und so das Weltall erschüttert.

XVI.

In der Stadt Gluchow hatte sich das Volk um einen greisen Harfenspieler geschart und lauschte wohl schon eine Stunde lang dem Spiele des Blinden. Kein Harfenspieler hatte je so wundersame Lieder, so herrlich hatte noch nie ein Harfenspieler gesungen. Er sang von den Hetmans der alten Zeiten: Von dem Sagajdatschny und von Chmeljunitzki. Ja, das war eine andere Zeit: Weit berühmt und geehrt waren damals die Kosaken; sie zertraten ihre Feinde mit den Hufen ihrer Rosse, und niemand wagte es, ihrer zu spotten. Aber der Greis sang auch lustige Lieder, und er ließ seine Augen im Kreise umherwandern wie ein Sehender, und die Finger mit den Knochenstäbchen flogen wie Fliegen über die Saiten, sodaß die Saiten von selbst zu spielen schienen; und ringsherum stand das Volk, – die Greise gesenkten Hauptes, und die Jungen, die Augen zum Sänger erhoben, und wagten es nicht einmal, untereinander zu flüstern.

»Wartet einmal!« sprach der Alte. »Ich will euch singen von einer längstvergangnen Begebenheit.«

Die Leute drängten sich noch enger zusammen, und der Blinde begann:

Zur Zeit Pan Stephans, des Fürsten von Siebenbürgen (der Fürst von Siebenbürgen war auch König der Polen), da lebten einmal zwei Kosaken: Iwan und Petro. Sie lebten wie zwei Brüder. »Hör, Iwan«, sagte Petro einst, »alles, was wir erbeuten, – sei zu gleichen Teilen unter uns geteilt; des einen Freude sei des andern Freude und des einen Kummer sei des andern Schmerz; des einen Beute soll auch dem anderen zukommen, und wenn der eine in Gefangenschaft gerät, soll der andere alles verkaufen und Lösegeld zahlen, oder selbst in Gefangenschaft gehen.« Und so geschah's auch, alles, was die Kosaken erbeuteten, teilten sie untereinander: Ob sie nun fremdes Vieh wegtrieben oder Pferde – sie teilten alles zu gleichen Teilen unter sich.

* *
*

Einst führte König Stephan Krieg mit dem Türkenvolk. Drei Wochen schon focht er gegen den Türken und konnte ihn immer noch nicht vertreiben. Die Türken aber hatten einen Pascha, der ganz allein mit zehn Janitscharen ein ganzes Heer in die Flucht schlagen konnte. Da tat König Stephan kund, wenn sich ein Wagehals fände, der ihm den Pascha lebend oder tot brächte, so wollte er ihm allein einen so hohen Lohn bezahlen, wie den, den er seinem ganzen Heere zukommen ließ. Da sprach Iwan zu Petro: »Komm, Herzensbruder, wir wollen den Pascha fangen!« Und die Kosaken ritten davon: der eine hierhin, der andere dorthin.

* *
*

Ob ihn Petro nun gefangen hätte oder nicht, das läßt sich nicht sagen, doch schon führt Iwan den Pascha an einem Strick um den Hals vor den König. »Tapfrer Kosak«, sprach König Stephan und ließ ihm allein soviel Lohn ausbezahlen, als sonst sein ganzes Heer erhielt; und er hieß ihm Land zuzuteilen, wo er welches haben wollte, und Vieh schenken, soviel er nur wünschte. Wie Iwan nun den Lohn vom König erhalten hatte, teilte er ihn noch am selbigen Tage zu gleichen Teilen unter sich und Petro. Petro bekam die Hälfte vom Lohne des Königs, aber der konnte es nicht verwinden, daß Iwan vom Könige solche Ehren zuteil geworden waren, und in den Tiefen seiner Seele regten sich Rachegedanken.

* *
*

Einst ritten die beiden Ritter jenseits der Karpathen durch das Land, das der König ihnen geschenkt hatte; und der Kosak Iwan hatte auch seinen Sohn neben sich auf dem Roß sitzen und ihn fest an sich gebunden. Schon senkte sich die Dämmerung aufs Land herab – sie aber ritten immer weiter und weiter. Der Knabe schlief, und auch Iwan fing an einzuschlummern. »Schlaf nicht, Kosak, denn gefahrvoll sind die Pfade in den Bergen!« … Doch der Kosak hatte ein Pferd, das alte Wege kannte, und nie stolperte oder strauchelte es. Ein Abgrund lag tief zwischen den Bergen versenkt, und noch niemand hatte den Grund des Schlundes gesehen, denn so hoch es von der Erde bis zum Himmel ist, so tief ist es bis zum Grunde der Schlucht. Über den Abgrund führte ein Steg – über den noch gerade zwei Menschen hinweg reiten konnten, nicht aber drei. Behutsam schritt das Roß mit dem schlummernden Kosaken über den Steg. An seiner Seite aber ritt Petro, er bebte am ganzen Leibe und hielt vor Freude den Atem an, und nun blickte er um sich, stieß seinen selbst erkorenen Bruder in den Abgrund hinab, und das Roß stürzte mitsamt dem Kosaken und dem Kinde in die Tiefe.

* * *

Doch der Kosak vermochte noch einen Ast zu erfassen und das Pferd stürzte allein hinab. So begann er denn, mit seinem Sohne auf dem Rücken, in die Höhe zu klimmen; und er war schon beinahe ganz oben, da erhob er die Augen und sah, wie Petro mit seiner Pike nach ihm zielte, um ihn wieder hinabzustoßen. »O, du gerechter Gott! Hätte ich doch lieber nicht die Augen erhoben; warum muß ich jetzt sehn, wie mein erkorener Bruder mit der Pike nach mir zielt, um mich wieder hinabzustoßen. O, lieber Bruder! Stich zu mit der Pike, wenn's mir denn so beschieden ist; nur nimm meinen Sohn zu dir: Was hat das unschuldige Kind denn getan, daß es solch grimmen Tod erleiden soll?« Da lachte Petro, stieß mit der Pike nach ihm, und der Kosak flog samt dem Knaben in den Abgrund hinab. Und Petro nahm all sein Hab und Gut an sich und lebte dahin wie ein Pascha. Niemand hatte solche Viehherden wie Petro, und nirgends gab's so viel Schafe und Hammel, wie er besaß. Doch eines Tages starb Petro.

* *
*

Als Petro tot war, rief Gott die Seelen der beiden Brüder, Petro und Iwan, vor Gericht. »Dieser Mensch ist ein großer Sünder!« sprach Gott. »Iwan! Ich weiß keine Strafe, die groß genug für ihn wäre; wähle du sie!« Lang grübelte Iwan nach, um eine Strafe zu ersinnen und endlich sprach er: »Dieser Mensch hat mir einen großen Schmerz zugefügt: Er hat seinen Bruder verraten wie ein Judas, und er hat mich meines edlen Geschlechts beraubt und meiner Nachkommenschaft auf Erden, und ein Mensch ohne ehrlich Geschlecht und ohne Nachkommen ist wie ein Getreidekorn, das man auf die Erde wirft und das in der Erde umkommt. Da gibt's keine Saat, und niemand erfährt je, daß ein Same ausgesät ward.«

* *
*

»So tu denn also, o Gott, daß sein ganzes Geschlecht auf Erden kein Glück habe und daß der letzte seines Geschlechts solch ein Bösewicht werde, wie es noch nie einen in der Welt gab: Seine Ahnen und Urahnen mögen durch jede seiner Freveltaten aus der Ruhe ihrer Gräber aufgestört werden und in Qualen, wie die Welt sie nicht kennt, ihren Gräbern entsteigen! Der Judas Petro aber soll nicht die Kraft haben, sich zu erhaben, auf daß noch viel größere Martern ihn peinigen; wütend soll er Erde fressen und sich wie ein Rasender unter der Erde winden!«

* *
*

»Und wenn das Maß der Freveltaten jenes Menschen voll ist, Gott, so erhebe mich mitsamt meinem Roß aus jenem Schlunde bis auf den höchsten Berg, dann soll jener zu mir kommen, und ich will ihn von dem Berge in den tiefen Abgrund stürzen, und alle Toten, seine Ahnen und Urahnen, sie sollen herbeieilen von allen Enden der Welt, wo sie auch bei Lebzeiten geweilt haben mögen, und an ihm nagen zum Dank für die Qualen, die er ihnen zugefügt; ewiglich sollen sie an ihm nagen, ich aber werde mich freuen beim Anblick seiner Qualen. Der Judas Petro aber soll sich nicht aus der Erde erheben können, er soll auch den Wunsch haben, an dem anderen zu nagen, aber er mag an sich selbst nagen, und seine Knochen sollen immer größer werden und höher emporwachsen, auf daß darob seine Qual noch stärker werde. Diese Qual ist die fürchterlichste von allen; denn es gibt keine größere Folter für den Menschen, als sich rächen zu wollen und sich nicht rächen zu können.«

* * *

»Furchtbar fürwahr ist die Strafe, die du ersonnen, o Mensch!« sprach da Gott. »Und alles möge so geschehen, wie du es gesprochen; aber auch du sitze nun ewiglich dort zu Pferde, und das Himmelreich sei dir nicht beschieden, solange du noch dort auf deinem Rosse sitzen mußt!« Und alles geschah, wie es gesagt ward: Auch heute noch steht der wunderbare Ritter auf dem Karpathenberge und sieht im bodenlosen Schlunde die Toten an einem Leichnam nagen, und er fühlt, wie der Leichnam unter der Erde wächst, wie er in furchtbarer Pein an den eigenen Knochen nagt und schrecklich die Erde erschüttert …

Der Blinde hatte sein Lied beendet, schon fing er von neuem an, die Saiten zu zupfen, und schon begann er, wieder ergötzliche Märlein von Choma und Jerjoma, und von Stkljar Stokosa zu singen … aber alt und jung konnten noch immer nicht zu sich kommen, und lange noch standen sie mit gesenktem Haupte da, in tiefes Sinnen versunken über die schreckliche Tat aus vergangener Zeit.

Iwan Fjodorowitsch Schponjka und seine Tante

Mit dieser Geschichte ist selbst eine Geschichte passiert: Erzählt hat sie uns Stepan Iwanowitsch Kurotschka aus Gadjatsch. Nun muß ich euch vermelden, daß mein Gedächtnis ganz unmöglich schlicht ist: ob mir einer was sagt oder nicht, das kommt ganz auf dasselbe hinaus, es ist genau so, als wenn man Wasser in ein Sieb gießt. Weil ich aber meinen Fehler kenne, so habe ich ihn gebeten, die Geschichte in ein Heftchen einzutragen. Gott schenke ihm ein langes Leben, er hat sich mir gegenüber immer als guter Mensch erwiesen, und so hat er die Geschichte denn auch wirklich aufgeschrieben. Nun gut. Ich legte also das Heftchen in das kleine Tischchen: – Ich glaube, ihr kennt es alle, es steht gleich in der Ecke, wenn man zur Tür hereinkommt ... Ja, da hab' ich richtig vergessen, daß ihr noch niemals bei mir wart! Meine Alte, mit der ich schon an die dreißig Jahre zusammen lebe, hat, – was soll ich ein Hehl daraus machen, – ihr Lebtag nichts vom Lesen verstanden. Einmal bemerkte ich nun, wie sie Küchel auf Papier bäckt. Diese Küchelchen kann sie nämlich ganz wunderbar backen, lieber Leser; bessere Küchel bekommt ihr sicherlich nirgends zu essen. Wie ich mir nun so den Boden eines Küchelchens anschaue, da finde ich plötzlich geschriebene Worte! Ich laufe zum Tischchen, als ob mein Herz es geahnt hätte: – vom Hefte ist kaum mehr als die Hälfte übrig! Sie hatte sich alle übrigen Blätter für ihre Kuchen weggeschleppt! Was sollte man da machen? Man kann sich doch nicht auf seine alten Tage noch raufen! Nun reiste ich aber im vorigen Jahre so einmal durch Gadjatsch hindurch: Noch bevor ich in die Stadt kam, hatte ich mir absichtlich einen Knoten ins Taschentuch gemacht, um nicht zu vergessen, daß ich Stephan Iwanowitsch meine Bitte vortragen wollte. Mehr noch, ich nahm mir selbst das Versprechen ab: mich, sobald ich in der Stadt niesen würde, daran zu erinnern. Aber es war alles vergebens. Ich kam durch die Stadt, nieste auch, schneuzte mich in mein Taschentuch und vergaß es dennoch; erst als ich schon sechs Werst hinterm Tor war, da fiel es mir wieder ein. Na, da war nichts mehr zu machen, und so mußte die Geschichte notgedrungen ohne Schluß abgedruckt werden. Übrigens, wenn jemand unbedingt wissen will, wie diese Geschichte weitergeht, braucht er nur nach Gadjatsch zu fahren und bei Stepan Iwanowitsch vorzusprechen. Der wird sie ihm mit dem größten Vergnügen von Anfang bis zu Ende erzählen. Stepan Iwanowitsch wohnt nicht weit von der steinernen Kirche. Da ist gleich so ein kleines Gäßchen: Sobald ihr in dies Gäßchen einbiegt, ist's der zweite oder dritte Torweg. Oder noch besser: wenn ihr im Hofe eine lange Stange mit einer Wachtel erblickt und euch ein dickes Weibsbild in einem grünen Rocke entgegenkommt (nebenbei bemerkt, er führt ein Junggesellenleben), so ist das sein Hof. Ihr könnt ihm übrigens auch auf dem Markt begegnen, wo er jeden Morgen bis gegen neun Uhr Fische oder Gemüse für seinen Tisch einkauft und sich mit Vater Antip oder mit dem jüdischen Händler unterhält. Ihr werdet ihn sofort erkennen, denn niemand außer ihm trägt Hosen aus bedruckter Leinewand oder einen gelben Nankingrock. Oder, da habt ihr noch ein gutes Merkzeichen: Wenn er geht, so schlägt er mit den Armen um sich. Der Assessor am Ort, Denis Petrowitsch, pflegte immer zu sagen, wenn er ihn von ferne herankommen sah: »Seht, seht doch, da kommt die Windmühle!«

I.

Iwan Fjodorowitsch Schponjka

Es ist schon vier Jahre her, daß Iwan Fjodorowitsch Schponjka Abschied vom Militär genommen hatte und auf seinem Gutshof Wytrebenjki hauste. Als er noch der kleine Iwan hieß, besuchte er die Kreisschule zu Gadjatsch, und da muß man sagen, er war ein höchst sittsamer und fleißiger Junge. Sein Lehrer in der russischen Grammatik, Nikifor Timofejewitsch Dejepritschastje, behauptete immer, wenn alle so fleißig gewesen wären wie Schponjka, dann hätte er das Ahornlineal nicht in die Klasse mitzunehmen brauchen, denn er war, wie er selbst eingestand, es schon müde, den Faulen und Mutwilligen immer auf die Finger zu klopfen. Iwans Heftchen war stets sauber; es war rings herum mit einem Rande versehen, und nirgends war ein Fleckchen zu entdecken. Er saß stets still mit gefalteten Händen und die Augen auf den Lehrer gerichtet da; nie heftete er einem vor ihm sitzenden Kameraden einen Zettel auf den Rücken, schnitzte nie Buchstaben oder Zeichen in die Bank und spielte auch nie »Drängeln«, bevor der Lehrer in die Klasse trat. Wenn jemand ein Messer brauchte, um sich eine Feder zu schneiden, so wandte er sich sofort an Iwan Fjodorowitsch, der damals noch einfach »Wanjuscha« genannt wurde, holte das Messer aus dem kleinen Ledertäschchen, das am Knopfloch seines grauen Rockes hing, und bat nun darum, man möchte die Feder nicht mit der scharfen Seite des Messers schaben, denn er behauptete, daß die stumpfe Seite dazu da sei.

Diese Sittsamkeit lenkte bald sogar die Aufmerksamkeit des lateinischen Lehrers auf ihn, der schon im Korridor durch sein Husten, und noch bevor sein Friesmantel und sein blatternarbiges

Gesicht in der Tür erschien, die ganze Klasse in Angst und Schrekken jagte. Dieser fürchterliche Lehrer, auf dessen Katheder stets zwei Rutenbündel prangten und bei dem die Hälfte aller Schüler auf den Knien stehen mußte, machte Iwan Fjodorowitsch zum Auditor der anderen, obwohl es in der Klasse viele Schüler gab, die bedeutend begabter waren als er. Hier darf ein Fall nicht übergangen werden, der einen gewissen Einfluß auf Iwans Leben gewann. Einer der ihm anvertrauten Schüler, der den Auditor bewegen wollte, ihm ein *»Scit«* ins Klassenbuch zu schreiben, obgleich er keine blasse Ahnung von seiner Lektion hatte, brachte einen mit Butter übergossenen und in Papier eingewickelten Eierkuchen in die Klasse mit. Trotzdem Iwan Fjodorowitsch sonst stets gerecht war, war er doch gerade in diesem Augenblick sehr hungrig, und daher konnte er der Versuchung nicht widerstehen. Er nahm den Eierkuchen, pflanzte ein Buch vor sich auf und begann ihn zu verzehren. Er war so damit beschäftigt, daß er nicht einmal merkte, wie es plötzlich in der Klasse totenstill wurde. So kam er erst wieder zu sich, als sich eine schreckliche Hand aus dem Friesmantel hervorstreckte, ihn beim Ohr packte und mitten in die Klasse zerrte. »Gib den Eierkuchen heraus, gib ihn heraus! sagt man dir, du Taugenichts!« rief der schreckliche Lehrer, ergriff den fettigen Eierkuchen mit den Fingern und warf ihn durchs Fenster, wobei er es übrigens nicht vergaß, den im Hofe herumlaufenden Schuljungen aufs strengste zu verbieten, ihn aufzuheben. Darauf schlug er Iwan Fjodorowitsch gleich an Ort und Stelle kräftig auf die Finger, und das mit Recht: Denn die Finger waren ja gerade die Schuldigen, *sie* hatten sich ja den Eierkuchen genommen und kein anderer Körperteil. Wie dem auch sei, genug, seitdem wurde Iwans Schüchternheit, die aufs engste mit seiner Person verwachsen war, nur noch größer. Vielleicht war eben dieses Geschehnis der Grund davon, daß er später nie Lust hatte, in den Zivildienst einzutreten; hatte er doch aus eigener Erfahrung erkannt, daß es uns nicht immer gelingt, unsere Sünden zu verbergen.

Er war nicht weniger als fünfzehn Jahre alt, als er in die zweite Klasse versetzt wurde, wo er vom kleinen Katechismus und den vier Spezies in der Arithmetik, zum großen Katechismus, zum Buch von den Pflichten des Menschen und zu den Brüchen überging. Aber da er merkte, daß, je größer der Wald, um so dichter die Baumstämme beieinander ständen, und als er die Nachricht erhielt, daß sein Vater das Zeitliche gesegnet habe, blieb er nur noch zwei Jahre dort und trat dann mit Einwilligung seiner Mutter in das P–er Infanterieregiment ein.

Das P–er Infanterieregiment war nun keineswegs von der Sorte, zu der die meisten Infanterieregimenter gehören; und obwohl es gewöhnlich nur in Dörfern lag, lebte es doch auf großem Fuße, so daß es manchem Kavallerieregiment nichts nachgab. Der größte Teil der Offiziere trank den stärksten Schnaps, den man nur durch Gefrierenlassen gewinnt, und verstand es nicht schlechter als die Husaren, die Juden bei den Schläfenlöckchen zu packen und nach sich zu ziehen; einige von den Offizieren konnten sogar Mazurka tanzen, und der Oberst des P–er Infanterieregiments ließ sich in Gesellschaft nie die Gelegenheit entgehen, dies besonders zu betonen. »Bei mir«, sagte er gewöhnlich und tätschelte sich bei jedem Wort seinen Bauch, »bei mir im Regiment tanzen viele Mazurka, jawohl viele, sogar sehr viele!« Um dem Leser den Grad der Bildung, der im P–er Infanterieregiment herrschte, noch deutlicher vor vor Augen zu führen, wollen wir noch hinzufügen, daß zwei seiner Offiziere ganz schreckliche Spielratten waren und Uniform, Mütze, Mantel samt ihrer Troddel und ihrer Unterkleidung im Bankspiel verloren, und das kommt ja selbst bei den Kavalleristen nicht immer vor.

Der Umgang mit solchen Kameraden hatte jedoch nicht im geringsten dazu beigetragen, die Schüchternheit von Iwan Fjodorowitsch zu vermindern, und da er nur einfachen Schnaps trank, und zwar *ein* Gläschen vor dem *Mittag*- und *ein* Gläschen *vor* dem *Abend*essen – weder Mazurka tanzte noch Karten spielte, so blieb er natürlich immer allein. Auf diese Art pflegte er, während die anderen auf Gutspferden zu den kleineren Grundbesitzern zu Besuch fuhren, in seiner Wohnung zu sitzen und sich Beschäftigungen zu widmen, die nur zu einer sanften und gütigen Seele passen: bald putze er seine Knöpfe, bald las er im Wahrsagebuch, bald stellte er in allen Winkeln seines Zimmers Mausefallen auf, und bald warf er endlich die Uniform ab und lag dann lang ausgestreckt auf dem Bette.

Dafür aber gab es niemand im Regiment, der zuverlässiger gewesen wäre als Iwan Fjodorowitsch, und er befehligte seine Korporaltruppen so gut, daß der Kompaniechef ihn den anderen immer zum Vorbild aufstellte. Dafür wurde er auch, kaum elf Jahre nachdem er die Fähnrichscharge erhalten hatte, zum Sekondeleutnant ernannt.

Während dieser Zeit erhielt er die Nachricht, seine Mutter sei gestorben und seine Tante, die leibliche Schwester seiner Mutter, eine Tante, die er nur *daher* kannte, weil sie ihm in seiner Kindheit einmal getrocknete Rosinen und äußerst schmackhafte, selbst gebackene Brezeln mitgebracht hatte und die ihm später dergleichen schöne Dinge sogar nach Gadjatsch schickte (sie war mit seiner Mutter verfeindet, und daher bekam sie Iwan Fjodorowitsch nicht mehr zu sehen), – – diese Tante habe aus reiner Gutherzigkeit die Verwaltung seines kleinen Gutes übernommen, wovon sie ihm rechtzeitig in einem Briefe Mitteilung machte.

Iwan Fjodorowitsch, der von dem verständigen Sinn seiner Tante vollkommen überzeugt war, verrichtete indes seinen Dienst weiter wie früher. Manch einer an seiner Stelle wäre, wenn er solch einen Rang erklommen hätte, stolz geworden; aber jeglicher Stolz war ihm völlig fremd, und auch als Sekondeleutnant blieb er ganz derselbe Iwan Fjodorowitsch, der er auch als Fähnrich gewesen war. Er brachte nach diesem für ihn so denkwürdigen Ereignis noch weitere vier Jahre so zu und war gerade im Begriff, mit seinem Regiment aus dem Gouvernement Mohiljow nach Großrußland zu ziehen, als er einen Brief folgenden Inhalts erhielt:

»Mein lieber Neffe Iwan Fjodorowitsch!

Ich schicke Dir Wäsche: Fünf Paar Zwirnsocken und vier feine Leinenhemden; auch möchte ich geschäftlich mit Dir reden: Da Du ja schon einen nicht geringen Rang erklommen und, wie ich glaube, ein Alter erreicht hast, wo man weiß, daß es an der Zeit ist, sich mit der Landwirtschaft zu beschäftigen, so solltest Du nicht länger beim Militär bleiben. Ich bin schon alt und kann auf Deinem Besitztum nicht alles selbst besorgen; auch muß ich Dir vieles persönlich mitteilen. Komm, mein Lieber. Indem ich sehnsüchtig auf das Vergnügen warte, Dich wiederzusehen, verbleibe ich Deine Dich innig liebende Tante

Wassilissa Zuptschewska.

P.S. Bei uns im Garten gibt's jetzt herrliche Rüben: sie gleichen schon mehr Kartoffeln als Rüben.«

Acht Tage nach Empfang des Briefes erhielt Iwan Fjodorowitschs Tante folgende Antwort:

»Liebe Tante Wassilissa Kaschparowna!

Vielen Dank für die Wäschesendung. Besonders meine Socken sind schon sehr alt, so daß der Bursche sie bereits viermal stopfen mußte; dadurch sind sie mir auch zu eng geworden. Was Ihre Ansicht über den Dienst anbelangt, so bin ich ganz mit Ihnen einverstanden und habe daher vorgestern meinen Abschied eingereicht. Sobald ich den Dispens erhalte, nehme ich mir sogleich einen Wagen. Ihren früheren Auftrag, Ihnen sibirischen Weizensamen zu besorgen, konnte ich leider nicht ausführen: Im ganzen Gouvernement Mohiljow gibt es keinen solchen Samen. Schweine werden hier meistenteils mit Mais gemästet, wobei man etwas gegorenes Bier hinzutut.

Mit vorzüglicher Hochachtung verbleibe ich
Ihr Neffe
Iwan Schponjka.«

Endlich erhielt Iwan Fjodorowitsch seinen Abschied und wurde dabei zum Oberleutnant befördert, mietete sich für vierzig Rubel einen jüdischen Fuhrmann von Mohiljow bis Gadjatsch und nahm im Wagen Platz, just zu der Zeit, da die Bäume sich mit den ersten jungen Blättern schmückten, die Erde in frischem Grün prangte und alle Felder einen herrlichen Frühlingsduft ausströmten.

II.

Die Reise

Unterwegs passierte nichts besonders Bemerkenswertes. Man reiste etwas über vierzehn Tage lang. Vielleicht wäre Iwan Fjodorowitsch noch früher angekommen, wenn der fromme Jude nicht seinen Sabbat eingehalten und nicht den ganzen Tag über, in seine Pferdedecke gehüllt, gebetet hätte. Wie ich übrigens schon gelegentlich bemerkt habe, war Iwan Fjodorowitsch ein Mensch, der keine Langeweile aufkommen ließ. Während dieser Zeit schnallte er seinen Koffer auf, nahm seine Wäsche heraus, musterte sie, ob sie auch gut gewaschen und richtig zusammengelegt sei, entfernte behutsam ein Federchen von seiner Uniform, die schon keine Epauletten mehr zierten, und legte alles wieder in schönster Weise zusammen. Er liebte im allgemeinen das Bücherlesen nicht; und wenn er auch hie und da in das Wahrsagebuch hineinblickte, so geschah es nur deshalb, weil es er gern hatte, bekannten Dingen, die er schon einige Male gelesen, wieder einmal zu begegnen. Genau so besucht der Städter seinen Klub, nicht etwa um irgend etwas Neues zu hören, sondern um dort Freunde zu treffen, mit denen er seit unvordenklichen Zeiten im Klub zu plaudern gewohnt ist. Oder so liest ein Beamter ein paarmal täglich mit viel Genuß das Adreßbuch, nicht etwa um irgendwelcher tiefer diplomatischen Pläne willen, sondern weil ihn die gedruckten Namen amüsieren. »Ah! Das ist Iwan Gawrilowitsch so und so! …« murmelt er dumpf vor sich hin. »Ah! Da bin ich! hm! …« Und am folgenden Tage liest er's wieder, wobei er seine Lektüre mit denselben Interjektionen begleitet.

Nach einer vierzehntägigen Fahrt erreichte Iwan Fjodorowitsch ein Dörfchen, das hundert Werst von Gadjatsch entfernt war. Es war gerade Freitag, und die Sonne war schon längst untergegangen, als er samt seinem Wagen und dem Juden in den Hof des Gasthauses einfuhr.

Dieses Gasthaus unterschied sich durch nichts von allen andren Gasthäusern, die man in kleinen Dörfern vorfindet. Dort bringt man dem Fremden zumeist mit viel Eifer Heu und Hafer entgegen, gleich als ob er ein Postgaul wäre. Will er dagegen frühstücken, wie anständige Leute es gewöhnlich zu tun pflegen, so soll er sich seinen Appetit ruhig und unversehrt bis zu einer anderen Gelegenheit aufsparen. Indessen, da Iwan Fjodorowitsch all das wußte, hatte er sich rechtzeitig zwei Bündel Brezeln und Wurst besorgt, bestellte sich jetzt nur einen Schnaps, an dem es in keinem Wirtshaus fehlt, und begann seine Abendmahlzeit, indem er auf der Bank vor dem Eichentisch Platz nahm, der fest in den Lehmboden eingegraben war.

Währenddessen kam unter mächtigem Gerassel ein Wagen heran. Das Tor knarrte, aber der Wagen fuhr noch lange nicht in den Hof hinein, und man hörte jemand mit lauter Stimme auf die Alte losschimpfen, der das Wirtshaus gehörte. »Gut, ich steige hier ab«, hörte Iwan Fjodorowitsch den Fremden rufen, »wenn mich aber auch nur eine Wanze beißt, so prügle ich dich durch, bei Gott, du alte Hexe, ich prügle dich durch, und bezahle dir nichts für dein Heu!«

Einen Augenblick später ging die Tür auf, und herein trat, oder richtiger gesagt *kroch* ein dicker Mann in einem grünen Rock. Sein Kopf saß unbeweglich auf dem kurzen Halse, der infolge des Doppelkinns noch dicker erschien. Schon nach dem bloßen Äußeren hätte man glauben können, einen Mann vor sich zu haben, der sich nie den Kopf über Alfanzereien zerbrach und dessen Leben ruhig dahinglitt wie Öl.

»Ich wünsche Ihnen eine gute Gesundheit, mein Herr!« rief er, als er Iwan Fjodorowitsch erblickte.

Iwan Fjodorowitsch verneigte sich stumm.

»Darf ich fragen, mit wem habe ich die Ehre, zu sprechen?« fuhr der dicke Fremde fort.

Bei diesen Fragen erhob sich Iwan Fjodorowitsch unwillkürlich von seinem Platze und richtete sich stramm auf, wie er es zu tun pflegte, wenn sein Oberst sich bei ihm nach irgend etwas erkundigte. »Leutnant außer Diensten Iwan Fjodorowitsch Schponjka«, antwortete er.

»Darf ich fragen, wohin sie zu fahren belieben?«

»Auf mein Gut Wytrebenjki.«

»Wytrebenjki!« rief der gestrenge Frager. »Gestatten sie, mein Herr, gestatten Sie!« rief er, indem er auf ihn zutrat und mit den Armen um sich schlug, gleich als ob er sich gegen jemanden wehren oder sich durch eine Menschenmenge hindurchdrängen wollte. Dann aber trat er auf ihn zu, schloß Iwan Fjodorowitsch in die Arme und küßte ihn zuerst auf die rechte, dann auf die linke und dann wieder auf die rechte Wange. Iwan Fjodorowitsch fand Gefallen an diesem Zärtlichkeitsausbruch, denn die großen Wangen des Fremden erschienen seinen Lippen wie zwei weiche Kissen.

»Erlauben Sie, mein Herr, daß wir einander kennen lernen!« fuhr der Dicke fort. »Ich bin Gutsbesitzer, und zwar ebenfalls im Kreise Gadjatsch; ich bin Ihr Nachbar, wohne höchstens fünf Werst von Ihrem Gutshof Wytrebenjki entfernt auf meinem Gute Chortyschtsche und heiße Grigorij Grigojewitsch Stortschenko. Nein, unbedingt, mein Herr, unbedingt ... ich will nichts von Ihnen wissen, wenn Sie nicht zu mir nach Chortyschtsche zu Besuch kommen. Jetzt muß ich eilig in Geschäften weiter ... Was soll denn das da bedeuten?« sprach er mit sanfter Stimme zu seinem Reitknecht, einem Knaben in einem Kosakenkittel mit geflickten Ellenbogen und verwunderter Miene, der allerhand Pakete und Schachteln auf den Tisch stellte. »Was soll das? Wie?« – Und Grigorij Grigojewitschs Stimme wurde zusehends strenger und strenger. »Habe ich dir etwa befohlen, das hierherzustellen, du Schurke? Habe ich dir nicht befohlen, zuerst das Huhn warm zu machen, Halunke du? Pack dich!« rief er und stampfte mit dem Fuße auf. »Halt, du Fratz du! Wo ist denn das Kästchen mit den Flaschen? Iwan Fjodorowitsch!« fuhr er fort, indem er ein Gläschen Kräuterschnaps einschenkte, »bitte ergebenst: ärztlich empfohlen!«

»Bei Gott, ich kann nicht ... ich hatte schon Gelegenheit ...« sagte Iwan Fjodorowitsch stockend.

»Nein, ich will nichts hören, mein Herr!« rief der Gutsbesitzer mit erhobener Stimme. »Ich will nichts hören! Ich rühr' mich nicht vom Fleck, bis Sie getrunken haben ...«

Iwan Fjodorowitsch sah ein, daß hier eine Weigerung unmöglich war, und trank den Schnaps nicht ohne Vergnügen.

»Hier ist Huhn, mein Herr«, fuhr der dicke Grigorij Grigojewitsch fort, indem er das Huhn in seinem Holzkästchen mit dem Messer zerlegte. »Ich muß Ihnen sagen, meine Köchin Jawdocha liebt es manchmal, ein Gläschen hinter die Binde zu gießen, und daher macht sie's zuweilen zu trocken. He, Junge!« und hierbei wandte er sich an den Knaben im Kosakenkittel, der gerade ein Federbett und ein Kissen hereinbrachte, »mach mir das Bett auf dem Fußboden, mitten in der Stube! Paß aber auch gut auf, lege recht viel Heu unter das Kopfkissen! Und reiß dem Frauenzimmer ein bißchen Hanf aus der Decke, damit ich mir zur Nacht die Ohren zustopfen kann! Sie müssen nämlich wissen, mein Herr, daß ich die Gewohnheit habe, mir nachts die Ohren zuzustopfen, seit jener verfluchten Geschichte, wo mir einmal in einer großrussischen Kneipe eine Schwabe ins Ohr gekrochen ist. Wie ich später erfahren habe, essen diese verdammten Russen sogar Kohlsuppe mit Schwaben. Es ist unmöglich zu beschreiben, was damals mit mir vorging: Es kitzelte und kitzelte mir nur so im Ohr ... na, um auf die Wände zu klettern! Schließlich hat mir ein einfaches altes Weib geholfen, aber das war schon hier in unserer Gegend, und womit, glauben Sie? Ganz einfach, indem sie mich besprach. Was denken Sie über die Ärzte, mein Herr? Ich meine, die foppen uns nur und halten uns zum besten; manche alte Frau weiß zwanzigmal mehr als all diese Ärzte.«

»In der Tat, was Sie da zu sagen belieben, ist vollkommen richtig. In der Tat, es gibt ...« Und Iwan Fjodorowitsch hielt inne, als ob er kein passendes Wort finden konnte. An dieser Stelle muß ich sagen, daß er überhaupt ziemlich wortkarg war. Vielleicht rührte das von seiner Schüchternheit her, vielleicht aber entsprach es auch nur dem Wunsche, sich möglichst hübsch auszudrücken.

»Schüttle das Heu nur recht tüchtig, hörst du?« rief Grigorij Grigojewitsch seinem Lakai zu. »Hier ist das Heu so abscheulich, daß man nur allzuleicht auf ein Ästchen stoßen kann. Ich erlaube mir, Ihnen eine gute Nacht zu wünschen, mein Herr! Morgen werden wir uns wohl nicht mehr sehen: Ich fahre noch vor Tagesanbruch weiter. Ihr Jude wird hier wohl seinen Sabbat halten, morgen ist nämlich Sonnabend; da brauchen Sie nicht so früh aufzustehen. Vergessen Sie nur meine Bitte nicht, ich will einfach nichts von Ihnen wissen, wenn Sie nicht nach Chortyschtsche kommen.«

Der Kammerdiener zog dem Grigorij Grigojewitsch Rock und Stiefel aus, half ihm statt dessen in einen Schlafrock hinein, und

Grigorij Grigojewitsch warf sich auf sein Bett, was genau so aussah, wie wenn ein riesiges Federbett sich auf ein anderes gelegt hätte.

»He, Bursche! Wo steckst du nur, du Schuft? Komm her, leg mir die Decke zurecht! He, Junge, lege mir noch Heu unter den Kopf! Wie? Sind die Pferde schon getränkt? Noch mehr Heu! Hierher, da unter die Seite! Aber so lege mir doch die Decke zurecht, du Schurke! So! Besser, noch besser ... «

Und Grigorij Grigojewitsch seufzte noch ein paarmal tief auf und erfüllte das ganze Zimmer mit einem fürchterlichen Pfeifen, das aus seiner Nase hervordrang; er schnarchte zuweilen so laut, daß die alte Frau, die auf der Ofenbank schlummerte, aufwachte, verwundert in alle Ecken und Winkel guckte und erst, als sie nichts Besonderes bemerkte, beruhigt wieder einschlief.

Als Iwan Fjodorowitsch am nächsten Morgen erwachte, war der dicke Gutsbesitzer nicht mehr da. Das war das einzige merkwürdige Ereignis, das sich während seiner Reise zugetragen hatte. Zwei Tage darauf näherte er sich seinem Gutshof.

Er fühlte, wie sein Herz heftig zu schlagen begann, als die Windmühle, ihre Flügel schwenkend, hervorschaute, und als in dem Maße, wie der Jude seine Stuten den Berg hinaufjagte, unten eine Reihe von Weiden auftauchte. Hell und lebhaft schimmerte der Teich zwischen ihnen auf und strömte eine kühlende Frische aus. Hier pflegte er früher zu baden; und in demselben Teiche war er einstmals mit den Dorfjungen, bis zum Halse im Wasser, herumgewatet, um Krebse zu fangen. Das Wägelchen fuhr den Damm hinauf, und jetzt erblickte Iwan Fjodorowitsch das alte mit Schilf gedeckte Häuschen und die alten Äpfel- und Kirschbäume, auf denen er einstmals heimlich herumgeklettert war. Kaum war er in den Hof eingefahren, so kamen von allen Seiten Hunde aller möglichen Rassen herbeigelaufen: Schwarze, dunkelbraune, graue, scheckige. Die einen warfen sich den Pferden bellend vor die Füße, die anderen liefen hinterdrein, da sie merkten, daß die Achse mit

Fett eingeschmiert war; ein Hund stand neben der Küche, hatte die Pfote auf einen Knochen gelegt und kläffte aus Leibeskräften; ein andrer bellte von ferne, rannte hin und her und wedelte mit dem Schweif, gleich als ob er sagen wolle: »Seht, ihr Christenmenschen, was ich noch für ein Jüngling bin!« Mehrere Jungen in schmutzigen Hemden kamen herausgelaufen, um zu gaffen. Eine Sau, die mit sechzehn Ferkeln im Hofe herumpromenierte, hob ihre Schnauze mit prüfender Miene in die Höhe und grunzte noch lauter als sonst. Im Hofe lag auf einem Stück grober Leinwand eine Unmenge Weizen, Gerste und Buchweizen, und all dieses trocknete in der Sonne. Auch auf dem Dache lagen allerhand Kräuter zum Trocknen: Nagelkraut, Grindkraut und mehr dergleichen.

Iwan Fjodorowitsch war dermaßen in Betrachtung all dieser Herrlichkeiten versunken, daß er erst wieder zu sich kam, als ein scheckiger Hund den vom Bock herunterkriechenden Juden in die Wade biß. Das Gesinde, das auch herbeigeeilt war und aus einer Köchin, einer Frau und zwei Mädeln in wollenen Röcken bestand, meldete ihm, nachdem alle laut ausgerufen hatten: »Da ist ja der junge Herr!«, daß sich die Tante im Gemüsegarten befände und zusammen mit der Dienstmagd Palaschka und dem Kutscher Omeljko, der manchmal auch das Amt eines Gärtners und Wärters versah, Weizen aussäe. Aber die Tante, die den Wagen von ferne erblickt hatte, war schon selbst erschienen. Iwan Fjodorowitsch erstaunte, als sie ihn fast in ihren Armen in die Höhe hob, und er fing beinahe an zu zweifeln, ob das auch wirklich dieselbe Tante sei, die ihm so viel von ihrer Gebrechlichkeit und Kränklichkeit geschrieben hatte.

III.

Die Tante

Tante Wassilissa Kaschparowna war damals gegen fünfzig Jahre alt. Sie war nie verheiratet gewesen und sie behauptete, das jungfräuliche Leben sei ihr wertvoller als alles auf der Welt. Übrigens hatte – so viel ich mich besinnen kann, – auch niemand um ihre Hand angehalten. Das kam daher, daß alle Männer ihr gegenüber eine gewisse Schüchternheit empfanden und nicht den Mut hatten, ihr ihre Gefühle zu erklären. »Wassilissa Kaschparowna hat sehr viel Charakter«, sagten die Freier, und sie hatten recht, denn Wassilissa Kaschparowna verstand es, einen samtweich zu machen. Aus dem versoffenen Müller, der zu gar nichts mehr zu gebrauchen war, hatte sie ohne Anwendung irgendwelcher äußerer Mittel und nur, indem sie ihn täglich ein paarmal am Schopfe rupfte, verstanden, einen ganzen Menschen, ja, mehr noch, geradezu einen Goldklumpen zu machen. Ihr Wuchs ging ins Riesenhafte, und ihre Beleibtheit und Kraft entsprachen ihm. Es hatte den Anschein, als ob die Natur einen unverzeihlichen Fehler begangen habe, als sie es ihr zum Schicksal bestimmte, an den Werktagen ewig einen dunkelbraunen Morgenrock mit kleinen Säumchen und am Ostersonntag und an ihrem Namenstage einen roten Kaschmir-Schal zu tragen, während ihr ein Dragonerschnurrbart und lange Schaftstiefel am besten gestanden hätten. Dafür aber entsprach ihre Beschäftigung vollkommen ihrem Charakter, sie konnte rudern, und zwar besser als irgendein Fischer; sie ging auf die Jagd; sie beaufsichtigte die Schnitter, sie kannte die Zahl der Kürbisse und Melonen auf dem Felde auswendig; sie erhob eine Steuer von fünf Kopeken von jedem Wagen, der über ihren Damm fuhr; sie kletterte auf die

Bäume und schüttelte die Birnen herunter; sie prügelte eigenhändig ihre faulen »Vasallen« mit ihrer schrecklichen Hand und belohnte die Würdigen mit einem Schnaps aus derselben gestrengen Hand. Und fast zur gleichen Zeit konnte sie schimpfen, Leinwand färben, in die Küche rennen, Kwas bereiten und Honig einmachen; sie machte sich den ganzen lieben Tag zu schaffen und versäumte nichts. Die Folge davon war, daß Iwan Fjodorowitschs kleines Gut, das nach der letzten Revision achtzehn Leibeigene gezählt hatte, förmlich aufblühte, und zwar im vollen Sinne dieses Wortes. Übrigens liebte sie auch ihren Neffen viel zu sehr und hob sorgsam jede Kopeke für ihn auf.

Seit Iwan Fjodorowitsch wieder zu Hause war, ging eine große Veränderung in seinem Leben vor und er schlug völlig neue Bahnen ein. Es schien so, als ob die Natur ihn geradezu dazu geschaffen hätte, ein Gut mit achtzehn Leibeigenen zu beaufsichtigen. Sogar die Tante merkte, daß er einen guten Landwirt abgeben würde, obwohl sie ihm übrigens nicht gestattete, sich in alle Fragen der Wirtschaft einzumischen. »Der Junge ist noch nicht alt genug«, pflegte sie gewöhnlich zu sagen, trotzdem Iwan Fjodorowitsch mindestens vierzig Jahre alt war; »woher soll er auch alles wissen!«

Er wich jedoch auf dem Felde keinen Schritt von den Schnittern und Mähern, und dies bereitete seiner sanften Seele einen unaussprechlichen Genuß. Ein dutzend glänzender Sensen und mehr fliegen einmütig in einem Schwunge in die Höhe; das Gras sinkt rauschend in harmonischen Reihen zur Erde; und nun erklingen die Lieder der Schnitterinnen, bald lustig, wie beim Empfang von Gästen, und bald wehmütig, wie bei einer Trennung; der Abend ist still und die Luft ist rein! – o wie köstlich ist solch ein Abend! Wie leicht und frisch ist die Luft! Wie erscheint dann alles belebt: Die Steppe rötet sich, blaut und glüht in allen Farben auf; Wachteln, Trappgänse, Möwen, Heimchen und Tausende von Insekten: Sie alle pfeifen, summen, knarren, schreien, und auf einmal ist's ein harmonischer Chor; und nichts verstummt auch nur für einen

Augenblick. Schon senkt sich die Sonne herab und versteckt sich. Ah! wie frisch und wohlig wird einem da! Auf dem Felde werden hie und da Feuer entzündet und Kessel aufgestellt, und die schnauzbärtigen Schnitter setzen sich rings um die Kessel herum; von den brodelnden Klößen steigt ein Dampf auf; der Abend graut … Es wäre schwer zu sagen, was dann in Iwan Fjodorowitsch vorging. Es vergaß es, wenn er sich zu den Schnittern gesellte, von ihren Klößen zu kosten, obwohl er sie doch so gerne aß, stand regungslos auf einem Fleck da, verfolgte eine hoch im Himmel schwirrende Möwe mit den Augen oder zählte die Garben des abgemähten Kornes, die das Feld überfluteten.

Bald erzählte man überall von Iwan Fjodorowitsch, er sei ein großer Landwirt vor dem Herrn. Die Tante konnte sich nicht genug über ihren Neffen freuen und ließ sich keine Gelegenheit entgehen, mit ihm zu prahlen und wichtig zu tun. Eines Tages aber – es war am Ausgang des Juli und schon nach Beendigung der Ernte – faßte Wassilissa Kaschparowna ihren Neffen mit geheimnisvoller Miene bei der Hand und erklärte ihm, sie wolle mit ihm über etwas sprechen, was sie schon seit langem beschäftigte.

»Es ist dir wohl bekannt, lieber Iwan Fjodorowitsch«, begann sie, »daß dein Gutshof achtzehn Leibeigene zählt; übrigens nur laut der letzten Revision, in Wirklichkeit werden's vielleicht noch mehr sein, vielleicht gar bis an die vierundzwanzig. Doch es handelt sich nicht darum, du kennst wohl das Wäldchen, das sich hinter unserer Trift befindet, und wohl auch die breite Wiese hinter diesem Walde: Sie ist mindestens zwanzig Deßjatinen groß, und es wächst so viel Gras darauf, daß man jedes Jahr für mehr als hundert Rubel davon verkaufen kann, besonders wenn, wie man erzählt, ein Kavallerieregiment in Gadjatsch stehen wird.«

»Gewiß, liebe Tante; das Gras ist sehr gut!«

»Ich weiß selbst, daß es sehr gut ist; aber weißt du auch, daß dieses ganze Land eigentlich von Rechts wegen dir gehört? Was siehst du mich so groß an? Hör' mich an, Iwan Fjodorowitsch! Erinnerst du dich noch an Stepan Kusjmitsch? Warum sage ich eigentlich: Erinnerst du dich? Du warst ja damals noch so klein, daß du nicht einmal seinen Namen aussprechen konntest. Wie solltest du dir da noch eine Erinnerung bewahrt haben! Ich weiß noch: Als ich grad vor Philippi zu euch kam und ich dich auf die Arme nahm, da hättest du mir beinahe das ganze Kleid verdorben; zum Glück konnte ich dich noch der Amme Matrjona übergeben, so abscheulich warst du damals ... Aber es handelt sich ja nicht darum. Das ganze Land, das sich hinter unserem Gutshof befindet, und selbst das Dorf Chortyschtsche gehörte damals Stepan Kusjmitsch. Und da muß ich dir sagen – denn damals warst du noch nicht auf der Welt –, der kam zu jener Zeit oft zu deiner Mutter zu Besuch, – freilich zu einer Zeit, da dein Vater nicht zu Hause war. Ich sag' es jedoch nicht, um ihr einen Vorwurf daraus zu machen. – Gott sei ihrer Seele gnädig! Obwohl die Selige mir gegenüber im Unrecht war. Aber es handelt sich jetzt nicht darum. Wie dem auch sei, genug, Stepan Kusjmitsch setzte eine Schenkungsurkunde auf, in der er dir das Gut vermachte, von dem ich dir eben sprach. Deine selige Mutter hatte jedoch, – unter uns gesagt – einen ganz wunderlichen Charakter. Selbst der Teufel (Gott verzeih mir dies häßliche Wort!) hätte sie nicht verstehen können. Wohin sie diese Urkunde gesteckt hat – das weiß der liebe Himmel. Ich glaube einfach, sie befindet sich in den Händen des alten Junggesellen Grigorij Grigorjewitsch Stortschenko. Und nun ist alles diesem dickbäuchigen Schurken zugefallen. Bei Gott, ich wäre bereit, um alles in der Welt zu wetten, daß er die Urkunde einfach unterschlagen hat.«

»Darf ich fragen, liebe Tante, ob das derselbe Stortschenko ist, den ich auf der Station kennen gelernt habe?« Und Iwan Fjodorowitsch erzählte ihr von seiner Begegnung. »Wer weiß!« antwortete die Tante nach kurzem Nachdenken. »Vielleicht ist er doch kein Schuft. Es ist wahr, er lebt erst ein halbes Jahr lang hier, und in so kurzer Zeit kann man einen Menschen nicht genau kennenlernen. Die Alte, das heißt seine Mutter, soll, wie ich gehört habe, eine sehr vernünftige Frau sein und sich meisterlich darauf verstehen, Gurken einzulegen, und ihre Mägde sollen großartige Teppiche weben. Da er dich, wie du sagst, so freundlich empfangen hat, so fahre nur zu ihm hin: Vielleicht wird der alte Sünder auf sein Gewissen hören und zurückgeben, was ihm nicht gehört. Du kannst meinetwegen die Kalesche nehmen, nur haben die verdammten Kinder hinten alle Nägel herausgezogen; man muß vorher dem Kutscher Omeljko sagen, daß er das Leder festnageln soll.«

»Wozu nur, liebe Tante? Ich nehme lieber das Wägelchen, in dem Sie auf die Jagd fahren.«

Damit schloß das Gespräch.

IV.

Das Diner

Iwan Fjodorowitsch kam um die Mittagszeit im Dorfe Chortyschtsche an und wurde etwas unruhig, als er sich dem Herrenhause näherte. Dieses Haus war sehr lang und nicht mit Schilf gedeckt, wie die Häuser so vieler Gutsbesitzer in der Umgegend, sondern hatte ein Holzdach. Die zwei Schuppen im Hofe waren ebenfalls mit Holzdächern versehen; und das Tor war aus Eichenholz. Iwan Fjodorowitsch glich einem jener Stutzer, die auf einen Ball kommen und plötzlich bemerken, daß, wohin sie auch blicken mögen, alle Leute feiner gekleidet sind als sie selbst. Er ließ sein Wägelchen respektvoll neben einem Schuppen halten und ging zu Fuß auf die Freitreppe zu.

»Ah! Iwan Fjodorowitsch!« rief der dicke Grigorij Grigorjewitsch, der gerade im Hof herumspazierte; er hatte einen Rock an, aber keine Krawatte, keine Weste und keine Hosenträger. Aber auch dies Kostüm schien ihn bei seiner Leiberfülle noch zu belästigen, denn der Schweiß rieselte ihm nur so vom Gesicht herunter.

»Sie sagten doch, daß Sie sofort kommen würden, sobald Sie Ihre Tante gesehen hätten; warum sind Sie dann dann nicht früher gekommen?« Und bei diesen Worten berührten die Lippen Iwan Fjodorowitschs die ihm wohlbekannten Kissen.

»Ich war meist in der Wirtschaft beschäftigt … Ich komme auch nur auf einen Augenblick zu Ihnen, eigentlich sogar in Geschäften …«

»Was, nur für einen Augenblick? Nein, das gibt's nicht. He, Junge!« rief der dicke Hausherr, und der Bursche im Kosakenkittel, den Iwan Fjodorowitsch schon kannte, kam aus der Küche gelaufen. »Sage dem Kaßjan, er solle sofort das Tor schließen, – hörst du? – fest zuschließen! Und die Pferde dieses Herrn sollen auf der Stelle ausgespannt werden. Bitte, kommen Sie mit mir ins Haus: Hier ist es so heiß, daß mein Hemd schon ganz naß ist.«

Im Zimmer angelangt, beschloß Iwan Fjodorowitsch, keine Zeit zu verlieren und, trotz seiner Schüchternheit, mit aller Entschiedenheit vorzugehen.

»Meine Tante hatte die Ehre … Meine Tante hat mir gesagt, daß die Schenkungsurkunde des verstorbenen Stepan Kusjmitsch …«

Es ist schwer zu beschreiben, welch unangenehmen Ausdruck das breite Gesicht Grigorij Grigorjewitschs bei diesen Worten annahm. »Bei Gott, ich höre rein gar nichts!« antwortete er. »Ich muß Ihnen sagen, daß eine Schwabe in mein linkes Ohr hineingekrochen ist, (bei diesen verfluchten Russen gibt's überall Schwaben in den Häusern); keine Feder kann Ihnen beschreiben, was das für eine Qual war – es kitzelte so fürchterlich, sage ich Ihnen, – es kitzelte und krabbelte …! Aber eine kluge Frau hat mir mit einem ganz einfachen Mittel geholfen …«

»Ich wollte nur sagen …«, wagte Iwan Fjodorowitsch ihn zu unterbrechen, als er sah, daß Grigorij Grigorjewitsch das Gespräch absichtlich auf ein andres Thema lenken wollte, »daß im Testament des verstorbenen Stepan Kusjmitsch die Rede von … sozusagen die Rede von einer Schenkungsurkunde ist … nach der ich…«

»Ich weiß schon, was Ihre Tante Ihnen eingeredet hat. Das ist alles erlogen, bei Gott, es ist erlogen! Mein Onkel hat nicht die geringste Schenkungsurkunde hinterlassen. Im Testament ist allerdings von einer Urkunde die Rede, aber wo ist sie? Niemand hat sie vorlegen können. Ich sage Ihnen das nur deshalb, weil ich Ihnen von Herzen wohl will. Bei Gott, es ist erlogen!«

Iwan Fjodorowitsch verstummte, da ihm der Gedanke kam, es könnte der Tante vielleicht in der Tat nur so vorgekommen sein.

»Ah, da kommen ja auch meine Mutter und meine Schwestern!« rief Grigorij Grigorjewitsch. »Das Mittagessen ist also schon fertig; gehen wir!«

Und er zog Iwan Fjodorowitsch am Ärmel ins Zimmer, wo bereits allerhand Schnäpse und eine kalte Platte auf dem Tische standen.

In demselben Augenblick trat eine alte Frau herein; sie war sehr klein und glich einer Kaffeekanne, die mit einer Haube bedeckt ist; zwei junge Mädchen, ein blondes und ein brünettes, begleiteten sie. Als wohlerzogener Kavalier küßte Iwan Fjodorowitsch erst der Alten und dann den beiden Fräuleins die Hand.

»Das ist unser Nachbar, Iwan Fjodorowitsch Schponjka, Mütterchen!« sagte Grigorij Grigorjewitsch.

Die Alte sah Iwan Fjodorowitsch scharf an oder gab sich vielleicht auch nur den Anschein, als ob sie ihn anblickte. Übrigens war sie die Güte selbst; es schien, als ob sie Iwan Fjodorowitsch gleich hätte fragen wollen: »Wie viel Gurken machen Sie zum Winter ein?«

»Haben Sie schon einen Schnaps genommen?« fragte die Alte.

»Sie haben wohl nicht ausgeschlafen, Mütterchen«, meinte Grigorij Grigorjewitsch. »Wer wird denn einen Gast fragen, ob er schon einen Schnaps getrunken hat? Reden Sie dem Gast nur zu; ob wir aber trinken oder nicht, das ist schon unsere Sache. Iwan Fjodorowitsch, bitte: Wollen Sie Tausengüldenkrautlikör oder diesen Schnaps? Welchen ziehen Sie vor? Iwan Iwanowitsch! Nun, was stehst du so da?« rief Grigorij Grigorjewitsch, indem er sich rückwärts wandte, und Iwan Fjodorowitsch sah den soeben erwähnten Iwan Iwanowitsch auf den Schnaps zugehen; dies war ein Mann in einem Rock mit langen Schößen und mit einem riesigen Stehkragen, der seinen ganzen Nacken bedeckte, so daß sein Kopf ganz im Kragen steckte wie in einer Kutsche.

Iwan Iwanowitsch trat an den Schnaps heran, rieb sich die Hände, sah sich das Glas genau an, schenkte ein, hielt es gegen das Licht und goß den Schnaps mit einem Male aus dem Glase in den Mund, aber er schluckte ihn nicht herunter, sondern spülte sich erst ordentlich den Mund, schluckte ihn erst darauf herunter, nahm etwas Brot und gesalzene Eierschwämme und wandte sich dann an Iwan Fjodorowitsch.

»Habe ich die Ehre, mit Herrn Iwan Fjodorowitsch Schponjka zu sprechen?«

»Jawohl«, antwortete Iwan Fjodorowitsch.

»Sie beliebten sich seit der Zeit, wo ich Sie kenne, sehr zu verändern. O ja!« fuhr Iwan Iwanowitsch fort. »Ich kannte Sie, als Sie noch so groß waren!« Dabei hielt er die Hand eine halbe Elle weit über den Boden. »Ihr seliger Vater – Gott schenke ihm die ewige Seligkeit – war ein seltener Mann. Er hatte solche Kürbisse und Melonen, wie man sie jetzt nirgends mehr findet. Hier zum Beispiel«, fuhr er fort, indem er ihn zur Seite führte, »werden Ihnen auch Melonen vorgesetzt werden, – aber was sind das für Melonen? Nicht ansehen möchte man sie. Glauben Sie mir's, seine Melonen waren ...«, rief er mit geheimnisvoller Miene und spreizte die Arme, als ob er einen dicken Baum umschlingen wollte, »bei Gott, seine Melonen waren so dick!«

»Geh'n wir zu Tisch!« sagte Grigorij Grigorjewitsch und faßte Iwan Fjodorowitsch rasch unterm Arm.

Grigorij Grigorjewitsch ließ sich auf seinem üblichen Platz am Ende des Tisches nieder; er band sich seine riesige Serviette vor und glich so einem jener Helden, wie sie sich die Barbiere auf ihre

Schilder malen lassen. Iwan Fjodorowitsch setzte sich errötend auf den ihm zugewiesenen Platz, den beiden Fräuleins gegenüber, und Iwan Iwanowitsch versäumte nicht, an seiner Seite Platz zu nehmen, innerlich hocherfreut, daß er jemanden hatte, dem er seine Kenntnisse mitteilen konnte.

»Nehmen Sie doch lieber kein *Bürzelbein*, Iwan Fjodorowitsch! Da ist ja noch ein Truthahn!« rief die Alte, zu Iwan Fjodorowitsch gewandt, dem der Diener vom Lande in einem grauen Frack mit schwarzem Flicken gerade eine Schüssel reichte. »Nehmen Sie doch ein Stück vom Rücken!«

»Mütterchen! Es hat Sie doch niemand gebeten, sich in fremde Angelegenheiten zu mischen!« rief Grigorij Grigorjewitsch. »Seien Sie versichert, unser Gast weiß selbst, was er nehmen soll! Iwan Fjodorowitsch, nehmen Sie doch ein Flügelchen und noch dies zweite und den Magen dazu! Warum haben Sie sich nur so wenig genommen? Nehmen Sie doch ein Beinchen! Was stehst du mit der Schüssel da und sperrst den Mund auf? Du sollst ihn sofort darum bitten, auf die Knie, du Schurke, und sag sofort: ‘ Iwan Fjodorowitsch, nehmen Sie doch ein Beinchen!’«

»Iwan Fjodorowitsch, nehmen Sie doch ein Beinchen!« brüllte der Diener, mit der Schüssel in der Hand, und kniete nieder.

»Hm! Was sind denn das für Truthähne?« sagte Iwan Iwanowitsch halblaut und mit verächtlicher Miene zu seinem Tischnachbar. »Darf denn ein Truthahn so sein wie der da? Sie hätten mal meine Truthähne sehen sollen! Ich versichere Ihnen, jeder einzelne hatte mehr Fett an sich als zehn solche wie die da. Glauben sie mir, mein Herr, man mag gar nich ansehen, wie sie bei mir auf dem Hof herumspazieren – so fett sind sie! …«

»Du lügst, Iwan Iwanowitsch!« schrie Grigorij Grigorjewitsch, der zugehört hatte.

»Ich will Ihnen was sagen«, fuhr Iwan Iwanowitsch zu seinenm Nachbar gawandt fort, indem er so tat, als ob er Grigorij Grigorjewitschs Worte gar nicht gehört hätte. »Als ich sie im vorigen Jahre nach Gadjatsch brachte, da bot man mir fünfzig Kopeken pro Stück, und doch wollte ich sie nicht dafür hergeben.«

»Ich sage dir, du lügst, Iwan Iwanowitsch!« rief Grigorij Grigorjewitsch, hierbei betonte er, um noch deutlicher zu sein, jede Silbe und sprach noch lauter als vorher.

Aber Iwan Iwanowitsch tat so, als ob ihn das gar nicht anginge, und fuhr in seiner Rede fort, nur sprach er jetzt bedeutend leiser als früher. »Ja, mein Herr, ich wollte das Geld nicht nehmen. In Gadjatsch hatte kein Gutsbesitzer ...«

»Iwan Iwanowitsch! Du bist ganz dumm und weiter nichts«, rief Grigorij Grigorjewitsch laut. »Iwan Fjodorowitsch weiß doch das alles besser als du und glaubt dir sicher nicht!«

Da aber fühlte sich Iwan Fjodorowitsch verletzt; er verstummte und begann, mit dem Truthahn aufzuräumen, trotzdem dieser lange nicht so fett war wie die Truthähne, die man »gar nicht ansehen« mochte.

Eine Zeitlang ersetzte das Klappern der Messer, der Löffel und Teller das Gespräch; am lautesten aber hörte man, wie Grigorij Grigorjewitsch das Mark aus einem Hammelknochen aussog.

»Haben Sie schon gelesen«, fragte Iwan Iwanowitsch nach einigem Stillschweigen, steckte den Kopf aus seiner Kutsche und wandte ihn Iwan Fjodorowitsch zu, »haben Sie das Buch: 'Korobejnikows Reise ins heilige Land' gelesen? Ein wahrer Genuß für Seele und Leib! Jetzt werden keine solchen Bücher mehr gedruckt. Leider habe ich nicht nachgesehen, aus welchem Jahre es stammt.«

Als Iwan Fjodorowitsch hörte, daß es sich um ein Buch handelte, begann er eifrig seine Sauce auszulöffeln.

»Ein wahres Wunder, mein Herr, wenn man bedenkt, daß ein einfacher Kleinbürger all diese Länder durchwandert hat: Über dreitausend Werst, mein Herr! Über dreitausend Werst! Wahrlich, Gott selbst hat ihn würdig befunden, bis nach Palästina und Jerusalem zu kommen.«

»Sie sagen, daß er auch in Jerusalem war«, sagte Iwan Fjodorowitsch, der noch als Soldat von seinem Burschen viel über Jerusalem gehört hatte.

»Worüber sprechen Sie, Iwan Fjodorowitsch?« rief Grigorij Grigorjewitsch, ohne genauer hinzuhören. »Alles ist gelogen!«

Das Diner war zu Ende. Grigorij Grigorjewitsch zog sich nach seiner Gewohnheit zurück, um ein Nickerchen zu machen; und die Gäste folgten der alten Hausfrau und den jungen Mädchen ins Gastzimmer, wo derselbe Tisch, auf dem sie den Schnaps stehen gelassen hatten, als sie sich zum Mittagsmahl begaben, sich wie auf einen Wink verwandelt und mit Schälchen voller verschiedener Konfitüren und Schüsseln mit Melonen, Kirschen und Zuckerkürbissen bedeckt hatte.

Grigorij Grigorjewitschs Abwesenheit machte sich an allem bemerkbar: Die Hausfrau wurde gesprächig und teilte ganz von selbst, ohne dazu aufgefordert werden zu sein, mancherlei Geheimnisse über die Zubereitung von Marmelade und das Trocknen von Birnen mit. Selbst die jungen Mädchen begannen zu sprechen, doch blieb die Blonde, die sechs Jahre jünger aussah als ihre Schwester und von Ansehen etwa fünfundzwanzig Jahre alt sein mochte, etwas schweigsam.

Am meisten aber redete und betätigte sich Iwan Iwanowitsch. Da er sicher war, daß ihn nun niemand mehr unterbrechen und in Verlegenheit bringen würde, redete er von allem möglichen: von Gurken und Kartoffelsalat, davon, wie gescheit die Leute früher waren – was wären die heutigen dagegen? – und davon, wie jetzt alle immer klüger würden, je weiter man komme, wie man noch die allergescheitesten Dinge ersinnen würde; kurz er war einer von den Menschen, die sich mit dem größten Vergnügen erbaulichen Gesprächen hingeben und über alles reden, worüber man nur reden kann. Wenn das Gespräch wichtige und heilige Gegenstände berührte, seufzte Iwan Iwanowitsch nach jedem Worte auf und nickte leise mit dem Kopfe; wenn es sich um Wirtschaftsangelegenheiten handelte, so steckte er den Kopf aus seiner Kutsche hervor und schnitt seltsame Gesichter, aus denen man ganz deutlich entnehmen konnte, wie man den Birnenmost zubereiten müsse, wie groß die Melonen seien, von denen er sprach, und wie fett die Gänse wären, die bei ihm im Hofe herumliefen.

Endlich gelang es Iwan Fjodorowitsch mit vieler Mühe und erst gegen Abend, sich zu verabschieden; aber obwohl er leicht zu überreden war und man ihn geradezu zwingen wollte, über Nacht dazubleiben, bestand er doch auf seiner Absicht, nach Hause zu fahren – und fuhr richtig davon.

V.

Der neue Plan der Tante

Nun? Hast du die Urkunde von dem alten Schelm herausgelockt?« Dies war die erste Frage, mit der Iwan Fjodorowitsch von seiner Tante empfangen wurde, die ihn bereits seit einigen Stunden voller Ungeduld an der Freitreppe erwartete und sich schließlich kaum hatte überwinden können, nicht bis vors Tor zu laufen.

»Nein, liebe Tante!« sagte Iwan Fjodorowitsch, indem er ausstieg. »Grigorij Grigorjewitsch *hat* gar keine Urkunde.«

»Und du hast ihm geglaubt? Er lügt, der verdammte Kerl! Oh, ich bekomme ihn noch eines Tages zu sehen, wahrhaftig, und dann prügele ich ihn mit meinen eigenen Händen durch. Oh, ich werde ihm schon etwas von seinem Fett abzapfen. Übrigens wollen wir zuerst mit unserem Gerichtsschreiber reden, ob man vielleicht auf gerichtlichem Wege … Aber es handelt sich jetzt ja nicht darum. Nun, war das Diner gut?«

»Sehr gut! … Sehr gut, liebe Tante!«

»Nun, und was gab's dort zu essen? Erzähle! Ich weiß schon, die Alte versteht sich gut auf die Küche.«

»Käsekuchen mit Rahm, liebe Tante; Sauce mit gefüllten Tauben … «

»Und gab es auch einen Truthahn mit Pflaumen?« fragte die Tante, denn sie selbst verstand es meisterhaft, dieses Gericht zuzubereiten.

»Es gab auch Truthahn! … Die Schwestern von Grigorij Grigorjewitsch sind sehr hübsche Mädchen, besonders die Blonde!«

»Ah!« rief die Tante und sah Iwan Fjodorowitsch scharf an, er errötete und ließ die Augen sinken. Ein neuer Gedanke blitzte in ihr auf. »So?« fragte sie voll Neugierde. »Und was für Augenbrauen hat sie?« Hier ist es nicht überflüssig, zu bemerken, daß für die Tante das Schönste an der Frau die Augenbrauen waren.

»Das Fräulein hat genau solche Augenbrauen, liebe Tante, wie Sie sie nach ihren Erzählungen in Ihrer Jugend gehabt haben müssen, und ihr ganzes Gesicht ist voller Sommersprossen!«

»Ah!« rief die Tante, äußerst befriedigt über Iwan Fjodorowitschs Bemerkung, der allerdings nie daran gedacht hatte, der Tante ein Kompliment machen zu wollen. »Und was für ein Kleid hatte sie an? Man findet zwar heutzutage keine solchen haltbaren Stoffe mehr wie zum Beispiel den, aus dem dieser Morgenrock gemacht ist. Aber es handelt sich jetzt nicht darum. Und hast du dich gut mit ihr unterhalten?«

»Das heißt, wie meinen Sie … liebe Tante? Sie glauben vielleicht schon …«

»Was denn? Was ist denn Wunderbares dabei? Das ist nun mal Gottes Wille! Vielleicht ist's euch beiden noch beschieden, einmal ein Paar zu werden.«

»Ich verstehe nicht, liebe Tante, wie Sie nur so reden können. Das beweist doch nur, daß Sie mich absolut nicht kennen …«

»So, nun fühlt er sich richtig beleidigt!« sagte die Tante. »Der Junge ist noch nicht alt genug!« dachte sie bei sich. »Er weiß noch von nichts! Ich werde die beiden mal zusammenbringen, sie sollen einander näher kennenlernen!«

Und die Tante ging nach der Küche und ließ Iwan Fjodorowitsch allein. Aber seit der Zeit dachte sie an nichts anderes, als daran, ihren Neffen möglichst bald zu verheiraten und seine kleinen Enkelkinder zu wiegen. Ihr Kopf war nur noch von Gedanken an die Vorbereitungen zur Hochzeit erfüllt, und man sah ganz deutlich, daß die noch viel emsiger war als vorher, obwohl alles eher schlimmer als besser ging. Wenn sie jetzt einen Kuchen zubereitete, den sie übrigens niemals der Köchin anzuvertrauen pflegte, versank sie häufig in Gedanken, bildete sich ein, neben ihr stehe ein kleines Enkelchen, das ein Stückchen Kuchen haben wollte, und steckte zerstreut die Hand mit dem besten Stücke aus; der Hofhund machte sich das gewöhnlich zunutze, packte den leckeren Bissen und weckte sie durch sein lautes Schmatzen aus ihrer Nachdenklichkeit, wofür der Hund übrigens immer Schläge mit dem Ofenhaken bekam. Sie gab sogar ihre Lieblingsbeschäftigung auf und fuhr nicht mehr zu Jagd, besonders seitdem sie einmal statt eines Schneehuhns eine Krähe geschossen hatte, was ihr früher niemals widerfahren war.

Vier Tage später sah man endlich die Kalesche aus dem Schuppen in den Hof fahren. Der Kutscher Omeljko, der gleichzeitig auch Gärtner und Aufseher war, fing schon seit dem frühen Morgen an zu hämmern und das Leder anzunageln, während er immerzu die Hunde davonjagen mußte, die herankamen und an den Rädern leckten. Hier halte ich es für meine Pflicht, dem Leser zu berichten, daß dies die Kalesche ist, in der schon Adam gefahren ist, und sollte daher jemand eine andere für die Adams ausgeben, so wäre das sicherlich eine freche Lüge und die Kalesche wäre unecht. Es ist nicht genau bekannt, wie sie der Sintflut entronnen ist, man kann nur annehmen, daß in der Arche Noah ein besonderer Schuppen für sie vorhanden war. Es ist sehr schade, daß ich dem Leser ihre Gestalt nicht lebendig vor Augen führen kann. Es genüge daher zu sagen, daß Wassilissa Kaschparowna mit ihrer Bauart äußerst zufrieden war und es stets bedauerte, daß die alten Equipagen aus der Mode gekommen seien. Selbst das, daß die Kalesche etwas schief, und daß die rechte Seite etwas höher war als die linke, erregte ihren Beifall, denn so konnte von der *einen* Seite, wie sie behauptete, ein Mensch von kleinem Wuchse und von der anderen ein großer aussteigen. Im übrigen konnte die Kalesche etwa fünf Personen von kleiner Statur und drei solche, wie die Tante, in ihrem Inneren aufnehmen.

Als er mit der Kalesche fertig war, führte Omeljko gegen Mittag drei Pferde aus dem Stall, die etwas jünger waren als die Kalesche, und band sie mit einem Strick fest an die majestätische Equipage. Iwan Fjodorowitsch und die Tante stiegen ein, er von der einen, sie von der anderen Seite, und die Pferde zogen an. Alle Bauern, die ihnen begegneten, blieben beim Anblick dieser vornehmen Equipage (die Tante pflegte nämlich nur selten in ihr auszufahren) respektvoll stehen, nahmen die Mützen ab und verbeugten sich bis zur Erde.

Nach etwa zwei Stunden machte der Wagen vor der Freitreppe halt; ich glaube, es ist hier nicht erst nötig zu sagen, vor wessen Freitreppe er hielt. Grigorij Grigorjewitsch war nicht zu Hause; und die Alte und die Fräuleins empfingen die Gäste im Speisezimmer; die Tante näherte sich ihnen mit majestätischen Schritten, stellte mit viel Geschicklichkeit einen Fuß vor und sagte laut:

»Gnädige Frau, ich freue mich, daß ich die Ehre habe, Ihnen persönlich meine Hochachtung ausdrücken zu dürfen, zugleich erlaube ich mir mit Respekt, Ihnen meinen Dank für die gastfreundliche Aufnahme meines Neffen Iwan Fjodorowitsch auszusprechen, der Ihres Lobes voll ist. Sie haben einen wundervollen Buchweizen, gnädige Frau, das habe ich bemerkt, als ich mich dem Dorfe näherte. Darf ich fragen, wieviel Sie pro Deßjatin ernten?«

Herauf küßten alle einander aufs herzlichste ab, und erst, als man im Gastzimmer Platz genommen hatte, begann die Alte:

»Was den Buchweizen anbetrifft, so kann ich Ihnen nichts Genaues darüber sagen. Das ist Grigorij Grigorjewitschs Ressort; ich beschäftige mich schon längst nicht mehr damit, auch könnte ich's nicht, selbst wenn ich wollte; ich bin schon zu alt dazu! In früheren Zeiten wuchs, wie ich mich besinne, der Buchweizen bei uns so hoch, daß er einem bis an den Gürtel reichte, jetzt ist das nicht mehr so, obwohl man stets behauptet, es werde jetzt alles immer besser.» Die Alte stieß einen Seufzer aus, und ein aufmerksamer Beobachter hätte in ihm das Aufseufzen des alten achtzehnten Jahrhunderts vernehmen können.

»Ich habe gehört, daß bei Ihnen im Hause großartige Teppiche gemacht werden, gnädige Frau«, sagte Wassilissa Kaschparowna und berührte damit die empfindlichste Seite der Alten. Bei diesen Worten lebte jene auf, und nun strömten ihre Reden nur so hin: wie man das Gewebe färben, was für einen Faden man dazu nehmen müsse, und was dergleichen mehr ist.

Von den Teppichen ging die Unterhaltung bald aufs Gurkeneinlegen und Birnentrocknen über. Kurz, es war noch keine Stunde verflossen, da unterhielten sich die beiden Damen schon so lebhaft, als ob sie ihr Lebtag miteinander bekannt gewesen wären. Ja, Wassilissa Kaschparowna sprach sogar über viele Dinge so leise mit der Alten, daß Iwan Fjodorowitsch nichts mehr hören konnte.

»Wollen Sie nicht selbst sehen?« sagte die greise Hausfrau und erhob sich.

Die Fräulein und Wassilissa Kaschparowna erhoben sich mit ihr und begaben sich ins Mädchenzimmer. Die Tante machte Iwan Fjodorowitsch ein Zeichen, er solle zurückbleiben, und flüsterte der alten Dame etwas zu.

»Maschenjka«, sagte die Alte zu dem blonden Fräulein, »bleibe bei unserem Gaste und unterhalte ihn, damit ihm die Zeit nicht zu lang wird!«

Das blonde Fräulein blieb zurück und setzte sich auf das Sofa. Iwan Fjodorowitsch saß auf seinem Stuhle wie auf Nadeln, errötete und schlug die Augen nieder; aber das Fräulein schien dies gar nicht zu bemerken, saß gleichgültig auf dem Sofa, beobachtete fleißig die Fenster und die Wände oder verfolgte die Katze, die scheu unter den Stühlen umherlief, mit den Augen.

Iwan Fjodorowitsch wurde etwas mutiger und wollte schon ein Gespräch anknüpfen, es war ihm aber so, als ob er unterwegs alle Worte verloren hätte. Es wollte ihm kein einziger Gedanke in den Sinn kommen.

Dieses Schweigen dauerte eine Viertelstunde lang, aber das Fräulein saß noch immer ebenso da wie früher.

Endlich faßte Iwan Fjodorowitsch sich ein Herz. »Im Sommer gibt's so viel Fliegen, gnädiges Fräulein!« rief er mit einer Stimme, die vor Erregung zitterte.

»Ja, außerordentlich viele Fliegen!« versetzte das Fräulein. »Mein Bruder hat eigens deswegen aus Mamas altem Schuh eine Fliegenklappe hergestellt, aber es bleiben doch noch immer sehr viele übrig.«

Hier stockte die Unterhaltung, und Iwan Fjodorowitsch wollte durchaus kein Wort mehr einfallen.

Endlich kamen die Alte, die Tante und das dunkle Fräulein zurück. Nachdem man sich noch etwas unterhalten hatte, nahm Wassilissa Kaschparowna Abschied von der Dame und den Fräuleins, obwohl sie dringend gebeten wurde, über Nacht da zu bleiben. Die Dame und die Fräuleins begleiteten die Gäste bis zur Freitreppe und winkten der aus der Kalesche hinausblickenden Tante und ihrem Neffen noch lange zu.

»Nun, Iwan Fjodorowitsch, worüber hast du dich mit dem Fräulein unterhalten?« fragte die Tante unterwegs.

»Marja Grigorjewna ist ein sehr bescheidenes und sittsames Fräulein!« sagte Iwan Fjodorowitsch.

»Höre, Iwan Fjodorowitsch: Ich will ernst mit dir reden. Du bist, Gott sei Dank, schon fast achtunddreißig Jahre alt; und einen schönen Rang hast du auch schon: Es wird nun bald Zeit, an die Kinder zu denken! Du brauchst unbedingt eine Frau …«

»Wie, liebe Tante!« rief Iwan Fjodorowitsch ganz erschrocken.

»Wie? Eine Frau? Nein, liebe Tante, seien Sie doch so lieb … Sie beschämen mich … Ich bin noch nie verheiratet gewesen … Ich weiß ja gar nicht, was ich mit einer Frau anfangen soll!«

»Du wirst's schon lernen«, rief die Tante lächelnd und dachte bei sich: »Kein Gedanke! Der Junge ist noch ein richtiges Kind: Er weiß ja von nichts!« – »Ja, ja, Iwan Fjodorowitsch«, fuhr sie laut fort, »eine bessere Frau als Marja Grigorjewna wirst du wohl nie finden. Außerdem hat sie dir ja doch gut gefallen. Die Alte und ich haben schon viel darüber gesprochen: Sie wäre sehr froh, dich zum Schwiegersohn zu bekommen. Freilich weiß man noch nicht, was dieser alte Sünder Grigorij Grigojewitsch dazu sagen wird; aber wir werden nicht darauf achten, und sollte er dir etwa die Mitgift nicht herausgeben wollen, so würden wir ihn auf gerichtlichem Wege …«

In diesem Augenblick fuhr der Wagen in den Hof, und die uralten Stuten lebten auf, als sie die Nähe des Stalles witterten. »Höre, Omeljko! Laß die Pferde zuerst gut ausruhen und führe sie nicht gleich zur Tränke. Die Pferde sind ja noch ganz heiß: – Also, Iwan Fjodorowitsch, ich rate dir, dir die Sache grünldich zu überlegen. Ich muß noch etwas in der Küche nachschauen: Ich habe vergessen, das Abendbrot bei der Solocha zu bestellen, und das nichtsnutzige Weib hat sicher nicht von selbst daran gedacht.«

Iwan Fjodorowitsch stand da, wie vom Donner gerührt. Marja Grigorjewna war zwar ein sehr nettes Fräulein: aber heiraten! … Das erschien ihm so sonderbar und wundersam, daß er nicht ohne Schreck daran denken konnte. Mit einer Frau zusammen leben! … das war doch ganz unbegreiflich! Er sollte nicht mehr allein in seinem Zimmer sein konnen, sondern sie würden immer zu zwei sein! … Und der Schweiß trat ihm auf die Stirn, je mehr er sich in die Betrachtung vertiefte.

Früher als sonst ging er zu Bett, aber trotz aller Bemühungen konnte er nicht einschlafen. Eindlich suchte ihn der ersehnte Schlaf, dieser Ruhebringer und Tröster aller Menschen, auf. Aber was war das für ein Schlaf! Unzusammenhängende Träume hatte er noch niemals gesehen. Bald träumte er, rings um ihn rausche und drehe sich alles, und er selbst laufe und laufe atemlos dahin ... Schon verließen ihn die Kräfte ... Plötzlich aber packte ihn jemand am Ohr. »O je! Wer ist das?« – »Das bin *ich*, deine Frau!« sprach eine lärmende Stimme zu ihm – und er erwachte. Bald schien es ihm, er sei schon verheiratet, und alles in dem Häuschen sei so absonderlich und so merkwürdig; in seinem Zimmer stehe statt eines einfachen Bettes ein Doppelbett, und auf dem Stuhle sitze seine Frau. Es war ihm ganz eigentümlich zumute: Er wußte nicht, wie er an sie herantreten, worüber er mit ihr sprechen sollte, und nun erst merkte er, daß sie das Gesicht einer Gans hatte. Zufällig drehte er sich um und sah eine zweite Frau, die ebenfalls einen Gänseschnabel hatte, er drehte sich auf die andere Seite um, da stand eine dritte Frau, er wandte sich nach hinten – da stand noch eine Frau. Da erfaßte ihn eine wilde Angst; er stürzte in den Garten, aber im Garten war es heiß, er nahm den Hut ab, und siehe: Auch im Hute saß eine Frau. Schweiß bedeckte sein Gesicht; er wollte das Taschentuch aus der Tasche holen – aber auch in der Tasche saß eine Frau; er zog sich die Watte aus dem Ohre – auch da saß eine Frau ... Dann hüpfte er wieder auf einem Bein, und die Tante sah zu und sprach mit würdevoller Miene: »Ja, jetzt kannst du hüpfen und springen, denn du bist ja jetzt ein verheirateter Mann.« Er eilte auf sie zu; aber die Tante war nicht mehr die Tante, sondern ein Glockenturm. Und er fühlte, wie jemand ihn an einem Strick auf den Glockenturm hinaufzog. »Wer zieht mich da hinauf?« fragte Iwan Fjodorowitsch klagend. »Ich ziehe dich, ich, deine Frau, denn du bist eine Glocke!« – »Nein, ich bin keine Glocke, ich bin Iwan Fjodorowitsch!« schrie er. »Nein, du bist eine Glocke!« sprach der Oberst des P–er Infanterieregiments im Vorübergehen.

Oder er träumte, seine Frau sei gar kein Mensch, sondern ein wollener Stoff; er käme nach Mohiljow in einen Laden, und der Kaufmann fragte ihn: »Was für einen Stoff wünschen sie? Nehmen

Sie doch Frau, das ist der modernste Stoff! Er ist sehr haltbar! Man macht jetzt Röcke daraus.« Und der Kaufmann maß und schnitt ein Stück von der Frau ab. Iwan Fjodorowitsch nahm sie unter den Arm und ging damit zum jüdischen Schneider. – »Nein«, meinte der Jude, »das ist ein schlechter Stoff! Daraus läßt sich doch niemand einen Rock machen …«

Voller Angst und ganz außer sich, erwachte Iwan Fjodorowitsch; der kalte Schweiß troff nur so von ihm herunter wie ein Platzregen.

Kaum war er aufgestanden, so wandte er sich sofort an sein Wahrsagebuch, dem ein tugendhafter Buchhändler in seiner seltenen Güte und Uneigennützigkeit noch einen kurzen Traumdeuter angehängt hatte. Aber dort stand nichts, was diesem sinnlosen Traume auch nur einigermaßen entsprochen hätte.

Indessen aber reifte im Kopfe der Tante ein ganz neuer Plan, von dem Sie im nächsten Kapitel hören sollen.

Der verhexte Ort

Sage

Erzählt vom Küster an der Kirche zu ***

Bei Gott, ich hab' das Erzählen satt! Was glaubt ihr denn? Es ist wahrhaftig auch zu langweilig: Man erzählt und erzählt und kommt nie wieder davon los! Na, meinetwegen, ich will euch noch was erzählen, aber gebt acht, es ist das letztemal. Ja, ihr habt also davon gesprochen, daß ein Mensch mit dem unreinen Geiste fertig werden könne. Gewiß, das heißt, wenn man genauer zusieht, dann merkt man dennoch, daß es in der Welt allerhand sonderbare Vorfälle gibt … Indessen sagt das nicht: Will einen die Teufelsmacht blenden, so tut sie es, bei Gott, sie tut es! … Nun also, mein Vater hatte im ganzen vier Kinder; ich war damals noch ein Grünschnabel und war erst elf Jahre alt … Doch nein, ich war noch nicht elf Jahre alt, ich erinnere mich, wie wenn's heute wäre, daß ich einmal auf allen Vieren herumkroch und wie ein Hund zu bellen anfing, und wie da mein Vater den Kopf schüttelte und mich anschrie: »Ei, Foma, Foma! Es ist Zeit, daß man dich verheiratet, sonst wirst du noch so närrisch wie ein junges Maultier!«

Mein Großvater war damals noch gesund und – mag ihm in jener Welt der Schluckauf leicht werden – noch ziemlich gut auf den Beinen. Wenn der nun manchmal so … Aber wozu erzähle ich euch das eigentlich? Der eine von euch wühlt schon seit einer Stunde im Ofen herum und sucht nach einer Kohle für seine Pfeife, und ein anderer ist in die Kammer gelaufen, um sich was zu holen … Ach was! Wenn ich mich euch noch aufgedrängt hätte – aber ihr habt ja selbst darauf bestanden ... Man hört entweder ordentlich zu oder gar nicht.

Mein Vater war schon im Anfang des Frühlings in die Krim gefahren, um Tabak zu kaufen. Ich kann mich nicht mehr daran erinnern, ob er zwei oder drei Wagen ausgerüstet hatte; aber der Tabak stand damals hoch im Preise. Er nahm meinen dreijährigen Bruder mit sich, um ihn frühzeitig an das Handwerk zu gewöhnen; wir dagegen: der Großvater, die Mutter, ich, ein Bruder und noch ein zweiter Bruder, blieben zu Hause. Der Vater hatte dicht an der Landstaße ein Stück Land, das er bebaut hatte; er siedelte daher in seine Hütte auf dem Felde über und nahm auch *uns* mit, um ihm die Spatzen und die Elstern von den Feldern verscheuchen zu helfen. Man kann nicht sagen, daß es uns gerede schlecht ging. Den Tag über aß man sich so sehr an Gurken, Melonen, Rüben, Zwiebeln und Erbsen voll, daß es einem zumute war, als ob einem die Hähne im Bauche krähten. Dazu brachte es auch noch etwas ein: Manch ein Reisender zog auf der Straße vorbei, und da wollte jeder gerne eine Wassermelone oder eine Zuckermelone kosten, oder man brachte von den umliegenden Vorwerken Hühner, Eier und Truthähne herbei und tauschte sie ein. Das war ein schönes Leben.

Am meisten aber freute sich der Großvater, wenn jeden Tag an die fünfzig Frachtfuhrleute vorbeigezogen kamen. Das sind meist Leute, die was erlebt und erfahren haben: Und dann ging ein Erzählen los, daß man nur so die Ohren aufsperren möchte! Für den Großvater aber war das halt so wie Knödel für einen Hungrigen. Manchmal stieß er auf alte Bekannte, – denn meinen Großvater kannte jedermann, – na, ihr könnt euch's ja wohl selbst denken, wie das ist, wenn die alten Leute zusammensitzen: Dann geht's taratata und taratata, über dies und jenes, diese und jene Zeiten, da floß ihnen wohl der Mund über, wenn sie so anfingen, sich auf Anno dazumal zu besinnen.

Einst ging der Großvater übers Feld – 's ist mir wahrhaftig, als wär's jetzt eben geschehen –; die Sonne war im Begriff unterzugehen, und

Großvater war damit beschäftigt, die Blätter von den Zuckermelonen abzunehmen; er pflegte die Melonen nämlich den Tag über mit Blättern zu bedecken, damit sie nicht so in der Sonne brieten.

»Schau, Ostap!« sagte ich zu meinem Bruder. »Da kommen Frachtfuhrleute angefahren!«

»Wo sind die Fuhrleute?« fragte der Großvater und machte ein Zeichen auf einer großen Melone, damit sie ihm die Buben nicht gelegentlich wegäßen.

Und in der Tat, auf der Landstraße kamen so an die sechs Wagen dahergezogen. Vorn schritt ein Fuhrmann mit einem angegrauten Schnurrbart. Er kam uns – nun, wie soll ich sagen, so etwa bis auf zehn Schritte nah' und blieb dann stehen.

»Guten Tag, Maxim! Sieh nur, wo Gott uns wieder zusammengeführt hat!«

Der Großvater kniff die Augen zusammen: »Ah! Guten Tag! Guten Tag! Woher des Wegs? Ist Boljatschka auch da? Grüß Gott, Bruder! Was Teufel! Da sind ja alle miteinander: Krutotryschtschenko! Und Petscherytzja, Kowolek und Stetjko! Grüß euch Gott! Haha, hoho! ... « Und alle umarmten und küßten sich.

Die Ochsen wurden ausgespannt und auf die Wiese getrieben, die Wagen aber blieben auf der Landstraße stehen; alle setzten sich in einen Kreis zusammen und steckten sich ihre Pfeifchen an. Aber da kam keiner recht zum Rauchen! Vor lauter Erzählen und Klatschen kam kaum ein Zug auf jeden. Nach dem Essen begann der Großvater, die Gäste mit Melonen zu bewirten. Jeder nahm eine Melone und putzte sie hübsch mit dem Messerchen ab (das waren alles gerissene Kerle, die waren weit in der Welt herumgekommen und hatten mancherlei erfahren, daher wußten sie auch, wie man in der vornehmen Welt ißt – man hätte sie geradezu an einen herrschaftlichen Tisch setzen können), sie putzten die Melonen also hübsch ab, bohrten mit dem Finger ein Löchelchen in sie hinein, sogen den Saft raus, zerschnitten sie in Stücke und schoben sie in den Mund.

»Und ihr, Jungens!« rief der Großvater uns zu, »was haltet ihr Maulaffen feil? Tanzt doch los, ihr Hundesöhne! Ostap, wo ist deine Schalmei? Nun also, einen Kosakentanz! Foma, die Hände an die Hüften! Recht so! Hei, hopp!«

Ich war damals noch ein beweglicher Bursche. Ach ja, dieses verdammte Alter! Jetzt kann ich's nicht mehr so: Anstatt zierliche Sprünge zu machen, stolpere ich über meine eigenen Beine. Lang schauten der Großvater und die Fuhrleute uns zu, und ich merkte, daß seine Beine nicht mehr ruhig bleiben wollten, gleich als ob jemand an ihnen zupfte.

»Schau, Foma!« sagte Ostap. »Der alte Knaster tritt wohl selbst noch zum Tanze an!«

Was glaubt ihr! Kaum hatte er das gesagt, da konnte das Großväterchen wirklich nicht mehr an sich halten! Der wollte den Fuhrleuten nämlich zeigen, was er konnte. »Was, ihr Teufelskinder? Tanzt man denn so? *So* tanzt man!« rief er, sprang auf die Beine, streckte die Arme vor und stampfte mit dem Hacken auf.

Und in der Tat, man konnte nichts dawider sagen, er tanzte wahrhaftig so gut, daß er auch mit der Hetmansfrau hätte tanzen können. Wir traten ein wenig zur Seite, und nun begann der alte Knasterbart seine Beine auf dem glatten Plätzchen, das sich neben dem Gurkenbeet befand, in die Luft zu werfen. Kaum war er jedoch bis in die Mitte des Platzes gelangt – und wollte nun erst richtig losgehen, wie ein Wirbel mit den Füßen dahinfahren und uns ein besonderes Kunststückchen zeigen – da wollten die Beine plötzlich nicht vom Fleck, und aus war es! War das ein sonderbarer Teufelsspuk! Er fing noch einmal an, gab sich einen Schwung, kam wieder bis zur Mitte, aber wieder ging es nicht weiter! Tu' einer, was er will – es ging und ging nicht! Die Beine waren plötzlich so steif wie ein Stück Holz. »So eine verteufelte Stelle, so ein Satansspuk! Da ist wohl gar der Herodes, dieser Feind des Menschengeschlechts, mit im Spiel!« Und nun gar noch diese Schmach vor den Fremden Lastführern! Er fing aber wiederum an und begann von neuem mit ganz kleinen Schritten im Takt herumzuhüpfen, daß es nur so eine Freude war, es mit anzusehen; aber wie er bis zur Mitte kam, ging's wieder nicht weiter, und der Tanz wollte ihm durchaus nicht gelingen! »Ah, verdammter Satan! Daß du doch an einer faulen Melone erstickest! Als Kind schon sollst du krepieren, du Hundesohn! Mir in meinen alten Tagen eine solche Schmach anzutun ...« Und in der Tat, hinter ihm lachte jemand laut auf.

Er sah sich um, das Feld und die Fuhrleute waren verschwunden, hinter ihm und zu beiden Seiten sah man nichts als flaches Land. »He ... da haben wir die Bescherung!« Er begann mit den Augen zu blinzeln, der Ort kam ihm nicht unbekannt vor: Auf der einen Seite lag ein Wald, und hinter dem Wald ragte eine hohe Stange empor, die bis weit in der Ferne zu sehen war. Was Teufel! Das ist ja der Taubenschlag im Gemüsegarten des Popen! Auch von der anderen Seite schimmerte etwas grau herüber; er sah näher hin. Es war die Scheune des Gemeindeschreibers. Teufel auch, wohin einen die unreine Macht forttragen kann! Er lief ein paarmal hin und her und im Kreise herum und entdeckte endlich einen kleinen Pfad. Der Mond war unsichtbar, und an seiner Stelle blinkte ein weißer Fleck durch die Wolke. »Morgen wird's sehr windig sein!« dachte der Großvater, da leuchtete plötzlich etwas abseits vom Wege auf einem kleinen Grabe ein Flämmchen auf. »Sieh mal an!« und der Großvater blieb stehen, stemmte die Hände in die Hüften und sah näher hin: Nun war das Flämmchen erloschen, aber weiter und noch etwas weiter, da flackerte ein anderes auf. »Ein Schatz!« schrie der Großvater: »Bei Gott, ich möchte alles darum geben, daß das ein Schatz ist!« Und schon wollte er sich in die Hände spucken, um nach dem Schatz zu graben, da fiel ihm ein, daß er ja weder Schippe noch Spaten bei sich hatte. »Schade, schade! Aber wer weiß? Vielleicht braucht man nur den Rasen wegzuräumen und der Herzensschatz liegt gleich darunter! Na, da ist eben nichts zu machen! Merken wir uns wenigstens den Platz, daß wir's später nicht vergessen.«

Er nahm einen mächtigen Ast, der offenbar vom Sturm zerbrochen worden war, wälzte ihn auf das Grab, auf dem das Licht gebrannt hatte, und ging seines Weges. Der junge Eichenwald lichtete sich; und ein geflochtener Zaun tauchte vor ihm auf. »Na also, hab' ich's nicht gleich gesagt, daß es die Trift des Popen ist!« dachte der Großvater, »da ist ja auch sein Zaun. Jetzt ist's keine ganze Werst mehr bis zu meinem Melonenfeld.«

Er kam aber erst spät am Abend heim und wollte nicht einmal von den Klößen kosten. Er weckte meinen Bruder Ostap, fragte nur, ob die Fuhrleute schon lange fort seien, und wickelte sich dann in seinen Schafspelz. Mein Bruder wollte ihn ausfragen. »Wo haben dich denn heute die Teufel hingebracht, Großvater?« begann er.

»Frage nicht«, sagte dieser, sich noch fester in seinen Pelz hüllend, »frage nicht, Ostap, vom vielen Fragen kriegt man graue Haare!« Und er fing so an zu schnarchen, daß die Sperlinge, die sich im Melonenfelde niedergelassen hatten, vor Schreck in die Luft aufflogen. Aber in Wahrheit schlief er gar nicht! Es ist nicht zu sagen, was das für eine schlaue Bestie war – Gott hab' ihn selig –, aber er verstand es vorzüglich, sich mit allem abzufinden. Manchmal konnt' er einem ein Liedchen singen, daß man sich nur so in die Lippen biß.

Kaum aber brach der nächste Tag an, und kaum begann es im Felde zu dämmern, da zog der Großvater seinen Kittel an, legte den Gürtel um, nahm einen Spaten und eine Schaufel unter den Arm, setzte die Mütze auf, trank einen Krug Brotkwas, wischte sich die Lippen mit dem Rockschoß und ging geradeswegs in des Popen Gemüsegarten. Er war schon am Zaun und an dem niedrigen Eichenwäldchen vorbei. Da schlängelte sich zwischen den Bäumen ein Pfad hin, der gerad ins Feld führte; offenbar derselbe, den er gestern entdeckt hatte. Er betrat das Feld – es war dieselbe Stelle, wo er gestern gewesen war. Da ragte auch der Taubenschlag in die Höhe, aber die Scheune war nicht zu sehen. »Nein, das ist nicht der rechte Ort: Der liegt also etwas weiter; ich muß offenbar umkehren und auf die Scheune zugehen!« Er kehrte also um und ging auf einem andern Wege weiter: Jetzt war die Scheune zu sehen, aber nun war der Taubenschalg fort! Er kehrte also wieder um und näherte sich dem Taubenschlag, doch nun war wieder die Scheune verschwunden. Und nun begann, wie zu Fleiß, noch ein Regen herunterzurieseln. Er lief wieder nach der Scheune – aber der Taubenschlag war fort; oder zum Taubenschlag – dann war die Scheune fort.

»Verfluchter Satan, daß du es nie mehr erlebtest, deine Kinder zu sehen!« Der Regen aber rauschte in Strömen herab. Der Großvater zog sich die neuen Stiefel aus, wickelte sie in ein Tüchlein ein, damit sie sich nicht vor Nässe zusammenzögen, und gab Fersengeld wie ein herrschaftlicher Renner. Er kroch, ganz durchnäßt bis auf die Knochen, in die Hütte, bedeckte sich mit dem Schafspelz und begann etwas durch die Zähne zu murmeln und den Teufel mit so lieblichen Worten zu traktieren, wie ich sie mein Lebtag noch nicht gehört habe. Ich gestehe, ich wäre ganz rot geworden, wenn so etwas am hellichten Tage geschehen wäre.

Am anderen Morgen erwache ich und sehe: Der Großvater zieht auf dem Felde umher, als ob nichts geschehen waren, und bedeckt die Wassermelonen mit Blättern von Kletten. Beim Essen wurde der Alte erst wieder gesprächig und begann meinen jüngeren Bruder damit zu schrecken, daß er ihn gegen ein paar Hühner umtauschen werde wie eine Wassermelone; nach Tisch schnitt er sich selbst eine Flöte aus Holz und fing an, auf ihr zu blasen; dann gab er uns eine Melone zum Spielen, die ganz zusammengeschrumpft war wie eine Schlange, und die er eine türkische Melone nannte. Ich habe nie wieder eine solche Melone gesehen; er hatte den Samen von weit her gesandt bekommen.

Abends, nachdem man gevespert hatte, ging der Großvater mit dem Spaten ins Feld, um ein neues Beet für die späten Kürbisse zu graben. Wie er nun an der behexten Stelle vorüberkam, da konnte er nicht an sich halten und murmelte durch die Zähne: »Verfluchter Ort!« Er trat in die Mitte des Platzes, wo er tags zuvor nicht hatte zu Ende tanzen können, und schlug wütend mit dem Spaten auf die Erde. Da lag plötzlich wieder dasselbe Feld vor ihm: Auf der einen Seite ragte der Taubenschlag empor, auf der anderen stand die Scheune. »Noch gut, daß ich so klug war, einen Spaten mitzunehmen«, dachte er, »da ist auch der Pfad, da ist das Grab, und da liegt noch der Ast! Sieh, da brennt ja auch das Flämmchen! Daß ich mich nur nicht irre!«

Leise lief er herzu, hob den Spaten in die Höhe, als ob er einem Eber, der sich bis ins Feld verirrt hatte, einen Schlag versetzen wollte, und blieb vor dem Grabe stehen. Das Flämmchen war erloschen, und auf dem Grabe lag ein mit Gras bewachsener Stein. »Diesen Stein muß ich heben!« dachte der Großvater und begann rings um ihn herum die Erde aufzugraben. Der verfluchte Stein war verdammt groß! Doch nun stemmte er die Füße fest gegen die Erde und stieß ihn vom Grabe herab. »Bums –!« dröhnte es weit durch's Tal. »Nun sind wir dich los! Jetzt wird die Arbeit schneller gehen!« dachte der Großvater.

Und der Alte machte ein wenig Halt, holte seinen Tabaksbeutel hervor, schüttete sich etwas Tabak auf die Faust und wollte ihn an die Nase bringen, als plötzlich über seinem Kopfe ein »Pschü« ertönte und jemand so laut nieste, daß die Bäume zu schwanken begannen und das ganze Gesicht des Großvaters bespritzt wurde. »Du könntest dich doch auch abwenden, wenn du niesen willst!« rief der Großvater und rieb sich die Augen. Er sah sich um, aber es war niemand da. »Der Teufel liebt wohl den Tabak nicht!« fuhr er fort, steckte den Beutel wieder in die Brust und nahm den Spaten wieder in die Hand. »Er ist wirklich dumm genug dazu! Solch einen Tabak hat weder sein Großvater noch sein Vater je geschnupft!« Und er begann zu graben. Die Erde war weich, und der Spaten versank nur so in ihr. Jetzt klirrte etwas. Er schaufelte die Erde weg und erblickte einen Kessel.

»Ah, Täubchen, hier also bist du!« rief der Großvater und schob den Spaten unter den Kessel.

»Ah, Täubchen, hier also bist du!« piepte ein Vogel und pickte auf den Kessel.

Der Großvater wich zur Seite und ließ den Spaten fallen.

»Ah, Täubchen, hier also bist du!« blökte ein Hammelkopf von einem Baumwipfel herab.

»Ah, Täubchen, hier also bist du!« brüllte ein Bär, seine Schnauze hinter dem Baum hervorschiebend.

Den Großvater überlief es kalt. »Hier hat man ja rein Angst, noch ein Wort zu sagen«, brummte er vor sich hin.

»Hat man ja rein Angst, ein Wort zu sagen!« piepte der Vogelschnabel.

»Angst, ein Wort zu sagen!« blökte der Hammelkopf.

»Wort zu sagen!« brüllte der Bär.

»Hm …« machte der Großvater und schrak zusammen.

»Hm!« piepte der Vogel.

»Hm!« blökte der Hammelkopf.

»Hum!« brüllte der Bär.

Voll Angst blickte der Großvater um sich: O Gott, was für eine Nacht! Weder Mond noch Sterne; und ringsumher nichts wie Schluchten; ihm zu Füßen lag ein schier bodenloser Abgrund, ihm zu Häupten hing ein Fels herab, der gerade auf ihn herunterstürzen wollte! Und es deuchte den Großvater, als blinzelte ihn hinter dem Felsen eine Fratze an: Hu! Hu! Die hatte eine Nase wie der große Blasebalg in der Schmiede; die Nüstern waren so groß, daß man einen Eimer Wasser in jede hineingießen konnte, und zwei Lippen hatte sie, bei Gott, rein wie zwei Holzklötze! Die roten Augen glotzten nach oben, und dazu steckte sie noch die Zunge heraus und bläkte ihn an! »Hol dich der Teufel!« rief da der Großvater und warf den Kessel hin. »Da hast du deinen Schatz! Solch eine widerwärtige Fratze!« Und schon wollte er Reißaus nehmen, aber da sah er sich um, und siehe da, es war alles wie früher. »Der Satan will mich nur schrecken!« dachte er sich.

Er ging wieder daran, den Kessel auszugraben – doch nein, er war zu schwer! Was war da zu machen? Er konnte ihn doch nicht etwa da lassen! So nahm er denn alle Kraft zusammen und packte ihn mit beiden Händen: »Nun also, ein – zwei, drei!« und er hatte ihn emporgehoben. »So, jetzt nehmen wir mal erst eine Prise!« dachte er sich.

Er holte den Tabaksbeutel hervor. Zuerst aber sah er sich um, ob auch niemand da war. Nein, es war niemand da, so schien es wenigstens! Aber auf einmal kam es ihm so vor, als ob der Baumstamm ihn anfauchte und sich aufblies, zwei Ohren traten hervor, ein Paar rote Augen quollen heraus, die Nüstern bliesen sich auf, und eine Nase zog sich kraus, als wollte sie niesen. »Nein, ich will lieber doch nicht schnupfen!« dachte der Großvater und steckte den Tabak wieder ein. »Sonst spuckt mir der Satan wieder in die Augen!« Er ergriff also schnell den Kessel und begann aus allen Leibeskräften zu laufen, da fühlte er, wie ihm von hinten jemand wie mit Ruten auf die Beine schlug … »O je, o je!« schrie der Großvater und rannte weiter, als ob er nicht gescheit wäre; erst als er an des Popen Gemüsegarten vorbeikam, schöpfte er wieder ein wenig Atem.

»Wo mag nur der Großvater geblieben sein?« dachten wir, nachdem wir drei Stunden auf ihn gewartet hatten. Die Mutter war schon längst vom Vorwerk zurückgekommen und hatte einen Topf mit heißen Klößen mitgebracht. Der Großvater aber kam und kam nicht! Wir setzten uns also allein hin, um zu vespern. Nach dem Abendessen wusch die Mutter den Topf und suchte mit den Augen nach einer Stelle, wo sie das Spülicht ausgießen konnte, denn ringsum gab es nichts als Beete; da sieht sie auf einmal, wie ihr eine Tonne entgegengerollt kommt. Es war ziemlich dunkel. Sicherlich hatte sich jemand von den Burschen mutwillig hinter die Tonne gesteckt und schob sie vor sich hin. »Ei, da kann ich ja das Spülicht in die Tonne gießen«, sagte sie und goß das heiße Spülicht hinein.

»O weh!« schrie da eine tiefe Baßstimme auf. Sieh da. Es war der Großvater! Ja, wer konnte denn das wissen! Bei Gott, wir dachten einfach, ein Faß käme angerollt! Offen gestanden, wenn's auch eine Sünde ist, aber es war wirklich furchtbar komisch, als der graue Kopf des Großvaters ganz vom Spülicht triefend und mit Melonenschalen behängt hervorschaute.

»So ein Teufelsweib!« rief der Großvater und wischte sich den Kopf mit dem Rockschoß ab. »Wie die mich verbrüht hat, rein wie ein Schwein vor Weihnachten! Na, Jungens, jetzt sollt ihr aber Brezeln bekommen. Ihr sollt nur in goldenen Schupans herumlaufen, ihr Hundesöhne. Seht her! Sehr, was ich euch mitgebracht habe!« rief der Großvater und deckte denKessel auf.

Und was glaubt ihr wohl, was drin war? Überlegt's euch wohl, hört ihr – ihr denkt wohl: Gold? Aber das ist's ja eben, daß es kein Gold war: Mist, Unrat und sowas … Es ist eine Schande zu sagen, was alles da drin war. Der Großvater spuckte aus, warf den Kessel hin und wusch sich die Hände.

Und seit der Zeit beschwor uns der Großvater, niemals dem Teufel zu trauen. »Denkt lieber gar nicht dran!« sagte er oft zu uns. »Alles, was der Feind Jesu Christi spricht, hat er erlogen, dieser Hundesohn! Der hat auch nicht für einen Deut Wahrheitsliebe!« Und kaum vernahm der Alte, daß es irgendwo rumore, so rief er uns schon zu: »Schnell, Kinder, machen wie ein Kreuz darüber! So, so, so geschieht's ihm recht! Tüchtig soll er's kriegen!« Und dann legte er los mit dem Kreuzschlagen. Jenen verhexten Ort aber, an dem er nicht zu Ende tanzen konnte, ließ er umzäunen und ließ von da ab alles, was man nicht brauchen konnte, also den ganzen Schutt und Unrat, den er auf dem Felde ausgrub, dort hinwerfen.

So also foppte des Satans Macht den Menschen! Ich kenne diesen Ort sehr gut: Später haben ein paar Kosaken aus der Nachbarschaft ihn von meinem Vater gepachtet, um ihn zu bebauen. Der Boden ist prachtvoll, und die Ernte war immer ganz herrlich;

aber von einem behexten Ort kann ja nie Gutes kommen. Man sät etwas, was man braucht, dann aber geht etwas auf, wovon nur der Teufel weiß, was es ist: Es ist kein Kürbis, keine Melone und auch keine Gurke … Weiß der Teufel, was es ist.

Mirgorod

1835

Ein Novellen-Kreis
zugleich eine Fortsetzung
der Abende auf dem Weiler bei Dikanka

Erster Teil

Mirgorod ist eine ziemlich kleine Stadt, am Flusse Chorol. Sie hat eine Seilfabrik, eine Ziegelei, vier Wassermühlen und 45 Windmühlen.
Lehrbuch der Geographie von Sjablowski

Obwohl man in Mirgorod die Brezeln aus schwarzem Teig backt, sind sie doch recht schmackhaft.
Aus dem Tagebuche eines Reisenden

Altväterische Gutsbesitzer

Übersetzt von Lilly König

Ich liebe es sehr, dies bescheidene Leben jener einsamen Bewohner entlegener Dörfer, die man in Kleinrußland gewöhnlich »Altväterliche Gutsbesitzer« nennt, und die uns gleich verwitterten malerischen Häuschen durch ihre schlichte Einfachheit anziehen. Der Reiz besteht in dem absoluten Gegensatz zu den neuen, sauberen Gebäuden, deren Mauern noch kein Regen verwaschen hat, deren Dächer kein grüner Schimmel bedeckt und deren vom Mörtel entblößte Fassade noch nicht ihre roten Ziegel hervorstreckt. Ich liebe es, mich mitunter auf Augenblicke in diese Sphäre dieses ganz einsamen Lebens zu versenken: Da schwingt sich kein Wunsch über den Zaun, der das kleine Gehöft umgibt, aber über die Hecke, die den mit Apfel- und Birnbäumen reich bestandenen Garten einschließt. Kein Verlangen reckt sich über die von Weiden, Holunder und Birnbäumen beschatteten, schiefen Hütten. Auch das Leben der Bewohner ist so still – so still, daß man zeitweise sich selbst vergißt und glaubt, die Leidenschaften, die Begierden und die seltsamen Gelüste des bösen Geistes, die diese Welt beunruhigen, existierten gar nicht und wären nur Gesichte eines glänzenden, bösen Traumes.

Es ist mir, als sähe ich es vor meinen Augen – das niedrige Häuschen mit der Galerie aus kleinen geschwärzten Holzstäben, die rund herum das Haus umgibt, damit man bei Regen und Hagel die Läden schließen kann, ohne selbst naß zu werden. Hinter ihr erhebt sich ein duftender Faulbaum und eine lange Reihe niedriger Obstbäume, die im Purpurrot der Kirschen und im saphirblauen Meer der mattbereiften Pflaumen ertrinken. Dort steht ein langgestreckter Ahorn, in dessen Schatten ein ausgebreiteter Teppich zur Ruhe einladet, vor dem Hause befindet sich ein geräumiger Hof, der von frischem, kurzem Gras bedeckt ist, in welchem emsige Füße von dem Speicher bis zur Küche und von der Küche bis zu den Herrschaftszimmern einen schmalen Weg ausgetreten haben. Eine langhalsige Gans steht umringt von jungen, flaumigen Küchеln und trinkt Wasser; der Staketenzaun ist mit Bündeln von getrockneten Äpfeln, Birnen und Teppichen behängt, die hier ausgelüftet werden; eine Fuhre mit Melonen steht neben dem Speicher, und der ausgespannte Stier ruht träge daneben aus. Das alles hat für mich einen unerklärlichen Zauber, vielleicht weil ich es nun nicht mehr sehe und weil uns alles so teuer ist, von dem wir getrennt sind. Gleichviel warum, jedenfalls zog auch schon damals eine wunderbare angenehme Ruhe durch meine Seele, wenn sich mein Wagen dem Häuschen näherte; fröhlich trabten die Pferde auf die Freitreppe zu, und der Kutscher stieg behaglich vom Bock und zündete sich ein Pfeifchen an, als käme er zu sich nach Hause – ja selbst das Gebell, daß die phlegmatischen, schwarzen und braunen Köter anstimmten, war meinen Ohren angenehm.

Am meisten aber gefielen mir die Besitzer dieser bescheidenen Nester, die alten Männer und Frauen, die einem geschäftig entgegenkamen und einen so freundlich begrüßten. Heut noch im Lärm und Trubel des Lebens, inmitten moderner Fräcke meine ich manchmal ihre Gesichter zu sehen: Und im Halbschlummer steigt dann die Vergangenheit vor mir auf. In ihren Zügen liegt immer soviel Güte, soviel Treuherzigkeit und Herzensreinheit – daß man unwillkürlich, wenn auch nur für kurze Zeit, seine vermessenen Pläne und Absichten vergißt und unbewußt mit allen Fühlern in dies schlichte und idyllische Leben hinabtaucht. Bis heute kann ich zwei von diesen alten Leuten aus dem vorigen Jahrhundert nicht vergessen, die längst nicht mehr unter den Lebenden weilen: Aber auch heut noch ist meine Seele von Trauer erfüllt, und mein Herz zieht sich bei dem Gedanken seltsam zusammen, daß ich wieder einmal an ihrer einstigen nun verödeten Wohnung vorbeikommen könnte, und dort, wo einst ihr niedriges Häuschen stand, nur einen Haufen verfallener Hütten, einen moosüberzogenen Teich, den verwilderten Garten finden könnte – und weiter nichts. Es wird einem so traurig dabei zumute! Wie traurig ist schon der bloße Gedanke daran. Aber wenden wir uns unserer Erzählung zu.

Afanassij Iwanowitsch Towstogub und Pulcheria Iwanowna »Towstogubicha«, (wie die Bauern aus der Umgegend sie zu nennen pflegten), so hießen jene alten Leute, von denen ich zu erzählen begonnen habe. Wenn ich ein Maler wäre und das Bild von Philemon und Baucis auf der Leinwand darstellen wollte: Ich würde nie ein anderes Modell wählen als diese beiden. Afanassij Iwanowitsch war 60 Jahre alt, Pulcheria Iwanowna 55. Afanassij Iwanowitsch war groß von Wuchs, trug beständig einen mit Kamelot überzogenen Schafspelz, saß gebeugt da und lächelte immer, sei es nun, daß er selbst sprach und erzählte oder daß er einfach zuhörte. Pulcheria Iwanowna dagegen war stets ernst und lächelte fast nie: In ihren Zügen und in ihren Augen lag soviel Güte und soviel Bereitwilligkeit, Sie mit dem Besten zu bewirten, was sie besaß, daß Sie ein Lächeln auf diesen guten Zügen sicher als süßlich empfunden hätten. Die feinen Runzeln auf ihren Gesichtern hatten etwas so Angenehmes und Liebenswürdiges, daß ein Maler sie sich sicher gemerkt und bei Gelegenheit verwertet hätte. Es schien, als konnte man die ganze Geschichte ihre Lebens von ihnen ablesen: dieses lauteren, ruhigen Lebens, wie es die alten bodenständigen, braven und wohlhabenden Familien führen, die so sehr von jenen gewöhnlichen Kleinrussen abstechen, welche aus den Kreisen von Teerbrennern und Krämern hervorgehen. Diese erfüllen alle Staatsbehörden und Kanzleien wie die Heuschrecken, ziehen ihren eigenen Landsleuten die letzten Groschen aus der Tasche, überschwemmen Petersburg mit ihrem Klatsch, erwerben sich endlich ein Vermögen und hängen dann ihrem Familiennamen, der immer auf o endet, breitspurig noch ein w an. Nein, unsere alten Leute hatten keine Ähnlichkeit mit diesen verächtlichen, traurigen Geschöpfen, ebensowenig wie die wurzelechten kleinrussischen Familien. Man konnte nicht gleichgültig bleiben, wenn man sah, wie innig *sie* einander liebten; obwohl sie sich nicht duzten, sondern sich stets mit Sie anredeten: Sie, Afanassij Iwanowitsch! Sie, Pulcheria Iwanowna!

»Afanassij Iwanowitsch, haben Sie den Stuhl durchgesessen?«

»Jawohl, Pulcheria Iwanowna, seien Sie mir deshalb nicht böse!«

Sie hatten nie Kinder gehabt, und daher konzentrierte sich all ihre Liebe aufeinander. Früher einmal, in seiner Jugend, hatte Afanassij Iwanowitsch gedient, und hatte es sogar bis zum Sekonde-Major gebracht – aber das war schon lange her und längst vorbei – Afanassij Iwanowitsch dachte selbst fast nie mehr an diese Zeit. Mit dreißig Jahren hatte er geheiratet; er war damals ein forscher Kerl, trug ein gestickten Kamisol; und hatte es sogar sehr gescheit angefangen, Pulcheria Iwanowna zu entführen, deren Verwandte gegen die Heirat waren, aber auch dies schien seinem Gedächtnis entschwunden zu sein, jedenfalls sprach er nie davon. All diese längst vergangenen und außerordentlichen Ereignisse waren verdrängt durch das ruhige, einsame Leben, und verwischt durch jene einschläfernden und doch wieder harmonischen Träumereien, die Sie überfallen, wenn Sie auf der Veranda sitzen und in den Garten schauen, wo ein herrlicher Regen niedergeht; klatschend fällt er auf das Laub der Bäume nieder, läuft in rieselnden Bächlein ab und träufelt einen süßen Schlummer in Ihre Glieder: unterdessen aber steigt langsam ein Regenbogen hinter den Bäumen auf und leuchtet wie ein halbzerstörtes Tor in seinen blassen sieben Farben am Himmel auf, … oder wenn Sie sanft hin- und hergewiegt in Ihrem Wagen zwischen grünen Sträuchern hindurchfahren, wenn die Steppenwachtel schlägt, und duftendes Gras, Kornähren und Feldblumen durch die Türen Ihres Wagens dringen und Ihnen liebkosend Gesicht und Hände streicheln.

Er hörte seinen Gästen, die zu ihm zu Besuch kamen, immer freundlich lächelnd zu; manchmal sagte er auch selbst wohl ein Wort, aber größtenteils fragte er sie bloß aus. Er gehörte nicht zu jenen Greisen, die allen Leuten durch ihr unaufhörliches Preisen der alten Zeit und durch das Schmähen des Neuen lästig fallen: Im Gegenteil, er erkundigte sich stets nach allem und zeigte großes Interesse und lebhafte Teilnahme für ihre Lebensverhältnisse, ihre Erfolge und Mißerfolge – gewöhnlich interessieren sich ja alle guten alten Leute dafür, obwohl ihre Teilnahme uns an die Neugierde eines Kindes erinnert, das mit Ihnen spricht und dabei eingehend das Zifferblatt Ihrer Uhr mustert. Man kann wohl sagen, daß sein Gesicht in solchen Augenblicken vor Güte strahlte.

Die Zimmer des Häuschens, in dem unsere Alten lebten, waren klein und niedrig, wie wir sie gewöhnlich bei Leuten aus der guten alten Zeit antreffen. Jede Stube war mit einem riesigen Ofen versehen, der fast den dritten Teil des Raumes einnahm. In diesen Zimmern war es immer furchtbar warm, weil Afanassij Iwanowitsch und Pulcheria Iwanowna beide die Wärme sehr liebten. Das gesamte Heizmaterial war im Flur aufgestapelt, der fast bis zur Decke mit Stroh angefüllt war, das in Kleinrußland gewöhnlich statt des Holzes verwendet wird. Das Knistern und die Farbe des brennenden Strohs geben dem Flur an den Winterabenden etwas besonders Anziehendes, wenn die ausgelassene Jugend, die wohl draußen einer braunen Schönen nachjagt, plötzlich ganz erfroren hereinstürmt und sich lachend die Hände wärmt. Die Zimmerwände waren mit Bildern und Bildchen in alten, schmalen Rahmen geschmückt: Ich bin überzeugt, daß die Sujets dieser Bilder selbst von den Wirten längst vergessen waren, und wenn man ein paar davon entfernt hätte, wäre es den Alten sicherlich nicht aufgefallen. Zwei dieser Bilder waren größer und in Öl gemalt: Das eine stellte einen Bischof dar, das andre Peter III. Aus einem schmalen Rahmen blickte das ganz von Fliegen verschmutzte Gesicht der Herzogin von La Vallière hervor. Um die Fensterrahmen herum und über den Türen hing eine Menge kleinerer Bilder, die man unwillkürlich für Flecke an der Wand hält und daher nicht näher betrachtet. Der Fußboden bestand fast in allen Zimmern aus Lehm; aber er war so schön gepflegt und so sauber gehalten wie kaum ein Parkett in einem vornehmen Hause, das von faulen, schläfrigen Livreedienern gefegt wird.

Pulcheria Iwanownas Zimmer war ganz mit Kisten und Kasten, Kistchen und Kästchen verstellt. An den Wänden hingen unzählige Bündelchen und Säckchen mit Blumen-, Gemüse- und Wassermelonensamen. In den Ecken standen mehrere Koffer; in diesen und zwischen diesen wurden viele Knäuel buntfarbiger Wolle sowie Stoffreste von altmodischen Kleidern, die vor einem halben Jahrhundert genäht waren, aufbewahrt. Pulcheria Iwanowna war eine sorgsame Hausfrau und hob alles auf, obschon sie selbst nicht wußte, warum.

Aber das Allerbemerkenswerteste im Hause waren die singenden Türen. Sobald der Morgen graute, hörte man den Gesang der Türen durchs ganze Haus erschallen. Ich weiß nicht, warum sie eigentlich sangen. Vielleicht waren die verrosteten Angeln schuld daran, vielleicht aber hatte auch der Mechaniker, der sie gebaut, ein Geheimnis in sie hineingelegt. Was jedoch am meisten auffiel, war dies, daß jede Tür ihre eigene Stimme hatte. Die Schlafzimmertür sang im höchsten Sopran, die des Speisezimmers krächzte im Baß, dafür gab die Flurtür einen ganz seltsamen dröhnenden und ächzenden Laut von sich, so daß man bei längerem Hinhören deutlich die Worte »Väterchen, mich friert!« zu vernehmen glaubte. Ich weiß wohl, daß vielen dieses Geräusch nicht gefällt, aber ich liebe es sehr, und wenn ich es zufällig höre, steigt sofort das Dorf vor meinem Geiste auf: Das niedrige, nur schwach vom Licht altmodischer Leuchter erhellte Zimmerchen, der Tisch mit dem Abendessen, die dunkle Mainacht, die durch das geöffnete Fenster auf den gedeckten Tisch herabsinkt, die Nachtigall, die Garten und Haus und den Fluß in der Ferne mit ihrem Gesang erfüllt, das Raunen und Flüstern der Zweige … Herrgott, welch eine unabsehbare Kette von Erinnerungen zieht dann an mir vorüber!

Die hölzernen Stühle im Zimmer waren, wie das in der alten Zeit üblich war, alle massiv; sie hatten hohe, geschnitzte Lehnen, in Naturfarbe, ohne Lack und Anstrich; ja sie waren nicht einmal mit Stoff bezogen und erinnerten einigermaßen an die Stühle, auf denen auch in unserer Zeit noch die Bischöfe zu sitzen pflegen. In den Ecken standen *dreieckige* und vor dem Sofa und dem Spiegel mit dem schmalen, goldenen Rahmen – dessen geschnitzte Blätter die Fliegen mit schwarzen Punkten übersät hatte – *viereckige* Tische; vor dem Sofa war ein Teppich mit Vögeln, die wie Blumen, und mit Blumen, die wie Vögel aussahen, ausgebreitet; das war so ziemlich die gesamte Ausstattung des anspruchslosen Häuschens, in dem unsere alten Leutchen lebten.

Das Mädchenzimmer war von jungen und alten Mädchen in gestreiften Leinwandröcken erfüllt; dann und wann gab Pulcheria Iwanowna ihnen etwas zu nähen, oder sie ließ sie Beeren aussuchen, gewöhnlich liefen sie in der Küche umher, oder sie schliefen. Pulcheria Iwanowna hielt es für nötig, sie im Hause zu halten und wachte streng über ihr Betragen; aber zu ihrem großen Erstaunen verging kaum ein Monat, ohne daß der Umfang des einen oder des andern Mädchens in ganz ungewöhnlicher Weise zunahm. Dies war um so merkwürdiger, als es im ganzen Hause keinen Junggesellen gab, ausgenommen den Zimmerburschen, der barfuß, in einem kurzen grauen Frack, umherlief und entweder aß, oder wenn er nicht damit beschäftigt war, ganz sicher schlief. Pulcheria

Iwanowna schalt die Schuldige gewöhnlich aus und bestrafte sie streng, um in Zukunft einem Wiederholungsfall vorzubeugen. An den Scheiben der Fenster summten unzählige Fliegen, übertönt von dem tiefen Baß einer Hummel, der mitunter noch von dem grellen Summen der Wespen unterstützt wurde; sobald man jedoch Licht hineintrug, suchte die ganze Gesellschaft ihr Nachtlager auf, und eine schwarze Wolke bedeckte die ganze Zimmerdecke.

Afanassij Iwanowitsch kümmerte sich sehr wenig um die Wirtschaft, obgleich er manchmal zu den Mähern und Schnittern hinausfuhr und dann ohne Unterlaß zusehen konnte, wie sie arbeiteten; die ganze Last der Verwaltung lag auf den Schultern Pulcheria Iwanownas. Die wirtschaftliche Leitung Pulcheria Iwanownas bestand in einem unablässigen Öffnen und Schließen der Vorratskammern und im Salzen, Trocknen und Einkochen einer unzähligen Menge von Früchten und Gemüsen. Ihr Reich sah auf ein Haar einem chemischen Laboratorium ähnlich. Unter dem Apfelbaum flackerte beständig ein Feuer und der Kessel oder das Kupferbecken standen fast immer auf dem eisernen Dreifuß: Dort kochte sie ihr Eingemachtes, ihre Gelees und Marmeladen aus Honig, Zucker und weiß Gott woraus sonst noch. Unter dem andern Baum vor einem kupfernen Kessel stand der Kutscher, der beständig Spiritus auf Pfirsichblätter – Faulbaumblüten – Tausendgüldenkraut – Kirschkerne usw. destillierte. Am Schluß dieses Verfahrens war er natürlich nie imstande, ein vernünftiges Wort zu reden, sprach einen solchen Unsinn zusammen, daß Pulcheria Iwanowna nichts verstehen konnte, und ging endlich in die Küche, um sich schlafen zu legen. Von all diesem unnützen Zeug wurde so unendlich viel gekocht, getrocknet, eingesalzen usw., daß es wahrscheinlich den ganzen Hof überschwemmt hätte (Pulcheria Iwanowna liebte es, sich über ihren Bedarf hinaus noch einen Reservevorrat anzulegen), wenn nur nicht die größere Hälfte all dieser schönen Dinge von den Dienstmädchen verzehrt worden wäre. Sie schlichen sich in die Vorratskammern und aßen sich dort so voll, daß sie danach den ganzen Tag lang stöhnten und über Leibweh klagten.

In den Ackerbau und die andern wirtschaftlichen Ressorts hatte Pulcheria Iwanowna nur einen geringen Einblick. Der Verwalter und der Dorfälteste bestahlen sie gemeinsam ganz unbarmherzig. Diese beiden hatten die Gewohnheit angenommen, im herrschaftlichen Walde ganz wie in ihrem eigenen zu schalten: Sie ließen eine Menge von Schlitten herstellen und verkauften sie dann auf dem nächsten Markte; außerdem verkauften sie den benachbarten Kosaken, die Balken für ihre Mühlen brauchten, die dicken Eichenstämme. Einmal wollte Pulcheria Iwanowna ihren Wald inspizieren. Es wurde auch eine Kutsche mit einer riesigen Schutzdecke angespannt, als jedoch der Kutscher die Leinen anzog und die Pferde, die noch in der Miliz gedient hatten, davontrabten, da erfüllte die Kutsche die Luft mit ganz merkwürdigen Tönen, so daß man plötzlich Flöten, Schellen und Trommeln zu hören glaubte: Jeder Nagel, jede eiserne Klammer stöhnte so laut, daß man es sogar bei den über zwei Werst entfernten Mühlen hören konnte, wie die Herrschaften ausfuhren. Die furchtbare Verwüstung im Walde konnte Pulcheria Iwanowna natürlich nicht entgehen: Sie sah, daß viele Eichen fehlten, die ihr schon in ihrer Jugend als hundertjährige Bäume bekannt gewesen waren. Sie wandte sich daher an den anwesenden Verwalter und fragte: »Mitschipor, wie kommt es, daß so wenig Eichen da sind? Paß mal auf, daß dir die Haare auf deinem Kopf nicht ausgehen!«

»Warum?« antwortete der Verwalter wie gewöhnlich, »sie sind verschwunden, glatt verschwunden. Der Blitz hat sie getroffen, die Würmer haben Sie gefressen – sie sind verschwunden, gnädige Frau, – ganz verschwunden.«

Pulcheria Iwanowna begnügte sich vollkommen mit dieser Antwort. Als sie jedoch nach Hause kam, befahl sie, die Zahl der Wächter bei den spanischen Kirschen und bei den großen Winterbirnen zu verdoppeln.

Diese würdigen Herren, der Verwalter und der Dorfälteste, hielten es auch für ganz überflüssig, dem herrschaftlichen Speicher alles Mehl zukommen zu lassen, und meinten, daß die Herrschaft schon an der Hälfte genug hätte: zu guter Letzt bestand diese Hälfte gar nur aus allerhand verschimmelten und feuchten Resten, die auf den Märkten nicht verkauft worden waren. Gewiß stahlen der Verwalter und Dorfälteste außerordentlich viel, und das Gesinde, von der Wirtschafterin abwärts bis hinab zu den Schweinen, vertilgten eine schreckliche Menge von Äpfeln und Pflaumen – diese Tiere stießen nämlich mit ihren Rüsseln oft gegen die Bäume, um sich einen ganzen Fruchtregen herabzuschütteln – gewiß pickten die Sperlinge und Krähen sehr viel an – gewiß beschenkten die Knechte und Mägde ihre Verwandten in den andern Dörfern auf das reichlichste (sie holten sogar ganze Stücke Leinwand und alter Hausgewebe aus dem Speicher). Auch fand außerordentlich viel den Weg ins allgemeine Reservoir das heißt zum Gastwirt, und auch die Gäste, die phlegmatischen Kutscher und Diener, mochten nicht wenig wegstehlen: jedoch die fruchtbare Erde brachte alles in solcher Überfülle hervor, und Afanassij Iwanowitsch und Pulcheria Iwanowna hatten so wenig Bedürfnisse, daß diese verheerenden Räubereien in der Wirtschaft vollkommen unbemerkt blieben.

Unsere beiden alten Leutchen liebten vor allem nach Art der Gutsbesitzer aus der alten Zeit auch sehr – zu essen. Kaum brach die Morgenröte an, (sie standen immer sehr zeitig auf), und kaum begannen die Türen ihr vielstimmiges Konzert, – da saßen die beiden auch schon bei Tisch und tranken Kaffee. Nach dem Kaffee ging Afanassij Iwanowitsch gewöhnlich in den Flur, schwenkte sein Taschentuch und rief: »Ksch, ksch! Marsch! fort von der Treppe, ihr Gänse!« Im Hofe traf er meist den Verwalter und ließ sich gewohnheitsmäßig mit ihm in ein Gespräch ein, ließ sich mit der größten Ausführlichkeit von allen Arbeiten erzählen und gab dann Anweisungen und Befehle, die jeden durch die gediegene Wirtschaftskenntnis, von der sie zeugten, in Staunen gesetzt hätten; ein Neuling hätte es sich sicher nicht träumen lassen, daß man einem so aufmerksamen Hausherrn etwas stehlen könne. Aber der Verwalter war ein geriebener Herr: Er wußte, welche Antworten er geben mußte, noch besser aber verstand er sich auf das Wirtschaften.

Dann ging Afanassij Iwanowitsch ins Haus zu Pulcheria Iwanowna zurück und fragte: »Pulcheria Iwanowna, wie denken Sie, wäre es nicht Zeit, einen kleinen Imbiß zu nehmen?«

»Was könnte man jetzt wohl essen, Afanassij Iwanowitsch? Vielleicht ein paar in Schmalz gesottene Pfannkuchen? Oder kleine Mohnkuchen? Oder ein paar gesalzene Pilze?«

»Meinetwegen – Pilze oder auch Mohnkuchen«, antwortete Afanassij Iwanowitsch, und plötzlich deckte sich der Tisch mit einem Tischtuch, Pilzen und Mohnkuchen.

Eine Stunde vor dem Mittagessen nahm Afanassij Iwanowitsch wieder einen Imbiss, trank aus einem alten silbernen Becherchen einen Schnaps und aß ein paar Pilze, getrocknete Fischchen und dergleichen. Um zwölf Uhr setzte man sich zu Tisch. Außer den verschiedenen Schüsseln und Saucieren standen auf dem Tisch noch zahlreiche Töpfchen, die sorgfältig zugedeckt und verklebt waren, damit die zahlreichen angenehmen Erzeugnisse der alten, wohlschmeckenden Küche nicht ihr Aroma verlören. Beim Mittagstisch drehte sich die Unterhaltung gewöhnlich um Gegenstände, die eng mit der Mahlzeit verknüpft waren.

»Mir scheint«, sagte zum Beispiel Afanassij Iwanowitsch, »daß diese Grütze etwas angebrannt ist. Meinen Sie nicht auch, Pulcheria Iwanowna?«

»Nein, Afanassij Iwanowitsch, nehmen Sie nur etwas mehr Butter, so wird sie nicht mehr angebrannt schmecken, oder hier, gießen Sie etwas Pilzsauce darüber –«

»Hm, vielleicht haben Sie recht«, sagte Afanassij Iwanowitsch und reichte seinen Teller hin. »Ich will es mal versuchen.«

Nach dem Mittag legte sich Afanassij Iwanowitsch auf ein Stündchen nieder. Hierauf brachte ihm Pulcheria Iwanowna eine angeschnittene Wassermelone und sagte: »Afanassij Iwanowitsch, versuchen Sie einmal, sehen Sie nur, was das für eine schöne Melone ist.«

»Lassen Sie sich nicht dadurch täuschen, daß sie in der Mitte so schön rot ist, Pulcheria Iwanowna«, sagte Afanassij Iwanowitsch, indem er sich eine gute Portion vorlegte, »es kommt vor, daß Melonen rot und doch schlecht sind!«

Die Melone wurde sofort verzehrt. Hierauf aß Afanassij Iwanowitsch noch einige Birnen und macht mit Pulcheria Iwanowna einen Spaziergang durch den Garten. Wenn sie wieder nach Hause kamen, besorgte Pulcheria Iwanowna ihre Geschäfte, und er setzte sich vor die Tür und sah zu, wie der Speicher dem Beschauer bald sein Innerstes preisgab, halb wieder verbarg, und wie die Dienstmädchen, sich unaufhörlich stoßend und drängend, allerhand Kram in Holzkisten, Sieben, Mulden und sonstigen Obstbehältern hin- und hertrugen. Nach einer Weile schickte er nach Pulcheria Iwanowna, oder er ging selbst zu ihr hin und fragte: »Was sollte ich jetzt wohl essen, Pulcheria Iwanowna?«

»Ja, was könnte man wohl essen ...!« meinte Pulcheria Iwanowna, »soll ich Ihnen vielleicht Quarkkuchen mit Beerenfüllung bringen lassen, die ich eigens für Sie aufbewahren ließ?«

»Ja, das wäre ausgezeichnet«, sagte Afanassij Iwanowitsch.

»Oder vielleicht wollen Sie etwas rote Grütze essen?«

»Auch das läßt sich hören«, antwortete Afanassij Iwanowitsch, und gleich darauf wurde all dieses hereingebracht und, wie zu erwarten war, mit Appetit verzehrt.

Vor dem Abendbrot versorgte sich Afanassij Iwanowitsch noch mit diesem oder jenem. Um 1/2 10 Uhr setzte man sich zum Abendbrot. Darauf ging man sofort schlafen, und eine allgemeine Stille senkte sich auf diesen tätigen und doch ruhevollen Erdenwinkel herab.

Das Schlafzimmer Afanassij Iwanowitsch und Pulcheria Iwanowna war so warm, daß ein anderer kaum einige Stunden in ihm hätte zubringen können; aber Afanassij Iwanowitsch schlief noch eigens auf der Ofenbank, um es wärmer zu haben, obgleich die Hitze ihn des Nachts einige Male zwang, aufzustehen und im Zimmer auf und ab zu laufen. Hin und wieder stöhnte er leise im Stehen.

Gewöhnlich fragte dann Pulcheria Iwanowna: »Warum stöhnen Sie so, Afanassij Iwanowitsch?«

»Weiß Gott, Pulcheria Iwanowna«, sagte Afanassij Iwanowitsch, »ich habe wohl ein wenig Leibdrücken!«

»Sollten Sie nicht vielleicht etwas zu sich nehmen, Afanassij Iwanowitsch?«

»Ich weiß nicht, Pulcheria Iwanowna; wird mir das auch bekommen? Übrigens, was könnte ich denn essen?«

»Nun, etwas saure Milch oder ein paar geschmorte Birnen?«

»Ja, so etwas – das wäre noch das einzige«, murmelte Afanassij Iwanowitsch; die schläfrige Magd mußte alle Schränke durchsuchen, und Afanassij Iwanowitsch aß einen Teller Milch oder Birnen, wonach er gewöhnlich erklärte: »Mir scheint, es ist mir schon wieder besser.«

Mitunter, wenn es schon heller war und eine angenehme Wärme im Zimmer herrschte, wurde Afanassij Iwanowitsch ganz munter; dann liebte er es wohl, ein wenig mit Pulcheria Iwanowna zu scherzen.

»Was würden wir machen, Pulcheria Iwanowna, wenn plötzlich Feuer im Hause ausbräche? Wohin würden wir uns flüchten?« fragte er.

»Gott behüte uns davor!« sagte Pulcheria Iwanowna und schlug ein Kreuz.

»Gewiß – aber nehmen wir einmal an, unser Haus würde niederbrennen? Wohin würden wir dann ziehen?«

»Gott weiß, was Sie da schwatzen, Afanassij Iwanowitsch! Wie kann denn unser Haus abbrennen! Das wird Gott nie zulassen!«

»Hm – und wenn es doch abbrennt?«

»Nun, dann werden wir in die Küche übersiedeln. Sie müßten dann für einige Zeit in dem Zimmer wohnen, wo jetzt die Wirtschafterin haust.«

»Und wenn die Küche mit abbrennt?«

»Auch das noch! Das würde Gott nie zulassen, daß Haus und Küche so plötzlich niederbrennen. Dann müßten wir ja in den Speicher ziehen, bis das neue Haus fertig ist.«

»Hm – wenn nun aber auch der Speicher mit abbrennt?«

»Herrgott, was Sie nur reden! Ich will nichts davon hören, es ist eine Sünde, so zu sprechen. Gott straft einen für solche Reden!«

Aber Afanassij Iwanowitsch saß zufrieden lächelnd auf seinem Stuhl und freute sich, daß er Pulcheria Iwanowna ein wenig geneckt hatte.

Am allerinteressantesten erschienen mir jedoch die alten Leute, wenn sie Besuch hatten. Dann nahm in ihrem Hause alles einen andern Anstrich an. Man kann wohl sagen, diese prächtigen Menschen lebten ganz für ihre Gäste. Das Beste, was sie hatten, wurde herausgesucht, und sie wetteiferten miteinander, dem Gast die schönsten Erzeugnisse der ganzen Wirtschaft vorzusetzen. Und was dabei das Angenehmste war: In all ihrer Liebenswürdigkeit lag auch nicht eine Spur von Aufdringlichkeit. Die Treuherzigkeit, Gefälligkeit und Güte leuchtete ihnen aus den Augen und stand ihnen so gut, daß man unwillkürlich ihren Einladungen Folge leistete. Diese Güte und Freundlichkeit quoll aus der schlichten Einfalt ihrer braven und ehrlichen Seelen, und ihre Liebenswürdigkeit hatte nichts mit der eines Staatsbeamten gemein, der es mit Ihrer Hilfe zu etwas gebracht hat; Sie seinen Wohltäter nennt und vor Ihnen kriecht. Der Gast durfte nie am selben Tag wieder gehn: Er mußte durchaus bei den Alten übernachten.

»Wie kann man bloß zu so später Stunde noch einen so weiten Weg antreten?« pflegte Pulcheria Iwanowna zu sagen. (Gewöhnlich wohnte der Gast drei oder vier Werst weit von ihnen.)

»Natürlich«, sagte Afanassij Iwanowitsch, »wer weiß, was einem alles passieren kann: es gibt doch Räuber und andres Gesindel, die einen überfallen können!«

»Gott möge Sie vor Räubern bewahren«, sagte Pulcheria Iwanowna, »warum sprichst du zur Nacht von solchen Dingen. Ich sage es nicht der Räuber wegen, – man sollte überhaupt nicht in solch einer Dunkelheit fahren! Ja, und Ihr Kutscher – ich kenne doch Ihren Kutscher, er ist so ein dürftiger, kleiner Kerl, den wirft jede Stute um – und dann ist er jetzt sicherlich schon betrunken und schläft irgendwo.«

Und dem Gast blieb nichts anderes übrig: Er mußte bleiben. Übrigens waren der Abend in dem niedrigen, warmen Zimmer, die treuherzige, erwärmende und zugleich einschläfernde Unterhaltung, der Geruch, der von den nahrhaften und meisterhaft zubereiteten Gerichten, die den Tisch besetzten, aufstieg, eine entsprechende Belohnung. Ich sehe Afanassij Iwanowitsch noch ganz deutlich vor mir, wie er gebeugt im Lehnstuhl sitzt und dem Gaste voller Aufmerksamkeit, ja mit Entzücken zuhört. Zuweilen war auch von Politik die Rede. Der Gast, der meist auch nur selten aus seinem Dorf herauskam, teilte dann wohl mit wichtiger und geheimnisvoller Miene seine Vermutungen mit und erzählte, daß die Franzosen sich heimlich mit den Engländern verbündet hätten, um Bonaparte wieder einmal auf Rußland loszulassen; oder er erzählte einfach von dem bevorstehenden Kriege. Dann pflegte Afanassij Iwanowitsch wohl zu antworten, indem er Pulcheria Iwanowna scheinbar gar nicht beachtete:

»Ich denke auch daran, in den Krieg zu gehen – warum sollte ich auch nicht in den Krieg gehen?«

»Was er da wieder redet – das fehlt gerade noch«, unterbrach ihn Pulcheria Iwanowna. »Glauben Sie ihm nicht«, wandte sie sich an den Gast, »wie kann er in seinem Alter noch in den Krieg ziehen – der erste beste Soldat schießt ihn ja gleich tot; bei Gott, er schießt ihn tot. Ja, er wird auf ihn anlegen, zielen und ihn niederschießen.«

»Nun, und was ist dabei?« erwiderte Afanassij Iwanowitsch, »ich werde ihn auch niederschießen!«

»Hören Sie nur, was er wieder spricht«, fiel ihm Pulcheria Iwanowna ins Wort, »wie kann er denn in den Krieg gehen! Seine Pistolen sind ja längst verrostet und liegen schon lange in der Rumpelkammer. Sie sollten sie nur ansehen: Das sind ganz gräßliche Dinger, bevor man abdrückt, sprengt einem das Pulver das ganze Zeug auseinander. Er wird sich die Hände verstümmeln und das Gesicht verunstalten, er wird sich noch für ewige Zeiten unglücklich machen!«

»Und wenn schon«, sagte Afanassij Iwanowitsch, »ich werde mir eben ein neues Gewehr kaufen – und mir einen Säbel und einen Kosakenspieß anlegen.«

»Dummheiten, Dummheiten! Plötzlich fällt ihm etwas ein, und dann geht es los!« sagte Pulcheria Iwanowna ganz ärgerlich. »Ich weiß ja, daß er spaßt, aber es ist doch unangenehm, so etwas anhören zu müssen. Sehen Sie, so spricht er immer, mitunter wird einem ganz bange, wenn man ihn so reden hört.«

Aber Afanassij Iwanowitsch saß höchst befriedigt darüber, daß er Pulcheria Iwanowna etwas geängstigt hatte, ganz zusammengebeugt in seinem Stuhl und lachte vergnügt.

Pulcheria Iwanowna war immer am interessantesten für mich, wenn sie einen Gast zu Tische führte. »Dies hier«, sagte sie, indem sie den Verschluß einer Karaffe entfernte, »ist ein Schnaps, der auf Holz oder Salbei abgesetzt ist, der ist besonders gut gegen Schmerzen im Schulterblatt oder im Kreuz – oder der hier ist aus Tausendgüldenkraut und sehr nützlich gegen Ohrensausen und Flechten im Gesicht; und der da ist aus Pfirsichkernen destilliert, nehmen Sie doch ein Gläschen – ein herrlicher Duft, nicht wahr? Wenn man beim Aufstehen zufällig gegen eine Tisch- oder Schrankecke stößt und sich eine Beule auf der Stirn holt, dann hat man nur nötig, vor dem Mittagessen ein Gläschen davon zu nehmen – und die Beule ist wie weggeblasen; in einer Minute ist alles spurlos verschwunden.« Hierauf folgte eine Lobrede auf die übrigen Karaffen, und fast alle hatten irgendeine heilkräftige Wirkung. Wenn sie den Gast in diese vollständige Apotheke eingeführt hatte, so geleitete sie ihn vor eine ganze Sammlung von Tellern. »Das hier sind Pilze mit Pfefferkraut, und das da mit Nelken und Walnüssen. Eine Türkin hat mich gelehrt, sie einzusalzen – das war damals, als noch die Türken bei uns in der Gefangenschaft lebten. Eine so brave Türkin, man merkte es ihr gar nicht an, daß sie Mohammed anbetete; sie betrug sich ganz unauffällig, ganz wie unsereiner und wollte nur kein Schweinefleisch essen: 'Unser Gesetz verbietet uns das', pflegte sie zu sagen. Diese Pilze da sind mit Johannisbeerblättern und Muskatnüssen angerichtet, und das da sind große Feldnelken, es ist das erste Mal, daß ich es versuche, sie mit Essig aufzukochen, ich weiß nicht, ob sie gut schmecken werden. Der Priester Iwan hat mir das Geheimnis mitgeteilt: Man muß vor allem einen kleinen Zuber mit Eichenblättern auslegen, dann Pfeffer und Salz darauf streuen und zuletzt die Blüten von Mauseöhrchen darüber legen: aber so, daß die Schwänzchen alle nach oben zu liegen kommen. – Dies hier sind Pastetchen, mit Käsefüllung – die dort mit Schmalz, und das sind Afanassij Iwanowitschs Lieblingspasteten mit Kraut und Buchweizengrütze.«

»Ja«, fügte Afanassij Iwanowitsch hinzu, »ich liebe sie sehr, sie sind so weich und etwas säuerlich.«

Pulcheria Iwanowna war überhaupt immer in bester Laune, wenn sie Besuch hatte. Die brave Alte! Sie ging vollkommen in ihren Gästen auf. Ich besuchte sie sehr gern, obgleich ich mich jedesmal schrecklich überaß, wie alle ihre Gäste, was mir sehr schädlich war, aber ich freute mich doch immer wieder darauf, zu ihnen zu fahren. Übrigens glaube ich, daß die Luft in Kleinrußland eine besondere, die Verdauung befördernde Eigenschaft haben muß: Wenn es *hier* jemand einfiele, sich so zu überessen, so würde er zweifellos sehr bald auf dem Tisch statt auf dem Bette liegen.

Die guten alten Leutchen ... Jedoch meine Erzählung nähert sich einem sehr traurigen Ereignis, das das Leben dieses friedlichen Winkels für immer veränderte. Dieses Ereignis wirkt um so überraschender, als es durch einen ganz belanglosen Vorfall verursacht wurde. Aber nach dem seltsamen Lauf der Welt haben kleine Ursachen noch immer große Wirkungen gezeitigt, und umgekehrt große Unternehmungen oft nur winzige Erfolge gehabt. Irgendein Eroberer sammelt alle Kräfte seines Reichs und kämpft viele Jahre lang, seine Feldherren zeichnen sich aus und werden berühmt, und die ganze Geschichte schließt mit der Eroberung eines Fleckchens Erde, auf dem man kaum ein paar Kartoffeln anpflanzen kann. Und umgekehrt, ein andermal geraten zwei Wurstfabrikanten aus zwei verschiedenen Städten wegen irgendeiner Bagatelle aneinander, der Streit zieht die Städte und alle Dörfer und Flecken mit hinein, und plötzlich ist das ganze Reich in Mitleidenschaft gezogen. Aber lassen wir diese Betrachtungen – sie gehören nicht hierher; ich liebe überhaupt keine Betrachtungen, die nur Betrachtungen bleiben.

Pulcheria Iwanowna besaß ein graues Kätzchen, das fast immer zu einem Knäuel zusammengeballt zu ihren Füßen lag. Manchmal streichelte Pulcheria Iwanowna es freundlich und kraulte ihm mit den Fingern den Hals, den das verwöhnte Kätzchen so hoch als möglich emporstreckte. Man kann nicht gerade sagen, daß Pulcheria Iwanowna das Kätzchen besonders liebte, aber sie hatte sich daran gewöhnt, es immer bei sich zu haben. Afanassij Iwanowitsch neckte sie mitunter wegen ihrer Zuneigung zu dem Tierchen.

»Ich begreife nicht, was Sie an der Katze finden, Pulcheria Iwanowna, was für einen Nutzen hat sie? Wenn Sie noch einen Hund hätten, – das wäre ganz etwas anderes – einen Hund kann man mit auf die Jagd nehmen; aber was macht man mit einer Katze?«

»Schweigen Sie nur, Afanassij Iwanowitsch. Sie wollen ja nur so reden, und weiter nichts. Ein Hund ist nicht reinlich, ein Hund macht viel Schmutz, und wirft alles um – aber eine Katze ist ein stilles Geschöpf, die wird niemand etwas zuleide tun.«

Übrigens machte sich Afanassij Iwanowitsch weder aus Hunden noch aus Katzen etwas, er redete nur so, um Pulcheria Iwanowna wieder einmal zu necken.

Hinter dem Garten befand sich ein großer Wald, der von dem

unternehmenden Verwalter bisher noch verschont geblieben war; vielleicht, weil der Lärm des Fällens leicht bis zu den Ohren Pulcheria Iwanownas dringen konnte. Dieser Wald war sehr verwildert und verwahrlost; die alten Baumstämme waren mit wilden Haselnußsträuchern bewachsen und sahen wie befiederte Taubenfüße aus. In diesem Wald hausten auch wilde Waldkater. Diese wilden Waldkater darf man jedoch nicht mit jenen kühnen Helden verwechseln, die auf den Dächern der Häuser herumlaufen; sie sind in der Stadt trotz ihrer schlechten Manieren weit zivilisierter als im Walde. Die Waldkatzen sind dagegen ein finsteres und wildes Volk; sie sind immer elend und mager und miauen mit einer groben, unartikulierten Stimme. Manchmal dringen sie durch unterirdische Gänge in die Speicher ein und stehlen Speck, oder sie springen durch das Küchenfenster, wenn sie merken, daß der Koch ins Feld gegangen ist. Überhaupt fehlt es ihnen an allen edleren Regungen, sie leben nur von Raub und würgen die jungen Sperlinge in den eigenen Nestern. Diese Kater hatten seit längerer Zeit ein Liebesverhältnis mit dem schüchternen Kätzchen Pulcheria Iwanownas angeknüpft, sie beschnüffelten es durch ein Loch im Speicher und lockten es endlich zu sich, so wie wohl ein Trupp Soldaten eine dumme Bauerndirne verführt. Pulcheria Iwanowna bemerkte bald das Verschwinden der Katze, und schickte Leute aus, um sie zu suchen; aber die Katze konnte nicht aufgespürt werden. So vergingen drei Tage, Pulcheria Iwanowna bedauerte den Verlust der Katze, aber bald war sie ganz vergessen. Eines Tages, als Pulcheria Iwanowna eben ihren Gemüsegarten revidiert hatte, und mit einer Menge eigenhändig gepflückter frischer Gurken für Afanassij Iwanowitsch zurückkehrte, vernahm sie zu ihrer Überraschung ein jämmerliches Miauen. Unwillkürlich lockte sie das Kätzchen, rief »Miz, Miz«, und plötzlich kam eine graue, magere, elende Katze aus dem Steppengras hervorgekrochen, der man es deutlich ansah, daß sie schon einige Tage nichts zu fressen bekommen hatte. Pulcheria Iwanowna ließ nicht nach, sie zu rufen, aber die Katze blieb stehen, miaute und wagte es nicht, näher zu kommen; sie war augenscheinlich in der Zwischenzeit sehr verwildert. Pulcheria Iwanowna ging voraus und hörte nicht auf, die Katze zu locken, die ihr allmählich ängstlich bis zum Speicher nachschlich. Als die Katze jedoch die alten Plätze wiedererkannte, folgte sie ihrer Herrin bis ins Zimmer. Pulcheria Iwanowna befahl sogleich, ihr Milch und Fleisch zu bringen, setzte sich vor ihr nieder und freute sich über die Gier, mit der ihr Liebling ein Stück nach dem andern verschlang und die Milch ausleckte. Die graue Vagabundin wurde zusehends dicker und fraß schon nicht mehr so gierig. Pulcheria Iwanowna streckte die Hand aus, um sie zu streicheln, aber die Undankbare hatte sich offenbar schon zu sehr an die wilden Kater gewöhnt, oder sie hatte den Kopf voll romantischer Ideen und glaubte wohl, Armut und Liebe sei besser als ein Palast (und die Kater waren arm wie die Kirchenmäuse), kurzum, sie sprang aus dem Fenster, und keiner von den Knechten und Mägden vermochte sie einzufangen.

Die alte Frau wurde nachdenklich. »Der Tod ist zu mir gekommen«, murmelte sie vor sich hin, und hinfort konnte sie nichts mehr zerstreuen.

Den ganzen Tag war sie traurig. Vergeblich scherzte Afanassij Iwanowitsch und wollte wissen, warum sie plötzlich so melancholisch geworden sei, Pulcheria Iwanowna schwieg, oder sie gab Antworten, die Afanassij Iwanowitsch unmöglich befriedigen konnten. Am nächsten Tag sah sie ganz verändert aus.

»Was fehlt Ihnen, Pulcheria Iwanowna? Am Ende sind Sie gar krank?«

»Nein, ich bin nicht krank, Afanassij Iwanowitsch! Ich muß Ihnen etwas sehr Merkwürdiges mitteilen. Ich weiß, daß ich diesen Sommer sterben werde: Der Tod ist schon bei mir gewesen, um mich zu holen.«

Afanassij Iwanowitschs Mund verzog sich schmerzlich, aber er suchte das in seiner Seele aufsteigende traurige Gefühl zu überwinden und sagte lächelnd: »Gott weiß, was Sie reden, Pulcheria Iwanowna. Sie haben gewiß statt des üblichen Kräutertranks ein Gläschen Pfirsichschnaps getrunken!«

»Nein, Afanassij Iwanowitsch, ich habe keinen Pfirsichschnaps getrunken«, antwortete Pulcheria Iwanowna.

Afanassij Iwanowitsch bereute, daß er Pulcheria Iwanowna geneckt hatte. Er sah sie an, und eine Träne hing an seiner Wimper.

»Ich bitte Sie, Afanassij Iwanowitsch, erfüllen Sie meinen Wunsch«, sagte Pulcheria Iwanowna, »und lassen Sie mich, wenn ich sterbe, an der Kirchhofsmauer beerdigen. Ziehen Sie mir das graue Kleid an, wissen Sie – das mit den kleinen Blümchen auf dem braunen Saum. Ziehen Sie mir nicht das Atlaskleid mit dem himbeerroten Streifen an – Tote brauchen keine Kleider – was sollte ich auch damit? Aber Ihnen kann es noch von Nutzen sein, Sie können sich einen schönen Schlafrock daraus machen lassen: Wenn Gäste kommen, können Sie sich doch sehen lassen und sie würdig empfangen.«

»Gott weiß, was Sie da schwatzen, Pulcheria Iwanowna«, sagte Afanassij Iwanowitsch, »wer kann denn wissen, wann er sterben wird, und Sie erschrecken mich jetzt mit solchen Worten.«

»Nein, Afanassij Iwanowitsch, ich weiß schon, wann ich sterben werde. Aber Sie dürfen nicht um mich trauern. Ich bin schon alt: Wir werden uns bald im Jenseits wiedersehen.«

Aber Afanassij Iwanowitsch schluchzte wie ein Kind.

»Afanassij Iwanowitsch, es ist eine Sünde, so zu weinen. Versündigen Sie sich nicht an Gott, erzürnen Sie ihn nicht mit Ihrem Schmerz. Ich bedaure nicht, daß ich sterben soll, nur das eine tut mir leid (ein tiefer Seufzer unterbrach für einen Augenblick ihre Rede), es tut mir leid, daß ich nicht weiß, wen ich Sie anvertrauen soll. Wer wird für Sie sorgen, wenn ich sterbe? Sie sind ja wie ein kleines Kind – wer für Sie sorgen will, müßte Sie lieb haben!« Und bei diesen Worten lag ein solch tiefes, herzinniges Mitleid in ihren Zügen, daß ich nicht weiß, ob ihr jemand in diesem Augenblick ohne Bedauern hätte in die Augen sehen können.

Hierauf wandt sie sich an die Wirtschafterin, die sie hatte rufen lassen, und sagte: »Paß mir auf, Jawdocha, und sorge für den Herrn; wenn ich sterbe, hüte ihn wie deinen Augapfel und wie dein eigenes Kind. Achte darauf, daß man in der Küche stets seine Lieblingsgerichte kocht, und daß du ihm immer reine Wäsche und reine Kleider gibst, achte darauf, daß er anständig angezogen ist, wenn Gäste kommen: Sonst kann es noch am Ende passieren, daß er in einem alten Schlafrock herauskommt, er vergißt doch jetzt schon manchmal, ob es Feiertag oder ein Wochentag ist. Laß ihn nicht aus den Augen, Jawdocha, ich werde in jener Welt für dich beten, und Gott wird dich belohnen. Vergiß nicht, Jawdocha, du bist schon alt und hast auch nicht mehr lange zu leben, häufe keine Sünde auf deine Seele. Wenn du nicht auf den Herrn acht gibst, so wirst du nie wieder glücklich werden auf dieser Erde, ich werde Gott selbst bitten, dir kein seliges Ende zu gewähren. Du selbst wirst unglücklich sein, deine Kinder werden unglücklich werden, und dein ganzes Geschlecht wird ohne Gottes Segen sein.«

Die arme Alte! In diesem Moment dachte sie nicht an den gewaltigen Augenblick, der ihrer harrte, nicht an ihre eigene Seele, noch an das zukünftige Leben – sie dachte nur an ihren armen Kameraden, mit dem sie ihr Leben geteilt und den sie nun verwaist und hilflos zurücklassen mußte. Mit der größten Geschäftigkeit und Eile richtete sie alles so ein, daß Afanassij Iwanowitsch nach ihrem Tode ihre Abwesenheit nicht merken sollte. Ihre Überzeugung von der Nähe des Todes war so stark, ihre Seele war so davon erfüllt, daß sie wirklich nach einigen Tagen bettlägrig wurde und keine Nahrung mehr zu sich zu nehmen vermochte. Afanassij Iwanowitsch war die Aufmerksamkeit selbst, er wich keinen Augenblick von ihrem Bette. »Vielleicht sollten Sie doch etwas essen, Pulcheria Iwanowna«, sagte er, und sah ihr ängstlich in die Augen. Aber Pulcheria Iwanowna sprach kein Wort. Endlich, nach langem Schweigen, schien es, als wollte sie etwas sagen; ihre Lippen bewegten sich und – ihre Seele war entflohen.

Afanassij Iwanowitsch war aufs höchste betroffen. Das alles erschien ihm so unsinnig und schrecklich, daß er nicht einmal zu weinen vermochte. Trüben Auges blickte er auf die Tote, wie wenn er nicht verstünde, was dieser kalte Leichnam zu bedeuten hätte.

Man legte die Verstorbene auf den Tisch, zog ihr das Kleid an, das sie sich selbst ausgesucht hatte, und gab ihr eine Wachskerze in die gefalteten Hände. Teilnahmslos sah er allem zu. Eine große Volksmenge aus den verschiedensten Ständen erfüllte den Hof; eine große Anzahl Gäste war zur Beerdigung gekommen; im Hofe wurden lange Tische gedeckt, Gebäck aus Reis und Rosinen (das russische Gericht, das bei keinem Totenmahl fehlen darf), Schnäpse und Kuchen standen in großen Massen umher; die Gäste weinten, betrachteten die Tote, unterhielten sich über ihren Charakter und sahen Afanassij Iwanowitsch an: Er aber ging wie abwesend umher. Endlich trug man die Verstorbene hinaus, das Volk strömte hinterher, und auch er folgte mechanisch nach. Die Geistlichkeit erschien in vollem Ornat, die Sonne stand leuchtend am Himmel, die Säuglinge schrien auf den Armen ihrer Mütter, die Lerchen sangen, und eine Unzahl nur mit einem Hemde bekleideter Kinder lief durcheinander und tollte am Wege umher. Endlich stellte man den Sarg neben dem Grabe nieder, und bat ihn, heranzutreten und die Verstorbene zum letztenmal zu küssen. Er trat hinzu und küßte sie, Tränen füllten seine Augen, aber es waren kalte, gefühllose Tränen. Der Sarg wurde herabgelassen, der Priester ergriff als erster die Schaufel und warf eine Handvoll Erde hinunter: Unter dem wolkenlosen Himmel stimmte der volle, langgezogene Chor des Vorsängers und zweier Kirchendiener das Lied vom ewigen Gedenken an. Die Totengräber ergriffen den Spaten, und bald füllte Erde das Grab und machte es dem Boden gleich. Da drängte Afanassij Iwanowitsch sich vor, und alle wichen zurück und machten ihm Platz, um zu sehen, was er tun würde. Er aber hob die Augen empor, blickte verstört um sich und sagte: »So also, ihr habt sie schon begraben! Warum ...?« Er stockte und brachte den Satz nicht zu Ende. Aber als er nach Hause kam und sah, daß sein Zimmer leer war, und daß sogar der Stuhl, auf dem Pulcheria Iwanowna zu sitzen pflegte, fehlte: Da weinte er, da weinte er trostlos und bitterlich – und Tränenströme stürzten aus seinen trüben Augen.

Seitdem sind fünf Jahre vergangen. Welches Leid stillt nicht die Zeit? Welche Leidenschaft hält Stand im ungleichen Kampf mit der Zeit? Ich kannte einen jungen, blühenden Mann in voller Jugendkraft, erfüllt von Edelmut und herrlichen Gaben, ich kannte ihn damals, als er leidenschaftlich verliebt war: Seine Liebe war zärtlich, glühend, wahnsinnig, brutal und schüchtern zugleich; und in meiner Gegenwart, fast vor meinen Augen, raffte der unersättliche Tod den Gegenstand seiner Liebe – ein zartes, engelsgleiches Mädchen, dahin. Ich habe nie solch furchtbare Ausbrüche des Seelenschmerzes, eines wahnsinnigen, verzehrenden Jammers und einer so brennenden Verzweiflung gesehen wie die, die den unglücklichen Liebenden durchrasten. Ich hätte nie gedacht, daß der Mensch selbst sich eine solche Hölle schaffen könnte, in der kein Schatten, kein Bild, – nichts vorhanden ist, was auch nur im entferntesten einer Hoffnung ähnlich sieht … Man gab sich Mühe, ihn nicht aus den Augen zu lassen. Man versteckte alle Waffen, mit denen er sich vielleicht hätte ein Leid antun können. Nach zwei Wochen aber hatte er plötzlich die Herrschaft über sich selbst wiedergewonnen, er begann wieder zu lachen und zu scherzen; man gab ihm die Freiheit, und das erste, wozu er sie benutzte, war – sich einen Revolver zu kaufen. Eines Tages wurden seine Verwandten durch einen plötzlichen Schuß aufgeschreckt: Sie liefen hinzu und fanden ihn mit zerschmettertem Schädel. Der schnell herbeigerufene Arzt, dessen Kunst damals in aller Munde war, fand noch einige Lebenszeichen bei ihm, auch war die Wunde nicht unbedingt tödlich; und zu aller Erstaunen wurde er wiederhergestellt. Die Aufsicht über ihn wurde noch verschärft, sogar bei Tisch legte man nie ein Messer in seine Nähe. Man versuchte alles von ihm fernzuhalten, womit er sich hätte töten können. Aber nur zu bald fand er wieder eine Gelegenheit und warf sich unter die Räder eines Wagens. Arme und Beine wurden ihm zerquetscht: Aber auch diesmal genas er wieder. Ein Jahr später sah ich ihn in einer großen Gesellschaft. Er saß auf einem Stuhl und sagte fröhlich: *»petit ouvert«*, indem er eine Karte verdeckte; und hinter ihm, auf die Stuhllehne gestützt, stand seine junge Frau und spielte mit seinen Marken.

Fünf Jahre waren seit dem Tode Pulcheria Iwanownas vergangen, als ich wieder in diese Gegend kam. Ich fuhr nach dem Gut Afanassij Iwanowitschs, um meinen alten Nachbar zu besuchen, bei dem ich so manchen frohen Tag verbracht und mir so oft an den schmackhaften Erzeugnissen der liebenswürdigen Hausfrau den Magen verdorben hatte. Als ich in den Hof einfuhr, erschien mir das Haus um zehn Jahre älter: Die Bauernhütten hatten sich zur Seite geneigt und ihre Bewohner wahrscheinlich auch; Zaun und Flechtwerk im Hofe waren ganz zerstört, und ich sah selbst, wie die Köchin einen Pfahl herauszog, um den Ofen anzuheizen, obwohl sie nur zwei Schritte hätte zu machen brauchen, um das dort aufgeschichtete Reisig zu erreichen. Melancholisch fuhr ich bei der Treppe vor; dieselben schwarzen und braunen Hunde, die aber jetzt schon blind waren oder verkrüppelte Beine hatten, schlugen an und wedelten mit ihren zottigen Schwänzen, die voller Kletten waren. Der Alte kam mir entgegen. Ja, das war er! Ich erkannte ihn sofort, aber er war doppelt so tief zusammengesunken wie früher. Er erkannte und begrüßte mich mit dem wohlbekannten Lächeln. Ich trat nach ihm ins Zimmer. Es schien, als sei hier noch alles unverändert, aber ich entdeckte überall eine schreckliche Unordnung, – überall machte sich ein empfindlicher Mangel eines gewissen Etwas bemerkbar – mit einem Wort, ich empfand jenes Gefühl, das uns beschleicht, wenn wir zum erstenmal die Wohnung eines Witwers betreten, den wir nie anders als an der Seite seiner Lebensgefährtin gesehen haben, von der er sich nie trennte: Ein Gefühl, *jenem* gleich, das wir empfinden, wenn wir einen Menschen ohne Beine sehen, den wir nie anders als völlig gesund kannten. An allem merkte ich die Abwesenheit der sorgsamen Pulcheria Iwanowna; bei Tisch legte man ein Messer ohne Griff auf; die Speisen waren nicht mehr mit der gleichen Kunstfertigkeit zubereitet. Und nach der Wirtschaft wagte ich gar nicht erst zu fragen; ich fürchtete mich sogar, einen Blick in die Wirtschaftsräume zu werfen.

Als wir uns zu Tisch setzten, band das Mädchen Afanassij Iwanowitsch die Serviette vor; und es war gut, daß sie es tat, sonst hätte er seinen Schlafrock ganz mit Sauce begossen. Ich versuchte es, ihn ein wenig zu zerstreuen, und erzählte ihm allerlei Neuigkeiten. Er hörte mir mit dem gleichen Lächeln zu, aber mitunter war sein Blick völlig abwesend; kein Gedanke leuchtete aus ihm hervor, und er war ganz leer. Häufig erhob er den Löffel mit dem Brei, aber statt ihn zum Munde zu führen, führte er ihn zur Nase; statt mit seiner Gabel ein Stück Hühnchen aufzuspießen, stieß er mit ihr gegen die Karaffe, und dann nahm das Mädchen seine Hand und führte sie zum Huhn. Manchmal mußten wir einige Minuten lang warten, bis das nächste Gericht aufgetragen wurde. Afanassij Iwanowitsch bemerkte es auch und sagte: »Warum bringt man uns denn so lange nichts zu essen?« Aber ich sah durch den Spalt, daß der Junge, der uns bediente, gar nicht darauf achtet, sondern, den Kopf auf die Bank gelehnt, dalag und schlief.

»Diese Speise«, sagte Afanassij Iwanowitsch, als man uns eine sogenannte Nonne mit saurer Sahne vorsetzte, »diese Speise«, fuhr er fort, und ich spürte, wie seine Stimme zu zittern begann und Tränen seine bleischweren Augen erfüllten, – aber er nahm alle Kraft zusammen, und versuchte sich zu beherrschen – »diese Speise, die die Ver – Ver – Verstorb …«, und plötzlich schluchzte er laut auf, die Hand sank auf den Teller, der Teller fiel zu Boden und zerbrach, und die Sauce ergoß sich über ihn. Er saß wie leblos da, steif hielt er den Löffel in der Hand, und Tränenbäche flossen, wie ein nie versiegender Quell in Strömen auf die vorgebundene Serviette.

»Ich sah ihn an und dachte: Mein Gott, fünf Jahre der alles verlorenen Zeit – und nun ist er ein Greis, ein stumpfsinniger Greis, er, dessen Dasein scheinbar nie durch eine starke Gemütsbewegung erschüttert worden war, dessen ganzes Leben darin bestand, auf einem hohen Stuhl zu sitzen und getrocknete Fische oder Beeren zu verzehren, – oder harmlose Geschichten anzuhören: Und nun dieser heiße, nie endende Gram! Was ist denn das Stärkere in uns: die Leidenschaft oder die Gewohnheit? Sind unsere heftigen Ausbrüche, ist der Sturm unserer Wünsche nur eine Folge der glühenden Jugend, und scheinen sie uns nur deshalb so schrecklich und verwirrend, weil wir jung sind?« Wie dem auch sein mag, in jenem Augenblick schienen mir all unsere Leidenschaften so kindisch im Vergleich zu dieser allmählichen, fast unbewußten Gewöhnung. Wiederholt versuchte er den Namen der Verstorbenen auszusprechen: Aber schon bei der ersten Hälfte des Wortes verzerrte sich sein sonst so ruhiges Gesicht, und sein kindliches Weinen drückte mir das Herz ab. Nein, das waren andere Tränen als die, die alte Leute so leicht bei der Hand haben, wenn sie uns von ihrer trüben Lage und ihrem Unglück vorjammern; das waren auch nicht jene Tränen, die sie so leicht nach einem Glas Punsch vergießen: Nein, das waren Tränen, die ungewünscht und ungerufen hervorströmten, gehäuft durch das schneidende Weh eines schon erkalteten Herzens.

Er lebte nicht mehr lange. Vor kurzem hörte ich, daß er gestorben sei. Und ist es nicht seltsam, daß die Art seines Todes eine gewisse Ähnlichkeit mit der Pulcheria Iwanownas hatte? Eines Tages sollte Afanassij Iwanowitsch ein wenig im Garten spazieren gehen. Als er langsam und gedankenlos in seiner gewöhnlichen Sorglosigkeit des Weges einherschritt, da ereignete sich ein merkwürdige Zufall. Er vernahm plötzlich, wie jemand hinter ihm mit klarer Stimme seinen Namen rief: »Afanassij Iwanowitsch!« Er drehte sich um, aber es war niemand da. Er spähte nach allen Seiten, blickte hinter die Büsche, – aber er konnte niemand entdecken. Der Tag war still, und die Sonne strahlte am Himmel. Einen Augenblick versank er in Nachdenken, dann belebten sich seine Züge, und endlich sagte er: »Pulcheria Iwanowna – sie ruft mich!«

Sicherlich hat schon so mancher Leser einmal eine Stimme gehört, die ihn beim Namen ruft; der Volksmund erklärt das so, daß eine Seele sich vor Sehnsucht nach einem Menschen verzehrt und ihn ruft: Die Folge aber sei unbedingt der Tod. Ich erinnere mich, es in meiner Kindheit recht oft gehört zu haben: Manchmal sprach plötzlich hinter mir jemand meinen Namen aus. Gewöhnlich war es ein besonders klarer und sonniger Tag, im Garten regte sich kein Blatt an den Bäumen; überall herrschte eine beklemmende Stille, selbst die Grille verstummte um diese Tageszeit, und keine Menschenseele war im Garten. Und doch muß ich sagen: Hätte mich die fürchterlichste, stürmischste Nacht mit der ganzen Hölle der entfesselten Natur im einsamen Urwalde überfallen, ich wäre nicht so erschrocken gewesen, wie bei dieser schauervollen Stille mitten an diesem wolkenlosen Tag! Gewöhnlich lief ich dann, halb wahnsinnig vor Schreck, atemlos aus dem Garten und beruhigte mich erst, wenn irgendein Mensch mir entgegenkam, dessen Anblick die furchtbare Öde aus meinem Herzen verjagte. – Afanassij Iwanowitsch gab sich ganz der Überzeugung hin, daß Pulcheria Iwanowna ihn gerufen habe. Er unterwarf sich wie ein Kind, magerte ab, hüstelte und schmolz dahin wie eine Kerze, und verlöschte endlich wie diese, wenn nichts mehr vorhanden ist, was ihre Flamme speist.

»Legt mich neben Pulcheria Iwanowna« – das war alles, was er vor seinem Tode zu sagen vermochte.

Man erfüllte seinen Willen und beerdigte ihn neben der Kirche, ganz in der Nähe von Pulcheria Iwanownas Grab. Diesmal waren weniger Gäste zur Beerdigung erschienen, dafür aber zahlreiche arme Leute und Bettler. Das Herrenhaus wurde jetzt ganz leer. Der unternehmende Verwalter und der Dorfälteste trugen all die altertümlichen Gegenstände und alles Hausgerät, das die Wirtschafterin übrig gelassen hatte, mit sich fort.

Bald erschien, Gott weiß woher, irgendein entfernter Verwandter, der Erbe des Gutes; er war ein großer Reformer und hatte, ich weiß nicht mehr, in welchem Regiment als Leutnant gedient. Er bemerkte sofort die große Unordnung und Verwahrlosung in der Wirtschaft und beschloß, dies alles mit Stumpf und Stiel auszurotten, zu reformieren und eine neue Ordnung einzuführen. Er schaffte sich sechs prachtvolle englische Sicheln an, ließ an jeder Hütte eine Nummer befestigen und richtete alles so vortrefflich ein, daß das Landgut nach sechs Monaten unter Kuratel gestellt wurde. Die wohlweise Vormundschaft (die aus einem ehemaligen Assessor und irgendeinem Stabsoffizier in einer verblichenen Uniform bestand), vertilgte in kürzester Zeit alle Hühner und Eier. Die Hütten, die schon fast auf der Erde lagen, stürzten jetzt völlig ein, die Bauern ergaben sich dem Trunk und machten sich zum größten Teil aus dem Staube. Der Besitzer, der im übrigen mit feinen Vormündern auf freundschaftlichem Fuße lebt und mit ihnen Punsch trank, kam nur höchst selten auf sein Gut und verweilte nie lange dort. Er fährt bis heute auf allen Jahrmärkten Kleinrußlands umher und erkundigt sich genau nach den Preisen für allerhand Erzeugnisse, als da sind: Mehl, Hanf, Honig usw., die engros verkauft werden, aber er selbst kauft nur Kleinigkeiten wie: Feuersteine, einen Nagel zum Reinigen der Pfeife und überhaupt alles, was im Gesamtpreis den Wert eines Rubels nicht übersteigt.

Tarass Bulba

Eine Erzählung

Übersetzt von Eugenie Chmelnitzky

I.

»Dreh dich mal um, Junge! Siehst du aber komisch aus! Was tragt ihr denn da für Talare? Geht ihr auf der Akademie alle so angezogen?«

Mit diesen Worten begrüßte der alte Bulba seine beiden Söhne, die im Seminar von Kiew studiert hatten, und nun in das väterliche Haus zurückkamen.

Die jungen Leute waren eben vom Pferde gestiegen. Das waren zwei derbe Burschen, ernst und mißtrauisch dreinschauend wie alle, die das Seminar erst eben verlassen haben. Auf ihren frischen, wetterfesten Gesichtern keimte schon der erste Flaum, den noch kein Rasiermesser berührt hatte. Sie waren ganz verblüfft über den Empfang, den ihr Vater ihnen bereitet hatte, und standen mit unbeweglich zur Erde gesenkten Augen da.

»Halt, so laßt euch doch erst mal gründlich ansehen«, fuhr er fort, indem er sie hin und her schob und sie von allen Seiten betrachtete.

»Herrgott, habt ihr lange Kittel an! So etwas gibt es ja gar nicht wieder! Lauft doch mal ein bißchen umher. Ich will doch mal sehen, ob ihr nicht über eure eigenen Rockschöße stolpert und hinfallt.«

»Vater, hör' doch auf und laß die Scherze«, sagte endlich der Ältere.

»So ein stolzer Bursche! Und warum soll man denn nicht einmal lachen können?«

»Weil es mir nicht gefällt. Du bist zwar mein Vater, aber wenn du dich über mich lustig machst – bei Gott, so prügle ich dich durch!«

»Na, du bist ja ein netter Sohn! Was sagst du? Mich verprügeln?« rief Taraß Bulba und trat vor Erstaunen einige Schritte zurück.

»Jawohl, wenn es sein muß, prügele ich auch den eigenen Vater durch. Ich lasse mich von niemand beleidigen, von niemand!«

»Und wie willst du dich mit mir schlagen? Welche Waffe wünschst du? Etwa die Faust?«

»Das ist mir völlig gleichgültig.«

»Na, dann meinetwegen los«, sagte Bulba und streifte seine Ärmel auf, »ich will doch mal sehen, ob du im Faustkampf deinen Mann stellen kannst.«

Und statt sich nach so langer Trennung herzlich zu begrüßen und zu plaudern, begannen Vater und Sohn aufeinander loszuschlagen, daß es nur so von Rippenstößen und Faustschlägen auf Leib und Brust und Bauch hagelte. Bald traten sie zurück und blickten sich an, bald gingen sie wieder aufeinander los.

»Seht euch das nur mit an, liebe Leute, der Alte ist ganz verrückt geworden, ganz und gar verrückt«, sagte die blasse, magere, gute Mutter, die auf der Schwelle stand und noch nicht dazu gekommen war, ihre teuren Sprößlinge zu umarmen. »Eben sind die Kinder nach Hause gekommen, man hat sie über ein Jahr nicht gesehen; ihm aber rappelt's, und er beginnt mit Fäusten auf sie einzuschlagen.«

»Ja, der drischt wundervoll«, sagte Bulba und trat zurück. »Bei Gott, das hat er fein raus«, fuhr er fort, indem er sich etwas verschnaufte, »es wäre beinahe besser gewesen, ihn nicht erst in Versuchung zu bringen. Das gibt mal einen prachtvollen Kosaken. Ausgezeichnet, mein Junge, und jetzt wollen wir uns endlich ein paar ordentliche Küsse geben.« Und Vater und Sohn küßten sich.

»Brav, mein Junge! Prügle nur jeden so durch, wie eben mich! Laß dir nichts gefallen. Aber dein Anzug ist wirklich ein bißchen komisch. Was baumelt denn da herunter? – Na und du? Was stehst du da und läßt die Arme hängen?« wandte er sich an den Jüngeren. »Warum drischst du nicht auch auf mich los, du Hundsfott?«

»Das ist wieder ein echter Einfall von dir«, sagte die Mutter und umarmte den Jüngeren. »Wie einem nur so etwas in den Kopf kommen kann! Das eigene Kind soll seinen Vater prügeln! Ja, als ob jetzt Zeit dazu wäre, wo das arme Kind eben einen so weiten Weg zurückgelegt hat und noch ganz müde ist – (das Kind war über zwanzig Jahre alt und genau einen Klafter groß) – es müßte sich jetzt ausruhen und etwas essen. Und du zwingst ihn, sich mit dir herumzuschlagen.«

»Na, du bist mir der Rechte, das sehe ich schon«, sagte Bulba. »Höre nicht auf ihre Reden, mein Junge, sie ist ein Weib und versteht nichts davon. Solch eine Verzärtelung! Das weite Feld und ein gutes Pferd – das ist eure Erholung! Hm, seht ihr diesen Säbel? Das ist eure rechte Mutter! Das ist alles Schund, was man euch in die Köpfe gestopft hat: die Akademien, die Bücher, die Fibeln; die Philosophie und dieser ganze gelehrte Kram – ich pfeife auf das alles!« (Hier bediente sich Bulba eines Wortes, das sich nicht gut drucken läßt.)

»Na, es ist schon das beste, ich bringe euch nächste Woche gleich zu den Saporoger Kosaken. Das ist eine Wissenschaft, das ist die wahre Wissenschaft und die richtige Schule für euch. Dort werdet ihr erst zu Verstande kommen!«

»Was, nur eine Woche sollen sie hier bleiben?« jammerte die alte, dürre Mutter mit Tränen in den Augen. »Die Armen sollen sich nicht einmal ein bißchen erholen können, nicht das Vaterhaus kennen lernen, und ich werde mich nicht einmal richtig satt sehen können an ihnen!«

»Genug, genug, hör' auf zu heulen, Alte! Der Kosak ist nicht dazu da, sich mit Weibern herumzuplacken. Du möchtest sie dir wohl am liebsten unter den Rock stecken? Und auf ihnen herumsitzen, wie auf Hühnereiern! Schnell, schnell, geh und deck den Tisch und bring uns, was da ist. Plätzchen, Honigkuchen, Mohnstritzel und ähnliche Kindereien kannst du dir schenken! Schaff lieber einen ganzen Hammel heran und eine Ziege, und vierzigjährigen Met dazu. Und recht viel Schnaps, aber keinen mit allerlei Unfug, allerhand Zusätzen, Rosinen und ähnlichen Geschichten, sondern einen unverfälschten, prickelnden, schäumenden Schnaps, der einen brennt wie toll.«

Und Bulba führte seine Söhne in die gute Stube, aus der bei ihrem Eintritt zwei hübsche Dienstmädchen mit goldfarbenen Halsbändern herausliefen, die gerade die Zimmer aufräumten. Anscheinend waren sie über die Ankunft ihrer jungen Herren, denen man nicht gerade übertriebene Freundlichkeit nachsagte, erschrocken, aber sie wollten nach Weiberart aufschreien, den fremden Männern entfliehen und sich lange schamhaft mit dem Ärmel die Augen verdecken. Die Stube war im Geschmack jener Zeit ausgestattet, an die sich nur noch in den Balladen und Volksliedern, wie sie früher in der Ukraine vor versammelten Volk von blinden Greisen zu den stillen Klängen der Bandura* gesungen wurden, eine lebendige Erinnerung erhalten hatte, im Geschmack jener kampflustigen, rauhen Zeiten, da in der Ukraine die Gefechte und Schlachten gegen die Union begannen. Alles war sauber und mit farbigem Ton bestrichen. An den Wänden hingen Säbel, Peitschen, Vogel- und Fischnetze, Waffen, ein schön gearbeitetes Pulverhorn, ein goldener Zaum und Zügel mit silbernen Beschlägen. Die Fenster dieser Stube waren klein, mit runden, trüben Scheiben, wie man sie wohl in alten Kirchen antrifft, und durch die man nur hindurchschauen kann, wenn man die eine bewegliche Scheibe hinwegschiebt. Fenster und Türen hatten rote Vorhänge. In den Ecken standen Krüge, große und kleine Flaschen aus grünem und blauem Glase, ziselierte silberne Becher, vergoldete Tassen von mannigfal-

* Russisches Saiteninstrument, eine Art Mandoline. Anm. d. Hrsg.

tigster Arbeit: Venezianische, türkische und tscherkessische, die auf mancherlei Wegen, aus dritter und vierter Hand, wie es in jenen tollen Zeiten üblich war, in die Stube des alten Bulba gelangt waren. Stühle aus Birkenholz standen ringsum an den Wänden, in der Vorderecke unter den Heiligenbildern ein ungeheurer Tisch, ferner ein breiter Ofen mit Stufen, Vorsprüngen und bunten, farbigen Kacheln – das alles war unseren beiden tapferen Jünglingen wohlbekannt, die alljährlich während der Ferien nach Hause wanderten, wobei sie ihre Füße gebrauchen mußten, weil sie noch keine Pferde hatten, und da es zu jener Zeit noch nicht Sitte war, daß Schüler ritten. Sie hatten noch lange, flatternde Mähnen, an denen sie jeder waffentragende Kosak packen durfte. Erst nach ihrer Entlassung aus der Schule hatte ihnen Bulba ein paar junge Hengste aus seiner Herde geschickt.

Zur Feier der Ankunft seiner Söhne ließ Bulba alle anwesenden Hauptleute und Regimentskommandeure versammeln, und als zwei von ihnen, sowie der Unterhetman Dmitro Towkatsch, sein alter Kampfgenosse, erschienen, stellte er ihnen sofort seine Söhne vor und sagte: »Seht euch mal die tapfren Jungens an! Ich will sie bald nach der Sjetsch schicken!« Die Gäste beglückwünschten Bulba und die beiden jungen Leute und versicherten ihnen, daß das wohlgetan wäre, es gäbe für einen jungen Mann überhaupt keine bessere Schule als die Saporoger Sjetsch.

»Nun, Brüder, nehmt alle am Tisch Platz. Da, wo es jedem am bequemsten ist. Und jetzt, meine Jungens, wollen wir vor allen Dingen einen Schnaps trinken«, sagte Bulba. »Gott segne euch! Bleibt gesund, Kinder. Dein Wohl, Ostap und deins, Andrij. Gott gebe, daß ihr in der Schlacht immer Sieger bleibt, daß ihr alle Heiden, die Türken und die Tataren vernichtet, und wenn die Polen unsern Glauben antasten wollen, so gebt es auch ihnen ordentlich! Gib mal dein Glas her! He, der Schnaps ist gut! Wie heißt eigentlich Schnaps auf lateinisch? Ja, ja, das waren alles Dummköpfe, die Lateiner, die wußten nicht einmal, daß es Schnaps auf der Erde gibt. Wie hieß doch der, der lateinische Werke geschrieben hat? Ich kann nicht viel lesen und schreiben, und weiß es darum nicht mehr recht … Horaz, hieß er nicht Horaz?«

»Sieh mal einer den Vater an«, sagte der ältere Bruder Ostap, »der alte Mops weiß alles und verstellt sich so.«

»Ich mein', der Archimandrit hat euch nicht einmal Schnaps zu riechen gegeben«, fuhr Taraß fort, »aber gesteht mal, Jungens, man hat euch doch den Rücken und alles, was ein Kosak sonst noch hat, tüchtig mit Birken- und frischen Kirschenruten bestrichen? Oder hat's wohl gar Peitschenhiebe gegeben, da ihr mir schon gar zu klug zu sein scheint? Man hat euch wohl nicht nur Sonnabends, sondern auch am Mittwoch und Donnerstag damit regaliert?«

»Laß das doch, Vater«, sagte Ostap kaltblütig, »was geschehen ist, ist geschehen.«

»Mag's doch jetzt mal einer versuchen«, sagte Andrij, »er soll nur kommen und uns anrühren; wenn mir so ein Tatarenkerl in den Weg käme, der sollte schon erfahren, was ein Kosakensäbel für ein Ding ist.«

»Brav, Söhnchen, brav, bei Gott. Wenn die Sache so steht, so fahre ich selbst mit euch. Bei Gott, das tu ich. Was zum Teufel, soll ich denn hier sitzen und warten? Soll ich etwa Buchweizen säen, nach den Schafen und Schweinen schauen, den Hauswirt spielen oder gar mit meinem Weib schön tun? Der Teufel soll sie holen, ich bin ein Kosak und mache solche Dinge nicht! Was macht's, daß es jetzt keinen Krieg gibt! Ich gehe mit euch zu den Saporogern – ich will mich dort ein wenig austoben. Bei Gott, ich fahre mit.«

Und der alte Bulba regte sich immer mehr und mehr auf und geriet endlich vollkommen in Zorn, stand auf, stampfte mit dem Fuß und nahm eine energische Haltung an. »Morgen geht's los. Wozu wollen wir es aufschieben! Welchen Feind können wir denn hier abfangen? Was soll mir diese Hütte? Wozu brauchen wir das alles? Wozu sind diese Töpfe?« Und bei diesen Worten nahm er die Töpfe und Flaschen, warf sie auf den Boden und zertrümmerte sie. Die arme alte Frau, die an dies Benehmen ihres Mannes schon gewöhnt war, saß auf der Bank und sah traurig vor sich hin. Sie wagte nichts zu sagen: Als sie jedoch von dem schrecklichen Entschluß ihres Mannes hörte, konnte sie die Tränen nicht mehr zurückhalten; sie sah ihre Kinder an, von denen sie sich so schnell trennen sollte – und niemand hätte wohl die ganze stumme, verhaltene Kraft ihres Kummers beschreiben können, der, wie es schien, in ihren Augen und den krampfhaft aufeinandergepreßten Lippen zitterte.

Bulba war schrecklich eigensinnig. Das war einer jener Charaktere, wie sie nur in dem harten fünfzehnten Jahrhundert, in einem von halben Nomaden bewohnten Winkel Europas geboren werden konnten, als noch das ganze alte Süd-Rußland, von seinen Türken verlassen, durch die unaufhaltsamen Überfälle der mongolischen Räuber von Grund auf verwüstet und verheert wurde; als die Menschen, ihres Herdes und jeglicher Habe beraubt, immer tollkühner und verwegener wurden, sich im Angesicht der ständigen Gefahr und der furchtbaren Feinde in ihren abgebrannten Häusern niederließen und sich, der Furcht spottend – daran gewöhnten, dem Kampf mutig ins Auge zu schauen; als der alte friedliche slawische Geist von der kriegerischen Flamme erfaßt wurde, als das Kosakentum, dieses machtvolle Symbol der russischen Natur, erstand und alle an den Flüssen gelegenen Gegenden, alle Fähren und alle niedrigen und bequem liegenden Plätze von Kosaken überschwemmt wurden, deren Zahl niemand anzugeben wußte und deren kühne Kameraden einem Sultan auf seine Frage nach ihrer Anzahl antworten durften:

»Wer soll das wissen? Die ganze Steppe ist mit ihnen übersät, und wo sich nur ein Hügelchen erhebt, da ist auch schon ein Kosak.« Es war wirklich eine ungewöhnliche Erscheinung der russischen Kraft, die der Feuerstrahl des Unglücks aus der russischen Brust geschlagen hatte. An Stelle der früheren Lehnsgüter, der mit Hundewärtern und Oberjägermeistern bevölkerten kleinen Städte, an Stelle der kleinen Fürsten, die sich gegenseitig bekriegten und ihre Städte verhandelten, entstanden trotzige Niederlassungen, Kosakendörfer und Ortschaften, die durch die gemeinsame Gefahr und den Haß gegen die heidnischen Räuber verbunden waren. Es ist jedem aus der Geschichte bekannt, wie ihr ewiger Kampf und ihr ruheloses Leben Europa vor den beständigen Angriffen der Mongolen gerettet haben, die es zugrunde zu richten bedrohten. Die polnischen Könige, die an Stelle der Lehnsfürsten die Herrscher dieser großen Ländereien geworden waren, begriffen – obgleich sie zu weit entfernt und zu schwach waren – sehr wohl die Bedeutung der Kosaken und den Vorteil dieses so kampffrohen und wachsamen Lebens.

Sie spornten die Kosaken sogar an und leisteten ihren Neigungen Vorschub. Unter ihrer durch ihre Entfernung nur wenig drückenden Herrschaft schufen die Hetmane, die selbst aus der Mitte der Kosaken gewählt wurden, die Dörfer und Ansiedlungen in regelrechte Truppenlager und Reviere um. Dies waren zwar keine regulären Truppen – die hätte man hier vergebens gesucht –, aber im Kriegsfall, wenn eine allgemeine Bewegung durch das Land ging, stellte sich jeder Kosak in höchstens acht Tagen hoch zu Roß in voller Rüstung ein. Ein jeder erhielt vom Könige für seine Dienste nur einen Dukaten, und doch wurde innerhalb zwei Wochen ein solches Heer aufgestellt, wie es keine Rekruten-Aushebung hätte schaffen können. Wenn der Krieg beendet war, kehrte jeder Krieger zu seinen Wiesen und Weideplätzen, oder zu den Ufern des Dnjepr zurück, lebte dort als Fischer weiter, handelte, braute Bier, und wurde wieder ein freier Kosak.

Die Ausländer waren damals mit Recht erstaunt über die außerordentlichen Fähigkeiten des Kosaken. Es gab kein Gewerbe, das er nicht verstand: Wein keltern, Wagen bauen, Pulver mahlen, Schmiede- und Schlosserarbeiten verrichten und dazu die ganzen Nächte hindurch bummeln, trinken und zechen, wie nur irgendein Russe das vermag – das alles war so recht nach seinem Geschmack. Neben den registrierten Kosaken, die es für ihre unabweisliche Pflicht hielten, sich im Kriegsfalle zur Verfügung zu stellen, konnte man im Notfalle auch noch jederzeit ganze Scharen von Freiwilligen zusammenbringen; zu diesem Zwecke mußten die Unterhauptleute nur einmal durch alle Märkte und Plätze der Dörfer und Städtchen hindurchfahren und von ihren Wagen herab laut verkündigen: »Hallo, ihr Bierbäuche und Bierbrauer! Hört doch endlich auf, immer nur Bier zu brauen, hinter dem Ofen herumzuliegen und die Fliegen mit euren dicken Wänsten zu mästen. Macht euch auf, Ruhm und Ritterehre zu erwerben! Hallo, ihr Ackerleute, ihr Bauern, Schafhirten und Weiberknechte! Ihr seid lange genug hinter dem Pfluge einhergelaufen, habt eure gelben Stiefel mit Erde beschmutzt und mit den Weibern scharwenzelt. Wollt ihr eure Ritterehre ganz vergessen? Auf, Kerls, es ist Zeit, wieder Kosakenruhm zu erwerben!« Solche Worte waren gleich Funken, die in trockenes Holz fielen. Der Ackermann zerbrach seinen Pflug, die Bierbrauer verließen ihre Kübel und zertrümmerten ihre Fässer, die Händler und Handwerker ließen ihr Handwerk und ihren Laden zum Teufel gehen, zerbrachen zu Haufe das Geschirr, und wer es nur irgendwie durchsetzen konnte, schwang sich aufs Pferd. Kurz, der russische Charakter kam hier mächtig und herrlich zur Entfaltung und zeigte sich in einer neuen, kräftigen Gestalt.

Taráß gehörte noch zu den alten Kosakenhäuptlingen von echtem Schrot und Korn: Sein ganzer Charakter war dazu angetan, die Gefahren und die Unruhe des Krieges auf sich zu nehmen, und er zeichnete sich durch ein großes, aber offenes und gerades Wesen aus. Damals machte sich bereits der Einfluß Polens im russischen Adel bemerkbar. Viele hatten polnische Sitten angenommen, führten ein üppiges Leben, besaßen eine glänzende Dienerschaft, Falken, Hunde und ein großes Gefolge und hielten zudem rauschende Feste und Bankette ab. All das war Taraß verhaßt. Er liebte das einfache Leben der Kosaken, entzweite sich oft mit seinen Genossen, die der Warschauer Art zugeneigt waren, und nannte sie Sklaven der polnischen Pane. Nie gönnte er sich Ruhe, und er hielt sich für den rechtmäßigen Beschützer der rechtgläubigen Kirche. Unerwartet und eigenmächtig kam er in die Dörfer, wo man über den Druck der Pächter oder über die allzu harten neuen Steuern klagte, die auf den Höfen lasteten. Dort hielt er selbst inmitten seiner Kosaken Gericht ab. Er hatte es sich zur Regel gemacht, in drei Fällen stets zum Säbel zu greifen, erstlich wenn die Kommissare den Ältesten der Gemeinde nicht die nötige Achtung erweisen wollten und mit der Mütze auf dem Kopfe vor ihnen standen; zweitens, wenn sie über die rechtgläubige Kirche spotteten und die Sitten der Vorfahren belächelten, und endlich drittens, wenn es sich um Feinde, Türken und Mohammedaner handelte, gegen die er es stets für erlaubt hielt, zum Ruhme der Christenheit das Schwert zu ziehen.

Jetzt freute er sich schon im voraus bei dem Gedanken, mit seinen beiden Söhnen in der Sjetsch einzutreffen und dort laut verkündigen zu können: »Seht mal her, was ich euch für tüchtige Kerle mitgebracht habe!« Er freute sich darauf, sie all seinen kampferprobten Freunden zu zeigen und dann ihre ersten großen Taten in der Kriegs- und Fechtkunst, die er ebenfalls für die Haupttugend eines Ritters hielt, miterleben zu dürfen. Zuerst wollte er sie allein fortschicken; aber angesichts ihrer frischen Jugend, ihres kräftigen Wuchses und ihrer männlichen Schönheit loderte sein kriegerischer Geist empor, und er beschloß, sich schon am nächsten Tage selbst mit ihnen auf den Weg zu machen, wenn ihn auch keine andere Notwendigkeit zu dieser Reise veranlaßte als allein sein eigensinniger Wille. Er war bereits aufs äußerste beschäftigt und erteilte Befehle, wählte die Pferde, Geschirr und Sattelzeug für seine jungen Söhne aus, sah sich in den Ställen und Speichern um und bestimmte die Diener, die morgen mit ihnen zusammen aufbrechen sollten. Seine Ämter übergab er dem Unterhauptmann Towkatsch, und befahl ihm zugleich aufs strengste, sich unverzüglich mit der ganzen Schar einzufinden, sowie er aus der Sjetsch eine Nachricht von ihm erhalte. Obgleich er noch ein wenig angeheitert war und der Branntwein noch in seinem Kopfe rumorte, vergaß er doch nichts: Er befahl sogar, die Pferde zu tränken, ihnen den schönsten und besten Weizen in die Krippe zu schütten, und kam endlich ganz ermüdet von all seinen Besorgungen zu Hause an.

»Jetzt heißt es, ausschlafen, Kinder, und morgen, da machen wir, was Gott uns eingibt. Ja, und mach uns keine Betten zurecht. Wir brauchen kein Bett; wir werden auf dem Hofe schlafen.«

Die Nacht hatte ihre Schwingen noch kaum über den Himmel gebreitet, aber Bulba pflegte sich stets früh zur Ruhe zu begeben. Er streckte sich auf dem Teppich aus und bedeckte sich mit einem kurzen Schafspelz, denn die Nachtluft war ziemlich frisch, und Bulba hüllte sich gern tüchtig ein, wenn er zu Hause war. Es dauerte nicht lange, da begann er schon zu schnarchen, und bald folgte der ganze Hof seinem Beispiel; alles, was in den verschiedenen Ecken herumlag, schnarchte, pfiff und grunzte in den verschiedensten Tönen im schönsten Konzert. Zuallererst schlief der Wärter ein: Er hatte zur Feier der Ankunft der jungen Herren am meisten getrunken.

Nur die arme Mutter schlief nicht. Sie schlich sich an das Kopfende ihrer Herren Söhne, die nebeneinander lagen, kämmte ihre jungen, wirren Locken mit einem Kamme und netzte sie mit ihren Tränen. Sie blickte sie an, blickte sie vollen Herzens an, als wäre sie ganz Auge geworden – und konnte sich nicht satt an ihnen sehen. Sie hatte sie an ihrer eigenen Brust genährt; hatte sie selbst gehegt und gepflegt und großgezogen – und jetzt sollte sie sie nur einen kurzen Augenblick bei sich sehen!

»Meine Söhne, meine lieben Söhne! Was wird aus euch werden? Was erwartet euch?« sagte sie, und die Tränen blieben in den Runzeln hängen, die ihr einstmals so schönes Gesicht gänzlich verändert hatten. Wirklich, sie war zu bedauern, wie jede Frau in dieser kampflustigen Zeit. Nur *einen* Augenblick hatte sie die Liebe, die ersten hitzigen Triebe der Leidenschaft, die erste stürmische Flut der Jugend kennen gelernt, und schon hatte ihr rauher Geliebter sie verlassen, um sie gegen den Säbel, die Kameraden und Zechgelage einzutauschen. Gewöhnlich sah sie ihren Mann zwei, drei Tage im Jahr; es kam aber auch vor, daß sie jahrelang nichts von ihm hörte. Aber selbst wenn sie ihn dann sah, wenn sie zusammen lebten – was war das für ein Leben! Sie mußte jede Beleidigung über sich ergehen lassen, sie erhielt sogar Schläge, und die Liebkosungen, die ihr zuteil wurden, warf man ihr nur wie aus Gnade hin. Sie war ein seltsames Wesen, mitten in diesem Kreise unbeweibter Reiter, denen das unbändige Saporoger Leben seinen rauhen Charakter mitgeteilt hatte. Ihre an Glück und Genüssen arme Jugend war dahingeschwunden; ihre wunderschönen frischen Wangen und Brüste waren ungeküßt verblüht und hatten sich vorzeitig mit Runzeln bedeckt. Alle Liebe, alle Gefühle, alles was eine Frau an Zartheit und Leidenschaft in sich birgt, hatte sich bei ihr ausschließlich in mütterliches Empfinden verwandelt. Voller Glut und Leidenschaft, und mit Tränen in den Lidern hing sie wachsam wie eine Steppenmöwe an ihren Kindern. Ihre Söhne, ihre lieben Söhne sollten ihr genommen werden – und sie würde sie niemals wiedersehen! Wer weiß, vielleicht würden die Tataren ihnen schon in der ersten Schlacht die Köpfe abhauen, und sie würde nie erfahren, wo ihre Leiber hingekommen seien, die unbeachtet am Wege lagen und die vielleicht ein vorbeifliegender Raubvogel zerfleischte. Wie gern hätte sie für jeden Tropfen ihres Blutes ihr ganzes Leben hingegeben! Weinend schaute sie ihnen in die Augen, die der allmächtige Schlaf schon zu schließen begann: »Vielleicht«, sprach sie leise vor sich hin, »vielleicht wird Bulba, wenn er aufwacht, die Reise doch noch auf zwei Tage verschieben, vielleicht wollte er nur deshalb so früh aufbrechen, weil er zu viel getrunken hat.«

Der Mond beleuchtete schon längst den Hof, der voller Schläfer lag, und blickte auf das Weidengestrüpp und all das hohe Steppengras herab, das den Hof gleichsam umzäunte. Sie aber saß immer noch zu Häupten ihrer geliebten Söhne, blickte nicht einen Augenblick von ihnen weg und dachte nicht an Schlaf. Die Pferde, die bereits die Morgendämmerung witterten, lagen im Grase und fraßen bald nicht mehr; die Wipfel der Weiden zitterten, und ein leises Flüstern glitt wie ein Strom bis zu ihren Wurzeln herab. Sie saß da, bis es hell wurde, verspürte nicht die leiseste Müdigkeit und wünschte insgeheim, daß die Nacht recht lange dauern möchte. Von der Treppe her hörte man das leise Wiehern der Füllen, und am Himmel leuchtete der erste Streifen der Morgenröte auf.

Plötzlich erwachte Bulba und sprang empor. Er erinnerte sich an alle Anordnungen, die er gestern getroffen hatte. »Hallo, ihr Burschen, jetzt ist es vorbei mit dem Schlafen! Es ist Zeit, höchste Zeit. Tränkt die Gäule! Und wo ist die Alte? (So nannte er gewöhnlich seine Frau.) Schnell, schnell, Alte, mach das Essen bereit: Wir haben einen langen Weg vor uns!«

Die arme Alte ging traurig und ihrer letzten Hoffnung beraubt, ins Haus. Während sie tränenden Auges alles vorbereitete, was zum Frühstück erforderlich war, erteilte Bulba seine Befehle, machte sich im Stall zu schaffen und suchte selbst den kostbarsten Schmuck für seine Söhne aus.

Die Seminaristen schienen plötzlich wie umgewandelt. Statt der alten schmutzigen Stiefel hatten sie nun welche aus rotem Saffianleder mit silbernen Beschlägen; die Beinkleider, die so weit waren, wie das Schwarze Meer, schlugen tausend Falten und wurden durch einen goldenen Gurt zusammengehalten, an dem lange schmale Riemen mit Troddeln und anderem Zierat für die Tabakspfeife angebracht waren. Ihre feuerroten Kosakenröcke schnürten buntgestickte Gürtel ein, in denen schön ziselierte türkische Pistolen staken, und ihre Füße umklirrte ein mächtiger Säbel. Ihre nur wenig gebräunten Gesichter schienen noch schöner und weißer geworden zu sein, und ihre jünglingshaften schwarzen Schnurrbärte ließen die helle Farbe und die gesunde kraftvolle Blüte ihrer Jugend noch stärker hervortreten. Mit ihren in eine goldene Spitze auslaufenden Schaffellmützen sahen sie tatsächlich wunderschön aus. Die arme Mutter! Als sie sie erblickte, vermochte sie kein Wort hervorzubringen, und die Tränen blieben ihr in den Augen stecken.

»Nun, Jungens, es ist alles fertig. Jetzt ist keine Zeit mehr zu verlieren!« sagte Bulba endlich. »Doch wir wollen uns vor der Abreise nach christlichem Brauch erst noch einmal niedersetzen.«

Alle ließen sich nieder, selbst die Knechte, die bisher ehrerbietig an der Tür gestanden hatten.

»So, jetzt segne deine Kinder, Mutter«, sagte Bulba, »bete zu Gott, daß sie wacker kämpfen, stets die Ritterehre hochhalten und den christlichen Glauben beschützen mögen – sonst sollen sie lieber zugrunde gehen, und ihre Spur mag vom Erdboden getilgt werden! Kinder, geht zu eurer Mutter hin, das mütterliche Gebet schützt einen zu Wasser wie zu Lande!«

Die Mutter umarmte sie, schwach wie jede Mutter, zog zwei kleine Heiligenbildchen hervor und legte sie ihnen schluchzend um den Hals. »Die heilige Jungfrau möge euch beschirmen ... Vergeßt eure Mutter nicht, Kinder ... laßt uns ab und zu eine Nachricht zukommen ...« Mehr vermochte sie nicht zu sagen.

»Nun kommt, Jungens«, sagte Bulba. Die gesattelten Pferde standen vor der Tür. Bulba schwang sich auf seinen »Teufel«, der sich wütend aufbäumte, wie wenn er eine Last von zwanzig Zentnern auf sich fühlte. – Taraß war nämlich außerordentlich schwer und umfangreich.

Als die Mutter sah, daß ihre Söhne bereits die Pferde bestiegen, schmiegte sie sich an den Jüngeren, dessen Züge mehr Zärtlichkeit für sie verrieten. Sie ergriff seine Zügel, klammerte sich an seinen Sattel und wollte, die Augen voll Verzweiflung auf ihn geheftet, nicht von ihm lassen. Zwei kräftige Kosaken packten sie vorsichtig an und trugen sie in das Haus zurück. Aber als die Kavalkade gerade das Tor passiert hatte, lief sie, was in keinem Verhältnis zu ihrem Alter stand, mit der Behendigkeit einer jungen Ziege vor das Tor, hielt das Pferd mit unbeschreiblicher Kraft an und umarmte ihren Sohn mit einer geradezu rasenden und sinnlosen Leidenschaft. Man mußte sie zum zweiten Male fortschleppen.

Trübsinnig ritten die jungen Soldaten davon, indem sie sich krampfhaft bemühten, die Tränen zurückzuhalten, aus Furcht vor dem Vater, der selbst etwas bewegt war, obgleich er sich's nicht merken ließ. Es war ein trüber Tag, das Grün schimmerte grell, und die Vögel zwitscherten wild durcheinander. Nachdem unsere Freunde ein Weilchen geritten waren, schauten sie sich um: Das Gehöft schien wie in den Boden gesunken zu sein, nur die beiden Schornsteine ihres bescheidenen Häuschens und die Wipfel der Bäume waren noch zu erblicken, in deren Ästen sie früher wie Eichhörnchen herumgeklettert waren. Nun lag die weite Wiese vor ihnen, die die Erinnerungen an ihr ganzes Leben wachrief: Seit den Jahren, da sie sich auf dem betauten Gras herumgetummelt hatten, bis zu der Zeit, wo sie den schwarzäugigen Kosakenmädchen auflauerten, die mit ihren flinken jungen Füßchen ängstlich über die Wiese liefen. Jetzt sah man nur noch die Stange über dem Brunnen, die mit ihrem oben befestigten Wagenrad einsam in den Himmel ragte, und die Ebene, die sie durchritten hatten, schien ihnen fast wie ein Berg, der alles verdeckte. – Lebt wohl, ihr kindlichen Spiele, lebt alle, alle wohl!

II.

Die drei Reiter ritten schweigend vor sich hin. Der alte Taraß dachte an die Vergangenheit, seine Jugend zog an ihm vorüber: Die dahingeschwundenen Jahre, die der Kosak beweint, der sein ganzes Leben lang jung zu bleiben wünscht. Er dachte daran, wem von seinen einstigen Kameraden er wohl in der Sjetsch begegnen würde. Er rechnete sich aus, welche von ihnen bereits gestorben wären, und wer wohl noch am Leben sein mußte. In seinem Auge glänzte eine stumme Träne, und sein ergrauter Kopf hing traurig herab …

Seine Söhne waren mit ganz anderen Gedanken beschäftigt. Doch es ist Zeit, etwas Näheres über sie mitzuteilen. Mit zwölf Jahren waren sie auf das Seminar von Kiew geschickt worden, denn alle höheren Würdenträger jener Zeit hielten es für nötig, ihren Söhnen eine gelehrte Erziehung zuteil werden zu lassen, obschon dies zu keinem andern Zweck geschah, als damit sie nachher alles Gelernte wieder vollständig vergessen. Bei ihrem Eintritt ins Seminar waren sie, wie alle Jünglinge ihrer Art, noch sehr wild und richtige Naturburschen; dort aber wurden sie gewöhnlich etwas abgeschliffen und nahmen bald durch die gleichmäßige Erziehung Gewohnheiten an, die da machten, daß sie sich alle ein wenig ähnlich sahen. Ostap, der ältere, begann seine Laufbahn damit, daß er noch im ersten Jahre die Flucht ergriff. Man brachte ihn zurück, prügelte ihn fürchterlich durch und setzte ihn hinter die Bücher. Viermal vergrub er sein Lesebuch in die Erde, und viermal wurde ihm ein neues angeschafft, nachdem er das alte unmenschlich zerrissen hatte. Er hätte es zweifellos noch zum fünftenmal versucht, wenn ihm sein Vater nicht feierlich geschworen hätte, ihn volle zwanzig Jahre als Knecht ins Kloster zu schicken und ihm nicht angedroht hätte, er solle die Sjetsch niemals zu Gesicht bekommen, wenn er sich auf der Akademie nicht alle Wissenschaften aneignen werde. Es ist interessant, daß derselbe Taraß Bulba dies sagte, der über alle Gelehrsamkeit spottete und, wie wir gesehen haben, seinen Kindern empfahl, sich nicht mit solchen Dingen zu beschäftigen! Seit dieser Zeit begann Ostap mit außerordentlichem Fleiß über dem langweiligen Buche zu brüten und wurde bald einer der besten Schüler. Das damalige Unterrichtssystem nahm nicht die geringste Rücksicht auf das wirkliche Leben; denn diese scholastischen, grammatikalischen, rhetorischen und logischen Finessen paßten gar nicht zu dem Zeitalter, wurden nie angewendet und im Leben nie wieder gebraucht. Die, die sie beherrschten, konnten ihr Wissen, auch wenn es weniger scholastisch war, nirgends anbringen. Die damaligen Gelehrten waren bei ihrer Weltfremdheit, und weil es ihnen an der nötigen Erfahrung fehlte, fast noch unwissender als die andern Menschen. Außerdem mußte ihnen auch die republikanische Verfassung der Seminare – diese ungeheure Anzahl gesunder, kräftiger junger Leute – Lust zu einer Tätigkeit einflößen, die gar nichts mit den Studien, die sie trieben, zu tun hatte. Oft genug erzeugten auch die schlechte Kost, die häufigen Hungerstrafen und die Bedürfnisse, die in einem frischen, gesunden, jungen Manne erwachen, jenen Unternehmensgeist in ihnen, dem sie nachher in der Saporoger Sjetsch ungehemmten Lauf lassen konnten. Die hungrigen Seminaristen streiften durch die Straßen Kiews und zwangen alle zur peinlichen Vorsicht. Die Hökerfrauen, die auf dem Markte saßen, bedeckten ihre Pasteten, Brezeln und Kürbissamen stets mit den Händen wie das Adlerweibchen seine Jungen, wenn sie einen Seminaristen vorbeikommen sahen. Der Konsul, dessen Pflicht es war, die ihm untergebenen Kameraden im Zaum zu halten, hatte so riesige Taschen in seinen weiten Beinkleidern, daß er den ganzen Kramladen der etwa eingeschlafenen Handelsfrau darin hätte unterbringen können. Diese Seminaristen bildeten eine abgeschlossene Welt für sich. Zu den höheren Kreisen, die sich aus dem russischen und polnischen Adel zusammensetzten, hatten sie keinen Zutritt. Selbst der Woijewode Adam Kisselj führte sie trotz des Protektorates über das Seminar, das er übernommen hatte, nicht in die gute Gesellschaft ein und erließ den Befehl, sie recht streng zu halten. Übrigens war diese Anordnung ganz überflüssig, denn der Rektor und die geistlichen Professoren sparten weder Ruten noch Peitsche, und oft züchtigten die Liktoren ihre Konsuln auf ihren Befehl so fürchterlich, daß jene sich noch wochenlang die Beinkleider kratzten. Vielen machte das kaum etwas aus, und brannte es nur ein wenig stärker als ein gut gepfefferter Schnaps; andere jedoch bekamen die ständigen Züchtigungen gründlich satt und brannten nach dem Saporoschje durch, wenn sie den Weg dorthin zu finden wußten und nicht wieder eingefangen wurden. Ostap Bulba blieb, obschon er die Logik und die Gottesgelehrtheit mit großem Eifer zu erlernen begonnen hatte, keineswegs von den ewigen Prügelstrafen verschont. Es ist nur zu natürlich, daß diese Behandlung schließlich den Charakter verhärten und ihm jene gewisse Festigkeit geben mußte, die den Kosaken stets eigen war. Ostap galt immer für einen der besten Kameraden. Er verführte selten andere zu frechen Unternehmungen – wie etwa zu Raubzügen in fremde Obst- und Gemüsegärten; dafür aber war er einer der ersten, die sich unter die Fahne eines kühnen, unternehmungslustigen Seminaristen stellten, und nie, und unter keinen Umständen hätte er einen Kameraden verraten: weder Peitschenhiebe noch Rutenstreiche konnten ihn dazu veranlassen. Er war gleichgültig und voller Verachtung gegen alle Leidenschaften, die nicht auf den Krieg oder ein Freß- und Saufgelage abzielten. Wenigstens dachte er fast an nichts anderes. Er besaß eine gewisse Güte, soweit dies in dieser Zeit und bei einem solchen Charakter möglich war. Die Tränen der armen Mutter hatten sein Herz außerordentlich bewegt, und es war allein dies Gefühl, daß ihn jetzt verwirrte und ihn zwang, nachdenklich den Kopf zu senken.

Sein jüngerer Bruder Andrij hatte lebhaftere und bestimmtere Empfindungen. Das Lernen machte ihm Vergnügen, und er bedurfte dazu keiner besonderen Anstrengung, die ein schwerfälliger und harter Charakter stets dabei anwenden muß. Er war erfinderischer als sein Bruder, war öfter Anführer bei gefährlichen Unternehmungen und verstand es, dank seiner Schlauheit und Intelligenz manches Mal der Strafe zu entgehen; während sein Bruder Ostap gleichmütig und ganz von selbst seinen Rock ablegte und sich auf den Boden streckte, ohne auch nur daran zu denken, daß er um Gnade bitten könnte. Andrijs Seele dürstete gleichfalls nach Heldentaten, aber sie war auch andern Empfindungen zugänglich.

Als er das achtzehnte Jahr überschritten hatte, bemächtigte sich seiner ein heftiges Bedürfnis nach Liebe. Immer häufiger tauchte das Weib vor seinen erregten Sinnen auf; während er philosophischen Disputen beiwohnte, umschwebte es ihn: jung, schwarzäugig und zart. Unablässig glaubte er ein Paar glänzende kräftige Brüste oder einen wundervollen zarten nackten Arm vor sich zu sehen; das Kleid, das die jungfräulichen und zugleich starken Glieder einhüllte, hauchte in seiner Phantasie eine unaussprechliche Wollust aus. Er verbarg diese leidenschaftlichen Wallungen seiner Seele sorgfältig vor den Kameraden; denn in jener Zeit galt es für schmachvoll und ehrlos, wenn ein Kosak an Weiber und Liebe dachte, ehe er an einer Schlacht teilgenommen hatte. Überhaupt war er in den letzten Jahren, die er im Seminar verbrachte, immer seltener Anführer einer Rotte und irrte meist in irgendeinem einsamen Winkel Kiews, zwischen Kirschgärten und kleinen Häusern umher, die verführerisch auf die Straße hinausblickten. Hin und wieder geriet er auch in das aristokratische Stadtviertel, in das jetzige »Alte Kiew«, wo die kleinrussischen und polnischen Adligen wohnten und die Häuser einen etwas bizarren Baustil hatten. Als er dort eines Tages tief in Gedanken versunken herumschlenderte, hätte ihn beinahe die Kutsche eines polnischen Pans überfahren, und der auf dem Bock sitzende Kutscher mit einem fürchterlichen Mundwerk versetzte ihm unter greulichen Flüchen einige ziemlich kräftige Peitschenhiebe. Der junge Seminarist geriet in Wut: Voll unsinniger Kühnheit packten seine kräftigen Fäuste das hintere Rad und brachten den Wagen zum Stehen. Aber der Kutscher, der eine Abrechnung befürchtete, versetzte den Pferden einen heftigen Schlag, sie zogen stark an – sodaß Andrij, der glücklicherweise die Hand zurückgezogen hatte, umgeworfen wurde, und mit dem Gesicht mitten in den Schmutz fiel. Da vernahm er plötzlich ein helles wohlklingendes Lachen über sich. Er sah empor und erblickte am Fenster ein Mädchen von wunderbarer Schönheit, wie er noch nie ein ähnliches gesehen hatte; ihre Augen waren schwarz, und ihr Antlitz schimmerte so weiß wie Schnee, den die Morgensonne bescheint. Sie lachte aus voller Kehle, und ihr Lachen verlieh ihrer blendenden Schönheit einen geradezu überwältigenden Reiz. Er stand ganz verdutzt da. Traumverloren starrte er sie an und wischte sich zerstreut den Schmutz von seinem Gesicht, jedoch so ungeschickt, daß er sich nur noch mehr entstellte. Wer war dieses schöne Mädchen? Er suchte es von den Bedienten zu erfahren, die reichgeschmückt vor dem Tore standen und einen Banduraspieler umringten. Die Knechte und Mägde brachen jedoch in ein stürmisches Gelächter aus, als sie sein schmutziges Gesicht erblickten, und würdigten ihn keiner Antwort. Endlich hörte er, daß die Unbekannte die Tochter des für einige Zeit hier weilenden Woijewoden von Kowno sei. In der nächsten Nacht kletterte er mit einer nur den Seminaristen eigenen Frechheit über den Zaun, gelangte so in den Garten und erklomm geschwind den Baum, dessen Zweige das Dach des Hauses berührten. Von dort schwang er sich auf das Dach und gelang so durch den Schornstein direkt in das Schlafzimmer der Schönen, die gerade vor einer Kerze saß und ihre kostbaren Ohrringe ablegte. Als die schöne Polin plötzlich einen unbekannten Mann vor sich erblickte, erschrak sie derartig, daß sie kein Wort hervorzubringen vermochte, als sie jedoch bemerkte, daß der Seminarist mit gesenkten Augen vor ihr stand und vor Schüchternheit kaum zu atmen wagte, und als sie denselben Jüngling in ihm erkannte, der vor ihren Augen in den Straßenkot gefallen war, brach sie in ein erneutes übermütiges Lachen aus. Allerdings kam noch dazu, daß Andrij gar nicht schrecklich aussah, sondern ein sehr hübscher Junge war. Sie lachte von ganzem Herzen und trieb allerlei Kurzweil mit ihm. Wie alle Polinnen war auch sie sehr launenhaft; aber ihre Augen, ihre wundervollen, durchdringend klaren Augen, hatten jenen langen Blick, der Beständigkeit verrät. Der Seminarist rührte keinen Finger, er stand wie gefesselt da, als endlich die Tochter des Woijewoden kühn auf ihn zutrat, ihm ihr strahlendes Diadem auf den Kopf setzte, ihm die Lippen mit ihren

Ohrringen behängte und ihn in ein durchsichtiges, golddurchwirktes, mit Festons verziertes Hemdchen aus Nesseltuch hüllte. Sie putzte ihn heraus und trieb tausend Dummheiten mit ihm – keck und kindlich, wie es die Art der leichtsinnigen Polinnen ist, was unsern armen Seminaristen in noch größere Verlegenheit brachte. Er machte eine recht komische Figur, wie er mit offenem Mund dastand und regungslos in ihre leuchtenden Augen starrte. Plötzlich vernahm man ein Geräusch an der Tür; sie erschrak aufs heftigste und befahl ihm, sich unter dem Bett zu verstecken. Als die Gefahr vorüber schien, rief sie ihre Kammerzofe, eine gefangene Tatarin, und befahl ihr, ihn vorsichtig in den Garten hinauszuführen, damit er von dort aus über den Zaun auf die Straße gelangen könne. Aber diesmal kam der Seminarist nicht so glücklich hinüber: Der Wächter erwachte, packte ihn kräftig an den Beinen, und die herbeieilenden Knechte walkten ihn auf der Straße so lange durch, bis ihn seine flinken Beine retteten. Seit dieser Zeit war es für ihn gefährlich, an dem Hause seiner Angebeteten vorüberzugehen, denn der Woijewode verfügte über sehr zahlreiche Dienerschaft. Dagegen sah er sie einmal in der katholischen Kirche: Sie bemerkte ihn und lächelte ihm aufs liebenswürdigste zu, wie einem guten, alten Bekannten. Hierauf begegnete er ihr noch einmal ganz flüchtig; bald darauf reiste der Woijewode von Kowno ab, und statt der schönen, schwarzäugigen Polin starrte ein feistes, gleichgültiges Gesicht aus den Fenstern heraus.

Das war es, woran Andrij dachte, als er mit gesenktem Kopf, und die Augen starr auf die Mähne seines Pferdes gerichtet, dahinritt.

Unterdessen hatte sie die Steppe in ihre grünen Arme aufgenommen, und das hohe Gras verbarg sie von allen Seiten, daß nur noch die schwarzen Kosakenmützen zwischen den Ähren hervorschimmerten.

»He, Jungens, weshalb seid ihr denn plötzlich so still geworden«, sagte Bulba, endlich aus seinen Träumen erwachend, »ihr seid mir rechte Mönche! Ah, jagt doch alle trüben Gedanken zum Teufel! Steckt euch eine Pfeife in den Mund, wir wollen eins rauchen, den Gäulen die Sporen geben und dahinsausen, daß uns kein Vogel einholen soll!«

Und die Kosaken beugten sich über die Pferde und verschwanden im Grase. Bald konnte man auch die schwarzen Mützen nicht mehr sehen. Nur die lange Flucht des niedergetretenen Grases zeugte von ihrem schnellen Ritte.

Die Sonne strahlte längst vom klaren Himmel herab und ergoß ihr belebendes, wärmespendendes Licht über die ganze Steppe. Alle Schläfrigkeit und Traurigkeit verschwand augenblicklich aus der Seele der Kosaken, und ihre Herzen schwangen sich empor gleich flinken Vögeln.

Je tiefer sie in die Steppe hineinkamen, um so schöner wurde sie. Damals war der ganze Süden, jene große Strecke, die jetzt Neurußland bildet und sich bis zum Schwarzen Meer erstreckt, noch eine grüne, jungfräuliche Wüste. Der Pflug hatte diese unermeßlichen Wogen wilden Grases noch nie berührt, und nur die Pferde, die wie in einem Walde in ihm untertauchten, stampften es zuweilen nieder. Es gab kaum etwas Schöneres in der Natur: die ganze Erdoberfläche glich einem grüngoldenen Ozean, übersät von Millionen der mannigfaltigsten Blumen. Zwischen den schlanken, hohen Grashalmen schimmerten hellblaue, blaue und lila Blüten hervor; gelber Ginster ragte mit seiner pyramidenförmigen Spitze empor; weißer Klee glänzte mit seinen schirmartigen Köpfchen auf der Oberfläche; die weiß Gott wie hierher verpflanzten Weizenähren schossen gleich einem Dickicht in die Höhe, und ab und zu flogen ein paar Schnarchhühner mit vorgestreckten Hälsen hindurch. Die Luft war von tausend verschiedenen Vogelstimmen erfüllt. Mit weit ausgebreiteten Flügeln schwebten die Habichte unbeweglich am Himmel, ihre Augen unverwandt auf das Gras gerichtet. Von einem fernen See tönten die Schreie einer weit abseits vorüberziehenden Wolke wilder Gänse herüber. Mit gemessenem Flügelschlage erhob sich eine Möwe aus dem Grase und badete sich voller Lust in den blauen Luftwellen. Da war sie schon in der Höhe verschwunden und erglänzte nur noch ganz fern wie ein schwarzer Punkt, aber plötzlich wendete sie ihren Flug und leuchtete hell auf in den blendenden Sonnenstrahlen – hol' euch der Teufel, ihr Steppen, wie herrlich seid ihr doch …!

Unsere Reisenden machten nur auf wenige Minuten Rast, um Mahlzeit zu halten. Ihr Gefolge, das aus zehn Soldaten bestand, sprang von den Pferden und band die hölzernen Branntweinflaschen und die Kürbisse, die als Trinkgefäße dienten, ab. Man aß nur etwas Brot, Speck oder Zwieback und ähnliches, trank nicht mehr als ein einziges Glas, und auch dies nur der Stärkung wegen, denn Taraß Bulba erlaubte es nie, sich unterwegs vollzutrinken, und darauf wurde der Weg bis zum Abend fortgesetzt.

In der Dämmerung veränderte die Steppe vollkommen ihr Gesicht. Ihre ganze bunte, von den letzten hellen Sonnenstrahlen beschienene Oberfläche wurde allmählich immer dunkler, sodaß der Schatten der Kosaken in scharfen Konturen über sie hinglitt, und nahm bald einen dunkelgrünen Schimmer an. Der Erde entströmten immer stärkere Düfte: jedes Blümchen, jeder Grashalm atmete Ambra aus, und die ganze Steppe schien ein Meer von Wohlgerüchen geworden zu sein. An dem dunkelblauen Himmel schien ein riesenhafter Pinsel rötlichgoldene Streifen gezogen zu haben; hin und wieder sah man ein paar durchsichtige Wölkchen aufleuchten, und ein frischer, wohltuender Wind strich lockend, wie grüne Meereswellen, kaum merklich über die Spitzen der Gräser hin, so lind, daß er kaum die Wangen berührte. Die ganze Musik, die den Tag erfüllte, war verklungen und durch eine andere ersetzt. Bunte Ziesel kamen aus ihren Schlupflöchern, setzen sich auf die Hinterpfötchen und pfiffen durchdringend über die Steppe hin; immer deutlicher wurde das Zirpen der Grillen. Zuweilen tönte von irgendeinem einsamen See her der silberhelle Schrei des Schwanes durch die Luft. Die Reisenden machten mitten auf dem

Felde halt, suchten sich ein Nachtlager und zündeten ein Feuer an, auf welches sie einen Kessel stellten, um sich ihr Kulisch zu kochen. Bald dampfte der Kessel, und der Rauch stieg schräg in die Luft. Nachdem die Kosaken ihr Abendbrot eingenommen und die aneinandergekoppelten Pferde freigelassen hatten, damit sie ruhig grasen konnten, begaben sie sich zur Ruhe und lagerten sich auf ihren Kitteln. Die nächtlichen Gestirne blickten hell und klar auf sie hinab. Das Knistern, Pfeifen und Summen der ganzen unendlichen Insektenwelt, die im Grase schwirrte, klang an ihr Ohr. All diese Töne hallten wie Musik durch die Nacht, läuterten sich in der frischen Luft und wiegten den müden Sinn langsam in Schlaf. Wenn einer der Reisenden erwachte und sich erhob, lag die Steppe, besät mit den blitzenden Funken schwirrender Leuchtkäfer, vor ihm. Bisweilen wurde der Nachthimmel an verschiedenen Stellen vom fernen Flammenschein des trockenen Schilfrohres beleuchtet, das auf den Wiesen und Flüssen verbrannt wurde. Eine bunte Schar von Schwänen, die nach Norden flog, erschien plötzlich in rosigsilbernes Licht getaucht am Himmel, was so aussah, wie wenn rote Tücher am dunklen Horizont flatterten.

Die Reisenden ritten vorwärts, ohne irgendein Abenteuer zu erleben. Nirgends gewahrten sie Bäume; überall umgab sie die gleiche endlose, freie, herrliche Steppe. Hin und wieder nur sah man in der Ferne an den Ufern des Dnjepr die Wipfel eines Waldes blau aufleuchten, und nur einmal machte Taraß seine Söhne auf einen kleinen schwarzen Punkt fern im Grase aufmerksam und sagte: »Seht mal, Jungens, da trabt ein Tatar.« Ein kleiner, mit einem Schnurrbart geschmückter Kopf richtete seinen schmalen Augen auf sie, schnüffelte vorsichtig wie ein Jagdhund in der Luft herum und verschwand wie ein Reh, als er bemerkte, daß die Kosaken dreizehn Mann hoch waren. »Hallo, Jungens, versucht mal, den Tataren einzuholen! Ah – laßt es lieber sein, ihr werdet ihn ja doch nicht fangen. Sein Gaul ist schneller als mein 'Teufel'.« Bulba traf jedoch entsprechende Vorsichtsmaßregeln, da er einen Hinterhalt befürchtete. Er ritt mit seinem Zuge bis zu einem kleinen Fluß, der Tatarka hieß und in den Dnjepr mündet; dort sprangen sie ins Wasser, ließen sich mitsamt ihren Pferden eine Zeitlang von der Strömung treiben, um ihre Spur zu verwischen, und setzten erst hiernach an dem andern Ufer ihren Ritt fort.

Drei Tage nach diesem Abenteuer befanden sie sich endlich in der Nähe des Ortes, der das Ziel ihrer Reise war. Die Luft wurde plötzlich merklich kühler, ein Zeichen, daß der Djnepr nicht mehr fern war. Da glänzte er auch schon in der Ferne, und hob sich als ein dunkler Streifen vom Horizont ab. Seine kalten Wellen rollten dahin, kamen immer näher und näher heran, und schienen endlich die Hälfte der ganzen Erdoberfläche zu umfassen. Das war jene Stelle, wo der Dnjepr, bis dahin von Stromschnellen eingeengt, seinen Lauf ungehindert entfalten und dem Meere gleich, fessellos, dahinrauschen kann, wo die in ihm verstreuten Inseln seine Ufer noch weiter zurückdrängen, und seine Wellen, weder von Felsen noch Dämmen gebrochen, sich breit über das Land ergießen.

Die Kosaken saßen ab, bestiegen die Fähre und gelangten nach einer dreistündigen Überfahrt an die Insel Chortiza, wo sich damals die so oft ihren Aufenthalt wechselnde Sjetsch befand.

Ein Haufen Volks stritt sich gerade am Ufer mit den Fährleuten herum. Die Kosaken zäumten ihre Pferde auf. Taraß reckte sich gewichtig empor, zog seinen Gurt fester zusammen und strich sich stolz mit der Hand über den Schnurrbart. Seine jungen Söhne musterten sich ebenfalls von Kopf bis Fuß, nicht ohne eine gewisse Angst und ein unklares Wohlgefallen, und alle ritten in die Vorstadt hinein, die eine halbe Werst von der Sjetsch entfernt lag. Bei ihrer Ankunft wurden sie durch den Lärm von fünfzig Schmiedehämmern betäubt, die in fünfundzwanzig unterirdischen und mit Rasen bedeckten Schmieden niederfielen. Auf der Straße saßen riesige Gerber und walkten unter dem Schutzdach Ochsenhäute mit ihren muskulösen Händen. Zahlreiche Krämer saßen unter ihren Zelten vor ganzen Haufen von Feuersteinen und Pulver; ein Armenier bot teure Tücher zum Verkauf aus, ein Tatar drehte ein in Teig gehülltes Lamm am Bratspieß, ein Jude zog mit vorgestrecktem Kopf Branntwein aus einem Faß ab. Der erste Mensch, der ihnen begegnete, war ein Saporoger, der mit weit ausgestreckten Händen und Füßen mitten auf dem Wege schlief. Taraß Bulba konnte nicht umhin, haltzumachen und ihn mit großem Vergnügen zu betrachten. »Du hast es dir aber ordentlich bequem gemacht! Verdammt noch einmal, bist du ein prächtiger Bursche!« rief er aus und hielt an. Das Bild, das sich ihm darbot, war in der Tat sonderbar genug: Der Saporoger lag breit wie ein Löwe mitten auf dem Wege, sein stolz zurückgeworfener Haarschopf bedeckte mindestens drei Fuß vom Boden, und die Beinkleider aus teurem roten Tuch waren mit Teer beschmutzt, wie um die vollkommene Verachtung ihres Besitzers gegen solche Dinge recht deutlich zu zeigen. Nachdem Bulba sich an diesem Bilde sattgeschaut hatte, ritt er weiter durch die engen Straßen, die voll von Handwerkern, welche ihren Beruf gleich hier ausübten, und von Leuten aller möglichen Nationalität war, die den Vorort bevölkerten. Es sah hier fast so aus wie auf einem Jahrmarkt, der die ganze Sjetsch kleidete und nährte, da diese sich ja nur aufs Herumlungern und Schießen verstand.

Endlich hatten sie die Vorstadt hinter sich und erblickten einige zerstreut liegende Gebäude, die mit Rasen oder auch, nach tatarischer Art, mit Filz bedeckt waren. Vor einzelnen von ihnen standen Kanonen. Nirgends sah man einen Zaun oder eins jener niedrigen Häuser mit einem Schutzdach auf niedrigen Holzsäulen, wie man sie in der Vorstadt fand. Ein kleiner Wall und ein Verhau, ohne die geringste Bewachung, zeugten von einer unglaublichen Sorglosigkeit. Einige riesenhafte Saporoger Kosaken, die mit ihrer Pfeife in den Zähnen mitten auf dem Wege herumlagen, schauten die Ankömmlinge ziemlich gleichgültig an und rückten nicht vom Fleck. Taraß ritt mit seinen Söhnen vorsichtig zwischen ihnen hindurch und sagte: »Guten Tag, meine Herren.« »Gleichfalls«, antworteten die Saporoger. Überall, und auf dem ganzen Felde, sah man in malerischen, bunten Gruppen große Mengen Volkes lagern. Ihre gebräunten Gesichter zeugten davon, daß sie im Pulverdampf der Schlacht gestählt waren und mancherlei Ungemach erfahren hatten. Das also war sie, die Sjetsch! Das war die Höhle, aus der all die Helden hervorgingen, stark und stolz wie Löwen! Das war der Ort, von dem aus sich Rittertum und Freiheit über die ganze Ukraine ergoß!

Die Reisenden lenkten ihre Pferde nach einem geräumigen Platze, wo sich gewöhnlich der Rat versammelte. Auf einem großen umgestürzten Fasse saß ein Saporoger, ohne Hemd; er hielt es in der Hand und stopfte langsam und bedächtig die Löcher. Wiederum versperrte ihnen ein ganzer Haufen von Musikanten den Weg, in deren Mitte ein junger Saporoger, die Mütze auf dem Ohr und mit hocherhobnen Händen, einen Tanz aufführte. Er schrie fortwährend: »Spielt doch schneller, ihr Musikanten! Thomas, schenk tüchtig Branntwein ein, spar doch nicht so bei rechtgläubigen Christen.« Und Thomas, der ein angeschwollenes Auge hatte, reichte jedem, der an ihn herantrat, einen ungeheuren Becher. Um den jungen Saporoger herum führten vier Alte mit kleinen Schritten allerlei Tänze aus; bald flogen sie zur Seite wie ein Wirbelwind, wobei sie fast die Köpfe der Musikanten berührten, bald setzten sie sich unvermutet nieder und begannen mit ihren silberbeschlagenen Absätzen laut und hart auf den festgetretenen Fußboden zu stampfen. Dumpf dröhnte die Erde in der ganzen Umgebung, und die Hopps und Topps, die mit den klingenden Sporen der Stiefel geschlagen wurden, schallten laut durch die Luft. Ein Kosak aber schrie lauter als alle andern und drehte sich mit den andern im Tanze. Sein Haarzopf flatterte im Winde, die starke Brust war ganz entblößt, über die Schulter aber hatte er den warmen Wintermantel geworfen, so daß ihm der Schweiß unaufhörlich in Strömen von der Stirn lief.

»Zieh doch wenigstens den Pelz aus«, sagte endlich Taraß. »Sieh doch, wie du dampfst.«

»Das geht nicht«, schrie der Saporoger.

»Weshalb nicht?«

»Das geht nicht, das ist bei mir nun mal nicht anders: habe ich ihn erst einmal abgenommen, so vertrinke ich ihn auch!«

Der junge Bursche hatte schon längst keine Mütze, keinen Gürtel am Rock und kein buntes Tuch mehr: Alles war schon dorthin gewandert, wo es hingehörte. Der Haufen wurde immer größer, neue Ankömmlinge schlossen sich dem Tanze an, und man konnte nicht ohne Bewegung sehen, wie hier alles an dem tollsten, leidenschaftlichsten aller Tänze, den die Welt je gesehen hat, und der nach seinen kräftigen Erfindern »Kasatschok« benannt ist, teilnahm.

»Säße ich bloß nicht zu Pferde«, rief Taraß aus, »wahrhaftig, ich wollte selbst loslegen und mittanzen!«

Unterdessen mischten sich hie und da auch einzelne graue, alte Männer unter die Menge, die in der ganzen Sjetsch wegen ihrer Verdienste geachtet und schon oft Kosakenälteste gewesen waren. Taraß traf bald eine Unzahl Bekannte, und Ostap und Andrij hörten fortwährend Begrüßungsworte: »Holla, da bist du ja, Petscheriza!« »Guten Tag, Kosolup!« »Wo kommst du denn her, Taraß?« »Wie geht's Doloto?« »Guten Tag, Kirdjaga!« »Guten Tag, Gustyi!« »Ich hätte nie geglaubt, dich in diesem Leben noch einmal wiederzusehen, Remenj!«

Und all die Helden, die hier aus der großen Wildnis des östlichen Rußlands zusammengekommen waren, küßten einander, und zahllose Fragen flogen hin und her.

»Was macht Kassjan?« »Und Borodawka?« »Wo steckt Kolopjor?« »Und Pidssytkow?« Und Taraß bekam fortwährend Antworten, wie etwa folgende: Borodawka sei in Tolopan aufgeknüpft, Kolopjor sei bei Kisikirmen lebendigen Leibes geschunden worden, Pidssytkows Kopf sei eingesalzen und in einem Fasse nach Konstantinopel geschickt worden usw. Und der alte Bulba blickte traurig zu Boden und sagte gedankenvoll: »Und waren doch so wackere Kosaken!«

III.

Nun lebte Taraß Bulba bereits seit einer Woche mit seinen Söhnen in der Sjetsch. Ostap und Andrij beschäftigten sich nur wenig mit den militärischen Übungen. Die Sjetsch liebte es nicht, mit solch langweiligen Dingen ihre Zeit zu verlieren. Die jungen Leute wurden durch die Erfahrung erzogen und im Feuer der Schlachten ausgebildet, und daher mußten diese unaufhörlich erneuert werden. Die Kosaken fanden es langweilig, sich in den Ruhezeiten mit irgendwelchen Übungen abzugeben: Sie versuchten sich höchstens mal im Scheibenschießen, oder veranstalteten große Ritte, oder jagten in der Steppe und auf den Wiesen nach wilden Tieren; die übrige Zeit war den Zechgelagen und ähnlichen Vergnügungen gewidmet – ein Zeichen der großen Leidenschaftlichkeit ihrer Seelen. Überhaupt war die ganze Sjetsch eine außerordentliche Erscheinung: hier herrschte eine nie endenwollende Feier, gleichsam ein Fest, das, lärmvoll begonnen, ewig fortdauerte. Einige von den Bewohnern trieben ein Handwerk, andere hatten Kramläden und handelten mit allerlei Dingen – die meisten jedoch lungerten von früh bis spät herum, wenn ihre Taschen ihnen noch eine Möglichkeit dazu boten und das erworbene Geld noch nicht in die Hände der Kaufleute und Gastwirte übergegangen war. Dieses allgemeine Zechen und Prassen hatte etwas geradezu Sinnenbetörendes an sich. Das war kein Haufe von Zechern, die aus Verzweiflung und Elend tranken, das war eine völlig ursprüngliche und unabhängige Fröhlichkeit. Wer hierher kam, vergaß alles und ließ alles liegen, was ihn bisher beschäftigt hatte. Man kann sagen: Er pfiff auf seine Vergangenheit. Sorglos ergab er sich der Freiheit, dem geselligen Zusammensein mit gleichen Naturen und Abenteurern wie er selbst, die weder Angehörige, Familie, noch Haus und Hof besaßen, sondern nur den freien Himmel und ein ewiges Verlangen nach ewigen Festen und Feiertagen in ihrer Seele trugen. So entstand jene fessellose Fröhlichkeit, die aus keiner andern Quelle hätte kommen können. Die Erzählungen und Geschichten der mitten zwischen dem versammelten Volk faul auf dem Boden Lagernden reizten so zum Lachen und atmeten solches Leben, daß es schon der ganzen Gelassenheit des Saporogers bedurfte, eine unbewegte Miene beizubehalten und nicht einmal mit den Mundwinkeln zu zucken – ein Charakterzug, der den Kleinrussen bis heut' noch von seinen südrussischen Brüdern unterscheidet. Es war eine trunkene, lärmende Fröhlichkeit, aber nicht in einer verräucherten Schenke, wo der Mensch in einer finsteren, bizarren Ausgelassenheit seinen Schmerz zu vergessen sucht, dies war vielmehr ein enger Kreis von Freunden und Schulgenossen. Der einzige Unterschied bestand darin, daß die Menschen hier, statt hinter der Fibel zu sitzen und trockene Erklärungen des Lehrers über sich ergehen zu lassen, auf fünftausend Pferden ausritten und allerhand kühne Raubzüge unternahmen; statt der Wiese, wo Ball gespielt wurde, hatten sie die weite unbegrenzte Steppe, die keinem von ihnen Sorgen machte, die von niemandem bewacht wurde, und wo bloß hier und da der flinke Kopf eines Tataren auftauchte oder ein Türke finster und unbeweglich unter dem grünen Turban hervorschaute. Ferner kam hinzu, daß sie hier nicht ein fremder Wille zusammenführte, wie in der Schule, sondern eigner Entschluß: Hatten sie doch selbst Väter und Mütter verlassen und waren dem elterlichen Hause heimlich entlaufen. Hier gab es Männer, deren Hals der Strick bereits berührt hatte, und die statt des blassen Todes das Leben gewannen, ein unbändiges Leben voll herrlichen Genusses und Fröhlichkeit; hier hausten Menschen, die aus einer edlen Gewohnheit keine Kopeke in der Tasche behalten konnten, und wieder andere, die bisher einen Dukaten für einen großen Schatz gehalten hatten, und denen man dank den jüdischen Pächtern die Taschen umkehren konnte, ohne Gefahr zu laufen, daß etwas herausfiele. Hier befanden sich Seminaristen, die die akademischen Ruten nicht vertrugen und in der Schule keinen Buchstaben gelernt hatten – zugleich aber auch solche, die ihren Horaz und Cicero kannten und über das Wesen der römischen Republik Bescheid wußten. Hier traf man viele jener Offiziere, die sich später in den königlichen Heeren auszeichneten, sowie jene erprobten Kämpen, die die edle Überzeugung hegten, daß es gleichgültig sei, wo man kämpfe, wenn man nur überhaupt kämpfen konnte, denn es sei eines ritterlichen Mannes nicht würdig, ein Leben ohne Kämpfe und Schlachten zu führen. Endlich gab es auch eine Anzahl solcher, die nur in die Sjetsch gekommen waren, um sagen zu können, sie seien in der Sjetsch gewesen und seien folglich im Kampf gestählte Krieger. Aber was gab es hier nicht? Diese sonderbare Republik war durchaus ein Bedürfnis jener Zeit. Für Liebhaber des kriegerischen Lebens, goldener Becher, reicher Gewebe, Dukaten und Schaumünzen gab es hier jederzeit genug zu tun. Nur die Verehrer der Frauen kamen nicht auf ihre Rechnung: Denn nicht einmal in der Vorstadt der Sjetsch durfte sich eine Frau zeigen … Ostap und Andrij fanden es sonderbar, daß niemand die zahlreichen Menschen, die mit ihnen in die Sjetsch gekommen waren, nach ihrer Herkunft und ihrem Namen fragte. Sie kamen hierher, als ob sie in ihr eigenes Haus zurückkehrten, das sie erst vor einer Stunde verlassen hatten. Der Ankömmling meldete sich bloß beim Hauptmann, der gewöhnlich fragte: »Grüß Gott. Glaubst du an Christus?« »Ja, ich glaube«, antwortete der Ankömmling. »Auch an die heilige Dreieinigkeit?« »Auch das.« »Besuchst du die Kirche?« »Ja, ich besuche sie.« »Gut, bekreuzige dich einmal.« Der Ankömmling tat es. »Schön«, sagte der Hauptmann, »geh und wähl dir selbst das Kosakendorf, das dir gefällt.« Und damit war die Zeremonie beendet. Die ganze Sjetsch betete in derselben Kirche und war bereit, sie bis zum letzten Blutstropfen zu verteidigen, trotzdem sie von Fasten und Enthaltsamkeit nichts wissen wollte. Nur die, nebenbei bemerkt, äußerst geldgierigen Juden, Armenier und Tataren wagten es, sich in der Vorstadt niederzulassen und hier ihre Kramladen aufzuschlagen, denn die Saporoger handelten nur ungern und zahlten gewöhnlich so viel Geld, als sie mit einem Griff aus der Tasche holten. Übrigens war das Los dieser habsüchtigen Händler sehr traurig; man konnte sie fast mit den armen Leuten vergleichen, die am Fuße des Vesuvs wohnten, denn sobald es den Saporogern an Geld fehlte, zertrümmerte die rohe Bande die Buden der Krämer und nahm sich alles, was sie brauchte, auch ohne Zahlung.

Die Sjetsch bestand aus mehr als sechzig Niederlassungen, die ebenso viele völlig voneinander unabhängige Republiken darstellten. Sie glichen Schulen oder Seminaren, deren Zöglinge in der Anstalt gekleidet und beköstigt werden. Niemand besaß etwas, aber legte sich Vorräte an, alles befand sich in den Händen des Kosakenhauptmanns, den man deshalb auch gewöhnlich »Väterchen« nannte. Er verwaltete das Geld, die Kleidung, den gesamten Lebensmittelvorrat, den Roggen- und Weizenteig, die Grütze und sogar das Heizmaterial, auch das Barvermögen wurde ihm zur Aufbewahrung gegeben. Zwischen den einzelnen Niederlassungen brachen des öfteren Streitigkeiten aus, die sogleich in Schlägereien ausarteten. Der Marktplatz füllte sich mit den Bewohnern der Dörfer, und man bearbeitete sich so lange mit den Fäusten, bis irgendeine Partei niedergekämpft war, und dann begann ein Zechgelage und ein großer Jubel. Das war die Sjetsch, die eine so starke Anziehungskraft auf die jungen Leute ausübte.

Ostap und Andrij stürzten sich mit der ganzen Leidenschaft der Jugend in dieses Freudenmeer, vergaßen schnell das väterliche Haus, das Seminar und alles, was ihre Seele bisher bewegt hatte, und gaben sich ganz dem neuen Leben hin. Alles fesselte sie hier: Die wilden Sitten der Sjetsch, ihr einfaches Gerichtswesen und ihre Gesetze, die ihnen freilich manchmal für eine freie Republik gar zu streng erschienen. Wurde ein Kosak beim Diebstahl irgendeiner Kleinigkeit ertappt, so galt dies für eine dem gesamten Kosakentum zugefügte Beleidigung: Er wurde für ehrlos erklärt, an den Schandpfahl gebunden, und es wurde eine Holzkeule neben ihn gelegt, mit der jeder Vorübergehende ihm einen Schlag versetzen mußte, bis man ihn zu Tode gemartert hatte. Den säumigen Schuldner schmiedete man mit einer Kette an eine Kanone, wo er so lange gefesselt blieb, bis einer seiner Kameraden ihn auslöste und seine Schuld beglich. Den stärksten Eindruck aber übte die unerhörte grausame Strafe, mit der der Mord bestraft wurde, auf Andrij aus: Vor den Augen des Verurteilten wurde eine Grube gegraben, in die er lebendig hinabgestürzt wurde, dann senkte man den Sarg mit dem Leichnam des Ermordeten in die Grube hinab und schüttete Erde darüber. Noch lange nachher mußte Andrij an diesen entsetzlichen Brauch zurückdenken, und fortwährend stand der mitsamt dem grauenhaften Sarge lebendig begrabene Mensch vor seinen Augen.

Die beiden jungen Kosaken wurden schnell beliebt bei ihren Kameraden. Oft begaben sie sich mit ihren Lagergenossen und zuweilen auch mit dem ganzen Bezirk oder auch mit benachbarten Niederlassungen in die Steppe zur Jagd auf unabsehbare Scharen von Vögeln, Kirschen und Ziegen, oder sie zogen bis an die Seen, Bäche und Ströme, die jedem Dorf durch das Los zugeteilt wurden, um zu angeln, ihre Netze auszuwerfen und reiche Beute für ihr Lager mitzubringen. Obgleich es keine Wissenschaften gab, in der der Kosak geprüft wurde, machten sie sich doch unter den andern jungen Leuten durch ihre ehrliche Kühnheit und ihre Erfolge bemerkbar. Gewandt und sicher schossen sie ins Ziel und durchschwammen den Dnjepr selbst gegen die Strömung: Eine Tat, für die der Neuling feierlich in den Kreis der Kosaken aufgenommen wurde.

Jedoch der alte Taraß sah sich nach einer anderen Tätigkeit für sie um. Das müßige Leben seiner Söhne war nicht nach seinem Wunsch, er verlangte ernstere Aufgaben für sie. Oft dachte er nach, wie er die Sjetsch zu einem kühnen Zuge bewegen könne, bei dem es eine einem Ritter geziemende Betätigung gab. Endlich aber ging Taraß eines Tages zum Hauptmann und sagte ohne Umschweife zu ihm: »Hauptmann, es wär Zeit, daß die Saporoger sich wieder einmal tüchtig austobten.«

»Es ist keine Gelegenheit dazu vorhanden«, antwortete der Hauptmann, indem er seine kleine Pfeife aus dem Munde nahm und ausspuckte.

»Was, keine Gelegenheit? Man könnte doch gegen die Türken oder gegen die Tataren losgehen!«

»Nein, das kann man nicht. Weder gegen die Türken noch gegen die Tataren«, antwortete der Hauptmann und steckte kaltblütig seine Pfeife zwischen die Zähne.

»Und warum nicht?«

»Weil wir dem Sultan versprochen haben, Frieden zu halten.«

»Aber er ist doch ein Mohammedaner, und Gott und die heilige Schrift befehlen, die Heiden auszurotten!«

»Wir haben kein Recht dazu. Ja, wenn wir nicht bei unserm Glauben geschworen hätten, dann ginge es vielleicht, so aber ist es unmöglich.«

»Warum unmöglich? Wie kannst du sagen, wir hätten kein Recht dazu? Sieh mal, ich habe zwei Söhne, beide sind junge Burschen. Weder der eine noch der andere war ein einziges Mal in der Schlacht, und da behauptest du, wir hätten kein Recht dazu, und sagst, die Saporoger dürften nicht in den Kampf ziehen!«

»Nein, es geht nicht.«

»Wie es scheint, soll wohl die ganze Kosakenkraft unnütz vergeudet werden, der Mensch soll wohl tatenlos faulen wie ein Hund, und weder das Vaterland noch die ganze Christenheit soll einen Nutzen von ihm haben? Wozu leben wir denn da – warum, zum Teufel, leben wir denn überhaupt? Bitte, erkläre mir das! Du bist ein kluger Mensch, sie haben dich nicht umsonst zum Hauptmann gewählt; also sprich: Wozu leben wir?«

Der Hauptmann antwortete nicht auf diese Frage. Er war ein starrköpfiger Kosak. Er schwieg eine Weile still und meinte dann: »Einen Krieg gibt es dennoch nicht!«

»Es gibt also keinen Krieg?« fragte Taraß wiederum.

»Nein.«

»Es ist also gar nicht daran zu denken?«

»Nein, es ist gar nicht daran zu denken.«

»Warte nur, verdammter Teufel!« murmelte Bulba vor sich hin. »Du sollst mich kennen lernen.« Und er beschloß, sich an dem Hauptmann zu rächen.

Er besprach die Sache mit dem einen und dem andern und veranstaltete ein großes Gelage; eine Anzahl angeheiterter Kosaken stürzte auf den Marktplatz, wo sich die Pauken befanden, die an einem Pfahl hingen und gewöhnlich zum Zeichen einer beabsichtigten Ratsversammlung geschlagen wurden. Da sie die Schlegel nicht fanden, die meist beim Paukenschläger verwahrt zu werden pflegten, nahm jeder ein Holzscheit in die Hand und hieb damit auf die Pauken los. Auf diesen Lärm kam zuerst der Paukenschläger herbeigelaufen, ein langer Kerl mit einem einzigen Auge, das trotzdem recht verschlafen aussah.

»Wer wagt es, die Pauken zu schlagen?« schrie er.

»Schweig! Nimm deine Schlegel und schlag drauf los, wenn man dir's befiehlt!« antworteten die angeheiterten Hauptleute.

Der Paukenschläger holte sofort die Schlegel, die er mitgenommen hatte, aus seiner Tasche, da er schon mit dem Ausgang solcher Vorgänge vertraut war. Die Pauken erdröhnten – und bald versammelten sich die schwarzen Scharen der Saporoger wie Hummeln auf dem Platz. Alle scharten sich zu einem kleinen Kreise zusammen, und nach dem dritten Schlage erschienen endlich auch die Ältesten: der Hauptmann mit der Keule, dem Zeichen der Würde, in der Hand, der Richter mit dem Heeressiegel, der Schreiber mit dem Tintenfaß und der Kosakenfähnrich mit dem Stabe. Der Hauptmann und die Ältesten nahmen ihre Mützen ab, und verbeugten sich nach allen Seiten gegen die Kosaken, die, die Arme in die Seiten gestemmt, stolz dastanden.

»Was bedeutet diese Versammlung? Was wollt ihr, Herren?«

fragte der Hauptmann, aber lautes Fluchen und Schreien ließ ihn nicht zu Ende sprechen.

»Leg die Keule nieder! Leg sie sofort nieder, du Teufelssohn! Wir wollen dich nicht mehr!« schrien einige Soldaten aus der Menge heraus. Andere, aus Lagern, die noch nüchtern waren, widersprachen, und es dauerte nicht lange, so begann zwischen Nüchternen und Trunkenen ein regelrechter Faustkampf. Alles schrie und lärmte durcheinander.

Der Hauptmann wollte sprechen, aber da er wußte, daß die wütende und eigensinnige Menge ihn, wie das in solchen Fällen ja immer geschieht, dafür zu Tode prügeln würde, verbeugte er sich tief, legte die Keule nieder und verschwand in der Menge.

»Befehlt ihr, Herren, daß auch wir die Zeichen unserer Würde niederlegen?« fragten der Richter, der Schreiber und der Kosakenfähnrich. Sie machten sich schon bereit, Tintenfaß, Stab und Heeressiegel niederzulegen.

»Nein, ihr sollt bleiben«, schrie man aus der Menge, »wir wollen nur den Hauptmann los sein. Was ist das für ein Weib! Wir brauchen einen Mann zum Hauptmann!«

»Wen wollt ihr denn aber zum Hauptmann wählen?« fragten die Ältesten. »Wählt Kukubenko«, schrie ein Teil. »Nein, wir wollen Kukubenko nicht«, schrie ein anderer. »Er ist noch zu jung, er hat ja kaum die Kinderschuhe abgelegt.«

»Schilo soll unser Hauptmann sein«, schrien verschiedene, »Schilo soll Hauptmann sein!«

»Daß euch der Schilo* in den Leib fahre!« schrien andere wieder durcheinander. »Was ist denn das für ein Kosak? Dieser Hundsfott stiehlt ja wie ein Tatar! Der Teufel soll ihn holen, steckt ihn in den Sack, den Säufer!«

»Borodatyi, wählen wir doch Borodatyi zum Hauptmann!«

»Wir wollen Borodatyi nicht! Zum Teufel mit Borodatyi!«

»Ruft Kirdjaga«, flüsterte Taraß Bulba einigen zu.

* Schilo heißt auf russisch Ahle. Anm. d. Hrsg.

»Kirdjaga, Kirdjaga«, schrie die Menge. »Borodatyi, Borodatyi! Kirdjaga, Kirdjaga! Schilo! Zum Teufel mit Schilo! Kirdjaga!«

Die Genannten traten sofort aus der Menge heraus, damit man nicht glauben sollte, sie suchten ihre Wahl durch persönliche Anteilnahme zu befördern.

»Kirdjaga! Kirdjaga!« Dieser Name erklang öfter als die andern. »Borodatyi!« Endlich wurde die Sache durch die Fäuste ausgefochten, und Kirdjaga trug den Sieg davon.

»Schnell, holt den Kirdjaga«, riefen viele Stimmen, und sogleich sonderten sich zehn Soldaten von der Menge ab. Einige von ihnen waren so bezecht, daß sie sich kaum aufrechterhalten konnten. Sie begaben sich direkt zu Kirdjaga, um ihn von der Wahl zu unterrichten.

Kirdjaga war zwar ein schon recht bejahrter, aber kluger Kosak, der schon lange in seine Strohhütte zurückgekehrt war und so tat, als ob er nichts von dem Vorgefallenen wüßte. »Nun, meine Herren, was wünscht ihr?« fragte er.

»Komm, du bist zum Hauptmann gewählt worden.«

»Aber ich bitte euch, ihr Herren«, sagte Kirdjaga, »wie komme ich zu einer solchen Ehre? Wie kann ich euer Hauptmann sein? Ich bin ja gar nicht klug genug, um eine solche Würde zu tragen! Als ob ihr im ganzen Heere keinen besseren finden könntet, als mich!«

»Komm schnell, hörst du!« schrien die Saporoger. Zwei von ihnen packten ihn bei den Armen, und so sehr er sich auch mit den Füßen gegen den Boden stemmte, er wurde doch schließlich unter andauernden Schimpfworten, Rippenstößen und aufmunternden Zurufen auf den Platz gebracht. »Sträube dich doch nicht, du Satan! Nimm doch das Ehrenamt an, wenn man es dir anbietet!« Auf diese Weise wurde Kirdjaga in den Kreis der Kosaken geschleppt.

»Nun Herrschaften!« riefen die, die ihn hergebracht hatten, laut aus, »seid ihr einverstanden, daß dieser Kosak unser Hauptmann wird?«

»Ja, wir sind alle einverstanden«, schrie die Menge, und das ganze Feld hallte wider von ihrem Geschrei.

Einer von den Ältesten hob die Keule auf und überreichte sie dem neuerwählten Hauptmann. Der Sitte gemäß weigerte sich Kirdjaga zunächst, sie anzunehmen. Der Älteste bot sie ihm darauf zum zweiten Male an, und Kirdjaga wies sie zum zweiten Male zurück. Erst beim dritten Mal nahm er die Keule an. Nunmehr brach die Menge in lautes Beifallsgebrüll aus, und wiederum hallte das Feld vom Geschrei der Kosaken wider. Darauf traten vier von den ältesten Kosaken mit grauen Köpfen und Bärten aus der Mitte des Volkes heraus. (Ganz Alte gab es in der Sjetsch nicht, denn kein Saporoger starb eines natürlichen Todes.) Jeder von ihnen nahm eine Handvoll Erde, die um jene Zeit durch den Regen in Kot verwandelt war, und legte sie Kirdjaga aufs Haupt. Die nasse Erde rann ihm vom Kopf herunter, floß ihm über den Schnurrbart und über die Wangen, und beschmutzte ihm das ganze Gesicht. Aber Kirdjaga blieb stehen, rührte sich nicht von der Stelle und dankte den Kosaken für die ihm erwiesene Ehre.

So endete diese höchst geräuschvolle Wahl, über die sich vielleicht niemand so innig freute wie Bulba. Zunächst, weil er sich an dem früheren Hauptmann gerächt hatte, und dann war Kirdjaga sein alter Kamerad, der mit ihm die gleichen Kriegszüge zu Wasser und zu Lande gemacht, und mit dem er die Mühen und Gefahren des Kriegslebens geteilt hatte. Die Menge zerstreute sich, um die Wahl sofort zu feiern, und nun erhob sich ein Jubel, wie ihn Ostap und Andrij bisher noch nicht erlebt hatten. Die Schnapsläden wurden verwüstet, Met, Branntwein und Bier wurden heruntergegossen, ohne daß jemand an Bezahlung dachte, und die Gastwirte waren schon zufrieden, daß sie selbst verschont blieben. Die ganze Nacht hindurch brüllte und sang man Lieder, in denen die Heldentaten gefeiert wurden, und der aufgehende Mond beleuchtete noch lange die Haufen von Musikanten, die mit Banduren, Theorben und runden Balalaiken durch die Straßen zogen, sowie die Kirchensänger, die man sich in der Sjetsch zur Abhaltung des Gottesdienstes und zur Lobpreisung der Taten der Saporoger hielt. Endlich begann sich der Rausch und die Müdigkeit auch der starken Köpfe zu bemächtigen. Bald da, bald dort sank ein Kosak zur Erde, ein Kamerad umarmte den andern und wurde rührselig – ja mancher begann sogar zu weinen und taumelte dann zusammen mit dem andern zu Boden. Dort wälzte sich ein ganzer Haufen herum; ein Kosak suchte sich einen möglichst bequemen Ruheplatz und legte sich dabei gerade auf einen Holzklotz. Ein einziger, der stärker war als die übrigen, hielt noch allerhand unzusammenhängende Reden, aber endlich tat es auch diesem der Rausch an – er fiel nieder – und die ganze Sjetsch versank in Schlummer ...

IV.

Gleich am nächsten Tag beriet sich Taraß Bulba mit dem neuen Hetman, wie man die Saporoger zu einem Kriegszuge anstacheln könnte. Der Hetman war ein kluger, gewiegter Kosak, er kannte die Saporoger und sagte daher zuerst:

»Den Eid können wir nicht brechen. Das geht auf keinen Fall.« Dann schwieg er eine Weile und fuhr fort:

»Es macht nichts, es geht auch so. Wir werden den Eid nicht verletzen, aber ein Vorwand wird sich schon finden. Sorge nur dafür, daß sich das Volk wieder versammelt, aber nicht auf meinen Befehl hin, sondern aus freiem Antriebe ... ihr wißt ja selbst am besten, wie das gemacht wird. Dann kommen wir sogleich mit den Ältesten auf den Platz geeilt, als ob wir von nichts wüßten.«

Es war noch keine Stunde seit diesem Gespräch vergangen, als schon die Pauken erdröhnten. Sogleich war auch wieder eine ganze Menge von betrunkenen und unvernünftigen Kosaken zur Stelle.

Tausende von Kosakenmützen füllten plötzlich den Platz. Ein mächtiges Stimmengewirr erhob sich. Überall ertönten Fragen: »Was ist geschehen? Warum hat man uns zusammengerufen?« Niemand antwortete. Endlich tönte es aus dieser und jener Ecke hervor: »So vergeudet man die Kosakenkraft! Es gibt keinen Krieg! Die Vorsteher haben sich hinter den Ofen gelegt und schwimmen in ihrem Fett! Es gibt keine Gerechtigkeit mehr in der Welt!« Die Kosaken hörten erst eine Weile zu und stimmten dann mit in das Geschrei ein: »Wahrhaftig, es gibt keine Gerechtigkeit in der Welt!« Die Ältesten schienen über die Vorwürfe sehr bestürzt zu sein. Endlich trat der Hetman vor und fragte: »Werte Herren Saporoger! Erlaubt ihr mir, eine Rede zu halten?«

»Rede!«

»Werte Herren, es wird jetzt darüber gesprochen, und ihr wißt es am besten, daß viele Saporoger bei den Juden in den Schenken und auch bei den eigenen Kameraden viele Schulden haben! Kein Teufel traut ihnen mehr. Außerdem spricht man darüber, daß es bei uns eine große Anzahl von jungen Burschen gibt, die noch nie mit eigenen Augen eine Schlacht gesehen haben, – während ihr doch selbst wißt, werte Herren, daß so ein junger Mensch ohne Krieg nicht leben kann. Was ist denn das auch für ein Saporoger, der sich noch nie mit den Heiden herumgeschlagen hat?«

»Er spricht ausgezeichnet«, dachte Bulba.

»Denkt übrigens nicht, ihr Herren, daß ich das sage, um den Frieden zu stören. Gotte behüte mich! Ich meine das nur so. Und ein Gotteshaus haben wir – es ist eine wahre Sünde, wie es aussieht! Solange schon blüht die Sjetsch durch Gottes Gnade, und bis jetzt sind die Heiligenbilder – von dem Äußeren wage ich gar nicht zu sprechen – noch immer ohne jeden Schmuck! Hätte ihnen wenigstens noch jemand ein silbernes Gewand geschmiedet! So aber haben sie nur gerade das erhalten, was ihnen der eine oder andere Kosak hinterlassen hat. Diese Gaben waren aber meistens recht ärmlich, hatten sie doch schon bei Lebzeiten alles vertrunken.

Ja, also ich rede nicht etwa, um den Krieg gegen die Ungläubigen zu predigen: wir haben dem Sultan Frieden geschworen, und es wäre eine große Sünde, ihn zu brechen, denn wir haben auf unsern Glauben geschworen.«

»Was schwatzt er denn da durcheinander?« sagte Bulba vor sich hin.

»Ihr seht also, werte Herren, daß sich ein Krieg nicht so leicht beginnen läßt: Das wäre gegen unsere Ritterehre. Aber ich in meinem einfältigen Verstande denke mir folgendes: Man müßte einmal die Jungen allein auf Kähnen ein bißchen an der Küste Anatoliens herumstreifen lassen! Was denkt ihr darüber, ihr Herren?«

»Führe uns, führe uns alle dahin«, schrie die Menge von allen Seiten, »für unsern Glauben opfern wir gern unser Leben.«

Der Hetman erschrak. Er hatte durchaus nicht die Absicht, alle Saporoger in Aufruhr zu bringen; jedenfalls hielt er es in diesem Falle für ehrlos, den Frieden zu brechen. »Gestattet mir noch einige Worte, werte Herren.«

»Hör auf«, riefen die Saporoger, »was Besseres kannst du ja doch nicht sagen!«

»Nun, wenn ihr meint, so möge es denn sein. Ich bin der Knecht eures Willens. Wie es ja schon in der Schrift heißt: Volkes Stimme – Gottes Stimme. Es läßt sich nichts Klügeres erdenken, als was das ganze Volk ersonnen hat. Aber, werte Herren, ihr wißt, daß der Sultan das Vergnügen, das sich unsere tapferen Burschen gestatten werden, nicht ungestraft lassen wird? Allein inzwischen müssen auch wir uns rüsten und frische Kräfte sammeln, dann brauchen wir niemand zu fürchten. Aber während unserer Abwesenheit könnten die Tataren unsere Sjetsch überfallen: Diese türkischen Hunde wagen es nicht, einem ins Gesicht zu sehen und einem offen gegenüberzutreten, dagegen beißen sie einem gern von hinten in die Fersen, und das gründlich. Hm, und um die Wahrheit zu sagen: Wir verfügen auch nicht über so viele Boote und Pulver, wie wir benötigten, wenn alle mitziehen wollten. Im übrigen: Was mich betrifft – ich bin zu allem bereit: Ich bin nur der Knecht eures Willens.«

Der listige Hetman schwieg. Einzelne Haufen begannen miteinander zu beratschlagen, ebenso die Hauptleute der einzelnen Heerabteilungen. Zum Glück waren nicht allzu viele von ihnen betrunken, und man beschloß daher, sich dem vernünftigen Rat zu fügen.

Sofort wurden einige Leute ans gegenüberliegende Ufer des Dnjepr nach dem Zeughaus gesandt, wo sich in unzugänglichen Verstecken, unter dem Wasser und im Schutt, die Kriegskasse sowie ein Teil der vom Feinde erbeuteten Waffen befanden. Die andern machten sich schnell an die Boote, um sie gründlich zu besichtigen und für die Reise auszurüsten. In einem Augenblick war das Ufer vom Volk überschwemmt. Die Zimmerleute kamen mit dem Beil in der Hand herbeigeeilt. Alte, sonnenverbrannte, breitschultrige Saporoger, mit graumelierten und schwarzen Schnurrbärten, standen mit aufgeschürzten Schifferhosen bis zu den Knien im Wasser und zogen die Boote an einem festen Tau vom Ufer herab. Andere schleppten fertige trockene Balken und Baumstämme herbei. Da wurde ein Kahn mit Brettern verschlagen, dort kehrte man einen um und kalfaterte und teerte ihn. Hier befestigte man nach Kosakenbrauch lange Schilfbündel an den Kahnwänden, damit die Meereswellen die Boote nicht zum Kentern bringen sollten. Etwas abseits am Ufer wurden kupferne Kessel aufgestellt, in denen man Pech zum Teeren der Boote siedete. Die Älteren und Erfahrenen belehrten die Jungen, ringsum hallte alles von dem Lärm der Arbeit wider, das ganze Ufer war voller Leben und Bewegung.

Unterdessen näherte sich dem Ufer eine große Fähre, deren Bemannung schon von fern mit den Händen winkte. Es waren Kosaken in zerlumpten Röcken. Ihre zerrissene Bekleidung – mehrere von ihnen hatten nichts als ein Hemd an und eine kurze Pfeife in den Zähnen – bewies, daß sie soeben einer großen Gefahr entronnen waren, oder ihr gesamtes Besitztum vertrunken und verbummelt hatten. Aus ihrer Mitte trat ein kleiner, breitschultriger Kosak von etwa fünfzig Jahren hervor, und stellte sich vorn auf die Fähre. Er schrie und bewegte die Arme noch heftiger, als die andern: Aber der Lärm und das Klopfen der Arbeiter übertönte seine Stimme. »Wie kommt ihr hierher?« fragte der Hetman, als die Fähre ans Ufer stieß. Alle Arbeiter stellten die Arbeit ein, ließen Beil und Meißel ruhen und schauten voller Erwartung drein.

»Wir haben Unglück gehabt«, schrie der kleine Kosak auf der Fähre.

»Was für ein Unglück?«

»Erlauben die Herren Saporoger einige Worte?«

»Sprich.«

»Wollt ihr nicht lieber eine Versammlung abhalten?«

»Sprich, wir sind alle hier.«

Das Volk drängte sich zu einem Haufen zusammen.

»Habt ihr denn gar nichts davon gehört, was in der Ukraine vorgeht?«

»Was denn?« fragte einer der Hauptleute.

»Was? Euch hat wohl der Tatar die Ohren verstopft, daß ihr nichts gehört habt!«

»So sprich doch, was geschehen ist!«

»Es geschieht etwas, was wir seit unserer Geburt und unserer Taufe nicht gesehen haben!«

»So sag doch endlich, was es ist, du Hundesohn!« schrie einer aus der Menge, der die Geduld zu verlieren schien.

»Es ist eine Zeit angebrochen, wo selbst die heiligen Kirchen nicht mehr uns gehören!«

»Weshalb gehören Sie uns nicht?«

»Sie sind jetzt an die Juden verpachtet. Wenn man die Juden nicht erst bezahlt, kann man keine Messe mehr darin abhalten.«

»Was faselst du?«

»Und wenn so ein Judenhund mit seiner unreinen Hand nicht

ein Zeichen über die Hostie macht, kann man auch keine Ostern mehr feiern.«

»Er lügt, Brüder, es ist unmöglich, daß der unreine Jude ein Zeichen über die Hostie macht!«

»Hört zu, ich werde euch noch ganz andere Dinge erzählen. Katholische Geistliche fahren jetzt in Bauernwagen in der Ukraine umher. Das ist ja freilich noch kein Unglück, daß sie in Bauernwagen umherfahren; wohl aber das, daß sie statt der Pferde rechtgläubige Christen vorspannen. Ja, noch mehr, hört mal weiter: Man erzählt, daß sich die Judenweiber Röcke aus den Gewändern der Geistlichen nähen! So liegen die Dinge in der Ukraine! Und ihr sitzt hier in der Sjetsch und unterhaltet euch! Ja, man sieht, der Tatar hat euch einen solchen Schrecken eingeflößt, daß ihr weder Augen noch Ohren, noch sonst etwas habt, daß ihr nichts davon merkt, was in der Welt vorgeht!«

»Halt, halt«, unterbrach ihn hier der Hetman, der bis dahin mit zu Boden gesenkten Augen dagestanden hatte, wie alle Saporoger, die sich bei wichtigen Angelegenheiten nie von dem ersten Eindruck hinreißen lassen, sondern schweigen, bis ihre Erbitterung im stillen um so mächtiger anschwillt. »Hör auf, hör auf, hier habe ich auch noch ein Wort mitzureden. Und was habt ihr – der Teufel soll eurem Vater das Fell gerben – was habt ihr getan? Hattet ihr denn keine Säbel, he? Wie konntet ihr denn solche Niederträchtigkeiten zulassen?«

»Wie man eine solche Niederträchtigkeit unbestraft lassen kann? He? Versuch doch nur was anzufangen, wo uns allein fünfzigtausend Polen gegenüberstanden. Und dann, wir wollen unsere Schande nicht verheimlichen; es gab auch Hunde unter uns, die schon den feindlichen Glauben angenommen hatten!«

»Und was taten euer Hetman und eure Heerführer?«

»Unser Hetman hat etwas getan, wovor uns alle Gott bewahre!«

»Wie? Was sagst du?«

»Hört zu: Unser Hetman liegt jetzt eingepökelt in einem kupfernen Kessel zu Warschau, und die Köpfe und Hände unserer Hauptleute werden zur Augenweide für alles Volk auf den Jahrmärkten herumgeschleppt. So ist es unsern Anführern ergangen!«

Die ganze Volksmasse geriet in Bewegung. Zuerst herrschte tiefes Schweigen, wie es wohl einem schweren Unwetter vorhergeht, dann aber hallte plötzlich das ganze Ufer von wilden Reden, Ausrufen und Schreien wider.

»Was, die Juden haben die christlichen Kirchen gepachtet! Die katholischen Geistlichen spannen rechtgläubige Christen an ihre Deichseln! Wie, man duldet auf russischem Boden solche Grausamkeiten von den verfluchten Ungläubigen! Und daß sie so mit unsern Heerführern und Hetmans umgehen! Das kann nicht sein, das darf nicht sein!«

So hallte es aus allen Ecken. Die Saporoger schrien sehr laut: Sie empfanden ihre Kraft. Das war nicht mehr das Aufbrausen eines leichtsinnigen Völkchens; das war die Erregung bedachtsamer und männlicher Charaktere, die langsam in Hitze gerieten, aber, einmal entflammt, ihr inneres Feuer lange und dauernd bewahrten.

»Die ganze Judenbande muß gehenkt werden«, schrie es aus der Menge. »Sie sollen ihren Judenweibern keine Röcke mehr aus den geistlichen Gewändern nähen! Sie sollen keine Zeichen auf den heiligen Hostien machen!«

»Ersauft doch dies ganze Heidenpack im Dnjepr!« Diese Worte, die einer aus der Menge gerufen hatte, zündeten blitzartig in allen Köpfen. Die Menge stürzte in die Vorstadt, mit dem festen Entschlusse, die ganze Judenschaft umzubringen.

Die armen Kinder Israel verloren ihre Geistesgegenwart und ihren letzten, schon ohnedies nicht allzu großen Mut, sie versteckten sich in leeren Branntweinfässern und in den Öfen, und verkrochen sich sogar unter den Röcken der Jüdinnen. Aber die Kosaken wußten sie überall zu finden.

»Erlauchte Herren!« schrie ein langer, spindeldürrer Jude, indem er sein mitleiderregendes, schreckentstelltes Haupt aus der Menge seiner Freunde hervorstreckte. »Erlauchte Herren! Laßt mich euch nur ein Wort sagen, ein einziges Wort. Wir werden euch etwas mitteilen, was ihr noch nie gehört habt – etwas so Wichtiges; man kann gar nicht sagen, wie wichtig es ist!«

»Gut, mag er sprechen«, sagte Bulba, der es immer liebte, auch den schuldigen Teil anzuhören.

»Erlauchte Herren«, sprach der Jude, »solche Herren hat man noch nie gesehen! So edle, gute und tapfere Männer gab es noch nie auf Erden.« Seine Stimme erstarb und zitterte vor Angst. »Wie wäre es möglich, daß wir schlecht von den Saporogern dächten! Die gehören ja gar nicht zu uns, die in der Ukraine die Kirchen pachten! Bei Gott, sie gehören nicht zu uns! Das sind ja gar keine Juden! Der Teufel weiß, was das für Leute sind, das sind solche Schufte, die man bloß anspucken und ausrotten sollte! Alle hier werden es mir bestätigen! Nicht wahr, Schljoma, nicht wahr, Schmuhl?«

»Bei Gott! Ob es wahr ist!« riefen Schljoma und Schmuhl aus der Menge; sie trugen zerrissene Mützen und waren so bleich wie Kalk. »Wir haben es nie mit den Feinden gehalten«, fuhr der lange Jude fort, »und die Katholiken mögen uns überhaupt gestohlen bleiben. Der Teufel kümmere sich um sie. Wir fühlen mit den Saporogern, wie mit unsern eigenen Brüdern …«

»Was! Die Saporoger sollen eure Brüder sein?« rief einer aus der Menge. »Verfluchte Juden, das überlebt ihr nicht! In den Dnjepr mit ihnen, werte Herren, wir wollen diese verfluchten Hunde ersäufen!« Diese Worte wirkten wie ein Signal. Man packte die Juden bei den Händen und warf sie in die Wogen. Von allen Seiten ertönte ein jämmerliches Schreien, aber die rauhen Saporoger lachten nur, als sie die mit Schuhen und Strümpfen bekleideten Füße der Juden in der Luft herumzappeln sahen.

Der arme Redner, der durch seine Worte das Unglück selbst heraufbeschworen hatte, wand sich aus dem Kaftan heraus, bei dem man ihn bereits gepackt hatte, warf sich in seinem scheckigen und engen Kamisol Bulba zu Füßen und flehte ihn mit jämmerlicher Stimme an: »Großer, erlauchter Herr! Ich habe euern Bruder gekannt, den seligen Dorosch! Er war die Zierde des ganzen Rittertums. Ich habe ihm achthundert Zechinen gegeben, als er Geld brauchte, um sich aus der Gefangenschaft der Türken auszulösen!«

»Du kanntest meinen Bruder?« fragte Bulba.

»Bei Gott, ich kannte ihn! Was war das für ein großmütiger Herr!«

»Und wie heißt du?«

»Jankel.«

»Gut«, sagte Taraß und wandte sich nachdenklich an die Kosaken. »Wenn es sein muß, werden wir immer noch Zeit genug haben, den Juden aufzuknüpfen – jetzt aber überlaßt ihn mir.«

Mit diesen Worten führte Taraß ihn zu seinem Wagen, neben dem seine Kosaken standen. »Nun, krieche unter den Wagen, bleib dort liegen und rühr dich nicht vom Fleck; und ihr, Brüder, laßt mir den Juden nicht entweichen!«

Hierauf begab er sich nach dem Platz, wo die ganze Schar bereits versammelt war. Alle hatten das Ufer und die Arbeit an den Kähnen augenblicklich verlassen, stand doch jetzt ein Kriegszug zu Lande und nicht zu Wasser bevor, und man bedurfte der Schiffe und der Kosakenboote nicht mehr, wohl aber der Wagen und der Pferde. Jetzt wollten alle mit in den Krieg, alt und jung; im Einverständnis mit dem Rate der Ältesten, dem Hetman, den Hauptleuten und dem ganzen Heer der Saporoger beschloß man, direkt nach Polen zu ziehen, um sich für alles Böse, für die Schändung des heiligen Glaubens und der Kosakenehre, zu rächen, in den eroberten Städten Beute zu machen, Dörfer und Scheunen in Brand zu setzen, und überall in der Steppe seinen Ruhm zu verbreiten. Alles rüstete und bewaffnete sich. Der Hetman schien um mehrere Zoll gewachsen zu sein. Das war nicht mehr der schüchterne Vollstrecker der launischen Wünsche eines ungezähmten Volkes; das war ein unbeschränkter Gebieter, ein Despot, der nur zu befehlen verstand. Alle die eigenwilligen und stolzen Ritter standen bewegungslos in Reih und Glied mit ehrerbietig gesenkten Köpfen, und keiner erhob die Augen, wenn der Hetman Befehle erteilte. Er tat es ruhig, ohne viel Geschrei und ohne sich zu übereilen, aber bedächtig, wie ein alter, vielerfahrener Kosak, der nicht zum erstenmal einen klug erdachten Plan zur Ausführung bringt.

»Seht euch um, seht euch recht gut um«, sagte er, »bringt die Wagen und Teereimer in Ordnung, prüft eure Gewehre. Nehmt nicht zuviel Kleidung mit euch: ein Hemd und zwei Paar Hosen pro Mann und einen Topf mit Hirsebrei – keiner soll mehr bei sich führen. In den Wagen wird schon soviel Vorrat sein, als unbedingt nötig ist. Jeder Kosak soll ein Paar Pferde mit sich führen, auch nehmen wir zweihundert Paar Ochsen mit, da wir ihrer bei den Furten und in den morastigen Gegenden bedürfen könnten. Und, werte Herren, haltet vor allem Ordnung! Ich weiß, daß es einige unter euch gibt, die, sobald Gott eine reiche Beute schickt, sich sofort die Füße in Nanking und Seide hüllen. Laßt euch nicht vom Teufel verführen, werft allen Tand fort und nehmt euch höchstens ein Gewehr mit, wenn es gut ist, und ein paar Dukaten oder etwas Silbergeld – das sind Dinge, die nicht viel Raum einnehmen und die man immer gebrauchen kann.

Und das sage ich euch im voraus, werte Herren: Sollte sich jemand von euch während des Feldzuges betrinken, so lasse ich ihn ohne jedes Gerichtsverfahren wie einen Hund beim Genick packen, an den Wagen binden, und – mag er der tapferste Kosak sein – er wird sofort wie ein Hund erschossen und ohne Begräbnis den Vögeln zum Fraß überlassen, denn jemand, der sich im Feldzug betrinkt, ist eines christlichen Begräbnisses unwürdig. Ihr aber, ihr jungen Männer, gehorcht in allem den Alten. Wenn euch eine Kugel trifft, oder ein Säbel euch am Kopf oder sonstwo verwundet: Legt dem keine große Bedeutung bei; mischt eine Ladung Pulver in einem Becher Schnaps, trinkt ihn mit einem Satz aus, und alles geht vorüber; ohne jedes Fieber; oder wenn die Wunde nicht gar zu groß ist, so legt einfach etwas Erde darauf, nachdem ihr sie erst auf der Handfläche mit etwas Speichel verrieben habt: dann heilt sie bald zu. Und nun, an eure Arbeit, ihr Jungen, an die Arbeit, aber ohne Eile und mit Bedacht!«

So sprach der Hetman, und sobald er seine Rede beendet hatte, machten sich alle Kosaken sofort an ihre Arbeit. Die ganze Sjetsch wurde nüchtern, und nirgends war ein Betrunkener mehr zu sehen, als hätte es unter den Kosaken nie welche gegeben. Die einen brachten die Räderreifen in Ordnung und ersetzten die alten Wagenachsen durch neue, andere trugen Säcke mit allerhand Vorräten in die Wagen oder luden Waffen auf, andere wieder trieben die Pferde und Ochsen zusammen. Von allen Seiten hörte man das Stampfen der Pferde, das Einschießen der Gewehre, das Klirren der Säbel, das Gebrüll der Ochsen, das Knarren der schwerbepackten Wagen und das laute Schreien und Rufen der Krieger. Bald dehnte sich das Kosakenlager über das ganze Feld aus. Und der hätte lange laufen können, der es von Anfang bis Ende hätte durchqueren wollen. In der kleinen Holzkirche hielt der Geistliche einen Gottesdienst ab und besprengte alle mit Weihwasser, und alle küßten das Kreuz. Als das Lager sich in Bewegung setzte und aus der Sjetsch hinauszog, da sahen sich alle Saporoger noch einmal um. »Leb wohl, du, unsere Mutter«, riefen sie fast einstimmig, »möge dich Gott vor jedem Unglück bewahren!«

Als sie durch die Vorstadt zogen, bemerkte Taraß Bulba, daß der Jude Jankel sich bereits wieder eine Bude mit einem Schutzdach eingerichtet hatte und Feuersteine, Decken, Pulver und allerlei nützliche Dinge, die ein Heer im Kriege brauchen kann, ja sogar Zwieback und Brot feilbot. »So ein Teufelskerl, dieser Jude«, dachte Taraß, sprengte an ihn heran und sagte: »Du Narr, was sitzt du hier? Willst du, daß man dich wie einen Sperling niederschießt?«

Jankel trat vorsichtig zu ihm heran, machte ihm mit beiden Händen allerhand Zeichen, als wolle er ihm ein Geheimnis mitteilen, und sagte: »Wenn der Herr nur Schweigen und es sonst keinem sagen wollte; unter den Kosakenwagen befindet sich einer, der mir gehört, ich führe allerlei nützliche Dinge für die Kosaken mit, und ich will euch unterwegs den Proviant so billig liefern, wie noch nie ein anderer Jude; bei Gott, es ist so, so wahr mir Gott helfe!«

Taraß Bulba zuckte die Achseln; er wunderte sich über die zähe, flinke Natur des Juden und ritt ins Lager zurück.

V.

Bald war der ganze Südwesten Polens eine Beute des Schreckens. Überall erklang der Ruf: »Die Saporoger, die Saporoger sind gekommen!« Alles, was sich in Sicherheit bringen konnte, tat es. Alles machte sich auf und davon, wie es in jenem barbarischen, sorglosen Zeitalter Sitte war, wo man weder Festungen noch Burgen kannte, und wo der Mensch sich seine Strohhütte an dem ersten besten Ort baute. Man dachte: Es hat ja doch keinen Sinn, Arbeit und Geld an ein Haus zu verschwenden, wenn der Tatar es ja doch zerstört. Alles geriet in Bewegung und Unruhe; der eine vertauschte Pflug und Herde gegen Pferde und Flinte und trat in das Heer ein, ein anderer versteckte sich und sein Vieh und trug fort, was er tragen konnte. Gewiß stieß man hin und wieder auch auf solche, die die Gäste mit der Waffe in der Hand empfingen, aber die weitaus größere Zahl entfloh schon vorher. Alle wußten es, daß es eine schwere Sache ist, sich mit jenem wilden und kriegerischen Haufen einzulassen, der den Namen des »Saporoger Heeres« trug, und der trotz seiner äußerlichen Willkür und Unordnung eine Ordnung zu halten wußte, wie sie in der Schlacht erforderlich ist. Die Reiter überlasteten und erhitzten ihre Pferde nicht; die Fußgänger schritten nüchtern hinter den Wagen her; das ganze Feldlager bewegte sich nur nachts vorwärts, bei Tage ruhte es aus, und zwar auf freien und unbewohnten Plätzen und Wäldern, die damals noch im Überfluß vorhanden waren. Man sandte Kundschafter und Spione voraus, um sich über die jeweilige Lage zu unterrichten. Oft tauchte die ganze Schar gerade an den Orten auf, wo man sie am wenigsten erwartete – und dann sagten alle dem Leben Ade. Die Dörfer wurden an allen Ecken und Enden angezündet; das Vieh und die Pferde, die dem Heere nicht folgen konnten, wurden an Ort und Stelle niedergemacht. Es schien, als ob die Kosaken es mehr auf ein schwelgerisches Leben abgesehen hatten, als auf einen Feldzug. Die Haare stehen einem noch heute zu Berge, wenn wir uns jene schrecklichen Zeichen der Grausamkeit eines halbwilden Zeitalters ins Gedächtnis rufen, wie sie die Saporoger überall zurückließen, wo sie vorüberkamen. Erschlagene Säuglinge, Frauen mit abgeschnittenen Brüsten, das waren ihre Heldentaten; und wenn sie jemand in Freiheit setzten, zogen sie ihm vorher bis zu den Knien die Haut von den Füßen ab. Kurz, die Kosaken zahlten ihre früheren Schulden mit harter Münze heim. Als der Abt eines Klosters hörte, daß sie im Anzuge seien, sandte er ihnen zwei Mönche entgegen und ließ ihnen sagen, sie handelten nicht so, wie es sich gehöre; zwischen den Saporogern und der Regierung sei Frieden geschlossen, daher verletzten sie ihre Pflicht gegen den König und zugleich damit das Völkerrecht. Hierauf erwiderte ihnen der Hetman: »Sage deinem Erzbischof in meinem und aller Saporoger Namen, daß er nichts zu befürchten hat, die Kosaken zünden sich ja bloß ihre Pfeifen an.«

Bald war die majestätische Abtei von vernichtenden Flammen erfaßt, und die mächtigen gotischen Fenster schauten düster durch das lodernde Glutmeer. Flüchtige Haufen von Mönchen, Juden und Frauen erfüllten plötzlich alle Städte, die nur einen Schein von Hoffnung auf die Garnison und die städtische Besatzung boten. Die von der Regierung von Zeit zu Zeit, aber meist immer zu spät zu Hilfe gesandten Detachements fanden die Kosaken entweder nicht oder gaben bei dem ersten Zusammenstoß Fersengeld und flüchteten sich auf ihren wackeren Pferden. Es kam auch vor, daß einige königliche Heerführer, die in früheren Schlachten siegreich geblieben waren, beschlossen, sich den Saporogern mit vereinten Kräften entgegenzustellen. Das aber waren gerade die Gelegenheiten, in denen die jungen Kosaken ihre Kräfte prüften: Sie verabscheuten die Geldgier und die Nichtswürdigkeiten gegenüber dem wehrlosen Feind, hier aber brannten sie vor Verlangen, sich vor den Alten auszuzeichnen, und sich Mann gegen Mann im offenen Kampfe mit dem kecken und prahlerischen Polen zu messen, der auf seinem stolzen Roß im prächtigen, vom Winde geblähten Mantel mit den herabhängenden Ärmeln angesprengt kam.

Das war eine fröhliche Wissenschaft; sie hatten schon viel reiches Pferdegeschirr, kostbare Säbel und Gewehre erbeutet. Im Verlauf eines Monats hatten die Jünglinge alles Knabenhafte abgelegt, und die kaum flügge gewordenen Jungen waren zu Männern herangereift; ihre Gesichtszüge, die bisher eine gewisse jugendliche Sanftheit aufwiesen, waren nun streng und ernst. Der alte Taraß sah mit Freuden, wie seine beiden Söhne überall die ersten waren. Ostap schien schon in der Wiege dazu bestimmt zu sein, ein Kämpferdasein zu führen und Heldentaten zu verrichten. Nichts brachte ihn in Verwirrung oder ließ ihn den Kopf verlieren; mit einer für einen zweiundzwanzigjährigen Jüngling fast unverständlichen Kaltblütigkeit wußte er im Augenblick die Gefahr und die Sachlage zu überblicken; und er fand auch sofort ein Mittel, der Gefahr auszuweichen, aber so, daß er sie um so sicherer überwand. Seine Bewegungen zeigten schon Erfahrung und Selbstvertrauen: man erkannte in ihm sofort den zukünftigen Führer. Sein Körper schwoll von Kraft, und seine ritterlichen Tugenden hatten etwas von der gewaltigen Kraft des Löwen.

»Oh, der wird mit der Zeit noch ein tüchtiger Hetman werden«, sagte der alte Bulba, »ja, ja, das gibt einen ausgezeichneten Feldherrn ab, der stellt noch den Vater in den Schatten.«

Andrij war wie bezaubert von der wundervollen Musik der Kugeln und Schwerter. Er kannte die Bedeutung des Überlegens,

Berechnens und des Ausmessens der eignen und fremden Kräfte nicht. Die Schlacht war ihm ein tolles, wonniges Vergnügen, und ihm war in solchen Augenblicken zumute, wie einem Menschen bei einem Feste, wenn das Gesicht glüht, alles vor den Augen schwirrt und durcheinanderwirbelt, die Schädel herabsausen, die Rosse dröhnend zu Boden stürzten, und er wie trunken im Lärm der Kugeln und zwischen blitzenden Säbeln dahinfliegt, und nach allen Seiten um sich haut, ohne selbst die Hiebe zu empfinden, die er empfängt. Oft genug wunderte sich der Vater auch über Andrij, wenn er sah, wie er, von seiner wilden Leidenschaft hingerissen, sich an Dinge wagte, die ein Kaltblütiger und Überlegender stets gemieden hätte, und in seinem rasenden Draufgängertum Wunder verrichtete, über die selbst alte in Schlachten ergraute Kosaken in Staunen geraten mußten. Dann bewunderte ihn der alte Taraß und sagte wohl: »Auch er ist ein tüchtiger Krieger – der Feind vermag nichts gegen ihn. Er ist kein Ostap, aber doch ein tüchtiger, ein sehr tüchtiger Krieger.«

Man hatte beschlossen, direkt gegen die Stadt Dubno zu marschieren, die, wie es hieß, reiche Schätze barg und begüterte Bürger beherbergte. In anderthalb Tagen war der Weg zurückgelegt, und die Saporoger standen bereits vor der Stadt. Die Einwohner hatten beschlossen, sich bis zum letzten Blutstropfen, ja bis zum äußersten zu verteidigen, und wollten lieber auf den Märkten und an den Schwellen ihrer Häuser sterben, als den Feind in ihr Heim hineinzulassen. Ein großer Erdwall umgab die Stadt; wo er zu niedrig war, da erhob sich eine steinerne Mauer, oder ein Haus, das als Batterie diente, oder endlich ein aus eichenen Bohlen errichteter Zaun. Die Besatzung war stark und empfand die ganze Bedeutung der Lage. Die Saporoger hatten schon einen wilden Sturm gegen den Wall versucht, aber ein Kartätschenfeuer prasselte auf sie herab. Auch die Bürger und die sonstigen Stadtbewohner schienen die Hände nicht in den Schoß legen zu wollen und eilten in Massen auf die Stadtmauern. Der feste Wille zu einem verzweifelten Widerstand war in ihren Augen zu lesen: Die Frauen beschlossen ebenfalls, an der Verteidigung teilzunehmen, warfen Steine, Fässer und Töpfe voll siedendem Pech auf die Köpfe der Saporoger und schütteten zuletzt Säcke voll Sand über sie aus, die ihnen die Augen blendeten. Die Saporoger hatten es nicht gern mit Festungen zu tun, Belagerungen waren eben ihre Sache nicht. Der Hetman ordnete daher den Rückzug an und sagte: »Genug, werte Herren und Brüder, wir ziehen uns zurück. Aber ihr sollt mich einen schlechten Tataren und nicht einen Christen nennen, wenn wir auch nur einen aus der Stadt herauslassen. Mögen sie alle vor Hunger krepieren, die Hunde!« Das Heer zog sich zurück, umzingelte die Stadt und begann zum Zeitvertreib die Umgebung zu verwüsten. Man zündete die umliegenden Dörfer und die noch nicht eingebrachten Getreidehaufen an und hetzte die Pferde in Massen auf die von der Sichel noch unberührten Felder, auf denen sich wie zum Trotze fette Ähren wiegten – die Frucht eines außerordentlich guten Jahres, das den Bauern eine reichliche Ernte versprach. Voller Schrecken sahen die Bürger in der Stadt, wie ihre Existenzmittel vernichtet wurden. Unterdessen hatten die Saporoger ihre Wagen in zwei Reihen um die Stadt gezogen und gerade so wie in der Sjetsch in einzelnen Quartieren ihr Lager aufgeschlagen; sie rauchten ihre Pfeifen, tauschten miteinander ihre erbeuteten Waffen aus, spielten Bockspringen, Gerade und Ungerade, wie sich's traf, und noch andere Glücksspiele und blickten hie und da mit geradezu mörderischer Kaltblütigkeit nach der Stadt hin. Nachts wurden Feuer angezündet, jedes Quartier kochte sich seinen Brei in mächtigen kupfernen Kesseln, und die Wachen, die die ganze Nacht kein Auge schließen durften, standen um das Feuer herum.

Bald aber wurden den Saporogern die Tatenlosigkeit und die andauernde Nüchternheit, der keine Unternehmungen das Gleichgewicht hielten, langweilig. Der Hetman ordnete sogar an, eine doppelte Ration Wein auszuteilen, wie es im Heer hin und wieder zu geschehen pflegte, wenn keine Schlachten oder sonstige schwierige Unternehmungen bevorstanden. Den jungen Kosaken und besonders Taraß Bulbas Söhnen gefiel ein solches Leben ganz und gar nicht. Andrij war die Ungeduld schon von weitem anzusehen. »Du unvernünftiger Bursche«, sagte Taraß zu ihm, »hab' Geduld, Kosak! – und du wirst Hetman! Nicht der ist ein guter Krieger, der nur in schwierigen Lagen den Kopf oben behält, sondern der, der den Mut nicht sinken läßt, auch wenn es nichts zu tun gibt, der alle Dinge erträgt und endlich doch seinen Willen durchsetzt.« Aber ein feuriger Jüngling versteht einen Greis nicht so leicht: ihre Natur ist zu verschieden, und sie sehen die gleiche Sache mit ganz andern Augen an.

Inzwischen aber war Taraß' Aufgebot unter Towkatschs Führung angekommen, und mit ihm zwei Hauptleute, ein Schreiber und andere Offiziere; die Gesamtzahl der Kosaken betrug jetzt mehr als viertausend. Darunter befanden sich auch viele Freiwillige, die ganz von selbst auf das bloße Gerücht von den Kämpfen und ungerufen zu ihnen gestoßen waren. Die Hauptleute brachten Taraß' Söhnen den Segen der alten Mutter und je ein Heiligenbild aus Zedernholz aus dem Meschigorski-Kloster von Kiew mit. Beide Brüder hingen sich die heiligen Bilder um den Hals und verfielen unwillkürlich in Träumereien, als sie so an die alte Mutter erinnert wurden. Was prophezeite, was verhieß dieser Segen? Den Sieg über den Feind, eine reiche Beute und frohe Rückkehr in die Heimat, ewige Preisgesänge der Lautenspieler – oder …? Aber die Zukunft kennt keiner – und wie Herbstnebel, der aus dem Sumpf emporsteigt, liegt sie vor den Menschen: Blind fliegen die Vögel, ängstlich mit den Flügeln schlagend, hin und her, sie erkennen einander nicht – das Täubchen nicht den Habicht und der Habicht nicht das Täubchen – und niemand weiß, ob nicht das Verderben schon auf ihn wartet, während er weiterfliegt …

Ostap beschäftigte sich wieder mit seinen Angelegenheiten und lebte sein gewöhnliches Lagerleben, aber Andrij empfand – er wußte selbst nicht warum – eine gewisse Unruhe im Herzen. Die

Kosaken hatten ihr Abendessen bereits eingenommen, das Abendrot war längst verglüht, und die Luft war voll von der Pracht einer wundervollen Julinacht. Allein Andrij suchte sein Lager nicht auf, er legte sich nicht schlafen und versenkte sich unwillkürlich in das Bild, das sich vor ihm ausbreitete. Am Himmel leuchteten viele Sterne voll weißen und kühlen Glanzes auf. Das Feld war über eine weite Strecke hin mit Wagen bedeckt, die allerlei schöne Dinge und den Proviant bargen, den man dem Feinde geraubt hatte, und an denen mit Teer gefüllte Eimer hingen. Neben und unter den Wagen, und nicht weit davon entfernt lagen die Saporoger weit ausgestreckt auf dem Grase. Sie waren in den verschiedensten, malerischsten Stellungen eingeschlafen: der eine hatte sich ein Bündel, der andere die Mütze unter den Kopf geschoben, ein dritter benutzte einfach den Körper seines Kameraden als Kissen. Neben jedem Soldaten lag ein Säbel, eine Büchse, eine kurze Pfeife mit Kupferbeschlag und einem eisernen Stäbchen, sowie ein Feuerstein. Schwerfällige Ochsen lagen, die Beine unter den Körper gezogen, auf dem Felde, und ihre großen, weißlichen Massen glichen von ferne grauen Felsblöcken, die auf den abschüssigen Feldern verstreut lagen. Von allen Seiten ertönte das Schnarchen der auf dem Grase ruhenden Krieger, dem vom Felde her die über ihre Fesselung unwilligen Hengste mit lautem Gewieher antworteten.

Diese Julinacht bot indessen auch majestätische und drohende Bilder dar: den Widerschein der brennenden Dörfer im Umkreis. Hier stieg die Flamme stolz und königlich zum Himmel auf, dort loderte sie plötzlich – von neuer Nahrung gespeist – wie ein entfesselter Wirbel pfeifend bis zu den Sternen empor, und ihre Funken erloschen erst fern am Horizont. Drohend wie ein Karthäuser Mönch stand das abgebrannte schwarze Kloster da und ließ bei jedem Aufleuchten des Feuers seine ganze düstere Größe sehen; etwas weiter brannte der Klostergarten, man glaubte die in Rauch gehüllten Bäume prasseln zu hören, und, so oft die Flammen hervorzüngelten, fiel ihr Schein plötzlich mit violetten, phosphoreszierendem Licht auf die reifen Pflaumenbüschel oder verwandelte hie und da die gelben Birnen in eitel Gold, bisweilen aber tauchte gleich einer schwarzen Waffe der elende Körper eines an einem Baumast oder an einer Mauer hängenden Juden oder Mönches auf, der zugleich mit dem Gebäude seinen Untergang gefunden hatte. In gemessener Entfernung umkreisten Vögel, die kleinen schwarzen Kreuzen auf einem feuerroten Felde glichen, den Brandherd.

Die umzingelte Stadt schien im Schlaf versunken, ihre Türme, Dächer, Zäune und Mauern leuchteten stumm im Widerschein der fernen Brände … Andrij schritt durch die Reihen der Kosaken. Die Scheiterhaufen, an denen die Wächter saßen, drohten jeden Augenblick zu verlöschen, und die Wächter selbst waren eingeschlafen, nachdem sie ihren kräftigen Kosakenappetit reichlich befriedigt hatten. Er wunderte sich nicht wenig über ihre Sorglosigkeit und dachte darüber nach, wie gut es doch sei, daß kein starker Feind in der Nähe und daß nichts zu fürchten wäre. Endlich näherte auch er sich einem der Wagen, kletterte hinauf und legte sich auf den Rücken, nachdem er die gefalteten Hände unter den Kopf geschoben hatte. Aber er konnte nicht einschlafen und blickte lange zum Himmel empor, der sich in seiner ganzen Unendlichkeit offen vor ihm ausbreitete; die Luft war rein und durchsichtig, das Sternenheer, das die Milchstraße bildete, zog sich schräg gleich einem Gürtel über den Himmel hin, und alles war wie mit Licht überflutet. Von Zeit zu Zeit schien Andrij alles zu vergessen, ein leichter Schlummer, in den er verfiel, verhüllte ihm wie ein Nebel den Himmel, der sich jedoch bald wieder aufklärte und ganz sichtbar wurde.

Mit einem Male war es ihm, als nähere sich ihm ein sonderbares menschliches Gesicht. Er glaubte natürlich, es sei ein Traum, der sich gleich wieder verflüchtigen werde, öffnete die Augen weit und sah, daß sich wirklich ein welkes und verhärmtes Gesicht über ihn gebeugt hatte und ihm in die Augen starrte. Lange, kohlschwarze, ungekämmte Haarsträhnen krochen wild aus dem dunklen, leicht übergeworfenen Kopftuch hervor. Das sonderbare Leuchten des Auges und die totenhafte Blässe des mageren Antlitzes mit den scharf hervortretenden Zügen verstärkten seine Meinung, ein Gespenst vor sich zu haben. Unwillkürlich griff er nach der Flinte und stieß krampfhaft hervor:

»Wer bist du? Bist du ein Teufel, so hebe dich weg, weit fort aus meinen Augen, bist du aber ein Mensch, so scherzest du zur Unzeit, ich nehme mein Gewehr und schieße dich nieder!«

Statt jeder Antwort legte die Erscheinung den Finger an den Mund und schien hierdurch um Schweigen zu flehen. Er ließ den Arm sinken und begann, sie aufmerksam zu betrachten. An den langen Haaren, dem Hals, der braunen, halbentblößten Brust erkannte er eine Frau. Sie schien Ausländerin zu sein: ihr Gesicht hatte eine gelblichbraune Farbe und war durch Krankheit völlig abgemagert, die breiten Knochen traten stark unter den eingefallenen Wangen hervor; der schmale Schlitz der Augenlider stieg bogenförmig nach oben empor. Je länger er sie betrachtete, um so bekannter schienen ihm ihre Züge. Endlich hielt er es nicht mehr aus und fragte:

»Sprich, wer bist du? Ich glaube, dich schon einmal gekannt oder gesehen zu haben?«

»Vor zwei Jahren in Kiew …«

»Vor zwei Jahren in Kiew«, wiederholte Andrij und suchte sich an alles zu erinnern, was sein Gedächtnis ihm aus seiner Seminarzeit noch aufbehalten hatte. Noch einmal faßte er sie fest ins Auge, und plötzlich schrie er laut auf: »Du – du bist die Tatarin! Die Zofe des Fräuleins, der Tochter des Woijewoden!«

»Pst!« machte die Tatarin, faltete flehend die Hände und sah sich zitternd um, ob nicht etwa jemand durch Andrijs lauten Schrei erwacht sei.

»Sprich doch, sprich doch, weshalb bist du hier?« flüsterte ihr Andrij beinah atemlos zu, denn die innere Erregung ließ ihn jeden Augenblick innehalten. »Wo ist das Fräulein? Lebt sie noch?«

»Sie ist hier, in der Stadt!«

»In der Stadt?« wiederholte er und hätte beinah aufgeschrien; er fühlte, wie sein ganzes Blut plötzlich zum Herzen strömte. »Warum ist sie in der Stadt?«

»Weil der alte Herr dort ist, er ist seit anderthalb Jahren Woijewode in Dubno.«

»Und ist sie verheiratet? So sprich doch, sprich! Wie merkwürdig du bist! Was macht Sie jetzt?«

»Sie hat seit zwei Tagen nichts mehr gegessen!«

»Was?«

»Die Einwohner unserer Stadt haben schon lange kein Stück Brot mehr gesehen, sie nähren sich nur noch von Erde …«

Andrij erstarrte vor Entsetzen.

»Das Fräulein hat dich von der Stadtmauer aus bei den Saporogern gesehen und mir den Auftrag gegeben: 'Geh und sag' dem Ritter: Wenn er sich meiner erinnert, soll er zu mir kommen, wenn nicht – so soll er dir ein Stück Brot für meine alte Mutter geben – ich kann nicht sehen, wie meine Mutter vor meinen Augen stirbt. Es ist besser, ich sterbe zuerst und dann sie. Bitte ihn, umschlinge seine Knie und küsse seine Füße; er hat auch eine alte Mutter, er soll mir um ihretwillen ein Stück Brot geben.'«

Die widerstreitendsten Gefühle erwachten in Andrij und bewegten die Brust des jungen Kosaken.

»Wie ist dir's nur gelungen, hierherzukommen?«

»Ich habe einen unterirdischen Gang benutzt.«

»Gibt es denn einen unterirdischen Gang hier?«

»Ja.«

»Wo ist er?«

»Wirst du uns auch nicht verraten, Ritter?«

»Ich schwöre dir's beim heiligen Kreuz.«

»Man geht erst am Ufer entlang und überschreitet das Flüßchen an der Stelle, wo das viele Schilf wächst.«

»Und er führt direkt in die Stadt hinein?«

»Gerade in das städtische Kloster.«

»Komm, komm, laß uns sogleich gehen.«

»Aber um Christi und der heiligen Jungfrau willen – erst ein Stück Brot.«

»Schon gut, du sollst es haben. Bleib' hier am Wagen stehen, oder besser, leg dich hinein, so wird dich niemand sehen, alle schlafen, ich komme gleich zurück.«

Und er eilte zu dem Wagen, in dem die Vorräte seiner Truppe aufbewahrt wurden. Sein Herz klopfte zum Zerspringen. Die ganze Vergangenheit, alles, was durch das ständige Lagerleben, durch das rauhe Soldatensein betäubt war – erwachte auf einmal wieder und ließ ihn die Gegenwart völlig vergessen. Wieder tauchte die stolze Frau wie aus dunklen Meeresfluten vor ihm empor, wieder leuchteten ihre herrlichen Arme in seinem Innern auf, ihre Augen, ihre lachenden Lippen, die dichten, dunkelbraunen Haare, die in krausen Locken über ihren Busen fielen – die festen, schöngeformten Glieder ihrer jungfräulichen Gestalt. Nein, dieses Bild war nie aus seinem Herzen geschwunden, es hatte nur für einige Zeit andern mächtigen Gefühlen Platz machen müssen, aber häufig genug hatte es den tiefen Schlaf des jungen Kosaken beunruhigt, und oft lag der Erwachte schlaflos auf seinem Lager, ohne sich den Grund hierfür erklären zu können …

Er ging, sein Herz klopfte bei dem Gedanken, sie wiederzusehen, immer stärker und stärker, und seine jungen Knie wankten unter ihm. Als er die Wagen endlich erreicht hatte, wußte er nicht mehr, weshalb er gekommen war; er fuhr sich mit der Hand über die Stirn und versuchte es, sich an das zu erinnern, was er eigentlich beabsichtigte. Endlich zuckte er zusammen, ein wilder Schrekken erfüllte ihn; plötzlich kam es ihm in den Sinn, daß sie vor Hunger stirbt. Schnell lief er zu dem Wagen heran und steckte sich mehrere große schwarze Brote unter den Arm; aber da ergriff ihn ein Zweifel, ob diese Nahrung, die wohl für einen kräftigen, nicht sehr wählerischen Saporoger genügen mochte, für ein so zartes

Wesen wie sie nicht zu grob und zu schwer sein würde. Er erinnerte sich, daß der Hetman die Kosaken, denen die Bereitung des Breis oblag, noch gestern ausgescholten hatte, weil sie das ganze Buchweizenmehl verbraucht hatten, obwohl es für drei Mahlzeiten ausgereicht hätte. Fest davon überzeugt, daß er noch genügend Brei finden würde, holte er den Feldkessel seines Vaters hervor und ging damit zum Koch seiner Abteilung, der zwischen zwei Kesseln schlief, die wohl zehn Eimer fassen mochten und unter denen noch die Asche glimmte. Als er in die Kessel hineinblickte, sah er zu seinem Erstaunen, daß beide leer waren. Die Kosaken mußten geradezu unmenschliche Kräfte entwickelt haben, um alles aufzuessen, zumal seine Abteilung weniger Krieger zählte als die andern. Er blickte auch in die Kessel der anderen Abteilungen hinein, es war alles leer. Unwillkürlich fiel ihm das Sprichwort ein: »Die Saporoger sind wie Kinder: ist wenig da, so begnügen sie sich mit wenig, ist viel da, so lassen sie nichts übrig.« Übrigens mußte sich im Wagen seines Vaters noch ein Sack mit Weißbrot befinden, den man bei der Plünderung der Klosterküche entdeckt hatte. Er ging geradewegs zum väterlichen Wagen, aber er fand den Sack nicht mehr vor. Ostap hatte ihn sich unter den Kopf gelegt und schnarchte, auf der Erde ausgestreckt, so laut, daß es durch das ganze Feld schallte. Andrij ergriff den Sack mit einer Hand und riß ihn unter Ostaps Kopf hervor, so daß dieser auf den Boden sank. Ostap fuhr schlaftrunken auf und schrie mit geschlossenen Augen aus voller Kehle: »Greift, greift den verfluchten Polen, greift ihn, fangt doch sein Pferd, fangt sein Pferd!« »Halt den Mund, sonst schlag ich dich tot«, rief Andrij voller Schrecken und wollte mit dem Sack dreinschlagen. Aber Ostap war ohnehin schon wieder verstummt und schnarchte so laut, daß sich das Gras, auf dem er schlief, unter seinen Atemzügen hin- und herbewegte. Andrij sah sich scheu nach allen Seiten um, um sich darüber zu vergewissern, ob nicht Ostaps Geschrei einen von den Kosaken aufgeweckt hätte. In dem benachbarten Lager hatte sich in der Tat ein zottiger Kopf aufgerichtet und sah sich um, sank jedoch gleich wieder zu Boden. Andrij wartete noch zwei Minuten und zog dann mit seiner Last ab. Die Tatarin lag noch immer mit krampfhaft angehaltenem Atem da.

»Steh auf, komm! Alle schlafen, fürchte dich nicht! Kannst du vielleicht eins von diesen Broten tragen, wenn ich keinen Platz für sie alle finden sollte?« Mit diesen Worten lud er sich die Säcke auf den Rücken, nahm, als sie an einem Wagen vorbeigingen, noch einen Sack mit Hirse mit, ergriff selbst die Brote, die er der Tatarin zum Tragen geben wollte, und schritt dann, von seiner Last ein wenig zusammengebeugt, mutig durch die Reihen der schlafenden Saporoger hindurch.

»Andrij«, rief der alte Bulba in dem Augenblick, als der Sohn an ihm vorbeikam. Sein Herz stockte, er blieb stehen und fragte zitternd: »Was willst du?«

»Du hast ein Weib bei dir! Wenn ich aufstehe, prügle ich dich durch, so groß du bist. Die Weiber führen einen nie zum Guten!«

Und mit diesen Worten stützte er den Kopf in die Hand und betrachtete aufmerksam die in ihr Tuch eingehüllte Tatarin.

Andrij stand mehr tot wie lebendig daneben. Er hatte nicht den Mut, seinem Vater ins Gesicht zu blicken. Doch als er endlich die Augen zu erheben wagte und ihn ansah, hatte der alte Bulba wieder den Kopf auf die Hand gestützt und schlief.

Andrij schlug ein Kreuz. Der Schrecken wich ebenso schnell aus seinem Herzen, wie er gekommen war. Als er sich nach der Tatarin umwandte, sah er sie, in ihr schwarzes Tuch gehüllt, unbeweglich wie eine Granitsäule vor sich stehen, und der Widerschein der fernen Feuersbrunst spiegelte sich in ihren Augen, die starr waren wie die einer Toten. Er zupfte sie am Ärmel, und beide gingen, sich unablässig umschauend, zusammen vorwärts, bis sie endlich an einem Berghang vorbei in ein tiefes Tal oder an eine Böschung gelangten, auf deren Grunde sich ein Flüßchen träge dahinschlängelte; das Tal war mit Riedgras bewachsen und mit zahlreichen kleinen Erdhügeln übersät. Nachdem sie die Schlucht betreten hatten, konnten sie von dem Feld aus, auf dem die Saporoger lagerten, nicht mehr gesehen werden. Wenigstens sah Andrij, als er sich umwandte, die abschüssige Böschung sich hinter ihm gleich einer steilen Wand fast manneshoch erheben. Auf der Höhe schwankten einige große Feldblumen hin und her, und über ihnen stieg der Mond schräg gleich einer Sichel aus reinem Golde am Himmel empor. Ein leichter aus der Steppe heranwehender Wind ließ vermuten, daß es nicht mehr lange bis Tagesanbruch sei. Aber nirgends ertönte ein ferner Hahnenschrei: es gab schon seit langer Zeit weder in der Stadt noch in der ausgeplünderten Umgebung einen Hahn mehr.

Auf einem schmalen Brett überschritten sie den Fluß, dessen jenseitiges Ufer sich noch höher erhob als das andere und in Form eines steilen Abhanges emporstieg. Es schien dies der stärkste und von Natur auch der sicherste Punkt der städtischen Befestigungen zu sein; wenigstens war der Erdwall hier niedriger, und doch war von der Besatzung dahinter nichts zu sehen. Allerdings erhoben sich dafür in einiger Entfernung die starken Klostermauern. Das steile Ufer war überall mit Steppengras bewachsen, und der schmale Raum zwischen ihm und dem Flüßchen war mit mannshohem Schilfrohr bedeckt. Oben auf der Böschung sah man die Überreste eines geflochtenen Zauns, der wohl früher einen Gemüsegarten umfriedet hatte; davor wuchsen Disteln mit großen breiten Blättern, aus denen Gänsefuß, stachelichte Kletten und Sonnenblumen hervorragten, die ihr Haupt stolz in die Luft streckten. Hier angelangt zog die Tatarin ihre Schuhe mit den hohen Absätzen aus und ging barfuß weiter, wobei sie sorgfältig ihr Kleid emporhob, denn der Weg wurde jetzt sumpfig und feucht. Sie bahnten sich mühsam einen Pfad durch das Röhricht, bis sie vor einem Haufen Reisig und Faschinen haltmachten. Sie entfernten das Reisig und fanden eine Art Erdhöhle, deren Öffnung wenig größer als die eines Backofens war. Die Tatarin bückte sich und ging voran, Andrij folgte ihr ebenfalls so gebückt wie möglich, um mit seinen Säcken hindurchzukommen, und bald befanden sich beide in vollkommener Finsternis.

VI.

Andrij vermochte sich in dem finstern, schmalen Gang kaum zu bewegen, zumal er hinter der Tatarin herschleichen mußte und noch dazu mit den vielen Brotsäcken vollauf bepackt war. »Gleich werden wir wieder sehen«, sagte seine Führerin, »wir sind schon nahe an der Stelle, wo ich die Lampe hingestellt habe.«

Und in der Tat, die dunklen Wände begannen sich allmählich zu erhellen. Sie erreichten einen kleinen Vorplatz, auf dem sich eine Kapelle zu befinden schien, wenigstens stand ein schmales Tischchen in der Form eines Altars an der Wand, über dem ein völlig verwaschenes und verblichenes Bild der heiligen Jungfrau angebracht war. Ein kleines silbernes Lämpchen, das vor ihm hing, beleuchtete es notdürftig. Die Tatarin bückte sich und hob eine kupferne Lampe vom Boden auf, die sie hier zurückgelassen hatte und an deren schlankem, schmalem Fuß ein Kettchen mit einer Zange, einer Nadel zum Ordnen des Dochtes und ein Löschhorn hing. Sie zündete die Lampe an dem Lämpchen vor dem Heiligenbild an. Die Helligkeit verstärkte sich, und wie sie beide halb von dem Lichte bestrahlt und halb im tiefen nachtschwarzen Schatten dahinschritten, erinnerten sie an eins der Gemälde von Gherardo dalle notti*. Das frische, von Gesundheit und Jugend strotzende Gesicht des schönen Kosaken bildete einen schneidenden Gegensatz zu dem erschöpften und bleichen Antlitz seiner Gefährtin. Der Durchgang verbreiterte sich allmählich, so daß Andrij in die Höhe zu blicken vermochte. Neugierig betrachtete er die Erdwände, die ihn an die Höhlen in Kiew gemahnten. Ganz wie dort gab

* Gerard van Honthorst, niederländischer Maler.

es auch hier Nischen in den Wänden, die Särge bargen. An einigen Stellen lagen menschliche Gebeine verstreut, die infolge der Feuchtigkeit morsch geworden und zu Staub zerfallen waren. Offenbar hatten hier einst heilige Anachoreten gelebt, die sich vor den Stürmen der Welt, vor dem Elend und den Versuchungen hierher geflüchtet hatten. Die Feuchtigkeit war so stark, daß ihre Füße bisweilen durch Wasser waten mußten. Andrij mußte oft stehen bleiben, um seine Gefährtin ausruhen zu lassen, die immer wieder von der Müdigkeit überwältigt wurde. Das winzige Stückchen Brot, das sie gierig verschlungen hatte, verursachte ihrem der Nahrung fast entwöhnten Magen starke Schmerzen, und oft verharrte sie minutenlang regungslos auf ein und derselben Stelle.

Endlich erblickten sie eine kleine eiserne Tür. »Gott sei Dank, wir sind zur Stelle«, sagte die Tatarin mit schwacher Stimme und erhob ihre Hand, um ans Tor zu pochen. Aber ihre Kraft versagte. Statt ihrer pochte Andrij kräftig an die Pforte: man hörte sie stark widerhallen, was auf einen großen, freien Raum hinter der Türe hindeutete. Das Echo wurde gedämpfter, als ob es auf hohe Wölbungen gestoßen sei. Nach zwei Minuten hörte man einen Schlüsselbund rasseln, und es schien, als ob jemand die Treppe herunterkäme. Endlich öffnete sich die Tür: auf der engen Treppe vor ihnen stand ein Mönch, den Schlüsselbund und eine brennende Kerze in den Händen. Beim Anblick eines jener katholischen Mönche, die die Kosaken so haßten und verachteten und mit denen sie fast noch unmenschlicher umzugehen pflegten als mit den Juden, blieb Andrij unwillkürlich stehen, und auch der Mönch fuhr einen Schritt zurück, als er einen Saporoger-Kosaken erblickte. Jedoch die Tatarin flüsterte ihm etwas zu, was Andrij nicht verstand, den andern jedoch zu beruhigen schien. Er leuchtete ihnen voran, schloß die Tür hinter ihnen, führte sie eine Treppe hinauf, und bald befanden sie sich in dem hohen, dunklen Gewölbe der Klosterkirche. Vor einem der Altäre, auf denen hohe Leuchter mit Kerzen standen, knieten zwei junge Chorknaben in violetten und mit weißen Spitzen besetzten Meßgewändern, die Rauchfässer in den Händen schwingend. Sie flehten den Herrn um ein Wunder an: sie baten ihn, er möge die Stadt erretten, die mutlos gewordenen Gemüter wieder stärken, ihnen Geduld schenken und dem Versucher wehren, der sie mit Unzufriedenheit, Kleinmut und schwachmütigen Klagen über die irdischen Leiden heimsuche. Einige Frauen, die wie Gespenster aussahen, lagen auf den Knien; sie stützten oder legten ihre erschöpften Häupter auf die Lehnen der Kirchenstühle und die dunklen Holzbänke vor ihnen; auch sah man einige Männer, die traurig an den Säulen und viereckigen Wandpfeilern, die die Seitenschiffe des Gewölbes trugen, niedergekniet waren. Das buntbemalte Fenster oberhalb des Altars erglänzte im rötlichen Licht des Morgenrots und warf hellblaue, gelbe und andersfarbige Lichtstrahlen auf den Fußboden, die die ganze Kirche plötzlich mit Licht erfüllten. Der Altar in der entfernten Nische schien wie in Glanz getaucht, und gleich einer regenbogenfarbenen Wolke blieb der Weihrauch in der Luft hängen. Andrij blickte nicht ohne Bestürzung aus seiner dunklen Ecke auf das Wunder, das das Licht hier bewirkt hatte. Im selben Augenblicke durchbrauste das mächtige Rauschen der Orgel die ganze Kirche, es schwoll stärker und stärker an, wurde endlich zu einem gewaltigen Donner und löste sich plötzlich wieder in himmlische Musik auf und schwebte hoch bis zur Wölbung empor, mit feinen wunderbaren harmonischen Klängen an zarte Mädchenstimmen gemahnend. Dann wieder schwoll es zu einem vollen Rauschen und Donner an und verstummte. Lange noch hallten die mächtigen Klänge zitternd im Gewölbe nach, und mit halbgeöffnetem Munde ergab sich Andrij dem Zauber der gewaltigen Musik.

Doch da fühlte er, wie ihn jemand an seinem Rockschoß zupfte. »Es ist Zeit«, sagte die Tatarin. Von niemand bemerkt durchschritten sie die Kirche und gelangten zu einem Platz, der sich vor ihr befand. Längst schon leuchtete das Morgenrot am Himmel, und alles verkündete den Sonnenaufgang. Der viereckig geformte Platz war vollkommen leer, und nur die hölzernen Tischchen, die überall herumstanden, wiesen darauf hin, daß hier vielleicht noch vor einer Woche Lebensmittelmarkt abgehalten worden war. Der Platz war von kleinen einstöckigen Häusern aus Stein oder Lehm umgeben, deren Wände bis an die Giebel von hölzernen Pfählen und mächtigen Balken durchzogen und ihrerseits wieder von Querbalken durchschnitten wurden. Dies war die Bauart, in der die Bewohner jener Gegend ihre Häuser bauten, wie man das jetzt noch vereinzelt in Polen und Litauen antrifft. Sie hatten alle unverhältnismäßig hohe Dächer und eine Unmenge von Fenstern und Luken. Auf der einen Seite, in der Nähe der Kirche, stand ein Gebäude, das alle andern bedeutend überragte und das sich vollständig von ihnen unterschied. Wahrscheinlich war es das Rathaus oder irgendein anderes städtisches Gebäude. Es hatte zwei Stockwerke und darüber einen Aussichtsturm mit zwei Bogengängen, auf dem ein Wachtposten hin und her patrouillierte. In das Dach war das große Zifferblatt einer Uhr eingefügt. Der Platz war wie ausgestorben, Andrij kam es jedoch so vor, als höre er ein leises Stöhnen. Als er sich umsah, bemerkte er auf der anderen Seite des Platzes eine Gruppe von zwei bis drei Menschen, die fast regungslos auf dem Boden lagen. Er betrachtete sie aufmerksam, um sich zu vergewissern, ob es Schlafende oder Tote seien, und stieß plötzlich auf Etwas, das zu seinen Füßen lag. Es war der tote Körper einer Frau, offenbar einer Jüdin. Sie schien noch ganz jung zu sein, obgleich ihre entstellten und erschöpften Züge keinerlei Schlüsse darüber zuließen. Ihr Haupt war in ein rotes Tuch gehüllt, ihre Ohren zierten zwei Reihen Perlen aus Wachs oder Glas, und zwei oder drei lange krause Locken glitten ihr den eingefallenen Hals mit den angeschwollenen Adern hinab. Neben ihr lag ein Kind, das die verdorrte Brust der Mutter krampfhaft in seinen Händen hielt und sie in unwillkürlichem Zorn darüber, daß sie keine Milch mehr gab, immer wieder mit den kleinen Fingern zusammenpreßte. Das Kind weinte und schrie nicht mehr, nur die sich leise hebende und senkende Brust ließ darauf schließen, daß es noch nicht tot oder wenigstens erst im Begriff war, den letzten Atemzug auszuhauchen. Sie lenkten wieder in die Straßen ein und wurden plötzlich von einem Tobsüchtigen angegriffen, der sich angesichts der kostbaren Last, die Andrij mit sich schleppte, wie ein Tiger auf sie warf und sich mit dem Schrei »Brot« an ihnen festklammerte. Aber seine Kräfte waren schwächer als seine Gier. Andrij stieß ihn zurück, so daß er zu Boden fiel. Von Mitleid überwältigt, warf er ihm eins der Brote zu, auf das sich jener wie ein toller Hund stürzte und es gleich auf der Straße zerbiß und zernagte; bald darauf verschied er jedoch infolge der langen Entbehrungen unter schrecklichen Krämpfen. Fast bei jedem Schritte wurden sie durch grauenvolle Opfer der Hungersnot in Schrecken gesetzt. Es schien, als ob viele ihre Qualen zu Hause nicht ertragen konnten und mit Absicht auf die Straße hinausgeeilt waren, weil sie hofften, in der frischen Luft Nahrung und Stärkung zu finden. Vor der Tür eines Hauses saß eine alte Frau; es war unmöglich, zu erkennen, ob sie nur eingeschlafen, bereits tot, oder einfach in Träume versunken war; jedenfalls hörte und sah sie nichts mehr und saß nur, mit auf die Brust gesenktem Haupte, regungslos da. Von dem Dach eines anderen Hauses hing ein langer dürrer Körper an einer Schnur herab. Der arme Kerl hatte die Hungerqualen nicht länger zu ertragen vermocht und es vorgezogen, seinem Leben freiwillig ein Ende zu machen.

Angesichts dieser furchtbaren Zeugen des Hungers hielt es Andrij nicht länger aus und fragte die Tatarin:

»Konntet ihr denn in der Tat gar nichts finden, um euer Leben zu fristen? Wenn die äußerste Not an den Menschen kommt, dann gibt es keine Wahl, dann muß er essen, was ihm früher vielleicht Ekel einflößte, und wenn er sich erst von jenen Wesen nährt, die das Gesetz zu essen verbietet – dann darf er eben alles essen!« »Es ist schon alles aufgegessen«, sagte die Tatarin, »alles Vieh ist fort, und es ist kein Pferd, kein Hund, ja nicht einmal eine Maus mehr in der Stadt zu finden. Wir haben hier in der Stadt nie Vorräte gehabt, es wurde uns ja alles von den Bauern geliefert.«

»Ja, wie konntet ihr denn dann, wo euch ein so schrecklicher Tod droht, noch immer daran denken, die Stadt zu verteidigen?«

»Vielleicht hätte der Woijewode sie auch schon dem Feinde überlassen, aber gestern sandte uns der Oberst, der sich in Budschaki befindet, einen Habicht mit der Mitteilung, uns auf keinen Fall zu ergeben; er komme uns mit einem Regiment zur Hilfe und warte nur noch auf den andern Oberst, um gemeinsam mit ihm zu unserer Entsetzung zu eilen. Sie werden jeden Augenblick erwartet … Doch, wir sind vor unserm Hause angelangt.«

Andrij hatte schon von weitem ein Haus bemerkt, das sich wesentlich von den andern unterschied und von einem italienischen Architekten gebaut zu sein schien; es war aus schönen schmalen Ziegelsteinen errichtet und zwei Stockwerke hoch. Die Fenster des unteren waren mit weit hervorstehenden Gesimsen eingefaßt; das obere bestand vollständig aus kleinen Bögen, die eine Galerie bildeten, dazwischen befanden sich Gitter mit Wappenschilden. Eine breite Außentreppe aus buntfarbigen Ziegelsteinen führte direkt auf den Platz. Unten zu beiden Seiten der Treppen saßen Schildwachen, sie hielten ebenso malerisch wie symmetrisch mit der einen Hand die Hellebarde und stützten ihre Köpfe auf die andere, so daß sie mehr zwei steinernen Bildsäulen als lebendigen Menschen glichen. Sie schliefen oder schlummerten nicht etwa, schienen aber doch unempfindlich gegen alles zu sein und würdigten die beiden Personen, die jetzt die Treppe hinaufgingen, kaum eines Blicks. Oben trafen Andrij und die Tatarin einen reich gekleideten und von Kopf bis Fuß bewaffneten Ritter, der ein Gebetbuch in der Hand hielt. Er richtete seine ermüdeten Augen auf sie, die Tatarin sagte ihm jedoch ein paar Worte, und er versenkte sich sogleich wieder in sein offenes Gebetbuch. Sie traten in das erste Zimmer, das ziemlich geräumig war und als Empfangsraum zu dienen schien, oder vielleicht auch einfach ein Vorzimmer war; dies war völlig mit Soldaten, Dienern, Hundewärtern, Mundschenken und anderen Bedienten angefüllt, wie sie ein polnischer Magnat, ob er nun Offizier oder Rittergutsbesitzer ist, braucht, um die Würde seines Standes ins rechte Licht zu setzen; sie saßen alle in den verschiedensten Stellungen an den Wänden herum. Der ganze Raum war von dem Qualm einer erloschenen Kerze erfüllt; und zwei andere in außerordentlich großen, fast mannshohen Leuchtern brannten noch mitten im Zimmer, trotzdem der Morgen schon längst durch das große vergitterte Fenster hineinblickte. Andrij wollte schon auf eine breite, mit Wappen und verschiedenen Schnitzereien verzierte Eichentür zugehen; die Tatarin zupfte ihn jedoch am Ärmel und wies auf eine kleine Pforte in der Seitenwand. Durch diese gelangten sie in einen Gang und dann in ein Zimmer, das Andrij eingehend besichtigte. Das Licht, das durch die Spalte des Fensterladens hineindrang, küßte die blau und rot gefärbten Vorhänge, das vergoldete Gesims und die Malereien an den Wänden. Die Tatarin bedeutete Andrij, hier zu bleiben, und öffnete die Tür zu einem andern Zimmer, aus der ein Lichtschein hereindrang. Er vernahm das leise Flüstern einer Stimme, die sein ganzes Inneres erbeben machte. Mit einem flüchtigen Blick durch die Tür erkannte er eine schlanke weibliche Gestalt mit langen prachtvollen Haarflechten, die über den hocherhobenen Arm herabwallten. Die Tatarin kam zurück und bat ihn, hineinzugehen. Es war ihm später ganz unmöglich, anzugeben, wie er in das Zimmer gelangt war und wie sich die Tür hinter ihm geschlossen hatte. Im Zimmer brannten zwei Kerzen und ein Lämpchen, das vor dem Heiligenbild angebracht war, darunter befand sich nach katholischer Sitte ein hoher Hausaltar mit mehreren Stufen, auf denen man beim Beten niederknien konnte. Aber das war es nicht, was Andrijs Augen suchten. Er wandte sich nach der andern Seite und erblickte ein Weib, das in einer schnellen Bewegung erstarrte und versteinert zu sein schien. Es war, als hätte sich ihre schlanke Gestalt ihm entgegenwerfen wollen und sei nun plötzlich wie erstarrt stehen geblieben. Nicht minder bestürzt blieb auch er vor ihr stehen. Denn nicht so hatte er sie wiederzusehen geglaubt. Das war *sie* nicht, das war nicht jenes Mädchen mehr, das er früher gekannt hatte. Sie hatte nichts, was an jene gemahnte: Nein, sie war noch einmal so schön und herrlich anzuschauen wie ehemals. Damals hatte sie noch etwas Unreifes und Unvollendetes – jetzt dagegen glich sie einem vollkommenen und bis auf den letzten Pinselstrich vollendeten Kunstwerk. Jene war ein wunderschönes, leichtsinniges Mädchen, diese ein zu edler Schönheit erblühtes Weib. Ihre emporblickenden Augen verhießen ein unendliches Gefühl: nicht nur Bruchstücke und Andeutungen von Gefühlen, sondern ein ganzes, volles Gefühl. In ihren Augen schimmerten Tränen, die noch nicht ganz getrocknet waren, und verliehen ihnen einen feuchten Glanz, der bis zum Herzen drang. Busen, Schultern und Hals hatten jene wundervollen Formen angenommen, die der vollendeten Schönheit eigen sind, die Haare, die ehemals ihr Antlitz in leichten Locken umringelten, hatten sich in eine prachtvolle Flechte verwandelt; ein Teil war hochgesteckt, während der andere über die ganze Länge des Arms und in feinen langen Wellen über den wundervollen Busen fiel. Jeder Zug ihres Gesichts schien sich verändert zu haben. Vergebens bemühte Andrij sich, den einen oder den andern, so wie er in seiner Erinnerung lebte, ins Gedächtnis zurückzurufen – er vermochte es nicht. So tief ihre Blässe auch war, sie verdunkelte ihre wundervolle Schönheit nicht, sondern verlieh ihr eher noch etwas Hinreißendes und unbezwinglich Sieghaftes. Andrij fühlte sich von einem ehrfurchtsvollen Schauder durchzittert und blieb unbeweglich vor ihr stehen. Auch sie schien über den Anblick des Kosaken, der in seiner ganzen Schönheit und der männlichen Kraft seiner Jugend vor ihr stand, betroffen zu sein, obschon selbst die starre Bewegungslosigkeit seiner Glieder etwas von der Ungezwungenheit und Freiheit ihrer Bewegungen ahnen ließ. Mut und Festigkeit strahlte aus seinen Augen, die von samtweichen, kühngeschwungenen Brauen beschattet wurden; die braunen Wangen spiegelten das ganze Feuer einer noch unverbrauchten Jugend wieder, und der zarte Flaum seines Schnurrbarts glänzte wie Seide.

»Nein, ich habe nicht die Kraft, dir zu danken, hochherziger Ritter«, sagte sie mit zitternder, silberheller Stimme, »Gott allein kann dir's lohnen und nicht ein schwaches Weib wie ich ...« Sie senkte die Augen, und die herrlichen Lider mit den langen Pfeilen gleichenden Wimpern legten sich in wundervollen, schneeweißen Halbkreisen darüber, ihr herrlicher Kopf hatte sich geneigt, und eine leise Röte überzog den unteren Teil ihres Gesichts. Andrij wußte nicht, was er antworten sollte; er wollte alles aussprechen, was seine Seele erfüllte, so leidenschaftlich, wie er es in seinem Innern empfand – und vermochte es nicht. Er fühlte, daß ihm etwas die Lippen verschloß, daß es ihm, der im Seminar und in dem Wanderleben des Krieges aufgewachsen war, nicht gelingen würde, die Antwort auf diese Worte zu finden, und der Zorn gegen seine Kosakennatur stieg in ihm auf.

In diesem Augenblick trat die Tatarin ins Zimmer. Sie hatte das von Andrij mitgebrachte Brot bereits in Scheiben geschnitten und trug es auf einer goldenen Schale herein, die sie vor ihrer Herrin hinstellte.

Das schöne Mädchen sah ihre Dienerin lange an, betrachtete das Brot, blickte Andrij an, und ihre Augen leuchteten vielsagend auf. Dieser rührende Blick, in dem sich die Ohnmacht und Unfähigkeit, ihre Gefühle auszusprechen, ausdrückten, war für Andrij verständlicher als alle Worte. Es wurde ihm plötzlich leicht ums Herz, wie wenn sich alles in ihm gelöst hätte. Die Bewegungen und Gefühle seines Herzens, die bisher noch mühsam gezügelt wurden, fühlten sich jetzt frei, aller Fesseln ledig und wollten sich schon in einem endlosen Nebelstrom ergießen, als sich die Schöne plötzlich der Tatarin zuwandte und unruhig fragte:

»Und die Mutter? Hast du der Mutter etwas gebracht?«

»Sie schläft.«

»Und dem Vater?«

»Ihm habe ich etwas gebracht; er sagte, er wolle selbst kommen, um dem Ritter zu danken.«

Sie nahm eine Scheibe Brot und führte sie zum Munde. Mit unaussprechlichem Vergnügen sah Andrij, wie sie es mit ihren weißen schimmernden Fingern zerbrach und aß. Plötzlich aber erinnerte er sich an den Mann, der vor Hunger tobsüchtig geworden war und in seiner Gegenwart seinen Geist aufgegeben hatte, als er ein Stück Brot verschlang. Er wurde bleich, ergriff ihre Hand und rief:

»Genug! Iß nicht weiter! Du hast so lange nichts gegessen. Das Brot ist Gift für dich!« Sie ließ sofort die Hand sinken, legte das Brot auf den Teller und sah ihm wie ein gehorsames Kind in die Augen. O, wenn das Wort nur etwas ausdrücken könnte! Aber weder Meißel noch Pinsel, noch die allmächtige Sprache vermögen das wiederzugeben, was in solch einem Blick einer Jungfrau liegt und was nur das Gefühl der Rührung auszudrücken vermag, das der empfindet, der einen solchen Blick auf sich gerichtet fühlt.

»Herrin«, rief Andrij von den tiefsten, innigsten und heiligsten überquellenden Empfindungen erfüllt aus, »was verlangst du? Was willst du? Befiehl! Fordere jeden Dienst von mir, selbst den unmöglichsten, den es auf der Welt gibt – und ich eile, um ihn auszuführen. Befiehl mir, was menschliche Kraft nicht auszuführen vermag – ich werde es tun, und sollte ich mich dabei ins Verderben stürzen. Ja, ins Verderben stürzen! Für dich zu sterben – o, ich schwöre es dir beim heiligen Kreuz – ist Süßigkeit für mich. Aber Worte sagen ja nichts. Ich besitze drei Gehöfte, die Hälfte der väterlichen Herden, alles, was meine Mutter dem Vater mit in die Ehe gebracht, und sogar, das, was sie vor ihm verheimlicht, – alles dies gehört mir. Kein Kosak besitzt solche Waffen wie ich; allein für den Griff meines Säbels bietet man mir die beste Roßherde und noch dreitausend Schafe dazu. Von all dem will ich mich lossagen, es verlassen, verbrennen, ins Wasser werfen, wenn du mir nur ein Wort sagst oder deine zarten schwarzen Augenbrauen nur leise bewegst! Ich weiß wohl, daß ich vielleicht dumme Dinge rede, die hier ganz und gar nicht angebracht sind, und nicht hierher gehören; ich weiß, daß es für mich, der sein ganzes Leben in dem Seminar und der Sjetsch zugebracht hat, nicht schickt, so zu reden, wie es dort Sitte ist, wo Könige, Fürsten und die Edelsten der Ritterschaft sich einfinden. Ich sehe wohl, daß du ein anderes Geschöpf Gottes bist wie wir alle, und daß alle Bojarenfrauen nebst ihren Töchtern weit unter die stehen. Wir sind nicht wert, deine Sklaven zu sein, nur die himmlischen Engel sind würdig, dir zu dienen.«

Mit steigender Verwunderung, gespannten Ohren und ohne ein Wort zu verlieren, vernahm die Jungfrau diese offene und begeisterte Rede, in der sich die junge, kraftvolle und leidenschaftliche Seele ausprägte wie in einem Spiegel. Jedes dieser einfachen Worte, das mit einer Stimme gesprochen wurde, die aus tiefstem Herzensgrunde kam, war voller Kraft und Leidenschaft. Sie neigte ihr schönes Antlitz vor, warf die widerspenstigen Haare weit zurück, öffnete die Lippen und sah ihn lange mit offnem Munde an. Sie wollte etwas sagen, allein sie hielt inne, denn sie erinnerte sich plötzlich, daß der Ritter eine andere Bestimmung hatte, daß sein Vater, seine Brüder, sein Vaterland als strenge Richter hinter ihm standen, sie dachte daran, was für schreckliche Menschen die Saporoger waren, die die Stadt belagerten, und wie sie und alle in der Stadt einem furchtbaren Tode verfallen wären – und ihre Augen füllten sich mit Tränen; schnell ergriff sie ihr kunstvoll gesticktes Seidentuch, bedeckte ihr Gesicht, und in wenigen Augenblicken war das Tuch ganz feucht von ihren heißen Tränen. Lange saß sie so da, den wunderschönen Kopf zurückgelehnt, ihre schneeweißen Zähne in die herrliche Unterlippe drückend, als ob sie plötzlich den Biß einer giftigen Schlange gefühlt hätte, und ohne das Tuch vom Gesicht zu nehmen, damit Andrij ihren herzzerreißenden Schmerz nicht sähe.

»Sprich doch ein Wort«, sagte Andrij und ergriff ihre samtweiche Hand. Bei dieser Berührung strömte es wie glühendes Feuer durch seine Adern, und er preßte ihre Hand zusammen, die gefühllos in der seinen lag. Aber sie schwieg und verharrte regungslos in derselben Stellung, ohne das Tuch vom Gesicht hinwegzuziehen.

»Weshalb bist du so traurig? Sage mir doch, weshalb du so traurig bist?«

Da warf sie das Tuch fort, schlug die ins Gesicht fallenden reichen Haarsträhnen zurück und brach in bittere Worte der Klage aus, die sie mit leiser, ganz leiser Stimme vor sich hinsprach, gleich dem Winde, der sich an einem schönen Abend erhebt und durch das dichte Rohr am Wasser fährt. Da geht es plötzlich wie ein Flüstern durch das Rohr, da singen und klingen klagende, zarte Töne durch die Luft. Der Wanderer bleibt stehen und lauscht ihnen mit einer unerklärlichen Schwermut, und er merkt nicht das Nahen des Abends, noch die heiteren Lieder der Arbeiter, die vom Feld und von der Ernte zurückkehren, noch das Rasseln eines fern vorbeirollenden Wagens.

»Bin ich nicht ewig bemitleidenswert? Ist die Mutter nicht unselig, die mich zur Welt gebracht hat? Gibt es ein Los, bitterer als das meine? Quälst du mich nicht zu Tode, schreckliches Schicksal? Alles hast du mir zu Füßen gelegt: die besten Männer der ganzen Schlachta, die reichsten Herren, Grafen und fremden Barone und die höchste Blüte unserer Ritterschaft! Alle liebten Sie mich, und jeder hätte meine Gegenliebe für das größte Glück gehalten. Ich brauchte nur mit der Hand zu winken, und jeder von ihnen, der Schönste und Vornehmste von Angesicht und Herkunft, wäre mein Gatte geworden. Und keinem von ihnen hast du, grausames Schicksal, mein Herz zugewendet. Den besten Helden unseres Vaterlandes hast du es entzogen und den Betörungen eines Fremden, eines Feindes überliefert. Warum, o heilige Mutter Gottes, um welcher Sünden und schwerer Verbrechen willen verfolgst du mich so grausam, so unbarmherzig? In Überfluß, Reichtum und Pracht sind meine Tage verflossen. Die herrlichsten auserlesensten Speisen, die süßesten Weine bildeten meine tägliche Nahrung. Und warum, wozu das alles? Nur dazu, um mich zuletzt eines schrecklichen Todes sterben zu lassen, wie ihn kaum der letzte Bettler im Lande stirbt! Doch nicht genug, daß ich zu einem so schrecklichen Los verurteilt bin, nicht genug, daß ich vor meinem Ende Vater und Mutter in unerträglichen Qualen dahinwelken sehen muß, sie, für die ich, wenn ich ihnen nur helfen könnte, tausendmal mein Leben hingeben würde! Nein, das alles genügt noch nicht, ich muß auch noch, bevor ich sterbe, Worte vernehmen und eine Liebe kennenlernen, wie ich sie noch nie erfahren habe! Er muß mir mit seinen Worten das Herz zerreißen, auf daß mein bitteres Los noch bitterer werde, auf daß ich mein junges Leben noch mehr betrauere, daß mir mein Tod noch schrecklicher dünke, und daß ich dir, o grausames Schicksal, und dir, heilige Mutter Gottes, – vergib mir die Sünde – noch im Sterben so furchtbare Vorwürfe mache!«

Endlich verstummte sie, und ein Ausdruck qualvollster Hoffnungslosigkeit spiegelte sich in ihrem Antlitz. Jeder Zug ihres Gesichts verriet eine tiefe nagende Schwermut, alles, die traurig gesenkte Stirn, die niedergeschlagenen Augen und die auf den leise glühenden Wangen versiegenden Tränen – alles schien zu sagen: Dies Angesicht weiß nichts vom Glück!

»Nie ward es erhört auf dieser Welt, es kann nicht sein, und ich dulde es nimmer«, sprach Andrij, »daß die Schönste und edelste der Frauen ein so bitteres Los ertragen sollte, sie, die dazu geboren ist, die Besten und Edelsten unserer Zeit vor sich wie vor einem Heiligtume knien zu sehen! Nein, du sollst nicht sterben! Du sollst nicht sterben; ich schwöre es bei meiner Geburt und allem, was mir teuer ist auf dieser Welt – du wirst nicht sterben! Sollte es aber trotz allem so kommen, sollte dies bittere Schicksal weder durch Kraft, noch Gebet, noch Mut abgewendet werden können, so werden wir zusammen sterben, und ich zuerst vor dir und zu deinen herrlichen Füßen; erst wenn ich tot bin, wird man mich von dir trennen können.«

»Täusche nicht dich und mich, Ritter«, sagte sie leise, ihr schönes Haupt schüttelnd, »ich weiß es, ich weiß es zu meinem bitteren Leid nur zu wohl, daß du mich nicht lieben darfst, und ich kenne deinen Beruf und deine Pflicht: Dich ruft der Vater, die Kameraden, das Vaterland; wir aber sind – deine Feinde!«

»Was sind mir Vater, Vaterland und Kameraden!« rief Andrij, ungestüm sein Haupt schüttelnd und sich machtvoll emporreckend, daß seine Gestalt der Balsampappel am Ufer glich. »Wenn es denn sein muß, nun wohl, so habe ich niemand, niemand, niemand«, wiederholte er mit einer Stimme und Handbewegung, mit der wohl ein wackerer Kosakenheld seinen unerschütterlichen Entschluß zu einer unerhörten Tat zum Ausdruck bringt, der kein anderer gewachsen ist. »Wer sagt, daß die Ukraine mein Vaterland ist? Wer hat sie mir zum Vaterland gegeben? Das Vaterland ist da, wo es unsere Seele sucht, ist das, was ihr das liebste ist. Mein Vaterland – das bist du! Du bist mein Vaterland! Und dieses Vaterland will ich in meinem Herzen tragen! So lange ich lebe, werde ich es dort tragen: Und ich möchte sehen, welcher Kosak es wagen will, dich aus meinem Herzen zu reißen. Ja, alles was ich besitze, will ich weggeben, verschenken, verkaufen und zugrunde richten für dies mein Vaterland!«

Einen Augenblick schien es, als ob sie zu einer herrlichen Bildsäule erstarrt sei. Dann sah sie ihm fest in die Augen, schluchzte laut auf und schlang ihm mit jener wundersamen hingebenden Leidenschaft, deren nur eine großmütige und zu starken Gefühlsausbrüchen neigende Frau fähig ist, die nichts von Berechnung weiß, ihre herrlichen, schneeweißen Arme um den Hals. In diesem Augenblick hörte man von der Straße ein wirres Geschrei hereindringen, das von Posaunenstößen und Paukenklängen begleitet wurde. Aber Andrij hörte nichts davon: Er fühlte nur die wohlige Wärme ihres süßen Atems, ihre wundervollen Lippen, fühlte nur, wie ihre Tränen in Strömen über sein Antlitz flossen, und wir ihr reich herabwallendes, duftendes Haar ihn wie in dunkel glänzende Seide einhüllte.

Plötzlich kam die Tatarin mit einem Freudenschrei hereingestürmt. »Wir sind gerettet, gerettet«, rief sie ganz außer Atem, »die Unseren sind in die Stadt gedrungen und haben Brot, Weizen, Mehl und gefangene Saporoger mitgebracht.« Aber niemand wollte hören, was für »Unserige« in die Stadt gedrungen, was sie mitgebracht hätten, und welche Saporoger gefangen worden seien. Von überirdischen Gefühlen erfüllt, küßte Andrij die süß duftenden Lippen, die sich an seine Wange geschmiegt hatten, und diese Lippen ließen ihn nicht ohne Antwort. Sie erwiderten seine Liebkosungen, und in diesem gegenseitigen, ineinanderschmelzenden Kuß empfanden beide, was der Mensch nur einmal im Leben zu empfinden vermag.

Der Kosak war verloren! Für immer verloren für das ritterliche Kosakentum! Niemals würde er die Sjetsch, niemals die väterlichen Fluren und nie mehr sein Gotteshaus wiedersehen! Und nie mehr sollte die Ukraine ihn wiederfinden, ihn, der einer ihrer tapfersten Söhne war und sie mit seinem Leben zu verteidigen gelobt hatte! Rauf dir die grauen Haare aus deinem Schopf, alter Taraß, und verfluche Tag und Stunde, da du zu deiner Schmach dir einen solchen Sohn erzeugtest.

VII.

Im Lager der Saporoger herrschte Lärm und Bewegung. Anfangs vermochte niemand genaue Auskunft zu geben, wie es geschehen konnte, daß die Truppen in die Stadt eindrangen. Doch bald wurde festgestellt, daß die ganze Perejaslawsche Abteilung, die ihr Lager vor einem Seitentor der Stadt aufgeschlagen hatte, am Abend vorher total betrunken gewesen war. So war es weiter nicht wunderbar, daß die Hälfte von ihnen erschlagen und der Rest, noch ehe man recht wußte, was passiert war, gefangen wurde. Bevor noch die benachbarten Abteilungen, vom Lärme aufgeschreckt, zu den Waffen greifen konnten, zogen die Truppen schon durch das Stadttor ein; ihre letzten Reihen verteidigten sich gegen den nachstürmenden Feind, indem sie einige Schüsse auf die Schlaftrunkenen und noch nicht ganz nüchternen Saporoger abgaben, die sie ohne jede Ordnung zu verfolgen suchten.

Der Hetman ließ alle Kosaken ohne Ausnahme zusammenkommen, und als sie alle schweigend und mit den Mützen in den Händen im Kreise herumstanden, sagte er: »Ihr seht, liebe Herren und Brüder, was sich diese Nacht ereignet hat. Dahin also hat uns der Trunk gebracht! Eine solche Schmach hat uns der Feind angetan! Das scheint bei euch wohl Brauch zu sein; wenn man eure Rationen verdoppelt, so seid ihr gleich bereit, euch derart vollzutrinken, daß der Feind aller christlichen Streiter euch nicht nur die Hosen abziehen, sondern euch wohl gar ins Gesicht speien kann, ohne daß ihr etwas davon merkt!«

Die Kosaken standen alle mit gesenkten Köpfen und schuldbewußt da. Nur der Hauptmann Kukubenko von der Nesamaikow-Abteilung erwiderte:

»Halt mal, Väterchen! Es ist zwar nicht vorschriftsmäßig, daß man Einspruch gegen das erhebt, was der Hetman im Angesicht des ganzen Heeres sagt, aber die Sache war doch nicht ganz so, und darum will ich reden. Nicht ganz mit Recht hast du dem gesamten christlichen Heer einen Vorwurf gemacht. Freilich wären *die* Kosaken des Todes schuldig gewesen, die sich im Feldzug, im Kampf oder während eines schweren Unternehmens vollgetrunken hätten. Wir aber führten ein untätiges Lagerleben vor der Stadt, aus dem uns keine Arbeit aufrüttelte. Es herrschten ja weder Fasten, noch sonst eine Zeit, während der die christliche Kirche eine strenge Enthaltsamkeit vorschreibt: Wie sollte es da ausbleiben, daß sich der Mensch, wenn er doch gar nichts zu tun hat, aus Langeweile einmal ordentlich betrinkt? Das ist doch keine Sünde! Aber wir wollen ihnen schon zeigen, was es heißt, über wehrlose Menschen herfallen. Wir haben's ihnen schon früher tüchtig gegeben, jetzt aber wollen wir es ihnen so heimzahlen, daß ihre Füße sie nicht mehr nach Hause tragen sollen!«

Die Rede des Hauptmanns gefiel den Kosaken. Sie erhoben wieder das Haupt, und viele von ihnen gaben durch Nicken des Kopfes ihre Zustimmung zu erkennen und sagten: »Kukubenko hat gut gesprochen!« Allein Taraß Bulba, der nicht weit vom Hetman stand, sprach: »Nun, Hetman, Kukubenko hat wohl die Wahrheit gesprochen. Was kannst du hierauf antworten?«

»Was ich antworte? Das will ich dir sagen: Selig ist der Vater, der einen solchen Sohn gezeugt hat. Es ist noch kein Zeichen von großer Weisheit, ein Wort des Vorwurfs zu sagen, es ist ein weit größeres, sich bei dem Unglück eines Menschen nicht lustig zu machen, sondern ihm neuen Mut einzureden, so wie die Sporen das Pferd zu neuen Leistungen antreiben, das sich an der Tränke erfrischt hat. Ich hatte selbst die Absicht, euch später ein paar tröstliche Worte zu sagen, Kukubenko ist mir jedoch zuvorgekommen.«

»Auch der Hetman hat gut gesprochen«, tönte es jetzt aus den Reihen der Saporoger. »Ein gutes Wort«, wiederholten andere. Sogar die Ältesten unter ihnen, die wie blaue Täuberiche dastanden, nickten mit den Köpfen, rümpften die mit grauen Schnurrbärten gezierten Lippen und sagten leise: »Ja, ja, das war gut gesprochen.«

»So hört denn, ihr Herren«, fuhr der Hetman fort, »die Stadt zu erstürmen, ihre Mauern zu erklimmen und unterirdische Gänge anzulegen, wie es die ausländischen deutschen Meister tun – die der Teufel holen mag –, das ist nicht Kosakenart und auch nicht ihre Sache. Aber nach dem zu urteilen, wie die Sache liegt, so ist der Feind nur mit wenig Vorräten in die Stadt eingezogen. Er hat ja nur ein paar Wagen mit sich geführt. Die Leute in der Stadt sind ausgehungert und werden daher alles auf einmal aufessen; auch die Pferde brauchen ja Heu – ich weiß nicht, vielleicht schüttet ihnen einer ihrer heiligen etwas auf ihre Gabeln herunter – Gott mag es wissen – ihre Priester verstehen sich zwar mehr auf Worte. Sei dem nun, wie ihm wolle, jedenfalls sollen sie uns nicht aus der Stadt herauskommen. Teilt euch alle in drei Haufen und besetzt die drei Wege, die zu den drei Toren führen. Fünf sollen sich vor dem Haupttor und je drei vor den beiden anderen aufstellen. Die Djadjkiwsche und Korsunsche Abteilung dagegen bleiben im Hinterhalt liegen. Die Tytarewsche und Tymoschewsche Abteilung decken die Vorräte auf der rechten Seite der Wagen. Die Abteilung Schtscherbinow und Steblikiw die linke! Und ihr, ihr Jungen, die ihr Haare auf den Zähnen habt, tretet mal hervor aus euren Reihen, um den Feind ein wenig zu reizen! Der Pole ist ein hohler Patron, er verträgt keine Beschimpfungen, und vielleicht kommen sie noch heute aus den Toren herausgelaufen. Die Hauptleute sollen ihre Abteilungen gut im Auge behalten! Wem es an Kosaken fehlt, der soll sie aus den Resten der Perejaslawschen Abteilung ergänzen. Mustert sie noch einmal ordentlich. Gebt jedem Kosaken vorher noch ein Glas Branntwein, damit er wieder nüchtern wird, und ein Stück Brot zur Stärkung. Aber ihr seid sicher noch alle satt von gestern, denn – der Wahrheit und Ehre – ihr habt euch gestern so voll gegessen, daß ich mich höchlichst wundere, wie heute nacht keiner von euch geplatzt ist. Ja, und noch eins habe ich zu sagen: Sollte irgend so ein jüdischer Schankwirt einem Kosaken ein Maß Branntwein verkaufen, so lasse ich dem Hund ein Schweinsohr an die Stirn nageln und ihn an den Beinen aufhängen! Doch nun ans Werk, ihr Brüder, auf! Frisch ans Werk!«

Der Hetman gab seine Anweisungen, und alle verneigten sich tief vor ihm und begaben sich, ohne die Mützen aufzusetzen, zu ihren Wagen und ins Lager zurück; erst als sie schon ganz weit waren, bedeckten sie wieder ihre Häupter. Alle begannen sich zu rüsten und zum Kampfe vorzubereiten, sie prüften die Säbel und Lanzen, schütteten Pulver aus den Säcken in die Pulverhörner, rückten und stellten die Wagen zurecht und suchten sich die besten Pferde aus.

Als Taraß zu seiner Abteilung zurückkehrte, dachte er lange darüber nach, wo wohl Andrij weilen könnte, und er konnte es sich durchaus nicht erklären, wo er geblieben war. Er fragte sich, ob man ihn vielleicht gefangen genommen oder ihn im Schlafe gefesselt habe – aber nein, Andrij war nicht der Mann, sich lebend gefangen nehmen zu lassen. Unter den erschlagenen Kosaken war er auch nicht zu finden. Taraß verfiel in tiefes Sinnen und schritt draußen seine Abteilung ab, ohne zu hören, daß ihn schon lange jemand beim Namen rief: »Wer will was von mir?« sagte er endlich, wie aus einem Träume erwachend. Vor ihm stand der Jude Jankel.

»Herr Hauptmann, Herr Hauptmann«, sagte der Jude schnell und hastig, wie wenn er ihm eine wichtige Nachricht mitzuteilen hätte, »ich war in der Stadt, Herr Hauptmann.«

Taraß sah den Juden an und wunderte sich, daß er es fertiggebracht hatte, sich in die Stadt zu stehlen.

»Wer, zum Teufel, hat dich denn da hingebracht?«

»Ich will's euch sofort erzählen«, sagte Jankel. »Wie ich bei Tagesanbruch das Schreien und Schießen der Kosaken hörte, da ergriff ich so schnell wie möglich meinen Kaftan und lief, ohne ihn anzuziehen, so rasch ich konnte, dorthin; erst unterwegs fuhr ich in die Ärmel. Ich wollte nämlich die Ursache des Lärms erfahren und nachsehen, warum die Kosaken in so früher Stunde schießen. Ich lief immer vorwärts und kam grad in dem Augenblick an das Tor, als das letzte Regiment in die Stadt einzog. Plötzlich sehe ich den Herrn Fähnrich Galjandowitsch an der Spitze der Truppen. Ich kenne ihn sehr gut, er schuldet mir schon seit drei Jahren hundert Dukaten. Ich ging also hinter ihm her, wie wenn ich ihn an seine Schuld mahnen wollte, und gelangte auf diese Weise in die Stadt.«

»Wie bist du denn in die Stadt hineingekommen, wenn du doch nur eine Schuld eintreiben wolltest«, fragte Bulba, »hat er dich denn nicht sofort aufhängen lassen, wie einen Hund?«

»Ja, bei Gott, das wollte er tun!« antwortete der Jude. »Seine

Diener hatten mich schon gepackt und mir den Strick um den Hals gelegt; ich aber flehte den Herrn an und sagte, daß ich mit meiner Schuld warten würde, solange der Herr es wünscht, ja, ich versprach ihm sogar, ihm noch mehr zu leihen, wenn er mir nur helfen wolle, das Geld von den anderen Rittern einzutreiben; denn der Herr Fähnrich hatte – um gleich alles zu sagen – nicht einen einzigen Dukaten in der Tasche. Wenn er auch viel Land, einige Güter, vier Schlösser und Grund und Boden besitzt, der bis an das Tor der Stadt Schklow reicht, er hatte doch keinen baren Groschen – wie ein rechter Kosak! Und wenn ihn jetzt zum Beispiel nicht ein paar Breslauer Juden ausgerüstet hätten, hätte er gar nicht in den Krieg ziehen können. Deshalb war er auch nicht zum Reichstag gekommen.«

»Und was hast du in der Stadt gemacht? Hast du die Unsrigen gesehen?«

»Gewiß! Da gibt es doch viele von unseren Leuten. Den Itzig, den Rachum, den Schmuhl, den Chaiwalohch, einen jüdischen Pächter ...«

»Hol der Teufel die Hunde«, rief Bulba ärgerlich, »was geht mich deine Judensippe an? Ich frage dich nach unsern Saporogern!«

»Unsere Saporoger habe ich nicht gesehen, nur den Herrn Andrij.«

»Du hast Andrij gesehen?« rief Bulba. »Sprich, wo hast du ihn gesehen? In einem unterirdischen Gewölbe? Unter der Erde? Im Kerker? Hat man ihn entehrt und mit Schmach bedeckt? Ist er gefesselt?«

»Wer hätte gewagt, Herrn Andrij zu fesseln! Nein, er ist jetzt ein vornehmer Ritter – bei Gott, ich habe ihn kaum wiedererkannt! Ein Schulterbesatz ist eitel Gold, auch seine Ärmel sind mit Gold gestickt, er hat einen goldenen Spiegel, und seine Mütze glänzt vor lauter Gold. Am Gürtel schimmert Gold und überall ist Gold, und alles an ihm ist Gold! Wie die Sonne im Frühling glänzt, wenn im Garten jedes Vögelchen zwitschert und singt und die Kräuter duften, so glänzt und schimmert auch er von Gold. Der Woijewode hat ihm auch das schönste Pferd geschenkt, ein Pferd, das allein zweihundert Gulden kostet.«

Bulba stand wie erstarrt da. »Weshalb hat er denn die fremde Rüstung angelegt?«

»Weil sie schöner ist, hat er sie angelegt. Und er reitet überall umher; die andern reiten auch überall umher, und er gibt ihnen und sie geben ihm gute Lehren, wie wenn er der reichste unter den polnischen Herren wäre.«

»Wer konnte ihn dazu zwingen?«

»Ich sage nicht, daß ihn jemand gezwungen hat. Weiß denn der Herr nicht, daß er aus freiem Willen zu ihnen übergegangen ist?«

»Wer ist übergegangen?«

»Nun, der Herr Andrij!«

»Wohin ist er übergegangen?«

»Auf ihre Seite. Er gehört doch jetzt schon ganz zu ihnen.«

»Du lügst, Schweinehund!«

»Wie sollte ich denn lügen? Bin ich etwa ein Narr, daß ich lügen werde? Ich würde mich ja um meinen eigenen Kopf bringen. Weiß ich nicht, daß man den Juden aufhängen wird wie einen Hund, wenn er den Herrn belügt?«

»Du willst also sagen, daß er sein Vaterland und seinen Glauben verraten hat?«

»Ich sage doch nicht, daß er verraten hat – ich habe nur gesagt, daß er zu ihnen übergegangen ist.«

»Du lügst, Satan von einem Juden! So etwas ist noch nie dagewesen in der ganzen Christenheit! Du lügst, Hund!«

»Das Gras soll wachsen auf der Schwelle meines Hauses, wenn ich lüge! Anspeien soll jeder das Grab meines Vaters, meiner Mutter, meines Schwiegervaters, meines Vaters Vaters und des Vaters meiner Mutter, wenn ich lüge. Wenn der Herr es wünscht, will ich sogar sagen, warum er zu ihnen übergegangen ist.«

»Nun?!«

»Der Woijewode hat eine schöne Tochter – heiliger Gott, ist die schön! …« Bei diesen Worten versuchte der Jude ihre Schönheit, so gut er es konnte, mit seinem Gesicht auszudrücken: Er breitete die Hände aus, zwinkerte mit den Augen und zog den Mund, als ob er etwas Köstliches genossen hätte.

»Nun, was soll das?«

»Für sie hat er alles getan und ist übergegangen. Wenn sich ein Mensch verliebt, geht es mit ihm, wie mit einer Stiefelsohle, die man biegen kann, wie man will, wenn man sie erst im Wasser aufgelöst hat …«

Bulba versank in tiefes Sinnen. Er dachte daran, wie groß die Macht eines schwachen Weibes ist. Wieviel Starke sie schon ins Verderben gestürzt hatte, und daß Andrijs Natur ihr nur allzu leicht unterlag. Und lange stand er wie versteinert auf einer Stelle.

»Hört, Herr, ich will euch alles erzählen«, sagte der Jude. »Im selben Augenblick, wie ich den Lärm hörte und sah, wie die Soldaten durch das Stadttor einzogen, da steckte ich für alle Fälle eine Perlenschnur zu mir; ich sagte mir: Es gibt doch in der Stadt schöne Edelfrauen, die werden mir schon ein paar Perlen abkaufen, auch wenn sie nichts zu essen haben. Und kaum, daß mich die Knechte des Fähnrichs losgelassen hatten, da lief ich schnell nach dem Hause des Woijewoden, um die Perlen zu verkaufen. Dort fragte ich die Dienerin, eine Tatarin, aus, von der ich alles erfuhr. Es wird bald Hochzeit gefeiert, sowie die Saporoger verjagt sind. Der Herr Andrij hat versprochen, die Saporoger fortzujagen.«

»Und du hast ihn nicht sofort totgeschlagen, den Satan?« schrie Taraß.

»Warum totschlagen? Er ist doch aus freien Stücken übergegangen! Was kann er dafür? Es geht ihm dort besser als hier: So ist er eben zu ihnen gegangen!«

»Hast du ihn von Angesicht gesehen?«

»Bei Gott, von Angesicht zu Angesicht! Welch ein vornehmer

Herr! Weit schöner als alle andern! Gott schenke ihm Gesundheit – er hat mich sogleich erkannt, und als ich zu ihm herantrat, sagte er sofort …«

»So? Was hat er gesagt?«

»Er sagte … doch nein, er winkte mir erst mit der Hand, und dann erst sagte er: 'Jankel'. Worauf ich sagte: 'Herr Andrij!', Jankel, sag dem Vater, sag dem Bruder, sag den Kosaken, sag den Saporogern, sag ihnen allen, daß der Vater mir von heute ab kein Vater, der Bruder kein Bruder, der Kamerad kein Kamerad mehr ist, und daß ich mit ihnen kämpfen werde, mit ihnen allen kämpfen werde!«

»Du lügst, satanischer Judas!« schrie Taraß außer sich. »Du lügst, verfluchter Hund! Du hast auch Christus gekreuzigt, du gottverfluchtes Geschöpf! Satan, ich erschlage dich! Fliehe, flieh von hier – sonst bist du gleich des Todes!« Mit diesen Worten riß Taraß seinen Säbel aus der Scheide, und der erschrockene Jude ergriff die Flucht und lief, so schnell er konnte, davon, so weit ihn seine trockenen, dürren Beine trugen. Lange lief er, ohne sich umzusehen, durch das Kosakenlager, immer weiter und weiter über das freie Feld, obgleich ihn Taraß gar nicht verfolgte – er hatte es sich überlegt, daß es unvernünftig sei, seinen Zorn an dem ersten besten auszulassen.

Jetzt erinnerte er sich daran, daß er Andrij in der vorigen Nacht mit einem Weibe durch das Lager habe gehen sehen, und er ließ sein graues Haupt mutlos herabsinken. Aber er wollte noch immer nicht daran glauben, daß ihm eine solche Schmach hätte angetan werden können, und daß der eigene Sohn seinen Glauben und seine Seele verraten konnte. Endlich ermannte er sich, führte seine Abteilung in den erwähnten Hinterhalt und verschwand im Walde, dem einzigen, der noch nicht von den Kosaken niedergebrannt war. Die andern Saporoger, das Fußvolk wie die Reiter, rückten in drei Zügen bis an die drei Tore vor. Eine Abteilung zog hinter der andern her: die Abteilungen Uman, Popowitschew, Kanew, Steblikiw, Nesamaikow, Gurgusiw, Tymoschew usw. Nur die Abteilung Perejaslaw fehlte. Diese hatte nämlich am Abend vorher ein äußerst stürmisches Zechgelage veranstaltet, und die Folge davon war, daß einige von ihren Leuten gefesselt im feindlichen Lager, andere gar nicht erwachten, sondern sogleich in die feuchte Erde gebettet wurden. Chlib, der Hauptmann, wurde ohne Hemd und Hose ins polnische Lager gebracht.

In der Stadt hörte man bald von der Bewegung im Kosakenlager. Alle liefen auf die Wälle hinaus, und ein prächtiges Bild entfaltete sich vor den Augen der Kosaken. Die polnischen Ritter standen, einer immer schöner als der andere, auf den Wällen. Die kupfernen Helme, mit schwanenweißen Federn geziert, glänzten wie kleine Sonnen. Andere trugen leichte rosa und hellblaue Mützen, deren oberer Teil auf der Seite etwas eingebogen war. Ihre Röcke mit den herabhängenden Ärmeln waren mit Goldstickereien oder einfachen Schnüren versehen; sie hatten reich verzierte Säbel und Waffen, die die polnischen Herren reich genug bezahlt haben mochten, und vielerlei andere Schmuckgegenstände. In der vordersten Reihe stand der Oberst von Budschakow in würdiger Haltung mit einer roten, goldbestickten Mütze. Der Oberst war bedeutend größer und stärker als alle übrigen, und sein weiter, kostbarer Rock war fast zu eng für seine mächtige Hünengestalt. Auf der anderen Seite, ganz nahe am Seitentor, stand ein anderer Oberst, ein kleiner, dürrer Mann, dessen winzige, scharfe Augen lebhaft unter dichten Augenbrauen hervorblickten; er drehte sich schnell nach allen Seiten um, und seine hagere Hand wies gebieterisch bald hierher und bald dorthin. Man sah, daß er trotz seiner Kleinheit sich trefflich auf das Kriegshandwerk verstand. Unweit von ihm stand der Fähnrich, ein langer Kerl mit einem dichten, buschigen Schnurrbart und einer fast zu frischen Gesichtsfarbe; der Herr liebte die starken Getränke und war der Freund einer reichbesetzten Tafel. Hinter ihnen sah man noch viele, viele Ritter, von denen sich ein Teil auf eigene Kosten bewaffnet und ausgerüstet hatte, der andere dagegen auf

Kosten der Staatskasse oder mit jüdischem Gelde, da diese Herren all ihr Hab und Gut, das die Schlösser der Väter bargen, versetzt hatten. Es gab darunter auch eine nicht geringe Zahl von jenen Schmarotzern, die das Gefolge der Senatoren zu bilden pflegten, und die an ihrer Tafel sitzen durften, um ihren Glanz zu erhöhen; oft genug stahlen sie dort als Entgelt die silbernen Becher von den Tischen und aus den Schränken weg, und lenkten vielleicht schon morgen, ihrer Ehre entkleidet, vom Kutscherbock herab die Pferde eines großen Herrn. Da gab es alle möglichen Sorten und Gattungen von Menschen. Manch einer besaß noch nicht genug, um sich einen Becher Branntwein zu kaufen: Für den Krieg aber hatten sie sich alle aufs Schönste herausgeputzt.

Die Kosaken standen gelassen vor den Stadtmauern. An ihnen war auch nicht eine Spur von goldenem Zierat zu bemerken, nur ab und zu blitzte es an einem Säbelgriff oder einem Gewehrkolben auf. Die Kosaken liebten es nicht, sich zur Schlacht reich zu schmücken. Ihre Panzer und Kleider waren alle höchst einfach und bescheiden: Bloß ihre schwarzen Lammfellmützen mit den roten Spitzen konnte man weithin schimmern sehen.

Zwei Kosaken lösten sich von den Reihen der Saporoger ab und sprengten nach vorn; der eine war noch ganz jung, der andere etwas älter, beide hatten Haare auf den Zähnen, verstanden sich gut aufs Reden, doch auch nicht minder gut auf das Handeln. Sie hießen Ochrim Nasch und Mykyta Golokopytenko. Ihnen folgte Demid Popowitsch, ein stämmiger Kosak, der sich schon lange in der Sjetsch aufhielt, bei Adrianopel gekämpft und schon mancherlei erlebt und erfahren hatte: Sollte er doch bereits einmal lebendigen Leibes auf einem Scheiterhaufen verbrannt werden; damals war er mit geteertem und geschwärztem Kopf und abgesenktem Schnurrbart in der Sjetsch erschienen, aber Popowitsch hatte sich bald wieder erholt und sich einen langen Schopf, der ihm bis übers Ohr herabhing, und einen pechschwarzen, buschigen Schnurrbart wachsen lassen. Übrigens konnte Popowitsch oft recht bissig werden.

»Ja, das muß man sagen, schöne Kleider habt ihr an, ihr tapferen Ritter; ich möchte nur wissen, ob euer Mut und eure Tapferkeit ebenso groß ist?«

»Ich will's euch schon zeigen«, rief der dicke Oberst von oben herab, »ich lasse euch allesamt binden und an die Kette legen. Gebt eure Gewehre und Pferde her, ihr Knechtsseelen. Habt ihr's gesehen, wie ich eure Leute habe binden lassen? Hollah, schleppt doch mal die Saporoger auf den Wall!«

Und die aneinandergebundenen Saporoger wurden auf den Wall geschleppt. Zuerst erschien der Hauptmann der Abteilung, Chlib, ohne Hemd und Hose – ganz so, wie man ihn im Rausche erwischt hatte. Er ließ den Kopf tief sinken, denn er schämte sich, daß er sich vor den Kosaken in seiner Blöße zeigen mußte, und daß er schlaftrunken wie ein Hund in Gefangenschaft geraten war. Sein mächtiger Kopf war in der einen Nacht ergraut.

»Sei nicht traurig, Chlib, wir werden dich schon befreien«, riefen ihm die Kosaken von unten zu.

»Sei nicht traurig, Freund«, fügte der Hauptmann Boradatyi hinzu, »es ist nicht deine Schuld, daß sie dich nackt gefaßt haben, jedem Menschen kann solch ein Unglück passieren. Sie müssen sich schämen, daß sie dich so hergebracht und nicht einmal deine Blöße anständig bedeckt haben.«

»Ihr scheint ja gegen Schlafende besonders tapfer zu sein«, sagte Golokopytenko und blickte zum Wall empor.

»Wartet's nur ab, wir werden euch schon eure Mähnen abschneiden«, riefen ihnen jene zu.

»Das möchte ich doch sehen, wie sie es fertig bringen werden, uns die Mähnen abzuschneiden«, sagte Popowitsch, dann wandte er sich auf seinem Pferde zu seinen Leuten um, sah sie an und sagte: »Übrigens ist es vielleicht doch wahr, was die Polen sagen; wenn der Dicke ihr Führer ist, brauchen sie sich nicht zu fürchten, das ist eine gute Schutzwehr.«

»Weshalb glaubst du, daß sie dann in Sicherheit sind?« fragten die Kosaken, die wußten, daß sich Popowitsch wahrscheinlich schon auf eine Antwort vorbereitet hatte.

»Na, einfach deshalb, weil sich das ganze Heer hinter ihm verstecken wird. Höchstens, daß man hinter seinem dicken Wanst einen mit der Lanze hervorholt!«

Alle Kosaken brachen in ein schallendes Gelächter aus, und noch lange schüttelten einzelne von ihnen den Kopf und fragten:

»Ja, ja, der Popowitsch! Der versteht's! Wenn der es auf einen abgesehen hat, dann …« Allein, die Kosaken sagten nicht, was »dann« kommt. »Schnell fort – schnell fort von den Mauern«, rief der Hetman, denn die Polen schienen die boshaften Bemerkungen nicht vertragen zu können, und der Oberst hatte schon mit der Hand ein Zeichen gegeben.

Kaum waren die Kosaken einige Schritte zurückgewichen, da hagelten auch schon die Kartätschen von den Wällen herab. Auf dem Wall geriet alles in Bewegung, selbst der graue Woijewode kam zu Pferde herangesprengt. Die Tore öffneten sich, und das Heer zog hindurch. Vorne, in wohlgeordneten Reihen, ritt ein Trupp Husaren in schön gestickten Röcken, dann kamen eine Abteilung Lanzenreiter und Schwerbewaffnete in schweren Kupferhelmen und schließlich etwas abseits und in einiger Entfernung die vornehmsten von den Rittern, jeder nach seinem besonderen Geschmack gekleidet. Die stolzen Herren wollten sich nicht unter die andern mischen, und wer von ihnen über kein Kommando verfügte, ritt allein mit seinen Dienern. Dann folgten von neuem lange Reihen von Soldaten, hinter denen ein Fähnrich einherritt. Dann wieder mehrere Reihen Soldaten und hinter ihnen der dicke Oberst; und endlich ganz zuletzt kam der kleine Hauptmann hinter dem Heere dahergesprengt.

»Hindert sie, hindert sie, ihre Stellungen einzunehmen«, rief der Hetman, »rückt auf sie los; alle Abteilungen vor! Laßt die andern Tore im Stich. Die Abteilung Tytarew greift von der einen Seite an, die Djadjkiwsche Abteilung von der anderen. Kukubenko und

Palywoda, fallt ihnen in den Rücken! Bringt sie in Verwirrung und sprengt sie auseinander.«

Die Kosaken rückten von allen Seiten heran. Sie drängten die polnischen Reihen zurück, brachten sie in Verwirrung und gerieten selbst in ein wirres Durcheinander. Man ließ sich nicht einmal Zeit, die Gewehre zu laden und abzufeuern, sondern zog sofort das Schwert und gebrauchte die Lanze. Alles drängte sich zu einem Haufen zusammen, und jeder hatte Gelegenheit, seinen Mut und seine Kraft zu zeigen.

Demid Popowitsch säbelte drei gemeine Soldaten nieder, warf zwei der tapfersten Edelleute von den Pferden und rief: »Sind das schöne Pferde! Solche Pferde hatte ich mir längst gewünscht!« Er jagte die Rosse weit ins Feld hinaus und rief einigen Soldaten zu, sie sollten sie festhalten. Dann stürzte er sich wieder in den Haufen und warf sich über die am Boden liegenden Edelleute: Den einen erschlug er und dem andern warf er eine Schlinge um den Hals, band ihn am Sattel fest und schleifte ihn über das ganze Feld, nachdem er ihm zuvor seine Säbel mit dem kostbaren Griff abgenommen und seinen Beutel mit Goldstücken vom Gürtel abgerissen hatte.

Kobita, ein wackerer und noch junger Kosak, war ebenfalls mit einem der tapfersten der polnischen Kämpfer handgemein geworden; das war ein langer Kampf; jetzt brauchten sie bereits ihre Fäuste ... Der Kosak hatte schon beinahe die Oberhand gewonnen, den Feind niedergeworfen und ihm ein langes türkisches Messer in die Brust gestoßen. Aber er hatte dabei nicht acht auf sich gegeben; im selben Augenblick durchbohrte ihm eine heiße Kugel die Schläfe. Einer der edelsten Herren, der schönste Ritter aus einem der ältesten Fürstengeschlechter, hatte ihn hingestreckt. Schlank wie eine Pappel saß er auf einem Schimmel und hatte schon manch hohes Beispiel von seinem Heldenmut gegeben; zwei Saporoger hatte er geradezu zerspalten, den Fjodor Korsch, einen wackeren Kosaken, samt seinem Pferde niedergehauen, den Gaul erschossen und den Reiter unter dem Rosse mit ein paar Lanzenstichen getötet, vielen anderen hatte er den Kopf oder die Arme abgeschlagen, und endlich den Kosaken Kobita durch eine wohlgezielte Kugel, die jenem die Schläfe durchbohrte, niedergestreckt.

»Das ist ein Kerl, mit dem ich einmal meine Kräfte messen möchte«, rief der Hauptmann Kukubenko von der Abteilung Nesamaikow aus. Er gab seinem Pferde die Sporen, sprengte von hinten an ihn heran und schrie so laut, daß alle, die in der Nähe standen, bei diesem unmenschlichen Gebrüll erbebten. Der Pole wollte schnell sein Pferd herumreißen, um ihm von Angesicht zu Angesicht gegenüberzutreten; aber das Pferd gehorchte ihm nicht. Erschreckt von dem entsetzlichen Geschrei sprang es zur Seite, und so gelang es Kukubenko, dem Ritter eine Kugel in den Leib zu jagen. Sie drang ihm ins Schulterblatt, und er stürzte vom Pferde. Aber auch jetzt ergab sich der Pole noch nicht, sondern versuchte es noch immer, seinem Gegner einen Schlag zu versetzen, doch sein kraftloser Arm vermochte den Säbel nicht mehr emporzuheben. Unterdessen ergriff Kukubenko mit beiden Händen seinen schweren Pallasch und stieß ihn dem Polen in das erbleichende Antlitz. Der Säbel hieb ihm zwei von den milchweißen Zähnen heraus, spaltete die Zunge, zerschmetterte den Halswirbel und drang noch tief in die Erde hinein. So nagelte er ihn für ewig an die feuchte Erde fest. Das edle, rote Ritterblut spritzte hoch empor, so rot wie die Dolden der Eberesche am Flusse, und färbte den gelben, goldgestickten Rock des Ritters. Aber Kukubenko kümmerte sich nicht mehr um ihn und stürzte mit seinen Nesamaikow-Soldaten mitten ins Gedränge hinein.

»Ei, wie kann man nur eine so kostbare Rüstung liegen lassen«, rief der Hauptmann der Uman-Abteilung, Borobaty, der die Seinen verlassen hatte und nach der Stelle geritten war, wo der von Kukubenko erschlagene Edelmann in seinem Blute lag.

»Sieben Edelleute habe ich eigenhändig erschlagen, aber noch bei keinem habe ich eine so kostbare Rüstung gesehen!« Von der Beute angelockt, bückte sich Borodatyi, um dem Toten die Rüstung abzunehmen; schon bemächtigte er sich des türkischen Dolches mit dem

Griff aus farbigen, leuchtenden Edelsteinen, löste das Täschchen mit den Dukaten vom Gürtel ab und zog ihm einen Beutel mit feiner Wäsche, kostbarem silbernem Zierat und einer schönen Mädchenlocke, die hier zur Erinnerung aufbewahrt wurde, aus dem Busen. So kam es, daß Borodatyi es nicht hörte, wie der Fähnrich mit der roten Nase, den er schon einmal aus dem Sattel geworfen und dem er einen kräftigen Denkzettel versetzt hatte, hinterrücks auf ihn eindrang. Der Fähnrich holte tüchtig aus und gab ihm mit dem Säbel einen furchtbaren Hieb über den niedergebeugten Nacken. Die Beutegier trug dem Kosaken nichts Gutes ein; sein mächtiges Haupt flog ihm von den Schultern, der kopflose Leichnam brach zusammen und tränkte den Boden ringsherum mit seinem Blute. Die rauhe Kosakenseele stieg zürnend und murrend, aber zugleich voller Verwunderung, daß sie schon so früh aus dem starken Körper entweichen mußte, zum Himmel empor. Kaum aber hatte der Fähnrich die Mähne des Hauptmannes gepackt, um sie an seinen Sattel zu binden, da nahte auch ihm schon der schreckliche Rächer.

Wie ein am Himmel schwebender Habicht, der plötzlich, nachdem er mit seinen starken Flügeln manch gewaltigen Kreis beschrieben hat, mit ausgebreiteten Schwingen an einer Stelle hängen bleibt, und dann wie ein Pfeil auf die singende Wachtel am Wege herabstößt, so stürzte sich Taraß' Sohn, Ostap, auf den Fähnrich und warf ihm schnell den Strick um den Hals. Das rote Antlitz des Fähnrichs wurde noch röter, als ihm die grausame Schlinge die Kehle zuschnürte; er griff nach der Pistole, aber die krampfhaft zusammengedrückte Hand vermochte nicht mehr zu zielen, und die Kugel flog nutzlos ins Feld hinaus. Sofort löste Ostap die seidene Schnur vom Sattel des Fähnrichs, die dieser zur Fesselung der Gefangenen mit sich führte, und band ihm mit seiner eigenen Schnur Hände und Füße zusammen; das Ende befestigte er an seinem Sattel und schleifte dann den Polen über das Feld, indem er alle Kosaken der Abteilung Uman laut ermahnte, ihrem Hauptmann die letzte Ehre zu erweisen.

Als die Uman-Kosaken hörten, daß ihr Hauptmann Borodatyi gefallen sei, verließen sie das Schlachtfeld und eilten herbei, um seinen Leichnam in Sicherheit zu bringen. Dann gingen sie sofort zu Rate, wen sie zu ihrem Hauptmann wählen sollten. Endlich sagten sie: »Wozu sollen wir lange überlegen? Wir können ja doch keinen besseren Hauptmann bekommen als Ostap Bulba; er ist zwar der jüngste von uns, aber er hat soviel Verstand wie ein älterer Mann.«

Ostap nahm die Mütze ab und dankte allen Kameraden für die Ehre, ohne sich erst lange mit seiner Jugend oder seiner geringen Erfahrung zu entschuldigen, denn er wußte, daß man während des Krieges keine Zeit zu solchen Dingen hat. Er führte seine Kosaken gleich dorthin, wo das Gedränge am größten war, und bewies so, daß sie nicht übel beraten waren, als sie ihm zum Hauptmann wählten. Als die Polen merkten, daß die Sache doch etwas ernst wurde, zogen sie sich zurück und stürmten quer über das Feld, um sich am andern Ende wieder zu sammeln. Der kleine Hauptmann gab den vierhundert Mann, die in der Nähe des Tores standen und noch nicht am Gefecht teilgenommen hatten, ein Zeichen – und ein Kartätschenregen hagelte auf die Reihen der Kosaken nieder; sie trafen jedoch nur wenige. Dafür aber streiften einige Kugeln die Ochsenherden der Kosaken, die die Schlacht mit entsetzten Blicken anstarrten. Die erschrockenen Ochsen brüllten laut auf, stürmten auf das Kosakenlager zu, zertrümmerten die Wagen und traten viele Leute zu Boden. In diesem Augenblick jedoch stürzte Taraß mit seiner Abteilung aus dem Hinterhalt hervor und verlegte den Tieren den Weg, die, auf höchste gereizt, kehrt machten, und sich mit angstvollem Gebrüll auf die polnischen Regimenter stürzten, die Reiter über den Haufen warfen und alles zerstampften und zertraten.

»Hallo, Dank, ihr Ochsen!« schrien die Saporoger. »Ihr habt uns während des ganzen Feldzuges schon manchen Nutzen gebracht, und jetzt leistet ihr uns gar noch Kriegsdienste!«

Und mit frischen Kräften stürzten sie sich auf den Feind. Da wurde manch ein Pole niedergemetzelt, und viele von den Kosaken zeichneten sich durch ihre Kraft und ihren Heldenmut aus! Metelija, Schilo, die beiden Pissarenko, Wowtusenko und noch mancher andere.

Die Polen sahen, daß es schlecht mit ihnen stand, und so befahlen sie denn, die Fahnen zu hissen und das Stadttor zu öffnen. Knarrend öffnete sich das eisenbeschlagene Tor, und nahm die sich stoßenden und drängenden, erschöpften und bestaubten Ritter auf, wie der Stall die Schafe. Viele Saporoger drängten ihnen nach, aber Ostap hielt seine Leute zurück und sagte: »Haltet euch fern von den Mauern, werte Herren und Brüder, haltet euch fern von ihnen. Es ist gefährlich, sich ihnen zu nähern.« Er hatte die Wahrheit gesprochen, denn die Polen schleuderten alles, was sie in die Hände bekamen, von den Mauern herab, und hierbei wurde mancher Kosak gefährlich verletzt. In diesem Augenblicke ritt der Hetman an Ostap heran, lobte ihn und sagte:

»Der Hauptmann ist zwar noch jung, aber er leitet seine Schar wie ein alter, gewiegter Heerführer!«

Der alte Bulba wandte sich um, um zu sehen, von was für einem neuen Hauptmann die Rede sei, und erblickte Ostap, der mit der Mütze auf dem Ohr und mit dem Hauptmannsstab in der Hand an der Spitze seiner Leute hoch zu Rosse saß. »Das ist ein Kerl!« rief der Alte, ihn voller Freude betrachtend und dankte allen Uman-Kosaken für die seinem Sohne erwiesene Ehre.

Die Kosaken kehrten wieder um und machten sich bereit, ihr Lager aufzusuchen, als die Polen abermals, diesmal aber bereits in zerrissenen Gewändern, auf den Wällen der Stadt erschienen. An vielen kostbaren Kleidern klebte geronnenes Blut, und die schönen Kupferhelme waren mit Staub bedeckt.

»Na, habt ihr uns zusammengebunden?« riefen ihnen die Saporoger von unten zu.

»Ich werde euch schon schaffen«, schrie der dicke Oberst immer wieder von oben herab und drohte mit einem Strick; die erschöpften und bestaubten Krieger wollten noch immer nicht aufhören, Drohungen auszustoßen, und die Heißblütigsten ließen es auf beiden Seiten nicht an kräftigen Worten fehlen.

Endlich zerstreuten sich alle miteinander. Die einen begaben sich, vom Kampf ermüdet, zur Ruhe, die andern legten Erde auf ihre Wunden und zerrissen Tücher und die kostbaren Gewänder, die sie dem Feinde abgenommen hatten, um sich zu verbinden. Die, die sich etwas frischer fühlten, brachten die Erschlagenen fort und erwiesenen ihnen die letzte Ehre; sie gruben ihnen mit einem Schwert oder einer Lanze ein Grab und trugen die Erde in ihren Mützen und Rockschößen fort; andächtig legten sie die toten Kosaken hinein und schütteten frische Erde über sie, damit ihnen Krähen und Adler nicht die Augen aushacken sollten. Die Leichen der Polen banden sie zu je zehn und noch mehr an die Schweife wilder Rosse und ließen diese zügellos über das ganze Feld rasen, ja, sie jagten noch hinter ihnen her und schlugen sie auf die Lenden. Die rasenden Pferde flogen über Furchen, Hügel, Gräben und Bäche und schleiften die mit Blut und Staub bedeckten Körper der Polen über den Erdboden.

Dann lagerten sich die Kosakenscharen im Kreise, um ihr Abendessen einzunehmen, und redeten des langen und breiten über die Heldentaten, die ein jeder vollbracht hatte, zur Nacheiferung und zum Gedächtnis für die Neuhinzukommenden und die Nachfahren. Es dauerte lange, ehe sie sich niederlegten, aber länger als alle blieb der alte Taraß auf, der fortwährend darüber nachsann, was es wohl bedeuten mochte, daß Andrij sich nicht unter den feindlichen Kriegern befunden hatte. Ob sich der Judas vielleicht geschämt hatte, gegen die Seinen zu kämpfen, oder ob der Jude gelogen und Andrij einfach gefangen war? Aber er mußte doch wieder daran denken, wie empfänglich sein Herz für die Worte der Frauen war, ein tiefer Gram erfaßte Taraß, und er verfluchte im tiefsten Innern die Polin, die seinen Sohn bezaubert hatte. O, er wollte seinen Schwur halten; ohne nur im geringsten ihrer Schönheit zu achten, wollte er sie an ihren schönen üppigen Haaren packen und zwischen den Kosaken hindurch über das ganze Feld schleifen. Staub und Blut sollten ihre schönen Brüste und Schultern bedecken und mochten sie noch so weiß sein und schimmern wie der ewige Schnee auf den Berggipfeln, sie sollten gegen die harte Erde schlagen und von ihr zerfetzt und zerrissen werden. In tausend Stücke wollte er ihren wunderbaren schwellenden Körper reißen, und die Teile in den Wind zerstreuen. Aber Bulba wußte nicht, was Gott dem Menschen für den morgigen Tag aufbehalten hat … er vergaß endlich seinen Schmerz und schlief ein. Die Kosaken plauderten noch immer miteinander, und die ganze Nacht hindurch standen nüchterne Wachtposten bei den Lagerfeuern und blickten scharfen Auges nach allen Seiten.

VIII.

Die Sonne stand noch nicht im Zenit, als sich die Saporoger bereits zu einer allgemeinen Beratung versammelten. Aus der Sjetsch war die Nachricht gekommen, daß die Tataren sie während der Abwesenheit der Kosaken überfallen und völlig ausgeplündert, ja daß sie sogar die Schätze, die die Kosaken unter der Erde versteckt hielten, ausgegraben und alle, die zu Hause geblieben waren, totgeschlagen oder in die Gefangenschaft geführt hätten, und daß sie mit den geraubten Rinder- und Roßherden geradeswegs nach Perekop gezogen wären. Nur einem einzigen Kosaken, Maxim Goloducha, war es unterwegs gelungen, sich aus den Händen der Tataren zu befreien; er hatte den Mirza erstochen, dessen mit Zechinen gefüllten Beutel geraubt und sodann in tatarischer Kleidung und auf einem Tatarenpferde einen Tag und zwei Nächte auf der Flucht vor seinen Verfolgern zugebracht. Hierbei hatte er sein eigenes Pferd zu Tode gehetzt, ein anderes bestiegen, da er ebenfalls zu Schanden geritten hatte, und so war er erst am dritten Tage ins Lager der Saporoger gekommen, nachdem er unterwegs erfahren, daß diese bei Dubno standen. Er vermochte nur noch zu sagen, daß das Unglück geschehen war; wie es aber geschehen konnte, ob die zurückgebliebenen Saporoger sich nach Kosakenart betrunken hatten und dann im Rausch gefangen genommen worden, und wie die Tataren die Stelle entdeckt hatten, an der sich der Kriegsschatz befand – von alledem vermochte er nichts zu sagen. Der Kosak war furchtbar erschöpft und am ganzen Körper geschwollen; der heiße Wind hatte ihm das Gesicht verbrannt, genug, er sank sofort nieder und verfiel in einen tiefen Schlaf.

In solchen Fällen war es bei den Saporogern Sitte, den Räubern unverzüglich nachzujagen und sie noch unterwegs einzuholen, denn es konnte sonst leicht geschehen, daß die Gefangenen plötzlich auf den kleinasiatischen Bazaren, in Smyrna, auf der Insel Kreta oder an anderen Orten auftauchten, und Gott allein mochte wissen, wo man den buschigen Schädeln der Saporoger sonst noch begegnete. Das war der Grund, weswegen die Saporoger sich versammelt hatten. Sie alle, vom ersten bis zum letzten, hatten ihre Mützen aufbehalten, denn sie waren nicht hergekommen, um von ihrem Hetman Befehle zu hören, sondern um sich als Gleichgestellte miteinander zu beraten. »Die Ältesten sollten zuerst sprechen«, riefen einige Stimmen aus der Menge. »Nein, Hetman, gib du uns einen Rat«, sagten andere.

Der Hetman nahm die Mütze ab, nicht mehr als ihr Anführer, sondern als ihr Kamerad, dankte für die Ehre und sprach: »Es gibt viele unter uns, die älter sind als ich, und viele, die einen klügeren Rat erteilen könnten, da man mir aber die Ehre erwiesen hat, mich zu fragen, so ist dies mein Rat: Verliert keine Zeit, Kameraden, und setzt den Tataren nach, denn ihr wißt ja selbst, was der Tatar für ein Mensch ist. Er wird mit seinem geraubten Schatz kaum auf unsere Ankunft warten, sondern ihn sofort verschleudern, sodaß auch nicht eine Spur von ihm übrig bleibt. Dies also ist mein Rat.

Wir müssen aufbrechen, wir haben uns hier schon genug Bewegung gemacht. Die Polen wissen, wer die Kosaken sind, wir haben unsern Glauben nach Kräften gerächt. Die ausgehungerte Stadt aber kann für uns nicht mehr viel bedeuten. Darum lautet mein Rat: Brechen wir auf!«

»Aufbrechen, aufbrechen!« schrien die Abteilungen der Saporoger. Aber diese Worte wollten Taraß Bulba wenig gefallen. Finster runzelte er seine rabenschwarzen, leicht ergrauten Augenbrauen, die dem dichten Gestrüpp glichen, das auf dem Scheitel eines Berges wächst und dessen Spitzen mit feinen weißen Nadeln bereift sind. »Nein, dein Rat ist nicht gut, Hetman«, sagte er, »deine Worte sind nicht richtig, du scheinst zu vergessen, daß die Unsern in der Gefangenschaft bei den Polen zurückbleiben. Du scheinst zu wollen, daß wir das erste und heiligste Gesetz der Freundschaft mißachten; daß wir unsere Brüder in Stich lassen, damit man ihnen bei lebendigem Leibe die Haut abzieht oder ihren Kosakenleib vierteilt und ihn dann durch alle Städte und Dörfer schleppt, wie sie das bereits mit dem Hetman und den besten Helden der Ukraine gemacht haben. Haben sie unser Heiligstes noch nicht genug beschimpft? Was sind wir denn? frage ich euch alle. Was ist das für ein Kosak, der seinen Kameraden in der Not verläßt und zugibt, daß er in der Fremde verreckt wie ein Hund? Wenn es schon so weit gekommen ist, daß niemand die Kosakenehre mehr heilig hält, und daß jeder sich erlaubt, uns ins Angesicht und auf unseren großen Schnurrbart zu speien und Schimpfworte auf uns zu häufen – so soll wenigstens mir keiner einen Vorwurf machen können. Ich bleibe hier und wenn ich der einzige bin!«

Alle anwesenden Saporoger begannen zu schwanken.

»Tapferer Oberst«, entgegnete hierauf der Hetman, »hast du denn vergessen, daß es ebenfalls unsere Kameraden sind, die sich in den Händen der Tataren befinden? Daß ihr Leben ein ewiges Sklaventum unter den Heiden sein wird, entsetzlicher als der schrecklichste Tod, wenn wir sie nicht befreien? Hast du denn vergessen, daß sie unsern gesamten Schatz besitzen, der mit teurem Christenblute erkauft ist?«

Die Kosaken wurden nachdenklich und wußten nicht, was sie sagen sollten. Keiner von ihnen wollte in üblen Ruf kommen. Da trat der Älteste aus dem Heere der Saporoger, Kaßjan Bowdjug, hervor. Er war hochgeehrt bei den Kosaken, war schon zweimal Hetman gewesen und galt auch im Kriege als ein tüchtiger Kosak, aber jetzt war er schon sehr alt und nahm an keinem Feldzug mehr teil, auch liebte er es nicht, Rat zu erteilen, sondern der alte Kämpe zog es vor, im Kreise der Kosaken auf dem Rücken zu liegen und den Erzählungen über vergangene Abenteuer und Feldzüge der Kameraden zu lauschen. Er mischte sich nie in ihre Reden, sondern hörte nur aufmerksam zu und drückte mit den Fingern die Asche in seiner kurzen Pfeife zusammen, die er nie aus dem Munde ließ. So saß er lange da, die Augen halb geschlossen, und die Kosaken wußten nie, ob er zuhörte oder schon schlafe. Während der letzten Feldzüge war er stets zu Hause geblieben, aber diesmal hatte es ihn aufgerüttelt. Nach Kosakenart hatte er seine Hand geschwungen und gesagt: »Ach was, diesmal komme ich mit euch. Vielleicht kann ich dem Kosakentum noch irgendwie nützlich sein.« Alle Kosaken verstummten, als er jetzt vor die Versammlung trat, denn schon lange hatte man kein Wort aus seinem Munde gehört. Jeder wollte wissen, was Bowdjug zu sagen hatte.

»Auch an mich ist jetzt die Reihe gekommen, einige Worte zu sagen, ihr Herren und Brüder«, begann er, »so hört denn, was euch ein alter Mann sagt, Kinder. Der Hetman hat weise gesprochen; als Führer des Kosakenheeres, der verpflichtet ist, den Besitz des Heeres zu hüten und zu bewahren, konnte er gar nichts Weiseres sagen. Das laßt euch zuerst gesagt sein. Jetzt aber hört, was ich euch weiter mitzuteilen habe. Und zwar muß ich euch folgendes sagen. Auch der Oberst Taraß hat eine große Wahrheit ausgesprochen! Gott möge ihm ein langes Leben bescheren, und möge es noch oft solche Obersten in der Ukraine geben! Die erste

Pflicht und die höchste Ehre des Kosaken ist es, Waffenbrüderschaft zu halten. Solange ich auf der Welt bin, ihr Herren und Brüder, habe ich es noch nicht erlebt, daß der Kosak seinen Kameraden in Stich gelassen oder verraten hätte. Sowohl die einen wie die andern sind unsere Kameraden; ob ihrer nun viele oder wenige sind, das ist ganz gleich, sie sind alle unsere Kameraden und uns alle gleich lieb und wert. Ich will also folgendes sagen: Diejenigen, denen die Gefangenen der Tataren besonders lieb sind, sollen sich an die Verfolgung der Tataren machen, die dagegen, denen die von den Polen Fortgeschleppten mehr am Herzen liegen, und die deren gerechte Sache nicht verlassen wollen, sollen hier bleiben. Der Hetman mag seiner Pflicht gemäß mit der einen Hälfte die Tataren verfolgen, die andere Hälfte aber soll sich unterdessen einen eigenen stellvertretenden Hetman wählen. Und für dieses Amt eignet sich, wenn ihr einem Graukopf folgen wollt, niemand besser als Taraß Bulba. Es gibt keinen unter uns, der ihm an Mut und Tapferkeit gleich ist.«

So sprach Bowdjug und verstummte; und alle Kosaken freuten sich, daß sie der Alte so auf den richtigen Weg gewiesen hatte. Alle warfen ihre Mützen in die Luft und riefen: »Dank dir, Väterchen! Du hast immer geschwiegen und geschwiegen, du hast lange geschwiegen, und nun endlich hast du das einzig Richtige und Wahre gesagt. Du hast nicht vergebens erklärt, als du mit uns in den Feldzug zogst, daß du dem Kosakentum nützen könntest: Nun ist es wirklich so gekommen.«

»Seid ihr damit einverstanden?« fragte der Hetman.

»Ja, wir sind Alle einverstanden«, riefen die Kosaken.

»Die Versammlung ist also beendet?«

»Die Versammlung ist beendet«, riefen die Kosaken.

»So vernehmt denn jetzt den Heeresbefehl, Kinder«, sagte der Hetman, trat vor und setzte die Mütze auf; und alle Saporoger, so viel ihrer da waren, nahmen die ihren ab und hörten ihn entblößten Hauptes und mit zu Boden gesenkten Blicken an, wie es bei den

Kosaken Sitte war, wenn einer der Ältesten sprechen wollte. »Jetzt teilt euch in zwei Teile, ihr Herren und Brüder. Wer gehen will, begebe sich auf die rechte Seite, wer bleibt, auf die linke. Geht der größere Teil einer Abteilung mit, so folgt ihnen auch der Führer, ist es jedoch nur der kleinere Teil, so mögen sich die Übrigbleibenden einer anderen Abteilung anschließen.«

Und Alle teilten sich in zwei Gruppen und stellten sich teils auf die rechte, teils auf die linke Seite. Wohin sich der größere Teil einer Abteilung begab, dahin folgte auch der Führer: Kleinere Teile schlossen sich an die größeren Abteilungen an. Und es stellte sich heraus, daß beide Gruppen fast gleichstark waren. Folgende Abteilungen hatten sich zum Bleiben entschlossen: beinahe die ganze Abteilung Nesamaikow, die größere Hälfte der Abteilung Popowitsch, die ganze Abteilung Uman und Kanew, und die größere Hälfte der Steblikiwschen und Tymoschewschen Abteilungen. Die übrigen Abteilungen zogen es vor, die Tataren zu verfolgen. Auf beiden Seiten gab es viele tapfere und wackere Kosaken. Unter denen, die beschlossen hatten, den Tataren nachzujagen, befanden sich: ein wackerer, alter Kosak, Tscherewatyi, ferner Pokotypole, Lemisch und Prokopowitsch Choma. Auch Demid Popowitsch hatte sich ihnen angeschlossen, denn er hatte eine recht hohe Meinung von sich und liebte es nicht, lange an ein und demselben Ort zu sitzen: er hatte sich nun mit den Polen gemessen, jetzt wollte er es wieder einmal mit den Tataren aufnehmen. Die Anführer der einzelnen Abteilungen waren folgende: Nostjugan, Pokryschka, Newylytschkij und noch viele andere wackere und tapfere Kosaken, die Schwert und Kraft im Kampf gegen die Tataren erproben wollten. Aber nicht weniger tapfere und brave Kosaken waren unter denen, die da bleiben wollten: Die Abteilungsführer Demytrowitsch, Kukubenko, Wertychwist, Balaban, Buljbenko und Ostap. Außer ihnen gab es da noch viele andere berühmte und gewaltige Kosaken: Wowtusenko, Tscherewytschenko, Stepan Guska, Ochrim Guska, Mykola Gustyj, Sadoroschnyj, Metelizja,

Iwan Sakrutyguba, Mossyj Schilo, Degtjarenko, Sydorenko, die drei Pissarenko und noch viele andere ausgezeichnete Kosaken, alles erfahrene und erprobte Leute. Sie waren an den Küsten Anatoliens, in den Steppen der Krim, auf allen großen und kleinen Flüssen, die in den Dnjepr münden, und in den Schluchten und auf den Inseln dieses Flusses gewesen; sie hatten die Moldau, die Wallachei und die Türkei besucht, hatten das ganze Schwarze Meer mit ihren zweiruderigen Kosakenbooten durchkreuzt und mit deren fünfzig die größten und reichsten Schiffe überfallen, nicht wenig Galeeren zum Kentern gebracht und viel, sehr viel Pulver in ihrem Leben verschossen. Oft genug hatten sie kostbare Seiden- und Samtstoffe zerrissen, um sich Fußlappen daraus zu verfertigen, und ihre Beutel am Hosengurt mit goldenen Zechinen vollgestopft. Und wieviel Geld und Glut jeder von ihnen schon vertrunken und verjubelt hatte, – einem andern hätte es für das ganze Leben gereicht – das war gar nicht auszurechnen. Sie hatten nach Kosakenart alles verschwendet: alle Welt bewirtet, und Musikanten bestellt, damit alles, was da lebte, lustig sei! Noch jetzt hatten die meisten irgendwo Wertgegenstände vergraben: Becher, silbernes Trinkgeschirr und Armbänder, die sie im Schilf auf den Inseln des Dnjepr versteckt hielten, damit die Tataren sie nicht auffinden konnten, wenn es diesen gelingen sollte, die Sjetsch in einem unglücklichen Augenblick plötzlich zu überfallen. Aber es wäre den Tataren schwer geworden, diese Schätze zu finden, wußten doch oft die Besitzer selbst nicht mehr, wo sie sie vergraben hatten. Das waren die Kosaken, die da bleiben wollten, um die treuen Waffenbrüder und den christlichen Glauben an den Polen zu rächen. Der alte Kosak Bowdjug wollte gleichfalls mit ihnen zurückbleiben und sagte: »Ich bin nicht mehr jung genug, um hinter den Tataren herzulaufen; auch dies ist ein Platz, wo man einen ehrlichen Kosakentod sterben kann! Schon lange bete ich zu Gott, daß ich, wenn ich denn sterben soll, mein Leben im Kampf für die heilige Sache Christi hingeben dürfe. Nun ist es so gekommen. Einen schöneren Tod kann es für einen alten Kosaken nirgends geben.«

Nachdem sie auseinandergegangen waren und sich in zwei Gruppen nach den Abteilungen aufgestellt hatten, schritt der Hetman die Reihen ab und sagt:

»Nun, ihr Herren und Brüder, sind die beiden Teile miteinander zufrieden?«

»Wir sind alle zufrieden, Väterchen«, riefen die Kosaken.

»Nun, dann küßt euch und drückt euch zum Abschied die Hände, denn Gott weiß, ob ihr euch noch einmal im Leben wiederseht. Gehorcht eurem Hetman, und tut euer Bestes: ihr wißt ja selbst, was die Kosakenehre von euch fordert.«

Und alle Soldaten, so viele ihrer waren, küßten einander. Die Führer machten den Anfang, sie strichen sich über ihre grauen Schnurrbärte und küßten sich dreimal, dann drückten sie sich die Hände und hielten sie lange fest, als ob sie sagen wollten: »Werden wir uns noch einmal wieder sehen, Herr Bruder, oder nicht?«

Sie sagten aber doch nichts, sondern schwiegen, und ihre grauen Köpfe versanken in Nachdenken. Auch die Kosaken nahmen Abschied voneinander; alle insgesamt, denn sie wußten, daß es für beide Teile viel zu tun gab. Sie beschlossen aber, sich nicht sofort zu trennen, sondern bis zum Anbruch der Nacht zu warten, damit der Feind nichts davon merke, daß das Kosakenheer kleiner geworden sei. Dann begaben sich alle in die einzelnen Lager, um sich ihr Mittagsmahl zu bereiten.

Nach der Mahlzeit legten sich alle, die nach Hause gehen wollten, zur Ruhe nieder; sie schliefen lange und fest, wie wenn sie ahnten, daß dies das letzte Mal sei, wo sie sich als freie Männer auf freiem Felde ausschlafen konnten. Sie schliefen bis zum Sonnenuntergang: Bei Anbruch der Dunkelheit aber standen sie auf, um ihre Wagen zu schmieren. Als sie fertig waren, schickten sie die Wagen voraus, sie selbst aber grüßten ihre Kameraden nochmals mit den Mützen und schritten langsam und still hinter den Wagen her; die Berittenen zogen in guter Ordnung, ohne die Pferde durch

Schreien und Pfeifen anzuspornen, hinter den Fußgängern her, und bald waren sie in der Dunkelheit verschwunden. Nur hie und da hörte man noch das dumpfe Pferdegetrappel und hin und wieder das Knarren eines Rades herüberschallen, das noch nicht recht in Gang gekommen oder während der nächtlichen Dunkelheit schlecht geschmiert worden war.

Und lange noch winkten ihnen die zurückgebliebenen Kameraden zu, obgleich nichts mehr von ihnen zu sehen war. Als sie aber zu ihren Lagerplätzen zurückgekehrt waren, und als sie bei dem sternhellen Himmel sahen, daß die gute Hälfte der Wagen nicht mehr da war, und daß viele ihrer Brüder fehlten, da wurde es ihnen traurig und bang ums Herz, sie wurden willkürlich nachdenklich und ließen ihre unruhigen Köpfe herabsinken.

Taraß sah, wie schwermütig die Kosaken wurden, und wie sich ihrer Köpfe eine gewisse Verzagtheit, die eines tapferen Mannes unwürdig ist, bemächtigte; aber er schwieg, er wollte ihnen Zeit lassen, bis sie sich an den Schmerz gewöhnten, den der Abschied der Kameraden in ihnen hervorgerufen hatte. Im stillen nahm er sich jedoch vor, sie plötzlich durch den Kosaken-Kriegsruf aufzurütteln, um ihrer Seele wieder neuen frischen Mut und neue Stärke einzuflößen. Jene Stärke, deren nur die slawische Rasse fähig ist, diese weitherzige, mächtige Rasse, die sich zu den andern Rassen verhält wie das Meer zu einem seichten Flüßchen. Wenn die Zeit stürmisch ist, dann bricht es in ein dröhnendes Gebrüll und Gedonner aus und wirft und türmt gewaltige Wogenmassen auf, wie es ein kraftloser Fluß nie vermag; wenn aber Windstille und Ruhe herrscht, dann streckt es seine unabsehbare, klare Spiegelfläche aus: den Augen ein ewiges Labsal, und klarer und reiner als je einer der Flüsse.

Taraß befahl seinen Dienern, einen Wagen, der gesondert dastand, auszupacken. Es war der größte und stärkste von allen Kosakenwagen. Seine Räder waren mit doppelten mächtigen Reifen beschlagen, er war hoch beladen, mit Decken und starken

Ochsenfellen bespannt und mit gut geteerten Stricken umwunden. Im Innern befanden sich Gefäße und Fässer mit gutem alten Wein, der lange in Taraß' Kellern gelagert hatte. Er hatte diesen Vorrat für einen feierlichen Augenblick aufgespart, damit ein jeder Kosak – wenn der große Augenblick gekommen war und große Taten winkten, die würdig waren, der Nachwelt überliefert zu werden – einen köstlichen Schluck dieses verbotenen Trunkes koste, auf daß der große Moment in dem Menschen auch ein großes Gefühl auslöse. Auf den Befehl des Obersten liefen die Knechte sofort zu dem Wagen, hieben mit ihren Säbeln die dicken Stricke durch, nahmen die starken Ochsenhäute und Decken ab und zogen die Gefäße und Fässer vom Wagen herunter.

»Nehmt nur alle«, sagte Bulba, »alle, so viele ihr seid, ein jeder nehme, was er bei der Hand hat: Einen Becher, einen Eimer, mit dem er sonst sein Pferd tränkt, einen Fausthandschuh oder die Mütze, oder wenn es gar nicht anders geht, so haltet einfach die Hände unter.«

Und alle Kosaken, soviel ihrer da waren, taten, wie Taraß ihnen gebot; der eine hielt einen Becher unter, ein anderer einen Eimer, aus dem er sonst sein Pferd tränkte, ein dritter seinen Fausthandschuh und wieder andere die Mütze, viele aber hielten einfach beide Hände hin. Und Taraß' Knechte schenkten ihnen allen den Wein aus Gefäßen und Fässern ein. Allein Taraß gebot ihnen, nicht eher davon zu kosten, als bis er ihnen ein Zeichen gäbe, damit alle den Wein auf einmal austränken. Man sah es ihm an, daß er etwa sagen wollte. Taraß wußte, daß, so stark auch die Wirkung an und für sich ist, die ein guter alter Wein auf das Gemüt des Menschen ausübt, und so sehr er ihn ermutigt und belebt, der Einfluß des Trunkes auf Geist und Gemüt noch doppelt so stark ist, wenn er von einem guten Wort begleitet wird.

»Ich habe euch nicht deshalb zu diesem Trunke eingeladen, werte Herren und Brüder«, sprach Bulba, »weil ihr mich zu eurem Führer erwählt habt, so sehr ich mir das auch zur Ehre anrechne, und auch nicht um den Abschied von unseren Kameraden zu feiern, – das würde sich wohl in anderen Zeiten besser geziemen als gerade in diesem Augenblick. Große, schwere Taten, edlen Schweißes wert, harren unser, Taten, die den gewaltigen Mut der Kosaken erfordern! Und darum, Kameraden, laßt uns den Wein austrinken auf einen Zug: Vor allem auf den heiligen christlichen Glauben, damit endlich die Zeit kommt, wo sich der eine wahre und heilige Glaube über den ganzen Erdboden verbreite, und alle Mohammedaner, soviel ihrer auch sind, gläubige Christen werden. Und zugleich laßt uns auf die Sjetsch trinken, auf daß diese noch lange bestehen möge zum Schrecken und Verderben der Mohammedaner, und auf daß alle Jahre recht viele brave Kosaken, einer tüchtiger und schöner als der andere, aus ihr hervorgehen mögen. Und endlich laßt uns auch gleich auf unsern eigenen Ruhm trinken, auf daß Kinder und Kindeskinder sich von uns erzählen, daß es einst Kosaken gegeben habe, die nicht Verrat geübt an der Freundschaft und die eigenen Waffenbrüder nicht in Stich gelassen haben! Also, es lebe der Glaube, werte Herren. Es lebe der Glaube!«

»Es lebe der Glaube!« donnerten alle, die in den vordersten Reihen standen, mit ihren tiefen Baßstimmen los. »Auf unsern Glauben!« fielen auch die ferner Stehenden ein, und alle Anwesenden, die Alten und die Jungen, leerten die Becher auf ihren Glauben.

»Auf die Sjetsch!« sagte Bulba und hob den Arm hoch über den Kopf empor.

»Auf die Sjetsch!« riefen die in den vordersten Reihen mit lauter Stimme. »Auf die Sjetsch!« sagten die Alten leise und strichen sich die grauen Schnurrbärte; und die Jungen wiederholten wie ein junger Falke, der aus dem Schlafe erwacht: »Auf die Sjetsch!« – Und weithin drang über das Feld der Ruf, mit dem die Kosaken ihrer Sjetsch gedachten.

»Jetzt noch einen letzten Trunk, Kameraden: auf unsere Erde und unseren Ruhm und auf alle Christen, die in der Welt leben!«

Und alle Kosaken, vom ersten bis zum letzten, tranken den letzten Schluck auf Ehre und Ruhm und auf alle Christen, die irgendwo in der Welt lebten. Und lange noch wiederholten die einzelnen Gruppen und Abteilungen:

»Auf das Wohl aller Christen, die in der Welt leben!«

Die Becher waren geleert, doch noch immer standen die Kosaken mit erhobenen Händen da; allein wenn auch der Wein ihre Augen heller und freudiger glänzen machte, – sie waren doch immer noch ernst und nachdenklich. Nicht an Beute und Kriegsglück dachten sie jetzt, auch nicht daran, ob ihnen wohl goldene Dukaten, kostbare Waffen, gestickte Röcke und Tscherkessenpferde beschieden sein würden: Sie saßen sinnend da wie eine Schar von Adlern, die sich hoch oben auf den Spitzen steinerner Felsen und steiler Berge niedergelassen haben, von wo aus man das weite grenzenlose Meer erblickt, wie es mit Galeeren, Segelschiffen und allerlei Fahrzeugen, gleichwie mit kleinen Vögeln, besät ist, – das Meer mit seinen in der Ferne verschwimmenden Meerbusen und Gestaden, mit Städten, die wie Fliegen, und mit Wäldern, deren Bäume wie niedrige Grashalme aussehen. Mit Adlerblick überschauten sie die ganze Ebene und ihr von ferne winkendes Schicksal. Einst würde das ganze weite Feld, mit all seinen Wegen und Verstecken, mit nackten weißen Kosakenknochen bedeckt sein, und auf dem von Kosakenblut gedüngten Boden würde man zertrümmerte Wagen, zerbrochene Säbel und Lanzen erblicken; überall würden dicht behaarte Köpfe mit zersausten und blutigen Mähnen und tief herabhängenden Schnurrbärten herumliegen, die Adler würden sich auf die Leichen stürzen und ihnen mit ihren Schnäbeln die Kosaken-Augen heraushacken. Aber wie schön und herrlich war doch trotz allem ein so weites, freies Sterbelager! Keine ihrer großen Taten würde vergessen werden, und der Kosakenruhm würde nie aus dem Gedächtnis schwinden und nie sich verlieren wie die kleine Kugel, die den Flintenlauf verlassen hat. Ein Bandura-Spieler mit einem weißen, bis an den Gürtel reichenden Bart würde einst von ihm singen oder vielleicht ein weißhaariger Greis, der aber noch immer ein Bild reifer männlicher Kraft ist: ein Wahrsager und Prophet, würde mit gewaltigen, mächtigen Worten von ihm künden! Und weithin über die Welt würde sich der Ruhm der Kosaken verbreiten, und alle, die nach ihnen geboren würden, würden von ihnen reden. Denn leicht verbreitete sich ein gewaltiges Heldenwort, leicht wie der Ton aus schallendem Glockenerz, in das der Meister viel köstliches und reines Silber gemischt hat, auf daß der herrliche Klang in alle Städte und Dörfer, Paläste und Hütten dringe, und alle Christen zum heiligen Gebete rufe.

IX.

In der Stadt hatte noch niemand etwas davon erfahren, daß die Hälfte der Saporoger abgezogen war, um die Tataren zu verfolgen. Vom Rathausturm bemerkte man allerdings, daß ein Teil der Wagen hinter dem Walde verschwunden war, allein man glaubte, daß die Kosaken den Leuten in der Stadt einen Hinterhalt legen wollten, und so dachte auch der welsche Ingenieur. Mittlerweile aber hatte sich die Meinung des Hetmans bestätigt: In der Stadt machte sich wieder ein großer Mangel an Lebensmitteln bemerkbar: Wie stets in diesen Zeiten, so hatte man es auch diesmal nicht für nötig gehalten, die Bedürfnisse des Heeres im voraus zu berechnen. So versuchte man denn, einen Ausfall aus der Stadt zu machen – indes die Hälfte der Waghalsigen wurde auf der Stelle von den Kosaken niedergemacht, und die andern wurden mit leeren Händen in die Stadt zurückgeschickt. Die Juden aber wußten den Ausfall gut auszunützen: sie kriegten alles heraus: Wohin und weshalb die Saporoger fortgezogen waren, welche Führer, welche Abteilungen und wieviel Leute an Ort und Stelle zurückgeblieben waren, und was sie zu tun beabsichtigten – kurz, man war in der Stadt bald darauf aufs genaueste über alles unterrichtet.

Die Führer schöpften neuen Mut und entschlossen sich, den Kosaken eine Schlacht zu liefern. Taraß erriet diese Absicht schon an dem Lärm und der Bewegung in der Stadt, worauf auch er schnell alle Anstalten traf, alle nötigen Befehle und Anordnungen gab und die einzelnen Abteilungen in drei Lager teilte, indem er sie von Proviantwagen wie mit Festungswällen umstellen ließ, – eine Kampfart, in der die Saporoger unbesieglich waren. Zwei Abteilungen befahl er, sich in den Hinterhalt zu legen, und einen Teil des Feldes ließ er mit spitzen Pfeilen, zerbrochenen Säbeln und Lanzen spicken, um, wenn es glücken sollte, die feindliche Reiterei hineinzujagen. Als alles aufs trefflichste instand gesetzt war, hielt er eine Ansprache an die Kosaken: nicht etwa um sie zu ermutigen oder anzufeuern – er wußte, daß sie auch ohnedies mutig und tapfer genug waren, sondern einfach weil er selbst einmal aussprechen wollte, was er auf dem Herzen hatte.

»Werte Herren, ich will euch sagen, was unsere Kameradschaft bedeutet. Ihr habt von den Vätern und Großvätern vernommen, wie unser Land überall geehrt wurde: Die Griechen haben es kennen gelernt, und von Konstantinopel erhielt es Dukaten als Tribut; es hatte herrliche Städte, Kirchen und Fürsten – Fürsten von altem russischen Adel, seine eigenen Fürsten und nicht katholische Ketzer. Und nun haben uns die Ungläubigen alles geraubt, und es ist alles verloren gegangen: nur wir arme Waisen sind übrig geblieben – und wie eine Witwe, deren starker Mann dahingegangen ist, ist auch unser Land verwaist und schutzlos geworden. In einer solchen Zeit haben wir uns die Hände gereicht, Kameraden, um Brüderschaft miteinander zu schließen! Und das ist es, worauf unsere Kameradschaft gegründet ist! Es gibt keine heiligeren Bande als die der Waffenbrüderschaft; der Vater liebt sein Kind, die Mutter liebt ihr Kind, das Kind liebt Vater und Mutter, doch was bedeutet das alles, Brüder? Auch das Tier liebt ja sein Junges! Eine Seelengemeinschaft, die noch über die Blutsbande hinausgeht, die kann nur bei *Menschen* bestehen! Auch in andern Ländern haben treue Freunde und Kameraden zusammengehalten, aber nirgends noch gab es solche, wie die russische Erde sie hervorbrachte. Viele von euch haben lange, lange Zeit in der Fremde geschmachtet, gewiß, auch dort gibt es Menschen – auch sie sind von Gott erschaffen worden, und man kann mit ihnen sprechen wie mit seinesgleichen. Aber wenn es sich um Worte handelt, die die ganze Seele aufrühren, da merkt man sofort den Unterschied! Gewiß, es sind kluge Leute, und doch fehlt es ihnen an etwas, es sind Menschen wie wir, und doch ganz anders geartet. Nein, Brüder, so lieben, wie ein russisches Herz es kann – ich meine nicht mit dem *Verstande* oder irgend etwas Ähnlichem, sondern mit allem, was uns Gott gegeben hat, mit alledem, was im Menschen verborgen ist – ah«, sagte Taraß, indem er die Hand sinken ließ, sein graues Haupt schüttelte und mit dem Schnurrbart zuckte, »nein, so kann kein anderer lieben! Ich weiß wohl, es sind jetzt schlimme Sitten in unser Land gedrungen, alle Leute denken nur an ihre Heuschober, ihre Kornspeicher, ihre Roßherden und legen den allergrößten Wert darauf, daß die versiegelten Metflaschen in ihren Kellern ja nur unberührt bleiben; sie nehmen der Teufel weiß was für heidnische Sitten an, verachten ihre eigene Sprache und wollen kaum noch mit ihren eigenen Stammesgenossen sprechen, ja sie verkaufen den eigenen Bruder wie irgendein seelenloses Vieh, das man auf dem Markte feilbietet. Die Gunst eines fremden Königs, ja nicht einmal eines Königs, sondern nur das schmähliche Wohlwollen eines polnischen Magnaten, der sie mit seinen gelben Stiefeln ins Gesicht schlägt, liegt ihnen mehr am Herzen als alle Brüderschaft. Aber auch im letzten Lumpen, so niedrig und gemein er auch sein mag, selbst wenn er sich noch so sehr in Staub, Schmutz und Unterwürfigkeit wälzt, auch in ihm, Brüder, lebt noch ein Fünkchen russischen Gefühls, und der Tag kommt, an dem er wieder erwacht und zur Besinnung kommt; dann wird er sich wie ein Verzweifelter gegen die Brust schlagen, sich am Kopfe fassen, sein schändliches Leben laut verfluchen, und seine schmachvolle Tat mit tausend Qualen sühnen wollen. So mögen sie denn alle wissen, was die Kameradschaft in russischen Landen bedeutet! Und wenn es denn gilt, zu sterben, so wird niemand von ihnen so zu sterben wissen wie wir. Niemand, niemand! Das bringt ihre Mäusenatur nicht fertig!«

So sprach der Hauptmann, und als er seine Rede beendet hatte, schüttelte er noch lange sein silberweißes Haupt, das in den vielen Kosakenzügen ergraut war.

Alle Umstehenden hatte seine Rede aufs tiefst ergriffen und bis ins Innerste erschüttert. Die Ältesten verharrten in völliger Bewegungslosigkeit, sie hatten ihre grauen Häupter zu Boden gesenkt, und in ihren alten Augen glänzte eine verstohlene Träne, die sie langsam mit dem Ärmel fortwischten. Dann aber erhoben sie alle wie auf Verabredung gleichzeitig die Hände und schüttelten die greisen Häupter.

Der alte Taraß mußte wohl mancherlei Vertrautes und Schönes wachgerufen haben, das tief im Herzen der Menschen schlummert, eines Menschen, der durch Not, Mühsal, Leichtsinn und allerhand Mißgeschick klüger geworden ist oder der zwar noch nicht alles erfahren, aber doch noch in seiner jungen reinen Seele vieles empfunden hat, zur Freude seiner greisen Eltern, die ihn erzeugt haben.

Doch schon kam das feindliche Heer aus der Stadt herangezogen, die Pauken und Posaunen dröhnten, und die Ritter nahten, die Hände in die Seiten gestemmt, auf ihren stolzen Rossen, umgeben von zahllosen Reisigen. Der dicke Oberst teilte Befehle aus. Ohne Verzug rückten die Polen gegen die Kosakenlager vor und legten drohend ihre Gewehre an, wobei ihre Augen zornig funkelten und ihre Kupferrüstungen glänzten.

Kaum hatten die Soldaten gesehen, daß sie nur noch auf Schußweite entfernt waren, so ergriffen auch sie ihre sechs Fuß langen Gewehre und eröffneten ein ununterbrochenes Feuer. Das dumpfe Knattern tönte über alle Wiesen und Felder und wuchs zu einem beständigen Donner an. Das ganze Schlachtfeld war in Rauch gehüllt, aber die Saporoger fuhren fort zu schießen, ohne auch nur die geringste Pause eintreten zu lassen, die hinteren Reihen taten hierbei nichts, als daß sie die Gewehre luden, die sie den vorderen reichten, worüber der Feind aufs äußerste bestürzt war, da er nicht begreifen konnte, wie die Kosaken zum Schuß kämen, ohne die Gewehre zu laden. Infolge des dichten Rauchs, der beide Heere einhüllte, war es völlig unmöglich, wahrzunehmen, wie bald der eine, bald der andere in den Reihen fehlte; doch die Polen fühlten sehr wohl, daß ein wahrer Kugelregen auf sie niederprallte, und daß der Kampf sehr ernst wurde; als sie sich ein wenig zurückzogen, um aus dem Pulverrauche herauszukommen und sich ein wenig umsahen, merkten sie, daß in ihren Reihen viele fehlten, während bei den Kosaken höchstens zwei oder drei vom Hundert gefallen waren. Die Kosaken aber setzten ihr Gewehrfeuer unablässig fort, ohne auch nur einen Augenblick innezuhalten.

Selbst der ausländische Ingenieur wunderte sich über diese noch nie gesehene Kampfart und erklärte laut und vor allen Leuten:

»Wackere Kerls, diese Saporoger! So sollte man überall kämpfen, auch in anderen Ländern.« Und er riet, unverzüglich die Kanonen auf das Lager zu richten. Dumpf brüllten die Kanonen aus ihren weiten ehernen Schlünden, weithin und dröhnend erbebte der Erdboden, und das ganze Schlachtfeld hüllte sich in noch dichteren Pulverdampf. In den Straßen und Plätzen der benachbarten und entfernteren Städte machte sich der Pulvergeruch bemerkbar, allein die Polen hatten zu hoch gezielt: die glühenden Kugeln beschrieben einen zu großen Boden, flogen mit schrecklichem Getöse über die Köpfe des gesamten Lagers hinweg und bohrten sich tief in den Boden ein, wobei sie das schwarze Erdreich völlig aufwühlten und hoch in die Luft schleuderten. Angesichts einer solchen Ungeschicklichkeit raufte sich der welsche Kriegskünstler die Haare und begann die Kanonen nun selbst zu richten, ohne darauf zu achten, daß die Kosaken ununterbrochen feuerten.

Taraß hatte von weitem die Gefahr bemerkt, die der ganzen Abteilung Nesamaikow und Steblikiw drohte, und rief mit dröhnender Stimme: »Alle Mann hinter den Wagen vor, und sofort auf die Pferde!« Allein die Kosaken hätten kaum noch die Gelegenheit gehabt, das eine oder das andere zu tun, wenn nicht Ostap sich mitten in die Schlachtreihe des Feindes gestürzt hätte: Hierbei schlug er sechs Kanonieren die Lunten aus den Händen, bei vier anderen mißglückte ihm jedoch dieser waghalsige Versuch, und die Polen trieben ihn wieder zurück. Nun aber ergriff der ausländische Hauptmann selbst die Lunte, um sie an ein Riesengeschütz zu legen, wie es noch keiner von den Kosaken bisher gesehen hatte: Es bot mit seinem furchtbaren Schlunde einen schrecklichen Anblick dar, und hundert Tode blickten aus ihm hervor. Und als es erdröhnte und zugleich mit ihm noch drei andere ihren ehernen Mund öffneten, und ein vierfacher Stoß den ganzen Erdboden erschütterte – welch entsetzliches Unheil richteten sie da an! Wie viele Kosaken blieben auf der Walstatt! Manch alte Mutter sollte ihren gefallenen Sohn beklagen und mit den knochigen Händen ihren welken Busen schlagen! Wieviele Witwen in Gluchow, Nemirow, Tschernigow und in anderen Städten sollten ihre Männer beweinen! Tag für Tag sollten die Bräute auf den Markt hinauslaufen, jeden Vorübergehenden festhalten und ihm in die Augen blicken, ob sich nicht der unter ihnen befindet, der ihr der Liebste ist! Aber viele Soldaten sollten durch die Stadt ziehen, doch der über alles Geliebte sollte nicht unter ihnen sein!

Die Hälfte der Abteilung Nesamaikokw war wie weggeblasen. Wie der Hagel ein ganzes Erntefeld niedermäht, auf dem jede Ähre gleich einem vollwertigen Dukaten glänzt, so wurden sie erschlagen und niedergestreckt!

Wie da aber die Kosaken vorwärtsstürmten! Wie sie sich alle auf den Feind stürzten! Der Hauptmann Kukubenko schäumte vor Wut, als er sah, daß die Hälfte seiner Leute nicht mehr da war. Mitten ins feindliche Zentrum warf er sich jetzt mit dem Rest seiner Abteilung. Den ersten, der ihm begegnete, hieb er in seiner Wut in Stücke zusammen; zahllose Ritter stürzte er von ihren Rossen, indem er Roß und Reiter mit seiner Lanze durchbohrte: schon hatte er sich bis zu den Kanonieren durchgeschlagen und sich einer Kanone bemächtigt, als er sah, daß die Befehlshaber der Abteilungen Uman und Stephan Guska die Riesenkanone fortschleppten. Er überließ dies also jenen Abteilungen und sprengte mit den Seinen in den feindlichen Haufen zurück. Und immer öffnete sich eine Gasse, wo sich die Krieger von Nesamaikow zeigten! Wo sie eine Wendung machten, da tat sich eine Straße auf. Man sah, wie die Reihen der Polen sich immer mehr lichteten und wie ein Haufen nach dem andern niedersank. In der Nähe der Wagen stand Wowtusenko, vor ihm Tscherewitschenko, hinter dem letzten Wagen Degtjarenko und noch weiter zurück der Abteilungsführer Wertychwist. Zwei Edelleute hatte Degtjarenko bereits mit seiner Lanze durchbohrt und war jetzt an den dritten geraten, der sich so leicht nicht ergeben wollte. Dieser Pole war äußerst gewandt und stark, er trug eine prachtvolle Rüstung, und fünfzig Krieger bildeten sein Gefolge. Er versetzte Degtjarenko einen gewaltigen Streich, warf ihn zu Boden und schrie jetzt, den Säbel hoch über ihm schwingend: »Ihr Hunde von Kosaken, es gibt keinen unter euch, der es mit mir aufzunehmen wagte!«

»Doch, es gibt einen!« sagte Mossyj Schilo und trat vor. Er war ein starker Kosak, der die Kosaken schon oft zu Wasser befehligt und schon manches Mißgeschick erlebt hatte. Die Türken hatten ihn und seine Leute einst bei Trapezunt ergriffen und sie alle als Sklaven auf die Galeere geschleppt; ganze Wochen lang hatten sie ihnen kein Brot gegeben und sie ekles Meerwasser trinken lassen. Allein die armen Sklaven erlitten und ertrugen alles, nur um ihren heiligen Glauben nicht abzuschwören. Der Hauptmann, Mossyj Schilo, vermochte jedoch diesen Zustand nicht mehr zu ertragen: er trat das heilige Gebot mit Füßen, schlang den abscheulichen Turban um sein sündiges Haupt und gewann dadurch das Vertrauen des Paschas, der ihn zum Schließer und Oberaufseher über das Schiff und alle Sklaven machte. Da wurden die armen Sklaven sehr traurig; sie wußten, wenn ein Bruder den Glauben verrät und zu den Bedrückern übergeht, dann wird es unter seiner Herrschaft noch viel schlimmer als unter der eines Ungläubigen. Und so kam es auch. Mossyj Schilo legte allen neue Ketten an, schloß je drei zusammen, fesselte sie mit furchtbaren Stricken, die sich bis auf die weißen Knochen ins Fleisch einschnitten und versetzte ihnen kräftige Hiebe über Nacken und Kopf. Als jedoch die Türken voller Freude, daß sie einen solchen Aufseher gewonnen hatten, ihre religiösen Vorschriften vergaßen, sich zum Schmausen niederließen und sich ganz sinnlos betranken, da trug Mossyj Schilo alle vierundsechzig Schlüssel herbei und gab sie den Gefangenen, ließ sie ihre Ketten aufschließen, die Fesseln ins Meer werfen, statt ihrer einen Säbel in die Hand nehmen und alle Türken niedermetzeln. Die Kosaken machten eine große Beute und kehrten ruhmbedeckt in die Heimat zurück; und lange noch sangen die Bandurenspieler von Mossyj Schilo. Man hätte ihn wohl zum Hetman gewählt, wenn er nicht ein so seltsamer Kosak gewesen wäre. Manchmal vollführte er Dinge, die auch dem Weisesten nicht einfallen wären; ein anderes Mal plagte ihn einfach der Teufel. Er vertrank und verjubelte alles, was er besaß; in der Sjetsch war er jedem etwas schuldig, und dazu kam noch, daß er einmal einen Diebstahl begangen hatte – wie ein gewöhnlicher Straßenräuber. Eines Nachts stahl er eine vollständige Kosakenausrüstung aus einer benachbarten Abteilung und gab sie einem Schankwirt zum Pfand. Wegen dieser schimpflichen Tat wurde er auf den Markt geschleppt, an einen Pfahl gebunden, und es wurde ein Knittel neben ihn gelegt, mit dem ihm jeder einen kräftigen Schlag versetzten mußte: es fand sich aber keiner unter den Saporogern, der den Knittel wider ihn erhoben hätte: denn sie gedachten alle seiner früheren Verdienste. So war der Kosak Mossyj Schilo.

»Es gibt doch noch Männer, ihr Hunde, die euch niederzuhauen wissen«, sagte er und fiel über den Polen her. Und beide hieben wie wild aufeinander ein. Die Schulterstücke und Brustharnische verbogen sich unter ihren Schlägen. Der wütende Pole spaltete ihm den eisernen Panzer, und sein Schwert drang tief in seinen Körper. Das Hemd des Kosaken färbte sich blutrot, aber Schilo achtete nicht darauf: Er hob seinen sehnigen Arm (und wie schwer war dieser stämmige Arm!) und versetzte dem Polen einen furchtbaren Hieb, der ihn betäubte. Der kupferne Helm flog in Stücke, der Pole schwankte und fiel zu Boden, und Schilo schickte sich gerade an, dem Betäubten den Garaus zu machen; – ach, hätte er doch den Feind nicht vollends totgeschlagen und sich lieber umgedreht! Allein der Kosak tat es nicht, im selben Augenblick aber stieß ihm einer der Leute des Erschlagenen sein Messer in den Hals. Schilo drehte sich um und hätte den Waghalsigen vielleicht noch erreicht, aber er verschwand rechtzeitig im Pulverdampf. Unterdessen knatterten von allen Seiten die Luntenbüchsen, Schilo schwankte, er fühlte, daß seine Wunde tödlich war. Er sank nieder, preßte die Hand an die Wunde, wandte sich an seine Kameraden und schrie: »Lebt wohl, werte Herren und Waffenbrüder! Möge es ewig leben, das rechtgläubige Rußland, und ewig sei sein Ruhm und seine Ehre!« Er schloß die brechenden Augen, und die Kosaken-Seele entfloh aus dem rauhen Kriegerleib. Da aber kam Sadoroschnyi mit seinen Leuten herangerast, auch der Hauptmann Wertychwist durchbrach die Reihen, und Balaban machte sich zum Angriff bereit.

»Hallo, ihr Herren«, rief Taraß zu den Hauptleuten herüber. »Habt ihr noch Pulver in den Hörnern? Ist eure Kosakenkraft noch nicht erlahmt? Steht der Kosak noch fest und beugt er sich nicht?

»Noch ist Pulver in den Hörnern, Väterchen, noch ist die Kosakenkraft ungebrochen, und noch steht der Kosak fest und beugt sich nicht!«

Und die Kosaken drangen heftig auf den Feind ein und brachten die Reihen des Gegners in Verwirrung. Der kleine Hauptmann ließ die Trommel rühren und acht bunte Fahnen aufrollen, um seine Leute, die über das ganze Feld zerstreut waren, wieder zusammenzubringen. Die Polen strömten den Bannern zu, kaum hatten sie sich jedoch wieder in Reih und Glied aufgestellt, als der Hauptmann Kukubenko mit seinen Leuten wieder in das Zentrum einfiel und sich ohne weiteres auf den dicken Hauptmann stürzte. Der hielt nicht stand, wandte sein Pferd und galoppierte davon, allein Kukubenko setzte ihm weit über das Feld nach und verlegte ihm den Weg zu dem Heere. Als Stephan Guska das auf dem linken Flügel bemerkte, sprengte er seinerseits herbei, um ihm behilflich zu sein; den Kopf auf den Hals des Pferdes gebeugt und eine Schlinge in der Hand, so wartete er einen günstigen Augenblick ab und warf dem Polen plötzlich die Schlinge um den Hals: der Hauptmann wurde rot, griff mit beiden Händen nach dem Strick und suchte ihn zu zerreißen, aber da bohrte ihm der Kosak mit einem kraftvollen Stoß die tödliche Lanze in den Leib, und festgenagelt blieb jener am Boden liegen. Aber auch Guska stand nichts Gutes bevor. Die Kosaken hatten kaum Zeit, sich umzusehen, da drangen ihm schon vier Lanzen in den Leib. Er vermochte gerade noch die Worte hervorzubringen:

»Mögen doch alle Feinde untergehen, und möge das russische Reich ewig, ewig blühen und gedeihen!« – Dann verschied er.

Die Kosaken sahen sich um, hei, wie da Metelizja den Polen zusetzte und bald den einen, bald den andern niederschlug; von der andern Seite her rückt der Hauptmann Newelytschki mit seinen Leuten heran; bei dem Wagen steht Sakrutyguba und teilt Hieb auf Hieb aus; noch weiter zurück hat Pissarenko der Dritte bereits eine ganze Schar in die Flucht getrieben, und an einer andern Stelle ist man schon handgemein und kämpft hoch oben auf den Wagen.

»Hallo, meine Herren«, rief hier der Hauptmann Taraß, der allen voranritt, »ist noch Pulver in den Hörnern? Ist die Kosakenkraft noch ungebrochen? Stehen die Kosaken noch fest und beugen sie sich nicht?«

»Noch ist Pulver in den Hörnern, Väterchen! Die Kosakenkraft ist noch ungebrochen, noch stehen die Kosaken fest, noch beugen sie sich nicht.«

Schon war Bowdjug vom Wagen gefallen. Eine Kugel hatte ihn gerade in das Herz getroffen, aber er raffte noch einmal seine ganze Kraft zusammen und rief: »Ich trauere nicht, daß ich Abschied von der Welt nehmen muß! Gott gebe jedem ein solches Ende! Hoch lebe Rußland bis in alle Ewigkeit!« Und Bowdjugs Seele fliegt zum Himmel empor, um den längst hinübergegangenen Genossen zu berichten, wie man in Rußland zu kämpfen, und vor allem, wie man dort für den heiligen Glauben zu sterben weiß!

Bald darauf stürzte auch der Hauptmann Balaban zu Boden. Er hatte drei tödliche Wunden erhalten: eine von einer Lanze, eine von einer Kugel und eine von einem schweren Säbel. Und war doch einer der wackersten Kosaken gewesen! Er war Hetman und hatte viele Züge zur See unternommen, vor allem aber war sein Zug an die Küsten Anatoliens berühmt. Viele Zechinen hatten sie damals erbeutet, kostbare türkische Stoffe, Gewebe und allerlei Schmuck. Aber auf der Heimfahrt traf sie großes Unheil. Die Ärmsten kamen plötzlich unter den Regen der türkischen Geschosse. Es hagelte nur so auf sie los, die Hälfte ihrer Schiffe und Kähne kenterte, und viele Kosaken stürzten ins Wasser, jedoch das an den Seiten der Fahrzeuge befestigte Schilf rettete sie vor dem Untergange. Balaban ruderte mit Aufbietung aller Kräfte vorwärts, immer mitten in der Sonne, und ward so unsichtbar für das türkische Schiff. Die ganze Nacht schöpften er und seine Leute mit Schaufeln und Mützen das Wasser aus den Booten und besserten die beschädigten Stellen aus. Dann machten sie sich Segel aus ihren weißen Kosakenhosen, setzen sich in die Kähne und entkamen so den schnellsten türkischen Schiffen. Sie erreichten nicht nur unversehrt die Sjetsch, sondern brachten auch dem Archimandriten des

Klosters Meschigorsk zu Kiew noch ein goldgesticktes Amtsgewand und einen Rahmen aus reinem Silber für den heiligen Pokrow in der Sjetsch mit. Und lange noch rühmten die Bandurenspieler die Geschicklichkeit und das Glück der Kosaken … Da er den Tod herannahen fühlte, senkte er das Haupt und murmelte leise: »Mir scheint, ihr Brüder, ich sterbe einen schönen Tod. Sieben Feinde habe ich in Stücke gehauen, neun mit der Lanze durchstoßen, viele hat mein Pferd niedergetreten, und ich weiß nicht mehr, wieviele meine Kugel getroffen hat … So möge denn das russische Reich ewig blühen!« Und seine Seele entfloh.

Kosaken, Kosaken! Opfert nicht die schönste Blüte eures Heeres! Schon war Kukubenko umzingelt, schon waren von der Abteilung Nesamaikow nur noch sieben Mann übrig geblieben, und auch deren Kraft war erschöpft. Schon ist Kukubenkos Gewand über und über mit Blut bespritzt …

Taraß, der seine schlimme Lage übersieht, eilt ihm sofort zu Hilfe. Aber die Kosaken kommen zu spät: Eine Lanze war ihm ins Herz gedrungen, noch bevor es gelang, die ihn umzingelnden Feinde davonzujagen. Stumm sank er in die offenen Arme der Brüder, und sein junges Blut schoß in Strömen aus seinen Wunden hervor, gleich einem köstlichen Wein, den unvorsichtige Diener in gläsernen Gefäßen aus dem Keller tragen: gerade am Eingang des Gemaches gleiten sie aus, lassen die Kanne fallen, sie zerschellt, und ihr ganzer Inhalt ergießt sich über den Estrich. Was hilft es, daß der Hausherr herbeieilt und sich an den Kopf greift, da er den Wein doch für ein besonders glückliches Ereignis in seinem Leben aufbewahrt hatte, um sich, so Gott wollte, noch einst als Greis mit einem Jugendfreunde bei einem Becher der früheren, besseren Zeiten zu erinnern, als der Mensch noch anderer und reinerer Freuden fähig war. Kukubenko blickte langsam um sich und sagte: »Ich danke Gott, daß er mich vor euren Augen sterben läßt, Kameraden. Möchten doch unsere Söhne und Enkel noch tüchtiger sein als wir, und ewig blühe und gedeihe Christi geliebtes russisches Reich!« Und er hauchte sterbend seine junge Seele aus. Die Engel nahmen sie in ihre Hände und trugen sie gen Himmel. Wie wohl wird es ihm dort sein! »Setz' dich neben mich, Kukubenko«, wird Christus sagen, »du hast deine Brüder nicht im Stich gelassen, hast nie die Ehre verletzt, hast keinen im Unglück verlassen und hast immer meine heilige Kirche behütet und beschützt.« Alle Kosaken waren durch den Tod Kukubenkos aufs tiefste erschüttert. Ihre Reihen waren schon stark gelichtet, und viele, viele Tapfere fehlten, aber trotz alledem standen die Kosaken noch ihren Mann und hielten sich wacker.

»Nun, ihr Herren«, rief Taraß den übrigen Befehlshabern zu, »ist noch Pulver in den Hörnern? Sind die Säbel noch nicht stumpf geworden? Ist die Kraft der Kosaken noch ungebrochen? Stehen die Kosaken noch ihren Mann?«

»Noch ist Pulver da, Väterchen, die Säbel sind noch scharf, die Kosakenkraft ist noch ungebrochen, noch stehen die Kosaken ihren Mann!«

Und wieder stürzten sie sich in die Feinde, als hätten sie noch keine Verluste erlitten. Nur noch drei Befehlshaber waren am Leben, überall flossen Bäche von Blut, und hoch türmten sich die Leichen der Kosaken und der Feinde. Taraß blickte zum Himmel: Ein Zug Falken flog vorüber. »Ja, einer wird sich sicher freuen«, murmelte er vor sich hin. Und schon war Metelizja von einer Lanze durchbohrt, schon drehte sich das Haupt des zweiten Pissarenko im Kreise herum, seine Augen brachen, und schon stürzte Ochrim Guska vom Rosse herab und sank gevierteilt zu Boden.

»Wohlan denn«, sagte Taraß und schwenkte sein Tuch hoch in der Luft. Ostap verstand das Zeichen, er brach aus dem Hinterhalt hervor und fiel mit unerhörter Kraft über die polnische Reiterei her. Die Polen hielten dem starken Ansturm nicht stand, und er trieb sie gerade nach dem Platz, wo die Pfähle und abgebrochenen Lanzen in die Erde gerammt waren. Die Pferde strauchelten, stürzten, und die Polen flogen über ihre Köpfe hinweg zu Boden. Jetzt feuerten auch die Kosaken der Korssunabteilung, die die Reserve bildeten und weit hinter den Wagen standen, ihre Büchsen auf die Polen ab, da sie sahen, daß diese sich nur in Schußweite von ihnen befanden. Die Polen gerieten in Verwirrung und verloren den Mut, während die Kosaken von neuer Hoffnung erfüllt wurden. »Jetzt ist der Sieg unser«, schallten die Stimmen der Saporoger von allen Seiten, die Posaunen ertönten, und die Siegesbanner flatterten auf. Die geschlagenen Polen flohen nach allen Richtungen auseinander und suchten, wo sie sich versteckten könnten. »Nein, noch ist der Sieg nicht unser«, sagte Taraß mit einem Blick auf das Stadttor, und er hatte die Wahrheit gesagt. Die Tore öffneten sich, und eine Schar Husaren, der Stolz der gesamten Reiterei, kam hervorgesprengt. Sie saßen insgesamt auf dunkelbraunen, schnellfüßigen Pferden, voran sprengte ein Ritter, schöner und mutiger als alle andern; sein schwarzes Haar wehte unter dem kupfernen Helm hervor, und am Arme trug er eine kostbare Binde, die die schönste unter den Polinnen ihm gestickt hatte. Taraß war starr vor Schreck, als er Andrij erkannte. Der aber flog, ganz von Feuer und dem Wüten der Schlacht ergriffen und von dem einen Wunsche getrieben, sich das um den Arm gewundene Zeichen zu verdienen, dahin wie ein junger Jagdhund, der schönste, schnellste und jüngste von der ganzen Meute. Der Jäger ruft ihm zu – und er rast fort, die Füße wie eine gerade Linie in die Luft streckend, den Körper zur Seite geneigt, den Schnee aufwühlend und alle Hasen in seinem Laufe zehnmal überholend. Der alte Taraß blieb stehen und sah zu, wie er sich einen Weg bahnte, alles vertrieb, in Stücke zusammenschlug und nach rechts und links hin Hiebe austeilte. Das konnte Taraß nicht länger mit ansehen, und er rief laut aus: »Was, auf die eigenen Brüder schlägst du los, du Satanskind?« Allein Andrij sah nicht, wen er vor sich hatte: ob es die eigenen Kameraden oder Fremde waren, er sah nichts als Locken: ein paar lange, lange Locken, einen schwanenweißen Busen, einen schneeweißen Hals, zwei alabasterne Schultern, und alles, was geschaffen ist für wahnsinnige, glühende Küsse.

»Hallo, ihr Burschen, lockt mir mal den Reiter in den Wald! Schnell, lockt ihn mir nur hinein«, rief Taraß. Und schon machten sich dreißig der schnellsten Kosaken daran, ihn in den Wald zu locken. Sie rückten ihren hohen Mützen zurecht und stürmten auf ihren Rossen dahin, um den Husaren den Weg zu verlegen. Sie griffen die Vorderreihen von der Seite an, sprengten Sie auseinander und trennten sie von den hinteren Reihen, wobei sie beide einen tüchtigen Denkzettel verabreichten. Hierbei versetzte Golokpytenko Andrij eins mit der flachen Klinge über den Rücken, und dann jagten die Kosaken alle auf und davon, so schnell sie nur konnten, um den Husaren zu entschlüpfen.

Da aber geriet Andrij in Wut! Das junge Blut stürmte wild durch all' seine Adern. Er gab seinem Rosse die Sporen und jagte aus aller Kraft hinter den Kosaken her, ohne sich umzusehen und ohne zu bemerken, daß ihm nur zwanzig von seinen Leuten folgten. Die Kosaken sprengten mit Windeseile auf ihren Pferden dahin und ritten auf den Wald zu. Auch Andrij raste auf seinem Rosse weiter, und schon hatte er Golokpytenko erreicht, als plötzlich eine starke Hand seinem Pferde in die Zügel fiel. Andrij blickte auf: vor ihm stand Taraß! Er erbebte am ganzen Körper und wurde totenbleich wie ein Schüler, der unüberlegterweise einen Kameraden geprügelt und von diesem mit dem Lineal einen Schlag auf den Kopf erhalten hat: Plötzlich loderte er auf wie Feuer, springt von der Bank, um hinter seinem Mitschüler herzujagen und ihn in Stücke zu reißen – da erblickt er den Lehrer, der gerade die Klasse betritt: Der ganze leidenschaftliche Zorn legt sich plötzlich, und seine ohnmächtige Wut ist wie fortgeblasen. So verschwand Andrijs Zorn augenblicklich, als hätte er nie in ihm getobt. Er sah nur noch seinen furchtbaren Vater vor sich.

»Nun, was sollen wir jetzt machen?« fragte Taraß, und blickte ihm offen ins Antlitz. Aber Andrij konnte kein Wort hervorbringen und stand mit gesenkten Blicken da.

»Nun, mein Söhnchen, haben dir deine Polen geholfen?«

Andrij vermochte noch immer nichts zu sagen.

»Also Verrat und Tücke! Den Glauben verkaufen! Die Seinen verraten! Nun, steig' mal vom Pferde herunter.«

Gehorsam wie ein Kind stieg Andrij vom Pferde und blieb mehr tot als lebendig vor Taraß stehen.

»Steh' still und rühre dich nicht. Ich habe dich gezeugt – ich werde dich auch töten«, sagte Taraß, trat einen Schritt zurück und nahm das Gewehr von der Schulter. Andrij war totenbleich geworden, man sah nur, wie sich seine Lippen leise bewegten und einen Namen flüsterten: aber das war nicht der Name seines Vaterlandes, oder der seiner Mutter, oder seiner Brüder – es war der Name der schönen Polin. Taraß drückte los.

Wie die Ähre im Felde von der Sichel getroffen dahinsinkt, wie ein junges Lamm, das den tödlichen Stahl im Herzen spürt, so ließ Andrij den Kopf sinken und stürzte lautlos, und ohne ein Wort zu sagen, auf das Gras.

Der Kindesmörder blieb stehen und betrachtete lange den leblosen Leichnam. Er war schön auch noch im Tod: Das kühne Gesicht, das eben noch Kraft und Heldentum atmete und einen unwiderstehlichen Reiz auf die Frauen ausübte, trug noch immer den Stempel vollendeter Schönheit. Die schwarzen Brauen ließen seine bleichen Züge wie einen Trauerflor noch stärker hervortreten.

»Was fehlte ihm zu einem braven Kosaken!« sagte Taraß, »ist er nicht groß gewachsen, sind seine Brauen nicht schwarz, hat er nicht das Gesicht eines Edelmanns und einen starken Arm in der Schlacht? Und mußte doch zugrunde gehen. Ruhmlos zugrunde gehen – wie ein räudiger Hund.«

»Vater, was hast du getan? Du hast ihn getötet?« fragte Ostap, der in diesem Augenblick herangesprengt kam.

Taraß nickte mit dem Kopf.

Ostap blickte dem Toten bange in die Augen. Er empfand Mitleid mit dem Bruder und sagte: »Vater, wir wollen ihm ein ehrliches

Begräbnis bereiten, damit die Feinde ihn nicht beschimpfen und die Raubvögel seinen Körper nicht zerhacken.«

»Man wird ihn auch schon ohne uns begraben«, sagte Taraß, »und es wird ihm nicht an Klageweibern und ähnlichen Dingen fehlen!«

Einige Sekunden schwankte er, ober ihn den Wölfen zum Fraße überlassen, oder den tapferen Ritter in ihm ehren sollte, den jeder Krieger achten muß, wer es auch sei – da sah er plötzlich Golokopytenko heransprengen. »Es steht schlimm um uns, Hauptmann, die Polen haben Verstärkungen erhalten, neue Truppen sind ihnen zu Hilfe gekommen!«

Und kaum hatte Golokopytenko dies gesagt, als sich Wowtusenko ihnen eiligst näherte: »Uns droht Unheil, Hauptmann, neue Truppen rücken heran ...« Kaum hatte Wowtusenko ausgeredet, als Pissarenko ohne Roß herbeigeeilt kam: »Wo bleibst du, Väterchen? Die Kosaken suchen dich. Die Hauptleute Newelytschki, Sadoroschni und Tscherewitschenko sind erschlagen; aber die Kosaken halten noch stand, sie wollen nicht sterben, bevor sie noch einmal dein Antlitz geschaut haben: Sie wollen, daß du sie anblickst in ihrer Todesstunde!«

»Zu Pferd, Ostap«, rief Taraß und sprengte davon, um die Kosaken aufzusuchen, sie noch einmal zu sehen und sie noch einmal vor ihrem Tode den Hauptmann sehen zu lassen. Aber sie hatten den Wald noch nicht verlassen, als die Feinde sie plötzlich von allen Seiten umzingelten, und überall zwischen den Bäumen Reiter mit geschwungenen Schwertern und Lanzen auftauchten. »Ostap, Ostap, ergib' dich nicht«, schrie Taraß, zog seinen blitzenden Säbel und hieb nach allen Seiten um sich. Sechs Feinde hatten sich auf Ostap gestürzt – aber das war ihr Unglück. Dem einen flog der Kopf von den Schultern, ein anderer machte kehrt und floh entsetzt davon, dem dritten fuhr die Lanze in die Rippen; der vierte war etwas mutiger, er hatte den Kopf zur Seite gewandt und war so einer heißen Kugel entgangen, die seinem Pferde in die Brust drang. Doch dieses bäumte sich wütend auf, stürzte zu Boden und begrub den Reiter unter sich. »Gut Söhnchen, gut, Ostap«, rief Taraß, »ich bin gleich bei dir!« Er wußte sich der Andrängenden noch immer zu erwehren. Taraß säbelt und haut um sich, bald gibt er dem, bald dem einen Hieb über den Schädel, aber er blickt immer vor sich nach Ostap; da sieht er plötzlich, wie sich wenigstens acht Feinde auf den Sohn stürzen. »Ostap, Ostap, weich nicht zurück!« Aber schon haben sie Ostap bezwungen, schon hat ihm einer die Schlinge um den Hals geworfen, schon bindet man ihn und schleppt ihn fort. »Ostap, Ostap«, schreit Taraß, bahnt sich einen Weg zu ihm und haut alles um sich herum in Stücke. »Ach, Ostap, Ostap ...!«

Aber plötzlich trifft ihn selbst etwas wie ein schwerer Stein. Ein Schwindel überfällt ihn, alles dreht sich um ihn. Einen Augenblick kreist alles vor seinen Blicken: Köpfe, Lanzen, der Rauch, das Flackern des Feuers, die Baumzweige mit ihren Blättern blitzen vor ihm auf. Wie eine gefällte Eiche stürzt er zu Boden, und Nebel bedeckt seine Augen.

X.

Ich habe wohl lange geschlafen!« sagte Taraß, wie nach einem Rausch aus schwerem Schlafe erwachend, und er versuchte es, die ihn umgebenden Gegenstände zu erkennen. Dabei fühlte er eine entsetzliche Schwäche in seinen Gliedern. Die Wände und Ecken des ihm ganz unbekannten Zimmers bewegten sich leise hin und her. Endlich bemerkte er, daß sein Kamerad Towkatsch neben ihm saß und jedem seiner Atemzüge zu lauschen schien.

»Ja«, dachte Towkatsch, »du wärst vielleicht für immer eingeschlafen!« Er sagte nichts, sondern drohte nur mit dem Finger und machte ihm ein Zeichen, daß er schweigen sollte.

»So sag' mir doch, wo ich jetzt bin?« fragte Taraß von neuem. Er strengte seinen Verstand an und bemühte sich, sich das Vergangene wieder ins Gedächtnis zu rufen.

»So schweig doch«, fuhr ihn der Gefährte scharf an, »was willst du noch wissen? Siehst du denn nicht, daß du ganz zerhauen bist? Schon zwei Wochen galoppiere ich mit dir umher, ohne mir Zeit zum Atmen zu gönnen, und während dieser Zeit sprichst und schwatzt du im Fieber allen möglichen Unsinn zusammen. Es ist heute das erstemal, daß du ruhig eingeschlafen bist. So schweige doch endlich, wenn du nicht selbst das Unheil auf dich herabrufen willst.«

Taraß strengte sich aus aller Kraft an, seine Gedanken zu sammeln und sich das Vergangene ins Gedächtnis zu rufen. »Die Polen hatten mich aber doch gepackt und mich ganz umzingelt? Ich hatte doch gar keine Möglichkeit, zu entkommen?«

»So schweig doch, hörst du, du Teufelssohn!« schrie Towkatsch ärgerlich wie eine ungeduldige Wärterin, die ein unartiges und unruhiges Kind anschreit. »Was hast du davon, wenn du weißt, wie du davongekommen bist! Sei froh, daß es so ist! Es fanden sich eben Männer, die dich nicht im Stich gelassen haben – und nun sei zufrieden. Wir haben noch manche Nacht zu reiten. Du meinst wohl, daß sie dich für einen Kosaken halten? Nein, man hat deinen Kopf auf zweitausend Dukaten geschätzt!«

»Und Ostap?« rief Taraß plötzlich, indem er sich aufzurichten versuchte. Jetzt erinnerte er sich, wie man Ostap gefangen und vor seinen Augen gebunden hatte, und daß er sich jetzt in den Händen der Polen befand. Und Schmerz und Trauer übermannten den Alten. Er riß die Verbände von seinen Wunden, schleuderte sie weit von sich und wollte laut etwas sagen – aber er sprach nur unzusammenhängende Worte, das Fieber bemächtigte sich seiner aufs neue, und er begann wieder zu phantasieren und allerhand unzusammenhängendes Zeug zu reden. Unterdessen stand sein treuer Gefährte neben ihm und überschüttete ihn mit zahllosen

Schmähungen und Vorwürfen. Endlich packte er ihn an Händen und Füßen, wickelte ihn ein wie ein Kind und brachte die Verbände wieder in Ordnung. Dann hüllte er ihn in eine Ochsenhaut, band sie mit Bast zusammen, befestigte seine Last mit Stricken am Sattel und ritt mit ihm auf und davon.

»Und wenn du auch unterwegs sterben solltest, ich bringe dich doch in die Heimat zurück. Ich werde es nicht zulassen, daß die Polen deine Kosakenehre beschimpfen, deinen Körper in Stücke reißen und ins Wasser werfen. Soll dir denn der Adler durchaus die Augen aushacken – so mag es wenigstens unser Steppenadler sein und kein polnischer Adler, keiner, der aus polnischen Ländern kommt. Tot oder lebendig – ich bringe dich in die Ukraine zurück.«

So sprach der treue Gefährte. Und er ritt Tag und Nacht rastlos dahin, bis er den völlig Bewußtlosen wirklich in die Sjetsch der Saporoger brachte. Dort behandelte er ihn unermüdlich mit Kräutern und Umschlägen, machte eine erfahrene, kenntnisreiche Jüdin ausfindig, die Taraß einen Monat lang allerlei Getränke einflößte – und so fing er denn wirklich an, sich zu erholen. Ob es nun die Medizin oder seine eigene eiserne Natur war – genug, nach anderthalb Monaten stand er wieder auf den Beinen. Die Wunden waren verheilt, und nur die Säbelnarben bezeugten noch, wie schwer der alte Kosak einst verwundet worden war. Allein er war immer traurig, und sein Gemüt war sehr verdüstert. Drei tiefe Falten hatten sich in seine Stirn gegraben und schwanden nicht mehr von ihr. Soweit er um sich blicken mochte: Alles war ihm neu in der Sjetsch. Die alten Waffenbrüder waren alle tot. Keiner von denen, die einst für die gerechte Sache, den Glauben und die Kameradschaft gekämpft hatten, war noch da, und auch jene, die zusammen mit dem Hetman die Tataren verfolgt hatten, waren nicht mehr am Leben. Sie alle waren tot und elend umgekommen. Die einen waren einen ehrlichen Tod im Kampfe gestorben, die andern vor Hunger und Erschöpfung in den Salzgründen der Krim zugrunde gegangen, andere wieder waren, unfähig diese Schmach zu ertragen, in der Gefangenschaft umgekommen. Auch der frühere Hetman war tot, keiner von den alten Kriegsgefährten war mehr am Leben, und längst schon wuchs Gras über ihnen, die einst so kraftvolle und mutige Kosaken gewesen waren.

Er hörte nur, daß man ein großes lärmendes Fest gefeiert hatte. Das Geschirr war in Stücke zerschlagen, kein Tropfen Wein war übriggeblieben, die Gäste und ihre Diener hatten alle kostbaren Becher und Gefäße gestohlen – und der Hausherr stand traurig da und dachte: »Oh, hätte doch jenes Fest gar nicht stattgefunden!« Vergebens bemühte man sich, Taraß zu ermuntern und zu zerstreuen. Vergebens rühmten die alten bärtigen Bandurenspieler, die zu zweien oder dreien durch die Sjetsch kamen, seine Heldentaten unter den Kosaken – finster und gleichgültig ließ er alles geschehen; auf seinem unbeweglichen Gesicht malte sich ein tiefes, nie verstummendes Leid, und mit gesenktem Kopf sprach er leise vor sich hin: »Mein Sohn, mein Ostap.«

Mittlerweile hatten die Saporoger ein Unternehmen zur See vorbereitet. Zweihundert Boote fuhren den Dnjepr hinab; plötzlich erblickte man in Kleinasien eine Schar von Kosaken mit rasierten Schädeln und langen Mähnen, und mit Feuer und Schwert verheerten sie die blühenden Küsten. Die Turbane der mohammedanischen Bevölkerung lagen blutgetränkt gleich abgemähten Blumen auf den blutigen Feldern umher, oder schwammen an den Ufern. Auch manche teerbeschmierte Kosakenhose sah man in Kleinasien, und manch muskulöse Faust mit der schwarzen Kugelpeitsche. Die Saporoger fraßen alle Weintrauben auf, vernichteten alle Weinberge, ließen ganze Haufen Unrat in den Moscheen zurück, umhüllten ihre Füße mit kostbaren persischen Tüchern oder banden sie als Gürtel um ihre schmutzigen Kittel. Und noch lange nachher sah man dort die kurzen Tabakpfeifen der Kosaken herumliegen. Dann fuhren sie fröhlich wieder zurück. Allein ein türkisches Schiff mit zehn Kanonen jagte hinter ihnen her und zerstreute ihre morschen Boote mit einer Salve aus allen Geschützen wie scheue Vögel. Der dritte Teil versank in den Tiefen des Meeres; die übrigen vermochten sich jedoch wieder zu sammeln und erreichten mit zwölf Fässern voller Zechinen die Mündung des Dnjepr.

Doch dies alles ließ Taraß völlig kalt. Wie mit der Absicht, zu jagen, durchstreifte er Felder und Steppen, aber niemals gab sein Gewehr einen Schuß ab. Voller Schwermut legte er es neben sich, während er sich unbeweglich am Meeresgestade niederließ. Lange saß er so mit gesenktem Kopf da und flüsterte immer wieder vor sich hin: »Ostap, mein Ostap.« Das ungeheure Schwarze Meer lag leuchtend und blitzend vor ihm, im fernen Schilf schrie eine Möwe, sein grauer Schnurrbart schimmerte silbern, und eine Träne nach der andern rollte über seine Wangen.

Endlich aber hielt es Taraß nicht länger aus. »Was da auch kommen mag, ich will hingehen und erfahren, was mit ihm geschehen ist. Ob er noch lebt, oder schon im Grabe liegt? Vielleicht hat er nicht einmal ein Grab. Ich muß es erfahren, es koste, was es wolle.« Eine Woche später war er bereits, hoch zu Roß, mit Lanze und Säbel bewaffnet, den Reisesack am Sattel und mit einem Kessel voll Weizenbrei, Pulver, Patronen, einem Koppelseil und sonstigem Gerät ausgerüstet, in der Stadt Uman. Er ritt geradewegs auf ein schmutziges Häuschen zu, dessen kleine verräucherte Fenster kaum zu sehen waren. Der Schornstein war mit einem Lappen zugestopft, und auf dem durchlöcherten Dach wimmelte es von Spatzen. Vor der Tür lag ein Kehrichthaufen, und aus dem Fenster guckte der Kopf einer Jüdin heraus, die ein mit schwärzlichen Perlen besetztes Häubchen trug.

»Ist dein Mann zu Hause?« fragte Bulba, stieg vom Pferde und band die Zügel an einen eisernen Haken, der sich neben der Tür befand.

»Ja, er ist zu Hause«, antwortete die Jüdin und trug eiligst Weizen für das Pferd und einen Krug Bier für den Ritter herbei.

»Wo ist denn dein Jude?«

»Er betet im andern Zimmer«, sagte die Jüdin, verbeugte sich tief und würdig und wünschte Bulba, als er den Krug an die Lippen führte, eine gute Gesundheit.

»Bleib hier, füttere und tränke mein Pferd, ich will mit ihm allein sprechen. Ich habe Wichtiges mit ihm zu verhandeln.«

Dieser Jude war der uns wohlbekannte Jankel. Er war jetzt bereits Pächter und Schankwirt. Mit der Zeit hatte er alle benachbarten Herren und Edelleute in seine Hände bekommen, ihnen nach und nach fast all ihr Geld abgenommen und sich überhaupt in jener Gegend äußerst bemerkbar gemacht; drei Meilen weit nach allen Richtungen war kein Haus mehr in einem ordentlichen Zustand, alles verfiel und wurde alt und morsch, alle Leute hatten sich dem Trunke ergeben, und man bemerkte nichts als Armut und Elend. Die ganze Gegend sah so aus, als ob hier ein verheerender Brand stattgefunden oder als ob die Pest hier gehaust hätte. Und hätte Jankel noch zehn Jahre dort gelebt, er hätte wahrscheinlich die ganze Woijewodenschaft zugrunde gerichtet.

Taraß trat ins Zimmer. Der Jude saß in einem ziemlich schmutzigen Leinenrock da und betete; er wandte sich gerade um, um zum letzten Male auszuspeien, wie es seine Religion vorschreibt, als sein Blick plötzlich auf den hinter ihm stehenden Bulba fiel. Das erste, was dem Juden einfiel, waren die zweitausend Dukaten, die auf Bulbas Kopf gesetzt waren, aber er schämte sich gleich wieder seiner Geldgier und bemühte sich, den unablässigen Hunger nach Geld zu unterdrücken, der an seiner Seele nagte, wie an der aller Juden.

»Hör zu, Jankel«, sagte Taraß zu dem Juden, der sich vor ihm verbeugte, und schloß vorsichtig die Tür, damit man ihn nicht sehen sollte, »ich habe dir das Leben gerettet – die Saporoger hätten dich wie einen Hund in Stücke gerissen – jetzt ist die Reihe an dir, mir einen Dienst zu erweisen.«

Das Gesicht des Juden verfinsterte sich ein wenig. »Was für einen

Dienst? Wenn es möglich ist, warum nicht?«

»Genug, kein Wort mehr. Bringe mich nach Warschau.«

»Nach Warschau? Warum nach Warschau?« fragte Jankel, indem er Schultern und Brauen bestürzt in die Höhe zog.

»Schweig. Bring mich nach Warschau. Was auch geschehen mag, ich will ihn noch einmal sehen und ihm wenigstens noch ein Wort sagen.«

»Wem ein Wort sagen?«

»Ihm, Ostap, meinem Sohne!«

»Hat denn der Herr nicht gehört, daß schon ...«

»Ich weiß, ich weiß alles, man bietet zweitausend Dukaten für meinen Kopf. Was verstehen die Narren von Preisen! Ich werde dir fünftausend Dukaten geben. Da hast du gleich zweitausend (Bulba schüttete zweitausend Dukaten aus seinem ledernen Beutel), die übrigen erhältst du, sowie ich zurückgekehrt bin.«

Der Jude ergriff sofort ein Handtuch und bedeckte die Dukaten damit. »Ä schönes Geld, ä feines Geld«, sagte er, drehte einen Dukaten in der Hand herum und prüfte einen zweiten mit den Zähnen. »Ich denke, der Mensch, dem der Herr so schöne Dukaten abgenommen hat, hat keine Stunde mehr gelebt; er ist gleich zum Fluß gegangen und hat sich ertränkt – nach dem er so herrliche Dukaten gehabt.«

»Ich würde dich nicht in Anspruch nehmen, vielleicht hätte ich auch allein den Weg nach Warschau gefunden; aber die verfluchten Polen könnten mich irgendwo erkennen und gefangennehmen, denn ich verstehe mich nicht auf Listen und Kunststücke. Ihr Juden aber seid dafür wie geschaffen. Ihr könnt den Teufel selbst hinters Licht führen, ihr beherrscht alle Kniffe. Jetzt weißt du, weshalb ich zu dir gekommen bin. Ja, und ich allein würde ja auch in Warschau nichts ausrichten. Spann also sofort an und bringe mich nach Warschau!«

»Der Herr denkt wohl, das geht so einfach? Man braucht wohl nur die Stute anzuspannen und zu rufen: 'He, holla los!' Glaubt denn der Herr, daß man ihn so mitnehmen kann, ohne ihn zu verstecken?«

»Nun, so verstecke mich – tu, was du willst! Steck mich meinetwegen in ein Faß!«

»Ei, ei! Meint der Herr, daß man ihn stecken kann in ein leeres Faß? Weiß denn der Herr nicht, daß jeder denken wird, es sei Branntwein darin!«

»Schön, laß ihn doch denken, daß Branntwein darin ist!«

»Wie! Er soll denken dürfen, daß Branntwein darin ist?« rief der Jude aus, ergriff seine Locken mit beiden Händen und hob sie in die Höhe.

»Was setzt dich so in Erstaunen?«

»Weiß denn der Herr nicht, daß Gott den Branntwein geschaffen hat, damit ihn jedermann probiere? Das sind doch alles Leckermäuler und Feinschmecker. Fünf Werst wird der Edelmann herlaufen hinter dem Faß, wird ä Löchelchen hineinbohren, und wenn nichts herauskommt, wird er sich gleich sagen: Der Jude wird schon kein leeres Faß mit sich herumschleppen, es wird schon was darin sein! Packt den Juden, bindet den Juden, nehmt dem Juden alles Geld fort, steckt den Juden ins Gefängnis! Denn alles, was es Schlechtes auf der Welt gibt, wird gewälzt auf den Juden, jeder behandelt den Juden wie einen Hund: Alle denken, wer ein Jude ist, ist kein Mensch.«

»Nun, so verstecke mich in einem Fischwagen!«

»Das geht nicht, Herr, bei Gott, es geht nicht. In ganz Polen sind die Menschen jetzt so ausgehungert wie die Hunde, sie würden die Fische fortschleppen und den Herrn entdecken.«

»So setz' mich meinetwegen auf den Teufel, aber bring' mich hin!«

»So hör doch, Herr«, sagte der Jude, streifte die Ärmelaufschläge in die Höhe und streckte seine weit auseinandergespreizten Finger gegen ihn aus. »Wir werden es so machen: Jetzt werden überall Festungen und Schlösser gebaut, es sind französische Baumeister aus Welschland gekommen, und deshalb gibt es viele Wagen mit Ziegeln und Steinen auf der Landstraße. Der Herr soll sich also auf den Boden eines Wagens ausstrecken, und ich werde über ihn Ziegel packen. Der Herr sieht gesund und kräftig aus, es wird ihm nichts schaden, wenn die Last ein bißchen schwer drückt; ich werde unten in den Wagen eine kleine Öffnung bohren, um dem Herrn die Nahrung zu reichen.«

»Mach, was du willst, nur spann an!«

Nach einer Stunde verließ der Wagen mit Ziegelsteinen, vor den zwei Mähren gespannt waren, die Stadt Uman. Auf der einen saß der lange Jankel, und seine großen Hängelocken flatterten lustig unter der Judenmütze hervor, während er auf dem Gaule herumhopste, auf dem er sich ausnahm wie eine am Wege stehende Meilenstange.

XI.

Zu der Zeit, als sich die hier beschriebenen Ereignisse abspielten, gab es in den Grenzorten keine Zollbeamten und Aufseher, diese Schrecken der Handelsstädte, und man durfte mit sich schleppen, was man nur wollte. Nahm jemand eine Revision oder Untersuchung vor, so geschah das mehr zu seinem eigenen Vergnügen, besonders wenn sich allerhand schöne und verlockende Dinge auf dem Wagen befanden: Natürlich mußte aber auch die eigene Faust eine gewisse Kraft haben. Nach den Ziegelsteinen gelüstete es jedoch niemand, und so fuhr der Wagen unbehindert durch das Tor der Hauptstadt ein. Bulba konnte in seinem engen Käfig nur das Lärmen und Fluchen der Kutscher hören, sonst vernahm er nichts. Jankel, der unaufhörlich auf seinem kleinen mit Staub bedeckten Klepper herumhopste, lenkte nach einigen Umwegen in eine dunkle, schmale Straße ein, die den Namen Schmutz- oder Judenstraße trug, weil beinah sämtliche Juden von Warschau hier wohnten. Diese Straße besaß große Ähnlichkeit mit der inneren Seite eines Hinterhofs, und die Sonne schien überhaupt nie ihren Weg hierher zu finden. Die gänzlich verräucherten Holzhäuser mit den unzähligen Stangen, die aus den Fenstern hervorragten, schienen die Dunkelheit noch zu vergrößern. Hin und wieder schimmerte eine rote Backsteinwand hervor, aber auch sie war meist schon ganz schwarz. Nur hie und da leuchtete einem von oben ein in Sonne getauchtes, weiß getünchtes Stück Mauer entgegen und blendete die Augen durch seine unerträgliche Helligkeit. Alles, was man hier sah, bot einen abstoßenden und wenig erfreulichen Anblick dar: Röhren, Lumpen, Abfälle und zerbrochene Kübel, die man auf die Straße hinausgeworfen hatte, trieben sich hier herum. Jeder, der etwas besaß, was er nicht brauchen konnte, warf es auf die Straße hinaus und überließ es den Vorübergehenden, ihre Freude an all dem Unrat zu haben. Ein Reiter, der auf seinem Pferde saß, reichte mit der Hand bis fast an die Stangen heran, die mitten über die Straße, von einem Hause zum andern gezogen waren und auf denen die Juden ihre Strümpfe, ihre kurzen Hosen und geräucherte Gänse aufzuhängen pflegten. Hin und wieder blickte das hübsche, von nachgedunkelten Perlen umrahmte Gesichtchen einer Jüdin aus dem Fenster hervor, ein Haufen kleiner, schmutziger Judenkinder mit krausen Haaren wälzte sich schreiend im Unrat herum. Ein rothaariger Jude, dessen ganzes Gesicht mit Sommersprossen bedeckt war (was ihm eine gewisse Ähnlichkeit mit einem Spatzenei verlieh), blickte aus einem Fenster heraus und sprach Jankel sofort in seinem Kauderwelsch an, worauf dieser sogleich in den Hof fuhr. Ein anderer Jude, der gerade durch die Straße kam, blieb stehen und nahm an dem Gespräch teil, und als Bulba endlich unter den Ziegelsteinen hervorkroch, erblickte er drei Juden, die heftig aufeinander einsprachen.

Jankel wandte sich an ihn und teilte ihm mit, daß alles gehen werde, wie er es wünsche, daß Ostap sich im Stadtgefängnis befinde, und daß er, Jankel, hoffe, eine Zusammenkunft zwischen ihnen ermöglichen zu können, obgleich die Wachen sehr schwer zu bestechen seien.

Bulba ging mit den drei Juden ins Zimmer hinauf, und diese fingen wieder an, in ihrer unverständlichen Sprache miteinander zu sprechen. Taraß sah sich jeden von ihnen genau an. Plötzlich schien ihn etwas innerlich aufs heftigste erschüttert zu haben: Sein rauhes, gleichgültiges Gesicht wurde von einem hell auflodernden Hoffnungsstrahl erleuchtet – einer Hoffnung, die den Menschen oft noch in Augenblicken höchster Verzweiflung heimsucht; sein altes Herz begann laut zu pochen wie bei einem Jüngling.

»Hört, ihr Juden«, sagte er, und in seinen Worten klang etwas von einer übermächtigen Begeisterung mit, »ihr könnt alles in der Welt, selbst vom Grunde des Meeres holt ihr alles herauf, und schon lange heißt es im Sprichwort, daß ein Jude sich selbst wegstehlen kann, wenn er es nur will. Befreit mir meinen Ostap! Verschafft ihm die Gelegenheit, den Händen jener Teufel zu entfliehen. Ich habe dem Mann da zwölftausend Dukaten versprochen – ich lege noch zwölftausend Dukaten hinzu. Alle meine kostbaren Becher und alles Gold, das ich in der Erde vergraben habe, will ich verkaufen, selbst mein Haus und meinen letzten Rock; ich will mit euch einen Vertrag schließen, und mein ganzes Leben lang alles mit euch teilen, was ich im Kriege erbeuten werde!«

»Oh, es geht nicht, teurer Herr, es geht nicht!« sagte Jankel seufzend.

»Nein, es geht wirklich nicht«, sagte ein anderer Jude.

Die drei Juden sahen einander an.

»Vielleicht versucht man es doch«, sagte der dritte und schielte mit ängstlichen Blicken zu den beiden anderen hinüber, »vielleicht hilft Gott!«

Die drei Juden begannen nun deutsch zu sprechen, aber so sehr Bulba auch hinhorchte, er vermochte nichts zu enträtseln, er hörte nur, daß das Wort »Mardochai« oft wiederholt wurde, sonst verstand er nichts.

»Höre, Herr«, sagte Jankel, »wir müßten uns mit einem Manne beraten, wie es noch nie einen in der Welt gegeben hat. Er ist so weise wie Salomo; wenn *er* nicht hilft, so kann *nichts* helfen auf der ganzen Welt. Bleib hier sitzen, Herr, hier hast du den Schlüssel und laß niemand herein!« Und die Juden gingen auf die Straße hinaus.

Taraß schloß die Tür und blickte durch das kleine Fensterchen auf die schmutzige Judengasse. Die Juden blieben mitten auf der Straße stehen und begannen ziemlich heftig miteinander zu reden; bald schloß sich ihnen ein vierter und ein fünfter an. Er hörte, wie sie immer und immer wieder das »Mardochai, Mardochai« wiederholten. Die Juden blickten fortwährend die Straße hinab, endlich sah man in der Tat hinter einem schmutzigen Hause einen mit jüdischen Schuhen bekleideten Fuß und dann ein Paar lange Rockschöße auftauchen. »Mardochai, Mardochai«, schrien alle Juden wie aus einem Munde. Ein dürrer Jude, der etwas kleiner war als Jankel, aber bedeutend mehr Falten im Gesicht als dieser und eine überaus große Oberlippe hatte, näherte sich der ungeduldigen Gruppe, und alle Juden stürzten auf ihn zu und suchten ihn von dem Geschehenen zu unterrichten, wobei sie einander beständig unterbrachen. Mardochai blickte unterdessen mehrere Male nach dem kleinen Fensterchen hin, woraus Taraß schloß, daß von ihm die Rede war, bewegte die Hände hin und her, hörte zu, unterbrach die Redenden, spie oft nach der Seite aus, schlug seine Rockschöße zurück, steckte die Hände in die Taschen und holte irgendeinen Kram hervor, wobei seine abgeschabten Hosen zum Vorschein kamen. Schließlich machten die Juden einen solchen Lärm, daß der wachehaltende Glaubensgenosse ihnen ein Zeichen geben mußte, daß sie schweigen sollten, und Taraß begann schon für seine Sicherheit zu fürchten; dann erinnerte er sich jedoch, daß die Juden nicht anders als auf der Straße verhandeln können, und daß selbst der Teufel ihre Sprachen nicht verstehen könne, worauf er sich gleich wieder beruhigte.

Nach ungefähr zwei Minuten betraten die Juden allesamt wieder das Zimmer. Mardochai ging auf Taraß zu, klopfte ihm auf die Schulter und sagte: »Wenn wir mit Gottes Hilfe etwas unternehmen, so wird schon alles geschehen, was nötig ist!«

Taraß sah sich diesen Salomon an, wie es noch nie einen zweiten in der Welt gegeben hatte, und schöpfte wieder einige Hoffnung. Und wirklich: Seine Erscheinung flößte gewisses Vertrauen ein; diese Oberlippe konnte einen einfach erschrecken, ihre Dicke war sicherlich auf äußerliche Ursachen zurückzuführen. Der Salomo hatte einen Bart, der im ganzen aus fünfzehn Härchen bestand, und zwar befanden sie sich alle auf der linken Seite. Sein Gesicht trug soviel Spuren von den Prügeln, die man ihm für seine Frechheit verabfolgt hatte, daß er wahrscheinlich ihre Zahl gar nicht mehr kannte und sich daran gewöhnt hatte, sie für Muttermale zu halten.

Mardochai ging zusammen mit seinen Genossen hinaus, die voller Bewunderung für seine Weisheit waren, und Bulba blieb allein zurück. Er befand sich in einer sonderbaren, ihm völlig ungewohnten Lage: Zum ersten Male in seinem Leben empfand er etwas wie Unruhe, und ein fieberhafter Zustand hatte sich seiner Seele bemächtigt. Er war nicht mehr der alte, unerschütterliche Bulba: nicht mehr so stark, unerschütterlich und unbeugsam wie eine Eiche, sondern kleinmütig und schwach. Bei jedem Geräusch, und jedesmal, wenn sich am Ende der Gasse die Gestalt eines ihm unbekannten Juden zeigte, zuckte er zusammen. In diesem Zustand verharrte er den ganzen Tag, aß nichts, trank nichts und wich keinen Augenblick von dem Fenster, das auf die Straße hinausführte.

Endlich, – es war schon spät abends, – erschienen Mardochai und Jankel. Taraß erstarrte das Herz in der Brust.

»Nun, ist alles gut gegangen?« fragte er mit der Ungeduld eines wilden Hengstes.

Aber ehe noch die Juden irgend etwas erwidern konnten, bemerkte Taraß, daß Mardochai die letzte Locke fehlte, die sich zwar recht unordentlich aber doch in krausen Ringen unter der Mütze hervorgedrängt hatte. Man sah, daß er etwas sagen wollte, aber er stammelte ein so unverständliches Zeug zusammen, daß Taraß kein Wort davon begriff.

Auch Jankel führte häufig die Hand an den Mund, wie wenn er sich erkältet hätte.

»Oh weh, lieber Herr, jetzt ist es ganz unmöglich! Bei Gott, es geht nicht. Das sind so schlechte Menschen, daß man ihnen auf den Kopf spucken möchte! Mardochai soll es euch sagen. Mardochai hat Dinge fertig gebracht, wie noch kein Mensch in der Welt. Aber Gott will nicht, daß es so kommen soll. Es stehen schon dreitausend Soldaten da, die morgen alle hingerichtet werden sollen.«

Taraß sah den Juden ins Gesicht, jetzt jedoch schon ohne Ungeduld und ohne jeden Zorn.

»Wenn der Herr ihn sehen will, dann muß es schon morgen in der Früh sein, noch vor Sonnenaufgang. Die Wachen sind einverstanden, und ein Aufseher hat versprochen, uns zu helfen. Möge das Glück sie fliehen in jener Welt – o weh mir, was sind das für geldgierige Menschen! Nicht einmal unter uns gibt es solche Leute: Jedem einzelnen habe ich fünfzig Dukaten geben müssen, und dem Aufseher …«

»Gut! Führe mich zu ihm«, sagte Taraß entschlossen, und all sein Mut und seine Festigkeit kehrten wieder in seine Seele zurück. Er war mit Jankels Vorschlag einverstanden, sich als ausländischer Graf zu verkleiden, der aus Deutschland gekommen sei. Der schlaue Jude, der alles vorausgesehen, hatte schon die Kleidungsstücke mitgebracht. Unterdessen war es Nacht geworden. Der Wirt des Hauses, der uns bekannte, rothaarige Jude mit den vielen Sommersprossen im Gesicht, schleppte eine elende Matratze herbei, die er mit einer Strohmatte bedeckte, und legte sie auf die Bank, damit Bulba sich auf ihr niederstrecken solle. Jankel bereitete sich ein ähnliches Lager auf dem Fußboden, der rothaarige Jude trank ein Gläschen Schnaps, zog seinen Rock aus – wenn er bloß mit Schuhen und Strümpfen bekleidet umherlief, hatte er große Ähnlichkeit mit einem Hühnchen – und begab sich schließlich mit seiner jüdischen Frau in eine Art von Schrank, und zwei kleine Judenknaben legten sich wie zwei Haushündchen neben dem Schrank auf den Boden. Aber Taraß konnte nicht schlafen. Unbeweglich saß er da und trommelte mit den Fingern auf dem Tische herum. Er hatte eine Pfeife im Munde und stieß solche Rauchwolken hervor, daß der Jude im Schlaf nieste und seine Nase unter die Decke steckte. Und kaum erschienen am Himmel die blassen Vorboten des Morgenrotes, als Taraß Jankel bereits mit dem Fuß stieß. »Steh' auf, Jude, und reich mir deine Grafenkleidung!«

In einem Augenblick war er angezogen: er schwärzte sich seinen Schnurrbart und seine Brauen, und setzte ein kleines dunkles Mützchen auf den Kopf, so daß niemand, nicht einmal die Kosaken, die ihm am nächsten standen, ihn hätten erkennen können. Er sah nicht älter aus als ein Mann von etwa fünfunddreißig Jahren. Ein gesundes Rot bedeckte seine Wangen, und selbst die Narben standen ihm ausgezeichnet und verliehen ihm etwas Gebieterisches. Das goldverbrämte Gewand kleidete ihn ganz vorzüglich.

Die Straßen lagen noch in tiefem Schlafe, und noch war in der Stadt kein Händler mit seiner Kiste unter dem Arme zu bemerken. Bulba und Jankel gelangten vor ein Gebäude, das wie ein sitzender Reiter aussah. Es war niedrig, breit, außerordentlich groß und ganz vor Alter geschwärzt; auf der einen Seite ragte ein langer, schmaler Turm empor, der wie der Hals eines Storches aussah und aus dessen Spitze ein Stück des Daches hing. Dieses Gebäude hatte die allermannigfaltigsten Funktionen: Hier befanden sich die Kasernen, das Gefängnis und sogar das Kriminalgericht. Unsere Wanderer traten in das Tor ein und standen gleich darauf in einem geräumigen Saal, oder vielmehr in einem gedeckten Hof, in dem ungefähr tausend Menschen nebeneinander schliefen. Ihnen gegenüber befand sich eine kleine Tür, vor der zwei Wachen saßen und ein merkwürdiges Spiel spielten, welches darin bestand, daß der eine dem andern mit zwei Fingern auf die Handflächen zu schlagen suchte. Sie beachteten die Ankömmlinge kaum und drehten ihre Köpfe erst um, als Jankel zu ihnen sagte:

»Das sind wir, hören Sie, meine Herren, das sind wir!«

»Geht hinein«, sagte der eine von ihnen und öffnete mit der einen Hand die Tür, während er seinem Kameraden die andere zum Schlage hinhielt.

Sie betraten einen schmalen, dunklen Gang und gelangten in einen ähnlichen Saal mit einigen kleinen Fenstern an der Decke.

»Wer da?« riefen mehrere Stimmen, und Taraß erblickte eine beträchtliche Anzahl von Kriegern in voller Rüstung. »Wir haben Befehl, niemanden hineinzulassen.«

»Das sind wir«, rief Jankel, »bei Gott, das sind wir, erlauchte Herren!« Aber niemand wollte ihm Gehör schenken. Glücklicherweise trat in diesem Augenblick ein dicker Mann herein, der seinem Aussehen nach ein Vorgesetzter sein mußte, denn er schimpfte und fluchte mehr als alle andern zusammen.

»Herr, das sind wir, der Herr kennt uns schon – der Herr Graf wird sich noch persönlich bedanken!«

»Laßt sie durch, Donnerwetter noch 'mal! Von nun ab aber laßt ihr mir keinen mehr herein, und daß mir keiner von euch den Säbel ablegt und sich auf der Erde herumwälzt!«

Die Fortsetzung dieser so eindrucksvollen Rede vernahmen unsere Reisenden jedoch nicht mehr.

»Das sind wir, das bin ich, ein guter Freund«, sagte Jankel zu jedem, der ihm begegnete.

»Ist's soweit?« fragte er eine der Wachen, als sie endlich an die Stelle gelangten, wo der Gang zu Ende war.

»Kommt nur. Ich weiß aber nicht, ob man euch in das Gefängnis selbst hineinlassen wird! Jan ist jetzt nicht mehr da, statt seiner steht ein anderer Wache«, antwortete ein Wachtposten.

»Oh, oh«, sagte der Jude leise, »das ist schlimm, werter Herr!«

»Schnell, führ' mich weiter«, sprach Taraß hartnäckig.

Der Jude gehorchte.

An der Tür eines unterirdischen Gewölbes, das oben scheinbar spitz zulief, stand ein Heiduck mit einem dreistöckigen Schnurrbart. Der eine Teil des Bartes war nach hinten gebürstet, der andere nach vorn, und der dritte hing ihm nach unten herab, so daß der Mann aussah, wie ein Kater.

Der Jude schrumpfte völlig zusammen und beugte sich fast bis zum Erdboden herab. Endlich näherte er sich ihm von der Seite. »Euer Gnaden, allerdurchlauchtigster Herr!«

»Sagst du das zu mir, Jude?«

»Zu dir, allerdurchlauchtigster Herr!«

»Hm ... ich bin aber doch nur ein einfacher Heiduck!« sagte der Schnurrbartgewaltige, und sein Gesicht strahlte von Eitelkeit.

»Ich dachte, bei Gott, du seist der erhabene Woijewode selbst! Oh, oh, oh!« Bei diesen Worten schüttelte der Jude den Kopf und spreizte die Finger. »Oh, oh, wie würdig und vornehm der Herr aussehen. Bei Gott – ein Oberst, wie ein richtiger Oberst! Nur noch ein Tröpfchen, und nichts fehlte zu einem Oberst! Der Herr müßte auf einem Pferde sitzen, so schnell, wie eine Fliege, und Parade abhalten über alle Regimenter!«

Der Heiduck brachte den unteren Teil seines Bartes in Ordnung, und seine Augen strahlten vor Vergnügen.

»Nein, was sind die Soldaten doch für ein Volk«, fuhr der Jude fort. »O weh mir, was für ein prächtiges Volk! Schnüre, Tressen, das glänzt ordentlich wie die Sonne! Und die Fräulein, die die Herren Soldaten sehen – oh, oh ...« Und der Jude schüttelte wieder den Kopf.

Der Heiduck strich sich mit der Hand über den oberen Teil des Bartes und gab hierbei einen Laut von sich, der dem Wiehern eines Pferdes glich.

»Darf ich den Herrn untertänigst um eine Freundlichkeit bitten?« bat der Jude. »Der Fürst hier ist aus fremden Landen gekommen; er möchte sich die Kosaken ansehen. Hat er doch in seinem Leben nicht gesehen, was für ein Volk die Kosaken sind!«

Die Besuche ausländischer Grafen und Barone kamen in Polen ziemlich häufig vor; oft führte sie nichts hin als die bloße Neugierde, sich diesen halbasiatischen Winkel Europas anzusehen. Moskau und die Ukraine galt ihnen schon für Asien. Der Heiduck hielt es daher nach einer ziemlich tiefen Verbeugung für nötig, von sich aus noch ein paar Worte hinzuzufügen.

»Ich weiß nicht«, sagte er, »warum Euer Durchlaucht sie sich ansehen wollen. Das sind ja Hunde und keine Menschen. Und einen Glauben haben sie, den achtet niemand!«

»Das lügst du, Teufelsbrut«, rief Bulba. »Du selbst bist ein Hund! Wie wagst du, zu sagen, daß man unsern Glauben nicht achtet! Euren ketzerischen Glauben, den verabscheut jeder Rechtgläubige!«

»Aha, steht es so!« rief der Heiduck. »Jetzt weiß ich, wer du bist, mein Freund! Du gehörst wohl selbst zu diesen, die hier festsitzen. Warte mal, ich will mal unsere Leute herbeirufen!«

Taraß sah ein, wie unvorsichtig er gewesen war, aber Trotz und Wut hinderten ihn, darüber nachzudenken, wie er es wieder gutmachen sollte. Glücklicherweise griff Jankel sofort ein.

»Allerdurchlauchtigster Herr! Wie sollte es möglich sein, daß der Herr ist ein Kosak! Und wenn er ein Kosak wäre, wie käme er zu einer solchen Kleidung und zu einem so gräflichen Aussehen!«

»Lüg' dir doch selbst was vor!« Der Heiduck wollte schon seinen riesigen Mund öffnen, um Lärm zu machen.

»Eure königliche Hoheit! Beruhigen Sie sich! Beruhigen Sie sich um Gottes willen!« schrie Jankel. »Wir werden Ihnen so viel geben, wie Sie noch nie gesehen haben: Wir werden Ihnen zwei goldene Dukaten geben!«

»He, wie? – Zwei Dukaten! Aus zwei Dukaten mache ich mir gar nichts, die gebe ich dem Barbier, wenn er mir die Hälfte meines Bartes rasiert hat. Hundert Dukaten, Jude!« Hier drehte der Heiduck seinen Schnurrbart …

»Wenn du mir nicht sofort hundert Dukaten gibst, so schrei ich sofort los!«

»Warum so viel«, rief der Jude, der ganz kreidebleich geworden war, jammernd und öffnete einen ledernen Säckel, er war aber doch glücklich, daß nicht mehr darin war, und daß der Heiduck nicht weiter als bis hundert zählen konnte.

»Herr, lassen Sie uns schnell fortgehen. Sie sehen doch, was das hier für schlechte Menschen sind!« sagte Jankel, als er bemerkte, daß der Heiduck das Geld nachzählte, als ob es ihm leid täte, nicht mehr gefordert zu haben.

»Nun, du Satansheiduck?« rief Taraß. »Das Geld hast du genommen, aber du denkst nicht daran, uns den Gefangenen zu zeigen? Nun, jetzt mußt du ihn uns zeigen! Du hast das Geld angenommen, und darum hast du kein Recht, uns abzuweisen!«

»Fort mit euch, geht zum Teufel! Sonst melde ich es sofort! Und man wird euch gleich … Ich will euch Beine machen, sage ich euch!«

»Herr, Herr, kommt schnell, bei Gott, kommt! Hol sie der Teufel! Gott schicke ihm einen Traum, daß ihm übel wird!« schrie der arme Jankel.

Bulba wandte sich langsam um und schritt mit gesenktem Kopf zurück, wobei ihn Jankel mit Vorwürfen überhäufte, der sich über die nutzlos weggeworfenen hundert Dukaten fast zu Tode ärgerte.

»Wozu mußtet Ihr ihn denn reizen! Hättet Ihr doch den Hund ruhig schimpfen lassen! Das ist doch nun mal so ein Volk, die müssen immer schimpfen. O weh mir, was für ein Glück hat Gott diesem Menschen geschickt! Hundert Dukaten dafür, daß er uns fortjagt; unsereinem dagegen reißt man die Locken ab, man richtet ihm das Gesicht zu, daß man es gar nicht mehr anschauen mag – und kein Mensch gibt ihm hundert Dukaten! O mein Gott! Barmherziger Gott!«

Dieser Mißerfolg hatte jedoch noch einen tieferen Eindruck auf Bulba gemacht: Eine verzehrende Flamme glühte in seinen Augen.

»Vorwärts«, sagte Bulba plötzlich, wie aus einem Traum erwachend, »komm, wir wollen auf den Platz gehen. Ich will sehen, wie man ihn foltern wird.«

»O weh, gnädiger Herr, wozu sollen wir hingehen, wir können ihm ja doch nicht mehr helfen.«

»Komm«, sagte Bulba eigensinnig, und der Jude folgte ihm seufzend wie eine Kinderfrau.

Es war nicht schwer, den Platz aufzufinden, wo die Hinrichtung stattfinden sollte: Denn das Volk strömte von allen Seiten dorthin. In jenen barbarischen Zeiten war das nicht nur für den Pöbel, sondern auch für die höheren Kreise eins der beliebtesten Schauspiele. Viele fromme, alte Weiber, eine Unzahl scheuer und ängstlicher junger Mädchen und Frauen, die nachher die ganze Nacht von blutigen Leichen träumten und im Schlafe so laut aufschrien, wie das nur noch ein betrunkener Husar vermag, ließen keine Gelegenheit vorüber, sich das Schauspiel anzusehen. »Oh, welch entsetzliche Qualen«, schrien manche in hysterischer, fieberhafter Erregung, hielten sich die Hände vor die Augen und wandten sich ab, verharrten aber trotzdem lange auf ihrem Platze. Viele standen mit weitgeöffnetem Munde da, streckten die Arme aus und wären den vor ihnen Stehenden am liebsten auf den Kopf gesprungen, um besser sehen zu können. Aus der Menge der kleinen, schmalen und gewöhnlichen Köpfe ragte hin und wieder das dicke Gesicht eines Schlächters hervor: Er sah sich den Vorgang mit Kennermiene an und unterhielt sich in einsilbigen Worten mit einem Waffenschmied, den er Gevatter nannte, weil er sich an Feiertagen mit ihm zusammen in der gleichen Schenke zu betrinken pflegte. Wieder andere erörterten das Ereignis mit großer Erregung und Leidenschaftlichkeit; eine dritte Partei ging sogar Wetten ein. Die meisten Anwesenden jedoch gehörten zu jener Gattung, die die ganze Welt und alles, was darin vorgeht, gleichgültig ansehen und dabei den Finger in die Nase stecken. In der ersten Reihe, neben den mit mächtigen Schnauzbärten gezierten Heiducken, die die Stadtwache bildeten, stand ein junger Edelmann (er sah wenigstens so aus) in ritterlicher Tracht; er hatte sich mit allem behängt, was er besaß, so daß nur noch ein zerrissenes Hemd und ein Paar alte Stiefel in seiner Wohnung zurückgeblieben waren. Um seinen Hals hatte er zwei Ketten geschlungen, eine über die andere, an denen je ein Dukaten hing. So stand er mit seiner Geliebten Jusyssja da und sah sich fortwährend um, damit nur ja niemand ihr seidenes Kleid beschmutzte. Er hatte ihr bereits alles erklärt, so daß gar nichts mehr hinzuzufügen blieb. »Sieh, geliebte Jusyssja«, sagte er, »dies ganze Volk, das du hier siehst, ist hierhergekommen, um zu sehen, wie man die Verbrecher hinrichten wird. Der da, mit dem Beil und den anderen Werkzeugen in der Hand, der, den du dort siehst, Liebchen, das ist der Henker, der wird das Urteil vollstrecken. Solange er den Verbrecher rädert und noch auf andere Weise martert, ist der immer noch am Leben; schlägt er ihm aber den Kopf ab, dann ist es aus mit ihm, Liebste. Zuerst wird er natürlich schreien und sich winden – wenn man ihm aber den Kopf abgeschlagen hat, dann kann er nicht mehr schreien, und nicht mehr essen, noch trinken, denn er hat ja keinen Kopf mehr, Liebchen!« Und Jusyssja hörte das alles voller Schrecken und Neugier an. Die Dächer der Häuser waren von einer großen Menschenmenge bedeckt. Aus kleinen Luken blickten merkwürdige Gesichter, mit Schnurrbärten und haubenartigen Kopfbedeckungen hervor. Auf den Balkonen saßen die Edelleute unter Baldachinen. Das schöne Händchen eines lachenden Fräuleins mit einem Gesichtchen, das wie Milchzucker glänzte, lag lässig auf dem Rand der Brüstung. Edle Herren von ansehnlicher Beleibtheit blickten mit ernster Miene von oben herab. Ein Leibeigener in kostbarer Tracht und mit zurückgeschlagenen Ärmeln reichte allerhand Speisen und Getränke herum. Bisweilen warf ein mutwilliges Mädchen mit schwarzen Augen und weißen glänzenden Händchen Kuchen und Früchte unter die Menge. Eine Schar hungriger Ritter hielt um die

Wette ihre Mützen hin, und ein hagerer Edelmann, der mit seinem Kopfe weit über alles Volk hinausragte und einen verblichenen roten Rock mit nachgedunkelten goldenen Schnüren trug, fing die süße Beute mit seinen langen Armen auf, küßte sie, drückte sie ans Herz und ließ sie dann im Munde verschwinden. Auch ein Falke, der in einem goldenen Käfig unter dem Balkon hing, gehörte zu den Zuschauern; er saß mit zur Seite gebogenem Schnabel und ausgestreckter Kralle da und beobachtete seinerseits das Volk voller Aufmerksamkeit. Plötzlich begann die Menge unruhig zu werden und zu lärmen, und man schrie von allen Seiten: »Sie kommen, sie kommen, die Kosaken kommen!«

Diese kamen mit entblößten Häuptern und ihren langen Mähnen herangeschritten; auch ihre Bärte waren lang und ungepflegt. Ihr Gang war weder ängstlich noch bekümmert; stumm und stolz schritten sie daher. Das kostbare Tuch ihrer Kleider war verschlissen und hing in Fetzen an ihnen herab: sie beachteten das Volk nicht und gönnten ihm keinen Gruß. Allen voran schritt Ostap.

Was mochte der alte Taraß empfinden, als er seinen Sohn erblickte? Was ging wohl in seiner Seele vor? Er sah aus der Menge nach ihm hin, und keine seiner Bewegungen ging ihm verloren. Die Kosaken hatten den Richtplatz betreten. Ostap blieb stehen. Er sollte den bitteren Kelch als erster leeren. Er sah die Seinen an, hob die Arme empor, und sprach laut: »Gebe Gott, daß alle Ketzer, die hier stehen, nichts davon vernehmen, wie ein Christ leidet, und daß keiner einen Laut von sich gebe!« Dann beschritt er das Schafott. »Brav, mein Sohn, brav«, sagte Bulba leise und ließ seinen grauen Kopf tief hinabsinken.

Der Henker riß Ostap die alten Lumpen herunter, Hände und Füße wurden in ein eigens zu diesem Zwecke angefertigtes Gestell gesteckt und ... Aber wozu sollen wir den Leser mit der Beschreibung all der höllischen Qualen erschüttern, bei denen einem jeden die Haare zu Berge stehen müssen. Das waren die Ausgeburten jenes rohen barbarischen Zeitalters, da der Mensch sein Leben nur in blutigen Kämpfen hinbrachte und seine Seele gegen alle menschlichen Gefühle abhärtete. Vergebens kämpften einzelne Menschen, die in jener Zeit nur seltene Ausnahmen bildeten, gegen diese entsetzlichen Schauspiele. Vergebens wiesen geistig hochbegabte und aufgeklärte Könige und viele Ritter darauf hin, daß solch grausame Strafen den Rachedurst der Kosaken nur noch mehr entflammen müßten. Aber die Macht des Königs und die vernünftigen Erwägungen waren ohnmächtig gegenüber der Zügellosigkeit und frechen Willkür der Magnaten, die durch ihre Unüberlegtheit, ihren unbegreiflichen Mangel jeglichen Weitblicks und durch ihren kindlichen Ehrgeiz und kleinlichen Stolz den Reichstag zu einer Satire auf die Regierung herabgewürdigt hatten. Ostap ertrug die Qualen und Foltern wie in Held. Als man ihm die Gelenke an Händen und Füßen zerbrach, hörte man ihm nicht einmal einen Schrei oder einen Seufzer entfahren, und selbst als inmitten der totenstillen Menge das entsetzliche Krachen der Knochen auch dem entferntesten Zuschauer hörbar wurde, und die jungen Fräuleins ihre Augen abwandten – selbst da entwich seinen Lippen kein Klagelaut, und zuckte keine Miene in seinem Gesicht. Taraß stand mit gesenktem Haupte in der Menge, aber seine Augen blickten stolz, und er murmelte beifällig: »Bravo, mein Sohn, bravo.«

Als man jedoch zu den letzten tödlichen Martern schritt, da schien es, als ob Ostap seine Selbstbeherrschung verlassen wollte. Er sah sich rings um: Gott! Lauter fremde, unbekannte Gesichter! O, wäre doch nur einer, der ihm nahestand, bei seinem Tode zugegen gewesen. Es war nicht das Schluchzen und Klagen der schwachen Mutter, oder das irrsinnige Jammern der Gattin, die sich die Haare zerrauft und gegen den weißen Busen schlägt, was ihn zu hören verlangte, wohl aber hätte er jetzt einen starken Mann sehen mögen, der ihn vor seinem Ende mit einem klugen Wort erfrischen und trösten konnte. Seine Kraft verließ ihn und in furchtbarer Seelenqual schrie er auf: »Vater, wo bist du? Hörst du das alles nicht?«

»Ich höre es«, klang es plötzlich durch die allgemeine Stille, und ein Zittern ging plötzlich durch die millionenstarke Menge. Ein Teil der bewaffneten Reiter stürzte sich sofort mitten unter sie, um sie zu durchsuchen. Jankel war bleich geworden wie der Tod; als sich die Reiter ein wenig von ihm entfernt hatten, wandte er sich voller Schrecken um, um Taraß zu suchen; allein dieser stand schon nicht mehr neben ihm und war spurlos verschwunden.

XII.

Taraß ließ bald wieder von sich hören. Ein Heer von hundertzwanzigtausend Kosaken erschien an den Grenzen der Ukraine. Das war nicht mehr ein Häuflein oder eine kleine Schar, die auf Raub ausgingen oder die den Tataren nachsetzen wollte. Nein, die ganze Nation hatte sich erhoben, denn die Geduld des Volkes war endlich erschöpft – sie hatte sich erhoben, um sich für die Verhöhnung ihrer Rechte, den erniedrigenden Schimpf, der ihren Sitten angetan war, die Verletzung des Glaubens ihrer Vorfahren und ihrer heiligen Gebräuche, für die Schändung der Kirchen, die Willkür der ausländischen Herren, die Unterdrückung, die Union und die verhaßte Herrschaft der Juden in christlichen Landen, kurz, um sich für alles zu rächen, was den leidenschaftlichen Haß der Kosaken hervorgerufen und gesteigert hatte. An der Spitze dieses unübersehbaren Kosakenheeres stand der junge aber kluge und mutige Hetman Ostraniza, und ihm zur Seite sein altersgrauer und kampferprobter Waffenbruder und Berater Gunja. Acht Hauptleute führten ebensoviele Scharen von je zwölftausend Kosaken. Zwei Anführer und ein Unterfeldherr bildeten das unmittelbare Gefolge des Hetmans. Der erste Fahnenträger ritt mit dem großen Banner allen voran; und noch zahllose andere Fahnen und Feldzeichen sah man in der Ferne flattern. Die Anführer trugen alle ihre Hetmansstäbe. Außerdem befanden sich im Heere noch eine große Reihe anderer Würdenträger, als da sind: Proviantmeister, Stabsoffiziere, Regimentsschreiber usw., die von Berittenen und Fußvolk begleitet wurden. Die Zahl der Freiwilligen war fast ebenso groß wie die der Kriegspflichtigen. Von allen Seiten waren die Kosaken zusammengeströmt: Aus Tschigirin, Perejaßlaw, aus Baturin- und Gluchow, von dem unteren Lauf des Dnjepr, von seinem ganzen Oberlauf und von all seinen Inseln. Zahllose Roßherden und Wagenreihen zogen über die Felder dahin. Aber unter den vielen Kosaken, unter diesen acht Abteilungen war eine, die vor allen ausgezeichnet war, das war die, an deren Spitze Taraß Bulba stand. Alles kam zusammen, um ihm ein gewaltiges Übergewicht über seine Genossen zu geben: sein vorgerücktes Alter, seine Erfahrung, seine Kunst, ein so großes Heer zu befehligen, und vor allem sein furchtbarer Haß gegen die Feinde. Selbst den Kosaken erschien seine furchtbare Wildheit und unbarmherzige Grausamkeit fast übertrieben. Sein ergrauter Kopf träumte von nichts anderem, als von Galgen und Feuer, und im Kriegsrate verbreitete sein Wort Schrecken und Vernichtung.

Es wäre zwecklos, all die Schlachten, in denen sich die Kosaken auszeichneten, oder den ganzen Verlauf dieses Feldzuges zu beschreiben, all dieses ist in den Büchern der Geschichte aufgezeichnet. Man weiß, wie man in russischen Landen einen Krieg für den Glauben führt: Es gibt keine furchtbarere Kraft als den Glauben. Er ist unüberwindlich und schrecklich wie ein Felsen, der nicht von Menschenhand geschaffen ist und der von dem wilden ewig wechselnden Meere umbraust wird: Aus der tiefsten Tiefe des Meeresgrundes erhebt er seine unerschütterlichen, aus einem einzigen Stücke geschaffenen Mauern bis in den Himmel empor. Er ist von allen Seiten sichtbar und blickt offen und aufrecht auf die vorbeieilenden Wogen herab. Und wehe dem Schiff, das zu ihm hingetrieben wird. Seine kraftlosen Masten und Segel reißen in Stücke. Mann und Maus geht unter, und das Jammergeschrei der Ertrinkenden erfüllt ringsum die Luft.

Es ist in den Chroniken ausführlich beschrieben, wie die polnischen Besatzungen aus den erschrockenen Städten flohen, wie die gewissenlosen jüdischen Pächter, einer nach dem andern aufgeknüpft wurden, wie ohnmächtig der königliche Hetman Nikolaus Potozki mit seinem großen Heere dieser unüberwindlichen Macht gegenüberstand, wie er geschlagen und verfolgt wurde und wie er die bessere Hälfte seines Heeres in einem kleinen Flüßchen untergehen ließ; wie die furchtbaren Kosakenhorden ihn in das Städtchen Polonno einschlossen, und wie der bis zum Äußersten getriebene polnische Hetman ihnen mit einem feierlichen Eid im Namen des Königs und aller Magnaten vollständige Genugtuung und die Wiederherstellung aller früherer Rechte und Privilegien versprach. Aber die Kosaken waren nicht gesinnt, sich damit zu begnügen: wußten sie doch, welch einen Wert ein polnischer Eid hatte. Und Potozki hätte nicht mehr auf seinem schmucken Renner, der wohl sechstausend Gulden wert war, die Blicke der Edeldamen und den Neid des Adels auf sich lenken, nicht mehr im Reichstag lärmen und keine glänzenden Gastmähler zu Ehren der Senatoren geben können, wenn ihn die russische Geistlichkeit, die sich im Städtchen befand, nicht gerettet hätte. Als nämlich alle Polen in ihren glänzenden, goldbestickten Meßgewändern, mit Heiligenbildern und Kreuzen in den Händen und allen voran der Erzbischof mit Kreuz und Mitra ihnen entgegenkamen, da senkten die Kosaken ihre Häupter und nahmen die Mützen ab. In jenem Augenblick hätten sie wohl niemand Achtung erwiesen, selbst dem König nicht – aber gegen ihre Kirche erdreisteten sie sich nicht, sich aufzulehnen, und daher begrüßten sie ihre Geistlichkeit ehrfürchtig. Der Hetman wie die Hauptleute erklärten sich bereit, Potozki freizugeben, doch ließen sie ihn vorher einen Schwur leisten, daß er alle christlichen Kirchen in Ruhe lassen, der alten Feindschaft entsagen und dem Kosakentum keinen Schimpf und Schaden mehr zufügen werde. Nur einer der Hauptleute wollte diesen Friedensschluß nicht mitmachen: Dieser eine war Taraß. Er riß sich ein Büschel Haare aus und rief:

»He, du, Hetman, und ihr, Hauptleute! Macht doch keine solchen Weibergeschäfte! Traut den Polen nicht: sie werden euch ja doch verraten!« Und als der Regimentsschreiber den Vertrag vorlegte, und der Hetman ihn mit seiner mächtigen Faust unterzeichnete, da zog Taraß seine herrliche Klinge, den kostbaren türkischen Säbel von feinstem Stahl, zerbrach ihn in zwei Stücke wie einen Stab, warf sie weit weg, nach verschiedenen Richtungen und rief: »So lebt denn wohl! So wenig wie diese beiden Enden sich je zu einem Säbel vereinigen werden, werden auch wir uns in dieser Welt noch einmal wiedersehen, Kameraden! Seid meiner Abschiedsworte eingedenk!« (Hier wurde seine Stimme lauter, sie erhob sich gewaltig, und eine ungewohnte Macht ging von ihr aus, so daß alle über diese prophetischen Worte in Verwirrung gerieten.) »In eurer Todesstunde werdet ihr meiner gedenken! Ihr glaubt, daß ihr euch nun Ruhe und Frieden erkauft habt, ihr glaubt, daß ihr jetzt wie die Herren leben werdet? Das kann ein rechtes Herrenleben werden! Die Haut wird man dir vom Kopfe ziehen, Hetman, man wird sie mit Buchweizenspreu ausstopfen und sie auf allen Märkten herumschleppen und ausstellen! Und auch ihr, werte Herren, werdet eure Köpfe nicht behalten! In feuchten Kellern, zwischen steinernen Mauern eingepfercht, werdet ihr elend verrecken – wenn man euch nicht etwa lebendig röstet wie Hammel in glühenden Kesseln.«

»Doch ihr, Kameraden«, fuhr er fort, indem er sich an seine Leute wandte, »wer von euch will einen Tod sterben, wie er selbst ihn sich wünscht, – nicht hinter dem Ofen und an der Seite seines Weibes, nicht trunken hinterm Zaun neben irgendeiner Schenke, wie ein stinkendes Aas, – sondern einen ehrlichen Kosakentod, zusammen mit allen, auf *einem* Lager, wie Braut und Bräutigam? Oder wollt ihr vielleicht nach Hause zurückkehren, euren Glauben abschwören und die polnischen Priester auf eurem Rücken schleppen?«

»Führe du uns, Hauptmann, führe uns, Herr«, riefen alle, die zu seiner Abteilung gehörten, und noch viele andere schlossen sich an.

»Nun, also denn vorwärts«, rief Taraß, drückte seine Mütze noch kühner in die Stirn, warf einen verächtlichen Blick auf die Zurückbleibenden, richtet sich auf seinem Rosse hoch auf und rief den Seinen zu: »Niemand wage es, uns zu beschimpfen! Auf, Freunde, jetzt wollen wir diesen Katholiken einmal einen Besuch abstatten!« Damit gab er seinem Pferd einen Schlag und stürmte davon, und ein ganzer Zug von hundert Wagen, dem sich viele Kosaken zu Fuß und zu Pferde anschlossen, folgte ihm. Taraß wandte sich um und warf den Zurückbleibenden noch einen drohenden Blick zu – seine Augen sprühten vor Zorn. Niemand wagte es, sie zurückzuhalten. Die Abteilung zog angesichts des ganzen Heeres ab, und noch viele Male drehte sich Taraß nach ihm und blitzte sie zornig an.

Der Hetman und die Kosaken blieben zurück; sie versanken in Gedanken und schwiegen lange Zeit, wie wenn eine schwere Vorahnung sie bedrückte. Taraß hatte die Wahrheit gesagt. Es kam ganz so, wie er es vorausgesehen hatte. Kurze Zeit darauf, nach dem Verrat von Kanew, ward der Kopf des Hetmans und mit ihm der vieler vornehmer Würdenträger, auf einen Pfahl gesteckt und öffentlich zur Schau gestellt.

Was aber geschah mit Taraß? Er stürmte mit seinen Leuten durch ganz Polen, brannte achtzig Städtchen und ungefähr vierzig Kirchen nieder und rückte schon gegen Krakau vor. So manchen Edelmann hatte er schon niedergemacht und die reichsten und schönsten Schlösser geplündert. Die Kosaken öffneten die Wein- und Metfässer, die jahrhundertelang im Keller der polnischen Herren gelagert hatten, und ließen den köstlichen Wein auf den Boden laufen, schnitten die kostbaren Stoffe in Stücke und verbrannten die Gewänder und Zierate, die sich in den Kammern befanden. »Schont mir nur nichts«, wiederholte Taraß fortwährend, und die Kosaken schonten selbst die schwarzäugigen Fräulein mit den weißen Busen und den lieblichen Gesichtchen nicht, nicht einmal vor den Altären fanden sie Schutz vor ihnen: Taraß ließ sie mitsamt den Altären verbrennen. Manch schneeweiße Hand hob sich flehend aus der feurigen Glut zum Himmel: bei ihrem jämmerlichen Geschrei hätte die Erde selbst sich erweicht, und das Gras der Steppe hätte sich mitleidig zu Boden geneigt. Aber die grausamen Kosaken achteten auf nichts, sie spießten auf den Straßen die Säuglinge auf ihre Lanzen und schleuderten sie ihnen in die Flammen nach. »Da, ihr verdammten Polen, das ist die Totenfeier für Ostap«, wiederholte Taraß beständig. Und solche Totenfeiern für Ostap veranstaltete er in jedem Dorfe, bis die polnische Regierung endlich erkannte, daß Taraß' Toben mehr bedeutete als ein einfaches Rauben, sie erteilte daher Potozki den Auftrag, mit fünf Regimentern auszuziehen, um Taraß unverzüglich zu fangen.

Sechs Tage lang entzogen sich die Kosaken auf allerhand Feldwegen der Verfolgung, die Pferde vermochten die ungewohnte schnelle Flucht kaum zu ertragen und retteten nur mit Mühe die Kosaken. Potozki erwies sich jedoch diesmal des ihm gegebenen Auftrags gewachsen: Unermüdlich verfolgte er sie und erreichte sie endlich am Ufer des Dnjestr, wo Bulba eine zerfallene und verlassene Festung bezogen hatte, um dort Rast zu halten.

Diese Festung stand dicht an den steilen Ufern des Dnjestr, die Wälle waren niedergerissen, die Mauern waren zerfallen, und die Spitze des Felsens, die jeden Augenblick zusammenzustürzen und herabzufallen drohte, war über und über mit zerbrochenen Kiesel- und Felssteinen bedeckt. Hier war es, wo der königliche Hetman Potozki die Kosaken von drei Seiten, die mit dem offenen Feld in Verbindung standen, umzingelte. Vier Tage lang kämpften und verteidigten sie sich, indem sie Felsen und Ziegelsteine auf die Polen herabschleuderten, aber als die Vorräte und Kräfte zu Ende waren, faßte Taraß den Entschluß, sich durch die feindlichen Reihen hindurchzuschlagen. Der Versuch wäre beinahe gelungen – schon hatten die Kosaken die feindliche Schlachtordnung durchbrochen, und vielleicht hätten ihnen ihre schnellfüßigen Rosse noch einmal einen treuen Dienst geleistet, – da hielt Taraß plötzlich mitten im vollen Lauf inne und rief aus: »Halt, ich habe meine Pfeife und meinen Tabak verloren! Ich will nicht, daß die verfluchten Polen auch nur meine Pfeife in die Hände bekommen!« Und der alte Hauptmann bückte sich und begann im Grase nach seiner Pfeife zu suchen, die immerdar – zu Wasser und zu Lande, im Feldzug und daheim, seine treue Begleiterin gewesen war. Inzwischen war jedoch ein Trupp Polen herbeigesprengt, und plötzlich packten ihn ein paar Leute bei den kräftigen Schultern. Er suchte sie mit aller Macht abzuschütteln, aber diesmal fielen die Heiducken nicht wie ehemals von ihren Rossen herunter. »Ach ja, man wird alt«, sagte er, und der schwere, alte Kosak begann bitterlich zu weinen, doch es war nicht das Alter, das an seiner Niederlage schuld war: Er war der Übermacht erlegen, denn mehr als dreißig Mann hielten seine Hände und Füße umklammert.

»Endlich haben wir dich, alte Krähe!« schrien die Polen. »Jetzt müssen wir es und noch überlegen, du Hund, wie wir dich am besten ehren!« Mit Zustimmung des Hetmans wurde er dazu verurteilt, angesichts des Heeres lebendig verbrannt zu werden. Ganz in der Nähe befand sich ein kahler Baumstamm, dessen Spitze vom Blitze zerstört war. Taraß wurde in eiserne Ketten geschlossen, zum Baume geschleppt und an den Stamm gefesselt; man erhob ihn so hoch wie möglich über den Erdboden, damit man ihn von allen Seiten sehen konnte, nagelte seine Hände fest und schichtete einen Scheiterhaufen unter dem Baume auf. Aber Taraß blickte nicht auf den Scheiterhaufen; er dachte nicht an das Feuer, das ihn verzehren sollte, er sah dorthin, wo die Gewehre knatterten und die Kosaken sich ihrer Feinde zu erwehren suchten, war doch von seinem erhöhten Platze aus alles zu sehen wie auf der flachen Hand. »Schnell, schnell hinauf, Kameraden«, schrie er, »besetzt den Hügel hinter dem Walde! Dorthin können sie euch nicht folgen!« Aber der Wind trug seine Worte nicht bis zu ihnen. »Sie werden umkommen, nutzlos umkommen«, sagte er und blickte verzweifelt nach unten hinab, wo der Dnjestr glänzte. Plötzlich blitzte eine helle Freude in seinen Augen auf. Er hatte hinter einem Busch auf dem Flusse vier Nachen erblickt, und so nahm er denn seine ganze Kraft zusammen und schrie mit lauter Stimme »Ans Ufer, ans Ufer, Kameraden! Lauft den kleinen Weg hinunter, den, der zur Linken liegt! Am Ufer liegen Kähne! Bemächtigt euch ihrer sofort, aber aller, hört ihr, damit sie euch nicht verfolgen können!«

Diesmal wehte der Wind von der andern Seite, und den Kosaken entging keins seiner Worte. Aber für seine Warnung erhielt er einen solchen Hieb mit der Keule über den Schädel, daß es ihm dunkel vor den Augen wurde.

Schnell wie der Blitz jagten die Kosaken den Bergsteig hinab, und dicht hinter ihnen die Verfolger. Sie sahen, daß der schmale Pfad sich vielfach hin und her schlängelt und windet und sich seitwärts verzweigt. »Ach, Kameraden, es wird uns nicht glücken«, seufzten alle und hielten einen Augenblick inne, dann aber ließen sie ihre Peitschen durch die Luft sausen – ein Pfiff, und im Nu flogen ihre Tatarenpferde über die Erde hin; lang streckten sie sich in der Luft aus gleich einer Schlange, setzten im Sprung über Abgründe und stürzten dann mitten in den Dnjestr hinein. Nur zwei Kosaken vermochten den Fluß nicht mehr zu erreichen: sie fielen samt ihren Pferden auf die Felsen hinab und blieben dort für immer tot liegen, ohne auch nur einen Schrei ausgestoßen zu haben. Die andern aber schwammen bereits mit ihren Pferden im Flusse und banden die Boote los. Verdutzt blieben die Polen vor dem Abgrunde stehen; ganz erstaunt über diese unerhörte Kühnheit der Kosaken und noch im Zweifel, ob sie ihnen folgen sollten oder nicht. Nur ein junger Hauptmann, dem das Blut heiß und wild durch die Adern stürmte, ein Bruder der schönen Polin, die den armen Andrij betört hatte, überlegte nicht lange, nahm einen Anlauf und warf sich mit seinem Roß in die Fluten: dreimal überschlug er sich in der Luft mit seinem Pferde und stürzte dann jäh auf die spitzen Felsen herab. Das scharfe Gestein riß seinen Körper in Stücke, der bald im Abgrunde verschwand, und sein mit Blut vermischtes Gehirn spritzte weit über Sträucher, die an den rauhen Felsenklippen des Abhanges wuchsen. Als Taraß sich von dem Schlage erholt hatte, blickte er nach dem Dnjestr hinab, die Kosaken saßen bereits in den Kähnen und ruderten davon; die Kugeln regneten nur so von oben auf sie herab, allein sie trafen niemand, und freudig leuchteten die Augen des alten Hetmans.

»Lebt wohl, Kameraden«, rief er ihnen von oben zu, »denkt an mich, kommt im nächsten Frühling wieder her und setzt ihnen ordentlich zu. Nun! Was habt ihr erreicht, ihr teuflischen Polen? Glaubt ihr, es gibt etwas auf der Welt, wovor der Kosak sich fürchtet? Wartet nur, es kommt noch einmal der Tag, wo ihr erfahren werdet, was der rechte russische Glaube vermag! Schon jetzt spüren es die fernen und die nahen Völker! Ein Zar wird erstehen aus dem russischen Blute, und es wird keine Macht der Welt geben, die sich ihm nicht unterwerfen müßte!« Schon züngelte die Glut über dem Scheiterhaufen, das Feuer beleckte seine Füße und schlängelte sich in einer mächtigen Flamme am Baume empor. Aber gibt es denn irgendwo in der Welt ein Feuer, gibt es Qualen oder irgend eine Macht, die die Kraft eines Russen zu überwältigen vermöchte?

Ein großer Fluß ist der Dnjestr; er hat viele Buchten, viel dichtes Schilf, viele Sandbänke und gewaltige Untiefen. Es glänzt sein Wasserspiegel; hell klingt das Schreien der Schwäne, und stolz fliegt die Quäker-Ente über ihn dahin; viele Wasserschnepfen, Rebhühner mit roten Kröpfen und noch manch andere Vögel hausen in dem dichten Rohr seiner Ufer. Behend und kraftvoll glitten die Kosaken in ihren zweirudrigen Kähnen dahin, wacker legten sie sich in die Ruder, wichen vorsichtig den Sandbänken aus, scheuchten die ängstlich flatternden Vögel auf und sprachen preisend von ihrem Hauptmann.

Mirgorod

1835

Ein Novellen-Kreis
zugleich eine Fortsetzung
der Abende auf dem Weiler bei Dikanka

Zweiter Teil

Mirgorod ist eine ziemlich kleine Stadt, am Flusse Chorol.
Sie hat eine Seilfabrik, eine Ziegelei, 4 Wassermühlen und 45 Windmühlen.
Lehrbuch der Geographie von Sjablowski

Obwohl man in Mirgorod die Brezeln aus schwarzem Teig backt,
sind sie doch recht schmackhaft.
Aus dem Tagebuche eines Reisenden

Wij*

Übersetzt von Lolly König

Sowie die helle Glocke ertönte, die an der Pforte des Bruderschaftsklosters zu Kiew hing, kamen die Schüler und Seminaristen von allen Enden der Stadt in dichten Scharen herbeigeeilt. Die Grammatiker, die Rhetoriker, die Philosophen und Theologen, sie alle strebten mit ihren Heften unter dem Arm der Schule zu. Die Grammatiker waren noch sehr klein; sie balgten sich unterwegs und schimpften sich mit ihren feinen Sopranstimmen. Fast immer hatten sie zerrissene, schmutzige Kleider an, und ihre Taschen waren stets mit allerlei Plunder vollgestopft. Manchmal trugen sie sogar junge Spatzen in der Tasche, und mitunter begann wohl der eine oder andere, wenn tiefe Stille in der Klasse herrschte, zu zwitschern, was seinem Besitzer ein paar tüchtige Schläge auf beide Hände, und ab und zu auch eine Tracht Prügel mit der Rute aus jungen Kirschbaumzweigen eintrug. Bei den Rhetorikern ging es

* Wij ist eine ins Riesenhafte gehende Schöpfung der Volksphantasie. So heißt nämlich bei den Klein-Russen der Fürst der Gnomen, dessen Augenlider bis an die Erde reichen. Die ganze folgende Erzählung ist eine Volkssage. Ich wollte sie völlig unverändert lassen, und erzähle sie daher fast ebenso schlicht und einfach, wie ich sie gehört habe.

schon solider zu; ihre Kleider waren oft noch vollkommen heil, aber dafür waren sie im Gesicht fast immer mit einer Trophäe in Form einer rhetorischen Trope geschmückt: Entweder versteckte sich ein Auge ganz unter der geschwollenen Stirn, oder man sah statt der Lippen eine große Blase oder auch ein anderes charakteristisches Merkzeichen. Diese Rhetoriker sprachen und fluchten im Tenor, die Philosophen aber griffen eine ganze Oktave tiefer. Ihre Taschen enthielten nichts außer kräftigen Tabaksblättern. Sie legten sich keine Vorräte an, denn alles, was ihnen unter die Finger kam, wurde sofort verzehrt. Sie rochen oft schon von weitem so stark nach Tabak und Schnaps, daß ein vorübergehender Handwerker stets stehen blieb und wie ein Jagdhund in der Luft herumschnüffelte.

Um diese Zeit begann der Marktplatz langsam zu erwachen. Die Händlerinnen breiteten ihre Brezeln, Semmeln, Wassermelonen und Mohnsamen mit Honig aus und zupften die Vorübergehenden, die Kleider aus feinem Tuch oder schmuckem Baumwollstoff trugen, an den Rockschößen.

»Junge Herren, junge Herren, hierher! hierher!« riefen sie von allen Seiten. »Sehen Sie nur, was für Mohnkuchen, was für schöne Brötchen und Brezeln – sie sind ganz ausgezeichnet, bei Gott! Von feinstem Honig – ich habe sie selbst gebacken!«

Eine andere hielt ein langes, gewundenes Gebäck aus Teig in die Höhe und schrie: »He, he, die schöne Honigstange! Junger Herr, kaufen Sie doch diese Honigstange!«

»Kaufen Sie ja nichts bei der: Sehen Sie doch diese widerliche Person an, die häßliche Nase, die unsauberen Hände …«

Die Philosophen und Theologen aber ließen sie in Ruhe; denn diese liebten es nur, zu »probieren«, und zwar nahmen sie sich immer gleich eine Hand voll.

Im Seminar angekommen, verteilte sich die ganze Schar sogleich in den Klassen, die sich in niedrigen, aber ziemlich geräumigen Zimmern, mit breiten Türen, kleinen Fenstern und schmutzigen

Bänken befanden. Plötzlich erfüllte ein vielstimmiges Summen die Räume: Die älteren Schüler, die sogenannten Auditoren, hörten den jüngeren ihre Lektionen ab; hierbei war der helle Sopran der Grammatiker genau auf den Ton der kleinen Fensterscheibe abgestimmt, die ihn fast unverändert zurückwarf; in der Ecke brüllte ein Rhetor, dessen Mund und wulstige Lippen eigentlich mehr zu einem Philosophen paßten. Er rezitierte mit tiefer Baßstimme, und man vernahm von weitem nichts, wie ein dumpfes Bu, bu, bu, bu ... Die Auditoren, die den jüngeren Schülern ihre Lektion überhörten, schielten mit einem Auge unter die Bank, wo gewöhnlich aus der Tasche des ihnen unterstellten Seminaristen ein Brot, ein Quarkkuchen oder Kürbissamen hervorblickten.

Traf es sich, daß sich die ganze gelehrte Schar etwas früher als nötig versammelt hatte, oder wenn es bekannt wurde, daß die Professoren später als sonst kommen würden, dann inszenierte man unter allgemeinem Beifall eine »Schlacht«, an der alle Schüler, sogar die Zensoren, teilnehmen mußten, die verpflichtet waren, die Ordnung aufrechtzuerhalten, und die die Moral des ganzen Schülerstandes zu beaufsichtigen hatten. Gewöhnlich entschieden zwei Theologen, wie die Schlacht vor sich gehen, ob jede Klasse für sich kämpfen, oder ob alle zusammen zwei Lager, nämlich die Burssa und das Seminar, bilden sollten. Auf alle Fälle machten die Grammatiker den Anfang, sobald sich dann die Rhetoriker hineinmengten, liefen sie fort und stellten sich an erhöhten Plätzen auf, um den Gang der Schlacht zu beobachten. Dann kamen die Philosophen mit ihren langen, schwarzen Schnurrbärten an die Reihe, und ganz zuletzt griffen die Theologen mit ihren gräßlichen Hosen und den furchtbaren, dicken Hälsen in die Schlacht ein. Gewöhnlich endete der Kampf damit, daß die Theologie sämtliche Kämpfer besiegt, die Philosophie aber wurde in die Klasse zurückgedrängt, rieb sich die Lenden und setzte sich auf die Bänke, um sich zu erholen. Der Professor, der zu seiner Zeit auch an ähnlichen Kämpfen teilgenommen hatte, merkte beim Eintritt in die Klasse sofort an den Gesicherten seiner Zuhörer, daß es keine üble Schlacht gegeben hatte, und klopfte den Rhetorikern mit Ruten auf die Finger, während sein Kollege in der anderen Klasse die Hände der Philosophen mit einer Holzleiste bearbeitete. Mit den Theologen wurde ganz anders verfahren: Ihnen wurde, nach dem Ausdruck des Theologieprofessors, ein Maß »grober Erbsen«, und zwar vermittelst eines kurzen Lederriemens, zugemessen.

An Festen und Feiertagen zogen die Seminaristen und Schüler mit einem Puppentheater von Haus zu Haus; manchmal spielten sie auch selbst Komödie; und dann zeichnete sich immer ein Theologe besonders aus: irgendein Riese, der nicht viel kleiner war, als der Glockenturm von Kiew. Er spielte die Herodias oder Frau Potiphar, die Gemahlin des ägyptischen Kämmerers. Zur Belohnung erhielten sie ein Stück Leinwand, einen Sack Hirse, die Hälfte einer gebratenen Gans und dergleichen. All diesem gelehrten Volk, der Burssa wie dem Seminar – die eine ererbte Antipathie gegeneinander hegten – fehlte es meist an den notwendigen Subsistenzmitteln, dabei aber waren sie außerordentlich gefräßig; es wäre ein Ding der Unmöglichkeit gewesen, die Zahl der Klöße anzugeben, die jeder von ihnen beim Abendbrot herunterschlang; so reichten denn auch die freiwilligen Spenden der wohlhabenden Gutsbesitzer gewöhnlich nicht aus. Daher schickte mitunter der Senat, der nur aus Philosophen und Theologen bestand, die Grammatiker und Rhetoriker unter Führung eines Philosophen, – zuweilen aber schloß er sich auch selbst in *corpore* an – mit Säcken auf den Schultern, in die fremden Gemüsegärten; an solchen Tagen gab's in der Burssa Kürbisbrei. Die Senatoren schlugen sich den Magen so mit Melonen und Wassermelonen voll, daß die Auditoren am nächsten Tage statt eines Vortrages deren zwei zu hören bekamen: der eine drang aus dem Munde, der andre kam aus dem Magen des Senators. Die Zöglinge der Burssa wie auch die des Seminars trugen lange Röcke, die »bis *dahin*« reichten; ein technischer Ausdruck, der soviel besagt als: »bis an die Fersen«.

Das feierlichste Ereignis für das Seminar aber war der Anbruch der Ferien, die Zeit vom Monat Juni an, wo die Burssa gewöhnlich nach Hause entlassen wurde. Dann war die Landstraße wie besät von Grammatikern, Rhetoren, Philosophen und Theologen. Wer kein eigenes Heim besaß, zog zu einem seiner Kameraden. Die Philosophen und Theologen gingen in *»Kondition«*, das heißt, sie unterrichteten oder bereiteten die Kinder wohlhabender Leute für die Schule vor. Dafür erhielten sie einmal im Jahr ein Paar neue Stiefel und manchmal auch etwas Geld zu einem neuen Rock. Diese ganze Gesellschaft zog geschlossen aus wie eine Zigeunerbande, kochte sich ihre Grütze und übernachtete im Freien. Jeder trug einen Sack, in dem sich ein Hemd und ein Paar Fußklappen befanden. Die Theologen waren besonders sparsam und peinlich: Um ihre Stiefel zu schonen, zogen sie sie aus, hängten sie auf ihre Stöcke, und trugen sie auf ihren Schultern; das taten sie besonders, wenn es auf der Straße sehr schmutzig war. Sie krempelten ihre Hosen bis zu den Knien auf und patschten furchtlos mit den bloßen Füßen durch die Pfützen. Sowie sie irgendwo ein Gehöft erblickten, schwenkten sie von der Landstraße ab, näherten sich der stattlichsten Hütte, stellten sich vor den Fenstern in Reih und Glied auf und begannen aus voller Kehle einen Kantus anzustimmen. Der Hausherr, der gewöhnlich ein alter, ansässiger Kosak war, stützte den Kopf auf beide Hände und hörte ihnen lange zu, dann fing er bitterlich an zu weinen und wandte sich an seine Frau: »Frau, was die Scholaren da singen, das muß etwas sehr Gescheites sein. Bring' ihnen doch etwas Speck hinaus, und was sonst noch da ist.« Dann wurde eine ganze Schüssel voller Quarkkuchen in den Sack geschüttet, dazu ein gehöriges Stück Speck; auch einige Laib Brot verschwanden darin und manchmal sogar ein zusammengebundenes Huhn. Nachdem sie sich so einen tüchtigen Vorrat angelegt hatten, zogen die Grammatiker, Rhetoren, Philosophen und Theologen wieder ihre Weges. Je weiter sie jedoch kamen, um so kleiner wurde die Schar. Allmählich zerstreute sich alles und wanderte nach Haus, und es blieben nur die übrig, deren Elternhaus weiter entfernt war als das der anderen.

Einst bogen während einer solchen Reise drei Burschen von der Landstraße ab, um beim ersten besten Gehöft, auf das sie stießen, den schon längst geleerten Sack mit neuen Vorräten zu versorgen. Dies waren der Theologe Haljawa, der Philosoph Choma Brut und der Rhetor Tiberius Gorobetzj.

Der Theologe war ein großer, breitschultriger Bursche und hatte die äußerst merkwürdige Gewohnheit, alles zu stehlen, was in seine Nähe kam. Übrigens hatte er einen sehr finsteren Charakter; wenn er betrunken war, versteckte er sich im Gebüsch, und das Seminar hatte viel Mühe, ihn von dort hervorzuholen.

Der Philosoph, Choma Brut, war von heiterer Gemütsart, er liebte es sehr, auf der Bank zu liegen und seine Pfeife zu rauchen; wenn er trank, ließ er sogleich »Musikanten« kommen und tanzte einen Trepak*.

Er hatte schon oft ein Maß »grober Erbsen« zu kosten bekommen, aber er ertrug es mit stoischem Gleichmut und sagte nur: Niemand entgeht seinem Schicksal.

Der Rhetor, Tiberius Gorobetzj, hatte noch nicht das Recht, einen Schnurrbart zu tragen, Schnaps zu trinken und zu rauchen. Er trug nur einen Haarschopf auf dem Scheitel, und sein Charakter war damals noch wenig entwickelt. Aber aus den großen Beulen auf der Stirn, mit denen er oft in die Klasse kam, ließ sich schließen, daß er einmal einen tüchtigen Soldaten abgeben würde. Der Theologe Haljawa und der Philosoph Choma zupften ihn oft zum Zeichen ihrer Gönnerschaft am Schopfe und gebrauchten ihn als Boten.

Es war schon Abend, als sie von der Landstraße abbogen; die Sonne war eben untergegangen, und noch spürte man in der Luft die Wärme des Tages. Der Theologe und der Philosoph marschierten schweigsam mit der Pfeife im Munde dahin, und der Rhetor, Tiberius Gorobetzj, schlug mit seinem Stab den am Wege wach-

* Ein russischer Nationaltanz. Anm. d. Hrsg.

senden Disteln die Köpfe ab. Der Weg zog sich zwischen Gruppen von Eichen und Nußbäumen dahin, die die Wiesen beschatteten; dann und wann unterbrachen Hügel und kleine grüne Berge, die so rund waren wie Kuppeln, die Erde. Verstreute Ackerfelder, mit reifendem Getreide bestellt, ließen erkennen, daß irgendwo ein Dorf in der Nähe sein müsse. Aber es war schon mehr als eine Stunde vergangen, seit sie an dem Ackerfelde vorbeigekommen waren, und noch immer war kein Gehöft zu sehen. Die Dämmerung hatte schon den ganzen Himmel eingehüllt: Nur fern im Westen schimmerte noch ein schmaler, blauer Streifen Abendrot.

»Weiß der Teufel«, sagte der Philosoph Choma Brut, »es sah doch ganz so aus, als müßten wir gleich auf ein Gehöft stoßen!«

Der Theologe schwieg und sah sich nach allen Seiten um, dann steckte er seine Pfeife wieder in den Mund, und alle drei trabten weiter.

»Bei Gott«, rief der Philosoph und blieb wieder stehen, »es ist rein gar nichts zu sehen. Hol's der Henker'!«

»Vielleicht erreichen wir doch noch ein Gehöft«, sagte der Theologe, ohne seine Pfeife aus dem Munde zu nehmen.

Unterdessen war die Nacht hereingebrochen, eine finstere, trübe Nacht; die kleinen Wolken am Himmel verstärkten die Finsternis nur noch mehr, und allem Anscheine nach durfte man weder auf Mond noch Sterne rechnen. Die Burschen merkten, daß sie sich verirrt hatten und längst vom richtigen Wege abgekommen waren.

Der Philosoph tastete mit dem Fuß nach allen Seiten und rief endlich kurz aus: »Ja, wo ist denn der Weg?«

Der Theologe schwieg und murmelte nach einigem Nachdenken: »Ja, die Nacht ist dunkel ...!«

Der Rhetor kniete nieder und versuchte den Weg mit den Händen zu befühlen, aber seine Hände gerieten fortwährend in einen Fuchsbau hinein. Ringsumher lag die öde Steppe: Scheinbar war hier noch nie jemand vorbeigefahren.

Die Wanderer machten noch einen Versuch, weiterzugehen:

Aber überall stießen sie auf die gleiche Wildnis. Der Philosoph fing an zu rufen, jedoch seine Stimme verhallte ohne in der Umgebung das geringste Echo zu wecken. Nach einer Weile hörten sie ein schwaches Stöhnen, das einige Ähnlichkeit mit dem Heulen eines Wolfes hatte.

»Teufel, was ist hier zu machen?« sagte der Philosoph.

»Was? Wir bleiben hier und übernachten im Feld«, erwiderte der Theologe und griff in die Tasche, um sein Feuerzeug hervorzuholen und sich von neuem die Pfeife anzuzünden. Aber der Philosoph wollte nicht darauf eingehen. Er hatte die Gewohnheit, vor dem Schlafengehen noch einen halben Zentner Brot und vier Pfund Speck zu vertilgen und fühlte eine unerträgliche Leere im Magen; auch fürchtete er sich trotz seiner heiteren Gemütsart ein wenig vor den Wölfen.

»Nein, Haljawa, das geht nicht«, sagt er. »Wollen wir uns etwa ohne jede Stärkung hinlegen und einschlafen wie die Hunde? Versuchen wir's doch noch einmal, vielleicht stoßen wir noch auf irgendein Haus, und vielleicht glückt es uns wenigstens, vor dem Schlafengehen noch ein Gläschen Schnaps herunterzugießen.«

Bei dem Wort »Schnaps« spuckte der Theologe aus und murmelte: »Natürlich, wozu sollten wir auch im Freien übernachten?«

Die Burschen gingen weiter und glaubten bald zu ihrer großen Freude in der Ferne etwas wie Hundegebell zu vernehmen. Sie horchten, von welcher Seite das Gebell herkam, und schritten fröhlich vorwärts. Nach einer Weile erblickten sie ein Licht.

»Ein Gehöft, bei Gott, ein Gehöft«, rief der Philosoph.

Seine Vermutung hatte ihn nicht betrogen. Nach einiger Zeit bemerkten sie eine Ansiedlung, die nur aus zwei Hütten und einem Hof bestand. In den Fenstern schimmerte Licht; ein Dutzend Pflaumenbäume ragte über den Zaun. Als die Burschen durch die Spalten zwischen den Brettern des Tores blickten, gewahrten sie einen Hof, der voller großer Lastwagen stand. Jetzt erglänzten auch einige Sterne am Himmel.

»Hallo, Brüder, jetzt heißt es energisch sein! Koste es, was es wolle, wir müssen uns ein Nachtlager erobern!«

Die drei Bildungsbeflissenen klopften einmütig an das Tor und riefen: »Macht auf!«

Die Tür der einen Hütte knarrte, und einen Augenblick darauf sahen die Burschen ein altes Weib in einem Pelzrock vor sich.

»Wer ist da?« rief sie, und hustete dumpf.

»Mütterchen, laß uns hier übernachten; wir haben uns verirrt, im Freien ist es ebenso schlimm wie in einem leeren Magen.«

»Was seid ihr für Volk?«

»Harmlose Leute: der Theologe Haljawa, der Philosoph Brut und der Rhetor Gorobetzj.«

»Es geht nicht«, knurrte die Alte, »mein Hof ist voll, jeder Winkel ist besetzt. Wo soll ich hin mit euch? Mit solchen großen, gesunden Burschen! Meine Hütte wird noch einstürzen, wenn ich solche Riesen in ihr unterbringe. Diese Theologen und Philosophen kenne ich: Wenn man sich erst einmal mit solchen Trunkenbolden einläßt, ist man bald ohne Haus und Hof. Macht, daß ihr weiter kommt, hier ist kein Platz für euresgleichen!«

»Erbarme dich, Mütterchen! Das geht doch nicht, daß ein Christenmensch so um nichts und wieder nichts umkommen soll. Steck uns, wohin du willst – wenn wir nur das geringste anstellen, dann mögen uns die Hände verdorren, mag uns … Hörst du?«

Wie es schien, ließ sich die Alte ein wenig erweichen. »Gut«, sagte sie nach kurzem Bedenken, »ich will euch hereinlassen, aber ich werde jedem von euch einen anderen Ort anweisen; ich habe keine Ruhe, wenn ihr zusammen bleibt.«

»Wie du willst, wir fügen uns in alles«, antworteten die Burschen. Die Pforte knarrte, und sie traten in den Hof.

»Nun, wie steht's, Mütterchen«, sagte der Philosoph, während er der Alten folgte, »wenn du, sozusagen … Bei Gott, mir ist's als ob mir jemand auf einem Wagen im Magen herumfährt. Seit heute morgen habe ich keinen Bissen im Munde gehabt!«

»Sieh einer an, was der für Gefühle hat«, sagte die Alte, »nein, ich habe nichts, und der Ofen ist heute auch gar nicht geheizt worden.«

»Wir würden ja morgen alles gehörig bezahlen«, fuhr der Philosoph fort, »wahrhaftig – bar bezahlen.« Und er setzte leise hinzu: »Hol dir's doch vom Teufel.«

»Vorwärts, vorwärts, seid zufrieden mit dem, was man euch gibt. Daß mir der Teufel auch solch feine Herren zuführen mußte!«

Bei diesen Worten wurde es dem Philosoph Choma ganz wehmütig ums Herz, plötzlich aber witterte seine Nase den Geruch von getrockneten Fischen. Er warf einen Blick auf die Hosen des Theologen, der neben ihm her ging, und sah, daß ihm ein riesiger Fischschwanz aus der Tasche ragte.

Der Theologe hatte nämlich schon Zeit gefunden, eine ganze Karausche aus der Fuhre wegzustibitzen. Da dies aber nicht aus Habgier, sondern mehr aus Gewohnheit geschehen war, hatte er seine Karausche längst vergessen und spähte schon wieder nach allen Seiten, was er nun noch erwischen könnte: Selbst ein zerbrochenes Rad war nicht sicher vor ihm. Der Philosoph Choma steckte daher seine Hand in Haljawas Tasche, als sei's seine eigene, und holte die Karausche hervor.

Die Alte hatte die Burschen bald untergebracht: Der Rhetor kam in die Hütte, der Theologe in eine leere Kammer, und den Philosophen führte sie in einen Schafstall.

Als der Philosoph allein war, verspeiste er sofort die Karausche, untersuchte die geflochtenen Wände des Stalles, versetzte einem neugierigen Schwein, das den Rüssel aus dem anstoßenden Kober hineinsteckte, einen Stoß mit dem Fuß, und legte sich auf die rechte Seite, um sofort einzuschlafen wie ein Toter. Da öffnete sich plötzlich die niedrige Tür, und die Alte trat gebückt in den Stall.

»Ah, Mütterchen! Was willst du?« sagte der Philosoph.

Aber die Alte ging mit ausgebreiteten Armen gerade auf ihn zu.

»Ach so«, dachte der Philosoph. »Nein, mein Täubchen, du bist mir zu alt.«

Er rückte etwas ab, aber die Alte kam unbekümmert näher.

»Höre, Mütterchen, jetzt ist's Fastenzeit, und ich gehöre zu den Menschen, die die Fasten auch für tausend Goldstücke nicht verletzen«, sagte der Philosoph.

Aber die Alte sprach kein Wort; sie breitete ihre Arme aus und suchte ihn zu fangen.

Dem Philosophen wurde ganz unheimlich zumute, besonders als er merkte, daß ihre Augen in ungewöhnlichem Glanze aufleuchteten. »Mütterchen, was ist mit dir? Geh' mit Gott!« schrie er.

Aber die Alte sagte noch immer nichts und griff mit beiden Händen nach ihm.

Er sprang auf, um fortzulaufen, doch die Alte stellte sich in die Tür, sah ihn mit funkelnden Augen an und ging von neuem auf ihn los.

Der Philosoph wollte sie mit den Händen fortstoßen, aber er fühlte zu seinem Erstaunen, daß er die Arme nicht bewegen konnte. Seine Füße rührten sich nicht vom Fleck, er empfand mit Schrecken, daß ihm selbst die Stimme den Dienst versagte; er wollte etwas sagen, aber seine Lippen bewegten sich nur, ohne einen Laut hervorzubringen. Er hörte nur, wie sein Herz schlug, und sah, wie die Alte dicht an ihn herantrat, ihm die Hände zusammenlegte, ihm den Kopf hinabbog und mit katzenartiger Geschwindigkeit auf seinen Rücken sprang. Sie gab ihm mit dem Besen einen Schlag auf die Lenden, und er galoppierte wie ein Reitpferd davon und trug sie auf den Schultern fort. Dies alles geschah so schnell, daß der Philosoph gar nicht zur Besinnung kam; er griff mit beiden Händen nach seinen Knien und wollte die Beine festhalten; aber zu seiner größten Bestürzung bewegten sie sich gegen seinen Willen und machten Sprünge wie der beste Tscherkessen-Renner. Erst als sie aus dem Gehöft heraus waren, und sich die weite Schlucht und der kohlschwarze Wald zu ihrer Rechten ausbreitete, da sagte er zu sich selbst: »Aha, das ist eine Hexe.«

Die ihm zugewandte Mondsichel leuchtete hell am Himmel, der schüchterne, nächtliche Glanz breitete sich gleich einer durchsichtigen Decke über die Erde und wogte wie eine zarte Rauchwolke hin und her; Wald, Wiesen, Himmel und Täler, alles schien mit offenen Augen zu schlafen; es war ganz windstill, nirgends schien sich ein Lüftlein zu regen. Etwas Feuchtes und Laues lag in der mitternächtlichen Kühle; die Schatten der Bäume und Sträucher fielen gleich Kometenschweifen spitz und kantig auf die abschüssige Ebene. In solcher Nacht jagte der Philosoph Choma Brut, mit seinem seltsamen Reiter auf dem Rücken, dahin. Ein wunderbar quälendes, unheimlich süßes Gefühl erfüllte sein Herz. Er senkte den Kopf und sah, daß das Gras, das seine Füße noch kurz zuvor berührt hatten, jetzt tief, tief unter ihm lag, und darüberhin floß ein durchsichtiges Gewässer, krystallhell wie das einer Gebirgsquelle; das Gras schien den Boden eines hellen, durchsichtigen, bis zum Grunde klaren Meeres zu bilden, wenigstens sah er deutlich, daß er sich mit der auf seinem Rücken hockenden Alten darin spiegelte. Er sah dort unten statt des Mondes eine Sonne aufleuchten, er hörte die blauen Glockenblumen mit gesenkten Köpfchen läuten, und er bemerkte, wie eine Nixe aus dem Riedgras hervorschwamm – ihr Rücken und ihre vollen, prallen Lenden bebten und leuchteten, sie schien ganz aus Licht und Glanz gewebt. Sie wandte sich ihm zu, und er blickte ihr in ihr Antlitz mit den klaren, hellen, strahlenden Augen – sie kam näher, ihrem Munde entströmte ein Gesang, der ihm bis in die Tiefen der Seele drang – jetzt schwamm sie auf der Oberfläche, stimmte ein silberhelles Lachen an und entfernte sich wieder. Doch nun warf sie sich auf den Rücken. Ihre Brüste, die mit dem sanften Glanze des Porzellans, dem der Schmelz fehlt, wie durch eine Wolkenhülle hindurchschimmerten, leuchteten aus ihrer weißen, schwellenden, zarten Umgebung hervor; das Wasser rann wie ein Perlenregen in kleinen Tröpfchen auf sie herab, und sie zittert und bebt und lacht hell aus der Flut hervor. –

Sieht er es oder sieht er es nicht? Träumt er oder ist er wach? Und was soll das bedeuten? Ist das vielleicht der Wind, oder ist es Musik? Es klingt und klingt, steigt auf und kommt näher und dringt ihm in die Seele wie ein unerträglicher, jubelnder Triller.

»Was ist das«, dachte der Philosoph Choma Brut, während er hinunterblickte, und raste weiter. Der Schweiß floß ihm in Strömen von der Stirn; er hatte ein dämonisch-süßes Gefühl; eine durchbohrende, quälende, schreckliche Wonne rieselte durch seinen Körper. Manchmal glaubte er, daß er kein Herz mehr habe, und er griff erschrocken mit der Hand danach. Erschöpft und verwirrt begann er alle ihm bekannten Gebete vor sich hinzumurmeln; er wiederholte alle Geisterbeschwörungen und fühlte plötzlich etwas wie eine Erleichterung; er merkte, wie sein Schritt sich verlangsamte, die Hexe klammerte sich weniger fest an seinen Rücken, er berührte das dichte Gras, das für ihn alles Außergewöhnliche verloren hatte, wieder mit den Füßen. Die Mondsichel leuchtete hell am Himmel.

»Vortrefflich«, dachte der Philosoph Choma und begann seine Beschwörungen fast laut herzusagen. Endlich sprang er mit blitzartiger Schnelligkeit unter der Alten fort, und setzte sich nun seinerseits auf ihren Rücken. Die Alte lief mit kurzen, kleinen Schritten vorwärts, aber so schnell, daß dem Reiter fast der Atem ausging. Er konnte die Erde kaum noch erkennen; alles war deutlich sichtbar, obgleich es nicht einmal Vollmond war. Die Täler waren flach, aber die große Schnelligkeit, mit der sie vorüberrasten, ließ dem Auge alles unklar und trügerisch erscheinen. Choma ergriff ein am Boden liegendes Holzscheit, und begann die Alte aus Leibeskräften zu prügeln. Sie stöhnte anfangs wütend und drohend auf, dann aber schwächer, angenehmer, immer reiner und leiser, und zuletzt klang es wie Silberglockengeläut, und drang ihm tief in die Seele. Unwillkürlich kam ihm der Gedanke: Ist das wirklich noch die Alte? »Ach, ich kann nicht mehr!« flüsterte sie ganz erschöpft und fiel zu Boden.

Er sprang auf und sah ihr in die Augen. Die Morgenröte stieg empor, in der Ferne erstrahlten die Kirchen von Kiew. Vor ihm lag ein wunderbar schönes Mädchen, mit einem herrlichen, zerzausten Zopf, und schweren, seidenweichen Wimpern, die so lang waren wie ein Pfeil. Sie breitete ohnmächtig ihre nackten, weißen Arme aus, richtete die tränenerfüllten Augen nach oben und stöhnte.

Choma zitterte am ganzen Körper wie ein Espenblatt. Etwas wie Mitleid, eine seltsame Aufregung, und eine ihm bis dahin ganz fremde Schüchternheit erfaßten ihn. Er sprang auf und lief so schnell er konnte. Sein Herz klopfte unruhig; er vermochte sich das neue Gefühl, das ihn gepackt hatte, gar nicht zu erklären. In das Gehöft zurückzukehren – dazu verspürte er keine Lust; so lief er denn nach Kiew, und dachte den ganzen Weg lang über das unerklärliche Abenteuer nach.

Es war kaum noch ein Seminarist in der Stadt. Alle waren auf den Dörfern »in Kondition«, oder einfach ohne Stellung, da man auf den kleinrussischen Gütern Käse, saure Gurken und Quarkkuchen, die so groß sind wie ein Hut, essen darf, ohne einen Heller dafür zu bezahlen. Die große baufällige Hütte, in der die Burssa einquartiert war, stand ganz leer, und soviel der Philosoph auch in allen Ecken herumsuchen mochte – er ließ selbst die Löcher und Spalten im Dach nicht unbeachtet – nirgends fand er ein Stück Speck, ja, nicht einmal eine alte Brezel, die die Seminaristen an solchen Stellen zu verstecken pflegten.

Übrigens fand der Philosoph bald ein Mittel, um dies Übel abzustellen. Er ging auf den Markt, spazierte hier drei- bis viermal pfeifend auf und ab, winkte einer am anderen Ende sitzenden, jungen Witwe mit einem gelben Kopftuch zu, die mit Bändern, Schrot und Rädern handelte, und wurde noch am selben Tage mit Quarkkuchen aus Weizenmehl, Hühnerbraten usw. versorgt – es ist unmöglich, aufzuzählen, was da alles auf dem Tische stand, der in einem kleinen Lehmhäuschen inmitten eines Kirschgartens gedeckt wurde. Am Abend sah man den Philosophen in der Schenke; er lag auf der Bank, rauchte wie gewöhnlich seine Pfeife und warf dem jüdischen Wirt vor allen Leuten ein kleines Goldstück hin. Vor ihm stand ein Krug mit Schnaps, er betrachtete die Kommenden und Gehenden mit gleichgültigen, zufriedenen Blicken und dachte nicht im geringsten mehr an sein seltsames Abenteuer.

Inzwischen aber verbreitete sich überall das Gerücht, die Tochter eines der reichsten Hauptleute – der ungefähr 50 Werst von Kiew eine Besitzung hatte – sei eines Morgens ganz zerschlagen von einem Spaziergang zurückgekommen. Sie hätte kaum noch die Kraft gehabt, das väterliche Haus zu erreichen, läge im Sterben, und hätte den Wunsch geäußert, der Seminaristen Choma Brut aus Kiew solle nach ihrem Tode während dreier Nächte die Totenmesse bei ihr lesen. Der Philosoph erfuhr da alles durch den Rektor selbst, der ihn zu sich ins Zimmer beschied und ihn beauftragte, sich unverzüglich auf den Weg zu machen, da der berühmte Hauptmann zu diesem Zweck ein paar Leute und seinen Wagen hergeschickt hätte.

Der Philosoph zitterte; ein unerklärliches Gefühl überkam ihn. Er konnte sich selbst keine Rechenschaft über den Grund geben, aber eine dunkle Ahnung sagte ihm, daß ihm nichts Gutes bevorstände. Ohne selbst zu wissen warum, erklärte er geradeheraus, daß er nicht hinfahren werde.

»Hör' mal, Domine Choma«, sagte der Rektor (es gab Fälle, wo er sehr höflich mit seinen Untergebenen umging), »kein Teufel fragt danach, ob du fahren willst oder nicht. Ich sage dir nur eins: Wenn du hier den Störrischen spielst und räsonierst, so lasse ich dir den Rücken und anliegende Körperteile so mit jungen Birkenruten durchbläuen, daß du dir den Gang ins Bad ersparen kannst.« Der Philosoph kratzte sich ein wenig hinter dem Ohr, ging wortlos hinaus, und setzte seine ganze Hoffnung auf seine Beine, von denen er bei der ersten günstigen Gelegenheit Gebrauch machen wollte. Ganz in Gedanken versunken stieg er die steile Treppe hinab, die in den pappelumstandenen Hof führte und blieb einen Moment stehen; er hörte den Rektor mit deutlicher Stimme den Verwalter und noch jemandem, – wahrscheinlich einem Boten des Hauptmanns, der nach ihm gekommen war, – Befehle erteilen und sagen:

»Danke deinem Herrn für die Grütze und die Eier und sage ihm, sobald die Bücher, von denen er schreibt, fertig sind, würde ich sie ihm zusenden; ich habe sie dem Schreiber schon zur Abschrift übergeben. Und noch was, mein Lieber, vergiß deinen Herrn nicht daran zu erinnern, daß ihr auf eurem Gut so herrliche Fische habt, besonders einen ganz ausgezeichneten Stör: er könnte mir bei Gelegenheit etwas davon schicken; bei uns auf den Jahrmärkten ist er nicht gut und zu teuer. Und du, Jawtuch, gib den Leuten einen Becher Schnaps; den Philosophen aber bindet mir fest, sonst läuft er euch noch davon.«

»Sieh doch den Teufelskerl!« dachte der Philosoph. »Er hat es schon herausgeschnüffelt! So'n Schlammbeißer!«

Er ging hinunter und erblickte einen Wagen, den er zuerst für einen Getreideschuppen auf vier Rädern hielt; und wahrhaftig, er war so tief wie ein Ofen, in dem man Ziegel brennt. Dies war ein gewöhnlicher Krakauer Wagen, in dem an die fünfzig Juden samt ihrer Ware in allen Städten umherzufahren pflegten, wo sie nur einen Jahrmarkt witterten. Sechs gesunde, kräftige, ältere Kosaken erwarteten ihn. Die kurzen, mit Troddeln verzierten Röcke aus feinem Tuch bewiesen, daß die Kosaken einem reichen und angesehenen Herrn dienten. Die kleinen Narben auf der Stirn ließen erkennen, daß sie im Kriege gewesen und nicht ganz ruhmlos gekämpft hatten.

»Was bleibt mir übrig! Kein Mensch kann seinem Schicksal entgehen«, dachte der Philosoph, wandte sich an die Kosaken und rief mit lauter Stimme: »Grüß Gott, Kameraden!«

»Grüß Gott, Herr Philosoph«, erwiderten einige von den Kosaken.

»Ich soll also mit euch zusammen fahren? Der Wagen kann sich schon sehen lassen!« fuhr er fort und stieg ein. »Schade, daß keine Musikanten dabei sind, hier ließe sich's gut tanzen!«

»Ja, es ist ein geräumiger Wagen«, sagte der eine Kosak und stieg mit dem Kutscher auf den Bock. Dieser hatte statt der Mütze, die er in der Schenke gelassen, ein Tuch um den Kopf gebunden. Die übrigen fünf krochen mit dem Philosophen in die Versenkung und setzten sich dort auf Säcke, die mit allerlei Waren, die die Kosaken in der Stadt gekauft hatten, angefüllt waren.

»Es wäre interessant, zu wissen«, begann der Philosoph, »wieviel Pferde nötig wären, um den Wagen von der Stelle zu bringen, wenn man ihn mit allerhand Waren, etwa mit Salz oder Eisenschienen, beladen würde.«

»Ja«, sagte nach einigem Schweigen der Kosak, der auf dem Bock saß, »da wäre wohl eine große Menge dazu nötig.«

Mit dieser befriedigenden Antwort glaubte der Kosak sich das Recht erworben zu haben, den Rest des Weges über zu schweigen.

Der Philosoph hätte gern Genaueres über den Hauptmann erfahren: über seinen Charakter, was man über seine Tochter wußte, die unter so merkwürdigen Umständen nach Hause gekommen war und jetzt im Sterben lag, und deren Geschick nun mit seinem eigenen verknüpft wurde; wie sie leben und was sie zu Hause treiben. Er suchte seine Begleiter auszufragen, aber wahrscheinlich waren die Kosaken auch Philosophen, denn statt zu antworten, schwiegen sie still und rauchten, auf den Säcken hingestreckt, weiter.

Nur der eine wandte sich mit dem kurzen Befehl an den Kameraden auf dem Kutschbock: »Paß auf, Owerko, alter Maulaffe; wenn du bei der Schenke an der Straße nach Tschuchrailow vorbeikommst, so vergiß nicht anzuhalten und uns zu wecken, falls einer von uns einschlafen sollte.«

Hierauf schlummerte er ziemlich geräuschvoll ein. Übrigens war diese Ermahnung ganz überflüssig, denn kaum näherte sich das Riesengefährt der Schenke an der Straße nach Tschuchrailow, als alle wie aus einem Munde losschrien: »Halt!« Auch waren Owerkos Gäule schon so abgerichtet, daß sie von selbst vor jeder Schenke still standen. Trotz des heißen Julitages krochen alle aus dem Wagen und gingen in die niedrige, schmutzige Stube, wo der jüdische Schankwirt seine alten Bekannten voller Freude begrüßte. Der Jude holte sofort ein paar Würste aus Schweinefleisch herbei, die er unter seinen Rockschößen versteckt hielt, und legte sie auf den Tisch, um sich schleunigst von diesem vom Talmud verbotenen Gericht abzuwenden. Alle setzten sich um den Tisch herum, und bald hatte jeder Gast einen Tonkrug vor sich stehen. Auch der Philosoph, Choma Brut, mußte an dem gemeinsamen Mahle teilnehmen. Und da die Kleinrussen sofort anfangen, sich zu küssen oder zu heulen, wenn sie ein wenig angetrunken sind, so hallte die Hütte bald von schallenden Küssen wider. »Laß uns anstoßen, Spirid! Komm her, Dorosch, ich will dich küssen!« Einer der Kosaken, der etwas älter war als die anderen, und dessen Schnurrbart schon grau zu werden begann, stützte seinen Kopf auf die Hand und fing bitterlich an zu weinen. Er jammerte, daß er weder Vater noch Mutter habe und ganz allein auf der Welt dastehe. Ein anderer, der ein großer Schwätzer war, tröstete ihn fortwährend, und sagte: »Weine doch nicht, bei Gott, weine nicht, was ist denn dabei … Gott weiß schon, warum es so ist.«

Ein anderer, namens Dorosch, wurde plötzlich sehr neugierig, wandte sich an den Philosoph Choma und fragte ihn in einem fort: »Ich möchte gern wissen, was man euch in der Burssa eigentlich beibringt. Das, was der Vorsänger in der Kirche vorliest, oder etwas anderes?«

»Frag' doch nicht«, sagte der Schwätzer gedehnt, »laß es doch gehen wie es geht. Gott weiß schon, wie es am besten ist, Gott weiß alles!«

»Nein, ich will wissen, was in den Büchern steht«, sagte Dorosch, »vielleicht ist es etwas ganz anderes, als was der Vorsänger sagt!«

»Mein Gott, mein Gott«, sagte der würdige Moralist, »wie kann man nur so sprechen? Gott hat es nun einmal so gemacht: Und was Gott gemacht hat, das läßt sich nicht ändern.«

»Ich will aber alles wissen, was in den Büchern steht; ich will in die Burssa eintreten, bei Gott, ich werde dort eintreten! Was? Was denkst du? Ich werde nichts lernen? Alles werde ich lernen, alles!«

»Mein Gott, mein Gott«, sagte der Tröster, und legte seinen Kopf auf den Tisch, er war wirklich nicht mehr imstande, ihn noch länger auf den Schultern zu halten. Die übrigen Kosaken sprachen von ihren Herrschaften und darüber, warum wohl der Mond am Himmel leuchtete.

Als der Philosoph Choma merkte, wie es in ihren Köpfen aussah, beschloß er, den Moment auszunutzen und sich aus dem Staube zu machen. Zuerst wandte er sich an den graubärtigen Kosaken, der sich um Vater und Mutter grämte. »Was weinst du, Onkelchen?« fragte er. »Sieh, ich bin auch eine Waise. Freunde, laßt mich laufen! Gebt mir die Freiheit! Wozu braucht ihr mich?«

»Lassen wir ihn laufen«, sagten einige, »er ist ja eine Waise. Lassen wir ihn gehen, wohin er will.«

»O mein Gott, mein Gott«, stöhnte der Moralist, langsam seinen Kopf erhebend, »laßt ihn laufen! Mag er gehen, wohin er will!«

Und die Kosaken waren schon im Begriff, ihn selbst ins Freie zu führen, aber der, der so viel Wißbegierde gezeigt hatte, hielt sie zurück und sagte: »Rührt ihn nicht an; ich will mit ihm über die Burssa reden, ich werde selbst in die Burssa eintreten!«

Übrigens wäre ihm die Flucht kaum gelungen, denn als der Philosoph sich vom Tisch zu erheben suchte, fühlte er, daß seine Beine wie aus Holz waren, und er glaubte, im Zimmer so viel Türen zu erblicken, daß er kaum die rechte gefunden hätte.

Erst gegen Abend fiel es der Gesellschaft ein, daß sie sich wieder auf den Weg machen müßte. Sie machten sich's im Wagen bequem, und brachen auf, indem sie die Pferde antrieben und ein Lied anstimmten, dessen Sinn und Wortlaut wohl niemand enträtselt hätte. Nachdem sie die größere Hälfte der Nacht gefahren waren, wobei sei beständig vom Wege abkamen, obwohl sie ihn fast auswendig kannten, rollten sie endlich einen steilen Berg ins Tal hinab; der Philosoph erblickte zu beiden Seiten des Weges Staketzäune, Hecken und Dächer, die hier und da zwischen den niedrigen Bäumen hervorschauten. Es war ein großes Dorf, das dem Hauptmann gehörte. Die Mitternacht war längst vorüber; der Himmel war dunkel, nur hie und da sah man einen einsamen Stern blinken, und in keiner Hütte war ein Licht zu entdecken. Sie fuhren, von Hundegebell begleitet, in das Dorf ein. Auf beiden Seiten standen Scheunen und kleine Häuser mit Strohdächern; das eine, das gerade in der Mitte und dem Tor gegenüber lag, war größer als die übrigen und schien dem Hauptmann als Wohnung zu dienen. Das Gefährt hielt vor einem kleinen Wagenschuppen, und unsere Reisenden legten sich nieder, um zu schlafen. Der Philosoph verspürte jedoch den Drang, sich die herrschaftlichen Wohnräume wenigstens von außen anzusehen, aber wie sehr er auch seine Augen anstrengte, er konnte nichts klar unterscheiden: Statt des Hauses erblickte er einen Bären, und er Schornstein schien ihm dem Rektor zu gleichen. – Der Philosoph gab daher seine Bemühungen auf und ging schlafen.

Als er wieder erwachte, war der ganze Hof schon in Bewegung: Die Tochter des Hauses war in der Nacht gestorben. Die Diener liefen atemlos hin und her; ein paar alte Weiber heulten, eine Menge Neugieriger versuchte es, durch die Ritzen im Zaune zu erspähen, was auf dem herrschaftlichen Hof vorging. Der Philosoph begann, in aller Ruhe die Stätte zu betrachten, die er in der Nacht nicht hatte erkennen können. Das herrschaftliche Haus war ein kleines, niedriges Gebäude, wie man sie in alten Zeiten in Kleinrußland zu bauen pflegte, und hatte ein Strohdach. Die kleine, spitz zulaufende, hohe Giebelwand mit dem einen Fenster, das wie ein nach oben gerichtetes Auge aussah, war ganz mit blauen und gelben Blumen und roten Halbmonden bemalt. Sie ruhte auf Eichenpfosten, die oben rund und kunstvoll gedrechselt und unten sechseckig waren. Unter der Giebelwand befand sich eine kleine Treppe, und rechts und links standen Bänke. An den Seiten des Hauses gab es Schutzdächer auf ähnlichen hie und da gewundenen Säulen. Davor stand ein hoher Birnbaum mit pyramidenförmiger Krone in der grünen Pracht seiner leicht bewegten Blätter. In der Mitte des Hofes befanden sich mehrere, in zwei Reihen geordnete Speicher, die gleichsam eine breite Straße bildeten, die direkt zum Herrenhause führte. Hinter den Speichern, dicht am Tor, standen zwei dreieckige Kellergebäude, die einander gerade gegenüber lagen und gleichfalls mit Stroh gedeckt waren. Ihre dreieckigen Vorderwände hatten eine niedrige Tür, und waren mit allerlei Bildern bemalt. Auf der einen war ein Kosak dargestellt, der auf einem Faß lag und einen Krug mit der Inschrift: Ich trinke Rest! in die Höhe hob. Die andere hatte der Künstler mit runden und flachen Flaschen bemalt, und zu beiden Seiten erblickte man, was wohl besonders schön sein sollte, je ein Pferd, das sich emporbäumte, und ferner mehrere Pfeifen und Schellen, worunter zu lesen war: »Der Wein ist des Kosaken Wonne!« Durch das riesige Bodenfenster guckten eine Trommel und zwei paar kupferne Trompeten heraus. Am Tor standen zwei Kanonen. Dies alles ließ vermuten, daß der Hausherr sich zu amüsieren liebte, und daß der Hof oft von lustigen Gelagen widerhalle. Hinter dem Tor standen zwei Windmühlen. An der Rückseite des Hauses befanden sich Gärten, und zwischen den Wipfeln der Bäume sah man nichts wie dunkle Kappen von Schornsteinen der im dichten Grün verborgenen Hütten. Das ganze Dorf lag auf dem breiten und ebenen Vorsprung eines Berges. Im Norden wurde dies alles von dem steil aufsteigenden Felsen abgeschlossen, der mit seinem Fuß bis dicht an den Hof heranreichte. Von unten gesehen schien er noch steiler zu sein, und auf seinem Gipfel hoben sich die zerstreut stehenden Stengel des dürren Steppengrases schwarz vom Himmel ab. Die nackte Lehmerde war ganz von Wasserrinnen und Regenlöchern zerrissen und verbreitete eine seltsame Schwermut. Auf dem abschüssigen Abhang sah man an zwei Stellen je eine Hütte stehen, deren eine von einem Apfelbaum beschattet wurde, der an der Wurzel durch kleine Pflöcke gestützt, mit herangefahrener Erde bedeckt war, und dessen Äpfel, die der Wind herunterwarf, bis in den herrschaftlichen Hof rollten. Vom Gipfel führte ein Weg über den ganzen Berg am Hofe vorbei bis ins Dorf hinunter. Als der Philosoph den furchtbaren Abhang des Berges betrachtete, und sich der gestrigen Fahrt erinnerte, sagte er sich, der Hausherr müsse fabelhaft kluge Pferde, oder die Kosaken enorm harte Köpfe haben, wenn sie nicht einmal im Rausche mitsamt dem riesigen Gefährt und dem Gepäck Hals über Kopf in den Hof hinabgerollt waren. Der Philosoph stand auf dem höchsten Punkte des Hofes: Als er sich umwandte und auf die entgegengesetzte Seite blickte, bot sich ihm ein ganz anderes Bild dar. Das Dorf zog sich längs des Abhangs bis in die Ebene hin. Unabsehbare Wiesen erstreckten sich im Umkreis bis an den Horizont, deren helles Grün wurde in der Ferne immer dunkler. Im Hintergrunde sah man eine ganze Reihe von Gehöften im blauen Dämmerlichte daliegen, obgleich sie wohl zwanzig und mehr Werst weit entfernt sein mochten. Rechts von diesen Wiesen zog sich eine Hügelkette hin, und ganz hinten glühte ein dunkler Streifen des Dnjepr auf.

»Welch herrliches Stück Erde«, sagte der Philosoph, »wie schön ließe sich's hier leben; im Dnjepr und in den Teichen könnte man Fische fangen, und mit Gewehr und Netz nach Schnepfen und Zwergtrappen jagen; übrigens wird es in diesen Wiesen auch andere Trappen geben. Man könnte in Hülle und Fülle Früchte trocknen und sie in der Stadt verkaufen, oder noch bessere Schnäpse daraus machen, denn Fruchtschnaps geht doch noch über Branntwein. – Herrgott, ich muß mich doch umsehen, wie ich am besten ausreißen könnte.«

Hinter dem Zaun bemerkte er einen kleinen Fußweg, der ganz

mit Steppengras bewachsen war; mechanisch setzte er den Fuß drauf; er wollte anfangs nur ein wenig spazieren gehen, und dann still zwischen den Hütten hindurchschlendern und sich ins freie Feld schlagen. Da fühlte er plötzlich eine kräftige Hand auf seiner Schulter.

Hinter ihm stand der alte Kosak, der gestern über den Verlust von Vater und Mutter und über seine Einsamkeit geklagt hatte.

»Du hoffst vergeblich, aus diesem Hofe zu entfliehen, Herr Philosoph«, sagte er, »das ist kein Haus, wo man davonlaufen kann; – übrigens sind auch die Wege sehr schlecht und beschwerlich für Fußgänger – geh lieber zum Herrn, er erwartet dich schon längst in seinem Zimmer.«

»Gut denn, gehen wir, warum auch nicht – ich habe nichts dagegen«, antwortete der Philosoph und folgte dem Kosaken.

Der Hauptmann war schon alt. Er hatte einen grauen Schnurrbart und saß, den Kopf auf beide Hände gestützt, mit einem Ausdruck dumpfer Trauer am Tisch. Er mochte fünfzig Jahre alt sein; aber der tiefe Gram in seinen Zügen und die bleiche, schlechte Farbe bewiesen, daß sein Herz ganz plötzlich gebrochen und vernichtet, und daß all seine frühere Fröhlichkeit und das laute sorglose Leben für immer zerstört war. Als Choma mit dem alten Kosaken in das Zimmer trat, nahm der Hauptmann die eine Hand vom Gesichte und nickte unmerklich mit dem Kopfe; Choma und der Kosak verbeugten sich tief vor ihm und blieben ehrfurchtsvoll an der Türe stehen.

»Wer bist du und wo kommst du her, mein Lieber? Was ist dein Beruf?« fragte der Hauptmann nicht eben freundlich, aber auch nicht schroff.

»Ich bin ein Seminarist und heiße Choma Brut, der Philosoph.«

»Und wer war dein Vater?«

»Ich weiß es nicht, gnädiger Herr.«

»Und deine Mutter?«

»Meine Mutter habe ich auch nicht gekannt. Bei richtiger Überlegung muß ich natürlich eine Mutter gehabt haben, aber wer sie war, woher sie stammte und wo sie gelebt hat, das weiß ich bei Gott nicht, gnädiger Herr!«

Der Alte schwieg und schien einen Augenblick in Grübeleien versunken.

»Wie hast du denn meine Tochter kennen gelernt?«

»Ich habe sie gar nicht kennen gelernt, gnädiger Herr, bei Gott, ich habe sie nie kennen gelernt. Solange ich auf der Welt bin, habe ich noch nie mit einem Fräulein zu tun gehabt. Gott bewahre mich davor, um nichts Unschicklicheres zu sagen.«

»Warum hat sie denn aber gerade dich und keinen anderen dazu bestimmt, an ihrem Sarge zu beten?«

Der Philosoph zuckte die Achseln. »Mein Gott, wie soll ich das erklären? Es ist ja bekannt, daß die vornehmen Herrschaften manchmal auf Dinge kommen, die auch der gelehrteste Mensch nicht zu erklären vermag. 'Wenn der Herr will – muß der Knecht springen', sagt das Sprichwort.«

»Lügst du auch nicht, Herr Philosoph?«

»So wahr ich hier stehe, der Blitz soll mich treffen, wenn ich lüge!«

»Wenn sie nur noch einen Augenblick länger gelebt hätte«, sagte der Hauptmann traurig, »dann hätte ich gewiß alles erfahren. 'Laß niemand für mich beten, Vater, schicke gleich in das Kiewer Seminar und laß den Seminaristen Choma Brut kommen. Er soll drei Nächte lang für meine sündige Seele beten. Er weiß alles …' was er aber wissen sollte, das bekam ich nicht mehr zu hören. Nur dies konnte mein Liebling noch sagen, dann starb sie. Du bist sicherlich durch deinen reinen Lebenswandel und durch deine Gottesfurcht berühmt, mein Lieber, und sie hat vielleicht von dir gehört.«

»Wer? Ich?« sagte der Seminarist und trat vor Erstaunen einen Schritt zurück. »Ich, wegen meines gottesfürchtigen Lebens berühmt?« Er sah dem Hauptmann gerade in die Augen. »Gott segne Sie! Herr, was sagen Sie da! Ich … ich … ich schäme mich fast, davon zu reden ... aber ich bin am Abend vor Gründonnerstag noch zur Bäckerin gegangen!«

»Nun, nun ... sie wird schon ihren Grund gehabt haben, als sie diese Bestimmung traf! Du mußt gleich heute beginnen.«

»Euer Gnaden, gestatten Sie mir, darauf zu erwidern ... natürlich, jeder Mensch, der die heilige Schrift kennt, kann ja – je nach den Verhältnissen ... aber hier wäre ein Diakonus oder wenigstens ein Vorsänger mehr am Platz. Das sind doch verständige Leute, die da wissen, wie alles gemacht werden muß ... ich dagegen ... ich habe ja nicht einmal die Stimme, die dazu nötig ist, ich bin ... weiß der Teufel, was ich bin! Ich sehe ja auch nach nichts aus!«

»Mach, was du willst, aber ich will alles tun, was mein Liebling bestimmt hat, und nichts soll mich gereuen. Wenn du von heute an die üblichen drei Nächte bei ihr wachen und beten willst, sollst du reichlich belohnt werden. Wenn du dich dagegen weigerst – ich möchte selbst dem Teufel nicht raten, mich zu reizen!«

Der Hauptmann sprach diese letzten Worte mit solch einer Energie aus, daß der Philosoph ihren Sinn vollkommen begriff.

»Folge mir«, sagte der Hauptmann.

Sie traten in den Flur. Der Hauptmann öffnete die Tür des gegenüberliegenden Zimmers. Der Philosoph blieb einen Augenblick im Flur stehen, um sich die Nase zu putzen, und trat dann mit einem unwillkürlichen Schauder über die Schwelle.

Der ganze Boden war mit rotem chinesischem Tuch bedeckt. In der Ecke, unter den Heiligenbildern war die Tote auf einem hohen Tisch aufgebahrt. Sie lag auf einer blausamtenen Decke, die mit goldenen Fransen und Quasten geschmückt war. Am Kopf- und Fußende standen hohe mit Schneeballblüten umwundene Wachskerzen, die ein mattes Licht verbreiteten, das in der Helle des Tages verblich. Vor der Leiche saß der untröstliche Vater; er hatte der Tür den Rükken zugekehrt und verdeckte das Antlitz der Entschlafenen, so daß Choma es nicht sehen konnte. Der Philosoph war aufs höchste erstaunt über die Worte, die er bei seinem Eintritt ins Zimmer vernahm.

»Ich weine nicht deshalb, liebes Töchterlein, weil du mir zum Kummer und Herzeleid, in der Blüte der Jahre die Erde verläßt, ohne das Alter erreicht zu haben, das dem Menschen vergönnt ist; ich klage darüber, daß ich nicht weiß, welcher grimmige Feind deinen Tod verursacht hat. Wüßte ich, wer es gewagt hat, dich zu beleidigen, oder nur ein böses Wort über dich zu sagen – bei Gott, wenn er ein alter Mann ist wie ich, er sollte seine Kinder nicht wiedersehen; – und wenn er noch jung ist, sollte er nie wieder zu Vater und Mutter zurückkehren. Seine Leiche sollte den Vögeln und wilden Tieren der Steppe zum Fraße dienen! Weh' mir, du Blume des Feldes, meine kleine Wachtel, du Licht meiner Augen – ich muß den Rest meiner Tage freudlos und traurig verbringen und mit dem Saum meines Rockes die kargen Tränen trocknen, die aus meinen alten Augen tropfen, während meine Feinde sich des Lebens freuen, und sich in der Stille über den schwachen Greis lustig machen werden!«

Er schwieg, ein heftiger Schmerz erschütterte ihn und machte sich in einem Tränenstrom Luft.

Der Philosoph war tief gerührt von diesem namenlosen Kummer. Er hustete ein wenig, stieß einen dumpfen krächzenden Ton aus und räusperte sich.

Der Hauptmann wandte sich um und wies ihm einen Platz am kleinen Lesepult zu Häupten der Toten an. Auf dem Pult lagen mehrere Bücher.

»Ich will die drei Nächte schon irgendwie hinbringen und mein Pensum absolvieren«, dachte der Philosoph, »dafür wird mir der Herr auch beide Taschen mit neuen glänzenden Goldstücken anfüllen.«

Er ging näher, räusperte sich noch einmal und begann zu lesen, ohne sich umzusehen, denn er hatte nicht den Mut, der Toten ins Gesicht zu blicken. Eine tiefe Stille umfing ihn: er merkte, daß der Hauptmann hinausgegangen war. Langsam wandte er den Kopf um, um die Tote anzusehen und …

Ein Zittern lief durch seine Glieder: vor ihm lag das schönste Mädchen, das je auf Erden gelebt hatte. Wohl nie noch war in der Form der Gesichtszüge strenge Schönheit so mit Harmonie vereinigt gewesen wie hier. Sie lag das wie eine Lebende; die herrliche, zarte, schnee- und silberweiße Stirn schien auf eine intensive Gedankenarbeit hinzudeuten, die feinen edlen Brauen, die wie ein nächtliches Dunkel die sonnige Helle des Tages durchbrachen – schwangen sich stolz über die geschlossenen Augen; lange Wimpern senkten sich wie eine Schar spitzer Pfeile auf die vom Feuer geheimer Wünsche glühenden Wangen; die rubinroten Lippen schienen zu einem seligen Lächeln und zu Ausbrüchen des Glücks und der Freude bereit ... Und doch glaubte er in diesen Zügen etwas Schauerliches zu entdecken, das sich tief in seine Seele bohrte. Choma fühlte einen quälenden Schmerz in seinem Herzen; es war, wie wenn mitten im Wirbel ausgelassener Fröhlichkeit und einer sich im wilden Taumel drehenden Menge jemand einen Choral angestimmt hätte. Die Rubinlippen leuchteten so rot wie Herzblut. Plötzlich glaubte er in ihrem Gesicht etwas furchtbar Vertrautes zu erkennen; mit völlig veränderter Stimme schrie er auf: »Es ist die Hexe ...«, erblaßte, wandte die Augen ab und begann von neuem die Gebete herunterzulesen. Es war dieselbe Hexe, die er getötet hatte.

Als die Sonne herabzusinken begann, wurde die Verstorbene in die Kirche getragen. Der Philosoph stützte den schwarzen Sarg mit seiner Schulter und Eiseskälte durchrieselte ihn. Der Hauptmann ging selbst voran, und hielt die rechte Seite des engen Totengehäuses mit der Hand fest. Die verwitterte hölzerne Kirche mit ihren drei kegelförmigen Kuppeln stand trübselig und moosbewachsen am Ende des Dorfes: man spürte, daß hier lange kein Gottesdienst abgehalten worden war. Fast vor jedem Heiligenbilde brannten Kerzen. Der Sarg wurde in der Mitte der Kirche, gegenüber dem Altare hingestellt. Der alte Hauptmann küßte die Tote noch einmal, warf sich nieder, berührte den Boden mit der Stirn und verließ mit den Trägern die Kirche, nachdem er den Befehl gegeben hatte, dem Philosophen gut zu essen zu geben und ihn abends wieder in die Kirche zu führen. Als sie in die Küche traten, legten alle, die den Sarg getragen hatten, einer nach dem andern die Hand an den Ofen, was die Kleinrussen stets zu tun pflegen, wenn sie eine Leiche gesehen haben. Der Hunger, den der Philosoph um diese Zeit zu spüren begann, ließ ihn auf einige Augenblicke die Tote vollständig vergessen. Allmählich versammelte sich hier das ganze Gesinde, denn die Küche des Hauptmanns war eine Art Klub oder Versammlungsort, und hier strömte alles zusammen, was im Hofe lebte, selbst die Hunde, die schweifwedelnd vor der Tür erschienen, um sich einen Knochen und andere Abfälle zu holen. Jeder, der irgendeinen Auftrag erhalten hatte, oder irgendwohin geschickt worden war, kam immer erst in die Küche, um sich einen Augenblick auf die Bank zu legen, auszuruhen und eine Pfeife zu rauchen. Alle Junggesellen, die im Hause lebten und in eleganten Kosakenröcken umherliefen, lagen fast den ganzen Tag lang auf dem Ofen, oder *auf* und *unter* den Bänken – mit einem Wort überall, wo sich ein bequemes Ruheplätzchen fand. Außerdem hatte immer jemand etwas in der Küche vergessen: seine Mütze, die Peitsche, die für die fremden Hunde bestimmt war, oder etwas Ähnliches. Aber die zahlreichste Gesellschaft fand sich doch erst zum Abendbrot zusammen, dann kamen auch der Pferdehirt, der seine Pferde in die Hürden getrieben, und der Viehhirt, der die Kühe zur Tränke geführt hatte, und alle die, die am Tage nicht zu sehen gewesen waren. Beim Abendbrot wurde auch die schweigsamste Zunge redselig. Hier wurde gewöhnlich alles besprochen: Wer sich neue Hosen genäht hatte, was sich im Innern der Erde befindet, und wer einen Wolf gesehen hatte. Hier kamen auch die Witzbolde zu ihrem Recht, an denen unter den Kleinrussen ja kein Mangel ist.

Der Philosoph setzte sich im Freien, mit vielen andern in einem großen Kreis, dicht an der Küchenschwelle nieder. Bald erschien eine Frau mit einem roten Kopftuch an der Tür; sie trug eine Schüssel mit heißen Klößen in den Händen und stellte sie in die Mitte vor die Hungrigen hin, die sich zum Abendessen anschickten. Jeder holte seinen Holzlöffel und, in Ermangelung eines Besseren, ein hölzernes Stäbchen aus der Tasche. Als die Kinnbacken sich langsamer zu bewegen anfingen und der Wolfshunger der ganzen Gesellschaft ein wenig gestillt war, begannen mehrere von den Anwesenden, sich zu unterhalten. Das Gespräch wandte sich natürlich der Verstorbenen zu.

»Ist es wahr«, fragte ein junger Schafhirt, der an seinem Pfeifenriemen so viel Knöpfe und Messingplatten angebracht hatte, daß er dem Kramladen einer kleinen Händlerin glich, »ist es wahr, daß das Fräulein – ohne daß ich ihr deswegen etwas Böses nachsagen wollte, – es mit dem Gottseibeiuns zu tun gehabt hat?«

»Wer? Unser Fräulein?« fragte Dorosch, der unserem Philosophen schon von früher bekannt war, »ja, das war eine richtige Hexe. Ich will jeden Schwur darauf ablegen – daß sie eine Hexe war.«

»Hör auf, Dorosch, hör auf«, sagte der andere, der schon während der Fahrt eine große Neigung gezeigt hatte, alle Gegensätze zu mildern, »das geht uns nichts an, Gott mit ihr! Wozu sollen wir darüber sprechen.« Aber Dorosch hatte gar keine Lust zu schweigen; er war erst eben mit dem Kellermeister in einer wichtigen Angelegenheit in den Keller gegangen, war nachdem er sich ein paarmal über zwei oder drei Fässer gebeugt hatte, sehr aufgeräumt von dort zurückgekehrt und redete nun in einem fort.

»Was willst du? Daß ich schweigen soll?« sagte er, »ja, sie ist doch aber auf mir selbst herumgeritten! Bei Gott, sie ist auf mir herumgeritten!«

»Onkelchen«, rief der junge Schafhirt mit den vielen Knöpfen, »gibt es ein Zeichen, an dem man eine Hexe erkennen kann?«

»Nein«, antwortete Dorosch, »die kann kein Mensch erkennen; du kannst den ganzen Psalter durchlesen, und erkennst sie doch nicht!«

»Sag' das nicht, Dorosch, man kann sie wohl erkennen«, fiel ihm der Moralist von gestern ins Wort, »Gott hat nicht umsonst einem jeden sein besonderes Abzeichen gegeben: die Gelehrten sagen, daß die Hexen hinten ein kleines Schwänzchen haben.«

»Wenn sie alt wird, ist jedes Weib eine Hexe«, sagte der alte Kosak kaltblütig.

»O, o, ihr seid mir die Rechten«, rief die Alte, die eben frische Klöße in die Schüssel schüttete, »ihr seid mir rechte Wildschweine!«

Der alte Kosak, der Jawtuch hieß, aber den Spitznamen Kowtun erhalten hatte, schmunzelte vergnügt, als er sah, daß die Alte sich von seinen Worten getroffen fühlte, der Viehhirt aber brach in ein so wüstes Gelächter aus, als hätten zwei Ochsen sich gegenübergestellt und zu gleicher Zeit losgebrüllt.

Das begonnene Gespräch hatte die Neugierde und den dringenden Wunsch des Philosophen geweckt, Genaueres über die Tochter des Hauptmanns zu erfahren, und er fragte daher, um wieder auf das alte Thema zurückzukommen, seinen Nachbar:

»Ich möchte doch wissen, warum halten alle, die hier beim Abendbrot sitzen, die Tochter des Herrn für eine Hexe? Hat sie denn jemand etwas Böses zugefügt? Oder ihn gar behext?«

»Es ist alles schon dagewesen«, sagte einer der Zunächstsitzenden, der ein ganz glattes Gesicht hatte, das so eben war wie eine Schaufel.

»Wer erinnert sich nicht noch des Jägers Mikita, oder des ...«

»Und was ist mit dem Jäger Mikita geschehen?« fragte der Philosoph.

»Halt! Ich will die Geschichte vom Mikita erzählen«, schrie der Pferdehirt, »es war doch mein Gevatter!«

»Nein, ich will die Geschichte vom Jäger Mikita erzählen«, sagte Spirid.

»Laßt ihn erzählen, laßt Spirid erzählen!« riefen alle.

Spirid begann. »Du hast Mikita nicht gekannt, Herr Philosoph.

Ja, das war ein seltener Mensch. Jeden Hund kannte er wie seinen leiblichen Vater. Der jetzige Hundeaufseher, Mikola, der dritte dort in der Reihe, reicht lange nicht an ihn heran, obgleich er seine Sache auch gut versteht, aber gegen Mikita ist er nichts wie Dreck und Jauche.«

»Du erzählst ausgezeichnet, ganz ausgezeichnet«, warf Dorosch ein und nickte zufrieden mit dem Kopfe.

Spirid fuhr fort: »Noch ehe du dir den Tabak aus der Nase wischst, hat der den Hasen gesehen. Es kam vor, daß er den Hunden zurief: 'Auf, Räuber, auf, Schneller', und saß selbst schon auf dem Gaul und sauste mit Windeseile davon. Es war unmöglich, vorauszusagen, ob er – die Hunde, oder die Hunde – ihn überholen würden. Der goß euch ein Viertel Branntwein hinunter, wie wenn nichts passiert wäre. Ein herrlicher Jäger! Aber plötzlich fing er an, sich in einemfort nach dem Fräulein umzusehen. War er in sie verschossen, oder hatte sie ihn schon behext, kurz der Mann war verloren und ein richtiger Weiberknecht geworden. Weiß der Teufel, was aus dem geworden war. Pfui – man schämt sich, es auszusprechen.«

»Ausgezeichnet«, sagte Dorosch.

»Das Fräulein brauchte ihn nur anzusehen, und die Zügel glitten ihm aus den Händen. Den 'Räuber' nannte er 'Brauner', er stotterte fortwährend und trieb weiß Gott was für einen Unsinn. Einmal kam das Fräulein in den Stall, wo er die Pferde putzte. 'Erlaub' mal, Nikita', sagte sie, 'daß ich meinen Fuß auf dich setze.' Und der Esel – freut sich noch und sagt: 'Nicht bloß deinen Fuß, setz' dich ganz auf mich.' Das Fräulein hob den Fuß in die Höhe, und wie er ihr nacktes, volles, weißes Bein sieht, da hat mich der Zauber völlig betäubt, sagte er. Der Esel bückte sich, faßte ihre beiden nackten Beine mit seinen Händen und begann zu galoppieren wie ein Pferd, immer die Felder entlang und immer weiter; wohin sie eigentlich geritten waren, das wußte er nie zu sagen. Jedenfalls kam er halbtot zurück, und wurde von da ab dürr und mager wie ein Kienspan; als man einmal in den Pferdestall kam, lag an der Stelle, wo er sonst zu schlafen pflegte, nur ein Haufen Asche und ein leerer Eimer; er war verbrannt, ganz von selbst verbrannt. Und war doch ein Jäger gewesen, wie man auf der ganzen Welt keinen zweiten findet!«

Als Spirid seine Erzählung beendet hatte, begann man sich allerseits der Vorzüge des früheren Jägers zu erinnern.

»Hast du auch nichts von der Scheptschicha gehört?« wandte sich Dorosch an Choma.

»Nein.«

»He! Sieh' an! Man scheint euch in der Burssa nicht viel Gescheites beizubringen. Na paß' mal auf. Wir haben im Dorf einen Kosaken, Scheptun, einen feinen Kosaken, sag' ich dir. Er liebt es zwar, hin und wieder was zu stibitzen und einen ohne Grund anzulügen – aber er ist doch ein feiner Kosak. Seine Hütte liegt nicht weit von hier. Einst setzten sich also Scheptun und seine Frau zum Abendbrot, es war so um dieselbe Zeit wie jetzt; nach dem Abendessen legten sie sich nieder, und weil das Wetter schön war, legte sich die Frau auf den Hof, während sich Scheptun in der Hütte auf einer Bank ausstreckte, oder nein: die Frau lag in der Hütte auf der Bank und Scheptun auf den Hof ...«

»Die Frau legte sich auch nicht auf die Bank, sondern auf den Boden«, rief eine Alte dazwischen, die auf der Schwelle stand und, den Kopf in die Hand gestützt, zuhörte.

Dorosch sah sie an, schlug die Augen nieder, sah sie dann noch einmal an und sagte nach einer Weile: »Wenn ich dir öffentlich deinen Unterrock aufstreife, wird dir das sicher nicht angenehm sein.«

Die Warnung verfehlte ihre Wirkung nicht; die Alte schwieg und hütete sich, ihn noch einmal zu unterbrechen.

Dorosch fuhr fort: »In der Wiege, die mitten in der Hütte hing, lag ein einjähriges Kind, ich weiß es nicht mehr, ob es ein Knabe oder ein Mädchen war. Die Frau des Scheptun lag eine Weile da, da hört sie plötzlich, wie der Hund vor der Hütte scharrt und heult und heult, – es war um davonzulaufen. Die Frau erschrickt – die Weiber sind ja so ein dummes Volk, steckt ihnen abends die Zunge durch die Türspalte, so verlieren sie den Kopf vor lauter Angst – sie denkt aber doch: ich werde dem verdammten Hund eins auf die Schnauze geben, dann wird er wohl mit seinem Geheul aufhören. Sie nimmt also die Ofenzange und will die Tür öffnen, kaum aber hat sie sie ein wenig aufgetan, da springt der Hund zwischen ihren Beinen hindurch und stürzt auf die Wiege des Kindes los. Jetzt sah die Scheptschicha erst, daß es gar kein Hund war, sondern das Fräulein – ja wenn es noch das Fräulein gewesen wäre, wie sie es sonst gesehen hatte – das wäre noch nicht so schlimm gewesen; aber die Sache war eben die, es kam noch eins hinzu: sie war ganz dunkelblau, und ihre Augen glühten wie feurige Kohlen. Sie ergriff das Kind, biß ihm die Gurgel entzwei und fing an, ihm das Blut auszusaugen. Die Frau schrie bloß ach und weh und stürzte aus der Hütte. Als sie sah, daß die Tür im Flur verschlossen war, kroch sie auf den Dachboden: da sitzt nun das dumme Weib und zittert, aber plötzlich sieht sie, wie das Fräulein ihr auf den Boden nachklettert – und hier wirft sich das Fräulein über das dumme Weib und fängt an, sie zu beißen. Am nächsten Morgen holt Scheptun seine Frau ganz blau und zerbissen vom Boden herunter – und am folgenden Tage starb das dumme Weib. Was es nicht für Dinge und Vorfälle gibt! Ja, ja, wenn sie auch von vornehmer Herkunft ist – eine Hexe bleibt sie doch!«

Nach dieser Erzählung blickte sich Dorosch zufrieden im Kreise um und bohrte seine Finger tief in die Pfeife, um sie von neuem zu stopfen. Das Hexenthema war unerschöpflich, ein jeder brannte darauf, etwas zu erzählen. Zu dem einen war die Hexe in Gestalt eines Heuschobers bis dicht an die Tür gekommen; einem andern hatte sie die Mütze oder die Pfeife gestohlen; vielen Mädchen im Dorfe hatte sie die Zöpfe abgeschnitten, und andern das Blut eimerweis ausgesogen.

Endlich merkte die ganze Gesellschaft, daß sie sich erheblich verplaudert hatte, denn es war auf dem Hofe stockfinster geworden. Alle suchten ihr Lager auf, das sich teils in der Küche, teils auf dem Speicher oder im Hofe befand. »Nun, Herr Choma! Für uns ist es jetzt Zeit, zu der Toten zu gehen«, sagte der alte Kosak, indem er sich an den Philosophen wandte; sie gingen also zu viert zur Kirche – Spirid und Dorosch kamen auch mit – und wehrten mit ihren Peitschen die Hunde ab, die in Massen auf der Dorfstraße herumlungerten, bellten und sich wütend in die Peitschengriffe verbissen.

Je mehr sie sich der erleuchteten Kirche näherten, um so lebhafter war die Angst, die der Philosoph im geheimen in seinem Herzen aufsteigen fühlte, obschon er sich durch einen tüchtigen Krug Schnaps gestärkt hatte. Die Geschichten und Abenteuer, die er soeben gehört hatte, hatten seine Phantasie noch mehr erregt. Die Dunkelheit, die in der Nähe des Staketenzaunes und unter den Bäumen herrschte, erhellte sich ein wenig, die Gegend wurde freier. Endlich traten sie in die alte Umfriedung vor der Kirche ein: da gab es keinen Baum, nur ödes Feld, und dahinter lagen in nächtliches Dunkel gehüllt Wiesen. Die drei Kosaken stiegen mit Choma die steilen Stufen der Treppe bis zum Flur hinauf und betraten die Kirche. Hier wünschten sie dem Philosophen eine glückliche Vollendung seiner Aufgabe und gingen fort, nachdem sie auf Befehl ihres Herrn die Tür hinter ihm geschlossen hatten.

Der Philosoph war allein. Erst gähnte er ein paarmal, dann streckte er sich, blies sich in die Hände und sah sich endlich in der Kirche um. In der Mitte stand der schwarze Sarg. Vor den dunklen Heiligenbildern brannten Kerzen, aber das Licht erleuchtete nur den Altar und warf einen schwachen Schimmer bis in die Mitte der Kirche. Der hohe altertümliche Altar machte einen recht gebrechlichen Eindruck; das durchbrochene und vergoldete Schnitzwerk hatte nur noch an ganz vereinzelten Stellen seinen Glanz bewahrt, die Vergoldung war stellenweise abgebröckelt oder nachgedunkelt. Die Gesichter der Heiligen waren ganz schwarz und blickten sehr düster und ernst aus den Rahmen. Der Philosoph sah sich noch einmal um. »Nun«, sagte er, »wovor hätte ich mich hier zu fürchten? Kein Mensch kann herein, und gegen Tote und Gespenster aus der andern Welt habe ich meine Gebete; wenn ich die hersage, wird kein Geist es wagen, mich auch nur mit einem Finger zu berühren. Ach was«, fügte er resigniert hinzu, »also fangen wir an zu lesen.« Als er in die Nähe des Chors kam, erblickte er einige Bündel Kerzen. »Das ist ausgezeichnet«, dachte der Philosoph, »ich werde die ganze Kirche taghell erleuchten! Schade nur, daß man hier im Gotteshause keine Pfeife rauchen darf!«

Und er fing an, jedes Gesims, jedes Lesepult und jedes Heiligenbild mit Kerzen zu versehen; er sparte nicht mit ihnen, und bald war die ganze Kirche von Licht erfüllt. Nur oben schien die Dunkelheit noch größer geworden zu sein, und die düsteren Heiligen schauten noch finsterer aus ihren altmodischen, geschnitzten Rahmen, deren Vergoldung hier und da aufblitzte. Er näherte sich dem Sarge und blickte verstohlen der Toten ins Antlitz – ein leichtes Frösteln durchlief seine Glieder. Er mußte die Augen schließen vor dieser dämonisch strahlenden Schönheit!

Er wandte sich ab und wollte gehen; aber infolge einer seltsamen Neugierde, die den Menschen besonders in Augenblicken der Angst zu quälen pflegt, konnte er es nicht unterlassen, im Fortgehen noch einen Blick auf die Tote zu werfen, und als derselbe Schauder ihn durchrieselte, sie noch einmal anzusehen. Und in der Tat, die außergewöhnliche, auffallende Schönheit der Verstorbenen erschien ihm schrecklich. Vielleicht hätte sie diese lähmende Furcht nicht hervorgerufen, wenn sie weniger schön gewesen wäre. In den Zügen war nichts Schlaffes, Trübes, Erstarrtes; es war dem Philosophen, als wenn ihn die Tote trotz ihrer geschlossenen Augen ansähe. Es schien ihm, als ob eine Träne zwischen den Wimpern ihres rechten Auges hervorquelle, und als sie über die Wange rollte, sah er deutlich, daß es ein Blutstropfen war.

Er betrat schnell den Chor, schlug das Buch auf und begann, um sich Mut zu machen, so laut als möglich zu lesen. Seine Stimme schlug gegen die längst verstummten, tauben Holzwände, aber sein voller Baß fand in der Totenstille kein Echo und erschien dem Leser rauh und fremd. »Wovor soll ich mich fürchten«, dachte er sich, »sie wird doch nicht aus dem Sarge aufstehen! Sie wird doch Furcht vor dem Wort Gottes haben! Sie soll ruhig liegen bleiben! Was wäre ich für ein Kosak, wenn ich Furcht hätte? Sicher, ich habe ein wenig zu viel getrunken, daher ist mir's so unheimlich. Ich will jetzt eine Prise nehmen. Hm, ein feiner Tabak! Ein herrlicher Tabak!« Allein, während er die Seiten umblätterte, schielte er immer wieder nach dem Sarge, und ein unabweisbares Gefühl flüsterte ihm ins Ohr: »Jetzt wird sie gleich aufstehen. Da – jetzt erhebt sie sich. Jetzt sieht sie hierher!«

Aber nichts störte die Totenstille, der Sarg stand unbeweglich da, und die Kerzen strömten ein ganzes Meer von Licht aus. Wie schrecklich ist doch eine hellerleuchtete Kirche – nachts, wenn sie einen Leichnam beherbergt und keine Menschenseele in ihr ist!

Er erhob seine Stimme und begann in den verschiedensten Tonarten zu singen, um den Rest von Angst in seiner Seele zu betäuben. Aber immer wieder wanderten seine Augen zum Sarge, wie wenn sie unwillkürlich fragen wollten: »Und was wird geschehen, wenn sie sich plötzlich erhebt und aus dem Sarge steigt?«

Allein der Sarg rührte sich nicht. Wenn auch nur das kleinste Geräusch zu hören gewesen wäre! Wenn nur ein lebendes Wesen einen Laut von sich gegeben hätte! Aber nicht einmal ein Heimchen machte sich im Winkel bemerkbar. Nur dann und wann hörte man das schwache Knistern einer entfernten Kerze, oder den leicht aufklopfenden Ton eines zu Boden fallenden Wachströpfchens.

»Wie wenn sie aufstünde!«

Sie erhob den Kopf ...

Er schaute wild um sich und rieb sich die Augen. Wahrhaftig, sie lag nicht mehr, sie saß aufrecht im Sarge. Er wandte den Blick ab, aber im nächsten Moment sah er wieder mit Schrecken nach dem

Sarge. Sie war aufgestanden – und ging mit geschlossenen Augen durch die Kirche ... immer wieder breitete sie die Arme aus, als wolle sie jemand umschlingen!

Jetzt kam sie direkt auf ihn zu. In seiner Todesangst beschrieb er einen Kreis um sich und betete aus Leibeskräften. Er sagte alle Beschwörungen her, die ihn ein Mönch gelehrt, der sein ganzes Leben lang mit Hexen und bösen Geistern zu tun gehabt hatte.

Dicht vor dem Kreise blieb sie stehen. Man sah, sie hatte nicht die Macht, ihn zu überschreiten und wurde ganz blau wie ein Mensch, der schon vor mehreren Tagen gestorben ist. Choma hatte nicht den Mut, sie anzusehen, sie war zu schrecklich. Ihre Zähne schlugen aufeinander, und sie öffnete ihre toten Augen, aber sie vermochte nichts zu sehen. Voller Wut – die sich deutlich in ihrem verzerrten Gesichte widerspiegelte – wandte sie sich nach der anderen Seite, und umschlang mit ihren ausgebreiteten Armen jeden Pfeiler, und betastete jede Ecke: sie wollte Choma fangen. Endlich blieb sie stehen, drohte mit dem Finger und legte sich wieder in ihren Sarg.

Der Philosoph konnte nicht gleich wieder zu sich kommen und blickte voller Furcht auf die enge Behausung der Hexe.

Da aber riß sich der Sarg plötzlich mit einem Rucke los und begann mit furchtbarem Pfeifen durch die Kirche zu fliegen, wobei er den Raum nach allen Richtungen durchkreuzte. Der Philosoph sah ihn einen Augenblick dicht über seinem Kopf, aber er bemerkte wohl, daß er den von ihm beschriebenen Kreis nicht zu berühren vermochte, und verstärkte seine Beschwörungen. Der Sarg stürzte mitten in der Kirche wieder herab und blieb unbeweglich liegen. Wieder erhob sich der Leichnam, der jetzt ganz blau und grün aussah. Da ertönte der ferne Ruf eines Hahnes: der Leichnam sank in den Sarg zurück, und der Deckel fiel krachend zu.

Dem Philosophen klopfte das Herz zum Zerspringen. Er war ganz in Schweiß gebadet, aber durch den Hahnenschrei ermutigt, fing er an, schneller zu lesen, bis er sein Pensum Seite für Seite vollendet hatte. Beim ersten Frührot lösten ihn der Vorsänger, und der alte Jawtuch, der damals das Amt eines Kirchenvorstehers bekleidete, ab.

Nachdem der Philosoph sein fernes Lager erreicht hatte, konnte er noch lange nicht einschlafen. Endlich aber siegte die Müdigkeit, und er schlummerte bis zum Mittag. Als er erwachte, glaubte er das ganze nächtliche Abenteuer geträumt zu haben. Man gab ihm einen Quart Schnaps zur Stärkung. Beim Essen ermunterte er sich vollkommen, flocht ein paar Bemerkungen in die Unterhaltung ein und aß beinahe allein ein ziemlich ausgewachsenes Ferkel auf. Aber ein unerklärliches Gefühl hielt ihn ab, von den Ereignissen in der Kirche zu sprechen, und er antwortete auf alle neugierigen Fragen: »Ja, es gab dort mancherlei Wunderbares.« Der Philosoph gehörte zu den Menschen, die sehr leutselig werden, wenn man ihnen gut zu essen gibt. Er lag mit der Pfeife zwischen den Zähnen auf der Bank, sah alle mit freundlichen Blicken an und spuckte unaufhörlich aus.

Nach dem Essen befand sich der Philosoph in der besten Laune. Er fand Zeit, durch das ganze Dorf zu spazieren und schloß fast mit allen Bekanntschaft; aus zwei Hütten wurde er sogar hinausgeworfen, und eine hübsche junge Frau versetzte ihm einen Schlag mit der Schaufel, als er in seiner Neugierde nachprüfen wollte, aus was für einem Stoff ihr Hemd und ihr Rock genäht wären. Aber je näher der Abend heranrückte, um so nachdenklicher wurde der Philosoph. Eine Stunde vor dem Abendbrot versammelte sich fast das ganze Gesinde, um »Grütze« oder »Klötzchen« zu spielen, eine Art Kegelspiel, bei dem man statt der Kugeln lange Stöcke benutzt, und wo der Gewinner dann das Recht hat, auf dem Rücken seines Partners herumzureiten. Dieses Spiel hatte für den Zuschauer etwas äußerst Interessantes: oft stieg der Pferdehirt, ein breitschulteriger Kerl, der aufgeschwemmt war wie ein Pfannkuchen, auf den Rücken des Schweinehirten, eines elenden, ganz runzligen Männchens. Ein anderes Mal mußte der Pferdeknecht seinen Rücken darbieten, und Dorosch sagte jedesmal, wenn er ihn bestieg: »Das ist ein kräftiger Stier.« Die solideren Leute saßen an der Küchenschwelle, rauchten ihre Pfeifen und blieben immer ernst, auch wenn die Jungen sich über einen Witz des Pferdeknechts oder Spirids vor Lachen ausschütten wollten. Choma machte vergeblich den Versuch, am Spiele teilzunehmen; ein finsterer Gedanke saß ihm wie ein Nagel im Kopf. Beim Abendbrot gab er sich die größte Mühe, munter zu sein, aber seine Angst stieg in dem Maße, als die nächtliche Dämmerung den Himmel überzog.

»Nun wird es auch Zeit für uns, Herr Seminarist«, sagte der uns bekannte alte Kosak, indem er zugleich mit Dorosch aufstand. »Komm, gehen wir an die Arbeit!«

Man führte Choma wie am vorigen Abend in die Kirche und wieder ließ man ihn allein; da stieg die Angst aufs neue in ihm auf. Wieder sah er die düstern Heiligenbilder, die glänzenden Rahmen und den bekannten schwarzen Sarg, der in drohender Stille unbeweglich in der Mitte der Kirche stand.

»Nun, all diese Zaubereien sind mir ja jetzt nichts Neues mehr«, sagte er, »das ist nur zum erstenmal so schrecklich. Ja, das erstemal ist es etwas peinlich – aber später ist es schon nicht mehr so schlimm, dann ist es gar nicht mehr schrecklich.«

Eilig betrat er den Chor, beschrieb einen Kreis um sich, sagte einige Beschwörungen her und begann laut zu lesen, fest entschlossen, die Augen nicht vom Buche zu erheben und auf nichts zu achten. Er mochte etwa eine Stunde gelesen haben und begann schon müde zu werden, und dann und wann zu husten; er nahm daher seine Tabaksdose aus der Tasche; ehe er jedoch eine Prise nahm, schielte er scheu nach dem Sarge. Sein Herz erstarrte.

Die Tote stand vor ihm, dicht vor dem Kreise und bohrte ihre erloschenen grünen Augen in die seinen. Der Seminarist erbebte, Eiseskälte durchrieselte seinen ganzen Körper. Er heftete seine Augen auf das Buch und begann seine Gebete und Beschwörungen lauter herzusagen; hierbei hörte er, wie die Tote mit den Zähnen klapperte, und fühlte, wie sie ihre Arme ausbreitete, um ihn zu umschlingen. Er schielte mit einem Auge nach der Toten hin, und sah, daß diese nicht dahin griff, wo er stand – es war also klar, daß sie ihn nicht sehen konnte. Sie begann dumpf zu murren und sprach mit erstorbenen Lippen drohende Worte, die heiß aufzischten wie das Brodeln kochenden Peches. Er hätte nicht sagen können, was diese Worte zu bedeuten hatten, aber sie mußten etwas ganz Schreckliches enthalten. In seiner Todesangst begriff jedoch der Philosoph, daß es Beschwörungen waren. Nach ihren Worten erhob sich ein Sturm in der Kirche, ein Lärm wie von unzähligen Flügeln, die durch die Luft rauschten. Er hörte, wie die Flügel gegen die Fensterscheiben und eisernen Fensterrahmen der Kirche schlugen, er hörte es winseln und an dem Eisen kratzen, eine ungeheuere Kraft stieß donnernd gegen die Tür und wollte sie aufbrechen. Sein Herz schlug fortwährend zum Zerspringen, mit geschlossenen Augen las er seine Gebete und Beschwörungen – endlich ertönte von weitem etwas zu ihm herüber – es war ein ferner Hahnenschrei. Der gepeinigte Philosoph hielt inne und wurde ruhiger.

Als die Ablösung kam, fand man ihn halbtot an der Wand lehnend, und er stierte die hereintretenden Kosaken mit blöden Augen an. Fast mit Gewalt führten sie ihn hinaus und mußten ihn unterwegs die ganze Zeit über stützen. Als sie im Herrenhof ankamen, ermannte er sich jedoch und verlangte einen Quart Branntwein. Nachdem er ihn ausgetrunken hatte, strich er über sein Haar und sagte: »Es gibt viel Lumpenzeug auf der Welt. Und so viel Schreckliches ...« Hierbei fuhr seine Hand durch die Luft.

Die Umstehenden ließen bei diesen Worten die Köpfe hängen. Selbst ein kleiner Junge, den alle im Hof schieben und stoßen zu können glaubten, wenn es den Stall zu reinigen oder Wasser zu tragen galt – selbst dieser arme Junge sperrte das Maul auf.

In diesem Augenblicke ging eine nicht mehr ganz junge Frau vorüber, deren enganliegendes Oberkleid ihre vollen drallen Hüften leben ließ; sie war die Gehilfin der alten Köchin und ein furchtbar kokettes Frauenzimmer, dessen Kopftuch immer mit allerhand schönen Dingen aufgeputzt war: einem Endchen Band, einer Nelke, ja sogar, wenn gar nichts Besseres zur Hand war, mit einem Stückchen Papier.

»Guten Morgen, Choma«, sagte sie, als sie den Philosophen erblickte. »Halloh, was ist denn mit dir los?« schrie sie auf und schlug die Hände zusammen.

»Ja, was denn, dummes Weib?«

»Mein Gott, du bist ja ganz grau!«

»Herrgott, Herrgott! Sie hat wirklich recht!« sagte Spirid und sah ihn genauer an. »Du bist wirklich ganz grau geworden, wie unser alter Jawtuch!«

Als der Philosoph dies hörte, lief er schnell in die Küche, wo er ein kleines, dreieckiges und ganz von Fliegen beschmutztes Stückchen Spiegel an der Wand gesehen hatte; es war mit Vergißmeinnicht, Nelken und sogar mit einer Girlande geschmückt, was darauf hindeutete, daß es einer putzsüchtigen Kokette bei der Toilette diente. Mit Schrecken sah Choma, daß sie die Wahrheit gesprochen hatte, die Hälfte seines Kopfes war wirklich ganz weiß!

Choma Brut ließ den Kopf hängen und überließ sich seinen Gedanken. »Ich will zu dem Herrn gehen«, sagte er endlich, »ich will ihm alles erzählen und ihm erklären, daß ich die Gebete nicht mehr lesen will. Er soll mich gleich nach Kiew zurückschicken.«

Mit diesem Entschluß ging er auf die Freitreppe des Herrschaftsgebäudes zu. Der Hauptmann saß fast regungslos in seinem Zimmer. Der trostlose Gram, den Choma schon früher auf seinem Gesichte bemerkt hatte, verdüsterte noch immer seine Züge, und seine Wangen waren vielleicht noch etwas hohler geworden. Man sah, daß er nur wenig oder gar keine Nahrung zu sich nahm. Die ungewöhnliche Blässe gab seinem Gesicht eine geradezu steinerne Unbeweglichkeit.

»Guten Morgen, du Ärmster«, sagte er, als er Choma erblickte, der mit der Mütze in der Hand in der Tür stehen blieb. »Nun, wie geht's? Ist alles in Ordnung?«

»In Ordnung? Jawohl, das ist eine schöne Ordnung! Das ist ja der reinste Hexensabbat, daß man am liebsten seine Mütze nehmen und davonlaufen möchte, soweit einen die Füße tragen!«

»Wieso?«

»Ja, Herr, Eure Tochter ... Wenn man sich's ordentlich überlegt ... sie ist ja von vornehmer Abkunft, das wird niemand leugnen ... aber nehmt es mir nicht übel, Gott gebe ihrer Seele Ruhe ...«

»Was ist denn mit meiner Tochter?«

»Sie hat sich dem Teufel verschrieben. Es geschehen solche furchtbaren Dinge – da hilft kein Lesen und kein Beten ...«

»Lies nur, lies. Sie hat dich nicht umsonst hierher gerufen, sie war um ihr Seelenheil besorgt, das liebe Kind, und wollte alle Versuchungen durch Gebete zuschanden machen ...«

»Ich stehe in Ihrer Macht, Herr, aber, bei Gott, ich kann nicht mehr!«

»Lies, lies nur weiter«, fuhr der Hauptmann in dem gleichen mahnenden Tone fort, »es ist doch nur noch eine Nacht übriggeblieben, und du tust ein christliches Werk. Ich werde dich gut belohnen.«

»Und wenn die Belohnung noch so groß wäre, Herr! Nein, wie Ihr wollt, ich lese nicht mehr«, sagte Choma entschlossen.

»Hör mal, Philosoph«, sagte der Hauptmann, und seine Stimme wurde stark und drohend, »ich liebe solche Scherze nicht. So etwas magst du in deiner Burssa machen, aber nicht bei mir. Wenn ich dich durchprügeln lasse, dann sieht es etwas anders aus als bei eurem Rektor – Weißt du, was ein guter lederner Riemen ist?«

»Wie sollte ich nicht?« sagte der Philosoph und ließ die Stimme sinken. »Ein jeder weiß, was lederne Riemen sind – eine größere Portion davon – das kann niemand aushalten.«

»Ja. Aber du weißt wohl noch nicht, wie meine Leute sich aufs Prügeln verstehen«, sagte der Hauptmann drohend und erhob sich; seine Züge nahmen eine gebieterische und grausame Miene an, in der sich die ganze Zügellosigkeit seines Charakters spiegelte, die eben nur durch den Kummer ein wenig eingeschläfert war. »Bei mir wird erst geprügelt, dann Branntwein darauf gegossen, und dann geht's von neuem los. Geh, vollende deine Arbeit. Tust du es nicht – so stehst du nie wieder auf; gehorchst du mir dagegen – so gibt's tausend Goldstücke!«

»Herrgott, das ist ja ein Teufelskerl«, dachte der Philosoph, als er hinausging. »Mit dem darf man nicht spaßen. Paß auf, Freundchen, ich werde Fersengeld geben, daß du mich mit all deinen Hunden nicht einholen sollst.«

Choma Brut war fest entschlossen, auszureißen. Er wartete nur noch die Zeit bis nach dem Mittagessen ab, wo das Gesinde sich ins Heu in den Speichern zu legen pflegte, um mit offenem Munde in ein so schreckliches Pfeifen und Schnarchen auszubrechen, daß sich der Herrenhof in eine Fabrik zu verwandeln schien.

Endlich war es so weit. Selbst Jawtuch streckte sich in der Sonne aus und schloß die Augen. Zitternd und zagend schlich sich der Philosoph in den herrschaftlichen Garten, von wo er leicht und unbemerkt ins freie Feld zu gelangen hoffte. Der Garten war, wie das gewöhnlich der Fall ist, unglaublich verwildert und schien daher für allerlei geheime Unternehmungen besonders geeignet. Mit Ausnahme eines kleinen Fußpfades (der zu wirtschaftlichen Zwecken ausgetreten worden war) waren alle Wege dicht mit Kirschbäumen, Holundersträuchern und Kletten zugewachsen, die ihre langen Stengel mit den klebrigen, rosafarbenen Blüten hoch hinaufstreckten. Die Spitzen dieses bunten Gemischs von Bäumen und Sträuchern waren wie mit einem Netze von Hopfenranken überzogen. Sie bildeten gewissermaßen ein Schutzdach, das auf dem geflochtenen Zaune ruhte und sich in mit wilden Glockenblumen durchwachsenen grünen Schlangenwindungen zur Erde hinabließ. Hinter dem Zaun, der den Garten begrenzte, zog sich ein förmlicher Wald von Steppengras hin: Hier schien noch kein neugieriger Blick hineingeschaut zu haben, und die Sense, die mit ihrer Klinge diese dicken, holzharten Stengel zu schneiden versucht hätte, wäre sicher in Stücke zersprungen.

Als der Philosoph über den Zaun steigen wollte, klapperten seine Zähne, und sein Herz pochte so heftig, daß er selbst erschrak. Die Schöße seines langen Rockes schienen an der Erde festzukleben, als hätte sie jemand dort angenagelt. Als er über den Zaun stieg, klang plötzlich ein betäubender Pfiff an sein Ohr, und eine Stimme schrie: »Wohin, wohin?« Der Philosoph tauchte im Steppengras unter und begann zu laufen, wobei er in einem fort über alte Wurzeln stolperte und Maulwürfe zertrat. Er sah nun, daß er nach dem Heidegras noch ein Stück Feld zu passieren hatte, hinter dem sich eine dichte Dornenhecke hinzog: Dort glaubte er sich gerettet, da er jenseits der Hecke einen direkten Weg nach Kiew zu finden meinte. Mit einer geradezu unglaublichen Geschwindigkeit durchmaß er das Feld und befand sich plötzlich vor einer dichten Dornbuschhecke. Er kroch durch die Hecke, wobei er an jedem spitzen Dorn einen Fetzen seines Gewandes als Tribut zurückließ. Endlich gelangte er zu einem kleinen Hohlwege, wo eine Weide stand, die mit ihren weit ausgebreiteten Zweigen ab und zu die Erde berührte, und wo eine schmale, kristallklare Quelle wie lauteres Silber erglänzte. Das erste, was der Philosoph tat, war, daß er niederkniete und zu trinken begann – denn er verspürte einen geradezu unerträglichen Durst. »Ein herrliches Wasser«, sagte er, indem er sich die Lippen abtrocknete, »hier könnte man fein ausruhen!«

»Nein, es ist doch besser, wir laufen weiter, vielleicht sind uns die Verfolger schon auf den Fersen!«

Diese Worte ertönten dicht neben seinem Ohr. Er sah sich um – Jawtuch stand vor ihm.

»So ein Teufel, dieser Jawtuch«, dachte der Philosoph, »ich würde dich mit Vergnügen bei beiden Beinen packen und deine verdammte Fratze samt allen übrigen Körperteilen mit einem Eichenknüppel bearbeiten!«

»Wozu hast du so einen großen Umweg gemacht?« fuhr Jawtuch fort. »Es wäre klüger gewesen, du hättest den Weg gewählt, den ich gegangen bin: Er führt dicht beim Stall vorbei. Dein Anzug tut mir leid. Solch ausgezeichnetes Tuch. Was hast du für die Elle bezahlt? – Doch jetzt sind wir genug spazieren gegangen: Es ist Zeit, nach Hause zu gehen.«

Der Philosoph kratze sich am Hinterkopf und folgte Jawtuch langsam nach. »Jetzt wird mir die verdammte Hexe erst recht die Hölle heiß machen«, dachte er. »Aber was soll den das? Wovor habe ich Angst? Bin ich ein Kosak oder nicht? Ich habe doch zwei Nächte hintereinander gelesen, so werde ich denn mit Gottes Hilfe auch wohl noch die dritte überstehen. Die verfluchte Hexe hat sicherlich viel auf dem Gewissen, daß der Böse so für sie eintritt.«

Mit diesen Gedanken beschäftigt, betrat er den Gutshof. Nachdem er sich durch solche und ähnliche Erwägungen Mut gemacht hatte, bat er Dorosch, der durch die Protektion des Kellermeisters manchmal Zutritt zum herrschaftlichen Keller hatte, ihm eine Flasche gewöhnlichen Branntweins zu verschaffen. Dann setzten sich beide Kameraden am Speicher nieder und leerten fast einen halben Eimer, so daß der Philosoph plötzlich aufsprang und schrie: »Musikanten her! Musikanten!«, und ohne zu warten, bis die Musikanten erschienen, auf einem freien Platz mitten auf dem Hofe einen Trepak zu tanzen begann. Er tanzte unaufhörlich bis zum Nachmittag. Das Gesinde, das, wie es in solchen Fällen üblich ist, einen Kreis um ihn gebildet hatte, spuckte zuletzt aus und zog sich zurück. Kopfschüttelnd meinten sie: »Wie kann ein Mensch nur so lange tanzen!« Endlich sank der Philosoph auf derselben Stelle nieder und schlief ein; erst ein Kübel frischen Wassers vermochte ihn zu wecken, als man sich zum Abendbrot versammelte. Beim Essen redete er viel davon, was ein rechter Kosak sei, und behauptete, daß ein Kosak sich vor nichts fürchten dürfe.

»Es ist Zeit«, sagte Jawtuch, »komm, laß uns gehn.«

»Einen Feuerbrand auf deine Zunge, verfluchtes Schwein!«

dachte der Philosoph, erhob sich jedoch und sagte: »Komm!«

Auf dem Wege zur Kirche sah sich der Philosoph fortwährend um und sprach ein paar Worte mit seinen Begleitern. Aber Jawtuch schwieg, und selbst Dorosch blieb stumm.

Es war eine höllische Nacht. Scharen von Wölfen heulten in der Ferne, selbst das Gebell der Hunde klang unheimlich.

»Es hört sich fast an, als wären das, was dort heult, gar keine Wölfe«, sagte Dorosch. Jawtuch schwieg. Auch der Philosoph wußte nichts zu erwidern.

Sie näherten sich der Kirche und betraten den wackligen Holzboden, der deutlich verriet, wie wenig sich der Gutsherr um Gott und um sein eigenes Seelenheil kümmerte. Jawtuch und Dorosch entfernten sich wie gewöhnlich, der Philosoph blieb allein.

Alles war, wie am Tage zuvor. Alles hatte das gleiche, bekannte und drohende Aussehen. Choma blieb einen Augenblick stehen. Unbeweglich, wie immer, stand der Sarg der greulichen Hexe in der Mitte des Gotteshauses. »Ich fürchte mich nicht, bei Gott, ich fürchte mich nicht«, sagte Choma, beschrieb, wie vormals, einen Kreis um sich und rief sich alle Beschwörungen ins Gedächtnis. Die lautlose Stille war schrecklich: Die Kerzen flatterten und erfüllten die Kirche mit ihrem hellen Licht. Der Philosoph schlug eine Seite um, dann die zweite und dritte: Da bemerkte er plötzlich, daß er gar nicht das las, was im Buch stand. Vor Schreck bekreuzigte er sich und begann zu singen. Das beruhigte ihn ein wenig: Das Lesen ging jetzt wieder besser, er schlug eine Seite nach der andern um.

Da sprang plötzlich – inmitten der Stille – der eiserne Sargdeckel auf. Die Tote richtete sich empor. Sie war noch furchtbarer anzusehen als das erstemal. Die Zähne schlugen gräßlich aufeinander, die Lippen verzerrten sich krampfhaft und stießen heulende, schreckliche Verwünschungen hervor. Ein Sturm fegte durch die Kirche. Die Heiligenbilder stürzten zur Erde, und die zerbrochenen Fenstergläser fielen klirrend auf den Boden. Die Tür wurde aus ihren Angeln gerissen, und eine Unzahl fürchterlicher Ungeheuer stürzte in das Gotteshaus. Sie schlugen mit ohrenbetäubendem Lärm ihre Flügel zusammen, kratzten mit ihren Krallen und erfüllten die Kirche mit einem schrecklichen Getöse. Alles flog und flatterte hin und her und spähte überall nach dem Philosophen.

Der letzte Rest seines Rausches war verschwunden. Choma schlug ein Kreuz ums andere und las alle möglichen Gebete, die er kannte, durcheinander. Unterdessen aber hörte er, wie die Dämonen um ihn herumtobten, sie streiften ihn fast mit ihren Flügeln und berührten ihn mit ihren widerlichen Schwänzen. Er hatte nicht den Mut, sie sich genauer anzusehen. Er bemerkte nur, daß ein riesiges Ungeheuer, das so lang wie die Wand war, vor ihm stand: Ein dichter Wald von greulichen, durcheinandergewirrten Haaren hüllte es ein, durch das Geflecht der Haare aber blickten zwei grausige Augen hervor, deren Brauen ein wenig hochgezogen waren. Über ihm in der Luft schwebte eine Art Riesenblase, aus deren Zentrum sich Tausende von Zangen und Skorpionstacheln hinausstreckten, an deren Enden große Klumpen schwarzer Erde hingen. Alle blickten den Philosophen an, spähten nach ihm und konnten ihn doch nicht sehen, denn er war von dem heiligen Kreise umgeben. »Führt den Wij her, führt den Wij her!« schrie plötzlich die Stimme der Toten.

Mit einem Male trat in der Kirche eine tiefe Stille ein. Aus der Ferne vernahm man das Heulen der Wölfe, und gleich darauf erdröhnten schwere Schritte, die im Gotteshause laut widerhallten. Choma warf einen scheuen Blick auf die Tür und sah, wie ein untersetztes, stämmiges, täppisches Menschenwesen hereingeführt wurde. Es war ganz in schwarze Erde gehüllt. Seine gleichfalls mit Erde bedeckten Hände und Füße streckten sich wie zähe, knorrige Wurzeln empor, es stieß polternd mit den Füßen auf den Boden und stolperte beständig. Die großen Augenlider hingen ihm bis zur Erde herab, und voller Grauen gewahrte Choma, daß sein Antlitz von Eisen war. Die Geister führten das Ungetüm an der Hand und brachten es bis an die Stelle, wo Choma stand.

»Hebt mir die Lider empor, ich sehe nicht«, stöhnte Wij mit

unterirdischer Stimme – und die ganze Dämonenschar stürzte auf ihn zu, um ihm die Lider emporzuheben.

Eine innere Stimme flüsterte dem Philosophen zu: Sieh nicht hin. Aber er hielt es nicht aus und blickte hin.

»Da ist er!« schrie Wij und deutete mit seinem eisernen Finger auf ihn, und alle Geister fielen über den Philosoph her. Atemlos stürzte er zu Boden und gab schreckerfüllt seinen Geist auf.

Da krähte der Hahn. Es war schon der zweite Schrei. Die Geister hatten den ersten überhört. Die geängstigten Dämonen zerstreuten sich nach allen Seiten: durch die Tür und durch die Fenster, nur um recht schnell zu entfliehen. Aber es war schon zu spät, sie blieben zwischen Türen und Fenstern hängen.

Als der Geistliche die Kirche betrag, blieb er beim Anblick einer solchen Schändung des Allerheiligsten auf der Schwelle stehen und wagte es nicht mehr, hier eine Messe abzuhalten. So blieb denn die Kirche mit den in den Fenstern und Türen festgebannten Ungeheuern in alle Ewigkeit leer. Wald, Wurzeln, Steppengras und wilde Dornhecken überwucherten sie, – und niemand wird je wieder den Weg zu ihr finden.

Als das Gerücht von diesen Begebenheiten bis nach Kiew drang und der Theologe Haljawa von dem Schicksal des Philosophen Choma hörte, versank er eine Stunde lang in tiefes Nachdenken. Seitdem war eine große Veränderung mit ihm vorgegangen. Das Glück war ihm hold gewesen: Nach Beendigung des Kursus war er zum Glöckner des allerhöchsten Glockenturms ernannt worden, und nun erschien er nie anders, als mit einer zerschlagenen Nase, da die Treppe im Turm sehr schlecht gebaut war.

»Hast du schon gehört, wie es Choma ergangen ist?« fragte ihn Tiberius Gorobetzj, als er ihm einmal begegnete, er war jetzt Philosoph und trug schon einen Schnurrbart.

»Es war Gottes Wille«, sagte der Glöckner, »komm in die Schenke, wir wollen seiner bei einem Glase gedenken.«

Der junge Philosoph, der begeistert von seinen neuen Rechten Gebrauch machte – seine Hosen, sein Rock, ja selbst seine Mütze rochen stark nach Alkohol und Tabak –, drückte sofort seine Bereitwilligkeit aus.

»Choma war doch ein herrlicher Mensch«, sagte der Glöckner, als der lahme Wirt den dritten Krug vor ihm hinstellte, »ein famoser Kerl, und ist so um nichts und wieder nichts umgekommen!«

»Ich weiß, warum er umgekommen ist! Weil er Angst bekommen hat; hätte er sich nicht gefürchtet, so hätte diese Hexe ihm nichts anhaben können. Man muß nur das Kreuz schlagen und ihr auf den Schwanz spucken – dann kann einem nichts geschehen! Ich kenne das ganz genau. Bei uns in Kiew sind doch alle Marktweiber Hexen.«

Hier nickte der Glöckner zum Zeichen seines Einverständnisses mit dem Kopf. Aber als er merkte, daß seine Zunge sich nicht mehr bewegen und keine Laute mehr hervorbringen konnte, erhob er sich vorsichtig und ging taumelnd davon, um sich irgendwo abseits im Steppengras auszustrecken. Hierbei vergaß er es jedoch aus alter Gewohnheit nicht, eine alte Stiefelsohle einzustecken, die auf einer Bank lag.

Wie Iwan Iwanowitsch und Iwan Nikiforowitsch sich entzweiten

I.

Iwan Iwanowitsch und Iwan Nikiforowitsch

Was für eine herrliche Pekesche Iwan Iwanowitsch doch hat! Diese Pelzverbrämung – Teufel auch – diese Pelzverbrämung! Bläulichgrau, mit einem weißlichen Schimmer! Bei Gott – ich will ein Schuft sein, wenn es noch einen zweiten solchen Pelzrock gibt. Ich bitte Sie, sehen Sie sich das einmal an – besonders, wenn Iwan Iwanowitsch mit jemand spricht – betrachten Sie ihn nur im Profil: Was ist das für eine Pracht! Es ist ganz unbeschreiblich: Das leuchtet wie Samt und Silber und Feuer! Bei Gott, heiliger Wundertäter Nikolaus, frommer Knecht Gottes, ich bitte dich: Warum habe ich nicht solch eine Pekesche! Er hat sie sich noch damals machen lassen, als Agafija Feodossejewna noch nicht so oft nach Kiew reiste. (Sie kennen doch Agafija Feodossejewna? Dieselbe, die dem Assessor das Ohr abgebissen hat.)

Und was für ein Prachtmensch Iwan Iwanowitsch ist! Wie stattlich ist sein Haus in Mirgorod! Rundherum hat es ein Schutzdach auf eichenen Pfosten, und darunter stehen überall Bänke. Wenn es zu heiß wird, zieht er Pelzrock und Hose aus, legt sich im bloßen Hemd unter das Schutzdach und beobachtet, was im Hofe und auf der Straße vorgeht. Und was für herrliche Apfel- und Birnbäume vor dem Fenster stehen! Bitte, öffnen Sie nur die Fenster, sofort stecken sie ihre Zweige bis ins Zimmer; aber das ist bloß *vor* dem Hause. Sehen Sie sich mal erst den Garten an! Was gibt es da nicht alles! Pflaumen, Kirschen, Weichsel, allerlei Gemüse, Sonnenblumen, Gurken, Melonen, Erbsen – sogar eine Tenne und eine Schmiede gibt es da.

Was für ein Prachtmensch Iwan Iwanowitsch ist! Besonders gern ißt er Melonen, das ist sein Lieblingsgericht. Gleich nach dem Mittagessen begibt er sich im Hemd unter das Schutzdach und befiehlt Gapka, zwei Melonen aufzutragen, die er eigenhändig zerlegt. Dann nimmt er die Kerne heraus, wickelt sie in ein Papier und macht sich daran, die Melonen zu verzehren; Gapka muß ihm das Tintenfaß bringen, und er schreibt eigenhändig auf das Päckchen mit dem Samen: »Diese Melone wurde an dem und dem Tage gegessen.« War irgendein Gast dabei, so wird hinzugefügt: Der und der hat teilgenommen.

Der verstorbene Richter von Mirgorod freute sich immer von Herzen beim Anblick von Iwan Iwanowitschs Haus. Ja – das Haus kann sich auch sehen lassen! Vor allem gefallen mir die vielen Balkone und Erkerchen, die von allen Seiten angebaut sind; wenn man es von ferne erblickt, so sieht man die Dächer, die übereinander liegen – das erinnert mich immer an einen Teller voller Pfannkuchen, aber besser an Pilze, die an- und übereinander um einen herum wachsen. Übrigens sind die Dächer mit Binsen gedeckt, über die eine Weide, eine Eiche und zwei Apfelbäume ihre üppigen Zweige ausbreiten. Durch das Geäst aber gucken die kleinen Fensterchen mit ihren geschnitzten, weißen Läden munter auf die Straße hinaus.

Was für ein Prachtmensch ist doch Iwan Iwanowitsch! Der Herr Kommissar aus Poltawa ist sein guter Bekannter. Dorosch Tarassowitsch Puchiwotschka besuchte ihn stets, wenn er aus Chorol hierherkommt, und Vater Peter, der in Koliberba wohnt, pflegt, wenn einmal fünf Mann hoch bei ihm zu Gaste sind, stets zu erwähnen, daß er niemand kennt, der seine Christenpflicht so gut erfüllt und so zu leben versteht wie Iwan Iwanowitsch.

Mein Gott, wie doch die Zeit vorbeieilt. Damals waren schon

zehn Jahre verflossen, seit er Witwer geworden war. Er hatte keine Kinder. Dafür hat Gapka, die Magd, welche, die im Hofe spielen. Iwan Iwanowitsch gibt gewöhnlich jedem Kinde eine Brezel, ein Stückchen Melone oder eine Birne. Gapka hat auch die Schlüssel zu den Kammern und Kellern: Nur der Schlüssel zu dem großen Kasten, der in seinem Schlafzimmer steht, und der zu der mittleren Vorratskammer befindet sich bei ihm; denn Iwan Iwanowitsch liebt es nicht, jemand dort hineinzulassen. Gapka ist ein kräftiges Mädel, mit einer großen Schürze, drallen Waden und roten Backen.

Und was für ein gottesfürchtiger Mensch Iwan Iwanowitsch ist! Jeden Sonntag zieht er seine Pekesche an und geht in die Kirche. Nachdem er sich nach allen Seiten verneigt hat, nimmt er gewöhnlich auf dem Chor Platz und unterstützt den Baß auf das schönste. Ist der Gottesdienst zu Ende, so unterläßt es Iwan Iwanowitsch nie, der Reihe nach an allen Bettlern vorbeizugehen. Vielleicht hat er oft gar keine Lust, sich mit so langweiligen Sachen abzugeben, aber seine natürliche Gutmütigkeit läßt ihm keine Ruhe.

Gewöhnlich sucht er sich das allerarmseligste Weib, in einem zerfetzten, aus Lumpen zusammengeflickten Kleide aus und wendet sich teilnahmslos an sie: »Nun, wie geht es, Ärmste? Woher kommst du, Mütterchen?«

»Ich komme vom Dorf, Herr, seit drei Tagen habe ich weder gegessen noch getrunken. Meine eigenen Kinder haben mich fortgejagt.«

»Du arme Seele! Und warum bist du hierher gekommen?«

»Ach, Herr, ich stehe hier und bitte um ein Almosen, vielleicht gibt mir jemand etwas Geld, damit ich mir Brot kaufen kann.«

»Hm. So. Du möchtest also Brot haben?« fragt Iwan Iwanowitsch gewöhnlich.

»Wie sollte ich nicht? Ich bin hungrig wie ein Hund.«

»Hm, hm«, sagt Iwan Iwanowitsch gewöhnlich weiter: »Vielleicht möchtest du auch Fleisch haben?«

»Ja, alles, was Euer Gnaden mir geben wollen, ich bin mit allem zufrieden.«

»Hm, hm – ist denn Fleisch besser als Brot?«

»Ein Hungriger ist nicht wählerisch, Herr. Wir sind mit allem zufrieden, was Sie geben.« Hierbei streckt sie ihm gewöhnlich die Hand hin.

»Nun, Gott mit dir«,sagt Iwan Iwanowitsch. – »Ja, was stehst du denn noch da? Ich schlage dich doch nicht!« Und in gleicher Weise wendet er sich an den zweiten und dritten Bettler, und geht endlich nach Hause, zu seinem Nachbar, Iwan Nikiforowitsch, oder auch zum Polizeimeister, um einen Schnaps mit ihnen zu trinken.

Iwan Iwanowitsch liebt es auch sehr, daß man ihm Geschenke macht oder ihm Leckerbissen bringt. Das letztere hat er besonders gern.

Auch Iwan Nikiforowitsch ist ein ganz prächtiger Mensch. Sein Hof grenzt an den Iwan Iwanowitschs. Zwei solche Freunde wie diese beiden, hat die Welt sicher noch nicht gesehen. Anton Prokofjewitsch Pupopus, der bis zum heutigen Tage noch einen braunen Rock mit hellblauen Ärmeln trägt und des Sonntags beim Richter zu Tisch geladen ist, pflegte gewöhnlich zu sagen: Der Teufel habe in höchsteigener Person Iwan Iwanowitsch und Iwan Nikiforowitsch mit einem Schnürchen zusammengebunden: Wo der eine erscheint, da folgt der andere auf dem Fuße.

Iwan Nikiforowitsch war nie verheiratet. Man hat wohl davon gesprochen, er wäre einmal verheiratet gewesen, doch das ist eine gemeine Lüge. Ich kenne Iwan Nikiforowitsch sehr genau und kann beschwören, daß er niemals auch nur die Absicht gehabt hat, sich zu verheiraten. Wie solch ein Klatsch nur entsteht! Einmal hieß es, Iwan Nikiforowitsch sei hinten mit einem Schwanz auf die Welt gekommen. Aber dies ist eine Erfindung, die so dumm und dabei so abscheulich und unanständig ist, daß ich es nicht einmal für nötig halte, sie vor meinen aufgeklärten Lesern zu widerlegen, denen es sicher bekannt ist, daß nur die Hexen, und auch die nur, sofern sie weiblichen Geschlechts sind (aber selbst diese bloß in Ausnahmefällen), hinten einen Schwanz haben. Übrigens gehören ja die Hexen überhaupt mehr dem weiblichen als dem männlichen Geschlecht an. Trotz der gegenseitigen Zuneigung waren diese beiden Freunde doch von der Natur recht verschieden bedacht. Am besten lernt man ihren Charakter durch eine Nebeneinanderstellung kennen. Iwan Iwanowitsch besitzt die seltene Gabe, sehr angenehm zu sprechen. Herr Gott, wie kann er sprechen! Wenn Sie ihm zuhören, haben Sie eine Empfindung – nein, die läßt sich nur mit dem Gefühl vergleichen, wenn man Ihnen den Kopf krault, oder mit dem Finger leise, ganz leise über die Fersen streicht. Man lauscht und lauscht ... der Kopf sinkt einem herab ... so angenehm, so ungeheuer angenehm ist das! ... Wie ein Schläfchen nach einem Bade. Iwan Nikiforowitsch hingegen ist das gerade Gegenteil. Er liebt es, zu schweigen – aber wenn er einmal ein Wörtchen sagt, dann heißt es: Feststehen – das sitzt, das schneidet schärfer, wie das feinste Rasiermesser! Iwan Iwanowitsch ist mager und von hoher Statur; Iwan Nikiforowitsch ist kleiner und geht mehr in die Breite. Iwan Iwanowitschs Kopf gleicht einem Rettich mit dem Schwänzchen nach oben. Iwan Nikiforowitsch dagegen einem Rettich mit dem Schwänzchen nach unten. Iwan Iwanowitsch liegt nur nach dem Mittagessen im bloßen Hemde unter dem Schutzdach, – abends zieht er seine Pekesche an und geht irgendwohin, entweder in das Stadtmagazin, an das er Mehl liefert, oder ins Feld, um Wachteln zu fangen. Iwan Nikiforowitsch liegt den *ganzen* Tag im Flur; wenn es nicht gar zu heiß ist, legt er sich mit dem bloßen Rücken in die Sonne und will sich gar nicht vom Fleck rühren. Wenn es ihm gerade einfällt, macht er morgens eine Runde durch den Hof, sieht sich alles an und legt sich dann nieder. Früher ging er wohl auch einmal zu Iwan Iwanowitsch hinüber. Iwan Iwanowitsch ist ein sehr feiner Herr, nie gebraucht er ein schmutziges Wort, auch nicht im gewöhnlichsten Gespräch, und daher ist er auch sofort verletzt, wenn er ein solches hört. Iwan Nikiforowitsch aber läßt sich mitunter etwas gehen. Gewöhnlich steht dann Iwan Iwanowitsch auf und sagt: 'Genug, genug, Iwan Nikiforowitsch, legen Sie sich doch lieber schnell wieder in die Sonne, statt solche gottlosen Reden zu führen!' Iwan Iwanowitsch wird sehr böse, wenn er eine Fliege in der Suppe findet – er gerät außer sich, wirft den Teller hin, und der Wirt bekommt etwas zu hören. Iwan Nikiforowitsch badet ungemein gern, und wenn er bis zum Halse im Wasser sitzt, liebt er es sehr, sich ein Tischchen mit der Teemaschine ins Wasser stellen zu lassen und in der kühlen Flut Tee zu trinken. Iwan Iwanowitsch rasiert sich zweimal wöchentlich, Iwan Nikiforowitsch nur einmal. Iwan Iwanowitsch ist sehr neugierig, Gott bewahre einen jeden davor, ihm etwas zu erzählen und nicht bis zum Schluß zu kommen. Ist er unzufrieden, so sieht man es ihm sogleich an. Äußerlich ist es Iwan Nikiforowitsch sehr schwer anzusehen, ob er zufrieden oder ärgerlich ist – selbst wenn er sich über etwas freut, so läßt er es sich nicht merken. Iwan Iwanowitsch hat einen etwas ängstlichen Charakter – ganz anders wie Iwan Nikiforowitsch, der so faltenreiche Pluderhosen trägt, daß sie, wenn man sie aufblasen wollte, den Hof mit allen Scheuern und Wirtschaftsgebäuden in sich fassen würden. Iwan Iwanowitsch hat große, ausdrucksvolle, tabakfarbene Augen, und sein Mund hat die Form des Buchstabens V. Iwan Nikiforowitsch hat kleine, gelbliche Augen, die ganz zwischen den dicken Backen und den buschigen Brauen verschwinden, und seine Nase gleicht einer reifen Pflaume. Wenn Ihnen Iwan Iwanowitsch eine Prise anbietet, leckt er erst den Deckel der Tabaksdose ab, klopft mit dem Finger auf sie, reicht sie Ihnen hin und sagt, wenn Sie gut mit ihm bekannt sind: 'Mein Herr, darf ich Sie bitten, sich zu bedienen!' Sind Sie ihm dagegen fremd, so spricht er: 'Mein Herr, ich habe nicht die Ehre, Ihren Rang und Namen zu kennen, darf ich Sie bitten, sich zu bedienen!' Iwan Nikiforowitsch dagegen gibt Ihnen einfach die Dose in die Hand und sagt ganz kurz: 'Bedienen Sie sich!' Beide – Iwan

Iwanowitsch sowohl wie Iwan Nikiforowitsch – mögen die Flöhe nicht leiden, und lassen daher nie einen Handelsjuden vorübergehen, ohne ihm ein Elixier oder ein Pulver gegen diese Insekten abzukaufen – natürlich erst, nachdem sie ihn gehörig wegen seines Glaubens ausgescholten haben.

Übrigens sind beide, sowohl Iwan Iwanowitsch als auch Iwan Nikiforowitsch, abgesehen von einigen Verschiedenheiten, ganz prächtige Menschen.

II.

Aus dem man erfahren kann, was Iwan Iwanowitsch sich wünschte, worüber Iwan Iwanowitsch und Iwan Nikiforowitsch miteinander sprachen, und wie das Gespräch endete

Eines Morgens – es war im Juli – lag Iwan Iwanowitsch unter seinem Schutzdach. Der Tag war heiß, und die Luft war trocken und flutete in seinen Strömen auf und ab. Iwan Iwanowitsch war schon außerhalb der Stadt und im Dorf bei den Schnittern gewesen und hatte schon alle Bauern und Bäuerinnen, die ihm begegneten, nach dem Woher, Wohin und Warum ausgefragt; dabei hatte er sich müde gelaufen und wollte nun ausruhen. Im Liegen betrachtete er lange den Hof, die Vorratskammern und die im Hofe herumlaufenden Hühner und dachte sich: »Herr Gott, was bin ich doch für ein guter Wirt! Was habe ich nicht alles! Speicher, Gebäude, Vögel, alles was das Herz begehrt, Schnäpse und Liköre, einen Garten mit Birnen und Pflaumen, Mohn, Kohl und Erbsen ... was fehlt mir noch? Wirklich, ich möchte wissen, was mir fehlt?«

Mit dieser tiefsinnigen Frage beschäftigt, versank Iwan Iwanowitsch in tiefes Nachdenken, unterdessen aber suchten seine Augen nach neuen Gegenständen, schweiften über den Zaun nach

Iwan Nikiforowitschs Haus und wurden unwillkürlich von einem merkwürdigen Schauspiel gefesselt.

Ein altes hageres Weib trug verschlissene Kleidungsstücke auf den Hof, um sie eins nach dem andern zum Auslüften auf eine ausgespannte Leine zu hängen. Bald streckte ein alter Waffenrock mit abgeschabten Aufschlägen seine Ärmel in die Luft und umarmte ein Jackett aus Brokatstoff; neben ihm kam eine Livree mit Wappenknöpfen und einem von den Motten zerfressenen Kragen zum Vorschein; ferner ein Paar fleckige weiße Kaschmir-Beinkleider, die einst Iwan Nikiforowitschs Beine umspannt hatten, jetzt aber bestenfalls für seine Finger reichen würden; dann wieder hing ein anderes Paar in Form eines A da, dann ein blauer Kosakenrock, den sich Iwan Nikiforowitsch vor 20 Jahren hatte machen lassen, als er in die Miliz einzutreten gedachte und sich sogar einen Schnurrbart wachsen ließ. Zuletzt kam zu all diesen schönen Sachen auch noch ein Degen hinzu, der einer Turmspitze glich, die in die Luft starrt – dann wieder flatterten die Rockschöße eines graugrünen Kaftans mit talergroßen kupfernen Knöpfen im Winde, und zwischen den Schößen lugte eine mit Goldborte verzierte, stark ausgeschnittene Weste hervor. Aber bald wurde die Weste durch einen alten Unterrock der Großmutter versteckt, in dessen großen Taschen man ruhig je eine Melone hätte verstecken können. Dies ganze Durcheinander gewährte Iwan Iwanowitsch einen höchst unterhaltenden Anblick. Die Strahlen der Sonne beleuchteten bald einen dunkelblauen oder grünen Ärmel, einen roten Aufschlag und einen Teil des Goldbrokats oder sie spielten plötzlich um die Degenspitze und gaben ihr ein ganz ungewöhnliches Aussehen. Dieses bunte Allerlei weckte Erinnerungen an die Weihnachtskrippe, die umherziehende Tagediebe in den Dörfern aufstellen: Die herandrängende Volksmenge betrachtet den Kaiser Herodes mit der goldenen Krone, oder den Antonius, der eine Ziege mit sich führt; hinter der Krippe quietscht eine Geige, ein Zigeuner ahmt mit seinen Lippen eine Trommel nach, die Sonne geht allmählich unter und die angenehme Kühle der südlichen Nacht schmiegt sich verstohlen um die frischen Schultern und hochatmenden Busen der drallen Bäuerinnen.

Nach einiger Zeit kam die Alte wieder stöhnend aus der Vorratskammer und trug keuchend einen altmodischen Sattel mit abgerissenen Steigbügeln, abgeschabten ledernen Pistolentaschen und einer Schabracke auf dem Rücken heraus, die einst purpurrot gewesen und mit Goldstickereien und Blechplatten verziert war.

»So ein dummes Weib«, dachte Iwan Iwanowitsch, »bald wird sie auch noch Iwan Nikiforowitsch in eigener Person herausschleppen und auslüften.«

Und in der Tat, Iwan Iwanowitschs Vermutung war nicht so ganz unrichtig. Nach kaum fünf Minuten erschienen Iwan Nikiforowitschs Pumphosen, die fast die ganze Hälfte des Hofes einnahmen. Dann schleppte sie noch seine Mütze und eine Flinte heran.

»Was soll das bedeuten«, dachte Iwan Iwanowitsch. »Ich habe früher nie eine Flinte bei ihm gesehen! Ja, was fällt ihm ein! Er schießt doch gar nicht, und hält sich doch eine Flinte! Was will er mit ihr? Es ist übrigens ein gutes Gewehr! ... ich wollte mir schon lange ein solches anschaffen. Ich wünschte sehr, so eine Flinte zu haben ... ich spiele zu gern mit so einem Flintchen ... He, Alte, Alte!« schrie Iwan Iwanowitsch und winkte mit dem Finger.

Die Alte kam an den Zaun.

»Was hast du da, gute Alte?«

»Sie sehen doch selbst, eine Flinte.«

»Was für eine Flinte?«

»Was weiß ich. Wenn sie mir gehörte, würde ich vielleicht wissen, woraus sie gemacht ist, aber sie gehört doch dem Herrn.«

Iwan Iwanowitsch stand auf, besah sich die Flinte von allen Seiten, und vergaß ganz, die Alte deswegen zu schelten, daß sie auch Degen und Flinte zum Lüften herausgebracht hatte.

»Wahrscheinlich ist sie aus Eisen«, meinte die Alte.

»Hm, hm, aus Eisen. Warum sollte sie gerade aus Eisen sein?« murmelte Iwan Iwanowitsch. »Hat dein Herr sie schon lange?«

»Vielleicht – es ist möglich, daß er sie schon lange hat.«

»Ein vortreffliches Gewehr«, fuhr Iwan Iwanowitsch fort. »Ich werde es mir von ihm ausbitten. Wozu braucht er eine Flinte? Oder ich tausche sie gegen etwas anderes ein. Sag mal, Alte, ist dein Herr zu Hause?«

»Freilich.«

»Er hat sich wohl hingelegt?«

»Jawohl.«

»Gut. Ich werde zu ihm gehen.«

Iwan Iwanowitsch zog sich an und nahm einen Knotenstock mit sich, den er als Waffe gegen die Hunde brauchte; denn in Mirgorod begegnet man auf der Straße mehr Hunden als Menschen. Dann machte er sich auf den Weg.

Obwohl die Höfe Iwan Iwanowitschs und Iwan Nikiforowitschs aneinander grenzten, und man aus dem einen in den andern hinübersteigen konnte, ging Iwan Iwanowitsch doch über die Straße. Nach dieser Straße mußte er eine kleine Gasse passieren, die ganz ungewöhnlich schmal war; wenn es geschah, daß zwei Einspänner sich hier begegneten, so konnten sie nicht aneinander vorbei und mußten so lange stillstehen, bis sie jemand an den Hinterrädern packte und in die Straße zurückzog. Der Fußgänger aber kam wie mit Blumen geschmückt aus dieser Gasse heraus, da zu beiden Seiten des Zaunes die Kletten aufs schönste gediehen. An diese Gasse stieß sowohl die Scheune Iwan Iwanowitschs, als auch ein Kornspeicher Iwan Nikiforowitschs, und ebenso sein Tor und sein Taubenschlag. Iwan Iwanowitsch trat ans Tor und drückte lärmend die Türklinke herunter. Aus dem Innern erscholl Hundegebell, als aber die buntscheckige Gesellschaft sah, daß ein guter Bekannter den Hof betrat, zog sie sich schweifwedelnd zurück. Iwan Iwanowitsch durchschritt den Hof, auf dem ein buntes Durcheinander herrschte: Indische Tauben, die der Besitzer eigenhändig zu füttern pflegte, Melonen- und Wassermelonenschalen, verstreutes Gemüse, ein zerbrochenes Rad, ein Faßreifen, dazwischen ein kleiner Junge in einem schmutzigen Hemdchen – mit einem Wort, ein Anblick, wie die Maler ihn lieben! Die ausgehängten Kleider hüllten den ganzen Hof in ihren Schatten ein und verliehen ihm eine gewisse Kühle. Die Alte begrüßte Iwan Iwanowitsch mit einer Verbeugung, rührte sich aber nicht vom Flecke und gähnte. Vor dem Hause befand sich eine zierliche Treppe mit einem Schutzdach, das von zwei Eichenpfosten gestützt wurde: übrigens ein sehr unzureichendes Mittel gegen die Sonne, denn Frau Sonne liebt um diese Zeit in Kleinrußland nicht zu spaßen, und badet den Spaziergänger von Kopf bis Fuß in Schweiß. Dies zeigt übrigens, wie groß das Verlangen Iwan Iwanowitschs nach dem so unentbehrlichen Dinge war, da er sich um diese Zeit hinausgewagt hatte und somit seiner Gewohnheit, das Haus erst des Abends zu einem Spaziergang zu verlassen, untreu geworden war.

Das Zimmer, das Iwan Iwanowitsch betrat, war ganz dunkel, und die Läden waren geschlossen. Nur durch das Guckloch im Laden fielen ein paar Sonnenstrahlen, spielten in Regenbogenfarben und malten eine bunte Landschaft an die gegenüberliegende Wand: Da sah man binsengedeckte Dächer, Bäume, die ausgehängten Kleidungsstücke usw. – alles natürlich auf den Kopf gestellt, wodurch das Zimmer in ein wundersames, helles Dämmerlicht gehüllt wurde.

»Gott helf«, sagte Iwan Iwanowitsch.

»Guten Tag, Iwan Iwanowitsch«, antwortete eine Stimme aus der Zimmerecke. Erst jetzt bemerkte Iwan Iwanowitsch Iwan Nikiforowitsch, der auf einem ausgebreiteten Teppich am Boden lag.

»Entschuldigen Sie bitte, daß ich mich Ihnen im Adamskostüm präsentiere.«

Iwan Nikiforowitsch lag ganz nackt und ohne Hemd da.

»Bitte, bitte. Haben Sie gut geschlafen, Iwan Nikiforowitsch?«

»Ausgezeichnet. Und Sie, Iwan Iwanowitsch?«

»Ich habe auch gut geschlafen.«

»Sie sind wohl erst eben aufgestanden?«

»Was? Ich soll erst eben aufgestanden sein? Gott behüte, Iwan Nikiforowitsch, wie kann man so lange schlafen. Ich komme eben aus dem Dorf zurück – überall wo man hinkommt – gibt's herrliches Getreide, großartig sag' ich Ihnen! Auch das Heu ist lang, weich und saftig.«

»Gorpina«, schrie Iwan Nikiforowitsch, »bring' Iwan Iwanowitsch einen Schnaps und ein paar Rahmkuchen.«

»Ein herrliches Wetter heut.«

»Ach loben Sie es doch nicht, Iwan Iwanowitsch. Hol's der Teufel – man kommt ja um vor Hitze.«

»Ist es denn durchaus nötig, den Teufel anzurufen? Ach, Iwan Nikiforowitsch, Sie werden noch an mich denken, wenn es zu spät sein wird. Jawohl, Sie werden im Jenseits für Ihre gottlosen Reden büßen müssen.«

»Womit habe ich Sie denn beleidigt, Iwan Iwanowitsch? Ich habe doch weder Ihren Vater noch Ihre Mutter beschimpft. Ich verstehe nicht, wodurch ich Sie gekränkt haben könnte.«

»Lassen wir das, Iwan Nikiforowitsch, lassen wir das.«

»Bei Gott, ich wollte Sie nicht kränken, Iwan Iwanowitsch.«

»Merkwürdig, daß die Wachteln noch immer nicht ins Rohr gehen.«

»Wie Sie wollen, Iwan Iwanowitsch, denken Sie, was Sie wollen – ich hatte wirklich nicht die Absicht, Sie zu kränken.«

»Ich begreife nicht, warum sie nicht hineingehen«, sagte Iwan Iwanowitsch, als habe er die Worte gar nicht gehört. »Vielleicht ist die Zeit dazu noch nicht gekommen, aber mir scheint, es wäre jetzt die rechte Zeit.«

»Sie sagen, daß das Getreide gut steht?«

»Herrlich, ganz herrlich!«

Nun folgte eine lange Pause.

»Iwan Nikiforowitsch, warum lassen Sie denn plötzlich alle Ihre Kleider heraushängen«, fragte endlich Iwan Iwanowitsch.

»Ach, die verfluchte Alte hat meine guten und fast neuen Kleidungsstücke verschimmeln lassen: Jetzt lasse ich alles auslüften; das Tuch ist noch fein, es ist noch ganz ausgezeichnet, einiges braucht man nur wenden zulassen, dann kann man es wieder tragen.«

»Etwas hat mir besonders gefallen, Iwan Nikiforowitsch.«

»Was denn?«

»Sagen Sie bitte, wozu brauchen Sie diese Flinte? Da ist doch eine Flinte mit herausgehängt!« Bei diesen Worten reichte Iwan Iwanowitsch seinem Freund eine Prise. »Darf ich Sie bitten, sich zu bedienen?«

»Bitte bedienen Sie sich selbst, ich nehme von meinem eigenen«, dabei tastete Iwan Nikiforowitsch mit den Händen umher und fand endlich seine Dose. »So ein dummes Weib! Sie will die Flinte also auch auslüften? Der Jude in Sorotschintzy macht einen ausgezeichneten Tabak. Ich weiß nicht, was er hineintut – es ist so etwas Aromatisches, und erinnert ein wenig an Krauseminze. Aber bedienen Sie sich doch.«

»Hm, sagen Sie doch, Iwan Nikiforowitsch, um wieder auf die Flinte zurückzukommen, was wollen Sie mit ihr anfangen? Sie brauchen sie doch nicht!«

»Ich brauche sie nicht? Ja, und wenn ich nun einmal schießen will?«

»Gott behüte Sie, Iwan Nikiforowitsch, wann wollen Sie denn schießen? Vielleicht beim jüngsten Gericht? So viel ich weiß und von andern erfahren konnte, haben Sie noch nie eine Ente getötet, ja, Gott der Herr hat Ihnen auch gar nicht die Natur dazu gegeben, daß Sie schießen sollten. Sie haben eine stattliche Figur, ein elegantes Auftreten: Wie wollen Sie in den Sümpfen umherwaten, wenn das Kleidungsstück, das ich aus Anstandsrücksichten nicht nennen möchte, schon jetzt ausgelüftet werden muß? Was wird erst dann sein? Was Sie brauchen, ist Ruhe, Erholung.« (Wir haben schon oben erwähnt, daß Iwan Iwanowitsch ungewöhnlich schön sprechen konnte, wenn es galt, jemand zu überzeugen. Nein, wie er redete, Herrgott, wie er redete!) »Ja, ja, Ihnen stehen nur edle Handlungen an. Was meinen Sie, wie wär's, wenn Sie mir die Flinte geben würden?«

»Wie könnte ich! So eine teure Flinte! So eine ist für kein Geld mehr zu haben. Die stammt noch aus der Zeit, als ich in die Miliz eintreten wollte. Da habe ich sie von einem Tataren erstanden, und jetzt sollte ich sie so mir nichts, dir nichts weggeben? Ich bitte Sie, das ist doch ein unentbehrliches Instrument.«

»Unentbehrlich? Wozu?«

»Wozu – wozu? Und wenn nun Räuber mein Haus überfallen! Ausgezeichnet! Nicht unentbehrlich! ... Gottlob, jetzt bin ich ruhig und fürchte mich vor nichts; denn ich weiß, in meiner Kammer steht eine Flinte!«

»Eine nette Flinte, Iwan Nikiforowitsch, der Hahn ist ja total verdorben!«

»Was macht denn das? Und wenn der Hahn nun wirklich verdorben wäre! Man kann ihn reparieren! Man muß ihn nur ein bißchen mit Hanföl einschmieren, damit er nicht rostet!«

»Nach Ihren Worten könnte man vermuten, daß Sie nicht die geringste Freundschaft für mich hegen, Iwan Nikiforowitsch, Sie wollen mir durchaus kein Zeichen Ihrer Sympathie geben?«

»Iwan Iwanowitsch, wie können Sie sagen, daß ich Ihnen kein Zeichen meiner Sympathie gebe. Schämen Sie sich! Ihre Ochsen weiden auf meiner Wiese, und ich habe Sie noch nie zum Pflügen benutzt. Jedesmal, wenn Sie nach Poltawa fahren, bitten Sie mich um meinen Wagen, und habe ich es Ihnen je abgeschlagen? Ihre Kinder klettern über den Zaun, springen in meinen Garten und spielen mit meinen Hunden – und ich sage nichts; mögen sie doch spielen, solange sie nur nichts anrühren; mögen sie doch spielen ...«

»Nun, wenn Sie mir Ihre Flinte durchaus nicht verehren wollen – so wollen wir tauschen.«

»Und was würden Sie mir dafür geben?« Bei diesen Worten stützte sich Iwan Nikiforowitsch auf seinen Arm und sah Iwan Iwanowitsch ins Gesicht.

»Ich würde Ihnen das braune Schwein dafür geben, das ich in meinem Stall gemästet habe. Eine großartige Sau! Passen Sie auf – im nächsten Jahre wirft sie Ihnen schon Ferkel.«

»Ich verstehe nicht, Iwan Iwanowitsch, wie Sie so sprechen können. Was soll ich mit Ihrem Schwein? Soll ich etwa dem Teufel ein Fest geben?«

»Schon wieder! Sie können nicht reden, ohne den Teufel anzurufen. Es ist eine Sünde, Iwan Nikiforowitsch, bei Gott, es ist eine Sünde!«

»Sie sind mir der Rechte, Iwan Iwanowitsch! Für eine Flinte bieten Sie mir weiß der Teufel was – eine Sau!«

»Warum ist eine Sau 'weiß der Teufel was', Iwan Nikiforowitsch?«,

»Warum? Bitte urteilen Sie doch selbst: Eine Flinte – da weiß doch jeder, was das für ein Gegenstand ist – und Sie bieten mir weiß der Teufel was – eine Sau! Wären Sie es nicht, der mir diesen Vorschlag machte, ich könnte es wahrhaftig für eine Beleidigung halten.«

»Was finden Sie denn so Schlimmes an einem Schwein?«

»Ja, für was halten Sie mich denn eigentlich, daß ich ein Schwein ...«

»Bitte setzen Sie sich, setzen Sie sich, ich rede nicht mehr davon. Behalten Sie Ihre Flinte; möge sie in irgendeinem Winkel Ihrer Kammer verrosten und verderben – ich rede kein Wort mehr davon.«

Hier trat eine lange Pause ein.

»Man spricht davon«, begann endlich Iwan Iwanowitsch, »daß drei Könige unserm Kaiser den Krieg erklärt haben.«

»Ja, Peter Fjodorowitsch erzählte mir davon. Was ist das für ein Krieg? Warum führt man ihn?«

»Das kann ich nicht genau sagen, Iwan Nikiforowitsch«, antwortete Iwan Iwanowitsch, »ich glaube, die Könige verlangen von uns, daß wir alle den türkischen Glauben annehmen sollen.«

»Sieh einer an, was die Narren ausgeheckt haben«, sagte Iwan Nikiforowitsch und hob den Kopf in die Höhe.

»Verstehen Sie? Der Kaiser aber hat ihnen den Krieg erklärt. Nehmt mal lieber selber den christlichen Glauben an! sagte er.«

»Was meinen Sie, Iwan Iwanowitsch, die Unsern werden sie doch besiegen?«

»Ganz sicher, Iwan Nikiforowitsch! Sie wollen mir also Ihre Flinte nicht eintauschen?«

»Ich bin wirklich erstaunt, Iwan Iwanowitsch, ich glaubte immer, Sie seien ein Mann von einer gewissen Bildung, und heute reden Sie wie ein Kind. Bin ich denn ein Narr?«

»Bleiben Sie sitzen, bleiben Sie sitzen, Gott mit ihr, mag sie verrosten, ich sage kein Wort mehr.«

In diesem Augenblick wurde der Imbiß aufgetragen.

Iwan Iwanowitsch nahm einen Schnaps und aß einen Rahmkuchen dazu. »Hören Sie, Iwan Nikiforowitsch, ich gebe Ihnen außer dem Schwein noch zwei Säcke Hafer; Sie haben ja keinen gesät. Sie müssen also dieses Jahr sowieso welchen kaufen.«

»Bei Gott, Iwan Iwanowitsch, um mit Ihnen zu reden – muß man Erbsen gefressen haben.« (Das war noch gar nichts, Iwan Nikiforowitsch konnte noch ganz andere Sachen vom Stapel lassen.) »Wo in aller Welt ist es erhört, daß man eine Flinte für zwei Säcke Hafer eingetauscht hätte? Ihre Pekesche werden Sie mir wohl nicht anbieten, da bin ich sicher.«

»Sie vergessen, Iwan Nikiforowitsch, daß Sie noch das Schwein dazubekommen.«

»Was, zwei Säcke Hafer und ein Schwein für eine Flinte?«

»Ist das vielleicht zu wenig?«

»Für eine Flinte?«

»Jawohl, für eine Flinte!«

»Zwei Säcke für eine Flinte?«

»Die Säcke sind doch nicht leer, sondern voll Hafer. Und das Schwein – das Schwein haben Sie vergessen?«

»Geben Sie doch Ihrem Schwein einen Kuß, oder wenn's Ihnen besser paßt: dem Teufel.«

»Weh, dem, der mit Ihnen anbindet! Warten Sie ab, für solche gottlosen Reden wird man Ihnen in jener Welt die Zunge mit glühenden Nadeln spicken! Wenn man mit Ihnen gesprochen hat, muß man sich wahrhaftig Kopf und Hände waschen und den ganzen Körper ausräuchern!«

»Gestatten Sie, Iwan Iwanowitsch, eine Flinte ist ein nobler Gegenstand, mit dem man sich aufs schönste unterhalten kann, und zugleich der angenehmste Zimmerschmuck ...«

»Iwan Nikiforowitsch, Sie sprechen von Ihrer Flinte grad wie der Narr von seinem Futtersack«, sagte Iwan Iwanowitsch, der allmählich anfing, ärgerlich zu werden.

»Und Sie, Iwan Iwanowitsch, Sie sind ein rechter Gänserich!«

Hätte Iwan Nikiforowitsch nur gerade dies Wort nicht gebraucht, die beiden Freunde hätten sich gestritten und wären dann wie immer in aller Freundschaft geschieden; jetzt aber passierte etwas ganz anderes. Iwan Iwanowitsch wurde feuerrot. »Was haben Sie da gesagt, Iwan Nikiforowitsch?« fragte er mit erhobener Stimme.

»Ich sagte, daß Sie einem Gänserich gleichen, Iwan Iwanowitsch.«

»Was wagen Sie, mein Herr! Sie vergessen allen Anstand, Sie vergessen alle Achtung, die Sie meinem Stande und meiner Familie schuldig sind! Wie können Sie es wagen, einen Menschen mit einem so schimpflichen Namen zu belegen?«

»Was ist denn Schimpfliches daran? Und was fuchteln Sie so mit den Händen, Iwan Iwanowitsch?«

»Ich wiederhole. Wie konnten Sie es wagen, den Anstand so gröblich zu verletzen und mich einen Gänserich zu nennen?«

»Ich huste Ihnen was, Iwan Iwanowitsch! Was gackern Sie denn so?«

Jetzt konnte sich Iwan Iwanowitsch nicht länger beherrschen. Seine Lippen zitterten, sein Mund verlor die gewöhnliche Form (aus dem V wurde ein O), er blinzelte so mit den Augenwimpern, daß einem angst und bange werden konnte. Das passierte Iwan Iwanowitsch äußerst selten, er mußte schon außerordentlich erzürnt sein. »So erkläre ich Ihnen hiermit«, rief Iwan Iwanowitsch, »von heute ab kenne ich Sie nicht mehr!«

»Großes Unglück! Bei Gott, das soll mir keine Träne auspressen«, antwortete Iwan Nikiforowitsch. – Aber er log, bei Gott, er log. Es tat ihm schrecklich leid.

»Ich werde nie wieder die Schwelle Ihres Hauses betreten!«

»Aha!« rief Iwan Nikiforowitsch; er wußte vor Verdruß nicht, was er tun sollte – und sprang ganz gegen seine Gewohnheit auf. »Hallo, Alte.«

In der Tür erschienen das alte dürre Weib und ein kleiner Junge, der in einem großen langen Rock steckte und sich beständig darin verwickelte.

»Nehmen Sie Iwan Iwanowitsch bei der Hand und führen Sie ihn hinaus!«

»Was? Mich? Einen Edelmann?« rief Iwan Iwanowitsch voller Würde und Entrüstung. »Wagt es nur, in meine Nähe zu kommen. Ich vernichte euch samt eurem dummen Herrn. Und keine Krähe soll euer Grab finden!« (Iwan Iwanowitsch konnte sehr wuchtig sprechen, wenn er bis in die tiefste Seele erschüttert war.)

Die ganze Gruppe hatte etwas Imposantes an sich. In der Mitte des Zimmers stand Iwan Nikiforowitsch in seiner ganzen nackten Schönheit ohne jede Dekoration; dazu die Alte mit aufgerissenem Munde, einem dummen Gesicht und geängstigter Miene! Iwan Iwanowitsch aber stand da wie ein römischer Tribun mit erhobener Rechte – es war ein gewaltiger Augenblick, ein Schauspiel von wunderbarer Größe! Und doch war nur ein Zuschauer da: Der Knabe in dem Uniformrock, der ruhig dastand und sich mit dem Finger die Nase putzte. Endlich ergriff Iwan Iwanowitsch seine Mütze. »Sie benehmen sich sehr vornehm, Iwan Nikiforowitsch, sehr vornehm. Ich werde es nicht vergessen.«

»Gehen Sie, Iwan Iwanowitsch, gehen Sie! Sehen Sie sich vor, daß Sie mir nicht in den Weg kommen, sonst … ich könnte Ihnen, Iwan Iwanowitsch … ich könnte Ihnen Ihre ganze Visage verbläuen!«

»Daraus mache ich mir soviel, Iwan Nikiforowitsch«, antwortete Iwan Iwanowitsch, drehte ihm eine lange Nase und warf die Türe ins Schloß. Man hörte sie jedoch sofort wieder knarren, sie öffnete sich, und Iwan Nikiforowitsch erschien in der Türöffnung. Er wollte noch etwas sagen – aber Iwan Iwanowitsch eilte davon, ohne sich umzusehen.

III.

Was nach dem Streit zwischen Iwan Iwanowitsch und Iwan Nikiforowitsch geschah

So entzweiten sich die beiden Ehrenmänner, Mirgorods Stolz und Zierde; sie entzweiten sich – und warum? Wegen einer Kleinigkeit! Wegen eines Gänserichs! Sie mieden sich und brachen alle Beziehungen zueinander ab, sie, die doch früher als unzertrennliches Freundespaar gegolten hatten! Früher hatten sie jeden Tag zueinander geschickt und sich gegenseitig nach ihrem Befinden erkundigt, oder auf ihrem Balkon ausgestreckt miteinander geplaudert und sich so viel Angenehmes gesagt, daß es ein Vergnügen war, ihnen zuzuhören. Des Sonntags gingen sie oft – Iwan Iwanowitsch in seiner vornehmen Pekesche und Iwan Nikiforowitsch in seinem gelblich-braunen, leinenen Kosakenrock – Arm in Arm zur Kirche; und wenn Iwan Iwanowitsch, der sich durch sein scharfes Auge auszeichnete, zuerst eine Pfütze oder einen Schmutzhaufen auf der Straße erblickte – was auch in Mirgorod manchmal vorkommt –, dann sagte er immer zu Iwan Nikiforowitsch: »Geben Sie acht, bitte, treten Sie nicht hierher, hier ist etwas nicht ganz in Ordnung.« Aber auch Iwan Nikiforowitsch ließ es nicht an rührenden Freundschaftsdiensten fehlen. So weit entfernt er auch von Iwan Iwanowitsch stehen mochte, stets hielt er ihm die Dose hin und murmelte, »Bitte bedienen Sie sich.« Und welch herrlichen Hausstand hatten beide! ... Und diese beiden Freunde ...! Als ich es erfuhr, war ich wie vom Blitz getroffen. Ich wollte es lange Zeit nicht glauben. Gerechter Gott! Iwan Iwanowitsch hat sich mit Iwan Nikiforowitsch entzweit! Diese Ehrenmänner! Was ist noch von Dauer auf dieser Erde?

Als Iwan Iwanowitsch nach Hause kam, war er in heftiger Erregung. Sonst ging er gewöhnlich in den Stall, um nachzusehen, ob die junge Stute auch ihr Heu fraß (Iwan Iwanowitsch hatte eine hellbraune Stute mit einem weißen Fleck auf der Stirn – ein reizendes Pferdchen), dann fütterte er eigenhändig die Truthühner und die Ferkel und ging endlich wieder ins Haus zurück, um Holzgeschirr zu schnitzen (er war äußerst geschickt und stellte die verschiedensten Gegenstände aus Holz her wie der gewandteste Drechsler), oder er las in einem Buche, das bei Ljubij, Garij und Popow gedruckt war (an den Titel erinnerte sich Iwan Iwanowitsch nicht mehr, die Dienstmagd hatte vor längerer Zeit die obere Hälfte des Titelblattes abgerissen und einem Kinde zu spielen gegeben), oder er legte sich unter das Schutzdach und ruhte aus. Heute aber tat er gar nichts von alledem. Im Gegenteil, er schalt Gapka, die ihm gerade entgegenkam, aus, weil sie müßig herumschlenderte, obgleich sie Grütze nach der Küche trug, und warf einen Stock nach einem Hahn, der bis an die Treppe herangekommen war, um das gewohnte Futter in Empfang zu nehmen. Und als ihm der kleine schmutzige Junge im zerrissenen Hemdchen entgegenlief und »Papa, Papa, einen Kuchen« zu schreien begann, drohte er ihm mit dem Finger und stampfte so laut mit dem Fuße, daß der erschreckte Knabe sich schleunigst aus dem Staube machte.

Endlich besann er sich jedoch und nahm seine gewohnte Beschäftigung wieder auf. Er aß sehr spät zu Mittag, und es dämmerte schon, als er sich auf der Veranda zur Ruhe niederlegte. Die ausgezeichnete Rübensuppe mit Täubchen, die Gapka zubereitet hatte, verbannte die Ereignisse des Morgens vollständig aus seinem Gedächtnis.

Wieder begann Iwan Iwanowitsch mit Vergnügen nach allem zu sehen, was in seinem Haushalt vorging, und als seine Augen über des Nachbars Hof glitten, sagte er, wie im Selbstgespräch zu sich: »Heut war ich ja noch nicht bei Iwan Nikiforowitsch, ich muß doch mal rübergehn.« Hierauf nahm er seine Mütze und seinen Stock und ging auf die Straße, aber kaum hatte er das Haustor verlassen, als ihm sein Streit mit dem Nachbar einfiel. Ärgerlich spuckte er aus und ging wieder in das Haus hinein. Ein ähnlicher Vorgang spielte sich auf dem Hofe Iwan Nikiforowitsch ab. Iwan Iwanowitsch sah, wie die Alte schon den Fuß auf den Zaun setzte, um in seinen Hof zu klettern, als plötzlich Iwan Nikiforowitschs Stimme erscholl: »Zurück, zurück, es ist nicht nötig.« Iwan Iwanowitsch wurde sehr traurig. Es ist sehr möglich, daß sich die beiden Ehrenmänner schon am nächsten Tage wieder versöhnt hätten, wenn nicht ein ganz besonderes Ereignis im Hause Iwan Nikiforowitschs jede Hoffnung auf eine Einigung vernichtet und Öl in die schon verglimmende Flamme der Feindschaft gegossen hätte.

Am Abend dieses Tages kam Agafija Feodossejewna zu Iwan Nikiforowitsch. Agafija Feodossejewna war weder verwandt noch verschwägert mit Iwan Nikiforowitsch, sie war nicht einmal seine

Gevatterin. Eigentlich hatte sie also gar keinen Grund, ihn zu besuchen, und er war auch nicht sonderlich erfreut über ihre Anwesenheit: aber nichtsdestoweniger kam sie öfters zu ihm und blieb mitunter einige Wochen und noch länger bei ihm. Dann nahm sie die Schlüssel und die ganze Wirtschaft unter ihre Obhut. Das war nun Iwan Nikiforowitsch sehr unangenehm, aber zum allgemeinen Erstaunen gehorchte er ihr wie ein Kind, und so oft er mit ihr in Streit geriet, zog er immer den kürzeren.

Ich muß gestehen, ich begreife es nicht, warum es in der Welt so eingerichtet ist, daß uns die Frauen so geschickt an der Nase zu packen wissen wie den Henkel einer Teekanne. Sind vielleicht ihre Hände besonders dazu geeignet, oder taugen unsere Nasen zu nichts anderem? Obschon Iwan Nikiforowitschs Nase eine große Ähnlichkeit mit einer Pflaume hatte, packte sie ihn doch an dieser Nase und zog ihn wie ein Hündchen hinter sich her. Während ihrer Anwesenheit veränderte er sogar unwillkürlich seine gewohnte Lebensweise: er lag nicht soviel in der Sonne, und wenn er es tat, nicht mehr nackt, sondern mit Hemd und Hosen bekleidet da, obwohl Agafija Feodossejewna gar keinen Wert darauf legte; sie liebte es, keine Umstände zu machen, und als Iwan Nikiforowitsch einmal das Fieber bekam, rieb sie ihn eigenhändig vom Kopf bis zu den Füßen mit Terpentin und Essig ein. Agafija trug eine Haube auf dem Kopfe, hatte drei Warzen auf der Nase, und ging in einem kaffeebraunen Morgenkleid mit gelben Blumen einher. Ihre Figur ähnelte einem Faß, und darum war es ebenso schwer, ihre Taille zu entdecken, wie ohne Spiegel seine eigene Nase zu sehen. Ihre Beinchen waren kurz und hatten die Form zweier Kissen. Des Morgens aß sie gesottene Rüben, sie verstand es, zu klatschen und meisterlich zu schimpfen, aber während all dieser mannigfaltigen Betätigungsweisen veränderte sich ihr Gesichtsausdruck nicht einen Augenblick – eine Erscheinung, die nur bei Frauen zu beobachten ist.

Seit sie angekommen war, ging alles drunter und drüber. »Iwan Nikiforowitsch, versöhne dich nicht mit ihm, bitte ihn nicht um

Verzeihung, er will dich ins Unglück stürzen, das ist so ein Mensch! Du kennst ihn noch nicht!« Und das verdammte Weib schwatzte und lag ihm fortwährend in den Ohren, und die Folge war, daß Iwan Nikiforowitsch nichts mehr von Iwan Iwanowitsch wissen wollte.

Alles nahm jetzt ein anderes Aussehen an; wenn der Hund des Nachbarn auf den Hof kam, griff man zum ersten besten Gegenstand, den man in die Hand bekam, und verabfolgte ihm eine Tracht Prügel; wenn einmal ein Kind über den Zaun kletterte, kam es heulend zurück, hob das Hemdchen in die Höhe und zeigte die Striemen auf seinem Rücken; selbst die Alte betrug sich so unanständig, daß Iwan Iwanowitsch, dieser delikate Mensch, als er eines Tages eine Frage an sie richtete, nur auszuspucken vermochte, und vor sich hinmurmelte: »Ein widerliches Weib – die ist noch schlimmer als ihr Herr.«

Und endlich, um das Maß der Kränkungen vollzumachen, baute der verhaßte Nachbar, gegenüber Iwan Iwanowitschs Haus, gerade an der Stelle, wo man so bequem hinübersteigen konnte, einen Gänsestall, nur, um seine Beleidigung noch besonders zu verschärfen. Dieser für Iwan Iwanowitsch so peinliche Bau wurde mit geradezu diabolischer Schnelligkeit, im Laufe eines Tages, hergestellt.

Iwan Iwanowitschs Wut war grenzenlos, er sehnte sich nach Rache. Übrigens ließ er sich seinen Ärger nicht merken, obgleich der Stall sogar einen Teil seines Terrains einnahm. Aber sein Herz pochte so heftig, daß es ihm ungemein schwer fiel, die äußere Ruhe zu wahren.

So verbrachte er den Tag, und die Nacht kam heran. … Oh, wenn ich ein Maler wäre, – wie wollte ich die Herrlichkeit der Nacht auf die Leinwand bannen. Ich würde darstellen, wie ganz Mirgorod schläft, wie zahllose Sterne unbewegt herniederblicken, wie nahes und entfernteres Hundegebell die tiefe Stille durchbricht, wie der verliebte Küster herbeigelaufen kommt und mit ritterlicher Furchtlosigkeit über den Zaun klettert, wie die weißen Häuser im

Mondschein noch viel weißer und die sie beschattenden Bäume noch viel dunkler erscheinen; schwärzer als sonst ruht der Schatten der Bäume auf der Erde, Blumen und Gräser beginnen stärker zu duften, und die Heimchen, diese unermüdlichen Ritter der Nacht, lassen von allen Seiten ihre schrillen Lieder erklingen. Ich würde darstellen, wie in einer der niedrigen Lehmhütten die schwarzgelockte Bewohnerin auf einsamem Lager hingestreckt, mit wogendem Busen von einem Husaren mit Sporen und Schnurrbart träumt, während die Strahlen des Mondes auf ihren Wangen spielen. Ich würde malen, wie der dunkle Schatten einer Fledermaus über den weißen Weg huscht und sich auf den weißen Schornsteinen der Stadt niederläßt. Allein Iwan Iwanowitsch zu malen, der in dieser Nacht mit der Säge in der Hand aus seinem Hause trat, das würde mir kaum gelingen. Zu zahlreich waren die Gefühle, die sich in seinem Antlitz spiegelten! Leise, ganz leise schlich er zum Gänsestall. Iwan Nikiforowitschs Hunde wußten noch nichts von dem Streit ihrer Herren und erlaubten ihm daher als einem alten Freunde, dicht an den Stall heranzuschleichen, der auf vier Eichenpfählen stand. Als er sich an den einen Pfosten herangedrängt hatte, legte er die Säge an und begann zu sägen. Der Lärm, den die Säge verursachte, zwang ihn, sich in einem fort umzusehen, aber der Gedanke an die erlittene Schmach gab ihm immer wieder neuen Mut. Der erste Pfahl war durchgesägt, und Iwan Iwanowitsch machte sich an den zweiten. Seine Augen brannten, und vor Angst vermochte er nichts zu sehen. Plötzlich schrie Iwan Iwanowitsch auf, er erstarrte und glaubte einen Leichnam vor sich zu sehen, aber er ermannte sich bald wieder, als er sah, daß es nur eine Gans war, die den Hals nach ihm ausstreckte. Ärgerlich spuckte Iwan Iwanowitsch aus und setzte seine Arbeit fort. Der zweite Pfahl war durchgesägt, – der Bau erzitterte. Als Iwan Iwanowitsch den dritten Pfosten in Angriff nahm, schlug sein Herz so heftig, daß er seine Arbeit einigemale unterbrechen mußte. Schon war mehr als die Hälfte des Pfahls durchgesägt, als plötzlich das ganze schwankende Gebäude zu erzittern begann – Iwan Iwanowitsch hatte kaum Zeit, beiseite zu springen –, da stürzte es auch schon krachend zusammen. Die Säge krampfhaft in der Hand haltend, lief er tödlich erschreckt in sein Haus und warf sich auf sein Bett; er hatte nicht den Mut, vom Fenster aus die Folgen seiner furchtbaren Tat zu beobachten. Ihm schien, als ob alle Knechte und Mägde Iwan Nikiforowitschs sich versammelt hätten – das alte Weib, Iwan Nikiforowitsch, der Junge in dem unendlichen Rock, sie alle kamen mit Keulen bewaffnet und von Agafija Feodossejewna geführt, heran, um sein Haus zu zertrümmern.

Den ganzen folgenden Tag brachte Iwan Iwanowitsch wie im Fieber zu. Er glaubte, daß seine verhaßten Gegner ihm aus Rache mindestens das Haus anzünden würden, und daher befahl er Gapka in einemfort, überall nachzusehen, ob nicht irgendwo trockenes Stroh herumliege. Um jeder Gefahr vorzubeugen, beschloß er endlich, Iwan Nikiforowitsch zuvorzukommen und beim Mirgoroder Kreisgericht eine Klage gegen ihn einzureichen. Worin diese Klage bestand, – das kann der Leser aus dem nächsten Kapitel erfahren.

IV.

Was sich vor dem Mirgoroder Kreisgericht für eine Szene abspielte

Welch eine herrliche Stadt ist doch Mirgorod! Was gibt es da nicht für Gebäude, mit Stroh-, Schilf- und sogar Holzdächern! Rechts eine Straße, links eine Straße, überall wundervolle, von Hopfen umschlungene Zäune, auf denen hie und da Töpfe hängen; Sonnenblumen strecken ihre sonnenähnlichen Köpfe über sie hinweg, roter Mohn und schwellende Kürbisse … eine wahre Pracht. Die Zäune sind stets mit allerhand Gegenständen geschmückt –

einem ausgespannten Unterrock, einem Hemd oder einem paar Hosen – die sie noch malerischer erscheinen lassen. In Mirgorod gibt es weder Diebe noch Gauner, und daher hängt dort jeder hin, was ihm einfällt. Wenn Sie einmal den Marktplatz besuchen, so werden Sie sicher einen Augenblick stehen bleiben, um sich an dem Bild zu erfreuen; Sie bemerken da eine Pfütze – eine ganz wunderbare Pfütze. Eine Pfütze, wie Sie sie vorher noch nie gesehen haben! Sie erstreckt sich fast über den ganzen Platz. Eine herrliche Pfütze! Die Häuser und Häuserchen, die um sie herumstehen, und die man von fern für Heuschober halten könnte, sind ganz in Bewunderung der Schönheit dieses Gewässers versunken.

Das schönste Haus in der Stadt ist aber nach meiner Ansicht das Kreisgericht. Es kümmert mich nicht im mindesten, ob es aus Eichen- oder Birkenholz gebaut ist, aber – meine Herrschaften – es hat acht Fenster! Acht Fenster Front auf den Platz und auf die Wasserfläche hinaus, die ich eben erwähnte, und die der Polizeimeister einen See nennt. Es ist das einzige Haus, das mit brauner Granitfarbe angestrichen ist; alle andern Häuser in Mirgorod sind ganz einfach geweißt. Das Dach ist aus Holz und wäre sogar auch rot angestrichen worden, wenn die Kanzleidiener nicht das dazu bestimmte Öl mit Zwiebeln angerichtet und aufgegessen hätten, weil es gerade Fastenzeit war. Und so blieb das Dach ungestrichen. Das Haus hat eine Veranda, die auf den Platz hinausführt; auf dieser sieht man oft »Hühner« herumspazieren, denn meist ist Grütze oder sonst etwas Eßbares auf dem Boden verstreut, was übrigens nicht mit Absicht geschieht, sondern eher eine Folge der Unvorsichtigkeit der Klienten ist. Das Haus ist in zwei Teile geteilt: in der einen Hälfte befindet sich die Kanzlei und in der andern das Arrestlokal. In der Hälfte, wo die Kanzlei liegt, gibt es zwei reine, schön getünchte Zimmer: das eine ist leer und dient als Vorraum für die Klienten, das andere enthält einen mit Tintenflecken verzierten Tisch, auf dem sich ein Spiegel befindet; außerdem stehen noch vier Eichenstühle mit hohen Lehnen darin, und an den Wänden ein paar eisenbeschlagene Kisten, in denen Stöße von Protokollen aufbewahrt werden. Damals stand gerade auf einer dieser Kisten ein frisch gewichster Stiefel.

Die Sitzung hatte schon frühmorgens begonnen. Der Richter, ein wohlbeleibter Herr, der freilich nicht ganz so dick war wie Iwan Nikiforowitsch, hatte ein gutmütiges Gesicht und trug einen schmierigen Schlafrock. Er rauchte aus seinem Pfeifchen, trank Tee und unterhielt sich mit dem Gerichtsschreiber. Sein Mund befand sich dicht unter seiner Nase, und daher konnte er die Oberlippe nach Herzenslust beschnüffeln. Diese Oberlippe diente ihm als Tabaksdose, da der Tabak, obgleich für die Nase bestimmt, gewöhnlich auf die Lippe herunterfiel und da liegen blieb. – Wie gesagt, der Richter unterhielt sich mit dem Gerichtsschreiber. Etwas seitwärts stand ein barfüßiges Mädchen, das ein Tablett mit Tassen in der Hand hielt. Am Ende des Tisches las der Sekretär einen Gerichtsbeschluß vor, aber mit so monotoner, trübseliger Stimme, daß sogar der Angeklagte eingeschlafen wäre, wenn er ihm zugehört hätte. Dem Richter wäre es zweifellos schon eher passiert, wenn er nicht gerade in ein interessantes Gespräch vertieft gewesen wäre.

»Ich habe mich absichtlich bemüht, herauszubekommen«, sagte der Richter, indem er seinen schon ein wenig abgekühlten Tee schlürfte, »wie man das macht, daß sie so hübsch sind. Ich hatte vor zwei Jahren eine prachtvolle Drossel. Und was denken Sie wohl, plötzlich war sie ganz verdorben, und begann, weiß Gott wie, zu singen, immer schlechter, schlechter und schlechter … Sie fing an, zu schnarchen und zu krächzen – rein, um sie fortzuwerfen. Dabei hing die ganze Geschichte mit einer Kleinigkeit zusammen. Wissen Sie, woher das kommt? An der Kehle bildet sich ein Bläschen, nicht größer als einen kleine Erbse. Dieses Bläschen muß man bloß mit einer Nadel aufstechen. Sachar Prokofjewitsch hat es mich gelehrt, nämlich … wenn Sie wollen, erzähle ich Ihnen, wie das war. Ich komme also zu ihm …«

»Demjan Demjanowitsch, soll ich jetzt die andere Sache verlesen?« unterbrach hier der Sekretär, der schon seit einigen Minuten mit seiner Vorlesung zu Ende war, die Unterhaltung.

»Sind Sie schon fertig? Denken Sie bloß! Wie schnell das geht! Ich habe kein Wort gehört. Ja, wo ist sie denn? Geben Sie her, ich will gleich unterschreiben. Haben Sie noch was?«

»Die Sache des Kosaken Bokitjka wegen der gestohlenen Kuh.«

»Gut, lesen Sie! – Also ich komme zu ihm ... Ich kann Ihnen sogar ganz ausführlich erzählen, was er mir alles vorgesetzt hat. Zum Schnaps wurde ein großartiger Stör gereicht. Ja, das war nicht solch ein Stör (hier schnalzte der Richter mit der Zunge, schmunzelte, zog die Oberlippe in die Höhe und sog den Duft aus seiner immer bereitstehenden Tabaksdose ein), wie ihn unser Kolonialwarenladen hier liefert. Den Hering habe ich nicht gegessen – Sie wissen ja, er verursacht mir immer Sodbrennen, hier unterm Herzen; dafür halte ich mich schadlos am Kaviar; ein herrlicher Kaviar! Wirklich, das muß ich sagen: ein herrlicher Kaviar! Dann trank ich einen Pfirsichschnaps, der auf Tausendgüldenkraut abgesetzt war. Es war auch noch Safranschnaps da – aber Sie wissen ja, Safranschnaps mag ich nicht. Verstehen Sie mich richtig. Dieser Schnaps ist sehr gut zu Anfang, um den Appetit zu reizen, wie man zu sagen pflegt, und dann wieder als Abschluß ... Ah! Aber was höre ich, was sehen meine Augen ...«, schrie der Richter plötzlich auf, als er den eben eintretenden Iwan Iwanowitsch erblickte.

»Grüß Gott! Alles Gute über Sie«, sagte Iwan Iwanowitsch und grüßte mit der ihm eigenen Zuvorkommenheit nach allen Seiten. Mein Gott, wie wußte er alle durch seine Umgangsformen zu bezaubern! Eine solche Formsicherheit habe ich sonst bei niemand gefunden. Er war sich aber auch durchaus seiner Würde voll bewußt und nahm die allgemeine Hochachtung als etwas Selbstverständliches hin. Der Richter bot Iwan Iwanowitsch höchst eigenhändig seinen Stuhl an und zog dabei allen Tabak von der Oberlippe ein, was bei ihm stets ein Zeichen großer Zufriedenheit war.

»Was kann ich Ihnen anbieten, Iwan Iwanowitsch?« fragte er. »Wünschen Sie eine Tasse Tee?«

»Verbindlichen Dank, nein«, antwortete Iwan Iwanowitsch, machte eine Verbeugung und setzte sich.

»Aber, ich bitte Sie, eine Täßchen«, wiederholte der Richter.

»Nein, danke, danke bestens für Ihre Gastfreundlichkeit!« antwortete Iwan Iwanowitsch mit einer Verbeugung und setzte sich wieder.

»Eine einzige Tasse«, wiederholte der Richter.

»Nein, bitte, inkommodieren Sie sich nicht, Demjan Demjanowitsch!« Dabei verbeugte sich Iwan Iwanowitsch wieder und setzte sich.

»Ein Täßchen?«

»Nun, denn, meinetwegen, *ein* Täßchen«, sagte Iwan Iwanowitsch und streckte die Hand nach dem Teebrett aus.

Himmel! Welch' eine Fülle von feinstem Takt besitzt doch mitunter ein Mensch! Es ist nicht zu sagen, welch' angenehmen Eindruck solche Umgangsformen machen.

»Befehlen Sie noch ein Täßchen!«

»Herzlichen Dank«, erwiderte Iwan Iwanowitsch, indem er die umgestülpte Tasse auf das Teebrett zurücksetzte und sich verbeugte.

»Bitte, bedienen Sie sich doch, Iwan Iwanowitsch.«

»Ich kann nicht – verbindlichsten Dank.« Hierbei machte Iwan Iwanowitsch eine Verbeugung und setzte sich wieder.

»Iwan Iwanowitsch, tun Sie mir den Gefallen! Nur *ein* Täßchen!«

»Nein, haben Sie vielen Dank für Ihre Gastfreundlichkeit.« Hierbei erhob er sich, machte eine Verbeugung und setzte sich.

»Nur ein Täßchen! Ein einziges Täßchen!«

Iwan Iwanowitsch streckte seine Hand nach dem Teebrett aus und nahm eine Tasse.

Weiß der Teufel, wie dieser Mann es verstand, seine Würde zu wahren!

»Demjan Demjanowitsch«, sagte Iwan Iwanowitsch, indem er den Rest aus seiner Tasse schlürfte. »Ich habe ein wichtiges Anliegen – ich will eine Klage einreichen.« Hierbei stellte Iwan Iwanowitsch die Tasse hin und zog einen vollbeschriebenen Stempelbogen aus der Tasche. »Eine Klage gegen meinen Feind, meinen Todfeind!«

»Gegen wen denn?«

»Gegen Iwan Nikiforowitsch Dowgotschchun.«

Bei diesen Worten fiel der Richter fast vom Stuhle. »Was sagen Sie?« rief er und schlug die Hände zusammen. »Iwan Iwanowitsch, was ist Ihnen? Sind Sie es, der das spricht?«

»Sie sehen doch selbst, daß ich es bin!«

»Gott und alle Heiligen schützen Sie! Wie? Sie! Iwan Iwanowitsch, ein Feind von Iwan Nikiforowitsch? So etwas kommt über Ihre Lippen? Wiederholen Sie das noch einmal! Hat sich vielleicht jemand hinter Ihren Rücken versteckt und spricht für Sie?«

»Was ist denn so Unwahrscheinliches daran? Ich kann ihn nicht mehr sehen. Er hat mich tödlich beleidigt! Er hat meine Ehre verletzt!«

»Heilige Dreieinigkeit! Wie soll ich das bloß meiner Mutter beibringen! Wenn ich mich mit meiner Schwester zanke, sagt die Alte täglich: Kinder, ihr lebt ja zusammen wie Hund und Katze, nehmt euch doch ein Beispiel an Iwan Iwanowitsch und Iwan Nikiforowitsch, das sind einmal Freunde; ja das sind echte, wahre Freunde und Ehrenmänner! Da haben wir es – schöne Freunde das! Aber erzählen Sie doch – was ist geschehen? Was ist los?«

»Das ist eine delikate Sache, Demjan Demjanowitsch; mit Worten kann man so etwas gar nicht wiedergeben, lassen Sie sich lieber meine Klage vorlesen. Bitte fassen Sie sie hier an – von dieser Seite: so ist es vornehmer.«

»Bitte lesen Sie vor, Taraß Tichonowitsch«, sagte der Richter und wandte sich an den Sekretär.

Taraß Tichonowitsch nahm die Bittschrift in Empfang, schnaubte sich mit Hilfe zweier Finger die Nase (so machen es nämlich alle Sekretäre in den Kreisgerichten) und begann zu lesen:

»Der Edelmann und Gutsbesitzer des Mirgoroder Kreises, Iwan Iwanowitsch Pererepenko, erlaubt sich folgende Eingabe an das Gericht zu machen. Der Anlaß dazu ist in folgenden Punkten enthalten:

1. Der aller Welt durch seine gottlosen, jedermann zur Wut reizenden, alles Maß übersteigenden, gesetzwidrigen Handlungen bekannte Edelmann Iwan Nikiforowitsch Dowgotschchun hat mich am 7. Tage des Monats Juli 1810 tödlich beleidigt, indem er sowohl meine persönliche Ehre angegriffen, als auch die Würde meines Standes und meiner Familie herabzusetzen und zu demütigen getrachtet hat. Dabei hat genannter Edelmann selbst ein garstiges Äußeres, einen zänklichen Charakter und steckt voller Gotteslästerungen und persönlicher Schimpfworte.«

Hier hielt der Vorleser einen Moment inne, um sich wieder zu schneuzen, der Richter aber kreuzte voller Bewunderung die Arme und murmelte vor sich hin: »Was für eine gewandte Feder! Herrgott, wie der Mann schreibt!«

Iwan Iwanowitsch bat den Schreiber, weiter zu lesen, und Taraß Tichonowitsch fuhr fort: »Genannter Edelmann Iwan Nikiforowitsch Dowgotschchun gab mir öffentlich, als ich mit freundschaftlichen Vorschlägen zu ihm kam, einen beleidigenden und ehrenrührigen Namen, nämlich 'Gänserich', obgleich es dem Mirgoroder Kreis bekannt ist, daß ich mich nie nach diesem widerlichen Vogel genannt, und auch in Zukunft nicht die Absicht habe, mich nach ihm zu nennen. Der Beweis für meine adelige Herkunft ist schon damit geführt, daß der Tag meiner Geburt, wie die an mir vollzogene Taufe in dem Kirchenbuche, das sich in der Drei-Heiligen-Kirche befindet, eingetragen ist. Ein 'Gänserich' hingegen kann, wie jedermann, der nur im geringsten mit den Wissenschaften vertraut ist, nicht in einem Kirchenbuch eingetragen sein, da ein 'Gänserich' kein Mensch, sondern ein Vogel ist. Dieses weiß sogar ein jeder, der nicht einmal ein Seminar besucht hat. Aber trotzdem ihm alles so gut bekannt war, hat mich genannter bösartiger Edelmann mit diesem garstigen Worte beschimpft, nur um meiner Ehre, meinem Rang und Stand eine tödliche Beleidigung zuzufügen.

2. Derselbe unanständige und unerzogene Edelmann hat es auch auf mein, mir von meinem Vater, dem seligen Iwan und Sohn des Onissij Pererepenko, der dem geistlichen Stande angehörte, vererbtes Stammeigentum abgesehen, indem er mir, allen Vorschriften entgegen, direkt vor meine Veranda einen Gänsestall hingebaut hat, allein in der Absicht, die mir angetane Beleidigung noch zu verschärfen; denn der genannte Stall stand bis dahin an einem vortrefflichen Platze und war noch in gutem Zustande. Aber die ekelhafte Absicht des obengenannten Edelmanns war einzig und allein die, mich zum Augenzeugen unanständiger Geschehnisse zu machen, da es doch aller Welt bekannt ist, daß kein Mensch zwecks anständiger Verrichtungen in einen Stall geht, besonders nicht in einen Gänsestall. Bei dieser gesetzwidrigen Handlung standen die beiden vorderen Pfosten noch dazu auf meinem Terrain, das ich noch zu Lebzeiten meines seligen Vaters Iwan, des Onissij Pererepenko Sohn, erhalten habe, und das beim Speicher beginnt und in gerader Linie bis zu der Stelle geht, wo die Weiber ihre Töpfe waschen.

3. Der oben geschilderte Edelmann, dessen Name und Familie schon allein Ekel erregen, trägt sich mit der nichtswürdigen Absicht, mir das Haus über dem Kopfe anzuzünden; was aus den unten angeführten Anzeichen deutlich hervorgeht: 1. Geht jener schlechte Edelmann in letzter Zeit viel aus seinem Hause heraus, was er früher aus Faulheit und infolge seiner nichtswürdigen körperlichen Fülle nicht zu tun pflegte; 2. brennt er in seiner Gesindestube, die dicht an dem Zaune liegt, der mein von meinem seligen Vater Iwan des Onissij Pererepenko Sohn geerbtes Eigentum umgibt, täglich und ungewöhnlich lange Licht. Das beweist deut-

lich seine verbrecherischen Pläne, da bis jetzt nicht nur das Talglicht, sondern auch die Tranlampe aus schmutzigem Geiz frühzeitig ausgelöscht wurde.

Und daher bitte ich den genannten Edelmann, Iwan, Nikofors Sohn, Dowgotschchun, der Brandstiftung, der Beleidigung meines Ranges, Namens und Geschlechts, der räuberischen Aneignung fremden Eigentums und hauptsächlich der niederträchtigen und anstößigen Hinzufügung des Wortes 'Gänserich' zu meinem Familiennamen schuldig zu sprechen, ihm eine Strafe aufzuerlegen, zur Zahlung der Unkosten, zum Schadenersatz zu verurteilen, ihn des ferneren wegen dieser Verbrechen ins Stadtgefängnis zu werfen und das Urteil gemäß meiner Eingabe sofort und widerspruchslos zu vollstrecken.

Geschrieben und aufgesetzt vom Edelmann und Mirgoroder Gutsbesitzer Iwan, Iwans Sohn, Pererepenko.«

Nach Beendigung der Vorlesung näherte sich der Richter Iwan Iwanowitsch, faßte ihn bei einem seiner Knöpfe und begann ungefähr folgendermaßen auf ihn einzureden: »Was machen Sie da, Iwan Iwanowitsch? Fürchten Sie denn Gott gar nicht? Vernichten Sie diese Klage, möge sie verschwinden (mag ihr der Satan im Traum erscheinen)! Nehmen Sie lieber Iwan Nikiforowitsch bei den Händen und küssen Sie sich; kaufen Sie sich Santuriner oder Nikopolster Wein, oder machen Sie einfach einen kleinen Punsch zurecht und laden Sie mich dazu ein! Wir trinken ihn zusammen, und alles ist vergessen.«

»Nein, Demjan Demjanowitsch, das ist keine so einfache Sache«, sagte Iwan Iwanowitsch mit der Würde, die ihm so wohl anstand, »das ist keine Angelegenheit, die man durch einen freundschaftlichen Vergleich erledigen könnte. Leben Sie wohl! Leben Sie wohl, meine Herren«, fuhr er mit der gleichen Würde fort, indem er sich an alle Anwesenden wandte. »Ich hoffe, daß meine Eingabe die ihr gebührende Berücksichtigung finden wird.« Mit diesen Worten ging er und ließ die Kanzlei in der größten Bestürzung zurück. Der Richter saß sprachlos da; der Sekretär nahm eine Prise, die Schreiber warfen die zerbrochene Flasche um, die als Tintenfaß diente, und der Richter fuhr in seiner Zerstreutheit mit dem Finger durch die Tintenlache, die sich auf dem Tisch gebildet hatte.

»Was sagen Sie dazu, Dorofej Trofimowitsch«, sagte der Richter, indem er sich nach einer Pause an den Gerichtsschreiber wandte.

»Ich sage gar nichts«, antwortete der Gerichtsschreiber.

»Was nicht alles auf der Welt passiert«, fuhr der Richter fort. Kaum hatte er dies gesagt, als die Tür knarrte und die vordere Hälfte von Iwan Nikiforowitsch in der Kanzlei erschien, – die andere befand sich noch im Vorraum. Iwan Nikiforowitschs Erscheinen, zumal vor Gericht, war etwas so Außergewöhnliches, daß der Richter laut aufschrie, der Sekretär seine Lektüre unterbrach, der eine Kanzleibeamte, der einen kurzen Frack aus Frieswolle trug, die Feder in den Mund steckte, und ein anderer eine Fliege verschluckte; sogar der Invalide, der den Dienst eines Feldjägers und Wächters versah und bisher in der Tür gestanden hatte und sich unter seinem schmutzigen, an der Schulter mit Stickereien geschmückten Hemde kratzte, selbst dieser Invalide riß das Maul auf und trat irgend jemand auf den Fuß.

»Was verschafft uns die Ehre? Was gibt's? Wie ist Ihr wertes Befinden, Iwan Nikiforowitsch?«

Aber Iwan Nikiforowitsch war halbtot vor Schrecken, denn er war zwischen der Tür eingekeilt und konnte keinen Schritt vorwärts noch rückwärts machen. Vergebens schrie der Richter in das Vorzimmer hinaus, jemand solle Iwan Nikiforowitsch von hinten in den Gerichtssaal schieben, aber im Vorraum befand sich nur eine alte Bittstellerin, die mit ihren knöchernen Händen trotz der größten Anstrengung nichts ausrichten konnte. Da trat ein Kanzleibeamter mit wulstigen Lippen, breiten Schultern, dicker Nase, schielenden Äuglein und zerfetzten Ärmeln vor, schritt auf Iwan Nikiforowitschs vordere Hälfte zu, legte ihm die Hände wie einem kleinen Kinde auf der Brust zusammen und winkte dem Invaliden. Dieser stemmte sich mit den Knien gegen Iwan Nikiforowitschs Bauch und preßte ihn trotz seines kläglichen Stöhnens wieder in den Vorraum. Darauf schob man die Riegel zurück und öffnete die zweite Hälfte der Flügeltür. Der Kanzleibeamte und der Invalide hatten bei ihrer gemeinschaftlichen Anstrengung einen so starken Duft ausgeströmt, daß die ganze Kanzlei für einige Zeit gleichsam in einen Schnapsausschank verwandelt schien.

»Sie haben sich doch hoffentlich nicht weh getan, Iwan Nikiforowitsch? Ich werde es meiner Mutter sagen, die wird Ihnen ein Elixier zuschicken; wenn Sie sich Rücken und Kreuz damit einreiben, wird alles wieder vergehen!«

Iwan Nikiforowitsch sank auf einen Stuhl; er stieß immer wieder verzweifelte Seufzer aus; sonst war nichts aus ihm herauszubringen. Endlich sprach er mit einer vor Ermattung kaum hörbaren Stimme: »Ist's gefällig?« Dann zog er eine Tabaksdose aus der Tasche und sagte: »Bitte, bedienen Sie sich!«

»Ich freue mich sehr, Sie hier zu sehen«, sagte der Richter, »aber ich kann mir nicht vorstellen, was Sie bewogen hat, diese Mühe auf sich zu nehmen und uns mit einer so angenehmen Überraschung zu erfreuen.«

»Mit einer Bitte …«, das war alles, was Iwan Nikiforowitsch zu sagen vermochte.

»Mit einer Bitte? Mit was für einer Bitte?«

»Mit einer Klage … (hier ging ihm der Atem aus, und es entstand eine neue Pause), oh … mit einer Klage gegen diesen Räuber … gegen Iwan Iwanowitsch Pererepenko!«

»Mein Gott, Sie auch! Zwei solche seltene Freunde! Eine Klage gegen einen so tugendhaften Menschen!«

»Er ist der Teufel in eigener Person!« stieß Iwan Nikiforowitsch hervor.

Der Richter schlug ein Kreuz.

»Bitte, nehmen Sie die Eingabe und lesen Sie!«

»Da ist nichts zu machen, Taraß Tichonowitsch, lesen Sie«, sagte der Richter, indem er sich verdrießlich an den Sekretär wandte: Dabei beschnüffelte seine Nase die Oberlippe, was sie sonst nur in den Augenblicken zu tun pflegte, wenn ihm etwas besonders Angenehmes passierte. Diese Eigenmächtigkeit seiner Nase verursachte dem Richter noch mehr Verdruß, und um ihre Frechheit zu bestrafen, nahm er sein Taschentuch heraus und wischte sich allen Tabak von der Oberlippe.

Der Sekretär nahm wie gewöhnlich einen Anlauf, was er vor der Lektüre eines Schriftstückes zu tun pflegte, – natürlich abermals ohne Hilfe eines Taschentuchs, und begann mit monotoner Stimme folgendermaßen:

»Der Edelmann des Mirgoroder Kreises, Iwan, Nikifors Sohn, Dowgotschchun, wendet sich mit einem Gesuch an das Kreisgericht von Mirgorod. Der Inhalt dieses Gesuches ist in folgenden Punkten dargelegt:

1. Iwan, Iwans Sohn, Pererepenko, der sich selbst einen Edelmann nennt, fügt mir in seiner haßerfüllten Bosheit und deutlichen Mißgunst allerlei Heimtücke, Verluste und andere teuflische und schreckenerregende Schädigungen zu. Gestern um Mitternacht hat er sich wie ein Räuber mit Beilen, Sägen, Stemmeisen und anderen Schlosserwerkzeugen in meinen Hof geschlichen und daselbst meinen eigenen, dort befindlichen Stall eigenhändig in schamloser Weise zerstört, obgleich ich ihm meinerseits gar keine Veranlassung zu einer so gesetzwidrigen und räuberischen Handlung gegeben habe.

2. Derselbe Edelmann Pererepenko trachtet mir sogar nach dem Leben; diesen Plan hat er schon bis zum 7. dieses Monats im geheimen geschmiedet, hierauf aber besuchte er mich, fing in freundschaftlich-listiger Weise an, mir eine Flinte, die sich im Zimmer befand, abzuschmeicheln, und bot mir mit dem ihm eigenen Geiz allerlei unbrauchbare Gegenstände: unter anderem ein braunes Schwein und zwei Maß Hafer zum Ersatz dafür an. Da ich aber

sofort seine verbrecherische Absicht durchschaute, versuchte ich ihn auf alle mögliche Weise davon abzubringen, aber der obengenannte Halunke und Lump, Iwan, Iwans Sohn, Pererepenko, beschimpfte mich in gemeiner bäurischer Weise und verfolgt mich seit jener Zeit mit unversöhnlichem Haß. Dabei ist der oben des öfteren genannte rasende Edelmann und Räuber Iwan Iwanowitsch Pererepenko außerdem von sehr schimpflicher Herkunft. Seine Schwester war eine weltbekannte Herumtreiberin und zog mit dem Jägerregiment, das vor fünf Jahren in Mirgorod lag, davon, ihren Mann aber hat sie in die Liste der Bauern eintragen lassen. Und ebenso waren sein Vater und Mutter sehr verbrecherische Leute und beide unglaubliche Säufer. Der oben erwähnte Edelmann und Räuber Pererepenko hat jedoch durch seine viehische und abscheuerregende Handlungsweise seine Verwandten noch übertroffen und vollbringt unter dem Schein der Gottesfürchtigkeit die allerschlimmsten Anstoß erregenden Sachen. Er hält die Fasten nicht ein, denn am Vorabend des heiligen Philippus kaufte sich dieser Gottlose zum Beispiel einen Hammel, befahl seiner Konkubine Gapka, das Tier am nächsten Tage zu schlachten, und redete sich nachher damit heraus, daß er den Talg für Licht und Lampe benötigt habe.

Daher ersuche ich darum, den genannten Edelmann als Räuber, Gotteslästerer und Halunken, der schon mehrfach des Raubes und Diebstahls überführt worden ist, in Ketten zu legen, in den Turm zu sperren, oder ins Staatsgefängnis überzuführen, und dort nach Lage der Dinge seines Ranges und Eigentums zu entäußern, tüchtig mit Ruten auszupeitschen, oder nötigenfalls zur Zwangsarbeit nach Sibirien zu verschicken, ihn zur Zahlung der Unkosten und zu Schadenersatz zu verurteilen und das Urteil laut diesem meinem Gesuche zu vollstrecken.

Diese Eingabe hat Iwan, Nikiforows Sohn, Dowgotschchun, Edelmann des Mirgoroder Kreises, eigenhändig unterschrieben.«

Kaum hatte der Sekretär die Eingabe verlesen, als Iwan Nikiforowitsch schon nach seiner Mütze griff, sich verbeugte und anscheinend wieder gehen wollte.

»Wo wollen Sie hin, Iwan Nikiforowitsch!« rief ihm der Richter nach, »bleiben Sie doch noch einen Augenblick sitzen. Trinken Sie doch erste eine Tasse Tee. Oryschko, was stehst du da, dummes Mädel, und liebäugelst mit den Schreibern? Lauf schnell und bring' Tee.«

Aber Iwan Nikiforowitsch war voller Angst, weil er sich so weit vom Hause entfernt hatte, und da er sich der gefährlichen Quarantaine beim Eintritt erinnerte, schon zur Tür hinausgeschlüpft und sagte nur: »Bitte, machen Sie keine Umstände, ich werde mit Vergnügen …« Nach diesen Worten schloß er die Tür hinter sich und ließ den ganzen Gerichtshof in höchstem Staunen und größter Bestürzung zurück.

Es war nichts zu machen. Beide Eingaben wurden angenommen, und die Sache wäre sicherlich sehr interessant geworden, wenn nicht ein unvorhergesehener Umstand ihr noch eine weit größere Bedeutung verliehen hätte. Als der Richter die Amtsstube in Begleitung des Gerichtsschreiber und des Sekretärs verlassen, und die Schreiber die verschiedenen Gegenstände, die die Klienten mitgebracht hatten, als da sind: Hühner, Eier, Brote, Pasteten, Torten und allerlei Plunder in einen Sack stopfen wollten, kam ein braunes Schwein in das Zimmer gelaufen und packte zur großen Überraschung aller Anwesenden – nicht etwa eine Pastete oder eine Brotrinde – sondern Iwan Nikiforowitschs Eingabe, die so nah am Tischrande lag, daß ein paar Seiten hinüberhingen. Sobald das Schwein die Eingabe ergriffen hatte, lief es schnell davon, so daß niemand von den Kanzleibeamten es einholen konnte, trotz aller Lineale und Tintenfässer, die sie ihm nachschleuderten.

Dieses außerordentliche Ereignis verursachte einen fürchterlichen Wirrwarr, da noch keine Kopie von der Eingabe angefertigt worden war. Der Richter, oder vielmehr der Gerichtsschreiber und der Sekretär berieten sich lange über diesen unerhörten Vorgang; endlich wurde beschlossen, daß man einen Bericht aufsetzen und den Polizeimeister davon benachrichtigen müsse, da die Untersuchung dieser Angelegenheit in das Ressort der städtischen Polizei gehöre. Noch am selben Tage wurde ihm ein Bericht zugesandt, der die Nummer 389 trug und hierauf erfolgte eine sehr interessante Auseinandersetzung, über die der Leser im folgenden Kapitel Näheres erfahren kann.

V.

In dem von der Beratung zweier hochgeachteter Persönlichkeiten aus Mirgorod berichtet wird

Kaum hatte Iwan Iwanowitsch seine häuslichen Angelegenheiten geordnet und war wie gewöhnlich unter das Schutzdach getreten, um sich ein wenig auszuruhen, als er zu seinem unbeschreiblichen Erstaunen an der Pforte etwas Rötliches schimmern sah. Das war der Aufschlag an der Uniform des Polizeimeisters. Dieser Aufschlag hatte ebenso wie der Kragen einen gewissen gleichmäßigen Glanz und war im Begriff, sich an den Rändern in ein Stück Lackleder umzuwandeln. Iwan Iwanowitsch dachte sich: »Hm! Gar nicht übel, daß Peter Fjodorowitsch kommt, um die Sache zu besprechen.« Als er aber sah, wie schnell der Polizeimeister daherkam und mit den Armen schlenkerte, was gewöhnlich nur in Ausnahmefällen geschah, war er sehr verwundert. Der Amtsrock des Polizeimeisters hatte nur acht Knöpfe, der neunte war ihm vor zwei Jahren während der Einweihung der neuen Kirche abgesprungen, und die Polizisten hatten ihn bis jetzt nicht finden können, obgleich sie der Polizeimeister bei dem täglichen Rapport immer wieder fragte: »Hat der Knopf sich gefunden?« Diese acht Knöpfe waren bei ihm so angeordnet, wie die alten Weiber ihre

Bohnen zu pflanzen pflegen: einer rechts, der andere links. Das linke Bein war ihm bei der letzten Kampagne angeschossen worden, daher hinkte er und warf es so stark zur Seite, daß die Arbeit des rechten Beines dadurch fast völlig in Frage gestellt wurde. Je schneller der Polizeimeister mit seinem Beinwerk manövrierte, um so langsamer kam er von der Stelle, und daher hatte Iwan Iwanowitsch Zeit, sich in allerlei Vermutungen zu ergehen: warum der Polizeimeister zum Beispiel mit seinem Arm herumschlenkerte usw. Iwan Iwanowitsch beschäftigte sich um so mehr mit dieser Frage, als er sah, daß der Polizeimeister einen neuen Degen umgeschnallt hatte, die Angelegenheit also unzweifelhaft von großer Wichtigkeit sein mußte.

»Peter Fjodorowitsch, ich habe die Ehre«, rief Iwan Iwanowitsch, der, wie erwähnt, sehr neugierig war und seine Ungeduld nicht länger zügeln konnte, als er bemerkte, daß der Polizeimeister die Veranda im Sturm nahm, obschon er noch immer zu Boden blickte und mit seinem Gehwerk in Konflikt geriet, weil er die Stufe auf keine Weise mit einem Satz erreichen konnte.

»Ich wünsche meinem liebenswürdigen Freund und Gönner Iwan Iwanowitsch einen schönen guten Tag«, antwortete der Polizeimeister.

»Bitte, nehmen Sie doch Platz. Ich sehe, Sie sind ermüdet. Ihr verwundetes Bein erschwert Ihnen das Gehen ...«

»Mein Bein«, schrie der Polizeimeister und maß Iwan Iwanowitsch mit einem jeder Blicke, wie ihn ein Riese auf einen Zwerg, oder ein gelehrter Pedant auf einen Tanzlehrer wirft. Hierbei streckte er das Bein aus und stampfte damit auf den Boden; aber dieser Wagemut kam ihm teuer zu stehen. Sein ganzer Körper fing an zu wanken, und er schlug mit der Nase auf das Geländer; der weise Hüter der Ordnung tat jedoch, als sei nichts geschehen, richtete sich sofort wieder auf und griff in die Tasche, als suche er seine Tabaksdose. – »Ich will Ihnen nur sagen, verehrtester Freund und Gönner, Iwan Iwanowitsch, daß ich in meinem Leben noch ganz andere Märsche gemacht habe. Scherz beiseite, wahrhaftig, was habe ich nicht schon für Märsche gemacht! Zum Beispiel während der Kampagne von 1807 ... Ich will Ihnen erzählen, wie ich einmal zu einer niedlichen Deutschen über den Zaun geklettert bin ...« Bei diesen Worten zwinkerte der Polizeimeister mit dem einen Auge, und ein teuflisches, spitzbübisches Grinsen glitt über sein Gesicht.

»Wo sind Sie denn heute schon überall gewesen?« fragte Iwan Iwanowitsch, indem er den Polizeimeister unterbrach, denn er wollte das Gespräch möglichst schnell auf die Ursache seines Besuches lenken. Er hätte sehr gern ohne Umschweife gefragt, was der Polizeimeister ihm mitzuteilen habe, aber seine noble Lebensart führte ihm die ganze Unhöflichkeit dieser Frage vors Gemüt, und Iwan Iwanowitsch mußte sich beherrschen und ruhig die Lösung abwarten, wenngleich sein ungeduldiges Herz heftig pochte.

»Wenn Sie gestatten, will ich Ihnen erzählen, wo ich überall war«, antwortete der Polizeimeister. »Vor allem kann ich Ihnen melden, daß heute ein herrliches Wetter ist.«

Bei diesen Worten traf Iwan Iwanowitsch fast der Schlag.

»Gestatten Sie«, fuhr der Polizeimeister fort, »ich komme heute in einer sehr wichtigen Angelegenheit zu Ihnen.« Hier nahm der Polizeimeister den gleichen bekümmerten Gesichtsausdruck, die gleiche Miene, und die gleiche Haltung an wie vorhin, als er die Balkonstufe zu stürmen versuchte. Iwan Iwanowitsch erholte sich ein wenig, obgleich er wie im Fieber zitterte, und stellte scheinbar unbefangen nach seiner Art die Frage: »Was für eine wichtige Angelegenheit ist denn das ... ist sie wirklich so wichtig?«

»Hören Sie ... vor allem erlaube ich mir, Ihnen, verehrter Freund und Gönner, Iwan Iwanowitsch, zu bemerken, daß Sie ... d.h. ich meinerseits, verstehen Sie wohl, ich habe nichts ... aber der Standpunkt der Regierung erheischt es ... Sie haben die Polizeiverordnung verletzt.«

»Was sagen Sie, Peter Fjodorowitsch? Ich verstehe kein Wort.«

»Ich bitte Sie, Iwan Iwanowitsch, wie können Sie denn das nicht verstehen! Ihr eigenes Tier hat ein sehr wichtiges amtliches Schriftstück gestohlen, und Sie wollen noch behaupten, Sie verständen kein Wort?«

»Was für ein Tier?«

»Mit Erlaubnis zu sagen: Ihr eigenes braunes Schwein.«

»Ja, bin ich denn schuld daran? Warum lassen die Gerichtsdiener die Tür offen!«

»Aber Iwan Iwanowitsch, es ist doch Ihr eigenes Tier! Also sind Sie doch verantwortlich!«

»Ich bin Ihnen sehr verbunden, daß Sie mich mit einem Schwein identifizieren.«

»Bitte, das habe ich durchaus nicht gesagt, Iwan Iwanowitsch. Bei Gott, das habe ich nicht gesagt. Bitte urteilen Sie selbst nach Ihrem eigenen Gewissen. Es ist Ihnen zweifellos bekannt, daß es nach den amtlichen Vorschriften unreinen Tieren verboten ist, in der Stadt und vor allem in den wichtigsten Verkehrsstraßen zu promenieren. Sie müssen doch selbst zugeben, daß so etwas streng verboten ist.«

»Herrgott, was Sie zusammenreden! Eine große Sache, wenn ein Schwein einmal auf die Straße läuft!«

»Gestatten Sie mir, Ihnen zu bemerken, Iwan Iwanowitsch, gestatten Sie mir ... gestatten Sie, – das ist eben ganz unmöglich! Was ist da zu machen? Die Obrigkeit will es so – und wir müssen gehorchen. Ich widerspreche nicht, es kommt vor, daß Hühner und Gänse in den Straßen, oder sogar auf den Plätzen umherlaufen – aber wohl bemerkt: Hühner und Gänse. Ich habe doch noch im vorigen Jahr die Verordnung erlassen, daß Schweine und Ziegen auf den öffentlichen Plätzen nicht geduldet werden dürfen, und ich habe diese Verordnung in der Versammlung öffentlich und vor allem Volke laut vorlesen lassen.«

»Nein, Peter Fjodorowitsch, ich kann hierin nur eins sehen: daß Sie mich durchaus beleidigen wollen.«

»Nein, nein, das dürfen Sie nicht sagen, daß ich Sie beleidigen will; verehrter Freund und Gönner. Erinnern Sie sich doch gefälligst: Ich habe kein Wort gesagt, als Sie im vorigen Jahr Ihr Dach um eine Arschin höher setzen ließen, als daß gesetzliche Maß es erlaubt. Im Gegenteil, ich tat, als bemerkte ich nichts davon. Glauben Sie mir, Verehrtester, daß ich auch jetzt – sozusagen vollkommen ... aber meine Pflicht, oder ... mit einem Wort, mein Amt fordert, daß ich auf Reinlichkeit halten muß. Urteilen Sie doch selbst, wenn plötzlich auf der Hauptstraße ...«

»Auch was Schönes – diese Ihre Hauptstraße! Wo die alten Weiber allen Unrat hinwerfen, den sie nicht brauchen können.«

»Erlauben Sie mir, Ihnen zu bemerken, Iwan Iwanowitsch, daß Sie es sind, der mich beleidigt. Es ist wahr, es geschieht manchmal, aber doch nur in der Nähe von Zäunen, Speichern oder Kammern; aber daß sich eine trächtige Sau auf die Hauptstraße, oder auf den Platz hinauswagt, das ist so eine Sache ...«

»Was ist denn dabei, Peter Fjodorowitsch? Ein Schwein ist doch auch ein Geschöpf Gottes.«

»Zugegeben. Alle Welt weiß, daß Sie ein gelehrter Mann sind. Sie kennen die Wissenschaften und viele andere Dinge. Ich habe mich natürlich nicht mit den Wissenschaften befaßt; das Schnellschreiben habe ich erst mit dreißig Jahren gelernt. Wie Sie wissen, war ich Gemeiner.«

»Hm«, sagte Iwan Iwanowitsch.

»Ja«, fuhr der Polizeimeister fort, »im Jahre 1801 war ich Leutnant der 4. Kompagnie im 42. Jägerregiment. Unser Kommandant war, wie Sie vielleicht wissen, ein gewisser Hauptmann Jeremejew.« Hierbei senkte der Polizeimeister seine Finger in die Tabaksdose, die Iwan Iwanowitsch ihm hinhielt, und zerrieb den Tabak zwischen den Händen.

»Hm«, erwiderte Iwan Iwanowitsch.

»Aber es ist meine Pflicht, mich den Forderungen der Obrigkeit zu unterwerfen«, fuhr der Polizeimeister fort. »Wissen Sie auch,

Iwan Iwanowitsch, daß die Entwendung eines amtlichen Schriftstückes, genau so wie jegliches andere Verbrechen, vor das Kriminalgericht gehört?«

»Das weiß ich so gut, daß ich Ihnen, wenn Sie wünschen, sogar einen Vortrag darüber halten könnte. Aber das bezieht sich auf Menschen, so z.B. wenn Sie ein Dokument gestohlen hätten. Aber ein Schwein – ein Tier, ein Geschöpf Gottes ...«

»Sie mögen recht haben, aber das Gesetz lautet: Der des Diebstahls Schuldige – ich bitte Sie genauer hinzuhören. – Der Schuldige! Hier ist weder von Stand, noch von der Gattung, noch vom Geschlecht die Rede, also kann auch ein Tier der Schuldige sein. Aber wie Sie wollen, das Tier muß bis zur Verkündigung des Urteils als Ruhestörer der Polizei ausgeliefert werden.«

»Nein, Peter Fjodorowitsch, das wird nun nicht geschehen«, sagte Iwan Iwanowitsch kaltblütig.

»Wie Sie meinen, ich muß mich jedoch an die Vorschriften der Regierung halten.«

»Wie? Sie drohen mir? Sie wollen wahrscheinlich den einarmigen Soldaten herschicken, um es holen zu lassen. Ich werde meiner Magd befehlen, ihm mit der Ofenzange heimzuleuchten, die wird ihm auch noch seine gesunde Hand entzweischlagen!«

»Ich will nicht mit Ihnen streiten. Falls Sie der Polizei das Schwein nicht auszuliefern gedenken, so tun Sie mit ihm, was Ihnen beliebt; schlachten Sie es meinetwegen zu Weihnachten, machen Sie Schinken daraus, oder verzehren Sie es. Ich möchte Sie jedoch bitten, falls Sie Würste daraus machen sollten, mir ein paar von der Sorte zu schicken, die Ihre Gapka so kunstvoll aus Blut und Schmalz zuzubereiten versteht. Meine Agrafjena Trifonowna mag sie so gern.«

»Mit Vergnügen; ein paar Würste will ich Ihnen gern schicken.«

»Sie werden mich sehr zu Danke verpflichten, verehrter Freund und Gönner. Jetzt gestatten Sie mir jedoch, Ihnen noch ein Wort zu sagen. Ich habe von allen unseren Bekannten und vom Richter den

Auftrag, Sie sozusagen mit Ihrem Freunde Iwan Nikiforowitsch zu versöhnen.«

»Was, mit diesem ungebildeten Menschen? Ich soll mich mit diesem Grobian versöhnen? Niemals! Das wird nie geschehen! Das wird nie geschehen!« Iwan Iwanowitsch befand sich in einer sehr entschlossenen Stimmung.

»Wie Sie wünschen«, antwortete der Polizeimeister, und regalierte jedes Nasenloch mit einer Prise, »ich wage nicht, Ihnen einen Rat zu geben, aber erlauben Sie mir, zu bemerken: Jetzt sind Sie verfeindet, aber wenn Sie sich versöhnen …«

Allein Iwan Iwanowitsch begann von der Wachteljagd zu erzählen, was er gewöhnlich tat, wenn er das Gesprächsthema wechseln wollte. Und so mußte der Polizeimeister unverrichteter Sache abziehen.

VI.

Aus diesem Kapitel kann der Leser alles erfahren, was es enthält

Wie sehr man auch im Gericht die Tatsache geheimzuhalten suchte: Es half nichts, am nächsten Tag schon wußte ganz Mirgorod, daß Iwan Iwanowitschs Schwein Iwan Nikiforowitschs Eingabe gestohlen hatte. Der Polizeimeister selbst war der erste, dem das Geheimnis in einem unbewachten Augenblicke entschlüpfte. Als man es Iwan Nikiforowitsch erzählte, sagte er weiter nichts als: »War es vielleicht das braune?«

Aber Agafija Feodossejewna, die gerade anwesend war, fiel über Iwan Nikiforowitsch her. »Was fällt dir ein, Iwan Nikiforowitsch? Wie wird man dich auslachen! Wie wird man sich über deine Dummheit lustig machen, wenn du dazu schweigst! Und *du* willst ein Edelmann sein? Du wärst ja schlimmer als das alte Weib, das die Honigkuchen verkauft, die du so gern ist!« Und die Unermüdliche ließ nicht eher nach, als bis sie ihn überredet hatte. Sie trieb irgendwo einen Menschen in mittleren Jahren auf: einen brünetten Herrn, voller Flecken im Gesicht, in einem dunkelblauen Rock und mit geflickten Ärmeln – einen rechten Tintenkuli und Winkelkonsulenten. Dieser Mensch schmierte seine Stiefeln mit Teer, hatte immer drei Federn hinterm Ohr und trug eine mit einem Schnürchen befestigte Glasblase am Knopfe, die er als Tintenfaß benutzte. Er aß neun Pasteten auf einen Sitz und steckte die zehnte ein, dabei war er imstande, so viel Verleumdungen auf einen Stempelbogen zu schreiben, daß kein Schreiber es fertig brachte, sie in einem Zug herunterzulesen, ohne dazwischen mehrmals zu husten und zu niesen. Dieses kleine, menschenähnliche Wesen wühlte überall herum, strengte sich aus Leibeskräften an und braute endlich folgendes Schriftstück zusammen:

»An das Kreisgericht zu Mirgorod von dem Edelmann Iwan, Nikiforows Sohn, Dowgotschchun.«

»Betreffend der von mir, dem Edelmann Iwan, Nikiforows Sohn, Dowgotschchun, eingereichten Eingabe gegen den Edelmann Iwan, Iwans Sohn, Pererepenko, welche das Kreisgericht zu Mirgorod anzunehmen sich bereit erklärt hat: Jenes freche, eigenmächtige Verfahren des braunen Schweins ist trotz der Geheimhaltung zu fremder Leute Ohren gedrungen. Diese Unterlassungssünde aber, und diese Nachsicht erfordert, als böswillig, und beabsichtigt, ein unverzügliches Eingreifen der Gerichte, denn jenes Schwein ist ein unvernünftiges Tier, und daher um so eher zum straflosen Raub von Dokumenten geeignet. Hieraus geht klar hervor, daß das oft genannte Schwein nicht anders als von dem Gegner, dem sogenannten Iwan, Iwans Sohn, Pererepenko, der schon häufig des Raubes, des Trachtens nach dem Leben anderer und der Gotteslästerung überführt wurde, dazu angestiftet worden ist. Aber das Gericht zu Mirgorod hat mit der ihm eigenen Parteilichkeit für seine Person sein geheimes Einverständnis zu erkennen gegeben, da ohne dieses Einverständnis jenes Schwein nicht zur Entwendung des Dokumentes zugelassen werden konnte, insbesondere, da das Mirgoroder Kreisgericht mit Amtsdienern wohl versehen ist: Hierfür genügt es als Beweis, zu erwähnen, daß sich zu jeder Zeit ein Soldat im Empfangszimmer befindet, der, obwohl er ein schielendes Auge und eine etwas verkrüppelte Hand hat, durchaus dazu geeignet ist, ein Schwein mit einem Knüttel zu schlagen und davonzujagen. Aus allem diesen geht die zu große Nachsicht des Gerichts von Mirgorod, sowie die unzweifelhafte, jüdische Teilung eines Vorteils auf Grund gemeinschaftlichen Übereinkommens hervor. Jener oben erwähnte Räuber und Edelmann, Iwan, Iwans Sohn, Pererepenko, hat, nachdem er sich dergestalt entehrt hat, im Vertrauen hierauf diese Affäre in Szene gesetzt. Daher bringe ich, der Edelmann Iwan, Nikiforows Sohn, Dowgotschchun, dem Kreisgerichte zur Kenntnis, daß, falls jenem Schwein oder dem mit ihm in Einverständnis handelnden Edelmann Pererepenko die genannte Eingabe nicht abverlangt, und das Urteil nicht nach Recht und Gerechtigkeit zu meinen Gunsten gesprochen wird, ich, der Edelmann Iwan, Nikiforows Sohn, Dowgotschchun, fest entschlossen bin, dem Appellationsgericht eine Klage wider jenes Gericht als wegen gesetzwidriger Beihilfe einzureichen, mit der in gebührender Form vorgebrachten Bitte um Desolvierung der Sache zur Revision.

Der Edelmann des Mirgoroder Kreises, Iwan, Nikiforows Sohn, Dowgotschchun.«

Dieses Schriftstück tat seine Wirkung. Der Richter gehörte, wie alle gutmütigen Menschen, zu der ängstlichen Brüderschaft. Er wandte sich an den Sekretär. Aber der Sekretär öffnete seine dicken Lippen, stieß nur ein »Hm« hervor, ... und sein Gesicht nahm jene gleichgültige, teuflisch-zweideutige Miene an, mit der etwa Satan eins seiner Opfer betrachtet, das ihm ins Garn ging und sich hilflos zu seinen Füßen windet. Es blieb nur noch ein Mittel übrig: die beiden Feinde zu versöhnen. Aber wie sollte man das anfangen, da bisher alle Versuche erfolglos geblieben waren? Man beschloß, immerhin noch einen letzten Versuch zu machen, aber Iwan Iwanowitsch erklärte kurz und bündig, er wolle nicht, und wurde sogar ernstlich böse. Iwan Nikiforowitsch kehrte dem Vermittler statt einer Antwort den Rücken und sagte kein Wort. So ging denn der Prozeß mit der bekannten Geschwindigkeit, durch die sich die Gerichte auszeichnen, weiter. Das Papier wurde abgestempelt, in die Listen eingetragen, numeriert, geheftet und unterschrieben, und dies alles geschah an ein und demselben Tage; dann wurde es endlich in den Schrank gelegt, und blieb ein, zwei, drei Jahre usw. liegen. Viele Bräute fanden Zeit, ihre Hochzeit zu feiern, in Mirgorod wurde eine neue Straße angelegt, der Richter verlor einen Backenzahn und zwei Schneidezähne, auf Iwan Iwanowitschs Hof liefen noch mehr Kinder umher als früher (Gott allein weiß, wo sie herkamen), Iwan Nikiforowitsch baute Iwan Iwanowitsch zum Trotz einen neuen Gänsestall, der sich freilich in einiger Entfernung von der Stelle befand, auf der der frühere gestanden hatte, ja er verbaute sich ganz gegen Iwan Iwanowitsch, so daß diese würdigen Männer sich fast nie mehr von Angesicht zu Angesicht sahen: Die Prozeßakten aber lagen noch immer in schönster Ordnung im Schrank, der von den vielen Tintenklecksen allmählich ganz marmoriert wurde.

Unterdessen aber trat ein für ganz Mirgorod äußerst wichtiges Ereignis ein: Der Polizeimeister gab eine Assemblee. Wo nehme ich Pinsel und Farben her, um die ganze Großartigkeit der Auffahrt, den Glanz und die Pracht des Festmahls zu schildern. Nehmen Sie eine Uhr, öffnen Sie sie und sehen Sie sich an, was darin vorgeht. Nicht wahr, das ist ein furchtbares Durcheinander? Und nun stellen Sie sich vor, daß ebenso viele, wenn nicht noch viel mehr Räder auf dem Hofe des Polizeimeisters nebeneinanderstanden. Was gab es da nicht für Wagen und Kutschen! Die einen hinten ganz breit und vorn schmal, die anderen vorn breit und hinten schmal; die eine war eine leichte Kalesche und zugleich ein schwerer Lastwagen, die andere weder Kalesche noch Lastwagen, die eine glich einem gewaltigen Heuschober oder einer dicken Kaufmannsfrau, die andere einem flinken Juden oder einem Skelett, das sich noch nicht ganz aus seiner Haut gelöst hat. Die einen sahen im Profil geradezu aus wie eine Pfeife mit einem Pfeifenrohr, und andere ließen sich wieder überhaupt mit gar nichts vergleichen, sondern waren ganz seltsame Gebilde von furchtbarer Häßlichkeit und außerordentlich phantastischen Formen. Über dieses Chaos von Rädern und Kutschböcken erhob sich eine besondere Art von Wagen; er hatte ein riesengroßes Fenster, das von einem dicken Querholz durchkreuzt war. Die Kutscher in Kosakenröcken, grauen Bauernkitteln und Jacken, mit den verschiedensten Schaffell- und anderen Mützen, führten, mit der Pfeife im Munde, ihre ausgespannten Pferde im Hofe umher. Nein, was war das für eine herrliche Assemblee, die der Polizeimeister gab! Gestatten Sie, daß ich Ihnen die Namen aller Anwesenden aufzähle: Taraß Tarassowitsch, Jewpl Akinfowitsch, Jewtichij Jewtichijewitsch, Iwan Iwanowitsch (nicht der bekannte Iwan Iwanowitsch, sondern ein anderer), Ssawwa Gawrilowitsch, unser Iwan Iwanowitsch, Eleutherij Eleutherjewitsch, Makar Nasarjewitsch, Thomas Grigorjewitsch … nein, ich kann nicht weiter, ich habe keine Kraft mehr. Und wieviel Damen da waren! – brünette und weißwangige, lange und kurze, so dicke wie Iwan Nikiforowitsch und so mager, daß man meinte, sie in die Degenscheide des Polizeimeisters stecken zu können. Und wieviel verschiedene Hauben, wieviele Kleider es da gab! Rote, gelbe, kaffeebraune, grüne, blaue, neue, gewendete, umgearbeitete – und dann diese Bänder, Tücher, Ridiküls! Ade, ihr armen Augen! Nach diesem Schauspiel werdet ihr zu nichts mehr fähig sein. Und welch lange Tafel da gedeckt war! Wie alles durcheinander schwatzte! Welch ein Lärm sich überall erhob! Was ist eine Mühle mit all ihren Mühlsteinen, Rädern und ihrem Stampfwerk dagegen! Ich kann nicht mit Bestimmtheit sagen, wovon man sprach, aber man darf annehmen, daß von vielen angenehmen und nützlichen Dingen die Rede war: Vom Wetter, von Hunden, von Weizen, Hauben, Hengsten usw. Endlich sagte Iwan Iwanowitsch – nicht unser Iwan Iwanowitsch, sondern der andere, der mit dem schielenden Auge –: »Es wundert mich sehr, daß mein rechtes Auge (der schielende Iwan Iwanowitsch ironisierte sich immer selbst) Iwan Nikiforowitsch, Herrn Dowgotschchun nicht sieht.«

»Er wollte nicht kommen«, sagte der Polizeimeister.

»Warum denn nicht?«

»Herrgott, es sind schon bald zwei Jahre, daß sich Iwan Iwanowitsch und Iwan Nikiforowitsch entzweit haben, und wo der eine ist, geht der andere auf keinen Fall hin.«

»Was Sie sagen!« Hierbei erhob der schielende Iwan Iwanowitsch seinen Blick gen Himmel und faltete die Hände: »Was soll nur werden, wenn auch die Leute mit gesunden Augen sich nicht mehr vertragen wollen. Wie soll ich mit meinem schielenden Auge in Frieden leben!« Bei diesen Worten lachten alle aus vollem Halse. Der schielende Iwan Iwanowitsch war sehr beliebt, weil er immer Witze machte, die dem damaligen Zeitgeschmack angepaßt waren. Sogar der große, dürre Herr im Friesrock und mit dem Pflaster auf der Nase, der bisher unbeweglich in der Ecke gesessen und keine Miene verzogen hatte – auch da nicht, als ihm eine Fliege in die Nase flog –, sogar dieser Herr stand jetzt auf und näherte sich dem Kreise, der sich um den schielenden Iwan Iwanowitsch gebildet hatte. »Hören Sie«, sagte der schielende Iwan Iwanowitsch, als er sah, daß der Kreis um ihn herum genügend groß war, »hören Sie, statt daß Sie sich jetzt an meinem schielenden Auge ergötzen, wollen wir doch lieber unsere beiden Freunde versöhnen! Iwan Iwanowitsch unterhält sich gerade mit den Frauensleuten … Wollen wir doch heimlich nach Iwan Nikiforowitsch schicken und die beiden zusammenführen?«

Der Vorschlag Iwan Iwanowitschs wurde einstimmig angenommen; man beschloß, sofort nach Iwan Nikiforowitsch zu schicken und ihn zum Polizeimeister zu Tisch zu bitten, es koste, was es wolle. Aber vorher gab es noch eine wichtige Frage zu lösen: Wen sollte man mit diesem verantwortungsvollen Auftrag betrauen? Das brachte alle in Verlegenheit. Lange wurde hin und her geritten, wer wohl für derartige diplomatische Missionen am geeignetsten sei. Endlich aber wurde einstimmig beschlossen, Anton Prokofjewitsch Golopusj zu diesem Zweck zu entsenden.

Doch ich muß dem Leser zuvor mit dieser außerordentlichen Persönlichkeit bekannt machen. Anton Prokofjewitsch war ein vollkommen tugendhafter Mensch in des Wortes höchster Bedeutung. Schenkte ihm einer der Mirgoroder Honoratioren ein Halstuch oder ein Paar Unterhosen, so bedankte er sich; gab ihm jemand einen Nasenstüber, so bedankte er sich gleichfalls. Fragte man ihn: »Anton Prokofjewitsch, warum haben Sie einen braunen Rock mit hellblauen Ärmeln an?«, so antwortete er gewöhnlich: »Sie haben ja nicht einmal einen solchen! Warten Sie, wenn er etwas abgetragen ist, wird sich schon alles ausgleichen.« Und tatsächlich: Mit der Zeit begann das hellblaue Tuch unter dem Einfluß der Sonne braun zu werden, und jetzt paßt es schon ganz gut zu der Farbe des Rocks. Was aber am bemerkenswertesten war, war dies, daß Anton Prokofjewitsch die Angewohnheit hatte, im Sommer Tuch- und im Winter Nankinganzüge zu tragen. Anton Prokofjewitsch besitzt kein eigenes Haus. Einst besaß er eins am Ende der Stadt, aber er verkaufte es, erstand sich für den Erlös drei braune Pferde und einen kleinen Wagen, und fuhr von einem Gutsbesitzer zum andern zu Besuch. Aber da die Pferde ihm doch viel Umstände machten und er in einem fort Geld für Hafer brauchte, so tauschte Anton Prokofjewitsch sie gegen eine Geige, ein Dienstmädchen und fünfundzwanzig Rubel ein. Die Geige verkaufte er später wieder, und das Mädchen tauchte er gegen einen Saffiantabaksbeutel ein – aber dafür hat er jetzt auch einen Tabaksbeutel wie kein zweiter. Allerdings mußte er diesen Genuß teuer erkaufen: Er kann nun nicht mehr von einem Dorf ins andere fahren, er muß in der Stadt bleiben und in den verschiedensten Häusern, gewöhnlich bei Edelleuten, übernachten, denen es Spaß macht, ihm Nasenstüber zu geben. Anton Prokofjewitsch liebt es, gut zu essen; und spielt recht gut Schafskopf oder auch »Müller«. Es war immer seine Art, sich unterzuordnen, und darum ergriff er auch jetzt Stock und Mütze und machte sich ohne weiteres auf den Weg.

Unterwegs überlegte er sich's, wie er Iwan Nikiforowitsch bewegen könnte, die Assemblee zu besuchen. Die schroffe Art des sonst gewiß würdigen Mannes, machte sein Unternehmen fast zu einer Unmöglichkeit. Wie sollte sich auch Iwan Nikiforowitsch dazu entschließen, da ihm doch schon das bloße Aufstehen soviel Mühe machte? Aber angenommen selbst, daß er aufstünde, wie sollte er dahin gehen wollen, wo – und das wußte er zweifellos – wo sein unversöhnlicher Feind sich befand? Je länger Anton Prokofjewitsch darüber nachdachte, um so mehr Hindernisse türmten sich auf. Es war ein schwüler Tag, die Sonne brannte vom Himmel herab, Anton Prokofjewitsch war wie in Schweiß gebadet. Obschon er oft Nasenstüber bekam, war er in mancherlei Hinsicht ein gewiegter Mensch (nur beim Tauschen hatte er manchmal Unglück). Er wußte sehr gut, wann man den Narren spielen mußte, und fand sich mitunter in Situationen und Verhältnissen zurecht, in denen selbst ein Kluger sich keinen Rat gewußt hätte.

Während sein erfinderischer Geist nach Mitteln und Wegen suchte, Iwan Nikiforowitsch zu überreden, gelangte Anton Prokofjewitsch allmählich bis ans Haus und wollte schon mutig der Entscheidung entgegengehen, als ihn ein ganz unvorhergesehener Umstand ein wenig in Verlegenheit brachte. Hier ist es übrigens am Platz, dem Leser die Mitteilung zu machen, daß Anton Prokofjewitsch unter anderm auch ein Paar recht merkwürdige Hosen besaß; sobald er dieses Paar recht merkwürdige Hosen besaß; sobald er dieses Paar trug, bissen ihn die Hunde immer in die Waden. Unglücklicherweise mußte er gerade heute diese Hosen anhaben. Er war noch ganz in Gedanken vertieft, als ihn plötzlich ein fürchterliches Hundegebell aufschreckte, das von allen Seiten an sein Ohr schlug. Anton Prokofjewitsch begann so zu schreien (lauter als er kann man überhaupt gar nicht schreien), daß nicht nur das bekannte alte Weib und der Besitzer des unförmlichen Rocks ihm entgegenliefen, sondern auch die Jungens aus Iwan Iwanowitschs Hause hinzugerannt kamen. Und obgleich die Hunde nur Zeit gehabt hatten, nach einem seiner Beine zu schnappen, setzte doch dies Anton Prokofjewitschs Mut beträchtlich herab, und so trat er denn mit einer gewissen Befangenheit in den Flur.

VII.

Ah, guten Tag, warum necken Sie denn meine Hunde?» rief Iwan Nikiforowitsch, als er Anton Prokofjewitsch erblickte, denn man sprach allgemein nicht anders, als in scherzendem Tone mit ihm.

»Mögen sie alle verrecken! Wer denkt daran, sie zu necken!« versetzte Anton Prokofjewitsch.

»Sie schwindeln!«

»Bei Gott nicht! Peter Fjodorowitsch läßt Sie zu Tisch bitten.«

»Hm.«

»Bei Gott, er bittet Sie so dringend darum; ich kann es wirklich gar nicht ausdrücken. 'Was soll das heißen', sagt er, 'Iwan Nikiforowitsch geht mir ja aus dem Wege, wie einem Feinde. Er kommt nicht mehr zu mir; man sitzt nie mehr zusammen und plaudert nicht mehr miteinander'.«

Iwan Nikiforowitsch strich sich über das Kinn.

»'Wenn Iwan Nikiforowitsch heute wieder nicht kommt, dann weiß ich wirklich nicht, was ich davon halten soll. Sicher führt er etwas gegen mich im Schilde. Anton Prokofjewitsch, tun Sie mir doch den Gefallen, sehen Sie zu, ob Sie ihn nicht überreden können.' Nun, was meinen Sie, Iwan Nikiforowitsch? Kommen Sie mit? Sie finden dort eine reizende Gesellschaft beisammen!«

Aber Iwan Nikiforowitsch lag ruhig da und betrachtete einen Hahn, der auf einem Fuße stand und aus voller Kehle krähte.

»Wenn Sie wüßten, Iwan Nikiforowitsch«, fuhr der eifrige Abgeordnete fort, »was Peter Fjodorowitsch für einen herrlichen Stör und für einen frischen Kaviar bekommen hat!«

Hier wandte ihm Iwan Nikiforowitsch das Gesicht zu und begann aufmerksamer zuzuhören.

Dies ermutigte den Abgesandten. »Kommen Sie schnell. Thomas Grigorjewitsch ist auch da. Was ist denn nur?« fügte er hinzu, als er sah, daß Iwan Nikiforowitsch noch immer in der gleichen Stellung liegen blieb. »Gehen wir – oder gehen wir nicht?«

»Ich mag nicht.«

Anton Prokofjewitsch war durch dieses »Ich mag nicht« ganz verblüfft. Er hatte geglaubt, daß seine überzeugenden Vorstellungen den so würdigen Mann schon völlig gewonnen hatten, und nun mußte er ein glattes Nein vernehmen.

»Warum wollen Sie denn nicht?« fragte er fast verdrießlich, obgleich ihm so etwas nur ganz selten passierte (nicht einmal dann, wenn man ihm, wie das der Richter und der Polizeimeister zu ihrem Vergnügen zu tun pflegten, ein Stück brennendes Papier auf den Kopf legte).

Iwan Nikiforowitsch nahm eine Prise.

»Nun denn, machen Sie, was Sie wollen, Iwan Nikiforowitsch, obgleich ich nicht verstehe, was Sie zurückhält.«

»Wozu soll ich hingehen«, sagte endlich Iwan Nikiforowitsch, »der Räuber ist ja doch da.« So nannte er gewöhnlich Iwan Iwanowitsch. Gerechter Gott! Und wie lange war es her …

»Bei Gott, er ist nicht da! So gewiß ein gerechter Gott im Himmel lebt, er ist nicht da! Mich soll auf der Stelle der Blitz treffen!« antwortete Anton Prokofjewitsch, der gewöhnt war, Gott in jeder Stunde zehnmal anzurufen. »Kommen Sie schnell, Iwan Nikiforowitsch.«

»Sie schwindeln ja, Anton Prokofjewitsch, er ist sicher da!«

»Bei Gott, nein, so wahr mir Gott helfe, nein! Ich will nie von dieser Stelle weichen, wenn er da ist! Urteilen Sie selbst, warum sollte ich lügen? Hände und Füße sollen mir verdorren ... Wie, Sie glauben mir noch immer nicht? Ich will hier vor Ihren Augen verrecken! Mein Vater und meine Mutter und ich selbst, wir mögen alle um unsere Seligkeit kommen, wenn es nicht wahr ist! Glauben Sie mir noch immer nicht?«

Diese Beteuerungen beruhigten Iwan Nikiforowitsch vollkommen. Er befahl seinem Kammerdiener mit dem endlosen Frack, ihm seine Hosen und seinen Nankingrock zu bringen.

Ich halte es für ganz überflüssig, zu beschreiben, wie man ihm die Halsbinde um den Hals wickelte und wie man ihm endlich in den Rock hineinhalf, der hierbei unter dem linken Ärmel platzte. Es genügt, wenn ich sage, daß während dieser ganzen Zeit eine würdige Ruhe bewahrte und mit keinem Wort auf die Vorschläge Prokofjewitschs einging, der ihm durchaus seinen türkischen Tabaksbeutel gegen etwas anderes eintauschen wollte.

Unterdessen wartete die ganze Gesellschaft mit Ungeduld auf den entscheidenden Moment, wo Iwan Nikiforowitsch erscheinen, und wo endlich der allgemeine Wunsch in Erfüllung gehen würde, die beiden Ehrenmänner zu versöhnen. Viele waren nahezu überzeugt, daß Iwan Nikiforowitsch gar nicht kommen würde. Der Polizeimeister wollte sogar mit dem schielenden Iwan Iwanowitsch eine Wette eingehen, daß er nicht kommen würde. Die Wette kam jedoch nicht zustande, weil der schielende Iwan Iwanowitsch vorschlug, der Polizeimeister solle sein angeschossenes Bein gegen sein schielendes Auge einsetzen; – der Polizeimeister fühlte sich ernstlich verletzt, aber die ganze Gesellschaft lachte im geheimen über diesen Scherz. Niemand wollte sich zu Tisch setzen, obwohl es schon längst zwei Uhr war, eine Zeit, zu der man in Mirgorod auch bei den feinsten Diners längst zu Mittag speist. Sowie Anton Prokofjewitsch in der Tür erschien, umringte ihn die ganze

Gesellschaft augenblicklich, aber Anton Prokofjewitsch hatte auf die zahlreichen Fragen nur ein entschiedenes und lautes: »Er kommt nicht!« Kaum war das Wort gefallen, als ein Hagelwetter von Scheltworten, Vorwürfen und vielleicht sogar Püffen seinen Kopf für die verfehlte Mission bedrohte, doch da tat sich die Türe auf, und Iwan Nikiforowitsch trat herein.

Wenn in diesem Augenblick Satan in höchsteigener Person oder irgendein Verstorbener eingetreten wäre, – sie hätten bei den Anwesenden kein solches Erstaunen erregt wie das unerwartete Erscheinen Iwan Nikiforowitschs. Anton Prokofjewitsch aber hielt sich die Seiten vor Lachen und freute sich unbändig, daß er die ganze Gesellschaft so zum Narren gehalten hatte.

Wie dem auch sei, alle hielten es für völlig unwahrscheinlich, daß Iwan Nikiforowitsch sich in so kurzer Zeit hatte ankleiden können, wie es sich für einen Edelmann ziemt. Iwan Iwanowitsch war in diesem Moment gerade nicht im Zimmer, er war aus irgendeinem Grunde eben hinausgegangen. Als man sich vom ersten Erstaunen erholt hatte, äußerte die ganze Gesellschaft ihren lebhaften Anteil an dem Wohlbefinden Iwan Nikiforowitschs, und alle sprachen ihre Freude über die Zunahme seiner Körperfülle aus. Iwan Nikiforowitsch küßte alle Anwesenden und sagte: »Sehr verbunden.«

Unterdessen aber drang der Duft der Rübensuppe in das Zimmer und kitzelte in angenehmster Weise die Nasen der hungrigen Gäste. Alle gingen ins Eßzimmer. Eine lange Reihe von stillen und gesprächigen, dicken und dünnen Damen zog voran, und die lange Tafel erstrahlte in allen Farben. Ich werde nicht alle Speisen beschreiben, die aufgetragen wurden, werde nichts über die Knödel in saurer Sahne und das Gekröse, das es zur Rübensuppe gab, sagen, auch nicht von dem Truthahn mit Pflaumen- und Rosinenfüllung, noch von der Speise, die einem in Kwas eingeweichten Paar Stiefeln gleicht, noch von der Sauce, dem Schwanenliede des alten Kochs, noch vom Pudding, der brennend serviert wurde, was die Damen immer sehr ängstigt und zugleich unterhält. Ich werde nicht von diesen Speisen sprechen, denn ich muß gestehen, daß ich sie viel lieber verzehre als mich des weiteren über sie auslasse.

Iwan Iwanowitsch hatte besonders einem mit Meerrettich zubereiteten Fisch Geschmack abgewonnen. Er beschäftigte sich eifrig mit dieser nützlichen und nahrhaften Veranstaltung, löse die allerkleinsten Gräten heraus und legte sie auf den Rand des Tellers. Dabei blickte er zufällig auf sein Visavis. Himmlischer Vater, war das merkwürdig! Ihm gegenüber saß Iwan Nikiforowitsch.

In demselben Augenblick sah auch Iwan Nikiforowitsch auf … Nein – ich kann nicht weiter! Man reiche mir eine andere Feder, nein – die meine ist viel zu matt und tot. Zu zart und schwächlich für dieses Bild. Der Ausdruck großer Verwunderung, die sich in ihren Gesichtern spiegelte, gab ihren Zügen etwas Steinernes. Jeder von ihnen erblickte das längst vertraute Gesicht, jeder von ihnen war dem Anschein nach unwillkürlich bereit, zum Freunde, der so unerwartet vor ihm saß, hinzutreten und ihm die Tabaksdose mit den Worten hinzuhalten: »Bitte, bedienen Sie sich!«, oder: »Darf ich Sie bitten, sich zu bedienen!« Zugleich aber hatten die Gesichter etwas Furchtbares und Unheilverkündendes. Iwan Iwanowitsch und Iwan Nikiforowitsch waren wie in Schweiß gebadet.

Alle Anwesenden, soviel ihrer bei Tische waren, verstummten vor Spannung und konnten die Augen nicht von den einstigen Freunden wegwenden. Die Damen, die bis dahin in ein sehr interessantes Gespräch über die Entstehung der Kapaunen vertieft waren, brachen plötzlich ab. Alles schwieg. Es war ein Bild, würdig des Pinsels eines großen Künstlers.

Endlich zog Iwan Iwanowitsch sein Taschentuch hervor und begann sich zu schneuzen. Iwan Nikiforowitsch aber sah sich um und suchte mit den Augen nach dem Ausgang.

Aber der Polizeimeister hatte schon bemerkt, was mit ihnen vorging, und ließ die Türe noch fester verschließen. Die beiden Freunde wandten sich daher wieder ihren Speisen zu und würdigten einander keines Blickes mehr.

Sowie jedoch das Diner zu Ende war, sprangen die beiden alten Freunde von ihren Sitzen auf und sahen sich nach ihren Mützen um, um sich schleunigst davonzumachen. Da jedoch winkte der Polizeimeister, und Iwan Iwanowitsch (nicht unser Iwan Iwanowitsch, sondern der andere, mit dem schielenden Auge) stellte sich hinter Iwan Nikiforowitsch, während der Polizeimeister hinter Iwan Iwanowitsch trat. Beide begannen, sie von hinten zu stoßen, um sie gegeneinander zu drängen und nicht eher loszulassen, als bis sie sich die Hände gereicht hätten. Iwan Iwanowitsch (mit dem schielenden Auge) schob Iwan Nikiforowitsch, wenn auch ein wenig schief, doch immerhin ganz geschickt, nach der Stelle, wo Iwan Iwanowitsch stand; der Polizeimeister dagegen nahm die Richtung etwas zu sehr nach der Seite, da er mit seinen störrischen Gehwerkzeugen, die ihrem Kommandanten diesmal gar nicht parierten, durchaus nicht zurechtkommen konnte. Wie zum Trotz schwenkte er das Bein gar zu weit zurück und nach der entgegengesetzten Richtung (das kam möglicherweise daher, weil bei Tisch sehr viel verschiedene Getränke gereicht worden waren) – jedenfalls fiel Iwan Iwanowitsch auf eine Dame in einem roten Kleide, die sich aus Neugier bis in die Mitte gedrängt hatte. Dieses Omen ließ nichts Gutes vermuten. Um die Sache wieder einzurenken, trat der Richter an die Stelle des Polizeimeisters, sog mit der Nase allen Tabak von der Oberlippe auf und drängte Iwan Iwanowitsch nach der anderen Seite. Das ist die in Mirgorod übliche Art der Versöhnung, sie erinnert entfernt an das Ballspiel. Kaum aber hatte der Richter Iwan Iwanowitsch einen Stoß gegeben, als auch Iwan Iwanowitsch mit dem schielenden Auge sich aus allen Kräften gegen Iwan Nikiforowitsch stemmte und ihn vorwärts stieß. Der Schweiß floß Iwan Iwanowitsch von der Stirne herab wie das Regenwasser von einem Dach. Aber trotzdem beide Freunde sich heftig sträubten, wurden sie doch aneinandergedrängt, da beide Parteien von den Gästen tüchtig unterstützt wurden.

Man umringte sie von allen Seiten und ließ sie nicht früher auseinander, als bis sie sich die Hände gereicht hatten.

»Gott mit Ihnen, Iwan Nikiforowitsch und Iwan Iwanowitsch, sagen Sie doch ehrlich: Warum haben Sie sich entzweit? Es war doch nur ein Unsinn! Schämen Sie sich doch vor Gott und vor den Menschen!«

»Ich weiß nicht«, sagte Iwan Nikiforowitsch, der vor Müdigkeit laut schnaufte (kein Zweifel, er war durchaus nicht abgeneigt, sich zu versöhnen), »ich weiß nicht, was ich Iwan Iwanowitsch getan habe. Aber warum hat er meinen Stall zerstört? Warum wollte er mich zugrunde richten?«

»Ich bin mir keiner bösen Absicht bewußt«, sagte Iwan Iwanowitsch, ohne Iwan Nikiforowitsch anzusehen, »ich schwöre vor Gott und vor Ihnen allen, verehrte Freunde und Edelleute, ich habe meinem Feinde nichts getan! Warum verleumdet er mich, warum beschimpft er immer wieder meinen Rang und meinen Namen?«

»Was habe ich Ihnen denn für einen Schaden zugefügt, Iwan Iwanowitsch?« fragte Iwan Nikiforowitsch. Noch einen Augenblick der Aussprache – und die lange Feindschaft war dicht daran, ganz zu verlöschen. Schon griff Iwan Nikiforowitsch in die Tasche, um seine Tabaksdose hervorzuholen und zu sagen: »Bitte bedienen Sie sich.«

»Ist das vielleicht kein Schaden«, antwortete Iwan Iwanowitsch, ohne die Augen zu erheben, »wenn Sie, geehrter Herr, mich, meinen Rang und meine Familie durch ein Wort beschimpft haben, das hier zu wiederholen nicht anständig wäre!«

»Iwan Iwanowitsch, erlauben Sie mir, Ihnen in aller Freundschaft zu sagen: (hierbei packte Iwan Nikiforowitsch Iwan Iwanowitsch beim Kopf, ein Zeichen seiner innigsten Sympathie) Der Teufel weiß, weswegen Sie sich beleidigt gefühlt haben: Weil ich Sie einen 'Gänserich' genannt habe!«

Iwan Nikiforowitsch sah sofort ein, was für eine Unvorsichtigkeit er begangen hatte, als er dies Wort aussprach – aber es war schon zu spät, das Wort war heraus. Jetzt ging alles zum Teufel! War doch Iwan Iwanowitsch schon damals, unter vier Augen und ohne Zeugen, bei Nennung dieses Wortes ganz außer sich und in eine Wut geraten, die ich, weiß Gott, keinem Menschen wünschen möchte; urteilen Sie also selbst, meine verehrten Leser, was sollte nun geschehen, jetzt, wo das tödlich Wort in Gesellschaft, in Gegenwart vieler Damen gefallen war – denn da liebte es Iwan Iwanowitsch besonders, seine noble Lebensart zu zeigen. Wäre Iwan Nikiforowitsch etwas anderes eingefallen, hätte er *Vogel* statt *Gänserich* gesagt, die Sache hätte sich noch einrenken lassen, aber so ... war natürlich alles vorüber!

Iwan Iwanowitsch warf Iwan Nikiforowitsch einen Blick zu – einen Blick! Hätte dieser Blick ausübende Gewalt gehabt, Iwan Nikiforowitsch wäre zu Staub und Asche verbrannt worden. Die Gäste verstanden diesen Blick und bemühten sich, sie zu trennen. Und dieser Mann, das Muster aller Freundlichkeit, der keinen Bettler vorübergehen lassen konnte, ohne ihn anzusprechen und auszufragen, dieser Mann lief in maßloser Wut davon. So mächtig sind die Stürme der Leidenschaft!

Einen ganzen Monat hörte man nichts von Iwan Iwanowitsch. Er schloß sich in seinem Hause ein. Der vorsintflutliche Kasten wurde geöffnet, und es wurden alle möglichen Dinge aus ihm hervorgeholt – ja was denn? Silberrubel, alte, vom Großvater ererbte Silberrubel. Und diese Silberrubel wanderten in die schmutzigen Hände von Tintenklecksern hinüber. Die Sache ging an den Appellationshof weiter, und erst, als Iwan Iwanowitsch die freudige Nachricht erhielt, daß seine Sache morgen entschieden sein würde, erst da entschloß er sich endlich, wieder einen Blick in die Welt zu tun und etwas auszugehen. O weh! Seit jenem Tage benachrichtigt ihn das Appellationsgericht täglich im Laufe von zehn Jahren, daß die Entscheidung morgen fallen werde.

Vor fünf Jahren kam ich einmal durch Mirgorod. Ich hatte mir eine ungünstige Zeit zum Reisen ausgesucht. Es war Herbst, das Wetter

war feucht und trübe, überall lag Schmutz und Nebel. Ein unnatürliches Grün – die Folge des trübseligen, ununterbrochenen Regens – bedeckte wie ein dünnes Netz die Felder und Wiesen, und das stand ihnen so an, wie einem Greise Torheiten oder einer alten Frau Rosen anstehen. Meine Stimmung war damals sehr vom Wetter abhängig: Ich wurde stets traurig, sowie das Wetter schlecht war. Nichtsdestoweniger fühlte ich mein Herz heftiger schlagen, als ich mich Mirgorod näherte. Herrgott, wieviel Erinnerungen drängten sich mir auf! Ich hatte Mirgorod zwölf Jahre lang nicht gesehen. Damals lebten hier zwei einzigartige Freunde in rührender Liebe vereinigt. Und wie viele berühmte Männer waren seitdem gestorben! Der Richter Demjan Demjanowitsch war schon tot, auch Iwan Iwanowitsch mit dem schielenden Auge hatte das Zeitliche gesegnet. Ich fuhr durch die Hauptstraße. Überall ragten Stangen mit aufgehefteten Strohbündeln empor; offenbar fand gerade eine neue Planierung statt. Einige von den Hütten waren abgetragen, und die Reste von Zäunen und Flechtwerk standen ganz melancholisch da.

Es war ein Feiertag, ich ließ meinen mit Matten gedeckten Wagen vor der Kirche halten und trat so leise ein, daß niemand sich umsah. Freilich, es war ja auch niemand da, der sich hätte umsehen können. Die Kirche war fast leer, es war kaum ein Mensch darin: Augenscheinlich fürchteten sich auch die Allerfrömmsten vor dem Straßenschmutz. Die Kerzen machten bei dem trüben oder besser kränklichen Tageslicht einen fast beängstigenden Eindruck; die Hallen waren düster, und die runden Scheiben der länglichen Kirchenfenster waren feucht von Regentränen. Ich trat in die Vorhalle und wandte mich an einen ehrwürdigen Mann mit grauen Haaren. »Gestatten Sie mir die Frage, lebt Iwan Nikiforowitsch noch?« In diesem Augenblick flackerte das Lämpchen vor dem Gottesbild heller auf, und das Licht fiel gerade auf das Gesicht meines Nachbars. Wie sehr erstaunte ich, als ich bei näherem Hinsehen bekannte Züge entdeckte. Das war Iwan Nikiforowitsch in eigener Person, aber wie hatte er sich verändert!

»Sind Sie gesund, Iwan Nikiforowitsch? Wie alt Sie geworden sind!«

»Ja, ich bin alt geworden«, antwortete Iwan Nikiforowitsch. »Ich bin heute aus Poltawa gekommen.«

»Was Sie sagen! Bei dem schlechten Wetter sind Sie nach Poltawa gefahren?«

»Was soll man machen – der Prozeß!«

Unwillkürlich seufzte ich.

Iwan Nikiforowitsch hatte meinen Seufzer gehört und sagte: »Beunruhigen Sie sich nicht; ich habe die bestimmte Nachricht erhalten, daß die Sache in der nächsten Woche entschieden sein wird, und zwar zu meinen Gunsten.«

Ich zuckte die Achseln und ging, um mich nach Iwan Iwanowitsch zu erkundigen.

»Iwan Iwanowitsch ist hier, er ist oben auf dem Chor«, sagte mir jemand. Ich erblickte eine magere Gestalt. War das wirklich Iwan Iwanowitsch? Sein Gesicht war mit Runzeln bedeckt, die Haare waren schneeweiß, und nur die Pekesche hatte sich nicht verändert. Nach der ersten Begrüßung wandte sich Iwan Iwanowitsch mit dem heiteren Lächeln, das seinem trichterförmigen Gesicht so gut stand, zu mir hin und sagte: »Soll ich Ihnen eine frohe Neuigkeit mitteilen?«

»Eine Neuigkeit?« fragte ich.

»Morgen wird meine Sache entschieden; das Appellationsgericht hat es mir bestimmt versprochen!«

Ich seufzte noch tiefer und beeilte mich mit dem Abschied, da ich in einer sehr wichtigen Angelegenheit reiste. Ich bestieg meine Wagen. Die elenden Gäule, die in Mirgorod unter dem Namen Kurierpferde bekannt sind, zogen an und verursachten mit ihren, in der grauen Schmutzmasse einsinkenden Hufen ein unangenehmes Geräusch. Der Regen floß in Strömen auf den auf dem Bock sitzenden Juden herab, der sich durch eine Matte zu schützen suchte. Die Feuchtigkeit drang mir durch Mark und Bein. Der wehmütige Schlagbaum mit dem Wärterhäuschen, in dem der Invalide seine graue Uniform flickte, zog langsam an mir vorüber. Und wieder breitete sich das stellenweise aufgewühlte schwarze, hie und da grünlich schimmernde Feld vor mir aus: nasse Krähen und Raben, der monotone Regen und ein tränenfeuchter, trostlos grauer Himmel!

Es ist eine traurige Welt, meine Herren!

Über diese Ausgabe

Der Text dieser Ausgabe folgt *Gogols sämtliche Werke in fünf Bänden* hg.v. Otto Buek, Bd. I, Berlin 1923.